Joe Thomas

Brazilian Psycho

Aus dem Englischen
von Alexander Wagner

btb

Für Martha und Lucian;
und dem Andenken Marielle Francos gewidmet

Inhalt

Vorbemerkung des Autors

*»Der Leser fragt sich vielleicht, wie er Fakten von Fiktion
unterscheiden soll. Dazu eine ungefähre Richtlinie: Alles,
was ihm besonders unwahrscheinlich vorkommt, entspricht
vermutlich den Tatsachen.«*
Hilary Mantel, Brüder

Brazilian Psycho ist ein fiktionales Werk, das auf Tatsachen beruht: Der historische und zeitgenössische Kontext ist erkennbar. Die Zitate zu Beginn jedes Kapitels sind belegt; fiktive Zitate sind fiktiven Personen zugeordnet. Der Roman enthält eine Reihe von Artikeln, Dokumenten und Transkripten, von denen einige real, andere frei erfunden sind. Dem Haupttext folgt ein Nachwort, in dem die herangezogenen Quellen ausgewiesen werden und eine Liste aller zitierten Medien enthalten ist.

Die Favela ist nicht das Problem. Die Favela ist die Stadt. Die Favela ist die Lösung.

Marielle Franco

Es war einmal in São Paulo ...

1930: Getúlio Vargas wird durch einen Staatsstreich Präsident der Republik Brasilien. Er herrscht per Dekret, ohne verfassungsrechtliche Einschränkungen, mit einer instabilen, diktatorischen, provisorischen Regierung. Der Putsch untergräbt die staatliche Autonomie.

In São Paulo mögen sie Getúlio Vargas nicht. Vier Studenten, die gegen sein Regime protestieren, werden im Mai 1932 von Regierungstruppen getötet.

São Paulos Motto: *Ich führe, ich lasse mich nicht führen.*

Im Juli schlägt São Paulo zurück. São Paulo erhebt sich, greift zu den Waffen, zieht in den Krieg, rebelliert ...

Es geht nicht gut aus.

Die Landesregierung hat mit der Unterstützung der politischen Eliten aus Minas Gerais und Rio Grande do Sul gerechnet, den beiden anderen großen brasilianischen Bundesstaaten.

Die Unterstützung bleibt aus.

Tolle Verbündete.

Siebenundachtzig Tage Kämpfe; neunhundertvierunddreißig Tote; Städte in Aufruhr ...

Kapitulation.

Es geht alles andere als gut aus.

São Paulo lernt eine bittere Lektion:

Verlass dich auf niemanden, nur auf dich selbst.

V FÜR VICTORY

São Paulo

Nichts los, denkt Beto. Sonntagabend-Blues.

Tote Hose, *nada, nix*. Also zieht er am Tag der ersten Runde der Präsidentschaftswahlen mit seinen Kumpels Andre und Fat Pedro um die Blocks.

Die ersten Ergebnisse kommen rein, und obwohl Beto sich nicht groß für Politik interessiert, freut er sich, weil Bolsonaro seine Gegner offenbar vernichtend geschlagen hat.

Vernichtend passt perfekt für den alten Bolsonaro, denkt Beto.

Wie man so hört, hat der Typ was von einem Psycho, hat einen Killerinstinkt.

Zehn Jahre beim Militär, Fallschirmjäger in den Achtzigern: So was macht knallhart. Vor ein paar Wochen erst hat er eine Messerattacke überlebt.

Im Fernsehen haben sie gezeigt, wie er im Krankenhaus einen auf *ihr kriegt mich nicht klein* machte.

Knallhart.

Brazilian Psycho.

Beto ist nervös, angespannt. Und er hat Schiss, vor was genau, weiß er nicht.

Natürlich lässt er nichts davon durchschimmern.

Seine beiden Kumpels sind ein Jahr älter als er, trotzdem ist er der Boss ihrer kleinen Bande.

Sechzehn Jahre und König des Dschungels.

Die Bixiga Boys.

Bixiga, die Harnblase São Paulos. Ein altes Viertel rechts und links der Avenida Paulista. Dort sind sie groß geworden, haben die Schule abgebrochen und sorgen jetzt für Ordnung. Ihr Job: das Viertel auf unerwünschte Elemente hin zu kontrollieren. Fat Pedros älterer Bruder hat ihnen den Job besorgt.

Beto blickt nicht so genau, von wem *der* seinen Job hat, aber von irgendwoher fließt Kohle.

Wahrscheinlich handelt es sich um eine Art Nachbarschaftswache, die von der Militärpolizei abgesegnet ist.

Sie schnorren Kippen und kicken Müll herum, hinten im Park an der Avenue, einem Paradies für Junkies und Schwule.

Sie halten Ausschau nach einem Fixer, den sie sich vorknöpfen können, oder nach einem Stricher, dem sie einen Schrecken einjagen können. Sie machen ihren Job *gründlich*.

Fat Pedro plappert über die Wahlen und die seit Wochen andauernden Proteste, wer da im Recht ist, und was jetzt kommt, da unser Mann am Ruder ist oder bald sein wird.

Er hat keinen Schimmer, wovon er redet, denkt Beto.

Fat Pedro faselt davon, sich zu organisieren, sich einer Skinhead-Bande anzuschließen, um es diesen linken Wichsern zu zeigen, quatscht über die Verbindungen seines Bruders.

Beto hört nicht zu. Der neue Präsident bedeutet grünes Licht für ihren Job, so sieht es Beto.

Er hält die Augen offen, ist wachsam, ihm entgeht nichts.

Jetzt geht's richtig los, alles ist möglich, und deshalb ist er nervös, hat sogar ein bisschen Schiss, wenn er ehrlich ist. Es ist das Gefühl der Macht.

Und klar, er steht mächtig unter Strom. Es liegen beschissene Tage hinter ihm, und er ist von allem genervt.

Das Leben in Bixiga, in der Blase, kann dich richtig anpissen, sagt man.

Beto kann ein Lied davon singen. Seine Mutter jammert ständig, er soll sich einen anständigen Job suchen. Sein Dad ist nur noch ein Schatten seiner selbst, ein trauriger alter Sack, der in einer der italienischen Kantinen am Ende der Straße Tische abräumt und Geschirr spült.

Er *war* mal *jemand*, Betos Alter. Zumindest kam es Beto so vor. Vielleicht ist das der Punkt: Nur *Beto* dachte, dass er mal was darstellte.

Er schnappt sich eine rostige Spraydose. Packt Fat Pedro an seiner fetten Kehle.

Er hält die Düse vor Fat Pedros Nase.

Halt endlich die Klappe, sagt er.

Fat Pedro reißt die Hände hoch, will Beto wegstoßen.

Lass das, du Arsch, sagt er, ich könnte blind werden.

Beto lacht, dreht Pedro um die eigene Achse und drückt auf den Knopf.

Ich bin Graffiti-Künstler. *EleNão! EleNão!*, schreit Beto und lacht.

EleNão, das heißt »Nicht er«, und bedeutet, wählt irgendjemanden, bloß nicht Bolsonaro. Ein Graffiti, das sich in den letzten Wochen überall in der Stadt verbreitet hat. Man sieht es auf Brücken und Mauern, in Tunneln und auf Bussen.

Beto lacht, Fat Pedro spuckt, bedeckt die Augen, aber die Spraydose funktioniert nicht.

Nada, ein Scheiß – *Fehlanzeige.*

Ein müdes Zischen, mehr nicht.

Beto schubst Fat Pedro weg und schmeißt die Dose in die Luft.

Scheiß drauf, sagt er.

Dann: endlich was zu tun.

Die Luft knistert. Es ist was im Anmarsch. Beto kann es riechen.

Er rammt Andre den Ellbogen in die Rippen.

Pass auf, sagt er.

Was?

Tunte.

Wo?

Läuft die Querstraße runter, da drüben. Schleppt Einkaufstüten, die diebische kleine Fotze.

Wo?

Da, du Penner.

Beto zeigt darauf.

Ah, stimmt.

Na, dann los.

Was?

Komm schon, du kennst die Regeln: Siehst du eine Schwuchtel, ist sie dran. Mal schauen, ob sie was Schönes für uns in den Tüten hat. Komm schon.

Schon gut, mach keinen Stress, ich komm ja.

Und dann bemerkt Beto das T-Shirt der Schwuchtel:

EleNão

Das gibt den Ausschlag. Du musst klare Haltung zeigen, denkt er, du musst für deine Jungs einstehen, für *deine Seite*.

Und dann marschieren sie zu dritt quer durch den Park, bis der Schwule sie entdeckt und seine Schritte beschleunigt …

Nicht zum ersten Mal nehmen sich Beto und seine Jungs einen von diesen aufgedonnerten Homos vor.

Diese Schwuchteln müssen es endlich kapieren.

Aber es ist das erste Mal, dass einer von denen auch noch diesen *EleNão*-Scheiß verbreitet.

Und das ist echt nicht in Ordnung.

Die müssen wissen, wo ihr Platz ist, und der ist nicht hier.

Bolsonaro redet andauernd davon, diesen Abschaum loszuwerden, der unser großartiges Land ruiniert, und so weiter.

Beto legt einen Zahn zu, der Schwule biegt nach rechts in den Park, hofft wahrscheinlich, dass er sie hinter den Hecken abhängen kann. Also schickt Beto den keuchenden Fat Pedro in die eine Richtung und Andre in die andere, damit sie ihn in die Zange nehmen. Ein paar alte Säufer auf einer Bank grunzen zustimmend, prosten ihnen mit ihren Dosen zu, aber Beto ignoriert sie, er steht unter Strom, er ist jetzt von der Leine. Sie umringen diesen Typ von drei Seiten und packen ihn, er lässt seine Einkaufstüten fallen, und Betos Kopf donnert gegen seine Nase, ein hässliches Knirschen, ein Schrei, und Fat Pedro und Andre dreschen auf seine Rippen ein, wumms, wumms, knack. Und dann zückt Beto sein Messer und sticht zu, mitten in den Hals, fast widerstandslos dringt die Klinge ein, bis zum Anschlag, dann lässt Beto sie wieder rausgleiten, während Fat Pedro und Andre ihn anglotzen, was zum Teufel, und sie schütteln den Kopf, wollen wegrennen, aber Beto rennt nicht weg, stattdessen sieht er zu, wie der Typ blutet, wie er taumelt, ein paar Schritte wankt, wie er ausblutet, noch ein paar Schritte stolpert, ein paar Meter, und schließlich vor Betos Augen zusammensackt.

Und dann, ganz lässig, schlendert Beto zu ihm rüber.

Er zieht das T-Shirt der Tunte hoch. Das T-Shirt mit dem Slogan: *EleNão*.

Fat Pedro zischt, sie sollten jetzt verdammt noch mal verschwinden.

Beto wedelt ihn weg.

Er zerrt das T-Shirt hoch, nimmt sein Messer und ritzt etwas in die magere Brust des Toten.

Zwei Linien.

V für *Victory*.

Dann kratzt er sechs weitere Linien: ein unübersehbares blutiges Hakenkreuz.

Und er lacht und lacht und lacht.

Junior schiebt seit sechs Jahren Dienst bei der Militärpolizei. Das macht ihn nicht zum alten Hasen, aber er ist viel rumgekommen und hat einiges erlebt. Und wie jeder Soldat mit langer Dienstzeit hat Junior dabei auch die eine oder andere Grenze überschritten.

Er steht neben einem Polizeimotorrad mit eingeschaltetem Blaulicht. Er beobachtet die Straße und hört seinen jüngeren Kollegen zu, die große Töne spucken. Sie haben Posten an der Avenida Paulista bezogen, auf der Höhe der Rua Bela Cintra.

Heute ist die erste Runde der Präsidentschaftswahlen über die Bühne gegangen, und es ist ein ruhiger Sonntagabend. Aber sie sind nicht ohne Grund hier …

Es gab Gerüchte über linke Proteste, eine Versammlung von Studenten, Radikalen und anderen Weltverbesserern auf der Hauptstraße.

Falls die zutreffen, dann taucht unvermeidlich auch der anarchistische Schwarze Block auf.

Und die dekorieren gerne mal die Straßen um.

Schlagen Schaufensterscheiben von Konzernniederlassungen ein, verzieren die Bürogebäude mit Graffiti, werfen Farbbeutel, streuen Reißzwecken, zertrümmern Verkehrsampeln, brechen Geldautomaten auf, werfen Mülltonnen durch die Schaufenster der Einkaufszentren.

Solches Zeug.

»Wenn sich welche von denen hier zeigen«, sagt einer von Juniors Kollegen, »dann schlagen wir zu, oder? Wir tun alles Nötige, um sie unter Kontrolle zu bringen, *certo*?«

»Was heißt *alles Nötige*?«, fragt ein anderer.

»Was wohl, Schwachkopf, *Gewalt* natürlich. Wir dürfen jede Form angemessener Gewalt einsetzen. Wir haben jetzt grünes Licht. Von ganz oben. Wir können mit jedem großmäuligen, ruhestörenden Arsch nach Belieben verfahren, *entendeu*?«

Junior schweigt. Zumindest zeigen die Jungs Engagement, und im Grunde hat der Typ ja recht, *mais ou menos*.

Mehr oder weniger.

Bolsonaro hat die erste Etappe der Wahl klar für sich entschieden, und das verschafft ihnen mehr Handlungsspielraum. Der Mann stößt bei den Militärs auf hundertprozentige Zustimmung, was angesichts seiner Militärkarriere und seiner Einstellung zum Umgang mit Kriminellen kein Wunder ist.

Seine Haltung ist eindeutig: Lasst das Militär anrücken und den Abschaum beseitigen.

Es gibt einen Spruch in São Paulo, wenn ein Polizist oder ein privater Wachmann einen Kriminellen erschießt.

Man lässt ihn am besten beiläufig und achselzuckend fallen.

Man sagt: *Menos um.*

Was so viel heißt wie: wieder einer weniger.

In einer Stadt wie dieser ist nur ein toter Gangster ein guter Gangster.

Bolsonaro verkörpert diese Botschaft wie kein Zweiter, daher hat São Paulo wenig überraschend für ihn gestimmt. Trotz all der Linken, Studenten, Radikalen und Weltverbesserer wird Bolsonaro auch diese Stadt für sich erobern.

Außerdem sind viele dieser liberalen und linken Typen inzwischen auch genervt von der Arbeiterpartei, von Lula und Dilma und ihrem ganzen Anhang; also stimmen sie entweder für Jair Bolsonaro oder gehen gar nicht wählen.

Wobei Junior das nicht ganz kapiert. Schließlich ist es ein größerer administrativer und bürokratischer Akt, nicht zu wählen, als *seine Stimme abzugeben.*

Für ihn ein echter Grund hinzugehen.

Junior schätzt, dass sie es noch bereuen werden.

Seine Jungs sind immer noch groß am Herumtönen.

»Es ist doch so: Das Land ist reif für einen Wandel, das ist eine Protestwahl. Das ist eine *Fuck-Brasília*-Wahl, *sabe*? Es ist eine Stimme für uns, für die Mächte *jenseits* der Politik, die das Land verdammt noch mal auf Kurs halten, ja?«

Junior hört mit halbem Ohr zu. Vielleicht liegt sein jüngerer Kollege gar nicht so verkehrt. Der Typ heißt Felipe, ist ein cleverer kleiner Scheißer, und skrupellos noch dazu.

Er wird es weit bringen.

»Diese Linken kapieren nicht, dass die Messerattacke dieses Irren Bolsonaro nur stärker gemacht hat. Was dich nicht umbringt, *entendeu*?«

Junior sieht das im Grunde ähnlich.

»Bolsonaro mag vieles sein«, fährt Felipe fort, »aber öffentliche Debatten mit anderen Politikern liegen ihm nicht. Aber das hat er nach dem Angriff auch nicht mehr nötig. Das war Gold wert. Es hat gezeigt, wie verdammt entschlossen er ist.« Felipe lacht. »Keiner kann ihn aufhalten. Er ist von Gott auserwählt, Brasilien zu retten.«

»Das meinst du doch nicht im Ernst, oder?«

»Egal, viele werden es jedenfalls glauben.«

Junior seufzt und schüttelt den Kopf.

Er ist der Dienstälteste hier und lässt sie gewähren.

Die Gegend ist verlassen. Die Bars sind geschlossen, die Einkaufszentren haben schon vor Stunden dichtgemacht.

Die Avenida Paulista ist breit und protzig, ein Monument finanzieller Potenz, ein Symbol der Macht und des Reichtums der Stadt.

An einem Sonntagabend jedoch ist sie menschenleer.

Nur weiter hinten in der Rua Augusta, auf der anderen Seite der Paulista, herrscht noch Betrieb. Dort, in der trendigen Ecke, mit den schicken Bars und *padarias*, Wop-Kantinen und Pizzerien, wird wahrscheinlich noch Umsatz gemacht. Weiter die Straße runter dann die Straßennutten und Stripclubs, die Studenten und die unvermeidlichen *noias*, die paranoiden Süchtigen.

Rechts von Junior führt die Parallelstraße der Augusta ins Consolação-Viertel, das berühmt-berüchtigte Schwulen-Mekka. Heute Abend werden sie dort wahrscheinlich trauern, im Gay Caneca, dem Einkaufszentrum der Gegend, das eigentlich Frei Caneca heißt.

Junior schmunzelt.

Wer dort einkauft, verwendet den Spitznamen liebevoll, alle anderen gebrauchen ihn abfällig.

Junior ist nicht so ganz klar, was das zu bedeuten hat.

Normalerweise verbringt er nicht viel Zeit in dieser Gegend. Die luxuriösen Apartments aus gebogenem Glas und bemaltem Beton unterhalb der Avenida Paulista liegen weit jenseits seiner Preisklasse. In den engen, teilweise begrünten Gassen rund um das Shoppingcenter drängen sich Bars und Clubs, in denen, sofern sie eine Lizenz dafür haben, Dragshows und Karaoke laufen; im schäbigeren Teil weiter hinten finden sich dann die illegalen Pick-up-Lokale für Stricher oder Läden mit Neonschildern namens American Bar oder Americana, wobei die weibliche Endung verrät, dass die Kundschaft hier hauptsächlich männlich ist.

Die Shoppingmall ist einfach nur ein weiteres ödes Einkaufszentrum, daher ist das gute alte Consolação insgesamt für Junior nicht sonderlich attraktiv, obwohl er an sich ein aufgeschlossener junger Mann ist.

So liegen die Dinge nun mal.

Jedenfalls hat Bolsonaro seine Haltung gegenüber der LGBTQ-Community, wie Junior sie jetzt offiziell bezeichnen soll, sehr deutlich gemacht.

Kernpunkt seiner Aussagen: Eltern sollen das Schwulsein aus ihren verweichlichten Söhnen herausprügeln.

Trotzdem haben ganze Gruppierungen von Schwulen öffentlich für ihn gestimmt.

Da soll einer durchblicken.

Ein einziges verfluchtes Chaos.

Felipe quasselt immer noch. »Lasst es euch gesagt sein, Jungs, wir sind im richtigen Spiel zur richtigen Zeit. Wir sind … «

»Okay, *chega, ne,* Felipe?«, unterbricht ihn Junior. Das reicht jetzt. »Warum drehst du nicht eine Runde um den Block und nimmst dein begeistertes Ein-Mann-Publikum gleich mit, hm?«

»*Calma*«, sagt Felipe.

Junior starrt ihn böse an.

»Wir gehen schon, *Senhor*, kein Grund, sich ins Hemd zu machen.«

Junior lässt das an sich abprallen und verfolgt, wie Felipe und Gilberto abziehen.

Er bleibt mit Rubens zurück, dem vierten Mann aus ihrer Truppe, der den Spitznamen »Quasselstrippe« trägt, weil er so gut wie nie den Mund aufmacht.

»Weißt du, was ich an dir mag, Rubens?«, sagt Junior. »Dass man dich nie zum Schweigen bringen muss.«

Rubens schweigt. Junior lacht über seinen Scherz.

Die Abenddämmerung verdichtet sich, die Nacht bricht an. Junior saugt die Luft ein. Es riecht leicht nach abgebrannten Feuerwerkskörpern und dem allgegenwärtigen Abgasdunst.

Sonntagabend-Blues.

Die Stille wird nur gelegentlich vom Lärm einzelner Gestalten durchbrochen, die sich verzweifelt in Stimmung zu bringen versuchen, um das Wochenende mit einem High zu beschließen.

Na, dann viel Glück.

Junior dreht sich um und späht den Hügel hinunter auf das grüne Jardins-Viertel, das ihm als Kind so fremd und weit entfernt vorkam wie Europa. Noble Restaurants und Klamottenläden mit Tausend-Dollar-Jeans. Ruhige Straßen. Reiche Paare schlendern sonnengebräunt und schick gekleidet umher. Unter den Bäumen am Straßenrand parken schnelle Autos. Hier riecht es immer nach gutem Essen. Anders als der Gestank nach frittiertem Fleisch und Kartoffeln, dort wo Junior aufgewachsen ist. Hier scheint immer eine Brise frischer Landluft zu wehen. Und er fragt sich, welcher politische Wind wohl gerade in den Hotels und luxuriösen Apartment-Hochhäusern weht, die wie Dominosteine die Straßen flankieren.

Vielleicht ist Bolsonaro der richtige Mann, um einen dieser

Steine umzuschnippen und zuzusehen, wie sie alle nacheinander umfallen.

Domino-Kettenreaktion. Politische Kettenreaktion. Junior wird an dem Wortspiel, das diese Bilder in Zusammenhang bringt, noch feilen.

Plötzlich: Geschrei.

Junior fährt herum. Felipe und Gilberto schleppen eine dunkle Gestalt an: Kapuzenpulli, Hose, Schuhe, Rucksack, alles schwarz …

Gilberto hält eine Spraydose hoch.

Junior seufzt. Warum haben sie sich die Mühe gemacht, diese Witzfigur einzusammeln? Der Papierkram wird eine verdammte Plage.

»*Senhor*«, sagt Felipe, »wir haben diese Schlampe dabei erwischt, wie sie ein öffentliches Gebäude mit dem Schriftzug *EleNão* verunstaltet hat.«

Schlampe. Aha.

Felipe reißt ihr die Sturmhaube herunter. Die Augen der jungen Frau blitzen verächtlich.

»Sie werden sehen, Senhor, dass sie auch politische Flugblätter und anderes belastendes Material in ihrem Rucksack hat.«

Belastendes Material. Junior wühlt in dem Rucksack. Es ist Kinderkram – Zeug zum Drehen von Joints. Das Ganze ist eine totale Zeitverschwendung.

Er reibt sich die Augen. »Und ihr habt sie auf frischer Tat ertappt, ja?«

Felipe nickt.

»Wo genau?«

»Zwei Blocks weiter. Sie hat dem Buchladen Conjunto Nacional im Einkaufszentrum einen neuen Anstrich verpasst.«

Junior nickt. Er traut diesem Felipe nicht ganz.

»Weiß sie etwas von einer Versammlung hier heute Abend?«

Felipe schüttelt den Kopf.

Junior atmet tief durch. »Okay«, sagt er. »Ihr beide bringt sie aufs Revier. Ich überprüfe inzwischen den entstandenen Schaden. Rubens, du wartest hier.«

Felipe lächelt.

Rubens schweigt.

Eine Stunde später auf dem Revier. Junior läuft durch die Gänge. Sucht nach Felipe und Gilberto. Sie sind nicht auf ihren Posten auf der Bela Cintra zurückgekehrt, haben seine Befehle missachtet.

Nirgends eine Spur von ihnen.

Wo zum Teufel stecken die?

Er sucht im Umkleideraum.

Er sucht im Aufenthaltsraum.

Er sucht in der Kantine.

Keiner hat sie gesehen, niemand weiß, wo sie sind, nicht seit sie mit dieser scharfen kleinen Anarchistin hier aufgekreuzt sind.

Schlagartig wird es ihm klar.

Er rennt die Treppe runter.

Er ignoriert die Rufe des diensthabenden Officers …

Er eilt an den Arrestzellen entlang, reißt Türen auf und schlägt sie wieder zu.

Die letzte Zelle auf der linken Seite.

Die Tür ist geschlossen.

Die Jalousie runtergelassen.

Junior probiert den Griff.

Verriegelt.

Junior hört eine Stimme …

Du tust, was wir sagen, du widerspenstige Schlampe. Hast du das verstanden? Du weigerst dich? Deine feigen, subversiven, nichtsnutzigen Freunde werden dir jetzt nicht helfen.

Junior hört Schluchzen …

Ich werde das genießen.

Klatschen von Ohrfeigen …

Ich krieg dich klein. Ich krieg dich schon noch klein.

Geräusche eines Handgemenges …

Das ist V für Victory, Schätzchen.

Junior rüttelt an der Tür. Rammt mit der Schulter dagegen.

Holt Anlauf, tritt zu …

Die Tür splittert.

Sie fliegt auf …

Junior sieht Felipe, seine Finger bilden ein V, er steckt seine Zunge hindurch …

Er sieht die Frau, nackt, schluchzend, zusammengerollt.

Daneben Gilberto, den Kopf gesenkt.

Felipe grinst.

Die politische Meinung:
ein Blog von Ellie Boe
OLHA! Online-Magazin, 8. Oktober 2018

Gestern Abend, wenige Stunden nach Bolsonaros
Sieg in der ersten Runde der Präsidentschaftswahlen, erwischte die Militärpolizei eine junge
Frau dabei, wie sie in der Nähe der Avenida
Paulista in São Paulo ein Graffiti sprühte. Ihre
Botschaft: *EleNão*. Was so viel bedeutet wie:
alle, nur nicht er. Ein Ausdruck des Protests
gegen den Kandidaten Bolsonaro. Die junge Frau
wurde verhaftet. Im Hauptquartier der Militärpolizei wurden ihr ein Telefonanruf und ein
Anwalt verweigert, sie wurde nackt ausgezogen,
brutal misshandelt, in eine Zelle geworfen und
über vierundzwanzig Stunden lang ohne Essen und
Wasser festgehalten.

Der rechte Populist Jair Bolsonaro, der die
erste Runde der Wahlen klar für sich entscheiden
konnte, bewirbt sich neben Fernando Haddad, dem
Kandidaten der linken Arbeiterpartei, ehemaligen
Bürgermeister São Paulos und Nachfolger Lulas
und Dilmas, um die Präsidentschaft. Bolsonaro
vertritt zutiefst abstoßende Ansichten über
Frauen, Rassenunterschiede, die LGBTQ-Community,
die frühere Militärdiktatur Brasiliens und den
Einsatz von Schusswaffen; seine Standpunkte

sind in seinen politischen Äußerungen der
letzten Jahre überdeutlich geworden. Er
verspricht, das Land zu vereinen, die korrupte
Linke zu entmachten und die Kriminalität mit
einer rücksichtslosen und brutalen Politik zu
bekämpfen, die keine Gnade und keine Nachsicht
kennt. Nur wenige Wochen vor dem ersten Wahlgang
wurde Bolsonaro auf einer Kundgebung angegriffen
und niedergestochen. Er überlebte. Es ist
sehr wahrscheinlich, dass er den zweiten und
entscheidenden Wahlgang mit einem Erdrutschsieg
gewinnen wird.

Wo ist der Zusammenhang zwischen diesen
politischen Ereignissen und dem Schicksal der
armen Frau in einer Zelle der Militärpolizei?
Vielleicht liegt die Antwort auf der Hand.

Viel wichtiger ist jedoch die Frage:

Wie konnte es so weit kommen?

Mehr in Kürze.

Erster Teil

DER WEISSE TOD

São Paulo, 2003–2006

1

Geld regiert die Welt

Januar 2003

Wie war São Paulo im Jahr 2003? So wie in jedem Jahr:
erfüllt von einem grandiosen Selbstwertgefühl und sich seiner
eigenen Bedeutung mehr als bewusst. Man wählte Lula und
die PT, die Linke schwebte auf den Flügeln der Hoffnung und
des Optimismus, und die Studenten, die Gewerkschafter, die
Schwulen, die Anarchisten, die Drogenabhängigen, die Dealer
und Zuhälter, die Künstler und Aristokraten waren ebenfalls
ziemlich high. Es war eine gute Zeit, um ein soziales Gewissen
zu haben; eine gute Zeit, um jung und zukunftsorientiert zu
sein. Wer ahnte schon, dass das sozialistische Paradies Cash und
Kredite für alle bedeuten würde. Nun, nicht für alle. Schließlich
gab es da immer noch die sogenannte Elite von São Paulo, die
den Schlüssel zum Safe besaß, einer Festung im Dschungel.

Assis, 54, Geschäftsmann

Detective Mario Leme ist unterwegs zu dem alten Nobelviertel
Jardim Paulistano, um herauszufinden, wer den Direktor der British International School in dessen Villa erschlagen hat.

Leme hat nicht viel Erfahrung, und er wittert Probleme.

Er kennt die Schule; wer kennt sie nicht? Man braucht jede Menge *dinheiro*, um diesen Ort für die Ausbildung seiner Kinder auch nur in Erwägung zu ziehen.

Die monatliche Gebühr übersteigt bei Weitem das, was Leme als Berufsanfänger bei der Zivilpolizei verdient.

Es ist eine in vielerlei Hinsicht geschlossene Gesellschaft, die sich selbst und ihre Interessen schützt, und höchstwahrscheinlich werden sie nicht gerade begeistert sein, wenn er dort herumschnüffelt und unangenehme Fragen stellt.

Obendrein hat Lemes Vorgesetzter – Superintendent Lagnado, ein feister Mann mit einer fiesen Ader – von vornherein klargestellt, wie die Ermittlungen laufen.

»Also, Leme«, hat er heute Morgen verkündet. »Ich denke, es handelt sich hier eindeutig um einen aus dem Ruder gelaufenen Raubüberfall. Klassisches Szenario: Reicher weißer Mann wird brutal von skrupellosem Kleinkriminellen ins Jenseits befördert. Sie sollten nicht mehr als ein paar Tage brauchen, um das aufzuklären.«

Leme bezweifelt das, ohne genau zu wissen, warum.

Ricardo Lisboa, Lemes guter Freund und Partner, fährt den Wagen. »Das wird keine Win-win-, sondern eine Lose-lose-Situation, mein Junge«, sagt er und blickt nach vorne. Er ist ein großer Mann in einem schäbigen Anzug. Er hat Humor, dieser Lisboa. »Wir sind dort etwa so willkommen wie zwei katholische Priester auf einer Teenagerparty.«

Leme sieht das ähnlich und schweigt.

»Weißt du, wer auf diese Schule geht?«

Leme schüttelt den Kopf.

»Malufs Enkelkinder zum Beispiel. Oder der Junge von Mick Jagger. Ich glaube, das passende Wort dafür ist *Elite*.«

Leme nickt.

Paulo Maluf: ein ehemaliger Bürgermeister São Paulos.

Sie haben einen Ausdruck für den alten Maluf geprägt: *Roba mais faz.*

Er wirtschaftet in die eigene Tasche, aber er bringt Dinge voran.

Leute dieses Schlags hat São Paulo schon immer gewählt.

Es ist viel wichtiger, dass die Stadt funktioniert – der Müll abgeholt wird, die U-Bahn fährt, die Straßen repariert werden –, als sich über Schmiergeldzahlungen und Erpressungen im Rathaus aufzuregen.

Die meisten dieser Schmiergelder und Erpressungen stehen ohnehin in Zusammenhang mit Verträgen, die das Funktionieren der Stadt *ermöglichen.*

Das könnte sich ändern, denkt Leme, weil erst am Tag zuvor der linke Lula sein Amt angetreten hat. Es *könnte* sich was ändern, andererseits ist São Paulo, was soziale Veränderungen betrifft, seit jeher ein verdammt sturer Esel.

»Tu mir einen Gefallen«, sagt Leme. »Lass mich mit Politik in Ruhe.«

»Es ist ein Neuanfang«, erklärt Lisboa.

Leme schüttelt den Kopf.

Lisboa fährt fort: »Die Arbeiterpartei beginnt ihre Regierung mit dem erklärten Vorhaben, soziale Ungleichheit und dergleichen auszumerzen. Und schon am nächsten Tag wird ein Symbol der sogenannten *Elite* Opfer eines krassen Gewaltverbrechens.«

Leme unterdrückt ein Lächeln.

»Ich will damit nur sagen«, fügt Lisboa hinzu, »dass es was von ausgleichender Gerechtigkeit hat, verstehst du? Eine Art kunstvolle Symmetrie.«

Lisboa biegt von der Alameda Gabriel Monteiro da Silva in die begrünten, mit flachen Wohnhäusern gesäumten Straßen hinter der Schule. Frauen in teuren Lycra-Trikots machen Powerwalking, neben ihnen trotten Hunde an Leinen. Weiß gekleidete Hausmädchen und Nannys eilen mit hängenden Schultern zwischen Geschäften, Wohnungen und Schulen hin und her.

Kinder kicken Fußbälle. Kinder machen Unsinn. Die Schule ist *aus*.

Lisboa schleicht um enge Kurven, vorbei an auf Hochglanz polierten SUVs.

An jeder Ecke stehen Wachkabinen privater Sicherheitsdienste. So ein Viertel ist das.

Sicherheit ist ein Riesengeschäft, und egal ob die Typen in den Wachhäuschen eine Ahnung von ihrem Job haben – diesem Mordfall nach zu urteilen wohl nicht unbedingt –, sorgt schon die Existenz der Kabinen und der von dort gesteuerten Kamerasysteme normalerweise für eine gewisse Abschreckung.

Leme notiert sich die Namen der Sicherheitsdienste, die auf den Kabinen stehen.

Leme entdeckt die Villa des Schuldirektors. Sie ist *riesig*. Das Tor ist grün und massiv. Stacheldraht auf den Mauern. Davor uniformierte Beamte und Absperrband, Blaulichter und Schaulustige aus der Nachbarschaft, die üblichen Gaffer.

Er deutet auf eine Parklücke. Lisboa nickt, stellt den Wagen ab …

»Tief durchatmen, alter Junge«, sagt Lisboa. »Das wird ein Spaziergang im Park.«

Leme stößt seine Tür auf. »Wohl eher im verdammten Dschungel.«

Arbeit. Die Sonne brennt vom Himmel. Ausladende Bäume werfen Schatten auf das holprige Pflaster. Leme fährt sich mit der Hand über den Nacken, unter den Hemdkragen. Er wischt sich den Schweiß ab; Staub klebt auf seiner Haut.

Leme zeigt seinen Ausweis. Ein Uniformierter gibt den Eingang frei. Sie treten ein.

Ein dunkler Hausflur. Durch die geöffnete Tür wirft das Sonnenlicht einen hellen rechteckigen Fleck auf den Boden. Auf einem Tischchen liegen Schlüssel und silberne Manschettenknöpfe.

Geschmackvolle Gemälde an den Wänden. Ein kurzer Mantel hängt zusammengefaltet über einem Stuhl.

Leme geht weiter. Die Hintertür steht offen. Sie ist mit Tape abgesperrt, was zeigen soll, dass *sie genau so vorgefunden wurde*, seit vergangener Nacht unberührt.

Der Garten hinter dem Haus. Um einen Metalltisch mit Glasplatte sind Stühle gruppiert. Ein Grill in der Ecke, in der Unterschale liegt Asche. Leme fährt mit dem Finger über den Rost. Er ist fettig. Leme sucht nach Anzeichen von Aktivität. Er bemerkt Fußspuren aus getrocknetem Schlamm. Auf der anderen Seite des Gartens weitere kleine Wohnräume. Vermutlich die des Dienstmädchens. Zu seiner Linken eine Gartenpforte zur Straße. Die Tür ist verschlossen, vermutlich von außen. Keine Spur eines Schlüssels.

Ein Hubschrauber dröhnt über seinen Kopf hinweg. Leme zündet sich eine Zigarette an.

Lisboa taucht in der Hintertür auf.

Leme nickt in Richtung erster Stock. »Was sagen sie?«

»Frühe Morgenstunden. Ein einziger Schlag. Wahrscheinlich ein stumpfer Gegenstand. Etwas Schweres.«

»Wir haben also keine Tatwaffe?«

»Bisher keine Spur.«

Leme nickt. »Wer hat die Leiche gefunden?«

»Das Hausmädchen. Sie ist in keiner guten Verfassung.« Er deutet quer durch den Garten. »Ihr Zimmer.«

Leme nickt. »Fehlt was?«

»Seine Brieftasche liegt noch auf der Kommode.«

»Mit Inhalt?«

»Sieht jedenfalls so aus.«

Leme schnaubt.

Erster Stock. Drei Männer in Weiß wuseln um die Leiche herum. Sie machen ihnen Platz.

Das Zimmer ist elegant eingerichtet, strahlt Ruhe aus. Das Bett ist zerwühlt. Auf der Ankleidekommode liegt ein aufgeschlagenes Notizbuch neben einer Louis-Vuitton-Brieftasche. Ein geschmackvoller Holzstuhl liegt umgestürzt auf dem Boden.

Im Bad brennt Licht. Über der Duschstange hängen benutzte Handtücher. Die Borsten der Zahnbürste sind feucht. Ansonsten wirkt alles sauber und aufgeräumt.

Das Schlafzimmer ...

Die Leiche liegt mit dem Gesicht nach unten auf dem Teppich.

Ein zerknitterter roter Morgenmantel, offen, sodass ein Paar weiße Unterhosen zum Vorschein kommt. Dünne, haarlose Beine, die wie Fragezeichen angewinkelt sind, Arme auf halbem Weg zum Gesicht.

Seine Fußknöchel sind mit einer roten Krawatte zusammengebunden.

Seine Handgelenke sind mit einer blauen Krawatte zusammengebunden.

Er war nicht in der Lage, sich zu verteidigen.

Eine klebrige Blutlache, die aus einer Wunde am Hinterkopf stammt. Behaarter, rundlicher Bauch, eingefallene Brust. Eine seltsame Ausstrahlung von Männlichkeit.

Leme hat keine Erfahrung mit solchen Fällen.

Das spärliche Haar ist verfilzt, es klebt auf der Wunde. Einzelne Strähnen sind so steif, dass es wirkt, als könnten sie wie Eiszapfen brechen.

Auf dem Teppich blutige Fußabdrücke.

Leme wittert Probleme.

Ihm wird plötzlich kotzübel, und er krümmt sich.

Er untersucht etwas auf dem Boden.

Die Übelkeit lässt nach, und Leme richtet sich wieder auf.

Er verschafft sich einen Überblick. Er registriert die Winkel und Positionen der Gliedmaßen. Er schätzt den Abstand zwischen Tür und Bett, wie weit das Opfer gestürzt sein muss. Mit einem Stift aus seiner Hemdtasche blättert Leme in dem Notizbuch. Gekritzel auf Englisch, vermutlich Termine und To-do-Listen. Er schiebt den Stift in die Brieftasche, klappt sie auf. Exklusive Kreditkarten und ein ziemlich fettes Bündel Geldscheine. Die Glätte und Unversehrtheit des Leders lassen darauf schließen, dass die Brieftasche so gut wie neu ist. Sie enthält nichts Persönliches, keine Fotos von geliebten Menschen, keine Visitenkarten, Mitgliedsausweise irgendwelcher Clubs oder dergleichen.

Leme registriert, wie der Stuhl gelandet ist. Vermutlich hat das Opfer ihn beim Aufstehen umgestoßen. Jedenfalls nimmt er an, dass es das Opfer war, das dort saß.

Er nickt und geht wieder nach unten.

Küche. Lisboa steht gebückt da und hantiert an einer Kaffeemaschine.

Er schaut auf. »Wie funktioniert das Mistding?«

»Keine Ahnung.«

Lisboa schüttelt den Kopf. Er wirft einen Blick zur Decke. »Also, was denkst du?«

»Der Eindringling kam vermutlich durch die Gartenpforte«, erklärt Leme langsam und bedächtig. »Dann nahm er die Hintertür. Kein gewaltsamer Einbruch, aber vielleicht hat er die Tür auch ohne sichtbaren Schaden aufgehebelt. Anschließend schleicht er die Treppe rauf. Das Opfer sitzt an seiner Ankleidekommode, schreibt in sein Notizbuch, frisiert sich, zählt sein Geld, was auch immer er vor dem Schlafengehen so treibt. Überall liegen Klamotten, also mistet er vielleicht seinen Kleiderschrank aus, wer weiß. Jedenfalls betritt der Täter den Raum. Das Opfer springt auf, der Stuhl kippt nach hinten. Er geht dem Eindringling ein, zwei Schritte entgegen, der auf *ihn* zukommt. Vielleicht tauschen sie einen oder zwei Schläge aus oder rangeln, aber nichts allzu Gewalttätiges, *entendeu*? Vielleicht auch nicht. Der Eindringling bedroht ihn. Er schnappt sich zwei Krawatten vom Bett, fesselt seine Hände und Füße. Möglicherweise hat er eine Waffe und macht ihn damit gefügig. Oder er überwältigt ihn einfach so. Das Opfer unternimmt instinktiv einen Fluchtversuch, worauf der Täter mit einem schweren Gegenstand zuschlägt.«

Leme hält inne.

Leme hat wenig Erfahrung mit solchen Fällen.

Lisboa sagt: »Falls er ihn wirklich *vor* dem Schlag gefesselt hat. Er könnte es auch danach getan haben.«

»Ja, aber warum sollte er das tun? Vielleicht hat er die Kleider auch erst danach aus dem Schrank gezerrt, um eine falsche Fährte zu legen.«

Sie stehen einen Moment lang schweigend da.

»Also, das Opfer stürzt«, fährt Leme fort, »verblutet, und der Täter verlässt das Haus auf demselben Weg. Entweder war die Hintertür bei seiner Ankunft geöffnet, und er lässt sie so, oder er vergisst in seiner Eile, sie wieder zu schließen. Das könnte uns etwas darüber verraten, ob es sich um einen routinierten Einbrecher handelt. Wir klären mit dem Dienstmädchen, wie das mit dem Abschließen genau funktioniert.«

Leme wittert Probleme.

»Sie meint, die Tür ist normalerweise verschlossen, manchmal aber auch nicht.«

»Sehr hilfreich. Jedenfalls verschwindet der Täter durch die Gartenpforte und verschließt sie von außen. Allerdings habe ich noch nicht wegen dem Schlüssel gefragt, um das zu bestätigen.«

»Ist nirgends zu finden.«

Leme seufzt. »Klingt das alles einigermaßen stimmig?«

Lisboa nickt. »Ja, schon. Jedenfalls ab dem Punkt, wo er drin war. Die Frage ist nur, ob wir Überwachungsvideos kriegen, wie er *reingekommen* ist.«

»Dann fang doch mit den privaten Sicherheitsdiensten draußen auf der Straße an. Die CCTV-Überwachungsvideos sichten sie auf dem Revier.«

»Und was hast du vor?«

Leme beugt sich über die Maschine, zieht den Stecker und grinst.

»Ich hole uns einen Kaffee.«

Leme tritt hinaus auf die Alameda Gabriel Monteiro da Silva. Auf der gegenüberliegenden Straßenseite eine *padaria*, eine Bäckerei. Eine Gruppe von Arbeitern hockt bei Kaffee und *cachaça* zusammen. In der Luft Abgaswolken von Lastwagen, die auf der viel befahrenen Straße bremsen und wieder Gas geben. Leme bestellt zweimal Kaffee *pra viagem* – zum Mitnehmen – und setzt sich an den Tresen. Die Kellnerin macht Small Talk, was Leme mit einem Grunzen erwidert. Die Kellnerin zuckt mit den Schultern, Leme nimmt den Kaffee und gibt ihr ein dickes Trinkgeld.

Er überquert die Straße, die Schule zu seiner Linken.

Stimmengewirr, Lärm von spielenden Kindern.

Sie ahnen noch nichts, denkt er.

Wessen Job ist es, sie zu informieren? Vermutlich *seiner*. Oder zumindest muss er entscheiden, wer es übernimmt.

Das wird ein verdammt harter erster Fall, das ist abzusehen.

Er schlendert an der Schule vorbei.

Draußen lungern private Leibwächter herum. Viele dieser Kinder sind potenzielle Entführungsopfer.

Es sind Söhne und Töchter von Medienmogulen und Politikern, von Geschäftsleuten und Baumagnaten, von Anwälten und Hedgefonds-Managern, von Philanthropen und Rockstars.

Kinder von unheimlich viel Geld und gewaltigen Besitztümern, ererbt und erwirtschaftet.

Ein Leibwächter schaut über die Schulter zu Leme. Leme will ihn umrunden, er ist nicht scharf auf eine Begegnung. Der Leibwächter verstellt ihm den Weg, und Leme hält inne.

Der Bodyguard kratzt sich im Schritt. Er trägt eine Piloten-Sonnenbrille. Er grinst Leme an, ein kleines, fieses Lächeln. »Sie sind der Detective, stimmt's?«

Leme nickt. Der Leibwächter nickt.

Leme hält in jeder Hand einen Kaffee. Er macht eine Geste: *Ich muss weiter, Junge.*

»Tun Sie uns einen Gefallen?«, sagt der Leibwächter. »Falls Sie in dem Fall Fortschritte machen sollten, geben Sie uns Bescheid. Wir sind alle bereit zu helfen, ja? Wir mochten Senhor Lockwood.«

Leme nickt. Er eilt weiter. Kaffeeschaum schwappt über.

Paddy Lockwood, so hieß der Mann. Klingt irisch, findet Leme, brachte ihm aber offensichtlich nicht das sprichwörtliche *Glück.*

Miami Airport. Ray Marx schlendert durch das Abflugterminal. Er lässt sich in einen Sitz *gleiten.* Das Terminal hallt wider von Stimmen, rollenden Koffern, klackenden Absätzen. Ray schaut sich um, blickt auf seine Uhr. Noch ein paar Minuten bis zur Übergabe, eine gute Stunde bis zu seinem Flug …

Ray macht es sich bequem und überprüft seine Taschen. Geld, Schlüssel, Pässe, ein One-Way-Ticket Erster Klasse nach São Paulo. Zu seinen Füßen ein stylisher Lederkoffer. Er nimmt die typische Mittelstreckenhaltung an, das teilnahmslose *Starren* des internationalen Flugmodus. Die Schultern zurück, der Bauch flach, der Brustkorb kraftvoll gewölbt. Er studiert die Ankunftstafel. Die Flüge scheinen pünktlich zu sein, das Wetter ein Traum, minimale Turbulenzen, die Flugbedingungen sind optimal. Sonne durchflutet die Halle. Die Wolken lichten sich. Ray macht unter den Urlaubern zwielichtige Gestalten aus. Ihre Trolleys schaukeln, überladen mit brandneuen Elektronikartikeln. Auf dem Heimweg, denkt Ray. Späte Weihnachtsgeschenke für die Großfamilie, Dutzende von *tías* und *tíos* und all ihre rotznäsigen Kinder. Oder sie verhökern den Kram gleich von der Ladefläche eines schmutzigen Lieferwagens aus. Die Tafel blinkt, leert sich, ordnet sich neu. Er registriert: Mexico City. Gelandet, pünktlich.

Ray legt eine Zeitung auf den Sitz neben sich. Obwohl natürlich niemand wagen würde, ihn zu fragen, ob da noch frei ist. Er hat diesen Blick perfektioniert: *Denk nicht mal dran, cabrón.* Er braucht den Platz.

Jemand nimmt die Zeitung weg und setzt sich. Ein gedrungener Mann, dicke Schweißperlen auf der Stirn. Seine Ausdünstungen *schreien Enchilada.*

»*Holá*, Big Ray«, sagt der Mann. »Alles roger?«

Ray lächelt. *Big Ray.* Er ist nicht gerade klein, Big Ray, aber er ist auch kein Koloss. Er ist im besten Fall groß gewachsen. Im Vergleich zu seinen *compadres* südlich der Grenze, den sinaloanischen Cowboys und schießwütigen Bohnenfressern, wie dem jungen Mann neben ihm, ist Ray allerdings ein Riese. Schlank wie eine Bohne und zäh wie alte Lederstiefel – und er schaut immer auf dich herab, dieser Ray.

»Sag das nicht«, verbessert Ray. »Sag nicht *alles roger*. Du bist hier in keinem beschissenen Film.«

»Okay, Señor Marx.« Der Typ zieht eine Grimasse. »*Como está?*«

Ray lockert den Nacken. »Ist alles da?«

»Es ist alles roger, Ray.«

Ray lächelt. »Du bist ein echter Herzensbrecher. Jetzt mach dich aus dem Staub, *mi'jo.*«

Der Bohnenfresser-Punk verpisst sich. Ray schaut nach unten. Zu seinen Füßen steht derselbe Lederkoffer, der jetzt ein anderer Lederkoffer ist. Dieser neue, identische Lederkoffer hat einen doppelten Boden, unter dem sich genau zweihundertfünfzigtausend US-Dollar befinden.

Startkapital.

Ray fliegt nach São Paulo, um eine Saat auszubringen. Dazu braucht er aus dem Umlauf gezogenes Bargeld, das man nicht zurückverfolgen kann und das zu Hause gerade nicht zu kriegen ist. Als ehemaliger CIA-Agent, aktueller Firmenteilhaber und freiberuflicher Drahtzieher hat Ray Zugang zu sauberem Saatgut, wie er es nennt. *Clean Cash.*

Ray hat zwei Martinis intus und genießt die Aussicht von seinem Fensterplatz.

»Und, was führt Sie nach São Paulo?«

Ray schaut zur Stewardess auf. Er ist sich des Gesamteindrucks, den er abgibt, durchaus bewusst. Er wirft einen kurzen Blick auf den Lederkoffer, den er zu seinen Füßen verstaut hat. Er grinst. »Geld«, sagt er.

Die Stewardess mixt ihm einen frischen Drink.

»Dann sind Sie also was genau, ein Bankmensch?«

»Consultant«, erwidert Ray. »Ich sorge dafür, dass Vorhaben in die Tat umgesetzt werden.«

»Hm.« Die Stewardess reicht ihm sein Getränk. Sie hat es nicht eilig, beugt sich über seinen Sitz.

»Wie wär's mit noch ein paar Erdnüssen?«, sagt Ray.

»Kommen sofort, Money Man.«

Ray schlürft den Martini. Seine Zähne prickeln vor Kälte. Sein Blick richtet sich wieder nach draußen und nach unten …

Die Atlantikküste blitzt auf.

Ray passiert die Schnellabfertigung am Gate und beim Zoll. Der Koffer trägt sich angenehm, weiche Ledergriffe, gut ausbalanciert, genau das richtige Gewicht – ausgezeichnet gepackt.

Auf dem Flughafen herrscht Hochbetrieb. Rays Name steht auf einem Schild, das von einem fies aussehenden jungen Mann in schickem Anzug hochgehalten wird. Ray gefällt sein Stil. Er mustert die anderen Typen mit den hochgehaltenen Namensschildern. Eine erbärmliche Truppe. Große, fette Kerle mit niedrigen Stirnen, wulstigen Augenbrauen, übergroßen Schirmmützen und Industrieparfüm. Billige Anzüge bedeuten eine beschissene Fahrt. Wenn man mit Peanuts bezahlt, kriegt man Affen, denkt Ray.

Ray sagt zum Fahrer: »Hotel Unique, *amigo*.«

Der Fahrer nickt. Ray kennt die Verkehrsverhältnisse. Ray

kennt die Route. Jetzt ist genau die richtige Zeit für ein Nickerchen, und Ray lehnt sich in seinem Sitz zurück.

Das Hotel Unique heißt zu Recht so.

Ray bewundert die Außenfassade. Sie ist geformt wie ein Schiff. Mit einem Bug, elegant geschwungenen Flanken, einem flachen Deck und Bullaugen als Zimmerfenster. Ray lächelt, als er eincheckt.

»Sie bleiben dann also länger bei uns …?«

»Auf unbestimmte Zeit«, sagt Ray.

Die Empfangsdame wirkt leicht panisch, vielleicht versteht sie ihn nicht, findet nicht die richtige Antwort im Computer, ihr Kollege runzelt die Stirn …

»Ich …«

Ray lächelt weiter. »Nicht nervös werden, Schätzchen«, sagt er. »Es ist alles gut.«

Eine Hotelmanagerin erscheint. Sie räumt die Empfangsdame mit sanften Kommandos aus dem Weg. Sie schenkt Ray ein verlegenes, entschuldigendes Lächeln. Ray weiß das zu schätzen. Er nimmt die Bemühung wohlwollend zur Kenntnis, das Eingeständnis ihres Fehlers. Das sagt etwas aus.

»Wenn Sie mir bitte folgen würden, *Senhor* Marx …«

Rays Zimmer ist bereits vollständig hergerichtet. Die Schränke sind voll. Hemden und Jacketts, ein paar Jeans. T-Shirts und Shorts. Badesachen. Die richtige Art Schuhe. Das Bad ist genau nach seinen Wünschen eingerichtet. Ray verstaut den Koffer hinter der doppelten Rückwand eines Schranks, schließt sie mit einem Klicken, tastet nach dem Schloss und zieht den winzigen Schlüssel heraus. Er steckt ihn ein.

Cocktailstunde. Auf dem Deck wimmelt es von Menschen. Die Nacht bricht an …

An einer Seite verläuft ein schmaler Swimmingpool. Eine rot-lila Unterwasser-Lightshow sorgt für exotisches Ambiente. Ein Gefühl von Luxus.

Ray schlendert über das Deck, bei dem es sich offenbar um ein originales Schiffsdeck handelt. Es ist zugleich das Hotel-dach, und Ray verschafft sich einen Überblick. Er befindet sich in einem teuren Viertel mit niedrigen Häusern. Im Norden erkennt er die Avenida Paulista, Hochhäuser und Strommasten mit blinkenden Warnlichtern – ankommende Hubschrauber, Kurz-strecken-Inlandsflüge, Signalmasten auf Helipads. Im Osten ein dunkelgrüner Fleck: vermutlich der Ibirapuera Park. Im Westen Luxuswohnanlagen mit Pools, Tennisplätzen und ausgedehnten Grünflächen. Den Blick nach Süden versperrt die Sushibar des Hotels.

Er sucht sich einen Platz und bestellt einen Caipirinha. Die Nacht senkt sich herab. Ray *atmet*.

Zurück im Zimmer schiebt Ray die Schranktür auf. Ray ist bereit fürs Bett, aber er spürt …

Ein Verlangen. Er holt den ledernen Koffer hervor, entfernt den falschen Boden und greift unter die Geldbündel. Er zieht einen eleganten Lederwaschbeutel heraus und öffnet den Reiß-verschluss. Ray hatte drei Caipirinhas. Der Alkohol lässt etwas in ihm *schmelzen*. Im Lederbeutel: eine Flasche reines mexikanisches Heroin, in medizinischer Qualität – sehr hochwertig, sehr schwer zu kriegen, sehr stark, nichts für Amateure. Ray ist nicht süchtig, aber er hat Bedürfnisse, er *genießt* …

Das Zeug hat Gourmetqualität, genau Rays Ding.

Ray schiebt die Nadel der schlanken Spritze in die Flasche. Er zieht sie auf, nimmt sie heraus. Er spritzt einen Tropfen ab. Nimmt einen Gummischlauch aus dem Lederbeutel. Wickelt ihn um sei-nen linken Arm. Er findet eine Ader, drückt den Abzug …

Das wird reichen, mein Freund, denkt Ray.

Er lässt sich in den Sessel unter dem Bullaugenfenster sinken. Ray fühlt sich wohl auf dem Meer, die Wellen plätschern, eine Brise weht, die sanfte Nachtluft …

Als Ray ins Bett schlüpft, fragt er sich: Wo soll ich hier so guten Stoff herkriegen? Er hat schätzungsweise einen Monat – vielleicht drei Wochen – Zeit, bis er sich ernsthaft mit der Frage auseinandersetzen muss.

Renata Sanchez ist nicht das erste Mal in einer Favela, aber zum ersten Mal musste sie ihren Chef deswegen anlügen.

Sie steht vor einem *Por-Kilo*-Restaurant an einer Kreuzung im oberen Teil von Paraisópolis, einen Block von der Hauptstraße entfernt.

Sie ist nicht hungrig – sie hatte gerade erst ein frühes, ausgiebiges Mittagessen mit einem Kunden in Itaim –, aber der Duft von Reis, Bohnen und geschmortem Schweinefleisch ist einfach zu verlockend. Sie checkt ihr Handy; sie ist pünktlich. Der Makler muss jeden Moment kommen. Er hat ihr versichert, dass er sie nicht warten lässt, dass es um diese Tageszeit dort sicher ist, keine Sorge, überhaupt ist es dort eigentlich zu jeder Tageszeit sicher, außerdem haben Sie doch gesagt, dass Sie schon mal hier waren, also sind Sie doch mit der Gegend vertraut, oder?

Nun *wartet* sie also doch – steht vor dem Restaurant, das freundlicher wirkt als die Bar auf der gegenüberliegenden Straßenseite. Kein schöner Ort für einen schnellen Kaffee. Rostige Tische und knorrige alte Männer mit blutunterlaufenen Augen; räudige Hunde, die Krieg gegen ihre Flöhe führen. Die Restaurantbesitzerin starrt Renata an. Eine kräftige Frau mit einem grimmigen Gesichtsausdruck und einer fettigen Schürze. Sie steht mit verschränkten Armen da, schüttelt den Kopf, bleckt die Zähne und saugt daran.

Renata lächelt.

»*Quer alguma coisa?*«, fragt die Frau. Möchten Sie was? »Ich habe Mittagstisch, Snacks.« Sie deutet auf die Plastiktische auf dem Bürgersteig. »Sie können sich auch setzen.«

»Ich nehme eine *coxinha*«, sagt Renata. »Und eine Coke.« Sie denkt: Ja genau, eine Teigtasche gefüllt mit Hühnchen, Käse, Kartoffeln und dann ordentlich Tabasco drauf. Sie kramt in ihrer Handtasche nach Kleingeld.

Die Frau hebt eine Hand, schüttelt den Kopf. »Setzen Sie sich. Ich bringe es Ihnen. Sie können später zahlen.« Sie lächelt ironisch. »Sie sehen einigermaßen ehrlich aus.«

Renata setzt sich an einen gefährlich wackelnden Tisch und beobachtet die weiß gekleideten Dienstmädchen und Nannys, die *céstas* mit Reis und Bohnen tragen. Sind sie unterwegs zur Arbeit oder nach Hause? Die *céstas* sind eher klein, also geht es wahrscheinlich nach Hause. Die Körbe sind gerade groß genug für eine kleine Familie, ein bisschen zu schäbig für ein Haus oben auf dem Hügel.

»Hier.«

Die Restaurantbesitzerin stellt ein Tablett mit der *coxinha*, eine Flasche Cola und ein Glas mit Strohhalm auf den Tisch.

»*Obrigada.*« Renata lächelt. »Sie haben keine scharfe Soße, oder?«

Die Frau hebt eine Augenbraue und brummt etwas.

In der Nähe parkt ein Wagen, aus dem Musik dröhnt, und Renata beäugt die Männer mit Flip-Flops und dunklen Sonnenbrillen, die um den Wagen herumstehen und die fünf Schotterstraßen überwachen, die sich an der Kreuzung treffen.

»Hier.«

Renata lächelt. Sie packt den Snack mit einer dünnen, rauen Serviette aus dem Spender auf dem Tisch. Die Teigtasche ist trocken und nur stellenweise heiß – vermutlich liegt sie seit einer guten Stunde auf der Heizplatte. Aber sie schmeckt salzig und nach Frittiertem, der geschmolzene *Catupiry* tropft heraus, gerade richtig so. Sie schlürft die Cola, und die Bläschen prickeln in ihrem Mund. Die perfekte Kur bei einem Kater; obwohl sie gar keinen hat.

Straßenarbeiter stapfen von der Bushaltestelle nach Hause, vorbei an Reifenläden und ausgebrannten Autos. Sie tragen weiße Helme, haben die Oberteile ihrer orangefarbenen Overalls um die Hüften geknotet. Müllgeruch liegt in der Luft. Eine dichte Wolke scheint über ihrem Sitzplatz zu hängen. Dümmlich aussehende, schlappohrige Hunde schnüffeln in den Abfallsäcken und zerren Reste heraus. Der Eigentümer knurrt sie an, hebt drohend einen Besen, und sofort trotten sie davon.

Renata wischt sich den Mund ab, schaut noch einmal auf ihr Handy. Der Immobilienmakler ist jetzt eine Viertelstunde überfällig.

Auf der Hauptstraße rattern Trucks vorbei, und der Abgasgestank weht Renata in die Nase. Zwei Militärpolizisten haben sich neben ihren Motorrädern aufgebaut, das Blaulicht ist eingeschaltet, jeweils eine Hand ruht auf der Waffe im Gürtel.

Wenn die Hauptstraße Giovanni Gronchi verstopft ist, gibt es eine Umleitung durch die Favela. Eine Abkürzung vor allem für die Mittelschicht, sodass hier immer Militär präsent ist.

Renata fragt sich, ob das die Gegend wirklich sicherer macht.

Die Militärpolizei ist durchsetzt von zweifelhaften Gestalten. Eine Truppe schwer bewaffneter, korrupter Vollstrecker, und wie man hört, sind sie kaum weniger übel als die Drogenbanden. Renata weiß nicht, ob das zutrifft, aber für ihr Projekt in der Favela braucht sie auf jeden Fall die Kooperation beider Seiten.

Das bringt sie in eine spannende Lage.

Das Leben um sie herum entfaltet sich, nimmt seinen Lauf …

Mit Müll beladene *carrossos* quietschen vorbei, Jungen rollen Autoreifen den Hügel hinunter, Männer laden Holzkisten mit Obst und Bier aus rostigen, in zweiter Reihe geparkten Lieferwagen, Schulkinder hüpfen durch die Straßen, klatschen auf die Motorhauben der besseren Autos und winken durch die getönten Scheiben. Wäsche flattert im Wind, gelbe und blaue Müllsäcke kochen in der Hitze, leises Summen von illegal angezapften Stromleitungen. Kinder schieben ihre Köpfe aus Autofenstern und strecken ihre Zungen heraus.

Renata fragt sich, ob sie wirklich jeden Tag hierherkommen will. Und wo sie dann *parken* wird. Sie zieht ein paar Scheine aus ihrem Portemonnaie und winkt der Frau. Die Besitzerin kommt herübergeschlendert, inzwischen etwas weniger missmutig, wie Renata findet.

»Stimmt so«, sagt sie lächelnd.

»*Valeu.*« Prost. Die Frau wendet sich zum Gehen, überlegt es sich dann aber anders. »Was machen Sie eigentlich hier?«, fragt sie. Ihr Lächeln ist schief.

Ein Mann in weißem Hemd und schwarzer Krawatte eilt heran und winkt entschuldigend.

Renata nickt in seine Richtung. »Ich glaube, da kommt meine Verabredung.«

»Ha, na dann viel Glück«, sagt die Frau und stopft die Scheine in ihre Schürzentasche.

Renata sieht dem Mann mit dem weißen Hemd und der schwarzen Krawatte beim Schwitzen zu. Sein Hemd wirkt billig, das Fassungsvermögen des Kragens und der Achseln ist deutlich überschritten.

»Sorry«, sagt der Mann, »aber das müsste jetzt der richtige Schlüssel sein.« Er murmelt so was wie *vamos, porra*. Komm schon, du Scheißding.

Sie stehen auf dem Treppenabsatz im ersten Stock, und der schwitzende Mann versucht verzweifelt, die Tür zu öffnen.

Renata lächelt, schüttelt leicht den Kopf. »Kein Problem.«

»Und bitte entschuldigen Sie die Verspätung. Der Verkehr, *ne*? Ein Alptraum.«

»Ich weiß«, sagt Renata. »Ich bin selbst von Itaim hierhergefahren. Dort in der Nähe ist ja auch Ihr Büro, glaube ich. Oder kommen Sie von der Filiale auf der anderen Straßenseite?«

Die Stirn des Mannes *glänzt*, seine Wangen tropfen, *coitado*. Armes Lämmchen.

»Jep, ich meine, natürlich.« Ein Klicken. »So. Endlich.«

Er öffnet die Tür und hält sie ihr auf.

»Hier entlang.«

Er lächelt verlegen.

Renata tritt ein und denkt sofort: Ja, das ist perfekt …

Von einem Fenster aus blickt man auf die Favela, in ihren tiefsten Krater hinein, dann wieder hinauf zum höchsten Rand.

Unten in Paraisópolis krabbelt es, es *wimmelt*.

Die Hütten aus Beton, Ziegeln und Holz glühen in der Hitze.

Die ganze Gegend flimmert in der prallen Sonne wie eine Fata Morgana.

Es ist genau das, was sie sich vorgestellt und erhofft hat.

Aus dem Fenster auf der anderen Seite schaut sie hinunter auf die Kreuzung und bis zur Hauptstraße. Es ist wie ein Außenposten; sie fühlt sich, als stünde sie an der Grenze, dem letzten Fort vor dem Wilden Westen.

Sie spürt sofort, dass sie von hier aus Menschen helfen kann, *jemandem* helfen kann.

»Fantastische Aussicht«, sagt der Makler.

»Absolut. Wann, sagten Sie, ist es bezugsfertig?«

»Oh, genau in einem Monat.«

»Und warum nicht schon früher?«

»Also, wir nennen das lokale Verwaltungsvorgänge.«

»Sie meinen, Sie müssen es erst mit Räubern und Gendarmen klären, richtig?«

Er nickt. »So kann man es auch sagen.« Er hat sich wieder etwas gefasst. »Sie arbeiten für Capital SP, nicht wahr? Die Privatbank?«

Privatbank ist ein möglicher Ausdruck dafür. Renata ist Anwältin bei einem der größten Finanzkonzerne Südamerikas.

Die Reichweite ihres Hedgefonds ist legendär; sie vermitteln privaten Investoren Beteiligungen an lukrativen öffentlichen Aufträgen, darunter die größten Bauprojekte des Kontinents.

Renata mustert ihn streng.

»Oh, ich habe mich über Sie informiert. Ist so üblich in unserer Agentur, *entendeu?*«

»Verstehe.«

»Komisch«, sagt der Makler. »Eine Freundin von mir arbeitet dort, in derselben Abteilung wie Sie, also dachte ich …«

»Eine Freundin?«

»Eine Rechtsanwaltsgehilfin, was für ein Zufall, oder …«

Renata nickt. Die einzigen Rechtsanwaltsgehilfinnen bei Capital SP arbeiten alle für *sie.*

Damit ist die Sache geklärt.

»Ich nehme das Büro«, sagt sie. »Sie können schon mal den Papierkram fertigmachen.«

Rafa sieht, wie die schicke, durchtrainierte weiße Frau das Gebäude verlässt, begleitet von einem schmierigen Wichser im Anzug. Er ist sich ziemlich sicher, dass sie nicht zum Vögeln drinnen waren. Der Typ hat nicht die Eier, denkt Rafa, und außerdem spielt die Braut Klassen über seiner Liga.

Sie ist Weltklasse, findet Rafa, stilvoll, elegant und lässig – so einen Arsch findest du in der Favela nicht.

»*Rafinha! Fala aí, mano!*«

Rafa dreht sich um. Es ist sein Kumpel Franginho, der wissen will, was abgeht. Rafa springt von dem Reifenstapel, und sie klatschen sich ab. Franginho folgt Rafas Blick.

»Wer ist das?«

»Keine Ahnung. Sie kam vor einer halben Stunde und hat bei Dona Regina zu Mittag gegessen. Ging mit diesem Schmierlappen da rein und kam wieder raus.«

»*E daí?*« Na und? Was soll's?

»*Nada*, ich halte nur die Augen offen, *entendeu*?«

Franginho weiß Bescheid. Sie gehen beide morgens zur Schule, um eins sind sie fertig, nachmittags verdienen sie sich was als Aufpasser für die Bosse. Der Job ist easy: Du notierst einfach jeden, der kommt und geht, meldest es am Ende deiner Schicht. Und falls es ungebetener Besuch von der Militärpolizei ist, piepst du deinen Verbindungsmann an und entzündest ein bisschen Feuerwerk.

Rafa macht den Job, seit er elf ist, also fast auf den Tag genau zwei Jahre, und er musste noch nie ein Feuerwerk abfackeln.

Seiner Einschätzung nach ist es in letzter Zeit ohnehin ziemlich ruhig.

Es gab schon lange keine Razzia mehr.

Und die Typen oben auf dem Hügel haben schon länger keine Strafexpedition mehr gestartet.

Früher war das Alltag …

Ein kleiner *moleque* zieht irgendeinen Scheiß ab, den er besser lassen sollte, einen Diebstahl, vielleicht eine besoffene Schlägerei, oder zweigt was von Einnahmen ab, die ihm nicht zustehen, vielleicht hat er auch die falsche Braut angebaggert; jedenfalls endet er zu Brei geschlagen auf der Straße, wenn er Glück hat gerade noch atmend, bei weniger Glück in der Kanalisation, schwarz und verkohlt, nach seiner vorzeitigen Einäscherung.

Also, alles in allem friedliche Tage.

»Willst du helfen?«, fragt Rafa.

»Warum nicht? Ich geh' meiner Großmutter aus dem Weg.« Sie klettern auf ihre Throne aus Reifenstapeln. »Das ist aktuell die einzige wichtige Verpflichtung in meinem Kalender.«

Rafa lacht. »Das geht hier genauso gut wie woanders, *ne*?«

»Dein Wort in Gottes Ohr.«

Rafa grinst. Franginho hat ihn schon immer zum Lachen gebracht. Seine Art, mit Worten umzugehen, sein *bate papo* – seine *freche Schnauze* – ist Weltklasse.

»Meinst du, ich sollte noch mehr über die Braut im Auto rausfinden?«

Franginho überlegt. »Wenn das bedeutet, dass du Dona Regina einen Besuch abstattest, ihr ein paar Fragen stellst, uns ein paar *coxinhas* mitbringst, dann würde ich sagen, ja, das ist exakt das richtige Prozedere.«

Rafa fährt sich mit der Zunge über die Zähne. »Gut. Du bleibst hier.«

Franginho streckt sich, lehnt sich zurück. »Ich häng derweil bisschen am Strand ab, Baby.«

Rafa springt von den Reifen und überquert die Kreuzung.

Ja, Franginho macht ihm gute Laune, das steht fest. Den Spitznamen Franginho – Kleines Huhn – hat sich Rafa selbst vor Jahren ausgedacht. Sie spielten auf der Straße Fußball, als Franginho eine Schulter senkte, eiskalt einen Mörderschuss antäuschte, dann tänzelnd an dem dicken Jorginho vorbeidribbelte, der daraufhin mit der Fresse im Matsch landete. Als Jorginho schließlich wieder aufstand, schlammig und lachend, rief Rafa: »Er hat den Funky Chicken mit dir getanzt, Alter. Gack, gack, gack!« Dabei zuckte er mit seinen angewinkelten Armen und machte pickende Kopfbewegungen, um Franginho zu imitieren.

Außerdem waren da natürlich noch seine dünnen sehnigen Hühnerbeine.

Von da an hieß er Kleines Huhn. Und was soll man sagen, sie sind immer noch beste Kumpels.

Ein paar alte Säufer vor der Bar winken ihm zu und schreien, er soll sich aus Schwierigkeiten raushalten, kichern. Er nickt, ja, ja, halt die Klappe, alter Mann, zeigt ein falsches Lächeln, gesenkter Kopf, seine Flipflops klatschen über die holprige Straße …

Auf dem kleinen *mercado* drängen sich Frauen, die fürs Abendessen einkaufen. Obwohl er weiß, dass seine Mutter nicht darunter ist, hält er Ausschau. Jedes Mal, wenn er eine Gruppe Frauen sieht, späht er nach ihrem Gesicht, nach etwas Vertrautem, einem liebevollen Blick, einem Lächeln, einer Geste, einer Bewegung, die ihre Anwesenheit verrät …

Natürlich wird er sie nie wiedersehen. Schließlich ist er nicht naiv. Er vermisst sie nur, das ist alles. Sechs Jahre ist sie jetzt nicht mehr da, und sein Vater tut sein Bestes, seine Oma kommt jedes Wochenende in die Favela zurück, räumt ihr kleines Haus auf, kocht für sie und lässt ihnen Essen für die Woche da. Also ist er ziemlich gut versorgt, trotzdem ist es nicht immer einfach …

Es ist *hart*.

Aber jetzt ist keine Zeit für solche Grübeleien.

Rafa betritt das kleine Restaurant. Die Besitzerin ist nirgends zu sehen.

Er hämmert mit der Faust auf den Tresen.

»Dona Regina, *bonitinha*!«, schreit er. »Wo steckst du?«

Wie ein mürrischer Geist materialisiert sie sich vor ihm, die Schürze fettbespritzt, das Haar streng nach hinten gebunden.

»Ach, lass das, Rafinha. Bin nicht in Stimmung, *sabe*?«

»In Wahrheit liebst du es doch, Dona Regina.«

»Hmm.« Sie verzieht das Gesicht und verschränkt die Arme. »Was willst du?«

»Eigentlich, Dona Regina, haben der alte Franginho und ich dringend je eine *coxinha* nötig. Wie stehen da die Chancen?«

»Quatsch nicht so geschwollen daher, junger Mann. Ist das alles?«

»Nun, eine leckere Dose *Guaraná* zum Runterspülen schiene mir auch ein guter Plan, was meinst du?«

»Solltest du nicht in der Schule sein?«

Dona Regina fischt zwei *coxinhas* von der Warmhalteplatte und legt sie auf Servietten. Dann holt sie zwei Dosen *Guaraná* aus dem Kühlschrank.

»Schule ist für heute aus, Ma'am.«

»Dann solltest du besser deine Hausaufgaben machen«, Dona Regina deutet mit dem Kinn in Richtung Franginho, »statt mit diesem Faulpelz für die *malandros* oben auf dem Hügel zu arbeiten.«

Oben auf dem Hügel. Die Bosse tendieren dazu, sich selbst aus der Schusslinie zu halten, abseits vom Dschungel der Favela. Deshalb brauchen sie Fußvolk wie Rafa und Franginho für den Kontakt zur Basis. Die Befehlskette, weiß Rafa, verläuft buchstäblich bergauf.

»Die dürfen uns keine Hausaufgaben mehr geben«, sagt Rafa. »Das läuft jetzt unter Kindesmisshandlung.«

Dona Regina schüttelt den Kopf. »Schaffst du das alles, oder muss ich dir ein Tablett leihen?«

»Ich schaff das schon.« Rafa zwinkert ihr zu. »Tiefe Taschen.«

Dona Regina hebt eine Augenbraue, zieht eine Grimasse. »Die wirst du brauchen, mein Sohn.«

»Hier.« Rafa reicht ihr das exakt abgezählte Geld. »Stimmt so.«

»*Vagabundo*«, brummt Dona Regina.

Rafa wendet sich zum Gehen, dreht sich dann aber noch mal um. »Eine Frage noch. Wer war die Frau, die vorhin hier zu Mittag gegessen hat, du weißt schon, wen ich meine? Die hatte Klasse, *entendeu*? Die würde ich gerne öfter hier sehen.«

Dona Reginas Miene verhärtet sich. »Keine Ahnung.«

»Komm schon, du hast doch mit ihr geredet, oder?«

»Sie hat mich gefragt, ob ich scharfe Soße habe.«

»Da fällt mir was ein.« Rafa schnappt sich eine Flasche Tabasco von der Theke. »Ich bring sie zurück.«

»Das will ich dir auch raten.«

»Du hast also keine Ahnung, warum sie hier in der Gegend war? Sie sah nicht aus, als hätte sie bisher viel Zeit im Getto verbracht.«

»Ich habe keinen Schimmer.«

»Okay, gut zu wissen.« Rafa wendet sich ab, schaut dann noch mal über die Schulter zurück. »Dann werde ich das so nach oben weitergeben, ja? Damit sie dich vielleicht besser selbst fragen?«

Dona Regina seufzt, wechselt von einem Fuß auf den anderen. »Frecher Kerl«, sagt sie. »Wie alt bist du? Dreizehn, vierzehn? Cleverer, als es gut für dich ist.«

»Dreizehn. In der Blüte meiner Jahre.«

Dona Regina schnaubt. Ihr Ausdruck wird sanfter. »Hör zu«, sagt sie, »der Typ, den sie getroffen hat, ist Immobilienmakler. Und in dem Gebäude, in das sie gegangen sind, stehen Büroräume leer. Also kannst du wohl eins und eins zusammenzählen.«

»Sie hat nichts darüber gesagt, wofür sie diese Büroräume braucht?«

»Hat sie nicht. Sie mag scharfe Soße zu ihrem *coxinha*. Das ist so ziemlich alles, was ich über sie weiß.«

»Dona Regina, *bonitinha*, du bist Weltklasse. Eine echte Herzensbrecherin.«

»Du bringst mir gefälligst den Tabasco zurück und sagst deinem Freund, er soll seinen mageren Arsch rüber zu seiner Großmutter bewegen. Sie hat ihn vorhin gesucht, *das* ist es, was ich dir definitiv verraten kann.«

Aber da ist Rafa schon weg, hebt den Arm zum Abschied, ist innerlich bereits beim nächsten bevorstehenden Tagesereignis. Das Wasser läuft ihm im Mund zusammen bei dem Gedanken an seinen Snack und sein Getränk, und er freut sich darauf, seinem Kumpel zu verkünden, wie clever er bei seinen Ermittlungen vorgegangen ist.

Dona Annette, Paddy Lockwoods Dienstmädchen:
Hören Sie.

Wir kratzen mit Messern die Fugen zwischen den Pflastersteinen aus, entfernen kleine Schlamm- und Grasstücke und fegen sie weg. Wir müssen vor sieben Uhr und dem Eintreffen der ersten Schulkinder fertig sein; die Lehrer und Schüler wollen von unserer täglichen Arbeit nichts mitkriegen. Küchenpersonal durchquert den umzäunten Bereich, sie schleppen große Pfannen und singen Liebeslieder über Brasilien.

»Annette«, sagt Maria Elisa, eine der anderen Putzfrauen. »Wie geht's deinem Sohn?«

Ich arbeite über den Beton gebückt, mein Rücken schmerzt.

»Es geht ihm gut«, sage ich. »Na ja«, füge ich hinzu, »ich habe ihn schon länger nicht mehr gesehen. Er hat eine Weile gearbeitet, hat aber seinen Job verloren.«

»Was ist passiert?«

»Er ist eingeschlafen, obwohl er auf den Laden aufpassen sollte. Er wurde gefeuert.«

»Das ist aber übertrieben hart.«

»Na ja, es gibt viele, die den Job machen können, ohne einzuschlafen.« Ich fühle mich schuldig, weil ich meinen Sohn nicht in Schutz nehme.

»Wo hat er gearbeitet?«

»In einem Laden in der Teodoro. Ein Musikgeschäft, das Gitarren verkauft.«

»Hm, vermutlich kann man in so einem Laden wirklich nicht einschlafen.«

»Nein, unmöglich.« Ich möchte Stolz empfinden, aber es gelingt mir nicht.

Ich plappere weiter. »Er hat den Job durch jemanden aus seiner Band bekommen. Jetzt redet sein Freund nicht mehr mit ihm, weil er die Chance vermasselt hat, also hat er keine Band und keinen Job.«

Ich erwähne nicht, wie talentiert er ist.

»Hatte er Auftritte?«

»Gelegentlich. In Bars in Vila Madalena, dann das eine oder andere Gratiskonzert im Centro, nichts Großes, aber es brachte ein bisschen was ein.«

»Samba?«

»Ja. Er spielt Gitarre und *cavaquinho*. Sie waren wirklich gut. Na ja, dachte ich zumindest.«

Maria Elisa nickt. »Da kann man nicht viel machen …«, sagt sie. »Und der Kleine?«

Sie fragt mich das, damit ich mich besser fühle.

Ich bin dankbar und lächle, obwohl sie es nicht sehen kann, so über den Boden gebeugt, wie wir beide sind.

»Er ist ein Schatz«, sage ich.

»*Graças a Deus*, meinen beiden geht es gut«, sagt Maria Elisa. »Ich bin gesegnet mit zwei verantwortungsvollen Kindern, die jetzt erwachsen sind. Sie gehen ihren eigenen Weg. Drei wunderschöne Enkelkinder, Gott beschütze sie.«

Sie berührt das Bildnis, das an ihrem Hals hängt, und bekreuzigt sich.

»Du bist gesegnet«, sage ich.

Sie nickt, und wir arbeiten schweigend weiter.

Ich arbeite seit elf Jahren für die Schule, und seit vier Jahren mache ich auch das Büro des Schulleiters und sein Haus sauber. Wir sind angewiesen, nicht mit den Mitarbeitern zu sprechen – sie nicht zu stören –, aber Direktor Lockwood ist immer offen für ein Gespräch. Er ist sehr ordentlich, sodass es für mich nicht viel zu tun gibt. Sein Schreibtisch in der Schule ist immer tadellos aufgeräumt, frei von Papierkram; ich sehe ihn oft Dokumente in den hölzernen Aktenschränken an der Rückwand des Raumes abheften. Seine Schreibtischplatte ist aus Glas und am Ende des Tages oft mit kleinen Flecken übersät: Fingerabdrücke, Tintentropfen, Stellen, an denen er sich die verschwitzten Hände abgewischt hat. Nachmittags fällt die Sonne durch das offene Fenster, und ich kann gelbliche Schweißränder unter den Achseln und am Kragen seiner weißen Hemden sehen. Es wird ihm bestimmt furchtbar heiß, wenn er immer so durch die Schule hetzt.

Er sitzt selten still an seinem Schreibtisch, telefoniert, tippt auf seinem Computer, macht sich Notizen mit dem altmodischen Füllfederhalter, den er in der obersten Schublade des Schreibtischs aufbewahrt. Er ist ein wunderbarer Mensch, sagen alle. Und ich kann es nur bestätigen. Wir haben alle die Geschichten gehört:

Wie er einem Lehrer während einer schwierigen Scheidung mit den Anwaltskosten aushalf; wie er die Verwaltungsassistentin bei der Suche nach einem Studienplatz unterstützte, ihr sogar anbot, sie während ihres Studiums weiter zu beschäftigen; wie er einer anderen Lehrerin großes Verständnis beim Tod ihres Vaters zeigte; wie er sich regelmäßig an den Kosten von Abschiedsgeschenken und Geburtstagsfeiern beteiligt; wie er Abendessen für das Personal veranstaltet, sogar für uns, die *funcionarios*; wie er jedem Mitarbeiter mit Höflichkeit und Respekt begegnet. Er eilt von Klassenzimmer zu Klassenzimmer, spricht mit Kindern, Eltern, Lehrern und Verwaltungsangestellten, ist immer herzlich, hat immer Zeit, zuzuhören, und gibt einem nie das Gefühl, dass man sich aufdrängt. Ich putze sein Büro, halte sein Haus sauber und koche für ihn, das ist alles.

Aber ich bin stolz darauf.

Der Tod kam unerwartet. Der Neigungswinkel des Kopfes. Die Art der Wunde. Der schockierte, ungläubige Gesichtsausdruck. Das Blut. Die Art und Weise, wie die Haarsträhnen und der zertrümmerte Schädel ineinander verklebt sind ...

Die Spuren führen nicht weiter. Gerichtsmedizinische Berichte, Protokolle der Befragungen des Wachmanns und des Hausmädchens, kurze Vernehmungen des stellvertretenden Schulleiters und des Schatzmeisters der Schule – niemand kann etwas Erhellendes beitragen. *Er lebte sehr zurückgezogen.* Eine Wendung, die sie alle benutzen, um Lockwood zu beschreiben.

Leme denkt:

Ich wollte aus einer Art Gerechtigkeitssinn heraus Mordfälle aufklären, und um das Andenken des Opfers zu ehren.

Das Opfer ist wohl kaum mehr in der Lage, sich um solchen Kram zu kümmern.

Der Tod ist in diesem Fall überraschend und abrupt eingetreten. Brutal und endgültig.

Autopsie. Der Gerichtsmediziner schneidet den alten Mann auf, untersucht die Innereien, wälzt die Leiche hin und her. Die Todesursache ist relativ eindeutig: eine einzige Wunde am Hinterkopf, der Schlag war stark genug, um eine massive Blutung hervorzurufen. Der Todeszeitpunkt wird auf kurz nach ein Uhr nachts festgelegt. Keine Hinweise auf kürzlich stattgefundene sexuelle Handlungen. Keine Anzeichen eines gewaltsamen Kampfes. Allerdings finden sich tiefe Striemen an den Hand- und Fußgelenken, wo er mit seinen eigenen Krawatten gefesselt war. Keine Haut unter den Fingernägeln. Keine Blutergüsse. Keine relevante Vorerkrankung.

»Er wurde nach dem tödlichen Schlag gefesselt«, sagt der Mediziner zu Leme. »Es ist etwas ganz anderes, wenn man am Boden liegend getroffen wird. Dieser Mann starb noch während des Sturzes.«

Leme startet seinen Wagen und macht sich auf den Heimweg. Wolken ballen sich zusammen, und der Himmel wird schwarz. Drückende Hitze. Hohe Luftfeuchtigkeit. Leme nimmt die Cidade Jardim, und kurz bevor das Unwetter losbricht, taucht er in den Tunnel ein, der unter Faria Lima verläuft. Motorradfahrer rasen zwischen den Fahrspuren entlang, hupend und fluchend. Beim Verlassen des Tunnels überrascht Leme eine Regenwand. Die Tropfen prasseln so heftig herab, dass die Scheibenwischer nicht mithalten können. Der Verkehr schiebt sich rechts und links über die Brücke. Leme wählt die linke Spur, ruckelt voran. Die Lichter der endlosen Autokolonnen, die sich die sechsspurige Marginal hinunterschieben. Er schert aus auf die äußere Spur, beschleunigt und bremst hart, als ihn ein arroganter Arsch in einem silbernen Mercedes schneidet. Leme hupt, schreit. Sie kriechen alle vorwärts.

Busse vollgestopft mit Fahrgästen, deren Gesichter zu einem erstarrten Lächeln geronnen sind. Männer klammern sich im strömenden Regen an den Außentüren fest. Männer unter provisorischen Überdachungen verschlingen faseriges Fleisch an Spießen. Leme passiert die neue, unfertige Brücke. Gewaltige Kabel hängen von ihren Pfeilern herab, beleuchtet von bunten Lichtern, die im Regen blinken. Die Brücke ist eine Katastrophe. Leme ist sicher, dass sie den Verkehr nicht entlasten, sondern die Staus sogar noch verschlimmern wird. Das Radio spielt Classic Rock. Leme schaltet, gibt Gas, bremst abrupt ab.

Er kommt an Einkaufszentren und Baumärkten vorbei. Trauben von Menschen warten durchnässt an den Bushaltestellen. Wasserfluten strömen von der Favela hinab auf die Marginale. Der Pegel steigt. Blitze zucken über den neuen Hotels auf der anderen Seite des Flusses durch den Himmel. Hubschrauber werden vom Wind umhergeweht wie Fliegen. Leme biegt rechts ab, verlässt den Freeway, reiht sich in eine Schlange durch Panamby ein. Teure Apartmenthäuser, die arrogant und protzig über dem Parque Burle Marx aufragen. Der Regen strömt unablässig. Autos kriechen den Hang hinauf, vorbei am Park. Leme, der in Richtung Favela unterwegs ist, biegt nach rechts in die Dunkelheit ab, das Auto holpert über die unbefestigte Straße. Er hat es fast geschafft. In dem Moment, als er in die Garage fährt, lässt der Regen nach. Er nickt den Wachleuten der Wohnanlage zu. Er nimmt den Aufzug in den fünften Stock. Er schnappt sich ein Bier aus dem Kühlschrank, hockt sich auf den Balkon und schaut hinaus in den nachlassenden Regen.

Ein weiterer Tag.

Am nächsten Morgen blutet der Himmel.

In der Schule führt Lisboa Vernehmungen durch.

Leme nimmt sich noch mal den Tatort vor.

Die Leiche ist weg. Wo sie gelegen hat, befindet sich getrocknetes Blut auf dem Teppich.

Auf dem Bett liegt ein zerknitterter Haufen Kleider.

In den Schränken: fein säuberlich sortierte Kleidungsstücke,

Lücken, wo welche herausgerissen und über das Bett verstreut wurden. Sieht so aus, als hätte der alte Mann ausgemistet. Leme fragt sich, warum. Ob das irgendetwas zu bedeuten hatte, womöglich der Beginn eines neuen Lebensabschnitts, so wie bei einem radikal anderen Haarschnitt.

Vielleicht wollte der Täter auch eine falsche Fährte legen, den Tatort manipulieren.

Auf dem Nachttisch ein Wecker und ein Buch. Das Buch aufgeschlagen, mit dem Buchrücken nach oben. Leme nimmt es hoch, ein Foto fällt heraus. Drei Jungs schauen lächelnd zu dem alten Mann auf.

Auf einem Stuhl vor dem Bett weitere Kleidungsstücke, Krawatten. Die Brieftasche und das Notizbuch liegen immer noch auf der Ankleidekommode neben den teuren Aftershaves und Lotionen. Mit Handschuhen blättert Leme in dem Notizbuch. Auf die erste Seite sind Zahlen gekritzelt.

Er schiebt es in eine Plastikhülle und steckt es ein.

Im Badezimmer: auf der Wand neben dem Waschbecken Staubspuren vom Fingerabdrucknehmen.

Im Erdgeschoss …

Die Bücherregale quellen über. Biografien und Geschichtsbücher; dicke Wälzer mit gebrochenen Buchrücken und vergilbten Seiten. Der Flur ist staubig und verlassen.

Leme reißt die Haustür auf. Die Sonne strömt herein, brennt ihm auf Gesicht und Hals.

Eine Frau führt ihren Hund spazieren. Sie starrt neugierig in den Flur hinter ihm.

Leme wirft ihr einen strengen Blick zu, schüttelt den Kopf. Sie schaut weg und eilt weiter die Straße entlang.

Leme und Lisboa sitzen im Garten des Schuldirektors. Der Ort wird langsam zu ihrem zweiten Büro. Sie trinken Kaffee an dem Tisch mit der Glasplatte. Der Garten ist ganz hübsch, aber es fehlt ihm an Liebe: Gartenarbeit war wohl kein Hobby dieses Lockwood-Typs. Die Pflanzen wirken traurig, die Beete …

»Da drüben herrscht gedrückte Stimmung«, sagt Lisboa und deutet auf die Schule. »Ich dachte, bei den Briten läuft alles nach dem Motto ›Kopf hoch, auch wenn das Wasser bis zum Hals steht‹. Die Ohren steifhalten, und dieser Ausdruck mit der Lippe – wie ging der noch mal?«

»*Stiff upper lip*.«

Lisboa nippt an seinem Kaffee. »Da drüben herrscht Heulen und Zähneklappern.«

»Die meisten Schüler und mindestens die Hälfte des Personals sind aber Brasilianer.«

»Trotzdem, du weißt schon, die Auswirkungen des britischen Imperialismus.«

Leme lächelt. »Wissen die schon, was passiert ist?«

»Wissen wir das denn?«

»Stimmt auch wieder.«

»Und nein«, sagt Lisboa. »Sie wissen es nicht, jedenfalls nicht genau.«

»Nicht genau?«

»Sagen wir mal so, ich habe nichts über den Zustand der Rübe des alten Mannes ausgeplaudert.«

Leme nickt.

Lisboa sagt: »Womöglich halten sie auch mit irgendwas hinterm Busch, *entendeu*? Ein echter Balanceakt – Neugier und Angst. Ich schätze mal, ich würde auch keine heiklen Fragen stellen, damit sich der Spieß nicht umdreht und auf meinen eigenen Arsch zeigt.«

»Hast du sonst noch was erfahren?«

»Eigentlich nicht.« Lisboa schaut in sein Notizbuch. »Er war beliebt. Er war gut in seinem Job. Er lebte allein. Abgesehen von der Arbeit oder berufsbezogenen Veranstaltungen kam er kaum unter Leute. Seine Familie besuchte ihn nie. Er hatte ein gutes

Verhältnis zu praktisch allen aus der Schule. Niemand scheint zu wissen, was er in seiner Freizeit so trieb, seine außerschulischen Aktivitäten, sozusagen.«

Leme lächelt.

»Der allgemeine Konsens ist: Wenn er nicht arbeitete, war er zu Hause und führte ein ruhiges Leben.«

»Der typische Workaholic.«

»*É isso aí.*« Genau das.

»Da muss es noch mehr geben.«

Lisboa verzieht das Gesicht.

Flugzeuge kriechen am Himmel entlang. Die Hitze brodelt über ihren Köpfen. Im Garten bleibt es kühl. Irgendwo knistert es elektrisch. Kinder spielen in der Nähe.

Wie friedlich, denkt Leme.

Dann sagt er: »Wir müssen an zwei Stellen ansetzen. Als Erstes müssen wir die Mordwaffe finden.«

»Ist die nirgendwo hier aufgetaucht?«

Leme schüttelt den Kopf. »Wir müssen die Suche ausweiten.«

»Ja, die haben vielleicht …«

»Bitte nicht«, sagt Leme.

Lisboa hebt die Handflächen. »Du hast recht, nicht hilfreich. Ich denke nur an die Genehmigungen, die Bereitstellung zusätzlicher Mittel durch das Ministerium, an das ganze Brimborium.«

Leme ignoriert ihn. »Zweitens müssen wir herausfinden, warum der private Sicherheitsdienst niemanden hineingehen oder herauskommen sah.«

Lisboa nickt.

»Und was noch wichtiger ist, warum auf den verdammten Überwachungsvideos nichts zu sehen ist, weder auf denen *im* Haus, noch auf denen von der Straße.«

»Hm.«

»Mach dir ein paar Gedanken dazu, und auch was das Motiv sein könnte, *entendeu?*«

»Wurde irgendwas aus der Wohnung geklaut, wissen wir wenigstens das?«

Leme zieht eine Augenbraue hoch und deutet in Richtung Hintertür. Das Dienstmädchen nähert sich.

Sie ist weiß gekleidet und hält einen Zettel in der Hand. Ihr Blick ist gesenkt, ihr Rücken gebeugt.

»Sie hat eine Inventarliste gemacht«, sagt Leme. »Vermutlich werden wir es gleich erfahren.«

»Vielleicht müssen wir die Suche ja doch nicht ausweiten, *ne*?«

»Ja«, sagt Leme. »Hoffentlich handelt es sich bei Beweisstück Nummer eins um den Kricketschläger der Familie.«

Das Dienstmädchen überlässt Leme die Inventarliste und geht ins Haus, um Kaffee und *pão de queijo* – Käsebrot – zu machen, kommt wieder zurück und sitzt still da, die Hände im Schoß, den Kopf gesenkt, auf weitere Anweisungen wartend.

Leme schnappt sich eines der Käsebrote. »Das ist nett von Ihnen, aber um ehrlich zu sein, mochte ich *pão de queijo* noch nie sonderlich.«

»Tut mir leid, Senhor, das wusste ich nicht.«

Leme lächelt. »Konnten Sie auch nicht wissen.« Er schiebt Lisboa das Käsebrot rüber. »Keine Sorge, da wird nichts von übrig bleiben.«

»Sachte, mein Sohn«, sagt Lisboa.

Leme fährt fort. »Nein, die haben mich noch nie gereizt. Das liegt vielleicht auch daran, dass ich mal einen Freund hatte, der sie verabscheute.«

»*Sim, Senhor*?«

»Wir gaben ihm den Spitznamen Pão de Queijo, weil er den Geruch so sehr hasste. Er war ein lustiger Kerl, ein *moleque, entendeu*?« Ein frecher Kerl, ein Schlitzohr.

»*Sim, senhor.*«

»Immer wenn jemand welche dabeihatte, haben wir sie nach ihm geworfen.«

Lisboa lacht.

»Haben sie ihm unter die Nase gerieben oder so. Der *moleque* ist beinahe durchgedreht.«

»*Sim, Senhor.*«

»Er war ein guter Junge, *gente boa*, ein echter Freund.« *Gente boa*: nette Leute. »So ist das, wenn man jung ist. Wenn man eine kleine Bande hat, *ne*?«

»Die beste Zeit des Lebens.«

»Wir kontrollierten unser Viertel. Zumindest bildeten wir uns das ein.«

»*Sim, Senhor.*«

»Doch dann hab' ich die Schule gewechselt. Und das war das Ende unserer kleinen Gang. Schade, aber es ließ sich nicht ändern.«

»So läuft es nun mal, *porra.*«

»*Sim, Senhor.*«

Leme beugt sich vor. »Aber ich wohnte immer noch in dem Viertel. Und eines Tages, als ich etwa dreizehn war, hat mein alter Freund Pão de Queijo versucht, mich auszurauben, *sabe*? *Um assalto.* Er gehörte zu einer neuen kleinen Bande, offenbar war Straßenkriminalität ihr Ding. Keine Ahnung, welche Beute sie sich von einem kleinen Scheißer wie mir erhofften. Aber Hauptsache, es läuft irgendwas, *ne*?«

»Was ist passiert?«

Leme dreht sich zu Lisboa. »Nichts, er hat mich rechtzeitig erkannt. Wir haben uns schlappgelacht.«

»Witzige Geschichte.«

»Ja, witzig und zugleich total deprimierend.« Leme schaut zu dem Hausmädchen. »Wissen Sie, warum?«

»Nein, *Senhor.*«

»Wir sind in der Nähe einer Favela aufgewachsen, Paraisópolis. Kennen Sie die?«

Das Dienstmädchen nickt. »*Sim, Senhor.*«

»Nun, dann wissen Sie wahrscheinlich auch, dass man in und um Paraisópolis Straßenkriminalität nicht schätzt, denn sie stört den Rhythmus des lukrativeren und daher viel wichtigeren Drogenhandels.«

»*Sim, Senhor.*«

»Und Sie wissen vermutlich auch, wen ich mit *man* meine, *ne*?«

Das Dienstmädchen nickt.

Leme nimmt einen Schluck von seinem Kaffee. »Das Letzte, was ich gehört habe, ist, dass der alte Pão de Queijo von seinen Pflichten entbunden wurde. Aus dem Weg geräumt.«

»Ein Jammer«, sagt Lisboa.

Leme wirft dem Dienstmädchen einen Blick zu. »Da glaubt man, jemanden zu kennen, *sabe*? Und dann stellt sich heraus, dein alter Freund ist ein Zwei-Centavo-Schläger. Menschen ändern sich; oder vielleicht auch nicht.«

»*Sim, Senhor.*«

»Paraisópolis, *sabe*?«, sagt Lisboa.

Das Dienstmädchen schaut zu Boden.

In der Ferne dröhnt Verkehr. Klares Sonnenlicht, gelber Himmel. Das Rumpeln einer Baustelle, das Rattern eines Bohrers. Im Inneren des Rohbaus bewegen sich Schatten.

»Billige Favela-Kicks, was soll man machen, *ne*?«, sagt Leme. Er rutscht auf seinem Stuhl nach vorne und fixiert das Hausmädchen mit vorgerecktem Unterkiefer. »Sie kommen aus der Favela. Wann hat Sie Ihr Gönner da rausgeholt?«

»Vor vier Jahren, *Senhor*.«

»Seitdem leben Sie hier?«

»*Sim, Senhor.*«

Duft von geschmortem Schweinefleisch. Brutzelnde Zwiebeln.

»Wo ist Ihr Zimmer?«

Das Hausmädchen deutet auf den hinteren Teil des Gartens.

»Und da schlafen und wohnen Sie?«

»*Sim, Senhor.*«

»Wann sind Sie normalerweise im großen Haus fertig?«

»Ich koche das Abendessen und lasse es auf dem Herd stehen. Ich verlasse das Haus, bevor *Senhor* von der Arbeit zurückkommt. Um sechs Uhr abends bin ich meistens in meinem Zimmer.«

»Und morgens?«

»Ich wache um fünf Uhr auf, räume die Küche auf und mache Frühstück. *Senhor* kommt gegen sechs Uhr dreißig herunter. Gestern Morgen …«, sie unterdrückt ein Schluchzen, »… kam er nicht.«

»Also sind Sie nach oben gegangen?«

»Ja.«

»Aber normalerweise würden Sie das nicht tun.«

»Nicht, wenn *Senhor* im Haus ist.«

»Können Sie von Ihrem Zimmer aus irgendwas hören? Kriegen Sie mit, ob noch jemand bei ihm im Haus ist, ob er Gäste hat, Partys feiert, *entendeu*?«

Das Dienstmädchen schüttelt den Kopf.

Leme nickt. »Nun«, sagt er mehr zu sich selbst, »das können wir natürlich überprüfen.« Er lässt das wirken. »Was ist mit den Wochenenden?«

»An den Wochenenden besuche ich meinen Sohn, meinen Enkel.«

»Hatte er nichts dagegen?«

»*Senhor* hat darauf bestanden.«

»Anständig von ihm.«

Das Dienstmädchen schluchzt leise.

»Und wo wohnt Ihr Sohn?«

»In Paraisópolis.«

»Allein?«

»Mit *seinem* Sohn.«

Leme atmet tief durch. »Also, ich möchte nicht unsensibel erscheinen, *querida*, aber womöglich werden Sie wieder in den Dschungel ziehen müssen.«

Das Dienstmädchen nickt. Lisboa reicht ihr ein Taschentuch.

»Aber vorerst bleiben Sie noch hier, *certo*?«

Das Dienstmädchen nickt erneut.

»Wir müssen uns noch weiter unterhalten. Ich informiere die Schule. Sie werden sich weiter um das Haus kümmern, okay? Auf diese Weise sind Sie zumindest in den nächsten paar Tagen verfügbar. Einverstanden?«

Das Dienstmädchen nickt.

Sie sitzen einen Augenblick lang schweigend da.

Leme fragt: »Wie gut kannten Sie ihn?«

Das Dienstmädchen schaut zu Boden. »*Senhor* war sehr nett zu mir. Das ist alles, was ich weiß.«

Leme blickt zu Lisboa, dessen Gesichtsausdruck besagt: *Das reicht fürs Erste.*

»Ruhen Sie sich aus, essen Sie was. Wir reden später weiter und gehen gemeinsam die Inventarliste durch.«

»*Sim, Senhor. Obrigado, Senhor.*«

Das Dienstmädchen schlurft in Richtung ihres Zimmers.

Lisboa sagt: »Wenn sie auch nur die geringste Idee hat, was da gelaufen ist, dann will ich ein Ire sein.«

Leme lacht. »Hast du Hunger?«

»Scheißt der Papst in den Wald?«

Rays erster Arbeitstag ist ein Spaziergang. Das Hotelfrühstück: opulent …

Man schickt ihm einen Wagen, Ray lehnt sich zurück und genießt die fünfzehnminütige Fahrt. Man führt ihn in sein Büro und bringt Erfrischungen. Dreiundzwanzigster Stock. Die Aussicht ist *schwindelerregend.*

Ray inspiziert gerade das Tablett mit den Snacks, als Dave Sawyer hereinkommt, sein Kontaktmann und Regionalleiter von Capital SP.

»Hallo, Huck«, feixt Ray.

»Das habe ich schon eine Weile nicht mehr gehört.« Dave zeigt ein breites Grinsen. »Alles in Ordnung, Mann?«

Ray nickt in Richtung Tablett. »Bin mir nicht sicher, ob das genügend Snacks sind.«

Dave lacht. »Pass bloß auf mit dem Essen hier, ich hab' sicher fünfzehn Pfund zugenommen.« Er streicht mit der Hand über seinen Bauch. »Na ja, vielleicht fünf Pfund. Stimmt, da haben sie ordentlich aufgefahren. Aber warte erst, bis du das Mittagessen siehst.«

Beide wenden sich Richtung Fenster. Unter ihnen liegt die Stadt. Schachbrettmuster und Wildwuchs. Ray denkt: *Der Ausdruck Betondschungel passt wie die Faust aufs Auge.*

»Findest du dich mit allem zurecht?«

Ray deutet mit der Hand nach draußen. »Mein Hotel ist da unten.« Dann auf den Tisch. »Mein Schreibtisch steht da drüben.«

»Schön, dich zu sehen, Ray.«

»Warum bin ich hier, Dave?«

Dave zeigt auf einen Besprechungstisch und zwei Stühle. »Kaffee?«

Ray nickt. Dave macht zwei Espressi, und sie setzen sich.

»Was glaubst du denn, warum du hier bist, Ray?«

»Ich würde sagen, es hat etwas mit dem Regierungswechsel zu tun, den dieses schöne Land kürzlich vollzogen hat.«

»Und?«

»Und jetzt willst du wissen, wie sich dieser Richtungswechsel auswirkt, in finanzieller Hinsicht.«

Dave nickt.

»Meine Frage ist also vermutlich weniger, warum ich hier bin, sondern eher, wessen Idee das war.«

»Was weißt du über die neue Regierung?«

»Ein linker Messias, dieser Lula. Ein Gewerkschaftstyp, so was wie ein Teamster mit einem Gewissen und viel Einfluss. Er will die Welt verändern. Wird er das?«

Dave nimmt einen Schluck Kaffee. Die Klimaanlage summt. Es ist saukalt. Für Ray völlig in Ordnung so. Der kurze Weg von der Hotellobby zum Auto – sechs oder sieben Schritte – hat für einen Schweißausbruch gesorgt und seinen Schritt in eine Sauna verwandelt.

»Er hat eine Menge Versprechungen gemacht. Die Leute spotten über ihn, weil sein Portugiesisch ziemlich, na ja, rustikal ist. Aber er kommt bei den Massen gut an, so viel steht fest. Und sein großes Thema ist die soziale Ungleichheit.«

»Was größeren Geldbedarf bedeutet.«

»Jep.«

Ray spielt mit seiner Kaffeetasse.

»Es gibt Gerüchte, dass er ein großes Anti-Armut-Programm auflegen will, eine Art Sozialtransfer.«

»Cash für die Armen, als Gegenleistung wofür?«

»Schulbesuch, Impfungen, was weiß ich, staatsbürgerliche Verantwortung eben.«

Ray zuckt mit den Schultern. »Kluger Plan.«

»Vielleicht.«

»Es wird ihn nicht viel kosten, dafür werden sich viele verzweifelte Hurensöhne als was Besonderes fühlen.«

Dave grunzt.

»Und die auflagengebundenen Aspekte – die Zahlungsbedingungen – bergen ein beträchtliches langfristiges Wachstumspotenzial.«

»Denken wir auch.«

»Wozu braucht ihr mich dann?«

»Es ist nicht dein erstes Rodeo, Ray.«

»Ist es nicht. Aber das beantwortet meine Frage nicht, Cowboy.«

»Du sollst das Problem der Armut in Brasilien lösen, Soldat. Was glaubst du, warum wir dich sonst hierhergeholt haben?«

Ray lacht. »Die Antwort auf meine eigentliche Frage ist also, dass du mich angefordert hast.«

»Jep.«

»Ein linker Messias schließt das große Geschäft und eine große Bank nicht aus. Du willst wissen, welche Auswirkungen die politischen Strömungen auf den Kapitalfluss haben, und wie wir – oder besser gesagt, wie *du* – dem Ganzen einen oder besser drei Schritte voraus sein kannst.«

»Wie gesagt, es ist nicht dein erstes Rodeo.«

»Und ich habe vollen Zugang zu allen Interna und kann nach außen jedes Mitwissen dementieren?«

Dave breitet die Arme aus. »Du bist Consultant, Ray. Ein Zahlenmensch. Es kapiert ohnehin niemand, was du genau treibst. Du bist wie Russell Crowe in diesem Film.«

»*Gladiator?*«

»Haha.« Dave erhebt sich. »Lass mich wissen, wenn du was brauchst.«

An der Tür dreht Dave sich noch mal um. »Wir sehen uns zum Lunch, im Vierundzwanzigsten, nur für Top Dogs. Vertrau mir, das Essen ist was ganz Besonderes.«

Ray nickt. Dieser erste Tag, denkt er, ist ein Spaziergang.

Ray beschließt, das Mittagessen mit den Top Dogs auszulassen und stattdessen in der Umgebung Witterung aufzunehmen. Schließlich ist Ray kein Hund, sondern ein Wolf. Und das ist nur zur Hälfte ein Scherz.

Er steckt seine Sonnenbrille ein. Der Aufzug bringt ihn nach unten. Als man ihm an der Rezeption einen Wagen anbietet, winkt er ab. Er will seinen eigenen Weg finden. Er möchte die Vibes der Straße spüren. Ray will ein Bier, einen Snack und ein Gefühl dafür kriegen, was die hier wirklich von ihm wollen. Die Sonne blendet ihn wie der grelle Schein einer Taschenlampe einen Nachtschwärmer. Er setzt seine Ray-Bans auf: Rays *Rays*.

Vor dem Bürogebäude biegt er nach links ab. Er befindet sich auf der Avenida Paulista, Hauptschlagader der Finanzwelt São

Paulos, Brasiliens, ganz Lateinamerikas. Glas und Stahl. Monumente der Macht. Zu seiner Rechten das spinnenbeinige rote Konstrukt der Kunstgalerie, von der er schon gehört hat. Darunter wuseln Menschen, verkaufen Krimskrams, betteln. Er biegt erneut nach links ab, auf eine Parallelstraße, in das Viertel dahinter. Er kommt an einem verwahrlosten Park vorbei, dicke Bäume und verstreuter Müll. Sieht aus wie ein Hotspot für Verbrechen im Schutz der Dunkelheit, was nicht Rays Ding ist. Er hält sich weiter links und gelangt auf die Rückseite des Monsters, des SP-Gebäudes. Er hebt den Blick. Es ist ein *weiter* Weg nach oben.

Das Erste, was Ray auffällt: Die Leute auf der Straße schauen nicht nach oben.

Ray schwitzt. Die obersten beiden Knöpfe seines lockeren weißen Baumwollhemds sind geöffnet, die Ärmel ordentlich aufgerollt. Trotzdem. Es ist eine spezielle Hitze, diese Mischung aus Sonne und Smog. Sie hämmert von allen Seiten auf dich ein, schlägt von unten zu. Glühender Beton, Ray kennt das. Das wird keine sehr erfrischende Mittagspause.

An einer Kreuzung erspäht Ray eine Bar. Davor stehen vier oder fünf rote Plastiktische samt Stühlen. Eine Handvoll Büroangestellter hockt da. Im Inneren grelle Beleuchtung. Ray behält die Sonnenbrille auf. In einer Ecke hängen ein paar griesgrämige Säufer ab, lallen und stochern in undefinierbarem Gebratenem auf einem Teller herum. Alle trinken aus diesen hohen Flaschen. Ein schmieriger Kellner in einer schmutzigen weißen Schürze erscheint.

»*Senhor?*«, fragt er.

Ray reckt einen Daumen. »*Fora*, okay?« Draußen. »*Cerveja. Obrigado.*«

Der Kellner trollt sich. Wieder draußen lässt sich Ray in einen roten Plastikstuhl fallen. Die Stuhlbeine fühlen sich wacklig an. Sie sind eindeutig schief. Big Ray will nicht schon in diesem frühen Stadium auf die Schnauze fallen, denkt er, nur halb im Scherz.

Der Kellner stellt ein großes Bier und ein kleines Glas vor ihm ab. Der Tisch wackelt. Ray schenkt sich einen Schluck eiskaltes Lager ein. Es schmeckt *gut*. Ray schenkt nach, wartet bis sich der Schaum abgesetzt hat, nimmt einen großen Schluck.

Ray beobachtet. Ein leichtes Summen liegt in der schwülheißen Luft. Entspanntes Geplauder. Die heilige freie Stunde. In dieser Stadt geht man früh ins Büro, das hat Ray mitbekommen. Ein Bier in der Mittagspause, um die Nerven zu beruhigen, scheint ein fairer Ausgleich dafür zu sein.

Auf dem Nebentisch bemerkt Ray ein Capital-SP-Schlüsselband. Dort sitzen zwei Männer, schätzungsweise Ende zwanzig, und eine Frau etwa gleichen Alters, vielleicht auch etwas älter: Heutzutage ist es schwer, Jugendlichkeit von *echter* Jugend zu unterscheiden.

Ray zieht sein eigenes Schlüsselband aus der Brusttasche seines Baumwollhemds und hält es hoch. »Sprechen Sie Englisch?«

Die drei am Nebentisch mustern Ray durch ihre teuren Sonnenbrillen. Die Frau sagt: »Eigentlich nur Amerikanisch.«

Die beiden Männer lachen. Ray grinst. Die Machtdynamik ist klar, angesichts von Rays Alter, seiner äußeren und *inneren* Haltung, sodass die Frau mit ihrem Scherz Format beweist.

Ray deutet auf seine Flasche. »Hab' ich die richtige Marke bestellt?«

Die beiden Männer plappern über unterschiedliche Biersorten. Ray hört nicht zu.

»Ist das der landesübliche Lunch?«, fragt er.

»Nur wenn es heiß ist«, erwidert die Frau.

Ray lächelt. Er deutet auf die Straße, die Gebäude. »So wie die Sonne auf den Betondschungel brennt, kommt das wohl häufiger vor.«

Alle nippen an ihren Getränken.

Die Frau sagt: »Sie sind Ray Marx.«

»Stimmt.«

»Wir haben schon von Ihnen gehört.«

»Ach, wirklich? In welchem Zusammenhang?«

Die Frau lächelt. »Man hat uns geraten, Ihnen aus dem Weg zu gehen.«

»Hat man Ihnen auch verraten, warum?«

Die Frau und die Männer wechseln Blicke.

»Vermutlich«, sagt Ray, »steckt eine wohlmeinende Absicht hinter dieser Empfehlung.«

Einer der Männer fragt: »Können *Sie* uns vielleicht verraten, warum?«

Ray schüttelt den Kopf. Er grinst. Er wühlt in seinen Taschen und wirft ein paar Scheine auf den Tisch.

Nachdem er sein Bier geleert hat, erhebt er sich. Er zieht einen imaginären Hut. »Bis zum nächsten Mal, wenn es draußen heiß ist.«

Als er wieder in seinem Büro ist, durchwühlt Ray die Schreibtischschubladen. Er fischt einen Streifen Tabletten heraus. Verschreibungspflichtige Medikamente, die es in sich haben, also nimmt er nur eine halbe. Die zweite Hälfte wird er vor den abendlichen Drinks einnehmen. Er hat gehört, dass die Pharmakonzerne diese Babys hier zu einem Premiumpreis anbieten, für die Hälfte der Dollars, die Krankenversicherte zu Hause zahlen. Glückliche Tage.

Die aggressive Klimaanlage und der Bier-Tabletten-Lunch kühlen den Schweiß auf seinem Rücken. Die Erfrischungen auf dem Tablett sind aufgefrischt worden. Es gibt – was sind das – *empanadas*? Ray schnappt sich zwei: eine mit Fleisch, eine mit Käse.

Rays Stuhl ist eins von diesen ergonomischen Dingern. Er spielt mit den Einstellungen. Er stellt ihn auf Lowrider. Der Stuhl passt sich an. Der Stuhl heißt Ray *willkommen*. Ray dreht sich und genießt die Aussicht. Der Himmel flirrt. Die Hitze schlägt Wellen. *Mach Heu, solange die Sonne scheint,* denkt Ray. *Make hay while the sun shines.* Schließlich ist er hier, um zu säen. Und dann zu ernten, was das Zeug hält. Man erntet, was man sät, junger Mann, richtig?

Make Ray while the sun shines.

Ray studiert die beiden angeforderten Berichte, die ihm am Morgen zugestellt wurden. Der erste ist eine einfache Liste aller Privatpersonen und Unternehmen, die in der Region über Capital SP Investitionen getätigt haben. Der zweite liefert einen Überblick über die Kontobewegungen dieser natürlichen und juristischen Personen in den letzten fünf Jahren. Ray zählt eins und eins zusammen. Das Muster ist nicht schwer zu erkennen. Das Geld wird von existierenden Unternehmen eingezahlt, das meiste ausgehende Geld jedoch fließt auf private anonyme Nummernkonten. Ray wägt diese Kapitalbewegung gegen die Wirtschaftsleistung des ganzen Landes ab, die von der Weltbank jährlich bemessen wird. Dann vergleicht er *dies* mit politischen Umfragen und Arbeitslosenstatistiken.

Knochenarbeit, aber Ray steht drauf. Die Zahlen blinken und rollen in Kolonnen vor seinen Augen ab ...

Das Büro ist ein Aquarium.

Ray schaukelt sanft im Luftstrom der Klimaanlage ...

Das Fensterglas ist so dick, dass die Außenwelt nur als vage Vorstellung existiert.

Ray ist von Zahlen umhüllt ...

Zahlen fluten über Ray hinweg.

Rays Schlussfolgerung: Wenn es dem Land objektiv schlechter geht, steigen die Investitionen und die Dividendenzahlungen bei Capital SP sprunghaft.

Grob verallgemeinert lässt sich sagen: Ob rechts oder links, im Grunde genommen scheint es egal zu sein, woher der politische Wind weht. Aber konservativ ist auf jeden Fall ein wichtiger Faktor, wenn es um die Interessen seines feinen Arbeitgebers Capital SP geht.

Ray wird klar, wie er da ins Bild passen könnte.

2

Police and Thieves

Januar 2003

Was muss man über São Paulo im Jahr 2003 wissen?
Eigentlich nur, dass die TV-Sexologin, die wir keine
zwei Jahre zuvor zur Bürgermeisterin gewählt hatten –
Überraschung, Überraschung –, sich als Hure entpuppte.

Maria, 38, Verwaltungsangestellte

Annas erster Arbeitstag im neuen Job ist verwirrend. Eigentlich ist es der erste Arbeitstag in ihrem ersten Job überhaupt, und sie fragt sich, ob es womöglich deshalb so verwirrend ist.

Sie macht sich Gedanken, ob sie überhaupt hierhergehört.

Ins Rathaus.

Als Assistentin der Chefberaterin der neuen Bürgermeisterin São Paulos, Marta Suplicy von der Arbeiterpartei.

Zufällig ist es auch noch der erste Tag, an dem die Verwaltung – die seit 2001 im Rathaus von São Paulo sitzt – offiziell mit dem fünfunddreißigsten Präsidenten des Landes zusammenarbeitet, Luiz Inácio Lula da Silva, dem Vorsitzenden derselben Arbeiterpartei, die Marta vertritt.

Eigentlich sollte man meinen, es sei ein Tag zum Feiern.

Man sollte meinen, diese neue Allianz der Hauptstadt des süd-amerikanischen Finanzwesens mit den Schaltstellen der Macht in Brasília sei ein denkwürdiger Moment, könnte einen echten politischen und sozialen Wandel bewirken.

Anna glaubt das jedenfalls. Sie ist voller Tatendrang.

Doch obwohl es schon später Vormittag ist, hat sie bisher von ihren Kollegen nur Klatsch und Tratsch gehört.

Trotzdem gibt sie sich Mühe zu folgen.

Offenbar dreht es sich bei den meisten Gesprächen um Sex.

Es ist ein Großraumbüro, Anna sitzt genau in der Mitte, an einer Gruppe von drei Schreibtischen. Kein Fenster in der Nähe, keine Aussicht, keine Ruhe, denn dummerweise muss so ziemlich jeder auf dem Weg zur Küche oder zur Toilette an der kleinen Schreibtischinsel vorbei, und es herrscht beständiger Verkehr.

Anna teilt sich die Insel mit ihren Kollegen Franco und Martina, und keiner der beiden hat bisher mehr als sechs Worte mit ihr gesprochen. Die Sekretärin von Annas Chefin hat Anna mit Log-in-Daten und einem Dokument mit Daten von Parteimitgliedern und Unterstützern versorgt, die sie jetzt in eine Excel-Tabelle eingeben soll.

Keine wirklich inspirierende Arbeit.

»Ich schwöre dir«, sagt Franco, »sie macht einen Fehler. Rasputin zu heiraten, ist kein cleverer Zug. Das geht überhaupt nicht.«

Martina runzelt die Stirn und wirft Franco einen Blick zu, der besagt: *nicht hier.*

Rasputin, so vermutet Anna, ist der Spitzname von Marta Suplicys neuem Lover und zukünftigem Ehemann.

Rasputin deshalb, weil er hinter den Kulissen die Fäden zieht, als zwielichtiger Wahlkampfberater und ehemaliger Assistent Martas, wobei sein wahrer Name, Luís Favre, auf eine argentinische Herkunft schließen lässt.

Nichts, was ihn in der brasilianischen Öffentlichkeit beliebt machen würde.

Marta wurde im Jahr 2000 gewählt und hat 2001 ihr Amt angetreten. Sie war inspirierend und souverän und wunderschön. Sobald Anna das College abgeschlossen hatte, meldete sie sich freiwillig bei Martas Team, verteilte Flugblätter, sortierte Akten, solchen Kram.

Und nachdem Lula und die PT die Präsidentschaftswahlen gewonnen hatten, wurde dann für Anna ein richtiger Job frei.

Sie wirft einen Blick auf den Ausdruck der Rede, die Marta damals in der Nacht ihres Sieges gehalten hat:

In den letzten acht Jahren bot São Paulo ein Bild der Zerrissenheit, des allgegenwärtigen Unrats und der Verwahrlosung. Die Menschen wurden durch Korruption gedemütigt, durch mangelnde Bildung und Gesundheit demoralisiert, und sie verloren die Hoffnung, dass sie die allgegenwärtige Zerstörung des zivilisierten Gemeinschaftslebens aufhalten könnten. Ich bin eine Frau, und die Menschen sind desillusioniert von den Männern. Ich bin für meine Ehrlichkeit und Direktheit bekannt. Laut unseren Umfragen denken die Menschen, dass die Männer ihre Chance hatten, nun wollen wir sehen, was die Frauen können. Eigentlich wollte ich erst in zehn Jahren kandidieren, weil ich Zweifel hatte, ob die Menschen schon bereit sind für die Themen, für die ich eintrete. Aber diese Themen haben mir große Aufmerksamkeit verschafft. Sie gaben mir das Ansehen einer Person, die entschlossen für das Richtige eintritt.

Martina zischt Franco an, er soll die Klappe halten. Franco lästert gerade über Martas Ex-Mann, Senator Eduardo Matarazzo Suplicy.

Martina hält das für keine gute Idee, das ist hier nicht der richtige Ort. Wenn jemand sie belauscht, will sie nicht mit reingezogen werden.

»Pussy«, sagt Franco.

Damit ist das Gespräch beendet.

Anna weiß, es war kein einfaches Jahr für die Bürgermeisterin.

Ihre Karriere begann in den Achtzigerjahren im Fernsehen, wo sie unter anderem Tipps bei Erektionsstörungen gab, daher ging den Medien förmlich einer ab – sorry für das Wortspiel, denkt Anna –, wenn sie sich über ihre gescheiterte Ehe ausließen.

Mr. Suplicy ist immer noch ein mächtiger Senator und Martas politischer Förderer.

Er hat Ambitionen auf die Präsidentschaft, wie jeder weiß.

Als Marta also eigene Präsidentschaftsabsichten zurückstellte und deutlich machte, dass sie sich im Rennen ihres Mannes neutral verhalten würde, dachten viele, ihre Ehe gliche eher der von Hillary und Bill als der von Sonny und Cher.

Genau wegen solcher Dinge wollte Anna für Marta arbeiten.

Diese Art von politischem Intrigenspiel war schließlich nichts wirklich Neues.

Martas Vorgänger, Celso Pitta, flog aus dem Amt, als seine Frau ihn verließ und ihm vorwarf, einem Netzwerk der Korruption vorzustehen.

Die Stadt war mit etwa zehn Milliarden verschuldet, als Marta das Ruder übernahm.

Und es war nicht förderlich, als bald darauf ihr städtischer Reinigungsbeauftragter aufflog, weil er großzügig Schmiergelder verteilte – und vor allem auch in seine eigenen Taschen wirtschaftete. So sackte etwa sein ehemaliger Arbeitgeber einen fetten Vertrag zur Müllentsorgung ein.

Und welcher Senator, glauben Sie, hat in dem Fall Ermittlungen angestoßen?

Ja, genau, der ehemalige Mr. Marta.

Nicht nett von ihm.

Während Anna an ihrem Schreibtisch sitzt und Zahlen eintippt, erinnert sie sich an die Tatsache, dass es Marta war, die die eheliche Wohnung verlassen hat. Marta hat den mächtigen und sehr wohlhabenden Senator Eduardo Suplicy sitzen lassen.

Ja, Marta ist wirklich ein Vorbild, und Anna ist sehr froh, hier zu sein.

Anna sichert ihre Dokumente und erhebt sich.

»Wohin gehst du?«, fragt Martina.

»Zur Toilette, *querida*.« Meine Liebe. »Brauchst du etwas?«

Im Weggehen hört Anna, wie Martina murmelt: »*Querida? Schlagfertig, die Frau.*«

Ray fährt mit dem Aufzug des Capital SP Towers ein paar Etagen hinunter zu den Normalsterblichen. Dank Tablette und diverser Espressi, die er in der letzten Stunde im Zehn-Minuten-Takt gekippt hat, hat er einen schwungvollen Gang und einen klaren Kopf.

Und er hat eine Idee.

In der Rechtsabteilung im neunzehnten Stock steigt er aus. Er sucht nach einer Sekretärin, die ihm Huck Sawyer empfohlen hat. Mit den Anwälten selbst will er nicht sprechen …

Der Buschfunk wird die Botschaft schon übermitteln.

Er scannt den Übersichtsplan der Etage, wählt eine einfache Angestellte aus, die weit genug von den gläsernen Büros der drei oder vier wichtigsten Mitglieder des Anwaltsteams entfernt sitzt.

Sie beugt sich gerade über Papierkram und stöhnt genervt. Sie scheint nicht viel Hilfe von ihren Kollegen zu erhalten, weshalb sie in Rays Augen perfekt geeignet ist.

Ray baut sich vor ihrem Schreibtisch auf. Es dauert einen Moment, bis sie ihn bemerkt.

»Hallo«, sagt Ray. »Ich bin Ray Marx. Wie läuft Ihr Tag bisher?«

»Ähm.« Die Frage verwirrt die Angestellte, wie Ray amüsiert feststellt.

»Es … passt, *ne*?«

»Es passt«, wiederholt Ray und nickt.

Die Angestellte lächelt. »Entschuldigung, eine Übersetzung aus dem Portugiesischen. Wenn etwas passt, bedeutet das, na ja, dass alles passt, es weiter nichts zu berichten gibt, *entendeu*?«

»*Eu entendo*«, sagt Ray und lächelt. Ich verstehe.

»Oh, Sie sprechen Portugiesisch?«

»Nur ein bisschen. Ihr Englisch ist sehr gut.«

»Ich habe in den Staaten studiert.«

»O ja, wo?«

Die Angestellte lächelt. »Dartmouth.«

»Ah«, sagt Ray. »*Go Big Green*. Wie heißen Sie?«

»Fernanda.«

»Ich dachte, Sie könnten mir vielleicht helfen, Fernanda. Ein bisschen juristische Recherche.«

»Das ist mein Job.«

»Und Sie wissen, wer ich bin?«

»Ich weiß, dass es jetzt zu meinen Aufgaben gehört, Ihnen bei juristischen Recherchen zu helfen.«

Ray grinst. »Das Wichtigste ist, dass Sie niemandem erzählen, was genau Sie für mich tun.« Ray lockert den Nacken, kneift die Augen ein wenig zusammen. »Hätten Sie damit ein Problem?«

Fernanda schaut in die Runde, um sie herum herrscht Stille. »Sieht es so aus, als würde ich oft konsultiert und nach meiner Meinung gefragt?«

»Ausgezeichnet. Was ich brauche, ist ein Profil von Luís Favre. Wissen Sie, wer das ist?«

Fernanda nickt.

»Ich brauche so viel wie möglich über ihn, beruflich und privat, okay?«

Fernanda nickt erneut.

»Nur eine einzige getippte Seite, fassen Sie sich kurz, und speichern Sie die Datei um Himmels willen nicht auf Ihrem Computer. Ich komme später wieder, um sie abzuholen.«

»Sie wird auf meinem Schreibtisch liegen.«

»Sie sind eine ganz wunderbare Mitarbeiterin«, lobt Ray.

Renata steht bei den Aufzügen und sieht, wie Ray Marx mit Fernanda spricht. *Was zum Teufel will er von ihr?*

Inzwischen ist Renata überzeugt, dass Fernanda die Bekannte ihres Immobilienmaklers ist. Sie muss herausfinden, wie viel Fernanda weiß. So entspannt, wie sie sich mit *Senhor* Marx unterhält, ist Renatas bisherige Strategie – Bluff, Irreführung, Verschleierung – möglicherweise nicht die richtige. Vielleicht sollte sie einfach die Vorgesetzte raushängen lassen und sie ein wenig einschüchtern.

Ray kommt auf sie zu. Renata gibt vor, mit ihrem Handy beschäftigt zu sein. Marx soll nicht wissen, dass sie gleich als Nächstes mit Fernanda spricht.

Ray stellt sich lächelnd neben sie. »Na so was, Sie schon wieder.«

»Hallo«, sagt Renata. »Ich hätte nicht damit gerechnet, Sie in so niederen Regionen anzutreffen.«

Ray schaut aus dem Fenster und pfeift durch die Zähne. »Immer noch ziemlich weit oben«, sagt er.

»Daher lassen sich die Fenster aus gutem Grund nicht öffnen, *querido.*«

Ray nickt. »Wir werden es also kaum erfahren, vor allem auch wegen der Klimaanlage.«

»Was erfahren?«

»Ob es draußen heiß genug für ein Lunch-Bier ist.«

»Da haben Sie wohl recht.« Renata steckt ihr Handy in die Handtasche. Sie lächelt Ray an und deutet mit ausgebreiteten Armen in Richtung Lift. »Welche Etage, *Senhor?*«

Ray grinst. »Ausgezeichnet machen Sie das«, sagt er. Er drückt auf die Dreiundzwanzig.

Renata bemerkt, wie Fernanda *sie* bemerkt und sich dann rasch wieder über ihre Arbeit beugt. Sie will nicht, dass ich sie über Big Ray Marx ausfrage, denkt Renata. Das werde ich auch nicht – noch nicht.

»Hallo, Fernanda, *tudo bem?*« Alles in Ordnung?

»*Tudo, você?*« Alles gut, und bei dir?

»Mir geht's prima, danke.«

Renata und Fernanda sind nicht wirklich entspannt im Umgang miteinander, und Renata weiß auch warum. Sie sind ungefähr gleich alt – Renata ist dreißig, Fernanda knapp darunter –, haben einen ähnlichen Werdegang, eine ähnliche Ausbildung, trotzdem ist Renata im Grunde Fernandas Chefin.

Dieser Umstand behagt keiner von beiden sonderlich.

Renata ist es unangenehm, Fernanda um die Erledigung von Aufgaben zu bitten, die bestenfalls administrativer Natur und schlimmstenfalls unbedeutend sind. Diese Aufgaben sind schlichtweg eine Beleidigung für Fernandas Intelligenz.

Aber was soll sie tun? Sie hat nicht entschieden, jemanden eindeutig Überqualifizierten als juristische Sekretärin einzustellen. Es ist eine Zwickmühle.

Sie weiß, dass Fernanda ihr nicht die Schuld gibt. Sie spart sich ihre Frustration für Renatas Vorgesetzte auf, aber natürlich kriegt auch Renata hin und wieder was davon ab. Das ist ihnen beiden unangenehm.

All das geht Renata durch den Kopf, und während ihres banalen Austauschs – geht's dir gut? Ja, mir geht's gut, und wie geht's dir? – kommt ihr eine Lösung.

»Also«, sagt sie, »ich wollte etwas mit dir besprechen.«

»Okay.«

Renata schaut sich um. Niemand ist in der Nähe, alle Türen sind geschlossen. Sie hört gedämpfte Telefonate, das Klappern von Tastaturen, das Summen und Piepen von Druckern, das Klingeln von Handys.

Fernanda wirkt ein bisschen angespannt, findet Renata, so als bemühe sie sich um eine betont lässige Haltung.

Was vermutlich mit dieser Ray-Marx-Geschichte zusammenhängt, um was auch immer es dabei geht.

Aber das wird warten müssen.

Also raus damit.

»Möglicherweise habe ich einen Freund von dir kennengelernt. Er arbeitet in der Immobilienbranche.«

Fernandas Augen weiten sich minimal. Renata denkt: Sie weiß *etwas*, aber sie weiß nicht genau, was sie weiß – noch nicht.

Fernanda sagt: »Ja, kann sein. Aurelio, *ne*? Netter Kerl.«

»Macht jedenfalls einen netten Eindruck.«

»Ja, er ist ziemlich in Ordnung.«

»Hat er dir erzählt, wie wir uns kennengelernt haben?«

Fernanda schüttelt den Kopf.

Renata weiß, das ist eine strategische Notlüge Fernandas, und sie weiß das zu schätzen. Sie beugt sich ein wenig näher.

»Ich habe eine Immobilie besichtigt, die er betreut, Büroräume, in Paraisópolis, der Favela, *sabe*?«

»In der Favela? Hat das was mit der Arbeit zu tun? Ich wusste nicht, dass wir in dem Bereich tätig sind, *pro bono* und dergleichen.«

Clever formuliert, findet Renata. Fernanda ist ein helles Köpfchen.

Renata ist seit sieben Jahren bei Capital SP. Sie kam direkt nach dem Jurastudium, hat sich von der Praktikantin bis zur Partnerin hochgearbeitet.

Fernanda kam vor vier Jahren in die Kanzlei und wurde seither nicht befördert, sie sitzt immer noch am selben Schreibtisch.

Als die beiden sich das erste Mal abseits des Büros bei einem außerdienstlichen Kundenessen trafen, sagte Fernanda zu Renata: »Wir werden keine Freundinnen. Es reicht völlig aus, wenn wir Kolleginnen sind. Auf eine nette Art, *claro*.« Natürlich.

Sie sagte es auf freundliche Art und ließ es ironisch klingen, also lachten sie beide. Trotzdem wussten sie auch um den wahren Kern.

Wie clever, dass sie *Kollegin* sagte. Renata hat das bewundert. Es hat die Grundlage für diese funktionierende Arbeitsbeziehung gelegt.

Renata lächelt jetzt. »Da hast du natürlich recht. Warum sollten wir uns auf so etwas einlassen? Vermutlich sind weder du noch ich in dieser Firma je mit etwas in Berührung gekommen, das auf so etwas hindeutet.«

Renata verrennt sich, ihre Worte kommen ihr zu schnell über die Lippen. Aber sie ist zufrieden, weil sie die Idee von gemeinsamer Arbeit, von Partnerschaft auf Augenhöhe ins Gespräch gebracht hat.

»Ich denke nicht.«

Renatas Bemerkung entspricht den Tatsachen. Sie arbeiten in der Rechtsabteilung einer renommierten und ungemein kapitalkräftigen privaten Investmentbank und eines Hedgefonds. Ein Unternehmen, das aufgrund seiner relativ geringen Größe einen hohen Grad von Exklusivität und Verschwiegenheit bewahrt.

Und obwohl Capital SP für seine Wohltätigkeit bekannt ist, basiert diese ausschließlich auf Spenden, pauschalen Geldsummen, und nicht auf sozialen Projekten, bei denen Mitarbeiter die Capital-SP-Towers verlassen müssten, um sich anderen Dingen als der Kapitalvermehrung zu widmen.

»Du fragst dich sicher, was ich dort wollte?«

Fernanda nickt. »Aber nur, weil es dir anscheinend ein Bedürfnis ist, es mir mitzuteilen.«

»Ins Schwarze getroffen.«

Fernanda entspannt sich ein wenig.

»Ich prüfe gerade eine Chance, und ich denke, daraus könnte sich auch eine Chance für dich ergeben.«

»Was für eine Chance?«

»Ein Job.«

Fernanda hebt die Augenbrauen: *Erzähl weiter, ich bin ganz Ohr.*

»Einfach ausgedrückt: Ich möchte Capital SP verlassen und in Paraisópolis ein Büro für Rechtsberatung einrichten. Ich habe das Startkapital von einigen unserer Kunden, die sich diversifizieren wollen. Investitionen, die auch einen nicht unerheblichen Betrag für Mitarbeiter vorsehen.«

»*Diversifizieren?* Interessanter Begriff.«

Renata entgeht ihr Tonfall nicht; natürlich weiß Fernanda um die steuerlichen Vorteile, wenn man Geld in soziale Projekte steckt.

Was Renata verschweigt: Capital SP hat auch eine sehr profitable Nebensparte in Private Equity. Sie nehmen Milliardenkredite in Form von privatem Beteiligungskapital auf, kaufen damit Unternehmen und sichern die Kredite durch die Vermögenswerte und den Cashflow des erworbenen Unternehmens sowie durch Steuervorteile ab.

So sind erfolgreiche Nichtregierungsorganisationen reif zur Übernahme: Sie bieten hypothekarisch belastbares Eigentum und regelmäßige Bargeldeinnahmen.

Capital SP hat einen äußerst cleveren Weg gefunden, deren regelmäßigen Cashflow – der wegen der Gemeinnützigkeit der Organisation steuerlich absetzbar ist – für kurzfristigen Profit bis zum Anschlag hypothekarisch zu belasten.

Renata ist also abgesichert, sie kann mit dem Geld Gutes tun und deshalb ein Auge zudrücken.

Natürlich dürfte sie von solchen Praktiken eigentlich nichts wissen.

»Es ist, wie es ist, aber die Vorteile ...«

»Sind mit Risiken verbunden.«

»Ja, es gibt gewisse Risiken. Aber die Sache ist es wert. Ich habe es satt, immer nur Verträge auszuhandeln, die reiche Menschen noch reicher machen.«

»Wir machen mehr als das.«

»Du weißt, was ich meine.«

»Ich denke schon. Hast du schon jemand anderem davon erzählt?«

»Nein.«

»Interessant.«

»Pass auf, Fernanda. Zwei Möglichkeiten. Du schweigst über die ganze Angelegenheit, und ich empfehle dich für meine frei werdende Stelle.«

»Empfehlen?« Fernanda lacht, aber es klingt nicht unangenehm. »Ich schätze, du hast einen gewissen Einfluss. Das muss ich dir lassen.«

»Ich werde alles in meiner Macht Stehende für deine Beförderung tun, im Gegenzug behältst du die ganze Geschichte für dich.« Fernanda zieht zwei Finger über ihren Mund. *Lippen. Versiegelt.*

»Du hast zwei Möglichkeiten erwähnt.«

»Die andere Möglichkeit ist, du kommst mit, und wir arbeiten zusammen.«

Leme und Lisboa sind zurück in Lockwoods Villa und reden mit dem Dienstmädchen.

Die Hausangestellte, so haben sie herausgefunden, heißt Dona Annette.

Dona Annette ist nervös.

Was vermutlich daran liegt, dass sie in Kürze aus ihrer gemütlichen kleinen Wohnung ausziehen und in die Favela zurückkehren muss, in die Hütte ihrer Familie.

Leme hat volles Verständnis für ihre Situation.

Das Problem ist nur, er muss da realistisch bleiben, weswegen Dona Annette sich mit dem unglücklichen Umstand wohl abfinden muss.

Immerhin hat sie einen Zufluchtsort.

Ihr gegenüber ehrlich zu sein, ist ein Akt des Mitgefühls …

Tough love.

Natürlich gibt es für sie noch einen anderen Grund zur Nervosität: Sie hat Familie in der Favela, vielleicht war es ja Dona Annette, die nachts die Tür aufgesperrt hat?

Lisboa bestreitet diese Möglichkeit vehement.

»Hast du ihr Gesicht gesehen? Mann, nie und nimmer. Sie ist so loyal wie ein Hund, *entendeu?* Und selbst wenn jemand sie benutzt hätte, wäre die Frau inzwischen schon längst zusammengebrochen.«

Leme ist geneigt, ihm recht zu geben. Allerdings muss Dona Annette endlich verstehen, dass sie trotz allem eine Art Verdächtige ist.

Und das wird ihr einen gehörigen Schrecken einjagen.

Immerhin können sie ihre Angst nutzen, um ein paar schwierige Fragen zu stellen. Da sind er und Lisboa sich einig.

Eigentlich sind sie das immer.

Die beiden kennen sich schon lange. Sie sind gemeinsam aufgewachsen und zu Männern geworden: keine leicht zu erhaltende Verbindung, aber wenn es gelingt, ist sie fast unzerstörbar.

Sie traten am selben Tag in den Dienst ein und sorgten dafür, dass sie danach immer Partner blieben.

Lisboas Vater war schon Detective bei der Polícia Civil.

»Das ist ein ehrenwerter und lohnender Beruf«, betonte er mehr als einmal, als sie Kinder waren. »Du benutzt deinen Kopf, du denkst nach, aber du bist auch draußen unterwegs und *handelst*. Nicht viele Berufe bieten diese Mischung. Die Probleme anderer Menschen zu lösen, ist eine schöne Art zu leben.«

Leme und Lisboa verschrieben sich dem Dienst – und zwar mit Haut und Haaren.

Weder College noch Schreibtischjob für sie, *nem fodendo*. Auf keinen verdammten Fall.

Und die Polícia Civil war nicht die Militärpolizei.

Sie würden nicht bei endlosen Feuergefechten mit den *traficantes* – den Dealern – in den Favelas an vorderster Front stehen.

Man würde sie nicht auf der Straße anspucken.

Sie arbeiten hart und gelten als kompetent und fair. Nur mussten sie nach ihrer letzten Beförderung feststellen, dass Kompetenz und Fairness eine Obergrenze für den Aufstieg bedeuten.

Eine niedrige Obergrenze.

Und diese Einsicht hat Lisboa ein wenig desillusioniert. Er hat jetzt eine Familie, zwei kleine Kinder, der Job rangiert an zweiter Stelle.

Leme versucht, Verständnis dafür aufzubringen.

Er schiebt diese Gedanken beiseite.

Er und Lisboa sitzen an einer Seite der Küchentheke, das Dienstmädchen an der anderen.

Zwischen ihnen steht ein Teller mit Schinken, Käse und süßen Broten.

Keiner rührt etwas davon an. Sie nippen am Kaffee. Das Dienstmädchen trinkt nichts.

»Dona Annette«, sagt Leme, »ich kenne die Favela. Wie bereits gesagt, bin ich selbst dort aufgewachsen. Ich weiß, wie der Laden dort läuft, *entendeu*? Und vielleicht denken Sie, *ich* könnte vermuten, dass Sie mit der ganzen Sache etwas zu tun haben.«

Dona Annette schaut empört und erschrocken zugleich.

»Ich sage nicht, dass Sie etwas mit Absicht getan haben, aber wissen Sie, es gibt ein paar üble Kerle da draußen. Und wenn es etwas gibt, das Sie uns sagen wollen, dann tun Sie es besser jetzt, anstatt uns aufzusuchen, wenn Sie wieder dort leben, *sabe*? Was eher früher als später der Fall sein wird.«

Dona Annette fängt an zu weinen.

Leme weiß warum.

Er ist in der Nähe der Favela Paraisópolis aufgewachsen, hat seine Kindheit dort verbracht, also hat er eine Ahnung; andererseits ist er in Bela Vista, Paraíso, geboren und hat dort auch viel Zeit verbracht.

In Paraíso lief es deutlich anders.

Ein Viertel mit Tradition, geführt von aufrechten Einwandererfamilien, hauptsächlich Italienern. Es lag in der Nähe von Japantown in Liberdade, und die Asiaten hielten alles clean, sehr familienorientiert, eine Art kriminelles Nachbarschaftsschutzprogramm.

Jeder kümmerte sich um den anderen.

Das Ziel war es, die Kinder von den Drogen fernzuhalten.

Oder die Drogen von den Kindern.

Wie Lemes Vater scherzhaft zu sagen pflegte: Von Paraíso nach Paraisópolis …

Vom Paradies nach Paradise City.

Als Jugendlicher benutzte Leme drei verschiedene Namen für Paraíso:

Wenn er mit einem Mädchen ausging, kam er aus Jardins, tat kultiviert, wollte einen Anschein von Stil und Wohlstand erwecken.

War er mit Studenten oder Hipster-Typen zusammen, stammte er aus Bela Vista.

War er mit einem *mano* unterwegs, einem Bro, dann: Bixiga.

Bixiga: die Blase São Paulos.

Aber es war ein Riesenunterschied zum echten Dschungel, denkt Leme. Die arme alte Dona Annette: Sie ist aufgeregt und besorgt, und das zu Recht.

»Aber reden wir erst mal über diese Inventarliste.«

»*Sim, Senhor.*«

»Der Inhalt an sich interessiert uns nicht besonders, verstehen Sie. Nur das, was eigentlich darauf stehen *sollte,* aber nicht mehr da ist.«

»Ich verstehe, *Senhor.*«

»Wunderbar.« Leme schaut zu Lisboa. »Ricardo?«

»Wenn das ein Raubüberfall war«, übernimmt Lisboa, »würden wir erwarten, dass ein paar Dinge verschwunden sind, *entendeu?* Fernseher, Stereoanlage, Laptop, Sie wissen schon … Scheinbar wurde jedoch nichts dergleichen gestohlen. Ist unser Eindruck richtig?«

»Ich denke schon, *Senhor.*«

»Nur um sicher zu gehen, Sie glauben also, dass nichts davon fehlt?«

»Soweit ich das beurteilen kann, *Senhor,* fehlt nichts davon, das ist richtig.«

Lisboa nickt. »Ausgezeichnet. Und was ist mit dem Safe in seinem Schlafzimmer? Wissen Sie, was er darin aufbewahrt?«

Dona Annette schüttelt den Kopf. »*Não, Senhor.*«

»Vermutlich gibt es auch keinen Grund, warum Sie das wissen sollten.«

Leme weiß natürlich, was er darin aufbewahrt. *Aufbewahrte.* Dokumente und ein paar Schmuckstücke, vermutlich Familienerbstücke. Großmutters Ehering, eine antike Uhr, so was in der Art.

Der Safe ließ sich problemlos öffnen, und die Forensiker sind – aufgrund der Staubspuren und so weiter – der Meinung, dass sonst nichts drin war. Also ist es eher unwahrscheinlich, dass es sich hier um einen gezielten Raubüberfall handelt.

»*Então*«, sagt Lisboa. Also gut. »Sie haben hier bestimmt schon tausendmal sauber gemacht. Stimmt das in etwa?«

»*Sim, Senhor.*«

»Tatsache ist, dass Sie den Laden hier wahrscheinlich besser kennen als der alte Mann. Ist das richtig?«

»Vielleicht, *Senhor.* Ich kann das nicht beurteilen.«

»Ich mache Ihnen keine Vorwürfe«, sagt Lisboa. »Ich meine nur, dass *Senhor* aus dem Ausland stammt, und als Ausländer gehörten ihm viele Dinge im Haus nicht, also frage ich mich, wie persönlich die Inneneinrichtung wirklich ist. Verstehen Sie das?«

»Ich denke schon, *Senhor.*«

Leme ist sich nicht sicher, ob er es versteht, aber er hat eine Vermutung, worauf Lisboa hinauswill.

»Also, ich meine die Kunstwerke. Gehörten sie ihm?«

Dona Annette schüttelt den Kopf. »Die Fotografien sind seine, aber die Gemälde an den Wänden nicht. Die waren schon hier, bevor er kam.«

»Sind Sie sicher?«

»Ich gehörte zu dem Team, das das Haus für seine Ankunft vorbereitete.«

Lisboa nickt. »Was ist mit den Büchern?«, fragt er. Er lächelt Leme an. »Sie wirken zumindest sehr britisch.«

»Viele der Bücher gehören ihm, *Senhor.*«

»Gehörten ihm«, verbessert Lisboa.

Dona Annette blickt zu Boden, tupft sich ein Auge trocken. »Ja, *Senhor*.«

»Nicht viel Krimskrams in der Wohnung, oder?«, sagt Lisboa und schwenkt die Arme im Kreis. »Er hatte es gerne ordentlich und überschaubar, oder?«

Dona Annette nickt.

»Würden Sie also sagen, dass die Wohnungseinrichtung vollständig ist? Die Möbel, Bilder und so weiter. Dinge, die entfernt werden können, meine ich. Dinge, die es wert sein könnten, gestohlen zu werden, *entendeu*?«

Leme rutscht auf seinem Stuhl hin und her. Die Küche ist steril, funktional. Die Geräte sehen fabrikneu aus. Pfannen und Kochutensilien *glänzen*. Messer blitzen auf, wenn die Sonne scheibchenweise durch die Jalousien fällt. Auf einer Magnetleiste über dem Kochfeld sind sie exakt ausgerichtet, als würden sie jeden Tag mit pedantischer Sorgfalt arrangiert, oder als wären sie ohnehin nur zur Zierde da.

»*Sim, Senhor*«, sagt Dona Annette.

»Das Inventar ist vollständig?«

»Ich glaube schon, *Senhor*.«

Lisboa nickt. »Gut. Das ist gut.«

Dona Annette probiert ein Lächeln.

Leme spürt ihre Erleichterung.

Er hat eine verängstigte Frau vor sich, die jetzt *eine Spur* weniger verängstigt ist.

Den nächsten Teil des Gesprächs, denkt Leme, wird sie weniger schätzen.

»Sehr gut«, sagt Lisboa. »Wirklich sehr hilfreich.«

Er schaut zu Leme. Leme nickt.

»Da ist noch etwas anderes«, sagt Lisboa. »Unser forensisches Team hält es für ziemlich wahrscheinlich, dass etwas vom Schreibtisch von *Senhor* im Erdgeschoss entwendet wurde.«

»*Sim, Senhor.*«

Lisboa nickt. »Sie kennen den Schreibtisch oder das Arbeitszimmer?«

»Beides, *Senhor*. Entschuldigung, *Senhor*, ich habe die Frage nicht ganz verstanden.«

Lisboa wedelt mit der Hand. »Seien Sie nicht so naiv. Können Sie uns das Arbeitszimmer zeigen? Den Schreibtisch? Ich denke, das wäre hilfreich.«

»*Sim, Senhor.*«

Leme erhebt sich. Lisboa ebenfalls. »Nach Ihnen«, sagt er.

»Was für ein Gentleman«, sagt Leme.

Lisboa ignoriert ihn.

Das Arbeitszimmer ist auf altmodische Art protzig.

Ein Ledersessel in der Ecke, darüber der Schwenkarm einer kranartigen Leselampe. Der Schreibtisch ist riesig, polierte Eiche, darauf eine grüne Arbeitsunterlage – höchstwahrscheinlich Leder. An den Schubladen goldene Griffe. Zwei Füllfederhalter stecken in farblich passenden Halterungen. Es gibt sogar eine Löschwiege, heilige Scheiße.

Leme fragt sich, wo die Schnupftabakdose abgeblieben ist.

Dona Annette wartet mit gesenktem Kopf und vor dem Schoß verschränkten Händen auf weitere Fragen.

Inzwischen ist ihr klar, dass die beiden nicht zum Spaß hier sind.

Sie weiß, sie sollte besser keine Informationen zurückhalten, nur um den alten Lockwood zu schützen.

Wenn sie bisher irgendetwas um seines guten Rufs willen verschwiegen hat, dann zählt das jetzt nicht mehr als Diskretion.

Man könnte gegen ihre Favela-Familie ermitteln und sie unter Druck setzen.

Und wir wissen ja alle, das bedeutet möglicherweise auch den Einsatz von Militärpolizei.

Die harte Tour. Gewalt.

Leme wird diese bedingungslose Loyalität der Bediensteten gegenüber den Superreichen nie kapieren.

Leme und seinesgleichen erweisen sie jedenfalls weit weniger Respekt, das steht fest.

Komisch.

Wahrscheinlich hängt das mit der natürlichen Autorität zusammen, die aus uralten Privilegien erwächst.

Eine selbstverständliche Anspruchshaltung, die das Erteilen von Befehlen so mühelos macht, ja sogar charmant wirken lässt.

Leme geht das völlig ab. Seine Hausangestellte erteilt *ihm* die Anweisungen.

Lisboa deutet auf den Schreibtisch. Dort ist ein Kreidekreis vom Durchmesser eines großen Glases. »Was befand sich an dieser Stelle, Dona Annette? Es ist wirklich sehr wichtig, dass Sie uns das sagen.«

»Da stand etwas, *Senhor*.«

»Und was?«

»So ein … Ich kenne den Namen nicht. Etwas, um die Papiere zu halten, damit der Wind sie nicht wegweht, *Senhor*.«

»Ein Briefbeschwerer.«

»*Isso, Senhor*. Das ist es.«

Lisboa schaut zu Leme.

Leme denkt: allemal schwer genug.

»Können Sie diesen Briefbeschwerer beschreiben?«

»*Sim, senhor*. Er war durchsichtig, mit einem blauen Muster, es sollte wie das Meer aussehen, *sabe*?«

Lisboa nickt. »Sonst irgendwelche Besonderheiten?«

»Da stand etwas drauf. Auf Portugiesisch, *Senhor*.«

Lisboa fordert Dona Annette mit einer Geste zum Fortfahren auf.

»Ich kann mich nicht erinnern, was da stand.«

»Doch, ich glaube, Sie wissen es.«

Dona Annette sieht Leme an. Leme schenkt ihr einen steinernen Blick.

Dona Annette wird unruhig, gerät in Panik.

»Was stand da, Annette?«, fragt Lisboa.

Sie zögert. »Es ...«

»Weiter.«

»Es war ein Geschenk.« Sie nickt entschlossen. »Ein Geburtstagsgeschenk. Es stand ›Herzlichen Glückwunsch zum Geburtstag‹ darauf.«

»Von wem war es?«

Dona Annette schüttelt kurz den Kopf. »Ich weiß es nicht.«

Lisboa schaut zu Leme.

Lemes Blick besagt: Auszeit.

Vermutlich weiß das Hausmädchen tatsächlich nicht, von wem das Geschenk stammt, aber vielleicht kann sie ihnen so etwas wie eine Liste möglicher Kandidaten geben.

Leme sagt: »Sie werden viele Gäste des alten Mannes kennengelernt oder sie zumindest gesehen haben. Wir brauchen eine Liste von Menschen, die ihn mehr als einmal besucht haben, *entendeu?*«

»Ich kenne ihre Namen nicht, Senhor.«

»Wir schon. Wir kennen einige Namen. Versuchen Sie, sich zu erinnern, während wir mit Ihrem Sohn und Enkel in Paraisópolis sprechen.«

Natürlich fahren sie nicht in die Favela ...

Noch nicht.

Sie gehen ein Bier trinken und lassen einen Uniformierten da, um sicherzustellen, dass Dona Annette in ihrem Zimmer bleibt und über alles nachdenkt.

Als sie etwa eine Stunde später zurückkommen, sitzt Dona Annette im Mantel da, mit einer gepackten Tasche und einem Zettel neben sich.

Auf dem Zettel findet sich die Beschreibung eines Mannes, der zu Besuch in der Villa war.

Die Beschreibung ist allerdings wenig aufschlussreich …

Ein junger Mann, der einen dunklen Trainingsanzug mit Kapuze und weiße Turnschuhe trug.

Dona Annette beharrt darauf, dass sie nichts weiter über diesen Mann weiß, keinen Namen, keine Adresse, keine brauchbare Personenbeschreibung.

Leme glaubt ihr.

»Woher wissen Sie, dass der Briefbeschwerer von diesem Mann stammt?«, fragt Lisboa.

»Weil da ein Schreibfehler war.«

Leme nickt.

»Ich glaube, die anderen Freunde von *Senhor* wissen, dass man *anniversario* mit mehr als einem ›N‹ schreibt, *entendeu*?«

»Und Sie haben keine Ahnung, warum dieser Mann hierherkam?«

Dona Annette schüttelt den Kopf.

Auch diesmal glaubt ihr Leme.

»Ich würde jetzt gerne nach Hause gehen«, sagt sie.

Leme nickt.

Lisboa ruft den Uniformierten und weist ihn an, Dona Annette nach Hause zu bringen.

Leme sagt: »Wir sollten der Zentrale wegen der Überwachungsvideos Dampf machen.«

Bocão, Großmaul, *ehemaliger Callboy:*

Hören Sie.

Sie halten mich jetzt sicher für einen Lügner, aber er war es, der mich angesprochen hat. Er kam rüber und lud mich auf einen Drink ein. Er war allein und älter als die meisten Gäste dort, aber er war charmant, groß und gut aussehend. Er hatte ein schönes Lächeln, war offensichtlich sehr gebildet und sein Portugiesisch war beeindruckend.

Am Ende des Abends nahm er mich am Ellbogen und schob

mich in ein Taxi. »Komm mit mir nach Hause«, sagte er. »Es wird sich lohnen.«

Ich war mir nicht sicher, was er damit meinte.

Als alles vorbei war, sagte er: »Bleib, solange du willst.«

Wir frühstückten zusammen in seinem Garten. Danach las er ein Buch, während ich mich sonnte. Später aßen wir gegrilltes Fleisch und Salat und tranken Wein. Er zeigte mir das Haus: blätterte in den Kunstbüchern, die auf seinem Couchtisch lagen. Er erzählte mir von dem Gemälde an der Wand im Flur. Es war von einem gewissen Jackson Pollock, einem Amerikaner. »Schau, unter den Farbschlieren verbirgt sich ein Fries mit Figuren«, sagte er. »Das ist eine direkte Übertragung des Unterbewussten. Die Farben sind ein Teil der Abstraktion. Was löst das Bild in dir aus?«

»Es gibt mir ein gutes Gefühl«, sagte ich. »Ich mag es.«

Er lächelte mich an und legte mir eine Hand auf die Schulter. »Ja, es hat diese Wirkung.«

In Wahrheit hatte ich von dem Gefühl gesprochen, das er in mir auslöste: durch die Art, wie er mir von dem Gemälde erzählte.

»Es ist ein sogenanntes Drip-Painting«, erklärte er auf Englisch. »Es erinnert mich immer an Blutflecken auf einem Teppich. Alles instinktiv.«

»Sie wissen viel darüber.«

»Nur ein paar Dinge, die mir eine junge Frau vor langer Zeit einmal erzählt hat. In einem anderen Leben.«

»Eine junge Frau?«

»Ja. Wie schon gesagt, ein anderes Leben.«

Dann erzählte er mir eine Geschichte über den Ort in England, wo er aufgewachsen war, und über einen entlaufenen Hund.

Wie er schon sagte, ein anderes Leben.

Das war etwas, das wir gemeinsam hatten: vergangene Leben.

Wir wollten beide etwas hinter uns lassen.

Nun, ich jedenfalls. Er schien glücklich über sein jetziges Leben zu sein. Oder es zumindest zu akzeptieren. Nicht dass ich mit meinem unglücklich gewesen wäre, aber ich hatte mich sehr verbessert. Ich wollte das nicht aus den Augen verlieren: Wie er mir dabei half.

Schauen Sie.

Eines Abends musste ich länger arbeiten.

Als ich das Büro verließ, war ich stolz auf mich. Ich hatte das Leben anderer Menschen besser gemacht, wenn auch nur geringfügig. Ich ging die Alameda Santos entlang und näherte mich dem Park hinter der Paulista, als ich jemanden rufen hörte und einen jungen Mann mit Baseballkappe und schickem Trainingsanzug bemerkte, der durch den Verkehr quer über die Straße rannte.

Ich zuckte zusammen.

»*E aí, Bocão*«, sagte er mit einem gemeinen Lächeln. He da, Großmaul.

Großmaul. Mein Herz begann zu rasen, und meine Schultern verspannten sich. »So heiße ich nicht.«

»*Ah, meu. Puta que pariu.*« Heilige Scheiße, Kumpel. »Du musst hier keine Show abziehen für mich.«

»Das ist nicht mein Name.«

Er schob den Unterkiefer vor. »Fick dich, Bocão. Du bist nicht besser als ich.«

»Lass mich einfach in Ruhe.«

»*Meu.* Ich habe dich zufällig gesehen und wollte mit dir quatschen. Ist schon 'ne Weile her. Du bist einfach abgetaucht. Tu nicht so, als ob du mich nicht kennst.«

Er schniefte. Rieb sich die entzündeten Nasenlöcher. Seine Augen zuckten wild. Er war abgemagert: Seine schönen Gesichtszüge waren verwüstet, Knochen, wo früher Muskeln waren.

»Schau dich nur an, total schicke Klamotten. Ein Blazer. Was trägst du da?« Er streckte die Hand aus, um meine Aktentasche zu berühren. Ich zog sie weg. »Eine verdammte Aktentasche, Mann«, lachte er. »Glaubst du, du kommst von dem los, was du früher gemacht hast? *Porra.*« Er stieß mir einen Finger in die Brust.

»Du bist immer noch ein verdammter *michê*, ein Stricher, du machst es nur an einem anderen Ort.«

Ich wurde ganz klein vor Angst und Scham. »Lass mich in Ruhe.«

»Du bist doch nur hier, um uns unter die Nase zu reiben, was du jetzt alles hast, oder? Hältst du dich für was Besseres? Bist du deshalb hier?«

»Es liegt auf meinem Heimweg. Ich habe lange gearbeitet.«

Autos rollten vorbei, ihre Scheinwerfer begafften uns mit ihren hellen Augen. Ein kurzer inquisitorischer Blick, dann waren sie wieder weg.

»Arbeiten? Für diesen alten Sack, mit dem du rumgezogen bist? Bezahlt dieser *gringo bicha* jetzt für alles, damit du jede Nacht mit seinem faltigen Schwanz spielst? Willst du abhauen, nach Europa gehen? Dass ich nicht lache.«

Er sog die Luft zwischen den Zähnen ein. Er schubste mich, und ich stolperte rückwärts, die Hände zur Verteidigung gehoben.

Er lachte. »Kumpel. Ich werde dich nicht schlagen.« Er trat zurück und deutete auf mich. »Vergiss nur nie, wo du herkommst. *Babaca.*« Arschloch. »Wir werden es jedenfalls nie vergessen, auch wenn du es tust. Du bist einer von uns, Schwanzlutscher.« Er drehte sich um und lachte wieder. »Wenn du das nächste Mal einem reichen alten Sack begegnest«, rief er, schlängelte sich zwischen den Autos hindurch, klatschte auf ihre Motorhauben und zeigte den Fahrern den Stinkefinger, »dann gib mir Bescheid«.

Ich hatte die Hälfte des nächsten Blocks geschafft, als ich stehen bleiben und mich übergeben musste. Ich wischte mir die Tränen aus dem Gesicht. Er hatte unrecht. Aber manches stimmte auch. Ich lag die ganze Nacht wach, kratzte mich an Beinen und Armen, mein Puls raste. Ich schaukelte hin und her und stöhnte leise. Es gab niemanden, mit dem ich reden konnte.

Die Vergangenheit holte mich schon ein, wenn ich nach der Arbeit nur die falsche Straße entlanglief. Hatte ich eine Chance, sie je hinter mir zu lassen, *sabe*?

Rafa ist begeisterter Skater.

Bei den *manos*, den Brüdern, hat er den Ruf, der Schnellste auf vier kleinen Rädern zu sein. Sein Spitzname bei den älteren Jungs ist *Rapido*. Speedy.

»Oh, Raf-Raf-Rapido!«, rufen sie, wenn er vorbeiflitzt.

Am Tag, nachdem er die sexy weiße Frau gesehen und die Nachricht nach oben weitergegeben hatte, wurde er zu seinem Linienmanager gerufen.

Linienmanager. Das bringt ihn und Franginho immer zum Lachen. Die Dealer haben Unternehmensstrukturen eingeführt.

Linienmanager, managt die Lines.

Ein hirnrissiges Spiel, denkt Rafa, viel zu gefährlich.

Trotzdem arbeitet er im Augenblick als Kurier, erledigt Botengänge, verdient sich ein bisschen Geld, während er nach einem Weg sucht, für immer aus dem Dschungel zu verschwinden.

»Wir brauchen dich und dein Board, Junge«, erklärte ihm der Linienmanager. »Ein bisschen Aufklärungsarbeit, klar? Du sollst eine Beschattung durchführen.«

Rafa nickte. Er hatte keine Ahnung, wovon der Bursche redete.

»Diese Frau, die du neulich gesehen hast. Sie kommt morgen wieder, in das gleiche Gebäude, abends um sechs. Du folgst ihr nach Hause.«

»Auf meinem Board?«

Gelächter. »Klar, ist unauffälliger, mein Sohn. So wird es ablaufen.«

Jetzt kauert Rafa über seinem Brett, in einer *boca de fumo*, einem schmalen Seiteneingang zur Favela, und wartet, dass die Frau in ihrem Wagen vorbeifährt.

Neben ihm ein schlaksiger Teenager, den er als erfahrenen Drogenhändler kennt. Der Junge zieht sich gerade einen fetten Joint rein, den er Rafa anbietet.

»Mal ziehen, Kleiner?«

Rafa schüttelt den Kopf.

Er braucht für diese Mission einen klaren Kopf.

Er fühlt sich nicht wohl in der *boca de fumo*, dem Mund des Rauchs, der so heißt, weil er eine dieser halb versteckten Ecken am Rand der Favela ist, wo reiche Playboys und linke Studententypen vorbeischauen und problemlos Drogen kaufen können, ohne zu tief in den Dschungel zu müssen.

Er hat ein beschissenes Gefühl, denn wenn die Militärpolizei vorbeikommt, schießt sie erst, dann stellt sie Fragen. Nur Pusher hängen hier ab.

Die Militärs veranstalten hier gerne mal ein Drive-by-Shooting, ballern zur Abwechslung ein bisschen rum. Sie haben einen Namen dafür.

Duck hunting, Entenjagd – wenn du dich nicht duckst, bist du tot.

Wahnsinnig lustig.

Allein schon hier zu sein, macht Rafa total fickerig.

Sein Freund Franginho würde das als prekäre Lage bezeichnen.

Sobald das Auto der Frau vor dem leerstehenden Bürogebäude gehalten hat, ist Rafa runter in die *boca* geflitzt, wo Lanky auf ihn wartete.

Die *boca* liegt an einer steilen Straße am nördlichen Rand der Favela. Sie führt direkt auf die Hauptstraße Giovanni Gronchi, die die Frau beim Verlassen der Favela nehmen muss.

Ein anderer Späher hat gesehen, wie sie die steile Straße rauf gekommen ist, in der das Büro des Immobilienmaklers liegt, MRV Engenharia, also gehen sie davon aus, dass sie denselben Weg wieder zurücknimmt. Es ist ein Risiko, aber falls sie die andere Richtung einschlägt, wartet vermutlich ein weiterer Junge auf einem Board oder einem Fahrrad an der Giovanni auf sie.

Natürlich sagen sie Rafa so was nicht, denn sie wollen ihn hellwach und unter Hochdruck.

Und der Druck ist immer dann am höchsten, wenn alles auf deinen eigenen Schultern lastet.

Rafa weiß, warum er hier positioniert wurde:

Der Hügel ist steil, und er wird ihn verdammt noch mal runterfliegen.

Um sechs Uhr abends ist der Verkehr *chocka*. Absolut storno.

Die Frau wird höchstwahrscheinlich nur kriechen.

Gegenüber der *boca*, ein Stück die Straße rauf, steht ein Späher, und wenn der kleine rote VW Golf der Frau vorbeifährt, gibt er dem schlaksigen, pickligen Dealer einen Wink, der daraufhin Rafa losschickt. Aber der gute alte Lanky kifft sich mit einem Eifer die Birne dicht, der in keinem Verhältnis zu dem Eifer steht, mit dem er sich seiner Aufgabe widmet. Offenbar nimmt er seine Rolle bei dieser kleinen Aktion nicht sonderlich ernst.

Rafa darf natürlich nichts sagen, nein, *Senhor*, das hieße aufmucken, eine direkte Infragestellung der Befehlskette.

Er *kann* also nicht viel tun, außer zu denken: *Porra*, muss das jetzt sein? Muss ich das jetzt wirklich *durchziehen*, um weiterzukommen?

Er ist angepisst.

Aber er steht auch total unter Strom, was vermutlich der eigentliche Sinn der Sache ist. Er will nur, dass es endlich über die Bühne geht. Er will sein rollendes Board unter sich spüren, will losschlagen, nicht mehr denken müssen.

»Willst du nicht mal ziehen, Rafa-Rapido?«

Erneut schüttelt Rafa den Kopf.

»Guter Junge. Profi.« Lanky lacht. »Du wirst es noch weit bringen, Kleiner«, sagt er, nur halb im Scherz.

Außerdem ist Rafa sauer wegen der Botschaft, die in seinen Shorts steckt.

Im Prinzip ist es in Ordnung, der Frau zu folgen. Er ist geschickt auf seinem Board, ein schwarzer Blitz, und er ist diskret. Er ist jung genug, sauber genug und gerade noch süß genug – ja, er weiß, wie wichtig das ist –, um nicht für einen Dieb, einen Dealer oder ein Gangmitglied gehalten zu werden.

Aber wenn man jemandem folgt, bedeutet das per Definition, Abstand zu halten.

Keine Ahnung, was in der Botschaft steht, jedenfalls muss er sie überbringen und die Frau dann bitten, sie zu lesen und ihm ihre Antwort mitzuteilen: Ja oder Nein.

Das ist es, was ihn echt fickrig macht: Was bei der Übergabe passieren kann, was sie macht, nachdem sie die Nachricht gelesen hat, falls sie es überhaupt tut.

Wer dabei sonst noch in der Nähe ist.

Wie er ihr die Nachricht übergeben soll, geschweige denn sie ansprechen.

Sie lebt mit Sicherheit in einem dieser Wohnkomplexe, wo man am Wachpersonal vorbei direkt in die Tiefgarage fährt.

Was soll er dann machen? Ihr vielleicht folgen? Verfickte Scheiße.

Jep, mit diesem Teil des Jobs ist Rafa eindeutig überfordert.

Es ist ganz zweifellos das, was Franginho eine prekäre Situation nennen würde.

Die *boca* ist ein enges Rattenloch. Rafa nimmt zum ersten Mal bewusst wahr, wie eng. Die Hütten sind erbärmlich, kaum mehr als Zelte. *Überall* liegt Müll. Abgemagerte, einäugige Katzen und Hunde mit eiternden Wunden und fehlenden Gliedmaßen.

Es ist buchstäblich eine Müllhalde.

Wer zum Teufel lebt hier?

Er hat gehört, dass der Müll Teil der Tarnung ist, damit die Dealer halbwegs verdeckt arbeiten können. Es gibt Einschusslöcher in den wenigen Holzplanken, die diese Verschläge aufrecht halten. Es ist düster hier. Eine blaue Plastikplane ist als Dach quer über die Straße gespannt.

Straße? Besser gesagt Schlammpiste. Und neben der Piste verläuft ein Graben, durch den ein von Scheiße verseuchter, stinkender Bach in die weite Welt hinaus rinnt.

Er kommt nicht sehr schnell voran, denkt Rafa.

»Wer wohnt hier?«, fragt er.

Lanky lacht. Er breitet die Arme aus. »Was meinst du? Wer soll hier wohnen? Junge, schau dich um. Siehst du jemanden?«

Rafa schüttelt den Kopf.

»Dafür gibt es einen Grund.«

Rafa nickt.

Lanky führt das nicht weiter aus.

Vermutlich gibt es auch *dafür* einen guten Grund, denkt Rafa.

Lanky schaut auf die Uhr. Sie haben keine Ahnung, wie lange die Frau da drin noch braucht.

Rafa ist hellwach, sein Board startbereit unter den Füßen, er hat freie Bahn zur Straße. Sein Plan ist, vor ihr den Fuß des Hügels zu erreichen und dann herauszufinden, wo sie als Nächstes hinwill.

Dummerweise hat sie da unten etwa ein halbes Dutzend Möglichkeiten.

Falls sie in dem Viertel mit den eleganten niedrigen Häusern wohnt oder oben in einer der halbmondförmigen Seitenstraßen, die zu dem protzigen Sportclub Paineras führen, dann hat Rafa ein echtes Problem, denn abseits der Hauptstraße ist der Verkehr nicht so dicht, da wird es schwer, mit ihr Schritt zu halten. Außerdem wird es kleine grüne Wachhäuschen und jede Menge *condo seguranças*, Sicherheitsleute, geben, die gerne den Helden spielen. Rafa weiß genau, wie es dort läuft …

Er kennt den achselzuckenden Spruch »*menos um*«, ein *malandro*, ein Verbrecher weniger, was soll's? Einige Sicherheitsfirmen werben damit, dass sie Waffen nicht nur tragen – sondern auch bereit sind, sie einzusetzen.

Gut möglich ist auch, dass sie die große Avenida Morumbi nimmt, runter zur Marginal am Fluss, und wenn sie das tut, ist Rafa wirklich am Arsch, denn, egal wie sein Spitzname lautet, auf der verdammten mehrspurigen Autobahn hält ein Skateboard mit nichts Schritt.

Also, wenn die Kleine nicht gleich da unten irgendwo um die Ecke wohnt, kann er einpacken.

Mit Lanky in der *boca* warten zu müssen, ist auch nicht gerade ein Stimmungsbooster.

So viel Zeit zum Nachdenken zu haben, ist alles andere als hilfreich.

Lankys Funkgerät piept. Er wirft Rafa einen kurzen Blick zu. »*Embora, cara*«, sagt er. Los geht's.

Rafa stößt sich ab, schlängelt sich zwischen Bergen von schwitzenden Müllsäcken hindurch, die Risse im Plastik sind wie eiternde Wunden.

Ein weniger harter Bursche müsste bei dem Gestank würgen, denkt Rafa.

Dann ist er draußen auf der Straße.

Verkehr in beide Richtungen, und in einem Punkt hatte er recht: Es geht so gut wie nichts voran.

Er schliddert auf die rechte Seite, klebt dicht an der Autoschlange, die links neben ihm bergab kriecht. Die auf der Gegenspur wollen rauf auf die Giovanni Gronchi oben am Hang, sie machen den Shuffle, rollen beim Anfahren rückwärts, und wenn die Fahrer den ersten Gang einlegen und das Gaspedal durchdrücken, um den Motor nicht abzuwürgen, machen sie einen Satz vorwärts.

Rafa hat also Zeit.

Der kleine rote Golf hat erst ein Viertel der Strecke zurückgelegt, Rafa hat einen ordentlichen Vorsprung und schaut immer wieder über die Schultern zurück.

Er fährt Schlangenlinien, macht Flips und Tricks, zieht eine Show für die Autofahrer ab. Die Idee ist, dass ihm vielleicht jemand ein paar Münzen oder einen Schein zuwirft, wodurch er unterhalb des Radars bleibt und keiner in ihm einen Boten der PCC-Drogenbande sieht.

Wenn ihn irgendjemand auch nur für ein kleines Rädchen des größten Verbrechersyndikats São Paulos, der PCC – Primeiro Comando da Capital – hält, ist dieser Ausflug vorzeitig beendet, *game over*.

Auf der anderen Straßenseite liegt am Hang eine teure Tennisanlage, er kann das *Geräusch* der Schläger hören.

Die Plätze sind hinter hohen Bäumen und viel Grün versteckt, um neugierige Blicke abzuhalten. Es ist kein privater Club, aber genauso teuer.

Früher war Rafa dort Balljunge, holte ins Aus gedroschene Bälle und Wasserflaschen.

Er und Franginho haben das ein paar Jahre gemacht, es war voll okay, die Trinkgelder waren in Ordnung, aber im Vergleich zum Gehalt eines Spähers war es natürlich nur Kleingeld. Irgendwann kam bei der Geschäftsleitung der Verdacht auf, einige der Kids würden Sportartikel aus den Taschen der Spieler klauen und sie billig an andere Kunden verhökern, woraufhin der Club alle Balljungen und -mädchen feuerte und neue einstellte.

Das wirklich Bedauerliche daran war, dass die Jungs vom Burger-Lokal oben auf dem Hügel sie immer reingelassen haben, damit sie dort ihr hart verdientes Geld für einen Burger ausgeben oder sich zumindest einen teilen konnten. Die dachten, diese *favelados* würden nicht zu viel Scheiße bauen, weil sie in unmittelbarer Nähe arbeiteten.

Nachdem man die Kids gefeuert hatte, war Schluss mit anständigen Burgern – und die waren so verdammt lecker, saftiges Fleisch, buttrige Zwiebeln, Unmengen von Pommes und eimerweise Milchshakes –, stattdessen gab es wieder faseriges Fleisch und zähe Sandwiches in Zé Bolachas *padaria*, vor der Rafa jetzt auf den roten Golf wartet.

Zé Bolacha – Joe Biscuit – stinkt nach üblem Streetfood.

Drei Männer in schmutzigen Overalls stehen mit Biergläsern draußen an einem kleinen Grill, auf dem billiges Fleisch brutzelt.

Filet miaow, nennen sie es. Katzen-Barbecue.

Die Holzkohle im Grill glüht, erste Scheinwerfer werden in der frühen Dämmerung eingeschaltet.

Rafa muss sich genau überlegen, wann er wieder losfährt. Es bleibt nicht allzu viel Strecke bergab, um die Geschwindigkeit zu erreichen, die er für den Anstieg auf der anderen Seite braucht. Drüben ist es zwar flacher, aber er braucht trotzdem ordentlich Schwung, damit er nicht zurückfällt.

Rafa sieht, wie langsam ihr Wagen vorrückt. Er wagt einen Versuch; er wird die erste Kreuzung bei der Tankstelle überqueren, es rechtzeitig zur zweiten schaffen, um von dort zu sehen, in welche Richtung sie fährt.

Hoffentlich folgt sie ihm.

Aber wenn sie in eine der Nebenstraßen abbiegt, wird es kompliziert. Die Gegend ist ein Labyrinth, ziemlich privat alles, die meisten Häuser mit hohen Mauern und Stacheldrahtzäunen drum herum. Auf der einen Seite eine gut bewachte Wohnsiedlung, auf der anderen ein Regierungsbüro, das zwar klein, aber immerhin ein Büro der *Regierung* ist, *entendeu*?

Rafa flitzt los, fliegt an den Autos vorbei, klopft auf die Motorhauben, an die Fenster …

Er erntet gereckte Daumen, Anfeuerungsrufe, gelegentliches Hupen, das normalerweise scharfen Frauen vorbehalten ist, denen man beim Überqueren der Straße seine Wertschätzung zeigt.

Rafa genießt es, feiert für einen Moment, wie er durch die dicke Abendluft segelt, während die Brise über seinen staubigen, klebrigen Körper und durch sein fettiges Haar fegt.

Er steuert geradewegs auf die Tankstelle zu, da bemerkt er einen gebückten alten Knacker, der eine mit Schrott beladene *carrosso* zwischen den Autos durchschiebt.

Fuck.

Rafa schätzt die Entfernung ein, dann sein eigenes Tempo, und ihm ist klar, er würde durch den Versuch zu bremsen eine ganze

Menge Schwung verlieren, dringend benötigten Schwung. Auch ein Ausweichen auf die Straße ist keine Option, weil die Autos Stoßstange an Stoßstange stehen, also rechnet er schon damit, dass er den Alten plattmachen wird, es sei denn …

Er wägt all das blitzschnell ab, denkt, scheiß drauf, nimmt den Kopf runter und ruft dem alten Knacker zu, er soll gefälligst die Augen aufsperren

Und schlittert haarscharf vorbei.

Der Alte schreit ihm hinterher, er soll gefälligst mehr Respekt für Ältere zeigen.

Rafa hebt den Arm zum Abschied, zum Gruß, als kleine Siegesgeste.

Er saust an den Autos vorbei, die Tankstelle zu seiner Rechten. Die Kolonnen ruckeln vorwärts, eine Lücke öffnet sich zwischen zwei Wagen. In der Straßenmitte ist mehr Platz, also flitzt er hindurch, rollt jetzt aufwärts, pusht was das Zeug hält, fühlt sich wie einer dieser Motorradkuriere, die alten Moto-Boys, die zwischen dem Verkehr hindurchrasen, immer an der Mittellinie kleben, und von denen jeden Tag einer den Löffel abgibt.

An der nächsten Kreuzung hält er.

Er blickt zurück und sieht, wie sich der rote Golf langsam nähert.

Seine Lungen sind frei, seine Beine voller Kraft, sein Kopf klar.

Die Straße ist hier eher flach, und bei dem aktuellen Verkehr ist es einfacher, den Wagen im Auge zu behalten, ohne dass man ihn für einen Verfolger hält.

Sofern sie nicht die Marginal nimmt.

In dem Fall muss er sich geschlagen geben.

Er macht wieder seine Tricks im Verkehr, lässt sein Brett wirbeln, macht kleine One-Eighties und den einen oder anderen ausgefallenen Ollie, streckt die Hand aus und sammelt hier und da ein wenig Kleingeld von den freundlicheren Fahrern mit den offenen Fenstern ein.

Das wahre Geld verbirgt sich in den Karossen mit den dunkel getönten, luftdicht versiegelten Scheiben. Rollladen-runter-Mentalität, denkt Rafa.

Von diesen Leuten würde er nie was kriegen.

Verriegelte Türen, hochgefahrene Fenster, so besteht ein viel geringeres Risiko eines Carjackings, kein *moleque* wie Rafa kann sich reinbeugen, deine Handtasche klauen, dein Handy, oder was auch immer für ein Luxusteil neben dir liegt, das wahrscheinlich mehr kostet als ein Monatsmindestlohn.

Der rote Golf wechselt die Spuren, beschleunigt, bremst wieder ab, rollt langsam weiter in Richtung Avenue …

Schwein gehabt, denkt Rafa. Auf dem Teil der Straße hätte sie ihn verdammt alt aussehen lassen können.

Dann biegt sie links ab, Rafa folgt ihr, sie gibt ordentlich Gas, und er bleibt zurück.

Und dann, nach wenigen Metern, biegt sie ohne Vorwarnung und ohne zu blinken erneut scharf links auf einen Parkplatz ein.

Fuck.

Ein Parkplatz, auf den Rafa ihr nicht folgen kann, *nem fodendo.* Auf keinen beschissenen Fall.

Der Parkplatz des Restaurants Casa da Fazenda.

Ein Luxusschuppen.

Ein Laden, bei dem ein halbes Dutzend Jungs dafür sorgen, dass Leute wie Rafa nicht mal ansatzweise in die Nähe kommen.

Casa da Fazenda war das Gutshaus, als Morumbi noch eine Farm war. Dort war mal grüne Wiese und ländliche Idylle, wie Rafa in Erdkunde gelernt hat.

Komisch ist, dass das noch gar nicht so lange her ist.

Rafa hat selbst erlebt, wie sich der Ort in wenigen Jahren verändert hat.

Er tastet nach der Botschaft in seinen Shorts.

Er beschließt zu warten.

Was bleibt ihm auch sonst übrig.

Kaum vorstellbar, dass Morumbi früher eine Farm war, findet Renata. Benannt ist der Distrikt nach einem traditionellen portugiesischen Ausdruck, der »grüner Hügel« bedeutet. In diesem dicht besiedelten Teil São Paulos sind die Straßen ziemlich steil und schlängeln sich hinauf zu dem Luxussportklub Paineiras, zum Sitz der Landesregierung, zum Stadion des FC São Paulo und zu einer Reihe gepflegter Parks.

Angenehmer als die Abkürzung entlang der Favela ist es hier allemal.

Ein blödes Gefühl, wenn eine Gruppe Jungs in Unterhemden und Flipflops lacht und auf dich zeigt – *hey, guck mal, die Schnecke am Steuer!*

Es macht sie traurig, wie eingeschüchtert sie sich dadurch fühlt.

Aber dieses Gefühl wird sie ablegen.

Sie tut definitiv das Richtige.

Renata hat in der Schule eine Menge gelernt.

Sie findet es toll, wie man aus der Geschichte São Paulos etwas Bedeutsames für die Gegenwart ableiten kann. Jesuitenpriester gründeten in Piratininga Mitte des 16. Jahrhunderts São Paulo als Kolleg und Dorf, aber es waren die *bandeirantes*, die es zu einer Stadt machten. Sie brachen von der Küste in das unwirtliche Landesinnere auf, um nach Edelsteinen, Gold und Diamanten zu suchen – und nach Indios, die sie versklaven und verkaufen konnten. Das war die erste grundlegende Lektion in *historia*, in lokaler Geschichte.

Natürlich zieren die Namen vieler dieser Mistkerle die Hauptstraßen der Stadt.

Das alte Portal der Farm ist noch erhalten, was Renata erfreut zur Kenntnis nimmt, während sie auf den Parkplatz des Restaurants rollt. Sie ist dort mit ihrem, nun ja, Freund verabredet.

Zumindest würde er gerne *glauben*, dass er ihr Freund ist.

Irgendwo gibt es da eine Differenz, und sie fragt sich, was für ein Licht das auf die Beziehung wirft.

Die Casa da Fazenda hat er ausgesucht. *Das Farmhaus*, was vorhersehbar war.

Und noch vorhersehbarer war, dass es verdammt teuer sein würde.

Beim Einbiegen auf den Parkplatz kommt Renata die Luft leichter, frischer vor. Die dichte Vegetation verdeckt den Blick auf den Stau, dem sie gerade entronnen ist und der sich hinunter zum Fluss und hinauf zur Favela schlängelt.

Natürlich hat man hier Parkservice, und Renata übergibt ihre Schlüssel einem gut aussehenden, grinsenden jungen Mann, der vielleicht in Paraisópolis lebt, was weder zur einen noch zur anderen Seite gehört, wobei sie sich sofort fragt, ob das überhaupt die richtige Sichtweise ist.

Sie lächelt den Mann an, dankt ihm.

Wenn sie in der Favela arbeiten will, wenn dieses Projekt auch nur ansatzweise ein Erfolg werden soll, darf sie nicht alles nur schwarz und weiß sehen, also entweder aus der Favela oder nicht.

Obwohl die Unterscheidung in Schwarz und Weiß im Grunde den Nagel auf den Kopf trifft.

Sie betritt das Lokal. Sie ist früh dran und nirgendwo eine Spur von ihrem Freund.

Der Speisesaal mit den hohen, holzgetäfelten Decken strahlt koloniale Eleganz aus.

Ihre Gedanken wandern in die Vergangenheit. Die Bezirksstraßen von und nach São Paulo sind historisch gesehen mit Geld gepflastert. Diese Straßen sind nach Verbrechern benannt.

Die Rodovia Raposo Tavares verläuft vom Stadtzentrum aus durch den größten Teil des Bundesstaates in Richtung Südwesten. António Raposo Tavares war ein Brutalo im 17. Jahrhundert, der die indigene Bevölkerung auf zwei Arten behandelte – er tötete sie oder versklavte sie.

Die Rodovia Bandeirantes führt von der Stadt in Richtung Minas Gerais und folgt der Route der Pioniere des Goldrausches von 1690. Dieser Zustrom von Geld verwandelte das Dorf in eine Stadt, und die *bandeirantes* vertrieben schließlich die Jesuiten. Nachdem die Goldfunde versiegten, verdienten sie ihr Geld mit Zuckerrohr und später mit Kaffee. Brasilien gewann seine Unabhängigkeit, und São Paulo wurde zur Landeshauptstadt.

Geld regiert die Welt.

Wenn Renata sich hier in diesem kolonialen Ambiente umschaut, ist sie nicht sicher, wie viel sich geändert hat.

Der richtig große Reibach wird immer ganz oben gemacht.

Der Empfangschef begrüßt sie, und als sie ihm erklärt, dass ihr Begleiter noch nicht da ist, lädt er Renata zu einem kurzen Rundgang durch die Gärten ein.

Die Luft ist wirklich frischer. Der Ort liegt mitten im städtischen Labyrinth Morumbis – auf der Spitze des »grünen« Hügels –, aber davon merkt man hier nichts.

Es gibt eine Art Höhle mit Kuriositäten und Erinnerungsstücken von der Farm: ein Ochsenjoch, staubige Gläser mit verblassten Etiketten, dicke, rissige Gemälde von bunten Papageien.

Kerzen flackern im Zwielicht, Paare schmiegen sich aneinander und flüstern sich etwas zu.

Die Männer sind *perfekt* gekleidet. Ihre Schuhe *glänzen*. Die *Schnallen* an ihren Schuhen schimmern.

Es ist nicht sehr intim hier, stellt sie fest.

Trotzdem scheint niemand die Anwesenheit der anderen Gäste wahrzunehmen.

Der Standardmodus in São Paulo ist Distanz.

Was häufig eine entfremdende Erfahrung ist. Selbst hier in diesem falschen Wald, diesem Refugium, dieser nostalgischen Veranstaltung.

Renata ertappt sich dabei, innerlich eine flammende Rede zu formulieren, die den Sinn all dessen anzweifelt.

Wir leben in unseren Autos und Shoppingcentern, abgeschottet hinter getönten Scheiben, blenden die Realität der Stadt aus, vermeiden banale, alltägliche Routinen, bezahlen jemanden dafür, der uns das abnimmt, und genießen dafür das Künstliche – stimmungsvolle Beleuchtung, Ambient-Musik, Klimaanlagen – und *konsumieren*.

Das Abendessen zieht sich in die Länge, mehrere Gänge, diverse entkorkte Weinflaschen, von denen keine ausgetrunken wird.

»Also ist es heute ganz gut gelaufen, ja?«, fragt ihr Freund sie schließlich bei Dessert und Kaffee.

»Ja, ist es.«

»Du willst also diesen Unsinn tatsächlich durchziehen? Bist du sicher?«

Renata nickt.

Er überlegt kurz. »Dann wirst du möglicherweise in Zukunft auf so etwas hier verzichten müssen.« Er zeigt mit ausgebreiteten Armen auf den Raum. »*Pro bono* bringt nicht genug für regelmäßige Steakessen, *querida*.«

Renata lächelt. Sie steht auf. »Dann überlasse ich einfach dir das Bezahlen. *Querido*.«

Ray ruft Fernanda an und teilt ihr mit, dass es eine Planänderung gibt. »Wir treffen uns in zwanzig Minuten in der Cafeteria im achten Stock, machen Sie es sich schon mal bequem, ich komme gleich vorbei und baggere Sie an.«

Fernanda lacht nicht.

Ray lässt sich auf einen Stuhl fallen.

In der Cafeteria ist es ruhig, die Lunchzeit ist vorüber.

»Das mit dem Anbaggern war ein Scherz«, sagt Ray. »Coverstory, so was in der Art.«

Fernanda lächelt. »Das war mir klar. Ich fand es nur nicht sehr lustig.«

Ray nickt. »Verstehe. Wird nicht wieder vorkommen. Ich lerne schnell. Was haben Sie für mich?«

Fernanda schiebt ein einzelnes Blatt über den Tisch.

Ray überfliegt es.

Eine ziemlich umfassende Biografie, denkt er. Dieser Favre hat eine bewegte Vergangenheit. Geboren in einem Getto in Buenos Aires als Sohn polnisch-jüdischer Einwanderer. 1969 aus Argentinien geflohen, um einer Verhaftung wegen illegaler politischer Aktivitäten zu entgehen. Umzug nach Frankreich, wo er lateinamerikanischer Direktor der trotzkistischen Vierten Internationale wurde, er war viermal verheiratet, hat eine Internetfirma gegründet und eine ernsthafte Wein- und Zigarrenabhängigkeit entwickelt.

Inzwischen ist er mit der Bürgermeisterin São Paulos verheiratet, die ihren politisch ziemlich bedeutenden Ehemann für ihn verlassen hat.

Interessante Gestalt.

»Okay«, sagt Ray. »Aber was steht *nicht* in diesem ›Vorstrafenregister‹? Was können *Sie* mir verraten?«

»Nun, Lula wurde nominiert, nicht Martas Ex-Mann. Und Lula hat gewonnen, also ging alles offenbar mit rechten Dingen zu, *ne?*«

Ray nickt.

»Aber die Sache ist die: *Senhor* Suplicy meint, dass es Marta war – und Favre –, die ihn über den Tisch gezogen haben.«

»Aber so scheint es nicht zu sein, oder?«

Fernanda nickt. »Dummerweise brachte die ganze Geschichte der Arbeiterpartei und dem Amt des Bürgermeisters von São Paulo viel unerwünschte Aufmerksamkeit, was nicht gut für linke Geschäfte ist.«

»Also will man sie ausschließen?«

»Sagen wir einfach, dass Lula Marta etwas schuldig ist, sie aber jetzt nicht mehr braucht.«

»Treffend formuliert. Ist sie ihm denn etwas schuldig?«

Fernanda lächelt. »Sie *braucht* ihn.«

»Sehr gut. Wir brauchen unbedingt einen Informanten im Rathaus.«

»Da bin ich Ihnen einen Schritt voraus.«

Sie schiebt einen kleinen Zettel über den Tisch.

Darauf steht ein Name.

Anna Sowieso, liest Ray.

»Wer ist das?«

»Jemand, der jung und naiv ist. Und Geld braucht.«

Ray lacht. »Vielleicht nehme ich das mit dem ›wird nicht wieder vorkommen‹ doch zurück.«

»Sehr witzig.«

Ray lächelt. »Diesmal *ist* es also witzig?«

Renata sitzt in ihrem Wagen und denkt nach.

Der Motor ist aus, und sie blockiert praktisch die Zufahrt zum Restaurant, was ihr im Augenblick ziemlich egal ist. Dieser *Mistkerl*. Dieser absolute Mistkerl. Sie wusste, dass er diese Idee, dieses Wagnis, diesen neuen Weg, den sie einschlägt, nicht unbedingt unterstützen würde, aber sie hat nicht erwartet, dass er so offen feindselig ist. Keine allzu rosigen Aussichten, denkt sie; sie weiß, wozu er fähig ist. Aber anfänglich hatte er Andeutungen gemacht, dass er es für keine schlechte Idee hielt.

Der Aspekt der Diversifizierung der Fonds, zum Beispiel.

Gutes tun und gutes Geld verdienen musste sich nicht unbedingt ausschließen, das wussten sie beide.

Und sie hatte diesen Aspekt betont, um ihn mit ins Boot zu holen.

Nun sieht es so aus, als ob er das Schiff verlässt. Nicht dass es wichtig wäre, sie braucht ihn nicht, er hat nichts investiert, es würde zu Hause nur einfacher werden.

Zuhause.

Sie empfindet sein Apartment nicht wirklich als ihr Zuhause, obwohl sie schon seit sechs Monaten dort lebt. *Irgendwann will deine Vermieterin ihre Wohnung zurück, und wir verbringen sowieso viel Zeit miteinander, also warum ziehst du nicht einfach hier ein?*

Sein Apartment liegt in der Nähe ihrer Arbeit, sie zahlt keine

Miete, und sie kann sich jederzeit wieder eine eigene Wohnung nehmen …

Aber wenn man erst einmal zusammengezogen ist, sucht man sich keine eigene Wohnung mehr, es sei denn, man trennt sich. Und das ist schwieriger, als sie es sich vorgestellt hat.

Sie ist sich nicht sicher, ob sie ihn liebt. Früher hat sie ihn geliebt. Es gab keinen anderen für sie. Sie hat ihn mit einundzwanzig kennengelernt. Er war sehr charismatisch. Die Chemie stimmte.

Er ist vier Jahre älter, und das schien bedeutsam – auf eine gute Art.

Jetzt scheint es, als hätte er sie da, wo er sie haben will. Abhängig.

Gleichzeitig behauptet er, dass *er* es ist, der *sie* braucht.

Also kann sie nicht weg. Und überhaupt, wo soll sie hin?

Es ist eine verdammte Zwickmühle, denkt sie jetzt. Ein Dilemma.

Sie hat ihn geliebt. Aber was bedeutet das überhaupt?

Sie nimmt draußen vor dem *estacionamento*, dem Parkplatz, eine Bewegung wahr, direkt an der Straße. Ein Junge auf einem Skateboard macht Kunststücke, wirbelt auf seinem Brett herum, macht artistische Sprünge, streckt die Hand nach Kleingeld aus.

Sie erinnert sich an das Gefühl von vorhin, an ihre Ohnmacht, als die Jungs auf sie zeigten und lachten. Sie hat sich vorgenommen, dieses Gefühl in den Griff zu kriegen. Das könnte eine gute Gelegenheit sein, daran zu arbeiten.

Sie startet den Wagen, rollt ein paar Meter vorwärts, sodass sie zur Hälfte auf dem Bürgersteig steht. Sie öffnet das Fenster.

»*Eh, moleque*«, ruft sie aus. »*Vem aqui.*« Komm her, Junge.

Der Junge beugt sich vor, er ist höchstens zwölf oder dreizehn, wie sie jetzt bemerkt, ein Kind, das sich ein bisschen Kleingeld verdienen will.

Sie zieht ein paar lose Scheine von niedrigem Wert aus der Tasche neben der Handbremse. Sie bewahrt sie dort für den Fall auf, dass sie jemanden mit schnellem Geld besänftigen muss; eine gängige Praxis.

»Hier.« Sie reicht ihm das Geld. »Hast du einen schönen Abend?«

Dann tut der Junge etwas Überraschendes. »Lesen Sie das«, sagt er und schiebt ihr einen Zettel durch das Fenster. »Dann antworten Sie bitte mit Ja oder Nein.«

Erschrocken nimmt sie den Zettel, entfaltet ihn und liest. Auf Autopilot.

Die Handschrift ist krakelig, die Rechtschreibung leicht fehlerhaft, aber im Wesentlichen geht es darum, dass sie sich, falls sie in der Favela Fuß fassen will, mit einigen Gemeinderatsmitgliedern treffen muss, um ihr Vorhaben zu erklären, und ob sie verstanden hat, dass dies keine Bitte ist.

»Schnell«, drängt der Junge. Er deutet auf den bulligen Sicherheitsmann am Parkservice-Point, der etwas bemerkt hat und auf das Auto zusteuert. »Ja oder nein?«

Renata zögert.

In den Augen des Jungen blitzt Panik auf.

Offenbar steht für ihn viel auf dem Spiel, und deshalb gibt es nur eine Antwort.

»Ja«, sagt sie.

Der Junge nickt und saust dann in hohem Tempo den Hügel hinunter.

Der Wachmann beugt sich zu ihrem Fenster herab.

»Alles in Ordnung?«

Sie nickt. »*Tudo bem.*«

Alles in Ordnung.

Aber es ist definitiv nicht alles in Ordnung.

Sie muss das erst einmal verarbeiten.

Sie fährt los, die Avenida Morumbi hinunter in Richtung Real Parque …

Nach Hause.

Noch nie hat es sich weniger danach angefühlt.

Als Rafa um die Ecke biegt, hält der rote Golf gerade vor einer schicken Wohnanlage in Real Parque.

Er flitzt hin, klopft an die Scheibe und sieht, dass sie ihn wiedererkennt.

Sie wirkt verwirrt.

Er lächelt.

Sie nickt, versteht.

Auftrag erledigt.

Leme und Lisboa warten vor Superintendent Lagnados Büro. Lagnado ist ihr direkter Vorgesetzter.

Ihr Boss.

Lisboa hält eine Kopie ihres kurzen Berichts in der Hand.

Leme hört nebenan Stimmen; ernste, tiefe Töne dröhnen durch die Tür.

Hier im fünfzehnten Stock ist der Verkehr nur noch ein leises Grollen in der Tiefe. Lagnados Sekretärin – eine korpulente Frau unbestimmbaren Alters – ignoriert sie.

Leme nimmt Lisboa den Bericht aus der Hand und überfliegt ihn.

Leme gibt ihn Lisboa zurück. Ein Meisterwerk der Andeutungen, nichts Konkretes. Er gibt alles wieder, was sie herausgefunden haben, was nicht viel ist. Schildert die mutmaßliche Abfolge der Ereignisse auf Basis ihrer bisherigen Ermittlungen.

Angedeutete Fortschritte ohne echte Aussage; bisher kein eindeutiges Motiv erkennbar.

Damit kommen sie Fragen zuvor und schinden Zeit.

Leme erinnert sich an die Autopsie: kein schönes Erlebnis.

Kurz taucht das entstellte Gesicht des alten Mannes vor seinem inneren Auge auf.

Ich möchte nicht hier sein.

Die Tür öffnet sich. Lagnado winkt sie herein.

Sie lassen sich auf den Stühlen vor seinem Schreibtisch nieder.

Hinter Lagnado steht ein großer, imposanter Mann mit dem

Rücken zu ihnen, blickt hinaus auf die Hochhäuser der Avenida Paulista: ein Panorama finanzieller Potenz. Seine ganze Haltung vermittelt hohen Status, und Lemes Schultern verspannen sich.

Trotz der eisigen Luft aus der Klimaanlage kriecht ihm die Hitze den Hals hinauf. Seine Achseln, zwei feuchte Höhlen.

»Sie sehen beschissen aus«, sagt Lagnado mit Blick auf Leme. »Sie müssen mehr an die frische Luft, mehr Sport treiben.«

Er wendet sich wieder den Papieren auf seinem Schreibtisch zu. Lagnado ist untersetzt, aber gut in Form, hat die frische Gesichtsfarbe und die straffe Brust eines Sportlers.

Die Einrichtung stinkt nach Geld.

Ein Schreibtisch aus dunklem Holz dominiert den Raum, edle Bücherschränke säumen die Wände.

Den Boden bedeckt ein dicker dunkelblauer Teppich, und die Stühle, auf denen Leme und Lisboa sitzen, sind mit grünem Leder bezogen. In einer Ecke des Schreibtischs steht ein Familienporträt, auf dem Lagnado in die Kamera lächelt, flankiert von Frau und Kindern.

»Also …?«, sagt er und blickt von seinem Schreibtisch auf. Der andere Mann dreht sich um, und Leme erkennt ihn sofort wieder.

Porra.

Lagnado stellt sie einander vor.

»Das ist Dr. Leonardo Magalhães, Generaldirektor der Polícia Civil. Herr Doktor, dies sind Detective Inspector Ricardo Lisboa und Detective Inspector Mario Leme. Dr. Magalhães wird an unserem Briefing teilnehmen.«

Allgemeines zustimmendes Nicken.

»Dr. Magalhães hat ein persönliches Interesse an dem Fall, an dem Sie arbeiten. Er wird es Ihnen gleich erklären. Wir sind an einer raschen und diskreten Lösung interessiert. Ich möchte keine übertriebenen, dramatischen Berichte. Ich weiß, dass ich mich auf Sie beide verlassen kann.«

Lisboa übergibt den Bericht.

Er setzt zu einer Erklärung an.

Lagnado bedeutet ihm zu schweigen.

Magalhães liest über Lagnados Schulter hinweg mit.

Auf Lemes Stirn bilden sich Schweißtropfen, und er stellt sich vor, wie sie im Sonnenlicht glitzern, das durch die großzügig bemessenen Fenster des Büros strömt.

Eine Minute vergeht.

Lisboa rutscht auf seinem Stuhl hin und her.

Eine weitere Minute.

Lagnado blickt zu Magalhães auf.

Der zieht die Augenbrauen hoch, und die beiden flüstern kurz miteinander.

Magalhães kommt zur Vorderseite des Schreibtischs und lehnt sich dagegen.

Er verschränkt die Arme und atmet langsam aus.

Er ist makellos gekleidet, trägt einen teuren Anzug und eine gepunktete rosafarbene Krawatte über weißem Hemd.

Sein Haar ist zurückgekämmt und enthüllt eine hohe Stirn.

Er lächelt leicht, die Falten um seine Augen straffen sich. Seine Gesichtshaut ist wie eine lederne Maske fest über den Schädel gezogen. Der scharfe Geruch seines Rasierwassers verringert die Distanz.

Trotz seines gepflegten Äußeren haben seine Gesichtszüge etwas von einer Ratte, vermutlich durch die dünne, spitz zulaufende und beständig schnüffelnde Nase.

Leme denkt an Schnurrhaare, an Aasfresser, die sich über einen frischen Kadaver hermachen.

Eine vorbeiziehende Wolke verdeckt die Sonne, und einen Moment lang erinnert ihn Magalhães in dem trüben Licht an einen Vampir.

»Normalerweise besuche ich keine *delegacias*, denn ich kann mich darauf verlassen, dass meine Superintendents effizient arbeiten, ohne dass ich ihnen im Nacken sitze. Aber heute habe ich beschlossen herzukommen. Paddy Lockwood war ein persönlicher Freund von mir. Mein Sohn geht auf seine Schule.« Er hält inne, beugt sich vor und fixiert Leme. »Ich möchte, dass Ihnen beiden ganz klar ist, dass es bei diesem Fall keine Indiskretion geben darf. Auf keinen Fall. Lockwood war ein großartiger Mann; er hat viel für unsere Schule und unsere Gemeinschaft erreicht. Ihre Untersuchung muss diesem Vermächtnis gerecht werden.«

Er dreht sich zu Lagnado um, der anerkennend nickt.

»Ich weiß, dass ich auf Sie zählen kann«, sagt Magalhães verbindlich.

Diese kleine Ansprache, die Demonstration des Einverständnisses, weckt etwas in Leme.

Magalhães richtet sich auf und marschiert in Richtung Tür. Sein Selbstvertrauen, die jahrelangen Privilegien überspielen die Verkrümmung seines Rückens, die Steifheit seiner Bewegungen.

Sem graça, denkt Leme. Ohne Anmut, ohne Eleganz.

Keine Präzision, keine Geschmeidigkeit.

Lagnado reibt sich die Augen. »Ein Raubüberfall, der aus dem Ruder gelaufen ist, Ende der Geschichte. Kümmern Sie sich darum, ja? Ich will den alten Mann hier nicht noch mal sehen, *entendeu?*«

Lisboa will etwas einwenden, aber Leme gibt ihm mit einem Blick zu verstehen: *nicht jetzt*.

Lagnado sagt: »Das Hausmädchen. Sie hat Verbindungen nach Paraisópolis.«

Leme nickt.

Einer der Uniformierten hat geplaudert. Mist.

So läuft das immer.

»Das ist unser Ansatz, *certo?*«

Lisboa atmet tief aus. Leme mahnt ihn erneut mit einem Blick zum Schweigen.

»Die Aufzeichnungen der Überwachungskameras«, sagt Leme, »haben bisher keine Ergebnisse gebracht.«

»Unser Ansatzpunkt«, beharrt Lagnado, »ist diese Favela-Sache. Wir haben bereits mit den Kollegen von der Militärpolizei gesprochen. Sie helfen uns – helfen Ihnen –, unseren Mann zu finden. Ist das klar?«

»Kristallklar.«

»Bauen Sie keinen Scheiß«, sagt Lagnado. Dann: »Viel Glück, Jungs.«

Er gibt ihnen mit einer Geste zu verstehen, dass das Gespräch beendet ist, und wendet sich wieder den Papieren auf seinem Schreibtisch zu.

Lisboa und Leme erheben sich und schlurfen hinaus.

Leme flucht leise vor sich hin.

Ich will nicht hier sein.

Aber ich bin hier.

Und womöglich gibt es einen guten Grund dafür.

»Ganz im Vertrauen«, sagt Ray. »Wenn ich diese Woche noch einmal hier oben esse, dann kommt mir der Spicy Tuna zu den Ohren raus.«

»Charmant«, sagt Fernanda. »Ein echter Romantiker.«

»Sie meinten, das sei kein Date.«

»Ist es auch nicht. Sie sind alt genug, um mein Großvater zu sein.«

Ray lacht. Er deutet auf die Speisekarte. »Der Spicy Tuna ist hervorragend.«

Sie sitzen im Sushi-Restaurant auf der obersten Etage von Rays Hotel.

Ein Hotel, das Ray wirklich zu schätzen beginnt.

Es ist in jeder Hinsicht hervorragend ausgestattet. Genau der richtige Ort für einen großen, schwingenden Schwanz, einen Big Dog wie Big Ray. Und das Personal liegt ihm zu Füßen. Yankee-Charisma im Überfluss. Sie *lieben* Big Ray. Ray verteilt Trinkgelder wie ein König, stellt Fragen, ist höflich und zuvorkommend. Er behandelt alle gleich, und das gefällt ihnen sichtlich.

Ja, Ray ist hier im Unique gut aufgehoben. Hier lassen sich Geschäft und Vergnügen verbinden.

»Ich bin nicht wegen des Essens gekommen«, sagt Fernanda.

»Warum dann?«

Sie war ohne zu zögern auf sein Angebot eingegangen.

»Der Grund ist: Sie zahlen.«

Damit wäre das geklärt.

Ray hat sie nicht eingeladen, um sie ins Bett zu kriegen. Das wäre ein Bonus. Er wollte sie treffen, weil jemand in der Organisation über seine Tätigkeit Bescheid wissen sollte. So etwas kann hilfreich sein, wenn es darum geht, Fehlinformationen in Umlauf zu bringen, Klatsch und Tratsch zu verbreiten – oder aus der Welt zu schaffen.

Ray hält Fernanda in dieser Hinsicht für durchaus geeignet. Sie wird eindeutig unterschätzt und unterbezahlt, arbeitet weit unterhalb ihres Kompetenzlevels.

Er kann dafür sorgen, dass sie sich wertgeschätzt fühlt.

Dazu muss er sie nicht anbaggern.

Vermutlich bewirkt jeder Verführungsversuch bei ihr eher das Gegenteil. Er beneidet die jungen Männer nicht, die garantiert Schlange stehen, um sie zu vögeln.

Die Kellnerin trifft ein.

»Ich nehme den Spicy Tuna«, sagt Fernanda mit unbewegter Miene. Ray lächelt. »Kalter Sake. Ein Lachs-Temaki. Und etwas von diesem raffinierten Aal, den ihr hier angeblich macht.«

Ray zieht eine Augenbraue hoch. »Ich dachte, Sie sind nicht wegen des Essens hier.« Er schaut zur Kellnerin. »Ich nehme das Gleiche. Und ein Bier.«

»Zwei Bier«, sagt Fernanda.

Das Essen ist wirklich hervorragend, findet Ray.

Sie geben sich alle Mühe, es nicht hinunterzuschlingen, aber es fällt ihnen nicht leicht, und sie bestellen mehr. Sie probieren etwas, das sich Dragon Roll nennt, dann eine Dynamite Roll, etwas Sashimi vom Lachs, eine dritte Portion Spicy Tuna.

»Das ist das Problem an japanischem Essen«, bemerkt Fernanda. »Es ist für viel kleinere Menschen gedacht.«

»Das grenzt ja fast an Rassismus, junge Dame«, sagt Ray.

»Kennen Sie diesen Werbespot nicht?«

»Ich schaue kein Fernsehen.«

Fernanda verzieht das Gesicht. »Sie haben ja so viel Niveau.«

Ray breitet entschuldigend die Handflächen aus.

»Es ist Werbung für, ich weiß nicht, Hitachi oder Panasonic, oder was auch immer«, erklärt Fernanda. »Der Clip spielt in einem Labor, in dem sie elektronische Produkte herstellen, eine Menge Japaner in weißen Kitteln und mit Klemmbrettern. Alles läuft bestens, so scheint es, sie sind innovativ, oder was auch immer. Und die Punchline lautet: *Unsere Japsen sind besser als ihre Japsen.*«

Ray lacht schallend.

»São Paulo hat die größte japanische Community außerhalb Japans«, erklärt Fernanda.

»Also kann Ihre Bemerkung nicht rassistisch sein?«

»So in etwa.«

Nach dem Essen gehen sie in die Bar, um Espresso-Martinis zu trinken.

»Wenn der Drink gut gemixt ist«, sagt Ray, »ist er wie ein Dessert, ein Kaffee und eine Line reines Koks in einem Glas.«

Fernanda schaut zur Kellnerin. »Zwei, bitte.«

Nach ihrem dritten Glas kommt Ray zur Sache. »Ich nehme an, Sie wollen wissen, was genau ich hier tue, warum ich Sie bitte, Nachforschungen für mich anzustellen.«

»Ich denke, ich habe so eine Vermutung, Ray.«

»Und deshalb sind Sie heute Abend hier.«

»Hm.«

Ray nickt. »Ausgezeichnet. Und wollen Sie mir verraten, was Ihre Vermutung ist?«

»Kohle, Ray, Sie sind hier, um uns allen zu helfen, richtig Geld zu scheffeln.«

Ray grinst. »Gute Frau. Verraten Sie mir auch, wie?«

»Höchstwahrscheinlich fällt Ihre Ankunft nicht zufällig mit dem ersten Arbeitstag unserer neuen linken Regierung zusammen.«

»Eine wohlbegründete Vermutung.«

»Sie sind hier, um herauszufinden, wie sich ein ideologischer und politischer Wandel unterm Strich auf unsere Investoren, unsere Anlagestrategien, unsere Verträge, unsere Syndikate und unser Marktpotenzial auswirkt. Oder täusche ich mich?«

»Sie täuschen sich nicht.«

»Und bei dieser kleinen Recherche über Martas Spielkameraden Favre geht es wohl darum, die politische Landschaft São Paulos mit der des übrigen Landes abzugleichen.«

»Fahren Sie fort.«

»Und ob man mit Lulas erster großer Initiative Geld verdienen kann.«

»Mit dem, was *vermutlich* Lulas erste Initiative sein wird.«

»Die *Bolsa Família*.«

Die Familienbeihilfe.

Ray nickt. »An Bedingungen geknüpfte Geldtransfers, Sozialhilfe, staatliche Unterstützung. Das ist eine noble Idee.«

Und was noch wichtiger ist: Unter dem *Fome-Zero*-Aspekt könnte es auch eine äußerst gewinnbringende Idee sein.

Fome zero: null Hunger.

Ray weiß, dass ein zentraler Bestandteil der *Bolsa Família* ein Programm zur Armutsbekämpfung ist.

»Gerüchten zufolge«, sagt Fernanda, »will Lula das Programm unter anderem aus der CPMF-Steuer bestreiten, die in erster Linie zur Finanzierung des öffentlichen Gesundheitssektors gedacht ist.«

Ray grinst. »Peter beklauen, um Paul zu bezahlen.«

»Es wird eine Menge Kritik geben. Die Kirche wird das nicht gut finden. Einige werden sagen, dass es die Menschen von der Arbeitssuche abhält. Und, na ja, im Kern ist es ein Geldtransfersystem. Und dies ist Brasilien. Den Rest können Sie sich ausrechnen.«

»Das habe ich schon.«

Sie nippen an ihren Drinks. Leise Tanzmusik plätschert. Das Deck wird von der Lightshow des leeren Pools beleuchtet. Lichter pulsieren, Lichter tanzen. Schöne Menschen plaudern. In São Paulo ist es leicht, schön zu sein, wenn man reich ist, denkt Ray.

»Ich bitte Sie, weitere Jobs für mich zu übernehmen, Sie erledigen sie und bewahren Stillschweigen«, sagt Ray. »So funktioniert das, *entendeu*?«

Fernanda grinst. »Klar doch, Ray.«

Ray lässt den Concierge ein Taxi bestellen, und in der Hotelhalle wünschen sie sich eine gute Nacht.

In seinem Zimmer holt Ray das Fläschchen samt Spritzenbesteck heraus und setzt sich einen Schuss, ein Moment reiner, klarer Einfachheit.

Womöglich wäre Fernanda mit ihm aufs Zimmer gekommen, wenn er einen Vorstoß in die Richtung unternommen hätte, aber er wollte es nicht überreizen, und es wird weitere Abendessen geben.

Im Moment ist er froh, allein zu sein.

Er fragt sich, wie lange dieses Fläschchen noch vorhalten wird.

Er ist *high-functioning*, er ist Big Ray.

Diese Stadt schläft nie, denkt er. Sie wird von ihrem eigenen Todesröcheln wachgehalten.

Leme will auf keine Party, aber Lisboa lässt nicht locker.

Wie üblich.

Der Punkt ist, der Lockwood-Mord wird jetzt ohne sie aufgeklärt. Sie ernten zwar die Lorbeeren, sind die Helden, aber der Fall gehört den Militärs. Die durchkämmen die Favela nach einem Verdächtigen, den sie garantiert finden werden, und es fühlt sich an wie falsches Lob, fingierte Anerkennung.

Leme weiß, er spielt nicht in der Liga, um was dagegen zu unternehmen, trotzdem geht es ihm gegen den Strich.

Die suchen da draußen einen, der den Kopf hinhalten muss. Sündenbock-City.

Die PCC wird wahrscheinlich irgendeine arme Sau präsentieren, dem sie alles in die Schuhe schieben, und das Leben geht weiter.

Für die Jungs an der Spitze ist die naheliegendste Lösung immer die beste Lösung.

Die Frage ist nur, warum sie sich überhaupt einen Dreck um diesen alten *gringo* scheren.

Eine Frage, die Lisboa im Augenblick nicht sonderlich beschäftigt.

Ihm geht es ausschließlich um das Wochenende, die Party.

»Kumpel, es findet bei mir statt, Barbecue. Das wird lustig. Du brauchst eine Pause, wir stehen mit dem Rücken zur Wand, das weißt du. Nimm dir eine Auszeit.«

Leme weiß das, aber er hat im Moment einfach keine Lust darauf, mit unbekannten Leuten Smalltalk zu machen. Genau das sagt er Lisboa auch.

Lisboa lacht. »Nun, in dem Fall bist du echt im Arsch, Junge. Dann bleib zu Hause und wichs in deine Socken, mir doch egal. Du wirst mit niemandem reden müssen, den du nicht kennst.«

Leme besinnt sich eines Besseren und kreuzt später mit einem Sixpack Bier und ein paar würzigen Würstchen bei Lisboa auf.

»Ganz schön viele Leute«, sagt Leme.

Lisboa drängt ihn in ein Gespräch mit einem Mann, der in Morumbi aufgewachsen ist.

Es stellt sich heraus, dass sie eine Zeit lang nicht weit voneinander entfernt gewohnt haben.

Der Typ ist mit seiner Freundin da, Renata. Sie eröffnet gerade ein Büro für Rechtshilfe in Paraisópolis. Leme soll sie kennenlernen. Ein bisschen Ortskenntnis könnte ihr nicht schaden, meint der Typ. *Da steht sie, gleich da drüben.*

Dann schleppt Lisboa diese Renata zu einem Gespräch heran.

Was dann passiert, kommt völlig überraschend.

Etwas regt sich in Leme. Etwas ganz Tiefes.

»Also, *pro bono*?«, fragt er.

Er ist sich nicht ganz sicher, was der Ausdruck bedeutet, aber es hat wohl was mit Hilfe für weniger Privilegierte zu tun.

Sie lacht. »So in der Art. Ich verdiene tatsächlich etwas Geld. Aber ich habe Glück. Mein Partner arbeitet in der Privatwirtschaft, so kommen wir über die Runden.«

»Ihr Geschäftspartner?«

»Nein, mein … na ja … Freund, nehme ich an.«

Leme denkt: *Nehme ich an.* Was zum Teufel soll das denn heißen?

Mein Freund. Zwei brennende Wunden.

Leme spürt, wie sich sein Inneres entleert, wie alle Aufregung und aller Optimismus verfliegen, und er fühlt sich schwindlig und benommen, wie von einem Schlag in die Magengrube.

Er reißt sich zusammen, nimmt einen kräftigen Schluck von seinem Bier.

»Ich wohne in der Nähe«, sagt er, »wenn Sie mal Lust auf einen Drink haben?«

»Ja, vielleicht.«

Vielleicht?

»Hier ist meine Nummer.«

Er reicht ihr seine Karte.

»Ah, natürlich. Sie sind der berühmte Detective Leme. Ricardo hat mir schon viel von Ihnen erzählt.«

Sie gibt ihm ihre Karte.

»Wir sollten uns auf jeden Fall treffen«, sagt sie. »Ich möchte Sie gründlich aushorchen. Lassen sie uns was zusammen trinken.«

Sie genehmigen sich mehr als einen Drink, als sie sich das erste Mal in einer Bar in Morumbi treffen.

Sie gehen zum Rauchen nach draußen, und Leme ist sicher, dass der Abend langsam vorbei ist.

»Also, wir könnten die Rechnung bestellen oder … noch einen Absacker? *Saideira?*«

»Ich sollte wohl besser nach Hause.« Sie schaut ihn an, die Arme verschränkt, die Zigarette im Mundwinkel. »Aber ich nehme noch einen.« Leme lächelt. »Sie müssen einfach aufhören, so unterhaltsam zu sein«, sagt sie. »Schlechter, schlechter Einfluss.«

So hat man ihn noch nie bezeichnet.

Sie hat etwas gesagt: dass die Dinge für sie vom Gefühl her eindeutig liegen, in der Praxis aber nicht.

Es gibt also noch Hoffnung.

Als sie bei ihrer nächsten Verabredung auf ihn zukommt, er ihr frisches Make-up bemerkt, das strahlende Lächeln, die Art und Weise, wie sie ihn von der anderen Seite des Raumes begrüßt, da weiß er, es wird etwas passieren.

Sie küssen sich, mehr nicht, aber das reicht vollauf.

»Meine Situation ist kompliziert«, schreibt sie in einer E-Mail, »und das Letzte, was ich will, ist dich zu verletzen. Vielleicht ist es schlechtes Timing. Ich möchte warten, bis alles geklärt ist, aber ich kann mir nicht vorstellen, dich nicht zu sehen.«

»Schlechtes Timing ist eine Ausrede«, antwortet er.

»Es ist keine Ausrede.«

Das tut weh, fühlt sich verletzend an.

Es fällt ihm schwer, sich abwartend zu verhalten. Er ist unruhig, seine Gefühle schwanken zwischen Optimismus und Verzweiflung.

Er denkt ständig an sie. Das ist neu.

Aber es lenkt ihn von Dingen ab, an die er ohnehin besser nicht denken sollte.

Oder an die er eigentlich denken müsste.

»Es gibt keinen Moment, in dem ich nicht an dich denke«, erklärt er ihr.

Lisboa ist keine Hilfe. »Ihr seid eben verknallt, Kumpel«, ist so ziemlich alles, was er dazu zu sagen hat.

Sie treffen sich regelmäßig. Sie nimmt sich Urlaub, und sie verbringen eine Woche zusammen.

Nachmittage im Bett, Bars, geteilte Pizzen.

Er gesteht ihr, dass er sie liebt.

Sie sagt, sie hat es bei ihrer ersten Begegnung gespürt, dieses Gefühl in der Magengegend, und sie hat begriffen: Das ist der Mann, den ich heiraten werde.

Der Vater meiner Kinder. Der Mann für den Rest meines Lebens.

Doch jeden Abend geht sie nach Hause. Zu dem anderen.

Er fürchtet, sie wird ihn verlassen.

Aber das tut sie nicht.

Er schickt ihr Nachrichten, um bestimmte Reaktionen zu provozieren.

Aber sie antwortet nie wie erhofft.

Und dann, immer wenn er schon nicht mehr damit rechnet, schreibt sie etwas wirklich Entwaffnendes.

Es ist alles so hoffnungslos. Doch er gibt nicht auf.

Monate vergehen. Sie verbringen weiterhin Zeit miteinander, gehen spazieren, reden, trinken.

Sie erklärt ihm, dass sie den Mann, mit dem sie zusammenlebt, nicht liebt. Sie fühle sich gefangen, sagt sie.

»Dann verlass ihn«, sagt Leme. »Zieh zu mir.«

»Das will ich ja, Dummerchen. Du weißt, dass ich dich liebe.«

»Das reicht. Alles andere ergibt sich.«

Aber schon während er das sagt, fürchtet er, dass es nicht reicht, dass er sich täuscht.

In seiner Verwirrung stellt er unmögliche Forderungen. Er versucht sich einzureden, dass nicht er die Schuld trägt, dass die Situation einfach unmöglich und unerträglich ist.

Er ist sich nicht sicher, ob er zu viel verlangt oder ob sie zu viel versprochen hat.

Sie reagiert nicht mehr auf seine Nachrichten, lässt seine Anrufe unbeantwortet. Er beginnt sich wie ein Idiot zu fühlen. Er fragt sich, was er falsch gemacht hat, außer dem Bemühen, ehrlich und verständnisvoll zu sein.

Er hat nichts anderes getan, als sich in sie zu verlieben und ihr zu vertrauen.

»Ich kann das nicht mehr«, schreibt sie in einer E-Mail. »Ich brauche Zeit für mich.«

Zeit für dich? Du lebst mit jemandem zusammen, den du nicht liebst. Was ist mit all den Gefühlen, von denen du gesprochen hast?

Sie ignoriert seine Fragen. Versichert ihm, dass sie ihn liebt, einfach so.

Er findet das grausam oder konfus – was davon, ist ihm nicht ganz klar.

Vielleicht liebt sie ihn einfach nicht genug.

Er fühlt sich ratlos und ohnmächtig, und irgendwann gibt er auf, verlässt sie, zieht einen Schlussstrich.

Es ist härter als erwartet, denn es schien ihm unvorstellbar, dass sie sich je entzweien würden.

Aber die Verwirrung legt sich, die Wunden beginnen zu heilen.

Und dann ruft sie an.

Sie hat bereits vor einiger Zeit beschlossen, ihren Partner zu verlassen, wollte aber nicht das Gefühl haben, dass Leme dabei ein illegitimer Einfluss ist. Sie brauchte einfach Zeit. Ihr Partner war misstrauisch, und er sollte verstehen, dass es nicht einfach eine Affäre war, sondern dass es in ihrer Beziehung grundlegende Probleme gab.

So einfach war das. Eine klare Analyse und dann eine folgerichtige Entscheidung.

Typisch für sie, denkt er und lächelt über ihre Ausdrucksweise. Illegitimer Einfluss.

Das war er also für sie.

Später erzählt sie ihm, dass es die praktischen Aspekte waren, die ihr so unüberwindlich erschienen. Das Abschließen dieses Lebenskapitels war schwieriger und nahm mehr Zeit in Anspruch als erwartet.

Dafür hat er Verständnis.

Sie möchte es langsam angehen lassen, aber sie möchte ihn sehen.

Das ist auch sein Wunsch. Er wollte nie mehr, als einfach nur Zeit mit ihr verbringen.

Er fühlt sich wie eine Elster, die sich vom Glitzern der Welt faszinieren lässt, Dinge sammelt, um sie mit ihr zu teilen. Jedes kleine glänzende Nugget in seinem Leben hat einen neuen Sinn: Er will sie zum Lächeln bringen.

Damit sie ihn noch mehr liebt.

Archivdokument:

Artikel aus der *Cidade de São Paulo*

von Francisco Silva, Kriminalreporter

Freitag, 3. Januar

Am Donnerstag wurde in den frühen Morgenstunden ein
etwa sechzigjähriger Mann europäischer Herkunft
in seinem Haus in der Rua Coronel Bento Noronha
im Stadtteil Jardim Paulistano ermordet. Der
Mann wurde um 7:30 Uhr von seinem Hausmädchen in
seinem Schlafzimmer entdeckt, nachdem er nicht zur
üblichen Zeit aufgestanden war. Das Hausmädchen
identifizierte ihn als Mr. Paddy Lockwood, einen
britischen Staatsbürger, der seit zehn Jahren
Direktor der British School war. Mr. Lockwood lebte
allein, hatte aber ein reges gesellschaftliches
Leben in der Stadt. Die Polizei wartet derzeit
noch auf die Ergebnisse der gerichtsmedizinischen
Untersuchungen, bevor sie eine Beschreibung
möglicher Tatverdächtiger herausgibt. Auf einer
Pressekonferenz am Dienstagabend konnte Chief
Superintendent Lagnado noch keine Aussagen
dazu machen, wie viele Täter beteiligt waren.
Er bestätigte jedoch, dass der Tod durch einen
heftigen Schlag verursacht wurde und die
Ermittlungen wegen Mordes fortgesetzt werden. Die
Polizei sucht nach Zeugen, die sich zwischen 24:00

und 03:00 Uhr in der Gegend aufgehalten haben. Die Ermittler gehen davon aus, dass es sich um einen aus dem Ruder gelaufenen Raubüberfall handelt und verfolgen Spuren in der Favela Paraisópolis, aus der Lockwoods Hausmädchen und ihre Familie stammen. Die Polícia Civil rechnet mit einer Aufklärung des Falles bereits in den nächsten Tagen. Die Ermittlungen werden fortgesetzt.

Archivdokument:
Artikel aus der *Cidade de São Paulo*
von Francisco Silva, Kriminalreporter

Montag, 17. März

Die Polizei hat bestätigt, dass sie im Zuge der Ermittlungen im Mordfall Paddy Lockwood, des ehemaligen Direktors der British School in São Paulo, einen Verdächtigen festgenommen und Anklage erhoben hat. Aufgrund der besonderen Umstände des Falles wird die Identität des Verdächtigen vorläufig nicht preisgegeben. Nach Angaben einer mit den Ermittlungen vertrauten Quelle ist dies auf drohende Repressalien durch Bandenmitglieder zurückzuführen. Die Quelle bestätigt, dass der Mord während eines versuchten Raubüberfalls geschah. Die Polícia Civil hat der Polícia Militar für ihre Unterstützung bei der Ergreifung des Täters gedankt. Nach Ansicht der Quelle sind alle Behörden zuversichtlich, dass es zu einer schnellen Verurteilung kommt.

Zweiter Teil

BLACK RIOT

São Paulo, 2006

1

What's love got to do with it?

April 2006

---

*Wie geht dieser Witz? Zwei Brasilianer stranden auf einer
einsamen Insel und gründen drei politische Parteien.
Es gibt nur einen Weg, eine Koalition zusammenzuhalten,
und zwar durch die älteste Form der politischen Zuwendung
überhaupt: ein sattes Honorar.*

Wilton, 53, Lehrer

Bolsa Família *hat sich bereits zu einem hochgelobten Modell
für effektive Sozialpolitik entwickelt. Länder auf der ganzen
Welt ziehen Lehren aus den brasilianischen Erfahrungen
und versuchen, ähnliche Erfolge für die eigene Bevölkerung
zu erzielen.*

Paul Wolfowitz, ehemaliger Präsident der Weltbank

*Ich reise häufig durch Brasilien und kenne viele Orte, an
denen das durchschnittliche Monatseinkommen 50 BRL
(etwa 26,32 US$) beträgt. An diesen Orten kommt die* Bolsa
Família *ins Spiel und bringt zusätzliche 58 BRL. Das macht
einen gewaltigen Unterschied und hilft der bedürftigen
Bevölkerung sehr.*

Noch wichtiger ist jedoch, dass dadurch ein positiver Kreislauf
in Gang gesetzt wird. Wenn mehr Geld im Umlauf ist, heizt
sich der lokale Markt auf, die Kaufkraft wird erhöht, und die
Auswirkungen erstrecken sich auf die gesamte Wirtschaft. Aber
nur Geld zu geben, ist nicht genug.

Senhora Renata de Camargo Nascimento, Erbin der milliardenschweren
brasilianischen Camargo Correa Group

Rafa ist kein Späher mehr.

No, Senhor, er ist in den letzten Jahren im Rang aufgestiegen, genießt neues Ansehen in der Favela, nicht nur bei den Jüngeren, auch bei der alten Garde. Was auch damit zusammenhängt, dass sein Vater für eine Weile von der Bildfläche verschwunden ist. Rafa sorgt für sich und seine Oma, wird jetzt ein richtiger Mann. Sein alter Herr sitzt ein, warum, weiß Rafa nicht genau.

Es ist nun fast drei Jahre her. Rafa hatte keine Ahnung, dass sein Vater Teil der Organisation war. Er schien nie wirklich einverstanden zu sein mit der Führung der Gemeinde, als sei er was Besseres. Er hat Rafa nicht unbedingt verboten, sich ein bisschen Kleingeld zu verdienen, aber ermutigt hat er ihn definitiv nicht.

»Du bist ein cleveres Kerlchen«, sagte er. »Denk dran, es gibt viele Möglichkeiten, aus Paraisópolis rauszukommen. Der Trick ist, dafür zu sorgen, dass dein Herz noch schlägt, wenn es so weit ist.«

Vermutlich hat Rafas Vater in gewisser Weise seinen eigenen Rat befolgt.

Wenn alles glatt läuft, ist er bald zurück. Angeblich hat er für jemanden den Kopf hingehalten, wegen Totschlags, hat einen Haufen Geld dafür kassiert und hockt jetzt fünf, sechs Jahre ab, ist aber rechtzeitig wieder draußen, um seinen Sohn zum Mann heranwachsen zu sehen. Wie er seinen Alten kennt, klingt das sehr plausibel. Er ist ein kämpferischer Scheißkerl.

Eine ziemlich heldenhafte Aktion.

Rafas Großmutter will das weder bestätigen noch dementieren.

»Wen kümmert's?«, ist Franginhos differenzierte Sicht auf die Dinge. »Du bist aufgestiegen und kassierst jetzt auch noch regelmäßig ein *mensalão*. Glückliche Tage, Kumpel.«

Mensalão. Eine monatliche Zahlung. Eigentlich ein Gehalt.

»Eher ein Honorar«, meint Franginho, als Rafa andeutet, dass er auf der Gehaltsliste steht. »Der Unterschied ist, du bist nur dann ein Teil des Teams, wenn *sie* es wollen.«

Und natürlich bist du außen vor, wenn sie es nicht wollen.

Im Moment ist Rafael definitiv nicht außen vor, *no Senhor*.

Er befindet sich im Hauptquartier der mittleren Ebene. Ein Raum über einer verschissenen kleinen Bar, wo die Jungs der mittleren Ebene saufen. Ein paar Altgediente hocken hier herum. Vor der Bar hängen einige Zwei-Centavo-Huren zwischen ihren Nummern ab. Sie sind nicht viel älter als Rafa. Der junge Rafa ist sexuell geladen wie eine gespannte Feder. Voller *tesão*. Unter anderen Umständen hätte er nichts dagegen, es mit der einen oder anderen zu treiben, aber diese Mädchen werden an der kurzen Leine gehalten, und kein schneller Fick ist die Komplikationen wert, die du dir einhandelst, wenn du die Muschi von einem anfasst, der in der Nahrungskette weiter oben steht.

Außerdem fehlt ihm das nötige *dinheiro*, um mal richtig abzuspritzen.

Die Männer der mittleren Ebene sind ein paar Jahre älter. Sie haben sich ihre Position auf halbem Weg den Hügel hinauf hart erarbeitet. Rafa respektiert das.

Er wird die Treppe auf der Rückseite der Bar raufgewunken. Da hinten ist es schmuddelig, feucht, und es wimmelt von Kakerlaken. Es riecht nach abgestandenem Bier. Ein Gestank nicht unähnlich der Bande gackernder, zahnloser *mendigos*, die auf dem Friedhof auf der anderen Seite der Hauptstraße rumhängen und Kleingeld für *pinga* erbetteln, denkt Rafa. Das weckt Erinnerungen an seine Mutter, und er schüttelt widerwillig den Kopf. Gerüche können einen an bestimmte Orte versetzen, hat Franginho ihm mal erklärt. Er ist nicht begeistert, dass ausgerechnet dieser Geruch seine Mutter heraufbeschwört; oder zumindest ihre letzte Ruhestätte. Was letztlich keinen großen Unterschied macht, denkt er.

Der kleine Raum ist überfüllt. Eine massive Dope-Wolke hängt in der Luft. Die Männer der mittleren Ebene fläzen auf Stühlen – *in* Stühlen –, die ihre langen, dünnen Glieder kaum fassen.

Rafa bleibt in der Tür stehen.

Der größte von ihnen, ein Typ mit Sonnenbrille und Shorts, der nach dem großen Vogel in der Sesamstraße Garibaldo genannt wird, winkt Rafa zu sich. Garibaldo hat sich stylish in einen Liegestuhl gefaltet. Wie zum Teufel er mit seiner Sonnenbrille hier drinnen was sieht, ist Rafa ein Rätsel.

»*E aí*, Rafa-Rapido. *Beleza, mano?*«

Rafa nickt. Ja, alles ist *beleza*, schön. *Tudo bem*, alles bestens.

»Nimm.«

Garibaldo reicht Rafa ein Mobiltelefon. Rafa hatte noch nie eines in der Hand. Es ist schwerer als erwartet, hat Gewicht, Substanz, wie eine Waffe, stellt er sich vor.

Das ist Status, denkt er. Oder so was Ähnliches.

Allemal besser, als beim Anrücken der Militärs ein Feuerwerk zur Warnung abfackeln.

Oder als die Flüsterpost, das persönliche Überbringen der Nachricht direkt ins Ohr des Linienmanagers.

»Nur eine Person hat diese Nummer, Rafinho«, sagt Garibaldo, »und das ist dein alter Herr, *certo*? Niemand sonst, kapiert?«

Rafa nickt. Garibaldo schnappt sich das Telefon wieder. Er hält es hoch. »Wenn eine Nachricht ankommt, ja, dann summt es, so, du drückst diese Taste, du liest die Nachricht, du merkst sie dir, du löschst sie – mit dieser Taste –, und dann kommst du direkt zu mir – direkt, *sabe*? – und sagst mir genau, was da stand.«

Er gibt Rafa das Telefon zurück. »Zeig es mir.«

»Okay.« Rafa deutet auf die Tasten.

»Hast du kapiert, Junge?«

»Ja, Nachricht kommt«, sagt Rafa, »ich komme zu dir.«

»Bloß nicht frech werden, *moleque*.« Garibaldo rückt sich zurecht, als wolle er aufstehen. »Was noch?«

»Ich lösche die Nachricht.«

»Guter Junge.« Garibaldo grinst. Seine Glieder entwirren sich, und er steht auf. »Und jetzt verzieh dich.«

Rafa verzieht sich.

Am nächsten Tag bekommt Rafa eine SMS.

Filho. Saudades. Pãe

Sohn. Ich vermisse dich. Paps

Was, denkt Rafa, muss ich das jetzt ausrichten? Ihm ist klar, die Antwort auf die Frage lautet: ja.

Renata blickt aus ihrem Bürofenster auf Paraisópolis.

Ein einziges *Gewimmel*. Überall Menschen, schon am frühen Morgen. Lärm und Menschen. Sie drängeln, schubsen, kommen sich in die Quere.

Vermutlich ist sie deshalb hier, um den Leuten zu dem zu verhelfen, was sie brauchen, ohne dass sie sich dabei gegenseitig auf die Zehen treten.

Oder so was in der Art.

»Ah, Fernanda«, sagt Renata, »woran arbeitest du heute Morgen?«

»*Bolsa-Família*-Anträge. Es gibt einen Berg davon.«

»Gut.«

Renata nickt. Lulas Familienbeihilferegelung floriert. Es geht darum, den generationenübergreifenden Kreislauf der Armut zu durchbrechen.

Renata hat gesehen, wie sich dadurch in der Favela einiges

verändert. Einfach ausgedrückt: Mehr Menschen kaufen mehr Lebensmittel.

Gleichzeitig bedeutet das mehr Arbeit für sie und Fernanda. Jeder Antrag muss abgestempelt, notariell beglaubigt, geprüft und rechtlich einwandfrei sein, bevor die Regierung dem weiblichen Haushaltsvorstand die Bürgerkarte aushändigt, mit der sie Geld abheben und ausgeben kann.

Es gehen jede Menge Anträge bei ihnen ein.

Paraisópolis ist ein sehr großes Viertel und ein sehr armes Viertel.

»Kannst du mir helfen?«, fragt Fernanda.

»Sorry, *querida*«, sagt Renata. »Nicht vor heute Nachmittag. Ich bin gerade an diesem Singapur-Projekt dran, *sabe*? Unsere alten Freunde von Capital SP. Mache da ein bisschen Beratung, so was in der Art.«

Fernanda lacht. »Du meinst, du versuchst herauszufinden, wo ihr Geld geblieben ist.«

»So in der Art.«

Renata liest in ihren Notizen.

Singapur Projekt

Ein öffentliches Wohnungsbauprogramm Mitte der Neunzigerjahre auf Grundlage von urbanen Erneuerungsstrategien – starke Einwohnerzunahme durch massive Zuwanderung aus dem verarmten Nordosten – Wohnungsdefizit im Jahr 2000 auf 1 Million Einheiten geschätzt – Substandardwohnungen machten etwa 70 % São Paulos aus, dessen Grundfläche etwa 1500 qkm beträgt, etwa dreimal so groß wie Paris – das Scheitern der *mutirões* (Zuschüsse an Genossenschaften für Bau oder Renovierung) führte zur Übernahme des Singapur-Modells, das auf der Beseitigung von

Slums und der »Vertikalisierung« der Favelas beruht – '94 wurden 7,5 Millionen R$ dafür veranschlagt – '95: 67,5 Mio. R$ – '96: 206,5 Mio. R$ – '97: 300 Mio. R$ – mit diesen Mitteln hätten fast 100.000 Wohnungen gebaut werden sollen – die meisten Wohnblocks waren in unmittelbarer Nähe der Favelas geplant, um die Bewohner zu unterstützen und ihnen die Fortsetzung ihres Berufslebens zu ermöglichen – anschließende Übergabe der Objekte an COHAB, kommunal verwaltet, mit Mieten von 57,00 R$ pro Monat.

Ernsthafte Herausforderung 1 – Finanzierung: Diese wurde nie wie versprochen durchgeführt; es gab glaubwürdige Vorwürfe, die zugewiesenen Mittel seien in andere Projekte umgeleitet worden – die Erhöhung der Baukosten pro Wohneinheit von 15.000 R$ auf 25.000 R$ verhinderte die weitere Durchführung des Projekts – nur 14.000 der geplanten 100.000 Wohneinheiten wurden gebaut.

Ernsthafte Herausforderung 2 – Management des Projekts: Es wurde deutlich, dass die Regierung des Bundesstaates das Projekt als propagandistische Maßnahme nutzte und nie ernsthaft die Absicht hatte, das Problem des Substandard-Wohnraums wirklich zu lösen – die Wohnblöcke wurden in Gebieten (z. B. an Hauptstraßen) gebaut, wo die Wähler aus der Mittelschicht sie sehen konnten – in Freguesia do Ó, der Gegend mit dem höchsten Bedarf an Substandardwohnungen, wurde nichts gebaut – Günstlingswirtschaft und politische Korruption bei der Auswahl der Bauunternehmen – das Wohnungsbauamt richtet sich offenbar nach den Bedingungen der panamerikanischen Development Bank – die Regierung drückte ein Auge zu, wenn Unternehmen minderwertige Baumaterialien und -praktiken verwendeten – in einem Fall wurden hohle anstelle von massiven

Betonpfeilern entdeckt – nach Aussage eines ungenannten ehemaligen Mitarbeiters nutzten Unternehmen die staatlich zugewiesenen Materialien für Arbeiten an Luxusbauprojekten und verwendeten die billigsten Materialien und Arbeitskräfte für die Singapur-Bauten – Bauunternehmen erhielten nicht öffentlich ausgeschriebene finanzielle Anreize, um den Bau zu beschleunigen, und hohe Prämien, wenn die Projekte in der Hälfte der veranschlagten Zeit fertiggestellt wurden.

Beschwerden über die Lebensqualität der Bewohner – unzureichender Wohnraum – keine Aufklärung über das Leben in einer Wohnung bezüglich Müllentsorgung, Ausstattung, Pflichten usw. – Viehhaltung (Ziegen usw.) sollte für den täglichen Lebensbedarf der Bewohner sorgen, führte aber zu Problemen mit anderen Mietern – die Durchsetzung des Tierverbots führte zum Entzug der Lebensgrundlage – es entwickelte sich ein Schwarzmarkt mit unerlaubten Verkäufen und der Untervermietung von Wohneinheiten – Ablehnung von *favelados*, die für das Projekt ausgewählt wurden – Einschränkung kommerzieller Aktivitäten in den Gebäuden – Sozialarbeiter leiteten die Ausschüsse für die tägliche Verwaltung in einem aggressiven, diktatorischen Stil – Proteste gegen mangelhafte Versorgungseinrichtungen führten zu Gewalt auf den Straßen, Straßenblockaden, Reifenverbrennungen und gewalttätigen Reaktionen der Polizei.

Inzwischen wurde ein neues System von *mutirões* eingeführt – teilweise finanziert durch ein von Capital SP zusammengestelltes Konsortium. Zahlungen erfolgten auf die Geschäftskonten von Capital SP Mitte/Ende der Neunzigerjahre mit einer Ausnahmeregelung der Landesregierung, bei der die Bank keine Fragen stellte, wenn es ums Versteuern ging. Eine Regelung in Verbindung mit dem Singapur-Projekt.

Die Kurzfassung lautet: Die Unternehmen haben eine Menge Geld gescheffelt, und an der Immobilienkrise hat sich nichts geändert.

Renata ist sich nicht sicher, warum Capital SP sie bittet, die Sache zu untersuchen. Deren Beteiligung, so scheint es, ist bestenfalls blamabel. Und höchstwahrscheinlich noch viel schlimmer als das.

»Ich bin jetzt unterwegs«, sagt sie zu Fernanda. »Ich schau mal nach dem Bauprojekt unten an der Straße, ob ich dort jemanden antreffe, *sabe*? Brauchst du was?«

»Nein, aber pass gut auf dich auf.«

Renata zuckt mit den Schultern. »Die kennen mich hier inzwischen. Ich bin jetzt einer von den Jungs, Schätzchen.«

»Wie du meinst.«

Renata zieht ihren Mantel über und macht sich auf den Weg zum Schauplatz des Singapur-Projekts in Paraisópolis, oder wie die Einheimischen es nennen: eine beschissene Baustelle.

Dona Annette, Paddy Lockwoods Hausangestellte:
Hören Sie.

Es gibt ein frühes Mittagessen.

Wir müssen vor dem Lehrpersonal und den Kindern essen, und ich sitze mit ein paar Reinigungskräften zusammen, deren Teller mit Reis, Bohnen und gegrilltem Fleisch gefüllt sind. Das Geräusch von Besteck auf Porzellan. Mit gesenkten Köpfen schlingen wir das Essen geräuschvoll in uns rein.

Nach dem schweren Mittagessen halten die Männer ein halbstündiges Nickerchen auf Pappstücken hinter der Küche im Schatten. Der Nachmittag zieht sich länger hin als der Morgen, und ich beneide sie – denn sie können leichter abschalten als wir Frauen. Geschwätz erfüllt den Raum, übertönt das Klappern von Messern und Gabeln.

»Wann kriegen wir die *césta básica*?«, fragt jemand.

»In zwei Wochen.«

Die *césta básica*, ein Korb mit Grundnahrungsmitteln – Reis, Bohnen, Öl, Zucker, Kekse, Nudeln – kommt jeden Monat und bildet die Grundlage für unsere einfachen Familienmahlzeiten zu Hause. Ich kann mich nicht beklagen. Jeden Tag kostenloses Mittagessen, Kaffee, Tee, ein Snack am Morgen und am Nachmittag und jeden Monat die *césta*. Wir haben Glück, und das wissen wir. Unsere Vorgesetzten erinnern uns regelmäßig daran, obwohl das gar nicht nötig wäre.

»Ich brauche meine schon jetzt«, sagt eine Putzfrau namens Rafaela. »Meine Jungs fressen uns die Haare vom Kopf. Ich habe kaum noch was übrig. So Gott will, werden wir schon durchkommen. Aber nur«, lacht sie, »wenn ich zu Hause nichts mehr esse und mich jeden Tag hier in der Schule vollfuttere.«

»Das mach ich auch«, sagt Maria Elisa. »Glaubt ihr, ich könnte zweimal am Tag so viel in mich reinstopfen?« Sie zeigt auf ihren Teller mit Reis. »Dann wäre ich so fett wie eine Tonne. Meistens erwische ich meinen Mann dabei, wie er sich heimlich Extraportionen aus dem Kühlschrank holt. *Gordão*. Dickerchen. Und er beschwert sich noch, wenn es keinen Nachtisch gibt.« Sie schiebt sich noch eine ordentliche Gabel voll in den Mund. »Ich sollte mir einen jungen *namorado* zulegen. Einen netten *playboyzinho*, der mich ein paarmal in der Woche zum Essen ausführt.«

»Bei der Gelegenheit kann er sich auch noch um was anderes kümmern«, zwinkert Rafaela.

Maria Elisa wackelt mit ihrem wogenden Busen. »Du könntest auf dem Heimweg einen kleinen Zwischenstopp in einem dieser Motels an der Marginal einlegen«.

Rafaela lacht. »*Amiga*, das ist unser gutes Recht, *ne?* Wenn ich unter meinem Mann liegen müsste, würde er mich zerquetschen.«

»Gestern Abend«, sagt Maria Elisa, »als ich nach Hause kam, lag mein Mann schlafend auf dem Sofa, eine halb leere Flasche *pinga* auf dem Tisch und Bierdosen auf dem Boden. Vor zwanzig Jahren … na ja«, sie lächelt, ihre Augen funkeln, »vor zwanzig Jahren hätte ich gar nicht erst ausgehen müssen.«

Sie stacheln sich gegenseitig auf. Ich lache und sage nichts.

»Vor zwanzig Jahren«, sagt Rafaela und fuchtelt mit der Gabel, »fing der ganze Ärger an. Du lässt einen Kerl an dich ran, zack, bist du schwanger und wartest darauf zu heiraten. Ich sage zu meinen Jungs: Benutzt Kondome. Sie sehen mich an, als wäre ich verrückt. Also, es ist eure Entscheidung, sage ich, aber wir können uns keine Abtreibung leisten, zumindest keine sichere. Und ich werde das Risiko nicht eingehen, das Gesetz für einen *vagabundo* zu brechen, der seinen Schwanz nicht im Zaum halten kann. Jungs bleiben Jungs, und seit Jahren predigt man ihnen, dass Empfängnisverhütung falsch ist. Aber sie sind zu geil, um aufzupassen, zu dumm, um an die Folgen zu denken, und haben zu wenig Selbstbeherrschung, um zu warten, bis die Zeit reif ist. Meine Jungs sind da nicht anders.«

Mir ist unwohl.

Ich denke an meinen eigenen Sohn.

Wir haben ihn gut erzogen, haben ihn in die Kirche geschickt, haben ihm beigebracht, Gott zu fürchten und Frauen zu respektieren.

Ich denke an meinen Ehemann.

Er war ein guter Mann, ein vernünftiges Vorbild, oder etwa nicht?

Maria Elisa flüstert jetzt. »Fa fa, du hast recht, aber wir tun unser Bestes. Wenn wir sie nicht erziehen, wer dann? Ich habe Enkelkinder, und sie sind ein Segen, und ich danke Gott jeden Tag dafür. Aber du hast recht. Wir müssen Vertrauen in unsere Kinder haben, so wie in uns selbst.«

»Ich habe Vertrauen in meine«, schnieft Rafaela. »Aber sie brauchen mehr Führung, als ich ihnen geben kann.«

Ich weiß, wo sie mehr Führung kriegen könnten. Aber ich spreche es nicht aus.

Manchmal ist es einfacher, Fa fa ihren Lauf zu lassen.

Sie würde mir sowieso nicht zustimmen. Sie ist vom Glauben abgefallen, und das ist traurig, aber da kann man nichts machen, außer für sie beten. Und das tue ich.

Ich schaue auf die Uhr. Ich hole uns drei Kaffee und setze mich wieder hin.

Wir haben alle zur gleichen Zeit in der Schule angefangen. Es war eine einfache Entscheidung, eine professionelle Reinigungskraft zu werden. Als meine Mutter älter wurde, brauchte sie Hilfe im Haushalt, und ich musste mit fünfzehn Jahren die Schule verlassen. Ich bekam Arbeit als Hausmädchen in einem großen Wohnkomplex in der Nähe von Paraisópolis, Portal da Cidade. Ich arbeitete bei einer jungen Familie, half der Mutter bei der Betreuung ihres kleinen Kindes, kümmerte mich um die Wohnung und kochte die Mahlzeiten. Santa Maria, so nannte sie mich. Sie bezahlten gut. Es war eine angenehme Arbeit, und man hatte immer Zeit zum Plaudern. Sie gaben mir jeden Monat eine *césta*, und ein- oder zweimal im Jahr machte ich mit der Familie Urlaub am Strand von Guarujá. Die einfachen Freuden des Familienlebens machten mich glücklich, auch wenn es nicht meine eigene Familie war.

Das Kind wuchs heran, und als seine Mutter wieder zur Arbeit ging, fühlte ich eine besondere Bindung zu ihm.

Ich behandelte es wie mein eigenes.

Nach fünf Jahren zogen sie aus der Stadt weg und lebten in einem Vorort, und zum Pendeln war es zu weit.

Sie wollten, dass ich mitkomme und bei ihnen lebe, aber mein Sohn bekam einen Sohn und, nun ja, meine Prioritäten änderten sich. Ich war traurig, als ich sie verlassen musste, vor allem ihr kleines Mädchen.

Aber gelobt sei *Nossa Senhora Aparecida*, denn ich hörte durch eine Freundin, die früher hier gearbeitet hatte, von einer Stelle an der britischen Schule. Zu dumm, dass sie gefeuert worden war (man sollte sich nicht über sein Gehalt beschweren, wenn man seinen Job behalten will). Rafaela, Maria Elisa und ich wurden zur gleichen Zeit eingestellt. Seitdem sind wir beste Freundinnen.

»Du bist heute sehr still, Annette«, sagt Rafaela.

Ich lächle sie an. »Nur müde, das ist alles.«

Maria Elisas Augen verengen sich. »Bist du sicher?«

»Es war eine lange Woche. Ich müsste mal früh ins Bett. Aber da wird wohl wieder nichts draus.«

»Wir haben Glück«, sagt Maria Elisa. »Es gibt schlimmere Jobs.«

»Wir könnten Müllmänner sein«, gibt Rafaela zu bedenken.

»Das sind die glücklichsten Menschen in Brasilien!« Maria Elisa lacht. »Sie rennen singend hinter den Mülllastern her. Sie rennen. Sie sind verrückt! Sie müssen die glücklichsten Müllmänner der Welt sein, also müssen wir die glücklichste Nation der Welt sein.«

»Scheiße schleppen und trotzdem lächeln: Das ist der brasilianische Arbeiter«, sagt Rafaela, und wir alle lachen.

»Leider kommen sie bei uns so gut wie nie vorbei«, sage ich leise.

Ich denke an den Müllberg an der Bushaltestelle. Die räudigen Hunde, die darin herumwühlen.

»Es bringt halt kein Geld«, sagt Maria Elisa. »Die *prefeitura* verschwendet ihre Zeit nicht mit uns. Es sind diese Leute«, sie deutet auf die Schule, »um die sie sich kümmern.«

Rafaela will etwas sagen, überlegt es sich aber anders.

Ich schaue nochmals auf die Uhr, schiebe meinen Stuhl zurück, und die anderen schließen sich mir an. Seufzend stellen wir unsere Tabletts auf die Ablage und verlassen den Speisesaal, gerade als die erste Schicht Lehrer zum Mittagessen eintrifft.

Später laufe ich die Gabriel Monteiro da Silva runter, um meinen Bus an der Faria Lima zu erwischen. Blitze zucken über dem Einkaufszentrum Iguatemi. Der Donner kracht. Ich spüre die ersten Regentropfen, als ich mich vor dem Clube Pinheiros in die Schlange einreihe. (Fünfzigtausend Reais nur als Aufnahmegebühr, sagt man in der Schule, kann man sich so was vorstellen?)

Ich quetsche mich gerade in den Bus, als der Himmel seine Schleusen öffnet.

Ich stehe eingequetscht zwischen zwei Männern.

Der Regen tropft durch das Fenster und rinnt mir über den Nacken.

Der Verkehr auf der Cidade Jardim stockt.

Ich schaue auf meine Uhr. Bei diesem Tempo, bei diesem Regen, bin ich in anderthalb Stunden zu Hause.

Rays Handy klingelt. Fernanda.

»Hallo, meine Schöne«, sagt er.

»Du bist also wieder in der Stadt?«

»Hm.«

»Schon länger?«

»Sagen wir mal so, der Spicy Tuna kommt mir noch nicht zu den Ohren raus.«

Fernanda lacht. »Lädst du mich zum Essen ein?«

»Jep. Heute Abend?«

»Klingt perfekt, Big Ray.«

»Alles easy.«

Ray wirbelt in seinem Stuhl herum. Die Stadt flimmert lautlos in der Hitze, viele Etagen unter ihm. Er reißt seine Schreibtischschublade auf. Klemmt das Telefon zwischen Schulter und Kinn. Er drückt eine Tablette aus einem Plastikstreifen. Wirft sie in den Mund und schluckt sie trocken. Dann spült er mit einem guten Schluck Mineralwasser hinterher.

»Sie ist nicht da, Ray, ich kann offen reden.«

»Hast du die aktuellen Anträge?«

»Ja.«

»Wink alles durch, keine Fragen, keine Nachforschungen.«

»Du überraschst mich. Was ist das für ein Singapur-Projekt, auf das du sie angesetzt hast? Sie macht sich fast in die Hose deswegen.«

»Ablenkungsmanöver.«

Ray hört Fernanda seufzen. Er lächelt.

»Sie wird auf etwas stoßen und darauf reagieren wollen. Wenn sie das tut, dann lass sie.«

»Sehr hilfreich.«

»Wir sehen uns heute Abend, Baby.«

»*Baby*? Danke, alter Mann.«

Ray legt auf. Ray *grinst*.

Anna arbeitet nach wie vor für Marta Suplicy. Vor gut einem Jahr hat Marta die Bürgermeisterwahlen verloren. Sie war fünf Jahre im Amt, und wofür hat man sie in Erinnerung …

Mal abgesehen von ihrem Sexleben gibt es tatsächlich ein paar Dinge.

Sie hat eine Menge bewirkt, diese Marta.

Und Anna war daran beteiligt.

Es gab Änderungen im Bussystem der Stadt, eine neue Fahr-karte mit zwei Stunden Gültigkeit, ein *bilhete único*. Für Arbeiter, Reinigungskräfte und Angestellte, die oft stundenlang mit mehreren Bussen zur Arbeit fahren, macht das einen großen Unter-schied. Wenn man eine Spätschicht in einer angesagten internationalen Schule hatte – die Art von Schule, die Marta definitiv *nicht* unterstützte – und dort spät am Abend noch putzte, war man manchmal nur drei oder vier Stunden zu Hause, bevor man wieder aufstehen musste.

Apropos Schule: Anna spielte eine Schlüsselrolle bei Martas Umgestaltung des öffentlichen Bildungssystems, indem sie die Einrichtung großer Schulen und Kulturzentren, das sogenannte CEU-Programm, in den ärmsten Vierteln der Stadt überwachte. Dies war ganz im Sinne des alten Lula, der zuerst die Armut und dann die Ungleichheit beseitigen wollte.

Marta war in vorderster Front dabei.

Anna auch.

Gegen Ende ihrer Amtszeit wandte sich Marta einem anderen Hauptproblem São Paulos zu: dem Verkehr. Sie gab grünes Licht für den Bau von Unterführungen und Brücken an wichtigen Verkehrsknotenpunkten.

Diese Initiativen waren populär, zumindest in der Theorie.

Das Problem war, dass alle ein Interesse daran hatten, die Bauarbeiten so lange wie möglich hinauszuzögern.

Damals lernte Anna, was *Provision* bedeutet, verstand die Bedeutung von *Hände schmieren* und erlebte mit, wie der alte Euphemismus des *cafézinho* – der schnelle Kaffee, die Bestechung – wirklich zum Tragen kam.

Vielleicht war es keine Überraschung, dass Marta nicht wiedergewählt wurde.

Seit einem Jahr arbeitet Anna also als Mediatorin, als Assistentin, und konzentriert sich darauf, Marta in dem großen Projekt der *Bolsa Família* zu positionieren.

Heute Morgen rief Anna als Erstes ein Rechtshilfebüro in Paraisópolis an, von dem sie gehört hatte.

Dieses Büro hatte schon vor ein paar Jahren Kontakt mit ihr aufgenommen, aber sie hat nicht angebissen, sich nicht darauf eingelassen.

Jetzt mischt dieses Büro ganz vorne mit bei den Registrierungen für *Bolsa Família*.

Die ganze Gemeinde dort wird gestärkt und bekommt neue Hoffnung.

»Komm vorbei und überzeug dich selbst«, sagte die Frau in dem Rechtshilfebüro. »Heute noch, wenn du willst.«

Marta gibt ihr grünes Licht. »Könnte ein geiles Shooting für die Presse werden«, sagt sie. »Zieh los und scoute ein paar Locations.«

Sie lachen über Martas Fernseh-Slang.

Anna war noch nie in Paraisópolis. Anna war überhaupt noch nie in einer von São Paulos Favelas, um ehrlich zu sein.

Sie ist keine Prinzessin, keine *patroçinha*, kein Trustfund-Chick, nichts dergleichen, sie war einfach nur noch nie dort.

In Rio war sie mal in einer. Aber wer war das nicht?

Eine dieser Baile-Funk-Partys, die sich für wahnsinnig edgy und authentisch halten, weil sie oben auf dem Hügel im Lichterglanz der Favela veranstaltet werden. Aber die einzige Gefahr, die einem dort droht, ist, von Hipstern angemacht zu werden, die sich für edgy und authentisch halten, oder von Jungs, die tatsächlich edgy und authentisch *sind*. Was aber, ehrlich gesagt, keinen großen Unterschied macht, wenn man überhaupt keinen Wert darauf legt, angegraben zu werden.

»Pass auf dich auf, *querida*«, sagt Marta. Sie grinst. »Ich mache nur Spaß. Ein nettes Mädchen wie du? Die werden sich alle rührend um dich kümmern wollen.«

Marta lacht immer noch, als Anna geht. »Pass auf dich auf. So ein Quatsch.« Sie schüttelt kichernd den Kopf. »Bring mir eine paar gute Ideen mit.«

Sie fährt den ganzen Weg mit dem Taxi, ist klar.

Als sie ankommt, erwartet die Frau aus dem Büro, Fernanda, sie an der Tür.

»Willkommen«, sagt Fernanda. Ihre Augen mustern nervös die Umgebung. »Komm rein.«

Anna hat das Gefühl, geradezu hineingezerrt zu werden, was nicht sehr einladend ist.

Sie ist schon etwas Besonderes, diese Favela. Der Blick aus dem Büro ist *echt* beeindruckend.

Fernanda führt sie durch die Räumlichkeiten, was nicht lange dauert. Der Raum hat zwei Schreibtische und einen Wasserkocher, viel mehr gibt es nicht zu sehen.

»Kaffee?«, fragt Fernanda.

»Bitte. Keine Milch, kein Zucker.«

Fernanda lächelt. »Gute Antwort.«

Anna ist sich nicht ganz sicher, warum.

Als der Kaffee fertig ist, deutet Fernanda nach draußen, sie haben einen Panoramablick von fast 360 Grad, und Anna kriegt einen Eindruck davon, was die Arbeit hier bedeutet.

Fernanda sagt: »Die Gegend unterscheidet sich nicht groß von anderen, *sabe*? Auch hier findet die übliche Gentrifizierung und die damit verbundene soziale Säuberung statt. Man hat den Eindruck, es gibt eine politische Elite, den ganzen Rest, und zuallerletzt die Entrechteten. Der soziale Wohnungsbau versagt auf tragische Weise, das Singapur-Projekt ist ein Fiasko, und die ganzen Vorhaben kommen kaum in Gang. Es gibt Säureattacken, böse, böse Überfälle, jeder kennt jemanden, der Opfer wurde. Die Bauindustrie floriert, wie wir überall sehen, *ne*? Und dennoch verschärft sich die Wohnungskrise, während Luxusgebäude leer stehen. *Entendeu*? Schau dich um. Es ist überall mit Händen zu greifen. Die Favela und ihre Umgebung unterscheiden sich nicht vom Rest São Paulos, so viel ist sicher.«

Anna nickt. »Ja, das verstehe ich.«

»Aber was für eine Stadt, *ne*? São Paulo ist unbestritten die Hauptstadt Südamerikas. Denk mal drüber nach, *menina*, reich an Kultur, vor Geld strotzend, durchsetzt von politischer Korruption, geprägt von einem Arm-Reich-Gefälle, das Verzweiflung und eine kriminelle lebensverachtende Haltung schürt. Und doch ist São Paulo so voller Leben, dass man sich energiegeladen, politisiert und wichtig fühlt. Zumindest tue ich das, *entendeu*?«

Menina, denkt Anna. Meine Freundin.

Seltsame Tonlage, die Fernanda da anschlägt.

Sie macht hier einen auf kumpelhafte Reiseleiterin. Weiß sie denn nicht, dass Anna für die verfluchte Bürgermeisterin arbeitet? Na ja, für die ehemalige Bürgermeisterin.

»Ja, ja, genau. Genauso fühle ich mich, *sabe*?«

»*Pois é, ne? É isso aí.*«

Ganz genauso ist es.

Anna wartet darauf, dass Fernanda ihren Vortrag beendet.

»Schau, die Sache ist die«, sagt Fernanda. »Morumbi ist die neue Vorortgegend São Paulos. Nicht mehr die traditionellen Viertel um die Avenida Paulista mit ihren Kneipen, altmodischen Wohnungen und Kantinenrestaurants. Man zieht dorthin, wenn man Kinder kriegt oder wenn die Kinder aus dem Haus sind. Außerhalb der geschlossenen Wohnanlagen ist es gefährlich. Hier in Paraisópolis sieht man die gehetzten Gesichter, den Müll und das Chaos, die halbnackten Kinder und die dicht gedrängten, improvisierten Behausungen, nur der Ansatz eines Zuhauses, zumindest nach unseren engen Vorstellung davon. *Unsere* Vorstellung, das ist Mittelklasse, *certo*? Und genau das ist unsere Aufgabe hier, wir erziehen beide Seiten – und helfen der Seite, die es am nötigsten braucht.«

Anna schaut aus dem Fenster, dreht sich um die eigene Achse und lässt das Panorama auf sich wirken.

Paraisópolis liegt tief in einem Krater, eine Siedlung, erbaut im Loch, hinterlassen von einer Explosion.

Eine Siedlung auf dem Mars vielleicht, denkt Anna. Die Farbe, der Staub. Die Menschen wuseln wie Ameisen den Hügel hinauf und hinunter.

Nur explodiert jetzt alles, was die Favela umgibt.

Eine Explosion des Reichtums, des Besitzes, die jetzt erst richtig losgeht.

Hubschrauber, so groß wie fette Fliegen, schweben lautlos keine fünf Kilometer entfernt am Himmel.

»Ich wette, du fragst dich, warum ich hier bin«, sagt Anna.

»Du arbeitest für Marta.«

»Stimmt.«

»Wie hast du von uns erfahren?«

Anna lächelt. »Es gibt nicht viele wie euch, das wisst ihr.«

»Wir sind keine politische Organisation.«

»Im Moment«, sagt Anna, »sind wir das auch nicht.«

»Ha, ja, witzig.«

Anna zieht eine Augenbraue hoch. »Ich könnte in Bezug auf euch genauso reagieren.«

»Stimmt auch wieder.« Fernanda lächelt. »*Então?*«, sagt sie. Kommen wir zur Sache, *eh*?

»Wir wissen Bescheid über euer Funding.«

»Funding? Wir sind nicht gerade eine NGO.«

»Nein, aber du kennst doch die Redewendung: Das Leben ist wie Radfahren. Du fällst nicht, so lange du in die Pedale trittst.«

»Schön gesagt.«

Anna nippt an ihrem Kaffee. »São Paulo hat keine Vergangenheit, hab ich mal irgendwo gehört.«

»Guter Spruch, aber eben auch nur ein Spruch.«

Anna lächelt. Sie zieht ein Blatt Papier aus ihrer Tasche. Es ist vollgekritzelt mit Zahlen. »*Bolsa Família* macht etwa 0,5 Prozent des brasilianischen BIP und etwa 2,5 Prozent der gesamten Staatsausgaben aus, okay?«

Fernanda nickt. »Klingt ungefähr richtig.«

»Bis zum Ende dieses Jahres wird das Programm voraussichtlich etwa 11,2 Millionen Familien abdecken, was *mais ou menos* 44 Millionen Menschen entspricht.«

»Diese Zahlen sind Schätzungen, basierend auf den letzten drei Jahren und den Registrierungen im Jahr 2006 bisher, richtig?«

»Korrekt, *menina.*«

Menina. Dieses Mal muss Fernanda lächeln.

»Und ihr wollt keine politische Organisation sein«, sagt Anna.

»Sprich weiter.«

»Das sind ziemlich viele Wähler, die Lulas Regierung etwas schulden, meinst du nicht?«

»Das ist kein Bargeld-für-Stimmen-Programm, Anna.«

»Nichts ist umsonst, Fernanda, nicht in dieser Welt. Das Leben ist kein Wunschkonzert.«

Fernanda lacht. »Sehr gut.«

»Der Punkt ist: Meine Chefin, die derzeit natürlich nicht im Amt ist, meint, es kann den Empfängern der großzügigen und lebensverändernden Familienbeihilfe der PT-Regierung nicht schaden, die politische Herkunft ihres Glücks zu kennen.«

»Du kannst wirklich gut mit Worten umgehen.«

»Verstehst du, was ich meine?«

»Deine Chefin will noch mal für das Bürgermeisteramt kandidieren, ist es das?«

Anna schüttelt den Kopf. »Es gibt hier kein bestimmtes Ziel. Es geht nur um die allgemeine Ausrichtung, *entendeu*?«

Fernanda nickt. »Und was haben wir davon?«

»Die Weltbank hat unserer großzügigen Regierung ein umfangreiches Darlehen gewährt, um die Verwaltung des Programms zu unterstützen. Das neue Ministerium für soziale Entwicklung und Hungerbekämpfung wurde gegründet, was eine einfachere Verwaltung bedeutete, alles wurde direkt über das Rathaus abgewickelt und die Ebene der Bundesregierung übersprungen. Meine Chefin hatte einen großen Anteil daran.«

Fernanda nickt.

»Ihr könnt nicht einfach so weitermachen, ohne politisch Farbe zu bekennen, Fernanda, das müsst ihr wissen.«

Fernanda schweigt.

»Daraus würden sich auch weitere Vorteile für euch ergeben. Euer Geschäft würde einen sauberen und integren Anstrich bewahren.«

»Was soll das heißen?«

»Ich denke da an Capital SP und die Diversifizierung des Portfolios.«

»Es ist eine seriöse, gut dokumentierte Investition.«

Anna lächelt. »Wir sind sehr daran interessiert, uns zusammenzutun. Sprich mit deiner Kollegin, du hast ja meine Nummer, *ne*? Und so oder so, vielleicht können wir mal was zusammen trinken gehen.«

»Du bist ganz schön gewieft, *menina*, das muss ich dir lassen.«

Fernanda bestellt ein Taxi und begleitet Anna nach unten.

Auf der Rückfahrt summt die Klimaanlage des Wagens, die Ledersitze sind weich. Die Stadt geräuschlos, entrückt.

»Die scheinen wirklich an das zu glauben, was sie tun«, sagt Anna später zu Marta. »Sie scheinen es zu lieben.«

»*What's love got to do with it?*«, singt Marta.

Beide lachen.

Das Wichtigste an Rafas neuer Position in der Organisation ist, dass er kein Dope in einer *boca de fumo* verticken muss.

Diese Art der Beförderung will er unbedingt vermeiden.

Stattdessen ist er jetzt so was wie ein Filialleiter.

Fühlt sich ziemlich lächerlich an, das zu sagen, aber er ist verantwortlich für einen kleinen *supermercado* am zivilisierten Rand der Favela, gleich unten an der Hauptstraße Giovanni Gronchi.

Sechzehn Jahre alt und er leitet ein Unternehmen!

Aber natürlich leitet er nicht wirklich das Geschäft.

Er beaufsichtigt die Warteschlange, stellt fest, wer was zu bekommen hat, und kassiert ab.

Offiziell leiten immer noch der alte Knacker Zé Roberto und seine geschäftstüchtige Alte den Laden.

Tun sie natürlich nicht.

Sie nehmen nur Lieferungen entgegen, holen die Waren für die Kunden, halten den Laden so sauber und einladend wie möglich, sortieren die Regale ein, schneiden und verpacken das Fleisch, machen die Inventur, und am Ende des Tages spritzen sie die Gänge aus, stellen sicher, dass alle verderblichen Waren in den Kühlschränken sind, ziehen das Gitter herunter und schließen ab.

Sie tun alles, außer das Geld zu kassieren – von wem auch immer.

Rafa hat ziemlich bald Franginho mit ins Boot geholt, der ihm bei der Logistik und den Zahlen hilft, und *er* erklärt Rafa, wie die Sache läuft.

»Sie kriegen ein Gehalt von oben, *certo*? Es ist ihr Geschäft, ihnen gehört der Laden, richtig, aber sie bekommen ein Gehalt.«

»Kein Honorar?«

»Nicht frech werden, *filho*.«

»Nun, klingt nicht nach einem guten Deal, angesichts der Kohle, die hier reinkommt.«

»Ist es auch nicht. Es ist ein mieses Geschäft. Die Jungs da oben zahlen ihnen einen einigermaßen akzeptablen monatlichen Betrag, damit sie leben können und nicht meckern. Aber letztendlich akzeptieren sie diese Vereinbarung nur, um sich zu schützen.«

»Vor wem?«

»Vor denselben Leuten, die ihnen das Gehalt zahlen, du Penner.«

Rafa hat's kapiert, klar hat er es kapiert. »Genau.«

»Hast du jemals überlegt, warum wir das Geld kassieren, warum alle Kunden, und zwar ohne Ausnahme, anstatt für die Waren zu bezahlen, uns einfach ein Bündel Scheine geben?«

Rafa nickt.

»Hast du dich jemals gefragt, warum alle genau den gleichen Betrag zahlen?«

»Ja, hab ich mich schon gefragt.«

»Und was ist mit den etwa fünfzig funkelnagelneuen Caixa-Bankkarten, die du jede Woche bekommst, Bankkarten, die du an die jungen Leute hier verteilst, damit sie durch die Stadt ziehen und so viel Bargeld wie möglich abheben? Hast du jemals darüber nachgedacht, was das bedeutet, *amigo*?«

Rafa hat über all das nachgedacht.

»Und dann die Tatsache, dass die Kohle die Kette den Berg hinaufwandert. Was meinst du, was das bedeutet?«

»Weißt du was, *Kleines Hühnchen*, wie wär's, wenn du kurz mal den Rand hältst? Ich bin doch nicht bescheuert, *porra*, im Gegenteil: Ich tu, was mir gesagt wird. Und das solltest du auch. Schon mal darüber nachgedacht, was *das* bedeutet?«

»Ganz ruhig, *porra*, ich stelle nur klar, was hier abgeht.«

»Ja, ja.«

Rafa braucht ein bisschen länger als Franginho, um es herauszufinden.

Bolsa Família.

Das Familienbeihilfeprogramm läuft in der Favela auf einen einzigen großen Betrug hinaus.

Die Organisation kriegt das Geld, die *favelados* kriegen das Essen, die *mercado*-Besitzer kriegen ein Gehalt.

Eine Win-win-Situation.

Aber die Anzahl der Caixa-Karten ist für Rafa verwirrend – jede Woche kommt ein scheiß Haufen an Karten herein.

Er beschließt: Dies ist ein Fall von *ich sag nichts, ich seh nichts.*

Ihr Job besteht im Wesentlichen darin, die Menge zu kontrollieren. Und das ist nicht schwer.

Sie brauchen keine Waffe, müssen nicht mal damit drohen.

Das Mobiltelefon, das Rafa bei sich trägt, reicht völlig aus. Es steht für Macht.

Und es ist gleichzeitig ein Funkgerät, was bedeutet, dass die Kavallerie gleich um die Ecke ist, falls jemand Ärger machen will.

Und jeder weiß das.

Glückliche Tage.

Rafas Oma geht dienstags einkaufen. Es gibt eine geordnete Schlange und ein System, das für eine gerechte Verteilung sorgt.

Das war Franginhos Idee.

»Alter, alle kommen an einem verdammten Montag. Montage sind ein Alptraum, das stresst alle. Es muss eine klügere Lösung geben. Es ist doch jeden Tag das gleiche Essen. Warum muss es ein Montag sein, *entendeu*?«

»Willst du den Jungs auf dem Hügel erzählen, dass du ein besseres System hast?«

»Nein. Aber du kannst es. Vertrau mir, du bist ein gemachter

Mann, wenn du es tust. Spitz die Ohren und sag ihnen genau, was ich dir erkläre, *certo*?«

Franginhos Plan ist es, das gleiche System anzuwenden wie das kommunale *rodizio* – ein Fahrzeugzulassungssystem für das Fahren im Zentrum oder in dem, was grob als Innenstadt bezeichnet wird.

Was so ziemlich der einzige Ort ist, wo man hinfahren muss.

Die *rodizio*-Tage gehen einem gewaltig auf die Eier. Aber am Ende profitiert die Stadt

Folgendes ist Franginhos Prinzip.

Das *rodizio* ist nach Nummernschildern organisiert, jeden Tag können also nur Autos mit einer bestimmten Anfangszahl zur Hauptverkehrszeit zwischen sieben und zehn Uhr morgens und zwischen fünf und acht Uhr nachmittags in die Stadt fahren.

»Wir könnten das Nummernschildsystem verwenden«, sagt Franginho. »Aber kaum jemand im Viertel hat ein Auto. Also müssen wir uns einen anderen Weg ausdenken.«

Rafa hat die Lösung. »So ziemlich jeder, der hier einkauft, benutzt die Caixa-Karten, oder?«

Franginho nickt. »Cleveres Kerlchen.«

»Und jede Karte hat eine eigene Nummer, richtig?«

»Dir entgeht nicht viel, mein Freund.«

»Sei nicht so ein Klugscheißer. Siehst du, worauf ich hinauswill?«

Franginho sieht es.

Sie nutzen die Kartennummern für ein System, bei dem eine bestimmte Kombination Montag bedeutet, eine andere Dienstag, und so weiter, bis Freitag. Die Wochenenden sind nur für Nachzügler und Bargeldkäufe, falls jemand ein bisschen Kleingeld übrighat. Das ist nicht oft der Fall, aber es kommt vor, und weil die Wochenenden allein dafür vorgesehen sind, gibt es dem durchschnittlichen Favela-Bewohner einen kleinen Anreiz, etwas mehr zu verdienen, was wiederum Geld in die Favela-Wirtschaft spült, was wiederum mehr *dinheiro* für die Jungs auf dem Hügel bedeutet, was wiederum bedeutet, alle sind glücklich.

Es ist ein verdammter Geniestreich.

Sie nutzen ein bestehendes System. In Brasilien gibt es alles auf Raten oder in Paketen, und das ist ihr Modell, mehr oder weniger.

Franginho hält das Ganze für einen Riesenbeschiss, um die Armen zu verarschen.

»Je mehr die Menschen ermutigt werden, über ihre Verhältnisse zu kaufen«, sagt er, »desto mehr Schulden häufen die Haushalte an, *falou*? Das ist verdammte Abzocke.«

Rafa hält das in etwa für zutreffend.

»So bleiben sie überall verschuldet, was auch immer sie tun. Dagegen ist das, was wir machen, *im Grunde genommen* fast schon moralisch, *sabe*?«

Rafa ist sich da nicht so sicher.

Aber es funktioniert.

Die Jungs oben auf dem Hügel sind *sehr* zufrieden.

Rafa ist ein gemachter Mann.

Paraisópolis brummt.

Paradise City verwandelt sich in eine Money-Metropolis, heißt es.

Es gibt jede Menge Graffiti über das Kamel, das durchs Nadelöhr muss, ehe der reiche Mann ins Reich Gottes kommt, die Kernbotschaft ist: Hey, wenn die Musik der Liebe Nahrung ist, dann esst.

Rafa und Franginho aber machen Kasse.

Ihr Anteil wird erhöht, und sie stellen ein paar Jungs ein, die ein Auge auf ihre alte Supermarktfiliale haben, während sie ein paar weitere kleine *mercados* übernehmen und eine Art Franchise gründen.

Verdammt glückliche Tage.

Und dienstags geht Rafas Oma einkaufen, also sorgt Rafa dafür, dass er immer in der Nähe ist und sie genau das bekommt, was ihr zusteht – und mehr als das –, weil sie die Oma eines der cleversten Geschäftsmänner des Dschungels ist.

»Ich bin froh, dass du eine ordentliche Arbeit hast, Rafael«, sagt sie zu ihm. »Halte dich von Ärger fern, ja? Du bist ein guter Junge. Das darfst du nicht vergessen.«

Sie stehen vor dem Markt.

Ein junger Bursche in Shorts, Unterhemd und Flipflops wartet geduldig darauf, Rafas Oma die Einkäufe nach Hause zu schleppen. An diesem Morgen herrscht Hochbetrieb. Männer laden Bierkisten an der Eckkneipe ab. Auf dem Bürgersteig vor dem Reifenladen steht eine kunterbunte Reihe halb verrosteter Autos. Der Besitzer schlendert im ölverschmierten T-Shirt umher. Seine Männer rutschen unter die Autos und wieder hervor. Die Schlange an der Bushaltestelle windet sich bis zu ihnen hinunter. Grimmig blickende Arbeiter und Angestellte warten stoisch. Ihnen bleibt nichts anderes übrig. Ein Bus kommt, aus den Türen quellen ähnlich grimmig blickende Menschen. Sie hatten Nachtschicht. Erschöpft. Der Bus füllt sich. Der Fahrer brüllt. Er lässt den Motor aufheulen. Der Bus schlingert am Reifenladen vorbei, rumpelt über den Bürgersteig. Kinder schlendern lustlos zur Schule, lachen, kicken einen platten Fußball durch die Gegend, zeigen und schreien, *enchendo saco*, machen sich lustig.

Rafa nimmt all dies kurz zur Kenntnis. Nicht sein Leben. Nicht mehr.

»*Deus te abençoe, Vó*«, sagt Rafa. Gott segne dich, Oma.

Er fühlt sich ein wenig unbehaglich, denn seine Großmutter hat keine Ahnung von seiner wahren Tätigkeit. Er soll den großen Boss markieren, aber er kann seinen Job nicht machen, wenn sie dabei ist.

»Mein Dad lässt dich grüßen, Vó«, sagt er.

»Dein Dad?« Sie sieht Rafa scharf an. »Und wie macht er das genau?«

Rafa ist verlegen. »Ach, weißt du, ich höre Dinge.«

»Dinge hören? Filho, lass dich nicht mit den Typen ein, mit denen dein Vater viel zu viel zu tun hatte, *certo*?« Sie stupst Rafa mit einem krummen Finger an. »Du willst nichts hören von denen. Du hältst dich von ihnen fern.«

Der Junge mit den Lebensmitteln wendet sich ab. Er verkneift sich ein Lachen. Rafa rammt ihm den Ellbogen in die Rippen. Der Junge jault auf.

Rafas Großmutter schüttelt den Kopf.

»*Vó, relaxa, ne? Ta tudo bem*«, sagt Rafa.

Das Handy in Rafas Tasche summt. Er ignoriert es. Seine Großmutter darf nichts erfahren. Aber es ist hartnäckig. Es vibriert an seinem dünnen Bein. Und er weiß genau, was Sache ist.

Er müsste schon auf halbem Weg zu Garibaldo sein.

»*Vó*, wir sehen uns später, okay? Ich muss zurück, verstehst du?«

Rafas Oma nickt langsam.

Sie dreht sich um, betrachtet den kleinen *mercado*, die geordnete Warteschlange davor, nimmt den Respekt wahr, den man ihrem Enkel entgegenbringt, das kann Rafa sehen.

Sie lächelt. »Guter Junge, Gott segne dich.«

Sie nimmt seine Hand in ihre.

Sie fühlt sich kalt an, wie Eis.

Leme beschäftigt sich seit drei Jahren hin und wieder mit ungeklärten Fällen. Als Freizeitvergnügen sozusagen.

»Makabres Hobby, Kumpel«, sagt Lisboa. »Du solltest öfter mal ausgehen.«

Was Leme definitiv nicht *braucht*, ist öfter auszugehen.

Nach dem anfänglichen Durcheinander, dem emotionalen Chaos, sind er und Renata glücklicher denn je.

Die Ehe, so scheint es, tut Leme gut.

Stabilität und Zufriedenheit hatten ihren Preis – die Monate der Verzweiflung, die Sorge, ob er ohne sie je zufrieden sein könnte –, aber er hat sie durchgestanden, er merkte, dass er auch ohne sie leben *konnte*, und das machte das Leben *mit* ihr irgendwie noch schöner.

»Du weißt, warum ich mich damit beschäftige«, sagt Leme.

Lisboa nickt. »Verdammte Zeitverschwendung.«

Der Lockwood-Fall lässt ihn nicht los.

Leme ist sich verdammt sicher, dass sie in der Favela jemanden rausgepickt haben, der den Kopf hinhalten und damit alle zufriedenstellen musste. Der Sündenbock war nur unter einem Spitznamen bekannt: Big Daddy.

Offenbar hatte da jemand Sinn für Humor. Es war nicht klar, woher der Spitzname stammte, aber die Botschaft von ganz oben war *eindeutig*: Der Deckname sollte verhindern, dass jemand von Polizei- oder Verbrecherseite weiter nachforschte.

Eine Vertuschungsaktion also. So was kommt vor. Aber Leme ist deswegen angepisst.

Die Mordwaffe tauchte nie auf.

Die Verbindung des Dienstmädchens nach Paraisópolis reichte aus; die Sache mit dem Briefbeschwerer interessierte niemanden.

»Das Ding liegt jetzt auf dem Grund des Flusses, Mario, vergiss es«, meint Lisboa.

So kann man es auch sehen.

Seitdem machen sie hauptsächlich Routinearbeit. Man hat sie nicht explizit aufs Abstellgleis geschoben, aber sie bekommen auch nicht gerade die Hollywood-Fälle.

Lagnado hält sie ausreichend bei Laune. Was natürlich Teil des Deals ist.

Halt die Klappe, Freund, und du steigst auf, ja?

Gut gemacht, danke, zwinker, zwinker, aber nicht *zu sehr* zwinkern, *entendeu*?

Leme hat einen Kumpel bei der Militärpolizei. Carlos.

Sie haben sich vor einem Jahr bei einem klassischen Einsatz der Sitte kennengelernt – der alte Carlos hat sich Dealer vorgeknöpft, auf die handfeste Tour, zuerst zuschlagen, dann Fragen stellen.

Sie verstehen sich gut, trinken gelegentlich ein Bier zusammen und bringen sich gegenseitig zum Lachen. Es ist nicht leicht, in ihrem Beruf Freunde zu finden. Zu viele faule Äpfel, man muss wissen, wer ehrlich ist, und wer korrupt wie die Hölle.

Meistens ist es entweder das eine oder das andere.

Leme wartet eine Weile ab, bevor er ihn um Hilfe bittet. Er muss sicher sein, dass er ihm vertrauen, sich auf seine Diskretion verlassen kann.

Carlos hat womöglich Insiderwissen über einen Deal der Zivil- und Militärpolizei, in dessen Folge die Favela-Gang einen Sündenbock für ein Verbrechen lieferte, das in Windeseile aufgeklärt werden musste.

Wenn Leme ehrlich ist, dann ist es nicht nur die Ungerechtigkeit, die ihn umtreibt, sondern auch seine gekränkte Berufsehre – das Gefühl, benutzt zu werden, geht ihm gegen den Strich.

»Komm vorbei, wir hören uns mal um«, sagt Carlos zu ihm.

Also macht sich Leme auf den Weg zum Hauptquartier der Militärpolizei in der Nähe von Paraisópolis.

»Der schnellste Weg, hier was rauszufinden«, sagt Carlos, »ist deinen Spitzel anzurufen und eine Verhaftung vorzutäuschen, *sabe?*«

Leme versteht.

Carlos telefoniert mit seinem Spitzel und arrangiert ein Treffen am Rande der Favela, in einer *boca de fumo* an einer steilen Straße, die von der Avenida Giovanni Gronchi abzweigt. Carlos und Leme nehmen ein gekennzeichnetes Militärfahrzeug; Carlos sorgt dafür, dass zwei Jungs auf Motorrädern mitmischen.

Natürlich alles nur Show.

Für Carlos ist es ebenso wichtig wie für den Informanten, das Treffen nach einfacher Polizeibrutalität und Schikane aussehen zu lassen. Das ist schließlich Alltag, nicht weiter auffällig.

»Vielleicht lässt du deinen Kumpel Lisboa zu Hause«, sagt Carlos.

Leme hält das für eine gute Idee.

Es ist Vormittag, und der Verkehr ist mäßig. Sie erreichen die Abzweigung, Carlos schaltet die Sirene ein, und sie rasen hundert Meter den Hügel hinunter. Der Militär-Geländewagen holpert. Leme klammert sich fest.

Carlos ist am Funkgerät. »Jetzt, *porra!*«, schreit er.

Er schert auf die mit Müll übersäte Andeutung eines Gehwegs aus und prescht in eine Lücke zwischen den Hütten.

Carlos springt mit gezogener Waffe aus dem Wagen.

Ein großer, schlaksiger Junge wirbelt herum, will abhauen.

Zwei Polizeimotorräder versperren ihm den Weg in die Favela. Lichter blinken.

Carlos packt den Jungen am Genick. Er stößt ihn gegen eine bröckelnde Mauer. Er zieht einen Stift aus seiner Tasche und rammt ihn in den Rachen des Jungen.

Der Junge kotzt kleine Plastiktüten aus.

»Bingo«, ruft Carlos.

Er schubst den Jungen auf den Rücksitz des Geländewagens.

Die Motorräder rollen auf die Straße.

Carlos setzt sich auf den Rücksitz. Er steckt seine Waffe ins Halfter. Er grinst.

»Alles klar?«

Der Junge ist stinksauer. »*Ah, Carlão, que isso?* Das hat verdammt weh getan, *caralho.*«

»Beruhige dich, Junge.«

Der Junge ist ein langes Elend, bemerkt Leme. Er reibt sich die Kehle.

»Was jetzt, *eh?*«, fragt er. »Wenn jemand das mitkriegt, was soll ich denen sagen, wenn ihr meine Ware nicht abzieht?«

»Erzähl ihnen, ich habe deinen Stoff geklaut, Kumpel, und dabei noch eine Provision kassiert.«

Carlos durchwühlt die Taschen des Jungen und zieht ein dünnes Bündel Scheine heraus. »Ruhiger Tag, was?«

»*Porra, meu.* Jetzt bin ich total im Arsch.« Der Junge schüttelt den Kopf. »Was willst du, *Carlão*?«

»Hör auf zu heulen und hör zu.«

Carlos rutscht auf seinem Sitz vor. Seine Miene wird sanfter. Leme blickt die Straße hinunter. Vor einer behelfsmäßigen Bar trinken ein paar Männer etwas. Sie deuten die Straße hinauf. Ein paar weitere gesellen sich dazu. Leme sieht Kopfschütteln, feindselige Gesten, gereckte Mittelfinger, missbilligend wackelnde Zeigefinger.

»Gut«, sagt Carlos. »Was weißt du darüber, wer für diesen Snuff-Job im Jardim Paulistano in den Knast gegangen ist? Ein alter Brite, ist schon eine Weile her. Spitzname des Täters: Big Daddy.«

»Mann, kann mich nicht erinnern, ist schon Jahre her.«

Carlos kneift die Augen zusammen. »Sollen wir das auf die nette oder auf die fiese Tour durchziehen?«

»*Porra*, ich weiß einen Scheiß, wirklich. *Me deixe em paz, Carlão.*«

Lass mich doch in Frieden.

Unwahrscheinlich, denkt Leme.

Carlos versucht es erneut. »Denk nach. Ich bin sicher, ich kann deinem Gedächtnis auf die Sprünge helfen. Wer ist Big Daddy?«

Der Junge schüttelt den Kopf, wirkt gequält.

Vermutlich sagt er die Wahrheit, denkt Leme. Schon der Name ist absurd.

»Glaube mir, *porra*, ich habe keinen verdammten Schimmer.«

Carlos nickt. Er sieht Leme an. Leme zuckt mit den Schultern.

»Okay«, sagt Carlos, »du kannst da nicht helfen. Vielleicht belügst du mich, vielleicht auch nicht. Wenn ich herausfinde, dass du es tust, Kumpel, dann wird der abgezogene Stoff deine geringste Sorge sein. *Entendeu?*«

Der Junge nickt.

»Erzähl mal«, sagt Carlos, »was gibt es Neues im Getto? An wen kann ich mich wenden, der mir vielleicht weiterhelfen kann?«

Der Junge atmet schwer. Er schaut nach links, nach rechts, dann wieder nach links.

»Ganz ruhig, Chef«, sagt Carlos. »Niemand sieht durch die getönten Scheiben.«

Der Junge hustet. »Ja, ich hab's kapiert, Carlão.«

»*Entāo?*«

»Es gibt nicht viel Neues, alles ist ziemlich ruhig.«

»Und?«

»Ein paar junge Burschen leiten jetzt den *mercado*, das ist neu. Aber das ist nur Logistik, *sabe*? Das sind keine Schläger, die stehen nicht weit oben in der Kette.«

»Wer sind sie?«

»Ein Junge namens Rafa und sein Kumpel Franginho.«

»Was meinst du, wen von beiden soll ich bearbeiten? Du weißt schon, diplomatisch gesprochen.«

Das bringt Leme zum Lächeln.

»Ich schätze Franginho. Er ist unauffälliger, hilft nur aus, mehr nicht. Der andere Junge, Rafa, hat ein Handy, klar?«

Carlos nickt, wirft Leme einen Blick zu. Dann wendet er sich wieder an das lange Elend neben sich: »Weißt du, wo dieser Junge steckt?« Lanky nickt. »Gut, du erklärst Franginho, ich will ihn in einer halben Stunde im Burning Burger sehen. Verstanden?«

»Und wie soll ich sicherstellen, dass er wirklich auftaucht, *porra*?«

»Das überlasse ich deiner verdrehten Fantasie. Sorg einfach dafür.«

Lanky schüttelt den Kopf. Er pfeift durch die Zähne. »Burning Burger, in einer halben Stunde. Gut, ich kümmere mich darum.«

»Und vergiss nicht, den Jungs auf dem Hügel Bescheid zu geben, dass du mit dem Gesetz in Konflikt geraten bist. Weswegen sie heute nicht ihre komplette Kohle kriegen.«

Lanky nickt.

»Und jetzt verpiss dich«, sagt Carlos.

Lanky verpisst sich – und zwar zügig.

Von der Straße her hört man Pfiffe und Buhrufe.

Carlos hält das Geld hoch. »Gönnen wir uns einen Burger zum Mittagessen, mein Freund.«

Leme lacht. »Diese harte Polizeiarbeit, ich bin am Verhungern.«

Carlos springt von der Rückbank. Er macht einen Schritt auf die *boca de fumo* zu. Redet mit einem der Polizisten auf den Motorrädern. Der Mann steigt ab. Er zückt eine Beweismitteltüte, liest mit Handschuhen die mit Lankys Kotze besudelten Plastikpäckchen auf und versiegelt sie darin.

Carlos schwingt sich auf den Fahrersitz.

Er hält die Tüte hoch.

Er grinst. »Zeit, das Kleine Hühnchen ein wenig in die Mangel zu nehmen.«

Leme und Carlos lassen es sich schmecken.

Die Burger sind fleischig und saftig, der Käse scharf, an den Zwiebeln ist genau die richtige Menge Butter …

Dazu genehmigen sie sich ein kaltes Bier.

Sie trinken aus großen, beschlagenen Glaskrügen mit kräftigen Henkeln. Sie stürzen es hinunter. Das Bier nennt sich Bavaria – pseudo-deutsche Bierfeststimmung.

Die Pommes sind mit Salz bestäubt.

Carlos geht beim Essen akribisch vor. Vor jedem Bissen drückt er vorsichtig eine dünne Linie Senf, dann Mayo, dann Ketchup direkt auf das Fleisch. Er arbeitet wie ein Handwerker, bemerkt Leme. Das zeugt von einer gewissen Gründlichkeit des Mannes und zeigt, dass er die Dinge gerne auf eine bestimmte – die *richtige* – Weise tut.

Leme ist eher der Typ, der gleich am Anfang seinen Senf draufgibt, es dann dabei belässt und sich auf das Essen konzentriert. Dennoch sieht er den Vorteil von Carlos' Ansatz.

»Top-Burger«, meint Carlos.

Leme nickt.

»Ich komme schon seit Jahren hierher. Ich kenne einen der Köche.«

»Ja?«

»Und er weiß oft, was oben auf dem Hügel los ist, *entendeu*?«

»Klar.«

Sie kauen weiter.

Leme sagt: »Glaubst du, dein Junge hat Erfolg?«

»Wenn er weiß, was gut für ihn ist, dann schon.«

»Und was dann?«

»Abwarten.« Carlos lächelt. »Wahrscheinlich kriegen wir kein schnelles Ergebnis, aber wenn wir es richtig anstellen, haben wir ein weiteres Ohr am Boden. Oder um es gewählt auszudrücken: Mit Geduld und Spucke fangen wir manche Mucke.«

»Wir?«

Carlos grinst. »Guter Punkt.«

Er winkt dem Kellner und ordert per Handzeichen zwei weitere Bier.

»Also, der alte Lanky ist ein bekanntes Gesicht«, sagt Carlos, »ein kleiner Dealer, zuverlässig, gut in dem, was er tut, was man so hört, aber er hat keinen Drang nach oben, wenn du verstehst, was ich meine.«

Leme nickt.

»Er ist in gewisser Weise ein Teichbewohner, *certo*? Und wenn er seinen Kopf über dem dreckigen, stehenden Wasser behalten will, das in diesen Breiten schwappt, muss er sich gut mit uns stellen, aber auch vorsichtig gegenüber den anderen sein.«

»Hübsch ausgedrückt, Kumpel.«

»In der Umkleide nennen sie mich Shakespeare.«

»Tatsache?«

Carlos grinst. Er schluckt den letzten Bissen seines Brötchens hinunter. Mit einer theatralischen Geste wischt er sich den Mund ab. Dann kippt er den Rest seines Biers nach. Er schaut auf seine Uhr.

»Sollte jede Minute hier sein«, sagt er. »Und denk dran, es ist sehr wahrscheinlich, dass die ganze Sache sehr tief begraben liegt, *certo*?«

Leme nickt. Er hat sich da in was verbissen, das ist ihm klar. Es geht um seinen Seelenfrieden. Um diese naive Vorstellung von Gerechtigkeit, die er mit seinem verdammten Job verbindet.

Die Tür schwingt auf.

Lanky kommt mit einem schräg aussehenden Jungen herein.

Der Junge wirkt misstrauisch. Seine Beine sind spindeldürr, aber über seiner Hose spannt sich ein kleiner Kugelbauch, und er scheint sich zu freuen, dass er ihn sich gleich vollschlagen wird, denkt Leme.

Sie setzen sich an einen Ecktisch.

Das Publikum im Burning Burger ist gemischt.

Es ist ein Vierundzwanzig-Stunden-Laden, also kommen am Ende einer langen Nacht die Aufreißertypen vorbei, aber auch junge Familien, denn es ist erschwinglich, außerdem essen hier Polizisten, hauptsächlich Militärs. An der Theke sitzen Angestellte im Anzug, meist allein, und vielleicht schauen auch ein paar Favela-Kids vorbei, wenn sie ein bisschen Kleingeld haben …

Aber die verhalten sich möglichst unauffällig.

Sie werden mit Argusaugen beobachtet.

Das Sicherheitspersonal ist immer bereit, sie rauszuschmeißen und gegebenenfalls zu verprügeln, das ist bekannt.

Die Militärs drücken bei so was ein Auge zu.

Klar tun sie das.

Carlos nickt zu Lanky rüber.

Lanky springt auf und verschwindet in der Toilette.

Carlos erhebt sich. »Also los, bringen wir's hinter uns.«

Franginho studiert gerade die Speisekarte, als sie sich neben ihn setzen.

Ihm wird klar, was passiert ist.

In seinen Augen spiegeln sich Verwirrung, Wut, Enttäuschung und Resignation.

»Hallo, Franginho«, sagt Carlos. »Darf ich dir einen Burger ausgeben?«

Carlos wartet die Antwort nicht ab.

Er winkt dem Kellner. Deutet auf Franginho.

»Einen Burger für ihn mit allen Schikanen, einen X-Tudo, Sie wissen schon. Einen Teller Pommes und einen Milchshake. Was für einen Milkshake magst du, Junge?«

»Erdbeere.«

»Gute Wahl.« Carlos schaut zum Kellner. »Und bitte flott, wenn's geht, *entendeu*?«

Der Kellner zischt ab.

Franginho studiert seine Hände.

»Weißt du, warum wir dich sprechen wollen?«

»Nein, Senhor.«

»Klar, woher sollst du es auch wissen.«

Leme lehnt sich in seinem Stuhl zurück. Überlass Shakespeare die Bühne, denkt er.

Der Kellner bringt den Erdbeermilchshake.

»Hau rein, mein Sohn«, sagt Carlos. »Da muss nichts übrigbleiben, dein Kumpel, der lange Lanky, bekommt kein Abendessen, *sabe*?«

Franginho nimmt einen Schluck.

Die Milchshakes sind gut, Leme hat hier auch schon einen oder zwei getrunken, sie sind groß, cremig, gehaltvoll.

Franginho kann sich ein Lächeln nicht verkneifen, leckt sich die Lippen.

»Gut, *ne*?«, sagt Carlos.

Franginho nickt.

Der Burger wird gebracht.

Carlos deutet darauf. »Nur zu, ich übernehme das Reden. Du nickst einfach, wenn du verstehst. Alles klar?«

Franginho nickt.

»Guter Junge.«

Carlos beugt sich über den Tisch und verringert den Abstand zwischen sich und dem Jungen.

Der Junge isst, als sei es, wenn nicht gerade seine letzte Mahlzeit, so doch zumindest sein letzter Burger. Das Gesicht darin vergraben, die Augen gesenkt.

»Wie schmeckt der Burger?«, fragt Carlos.

Der Junge hält inne, blickt auf. »Weltklasse.«

»Wir haben gehört, du hilfst den Jungs, die den alten Supermarkt am oberen Ende der Favela betreiben. Du und dein Kumpel, ein *moleque* namens Rafa.«

Franginho sagt nichts, kaut weiter. Er benutzt beide Hände, eine für den Burger, mit der anderen schaufelt er Pommes.

»Was wir wissen wollen, ist, warum Rafa ein Telefon hat und du nicht.«

Der Junge nickt.

»Er scheint also der Boss zu sein. Weißt du warum?«

Der Junge schüttelt den Kopf.

»Aber du wirst es herausfinden?«

Der Junge nickt.

»Die Sache ist die, Kleines Hühnchen, ein paar Leute hier haben gesehen, wie ich dir eine Mahlzeit gekauft habe. Der alte Lanky wird das bezeugen, da bin ich mir sicher. Ich muss mich auf dich verlassen können, dann werde ich verbreiten, dass ich nichts von dir wollte, *entendeu?*«

Der Junge nickt.

Carlos zieht die Plastiktüte mit dem billigen Favela-Stoff heraus.

»Die andere Möglichkeit ist, dass ich mit meinem guten Freund Mario von der Polícia Civil hier zu Mittag esse, wir halten dich und Lanky für verdächtig, stellen dieses … Beweisstück bei euch sicher. Okay?«

Franginho nickt erneut.

»Hier, gleiche Zeit, in drei Tagen. *Certo?*«

Franginho nickt.

Carlos sieht zu Leme. »Lassen wir den Jungen sein Mittagessen genießen, ja?«

Rafas Handy summt noch immer, während er sich von seiner Großmutter entfernt.

Ein Anruf, was ungewöhnlich ist.

Er drückt auf Grün.

»*Moleque.*« Es ist Garibaldo. »Ich sollte nicht darauf warten müssen, dass du drangehst.«

Rafa grunzt.

»Die Frau aus dem Büro, du weißt schon, ist unterwegs. Sie ist gerade an der Casa Bahia vorbeigegangen, in Richtung Batata Suiça, kennst du den Laden?«

»Ja, die Ofenkartoffeln sind Weltklasse.«

»Nicht frech werden, Junge. Beschatte sie.«

Rafa springt auf sein Brett. Er ist noch keine zehn Meter weit gekommen, als es erneut an seinem Bein vibriert.

Garibaldo.

»Und, *filho*«, sagt er, »du folgst der Schlampe zu ihrem Büro und danach zur ihr nach Hause, *entendeu*?«

Rafa bleckt die Zähne. »*Porra*, das habe ich schon mal gemacht, *cara*.«

»Sie ist umgezogen, Schwachkopf.«

Renata beschließt, zu Fuß zur Baustelle zu gehen.

Es ist nicht mehr so riskant wie früher, denkt sie.

Ihr Büro in Paraisópolis betreibt sie nun schon seit ein paar Jahren. Genau genommen sind es etwas über drei. In diesen drei Jahren hat sie vielen Menschen geholfen. Sie hat sich schnell einen Namen gemacht als jemand, dem du vertrauen kannst, der zu den Guten gehört, der auf deiner Seite steht. Der Großteil ihrer Arbeit besteht in einer Art Notariatstätigkeit, Dokumente in Ordnung bringen, Verträge aufsetzen, Familienrecht, Hochzeiten, Beerdigungen, Erbschaften, Nachlässe …

Was in der Favela nicht immer einfach ist.

In den meisten Streitfällen ist die große Frage, wem was wirklich gehört. Kurz gesagt: Die Familie ist vielleicht Eigentümerin der Hütte, der Ziegel und des Mörtels, des Holzes und des Plastiks, aber meistens befindet sich das Land, auf dem sie illegal errichtet wurde, im Besitz des Staates.

Und wenn es nicht der Staat besitzt, dann die Obersten des Favela-Gemeinderats, wie sich die Organisation etwas ironischerweise selbst nennt.

Die Organisation ist in dem Fall die PCC, die Primeiro Capital Command, das größte Verbrechersyndikat Brasiliens.

Renata weiß alles über die PCC.

Sie brauchte deren Zustimmung, um ihre Kanzlei zu eröffnen.

Es gab ein Treffen mit einigen hochrangigen Vertretern, die ihr erklärten, man würde sie im Auge behalten, gehe aber davon aus, sie tue etwas Gutes für die Gemeinschaft, und alles, was einen reibungslosen Ablauf des Lebens in der Favela garantiere, sei auch gut für die Organisation. Mal ganz im Allgemeinen gesprochen.

Die Schlüsselfiguren des Syndikats gaben ihr vom Gefängnis aus, wo sich die meisten von ihnen aufhielten und die Organisation weiterführten, grünes Licht. Also hat sie den Segen von oben, weswegen sie sich auf den Straßen des Dschungels einigermaßen sicher fühlt.

»Du darfst niemals auf das vertrauen, was dir jemand von der Organisation erzählt«, hat Mario ihr immer wieder eingeschärft. »Sie sind verdammt gerissen, sie sind Schwerverbrecher, und sie werden nie deine Freunde sein.«

Als ob Renata das nicht längst wüsste.

Sie hat Mario mehr als einmal gebeten, ihr nicht vorzuschreiben, was sie zu tun oder zu lassen hat.

Bisher funktioniert das ganz gut.

Renata fragt sich, was die Organisation wohl davon hielte, wenn bekannt würde, dass ihr Mann Detective bei der Zivilpolizei ist.

Die Fragen des Grundbesitzes und des ganzen Singapur-Projekts sind komplex. Renata weiß, dass Capital SP ein Konsortium zusammengestellt hat, um die staatliche Behörde bei den Baukosten zu unterstützen ...

Mit einem Darlehen.

Aber wo genau das Geld geblieben ist, das ist nicht so ganz klar. Bestimmte Zahlungen scheinen auf Konten zu gehen, die Unternehmen in und um Paraisópolis gehören.

Renata vermutet, dass es sich dabei um »Genehmigungszahlungen« handelt, sogenannte »Erschließungsgebühren«, die an die PCC gezahlt wurden, um den Standort für den Bau zu sichern. Getarnt als lokale Investitionen und als eine Form der Übertragung von Eigentum.

Wenn der Staat Eigentümer des Grundstücks ist, dann können die Verantwortlichen eines vom Staat betriebenen sozialen Wohnungsbauprojekts schlecht das Grundstück vom Staat selbst kaufen.

Selbst für São Paulo ist so eine Nummer einfach zu dreist.

Renata hat das Problem, dass Capital SP und deren Investoren bei der Finanzierung ihrer Pro-bono-Rechtshilfe-NGO eine wichtige Rolle spielen. Sie fragt sich, wie sinnvoll weitere Nachforschungen sind. Und mit Mario kann sie darüber nicht sprechen.

Sie kommt an der Casa Bahia vorbei. Sie kennt die Straßennamen nicht, kann sich nicht erinnern, wo die eine Straße im Sinne des Grundbuchs aufhört und eine andere anfängt. Für sie zählt nur die Arbeit, die sie dort geleistet hat. So hat sie hier, zwei Häuser vom Supermarkt entfernt, der Mutter einer dreiköpfigen Familie geholfen, einen Führerschein zu machen. Ein Jahr später half sie derselben Frau, das Auto zu kaufen, für das sie zuvor Wucherraten gezahlt hatte. Ein Jahr *danach*, also vor nur drei Monaten, wandte sich dieselbe Frau an Renata, weil ihr ältester Sohn wegen Körperverletzung verhaftet worden war.

Renata konnte ihr dabei nicht helfen, egal was die Mutter des Kindes dachte, egal was Renata in der Vergangenheit für sie getan hatte.

Das Hauptproblem an Renatas Arbeit ist, dass sie die Menschen oft enttäuschen muss. Deren Erwartungen sind größtenteils unrealistisch, und das nicht zu Unrecht, wenn man bedenkt, wie viel sie in anderen Fällen für ihre Klienten erreichen kann.

Sie sehen in Renata eine Art Superwoman.

Lass dich nicht unter Druck setzen, denkt sie oft.

Die Baustelle, die sie ansteuert, grenzt an die Ostseite der Favela.

Als sie die Kanzlei neu eröffnete, hatte die Militärpolizei immer ein Auge auf sie. Sie nannten es Schutz, ein angesehenes Mitglied der Gesellschaft bewachen, für ihr Wohlergehen sorgen und solchen Quatsch, aber Renata war sich nie sicher, was sie eigentlich wollten. Und es wurde ziemlich schnell klar, dass sie Renatas Bemühungen, den Entrechteten zu helfen, nicht guthießen.

Sie wurde als Gutmenschen-Tusse abgestempelt.

»Die sollen genau dort bleiben, wo Gott sie hingestellt hat«, war die verbreitete Ansicht. Die Armen sollen arm, die Schwachen und Bedürftigen sollen schwach und bedürftig bleiben.

Steig niemals von oben herab.

Angesichts der Lage der Favela in São Paulo, dem Krater Paraisópolis, trifft es das Bild durchaus.

Renata ist klar, dass eine gestärkte Gemeinschaft weniger wirtschaftliche und politische Abhängigkeit von dem herrschenden Syndikat bedeutet. Eine kriminelle Organisation, deren Macht die Polizei beschneiden will. Renata hat herausgefunden, dass ihre Arbeit der Polizei beim Wahren des Friedens helfen kann.

Natürlich nur, wenn die Polizei das überhaupt anstrebt.

Was aber verdammt unwahrscheinlich ist, um es mit Marios Worten auszudrücken.

Vielleicht ist sie wirklich etwas naiv.

Wenn man hier die richtigen Leute kennt, die richtigen Verbindungen herstellt, das richtige Produkt für die richtige Gelegenheit anzubieten hat, ist jede Menge Geld zu verdienen.

Mario hat ihr erzählt, dass die Behörden in puncto organisierte Kriminalität auf einem Auge blind sind.

Renata vermutet, die Behörden *sind* die organisierte Kriminalität.

Sie erreicht den Rand der Favela. Die Sonne brennt herab. Sie blinzelt und beobachtet den vorbeikriechenden Verkehr.

Sie späht die Straße entlang, links, rechts, wieder links, eilt dann quer hinüber zur Baustelle.

Das Areal ist mit provisorischen, drei Meter hohen Lattenzäunen abgesperrt. Am Eingang befindet sich ein Büro in einer Baubaracke. Die Fenster sind trüb und verstaubt, und es hat den Anschein, als sei niemand da. Sie klopft an die Tür und wartet.

Rafa sieht, wie die Frau die Straße überquert und auf die »Scheißbaustelle« zugeht, wie sie allgemein genannt wird.

Fuck.

Sie sollte besser nicht dort rein. Er kennt nicht nur die Gerüchte, er *weiß* es definitiv.

Das Gelände zu betreten, bedeutet mehr Ärger, als einem lieb sein kann.

Als die Frau – *seine* Frau, wie sie inzwischen schon bei einigen heißt – sich dazu anschickt, gerät Rafa in eine Zwickmühle.

Er zögert.

Sie steht immer noch vor der Baubaracke. Es ist offenbar niemand darin.

Ein Hoffnungsschimmer.

Er spürt etwas, das er nicht ganz einordnen kann.

Seit er sie auf ihrem Weg in das Nobelrestaurant beschattet und ihr die Nachricht überbracht hat, ihr dann nach Hause gefolgt ist, hat er eine kleine Schwäche für sie. Er sieht sie öfter in der Gegend – wenn er ehrlich ist, hält er sogar Ausschau nach ihr, und warum auch nicht, sie ist schließlich ziemlich knackig –, und er weiß, dass sie ihn auch bemerkt. Da läuft etwas zwischen ihnen, wenn sie sich sehen. Ein Blick, mehr nicht, aber sie lächelt ein wenig, als wäre sie dankbar, was seltsam ist, wenn man den formalen Rahmen ihrer Beziehung bedenkt, wie Franginho es einmal ausdrückte.

Sein Gefühl veranlasst Rafa dazu, so schnell wie möglich an der Casa Bahia vorbeizufahren, mitten durch den Verkehr zu flitzen und ihr über die Straße zu folgen.

Renata späht in die Baracke, beschirmt die Augen mit der Hand.

Da ist definitiv niemand drin.

Hinter der Baracke liegt eine Sandgrube, ungefähr so groß wie ein halbes Dutzend Tennisplätze. Sie ist leer. Es wurde eindeutig gearbeitet, gegraben, geebnet, aber es gibt keine Maschinen mehr. Der Ort wirkt verlassen.

Am anderen Ende befinden sich weitere Baracken, rechts und links davon sind zwei Lieferwagen und zwei Autos geparkt. Sie kann niemanden entdecken, aber es sieht so aus, als ob sich dahinter etwas bewegt.

Es ist ein ganzes Stück dorthin, das Gelände ist offen. Sie ist ungeschützt, ausgesetzt, und sie zögert …

Sie möchte einfach nur wissen, warum hier bisher so wenig passiert ist.

Es muss doch einen Aufseher geben, oder zumindest einen oder zwei Wachleute, die ihr helfen können.

Sie macht sich auf den Weg über die Freifläche.

Rafa ist zu langsam.

Sie ist schon halb auf der anderen Seite, als er den Eingang erreicht.

Wovon sie nichts weiß, und was sie nicht sehen kann, sind die Späher, die auf den umliegenden Mauern postiert sind.

Rafa schätzt, dass sie die Warnpfiffe genau zur gleichen Zeit hören werden.

Renata ist zwanzig, dreißig Meter von den Baracken und den Fahrzeugen entfernt.

Sie trägt eine Sonnenbrille, hat die Visitenkarte ihres Anwaltsbüros dabei, ihre Aktentasche, sie strafft sich, atmet tief durch.

In diesem Moment hört sie die Pfiffe. Sie wirbelt herum. Sie kommen von allen Seiten, von hoch oben, sie kann niemanden sehen, sie sind laut, bedrohlich.

Zwei Männer mit automatischen Waffen tauchen hinter den Baracken auf, zielen auf sie, rennen auf sie zu, mit grimmigen Gesichtern wie wütende Hunde, schreien etwas.

Renata bleibt wie erstarrt stehen, stellt ihre Aktentasche ab – *langsam*, breitet die Arme aus, öffnet die Handflächen, so wie Mario es ihr gezeigt hat, für den Fall, dass so etwas je passieren sollte.

Die Männer – in Unterhemden, Shorts, Flipflops, Sonnenbrillen, die in der Sonne glitzern – bleiben zehn Meter vor ihr stehen, die Waffen im Anschlag.

Sie sagen nichts mehr. Renata rührt sich nicht mehr.

Dann …

Eine Stimme hinter ihr, die den Bewaffneten zuruft, es ist alles in Ordnung, kein Problem, entspannt euch, sie gehört zu mir, es ist alles gut.

Es ist alles gut, wiederholt die Stimme.

Ein weiterer Mann kommt aus den Baracken. Er scheint auf die Stimme zu hören.

Er winkt die bewaffneten Männer weg.

»*Oh, Rafa, que isso, cara?*«, ruft er. »*Embora, moleque.*«

Rafa, Kumpel, was soll der Scheiß? Verschwinde von hier, Junge.

Dann geht er zurück zu den Baracken.

Renata dreht sich um. Sie sieht den jungen Mann, den sie schon seit ein paar Jahren kennt.

Der Junge mit dem Skateboard.

»Wir sollten uns besser verziehen«, sagt er zu ihr.

Sie nickt, schenkt ihm ein halbes Lächeln.

Rafa wandert zurück in die Favela.

Er kann der Frau jetzt unmöglich nach Hause folgen, also hat er sich verabschiedet, ihr erklärt, dass das alles niemals passiert ist, Schwamm drüber, und sie schien damit einverstanden.

Während er langsam nach Hause schlurft, sich dabei aus irgendeinem Grund niedergeschlagen fühlt, vibriert sein Telefon.

Was denn jetzt schon wieder, verdammt, denkt er.

Dieses Telefon ist ein elendes Kreuz, das er tragen muss.

Eine Textnachricht.

Was auch immer du gerade tust, lass es. Hör auf und überbring sofort Folgendes.

Und dann:

Ein Datum.

12. Mai.

2

Rebel Yell

Mai 2006

---

*Die Polizei ist waffenmäßig völlig unterlegen. Sie versuchen,
uns zu schützen, aber in Wirklichkeit sind sie unvorbereitet.*

Lúcia Sousa da Silva, 46, Gemüsehändlerin, Paraisópolis

*Es ist Barbarei gegen Barbarei, Grausamkeit gegen
Grausamkeit, Feuerkraft gegen Feuerkraft. Auf diesem Weg
kann nur Chaos gesät werden.*

Eine Gruppe prominenter Anwälte, Juraprofessoren und Vorsitzender
von Anwaltskammern

Wir verhandeln nicht mit dem Banditentum.

Cláudio Lembo, Gouverneur des Bundesstaates São Paulo, 2006

*Wir sind auf viel mehr vorbereitet und haben noch
wesentlich mehr Potenzial. Die Behörden haben den
Krieg erklärt, aber sie vergessen, dass sie die Gesellschaft
schutzlos zurücklassen. Beide Seiten haben Feuerkraft, und
die Verlierer sind diejenigen, die keiner von beiden Seiten
angehören.*

Marcola, Anführer der PCC, Primeiro Comando da Capital

Ray hatte oben in Brasília zu tun.

Er hat die Saat ausgebracht.

Sein Startkapital hat sich als *sehr* nützlich erwiesen.

Die Treffen wurden von einem gewissen Luís Favre arrangiert, Rasputin für seine Feinde. Oder Mr. Marta, wie er in Kongresskreisen auch genannt wird. Nur ein weiterer entmannter Pantoffelheld, denken manche. Man muss sich bloß ihren Ex-Mann ansehen. Andere wiederum meinen, Rasputin habe mehr Einfluss als, nun ja, der alte Rasputin.

Niemand scheint recht zu wissen, ob diese Analogie am Ende tatsächlich zutrifft.

Ray ist das egal. Er ist froh, wieder in São Paulo zu sein.

Brasília ist wie ein Sommercamp. Die Bauten wirken wie riesige Schlafsäle. Die Straßen sind nach Nummern geordnet, jeder Block sieht gleich aus. Die Polizisten machen den Eindruck von behäbigen Lagerbetreuern.

Irgendwie kein Ort für Erwachsene.

Ray hat sich in die Kongressgruppe eingeschleust, die mit der Untersuchung von Aktivitäten des organisierten Verbrechens zu tun hat. Diese Gruppe hatte eine Reihe hochrangiger Persönlichkeiten eingeladen – vor allem aus Bundes-, Zivil- und Militärpolizei –, die im Rahmen des Untersuchungsausschusses aussagen sollten. Sitzungen hinter verschlossenen Türen.

Rays Weg hinein: Capital SP hat einen noch längeren Arm als Rasputin.

Doch Ray war nicht wirklich *drin*. Die Türen blieben geschlossen.

Aber er hat sich mit jemandem angefreundet, den er jetzt in einer Bar für alte Männer in Vila Madalena trifft.

Ray wirft Tabletten ein. Ray nimmt einen Schluck Bier. Ray behält die Tür im Blick.

Spätvormittagsruhe.

Ray hat eine Schüssel *canja de galinha* vor sich stehen. Eine

Hühnerbrühe, die dafür sorgt, dass er sich weniger Gedanken wegen des Biers machen muss, das er schon vor dem Mittagessen gezischt hat. Das Chopp Lager vom Fass, das die Kellner immer frisch gezapft vor ihn hinstellen, noch bevor er ein Glas ganz ausgetrunken hat, ist hervorragend. Cremig, süffig, kalt, spritzig …

Ray hat sich in der halben Stunde Wartezeit schon einige genehmigt. Er ist extra früher gekommen.

Die Hühnerbrühe *beruhigt* sein Gewissen.

Sein neuer Freund hat ihm erzählt, dass die Bar Filial ein ordentliches Lokal im alten Stil ist. Der Boden ist schwarz-weiß kariert, billiges Linoleum, meint Ray, gut abwaschbar. Die Tische haben cremefarbene Steinplatten und robuste schwarze Beine. Die Stühle haben eine steife Rückenlehne und sind unbequem, man hockt eigentlich ständig auf der Stuhlkante, was jedoch die Aktivität fördert, in diesem Fall also mehr Essen und Trinken.

Es gibt zwei große Kühlschränke mit dem Aufdruck *Bohemia*; ein kleines rechteckiges Fenster gibt den Blick frei auf Reihen brauner Bierflaschen. Ray schätzt Bohemia: ein stilvolles Gebräu mit einem Hauch von Klasse. Die Küche verbirgt sich hinter einer Milchglasscheibe, und Ray erkennt die Umrisse von kräftigen Männern, die dort Zeugs braten. An den Wänden stapeln sich *cachaça*-Flaschen, auch Whiskey, rote und schwarze Labels, auf denen jeweils die Restmenge mit einem Strich markiert ist. Whiskey-Club, so läuft das hier: Du kaufst eine Flasche, lässt sie hinter der Theke aufbewahren, notierst bei jedem Besuch, wie viel du getrunken hast. Kundenbindungsprogramm, denkt Ray.

Nachts ist hier auf der Straße Hochbetrieb. Kein vernünftiger Mensch kommt auf die Idee, vor Einbruch der Dunkelheit aufzutauchen.

Ray kann sich einen Samstagabend in der Vila Madalena gut vorstellen.

Ein runtergekommenes, schmutziges Gewühle. Bars an jeder Ecke, Bands, die um Aufmerksamkeit buhlen, der Geruch nach gegrilltem Fleisch, eine kompakte Masse von Körpern, die sich über die Straßen schieben und zwischen hupenden Autos hindurchschlängeln, wobei die Fahrer mit Bierdosen anstoßen, während sie aneinander vorbeirollen.

Rays Freund hat gut gewählt. Die Bar Filial bietet genau die richtigen Voraussetzungen. Abgesehen von dem Typ, den Ray für den Besitzer hält, und der gerade ein riesiges Frühstück vertilgt – würzige Wurst, in Scheiben geschnitten, auf einem Bett aus gelbem Reis –, ist Ray ganz allein.

Dann ist er es nicht mehr.

»*Bom dia, Rayzão.*«

Ray blickt auf, und sein Freund steht vor dem Tisch.

Rayzão: Big Ray.

»Ich bin mir nicht sicher, ob dieser Spitzname gut passt, *amigo.*«

»Ha, das ist ein Kompliment, *porra. Grande Ray, sabe*? Du wirst dich dran gewöhnen.«

Ray lacht. Er winkt einen Kellner heran. »Das Chopp hier ist exzellent.«

»Ich weiß.«

Rays Freund nimmt Platz. »Lustig, Business mit dir ist immer Business in Bars, *sabe*?«

Ray grinst. »Ich bin ein Nomade. Kein Büro, keine Probleme.«

Der Kellner stellt das Bier ab.

»*Saúde.*«

Sie stoßen mit den Krügen an und trinken.

»Was von der heißen Suppe gefällig?«, sagt Ray. »Eine echte Wohltat bei der Hitze.«

Rays Freund lacht. »Lass uns zur Sache kommen, ja?«

Ray nickt. »Hoffentlich hast du was für mich.«

»Ja, habe ich.«

Ray nickt erneut.

Er weiß, dass er sich auf diesen neuen Freund verlassen kann.

Dieser neue Freund ist eine Art Vermittler in der politischen

Welt, arbeitet von Zeit zu Zeit eng mit dem alten Favre zusammen, ist im Grunde freiberuflich tätig und weiß, wie man Leute zusammenbringt. Und nimmt dafür ein sattes Honorar – einen anständigen Prozentsatz. Brasília wird von Koalitionen regiert; ein Mann, der weiß, wie man Interessen zusammenbringt und bündelt, ist Gold wert. Ray kennt diesen neuen Freund unter seinem beruflichen Namen: Joãozinho, Little Johnny. Das ist offensichtlich ironisch gemeint.

Ray schiebt seine Suppe beiseite, hebt sein Glas. Ray grinst. »Cheers, ich bin ganz Ohr.«

Joãozinho zieht einen Umschlag aus seiner Tasche und legt ihn auf den Tisch. Er schiebt ihn Ray rüber. Ray nimmt ihn und wiegt ihn in seiner Hand. Rays Augenbrauen wandern nach oben.

»Es ist eine Aufnahme auf einem USB-Stick, denkbar simpel«, sagt Joãozinho. »Aber es ist klar und deutlich zu verstehen, wer da spricht.«

»Okay.«

»Eine Aufnahme aus dem Untersuchungsausschuss des Kongresses, eine der geheimen Sitzungen.«

»Hervorragend.«

»Freu dich nicht zu früh, Big Ray, du weißt ja noch gar nicht, was drauf ist.«

»Ich bin ein leicht erregbarer Typ. Ein Optimist.«

Joãozinho lächelt. »Also, vor ein paar Tagen wurden zwei sehr hochrangige Polizeibeamte vor dem Untersuchungsausschuss befragt.«

Ray nickt.

»Hinter verschlossenen Türen, wie schon gesagt, um jedes Leck auszuschließen.«

»Und doch bist du hier.«

Joãozinho zuckt mit den Schultern. »So läuft es nun mal, *porra*.«

»Und um was geht es?«

»Ein Versuch, den Einfluss und die Machtbasis der PCC zu

untergraben, des größten organisierten Verbrechersyndikats in diesem Land, wie dir bekannt sein dürfte, *amigo*.«

»Ist es, ja.«

»Und vermutlich weißt du auch, dass die Bosse dieses Syndikats und viele ihrer Komplizen derzeit hinter Gittern in den Gefängnissen des Bundesstaates São Paulo sitzen, von wo aus sie mit Hilfe von Mobiltelefonen, die sie an Wärtern vorbeigeschmuggelt haben, die für den richtigen Preis gerne wegschauen, die Organisation ungestraft weiterführen.«

»Ja, davon hab ich gehört.«

»Aber was du nicht weißt, ist, was man auf dieser Aufnahme hören kann.«

»Erleuchtet mich, *mestre*.«

Joãozinho muss lächeln.

»Es gibt einen detaillierten Plan, die Anführer der PCC und etwa siebenhundert weitere Mitglieder in eine Hochsicherheitsanstalt zu verlegen, die Hunderte von Kilometern von São Paulo entfernt ist. Dahinter steht das erklärte Ziel, den Würgegriff des Syndikats in Dutzenden von Gefängnissen im ganzen Land zu brechen.«

»Die Idee wird ihnen gefallen.«

Die beiden Männer denken einen Moment darüber nach, trinken Bier.

»Willst du diese Aufnahme, Ray?«

»Aber gewiss doch.«

»Und ich nehme an, ich frage besser nicht nach dem Grund dafür, oder?«

Ray grinst. »Stell mir keine Fragen, Little Johnny, dann muss ich auch keine beantworten.«

»Du kannst gut mit Worten umgehen.«

»Ich kenne jedenfalls viele davon.«

Joãozinho lächelt. »Interessiert dich die Herkunft des Materials?«

»Ist es das einzige Exemplar?«

»Es ist die einzige *Kopie*. Die Originalaufnahme existiert noch.«

»Und woher hast du sie?«

»Von einem Tontechniker.«

»Ist er ein harter Verhandler?«

»Nicht wirklich.«

»Aber du bist es.«

Joãozinho grinst. »Ich werde wesentlich mehr verlangen als er, ja.«

»Und dafür respektiere ich dich umso mehr.«

»Du weißt, wie es läuft.«

»Es ist nicht mein erstes Rodeo.«

Sie schütteln sich die Hände. Ray steckt den Umschlag ein.

»*Saideira?*«, fragt Ray.

Noch einen für unterwegs.

»Wäre unhöflich, das abzulehnen.«

Ray gibt dem Kellner ein Zeichen für eine weitere Runde, indem er über ihrem Tisch einen Finger kreisen lässt. Er fügt eine »Bring gleich die Rechnung mit«-Geste hinzu.

Der Kellner stellt die Gläser vor ihnen ab und stellt einen metallenen Aschenbecher mit der Rechnung dazu.

Die *saideira* geht aufs Haus.

»So gefällt mir das«, sagt Ray. »*Saúde.*«

Erneut stoßen sie an. Aus ihren Gläsern schwappt Schaum. Sie nehmen einen großen Schluck.

»Ich habe eine Frage an dich, Ray.«

»Schieß los.«

»Die hochrangigen Polizeibeamten, die auf deiner neuen Aufnahme zu hören sind, sprechen unter anderem von Passierscheinen für Gefangene im ganzen Bundesstaat, damit sie am Muttertag übers Wochenende ihre Familien besuchen können.«

»Das ist keine Frage, Johnny Boy.«

»Du kennst das Sprichwort: Rede, oder du verlierst Kopf und Kragen, oder so ähnlich.«

Ray lächelt. »Aber du hast doch eine Frage.«

»Ja, habe ich. Anscheinend ist ein Rechtshilfebüro in São Paulo dabei, eine große Anzahl dieser Passierscheine zu bearbeiten, sie zu beschleunigen und so weiter.«

»In diesem Land muss jede Kleinigkeit notariell beglaubigt werden. Bürokratie und so.«

»Wem sagst du das.«

»Meinen Führerschein zu bekommen, war die Hölle.«

»Hättest du was gesagt. Ich kenne Leute, die absolvieren die Prüfung für dich, sowohl die praktische als auch die theoretische, und das zu einem sehr günstigen Preis.«

»Ja? Und am Ende steht mein Name auf dem Führerschein?«

»Senhor Ray Marx, aber klar doch.«

Ray lächelt. »Also, was genau willst du wissen, Johnny? Ob ich diese Wochenendpass-Geschichte schon mal gehört habe oder ob ich näher darüber Bescheid weiß?«

Joãozinho hebt seine geöffneten Handflächen. »Ist das Zusammentreffen dieser Ereignisse rein akzidentell, *falou*?«

»Großes Wort, akzidentell.«

»Ja, genauso viele Silben wie ›ganz zufällig‹.«

Ray grinst. »Du handelst mit Informationen, bringst Menschen zusammen.«

»Also brauche ich mir keine Sorgen über die Konsequenzen meiner Tätigkeit zu machen.«

»Du triffst den Nagel auf den *cabeca*, wie man so schön sagt.«

»*Amigo*, ich will nur nicht die Zeche für etwas zahlen, an dem ich keine Schuld trage.«

Ray lächelt. »Was ich nicht weiß, macht mich nicht heiß.«

»Gut gesagt, *amigo*.« Joãozinho leert sein Bier. Er erhebt sich. »Wir sehen uns, Ray.« Er lächelt. »Oder auch nicht.«

Ray zieht einen imaginären Hut.

Little Johnny geht.

Leme hört zu, während Lisboa ihm ein paar bittere Wahrheiten auftischt.

»Tatsache ist, *querido*, du warst so besessen von der Frage, wer Lockwood nicht getötet hat, dass du über die Frage des eigentlichen Täters nicht mehr nachgedacht hast.«

Womit er ziemlich richtig liegt.

Wie sich herausstellt, hatte Lockwood eine interessante Vergangenheit. Er arbeitete früher an einer Schule in England, war beliebt und engagiert. Seine Ermordung wurde dort sogar in der Presse erwähnt, wenn auch nicht besonders ausführlich. Der Leiter der Schule, an der er in den späten Sechzigerjahren unterrichtet hatte, wurde zitiert: »Er war ein sehr beliebter und geachteter Lehrer. Er war bekannt für seine Großzügigkeit, seine einnehmende Persönlichkeit, seine Fähigkeit, Freundschaften zu schließen, und seinen Sinn für Humor. Er wird seinen vielen Freunden an der Schule sehr fehlen.« Ein weiterer Freund äußerte: »Er war ungeheuer talentiert und tatkräftig. Man wird kaum jemanden finden, der ein schlechtes Wort über Paddy verlieren würde – so ein Mensch war er.«

Aber das war noch nicht alles. Nein, Senhor, er setzte für seine Schüler noch einen drauf. Er half dabei, sieben Kinder vor der Moonie-Sekte zu retten, verdammt noch mal. 1981 berichteten ihm Eltern, ihre beiden Söhne seien einer Gehirnwäsche unterzogen und nach Amerika verschleppt worden. Daraufhin nahm er einen Bankkredit auf und flog nach San Francisco. Lockwood tat sich mit einem jungen örtlichen Geistlichen namens Richard Hullah zusammen, und die beiden überzeugten die Sekte davon, die Brüder ohne viel Aufhebens ziehen zu lassen, damit sie ihre Ausbildung beenden konnten. Während ihrer Anwesenheit konnten sie außerdem die Freigabe fünf weiterer Burschen erwirken. Schließlich waren die Moonies 1986 in die Entführung eines irischen Jungen, Philip Cairns, verwickelt – also ist dies ein durchaus wichtiger Umstand.

Leme ist gebührend beeindruckt.

Nimmt man noch all die begeisterten Aussagen des hiesigen Schulpersonals, der Kinder und der Eltern hinzu, ist Lagnados Perspektive durchaus nachvollziehbar.

Besser keine schlafenden Hunde wecken.

Lisboa ist nicht zu bremsen. »Es ist doch naiv, zu glauben, du wärst nicht daran beteiligt. Du steckst mit unter der Decke – *wir* stecken mit unter der Decke –, jedenfalls bis zu einem gewissen Grad, *falou*? Zum Glück können wir uns einreden, uns blieb keine andere Wahl.«

Leme nickt.

»Und so ziemlich genau in dem Moment, in dem wir uns auf die Hinterbeine hätten stellen müssen, als es hieß: ›Danke, wir übernehmen jetzt‹, da bist du Renata begegnet, und das hat, offen gesagt, deine Prioritäten verändert.«

Da ist was dran.

Sie hatten nie wirklich nachgeforscht, was sich in Lockwoods Safe befand, also wussten sie im Grunde genommen nicht, ob vielleicht doch etwas Wertvolles verschwunden war.

Die Security-Typen in ihren kleinen grünen Kabinen behaupteten, sie hätten nie jemanden ins Haus gehen sehen, also gab es keine Bestätigung für die Version des Hausmädchens, was wiederum die Hypothese stützte, dass es allein um ihre Favela-Verbindungen ging.

Als Leme das Videomaterial sichtete, zeigte es in sehr körnigem Schwarz-Weiß einen Mann, der ohne Gewaltanwendung durch die Gartenpforte eintrat, was wiederum die These untermauerte, dass ihm ein Schlüssel zugespielt worden war.

Ein weiteres Argument für eine Favela-Verbindung.

Und der Clou war, es so darzustellen, als sei das Hausmädchen ebenfalls ein Opfer, alles nicht ihre Schuld, kein Versäumnis von ihrer Seite, tragisch, ja, aber mehr nicht.

Die Story funktionierte also, es ging nur noch darum, einen

passenden Verdächtigen zu finden. Und es war ein Leichtes, in Paraisópolis einen Sündenbock aufzutreiben, wie Carlos ihm erklärt hatte.

Höchstwahrscheinlich gab es einen Kriegsrat, je ein Vertreter der Militärpolizei und ein Top-Boy oben vom Hügel. Ein Name und eine Adresse, und alles war geritzt, ein paar Belobigungen, Orden und Ehre, und der prekäre Frieden in Paradise City blieb gewahrt.

Das ergab Sinn.

»Das ist verdammter Utilitarismus«, erklärt Lisboa. »Überleg mal: Das größtmögliche Wohl für die größtmögliche Zahl, das war das Ergebnis. Wenn wir also mitgespielt haben, indem wir ein bisschen was unter den Tisch fallen ließen, dann ist das nur recht und billig, Kumpel. Wir haben das Richtige getan.«

Leme nickt.

»Und wer weiß, ob es nicht tatsächlich dieser Big Daddy war, *entendeu*? Der Deckname wurde aus gutem Grund gewählt.«

»Utilitarismus«, sagt Leme. »Besuchst du seit Neustem Philosophiekurse an der Volkshochschule?«

»Sei kein Arschloch, Mario.«

Leme grinst.

Tatsache ist, er hat Lisboa zwei wichtige Entwicklungen verschwiegen. Erstens die Tatsache, dass er gemeinsam mit Carlos aus dem jungen Franginho einen Informanten macht.

Zweitens hat ihm kürzlich ein ehemaliger Angestellter von Lockwoods Schule einen Besuch abgestattet.

Wie es im ersten Fall weitergeht, liegt nicht in seiner Hand. Es handelt sich um eine Nebenbeschäftigung, er ist da von Carlos abhängig und wartet auf grünes Licht, damit sie nach Paraisópolis zurückkehren können.

Im zweiten Fall gab es ein unschönes, aber erhellendes Gespräch. Leme hatte seine Kontaktdaten in der Schule hinterlassen. Vor einer Woche kam dann ein Anruf von einem Lehrer. Er ist sich nicht sicher, was er damit anfangen soll.

Offenbar läuft an der Britischen Schule nicht alles so, wie es nach außen dargestellt wird.

Der Lehrer, ein Typ in den Dreißigern namens James, sprach nicht gerade in den höchsten Tönen von dem Laden.

»Es ist eine Art Internat, das ist alles«, erklärte er Leme. »Die Kinder glauben, sie sind die Crème de la Crème, weil man ihnen das ihr ganzes Leben lang erzählt hat. Die Lehrer werden entweder mit ihrem fetten Gehalt und ihrer Rente gefügig gemacht, oder es sind unterdurchschnittlich ausgebildete Brasilianer und Versager aus der internationalen Lehrerszene.«

Leme zog die Augenbrauen hoch. »Der Ruf der Schule ist aber ein anderer.«

»Ach was, letztlich dreht sich's nur ums Geld. Alles nur schöne Fassade. Wie bei den meisten dieser internationalen Einrichtungen.«

Leme zuckte mit den Schultern.

»Sagen wir es mal so: Wenn man zu lange in dem Bereich arbeitet, kriegt man zu Hause in England nie wieder einen Job, und schon gar nicht auf Leitungsebene. Die Schulen trauen einem einfach nichts mehr zu. Das spricht doch für sich.«

»Stimmt.«

Leme war sich nicht sicher, warum er dieses Gespräch führte. Der Anruf, die Aussicht auf Informationen, hatte ihn neugierig gemacht. Kurz darauf saß er vor einer Eckkneipe in Pinheiros und hörte einem verbitterten Mann beim Lästern zu.

»Sind Sie sicher, dass Sie nichts trinken wollen?«, sagte James und fuchtelte mit einer Flasche Lager vor Lemes Nase herum.

Leme schüttelte den Kopf und verschränkte die Arme. »Warum erzählen Sie mir nicht, warum wir hier sind?«

»Ja, ja, natürlich. Moment.« James winkte mit der Bierflasche, und eine weitere wurde gebracht. »Tut mir leid, ich bin echt verkatert.«

»Soll vorkommen.«

»Ja, diese Stadt macht einen zum Säufer.«

»Wissen Sie was«, sagte Leme, »ich nehme auch einen Schluck.«

»Guter Mann.«

James schenkte Bier in kleine Gläser.

Es war ein typisches Pinheiros-Lokal. Eine traditionelle Kneipe in der Nähe des Zugangs zur Metro-Station Vila Madalena. Hier in der Gegend war alles ziemlich einfach gehalten: Eckkneipen mit Stammpublikum, Plastikmarkisen, Plastiktische und -stühle, die sich unter dem Gewicht der Gäste verbogen. Leme hatte schon einige Unfälle mit solchen Sitzgelegenheiten erlebt. Hier gab es Standard-Burger, lederne Steaks, flachgeklopft wie Schuhsohlen, billigen *cachaça* und Flaschenbier. Entlang der Straße lagen ein paar hell erleuchtete Buffet-Restaurants mit Stapeln von *feijoada* vom Vortag und glänzendem buttertriefenden Gemüse. Weiter unten kündigte sich die Gentrifizierung an: Filialen von trendigen Ladenketten und Konzeptbrauereien, ein schickes französisches Restaurant, Livemusiklokale, in denen Guinness für zwanzig Real verkauft wurde. Die Straße war jetzt ein Symbol, hatte Leme gehört: Sie trennte Jardins mit seinem alten Geld von dem Hippieviertel Vila Madalena.

Gentrifizierung: ein neues Wort für Leme. Er fragte sich, wann sein altes Revier Bixiga, die Blase São Paulos, einer Verjüngungskur unterzogen wird.

Es wird einen neuen Spitznamen brauchen.

»Dann mal raus damit«, sagte Leme.

»Es ist ganz einfach«, sagte James. »Lockwood war schwul.«

»Hm.«

»Das am schlechtesten gehütete Geheimnis der Schule.«

»Warum erzählen Sie mir das?«

»Weil es vermutlich noch niemand sonst getan hat.«

Da hat er recht, dachte Leme. »Und warum nicht?«

James nahm einen Schluck Bier. »Nun, es passt nicht in das sorgfältig gepflegte, blütenweiße Bild der Schule. Und Sie wissen ja, Detective, dass in Brasilien ein schwuler Lehrer gleichbedeutend mit einem Kinderschänder ist.«

Leme zuckte mit den Schultern, verzog das Gesicht.

»Lockwood war nicht gerade offen. Und wir alle haben unsere Bedürfnisse. Also gab es das eine oder andere Gerücht, wie er seine Bedürfnisse befriedigte.«

»Und?«

»Nächtliche Besuche, professionelle Dienste, so was in der Art.«

»Gibt es jemanden, der das bestätigen kann?«

»Ich erwarte nicht, dass jemand anders dasselbe sagt. Es ist nur das, was ich gehört habe.«

Leme ließ diese Neuigkeit auf sich wirken.

»Warum haben Sie so lange gebraucht, um mich zu kontaktieren?«

»Ich bin nicht mehr bei der Schule angestellt. Ich mochte Lockwood, er war ein guter Kerl, fair, ein anständiger Chef. Ganz im Gegensatz zu dem Typ, der den Laden übernommen hat.«

»Und das ist Ihre Rache?«

»So in etwa. Der neue Direktor hat es auf eine der Lehrerinnen abgesehen. Na ja, sagen wir mal, es gab eine Kollision bei unseren amourösen Aktivitäten.«

Leme lächelte, und seine Miene besagte: Dumm gelaufen, oder?

»Eine einzige Heuchelei, was dort läuft.«

»Und Sie sind jetzt ein aufrechter Streiter für die Wahrheit.«

»Ja, ich bin verdammt noch mal Batman und Robin in einer Person.«

Leme lächelte. »Machen Sie mal halblang mit dem Lager, mein Freund.«

Leme wendet sich an die Sitte, um herauszufinden, wo ein reicher Mann einen Sexpartner findet.

»Die Suche nach dem Stricher im sprichwörtlichen Heuhaufen«, sagen sie ihm. »Aber wir können dir in jedem Fall helfen, flachgelegt zu werden, wenn du das willst.«

Sie haben Sinn für Humor bei der Sitte. Leme schätzt, den braucht man dort wahrscheinlich auch. Sie erzählen ihm von der interessanten Korrespondenz mit einem Typ, der sich Evandro nennt und im Nordosten, in Recife, lebt. Eine Art *garoto de programa*. Ein Junge aus dem Milieu. Sieht so aus, als biete er seine Dienste in einer Sauna an. Träumt davon, wegzugehen und sich mit einem reichen *gringo* niederzulassen. Einige aufschlussreiche Fotos. Im Grunde Werbung, vermuten die Jungs von der Sitte. In der letzten Nachricht bittet er um ein Treffen mit einem alten Mann mit verschrumpeltem Schwanz. Sie erzählen Leme von einem Bericht der NGO *Programa Pegação* aus den Neunzigerjahren. Heteromänner gaben sich als schwul aus, um Geld mit Touristen zu verdienen. Anscheinend ist das immer noch schwer angesagt.

Leme hat gehört, dass der Sextourismus den Nordosten ruiniert. Europäische Männer zahlen hohe Summen für die Gesellschaft junger Mädchen und Jungs. Skrupellose Gangstertypen beuten junge Leute aus, locken sie mit falschen Versprechungen aus den Slums und zwingen sie in die Prostitution.

Klingt nicht danach, als sei das etwas, worauf dieser Lockwood-Typ abgefahren wäre.

Wenn man bedenkt, wie heldenhaft er diese Kinder gerettet hat.

Leme traut ihm ein bisschen mehr Klasse zu.

Laut den Jungs von der Sitte haben die jungen Männer gute Manieren, sind gepflegt. Sie sind taktvoll. Sie arbeiten an relativ gehobenen Orten. Sie wissen von den Vorteilen einer festen Beziehung. Sie werden – viele von ihnen – sicherlich von materiellen Wünschen angetrieben, und das Ganze ist im Grunde ein Tauschgeschäft, eine besondere Form des Kapitalismus. Da gibt es keine Vulgarität wie auf der Straße. Da ist das Versprechen von etwas mehr.

»Vielleicht habt ihr aber auch nur an den richtigen Stellen ge-
schnüffelt.«

Die Jungs von der Sitte schmeißen sich weg über diesen Kommentar.

»Klingt das überhaupt nach dem gesuchten Typ?«

Leme hat keinen blassen Schimmer.

Sie erzählen ihm auch, dass die entsprechenden Touristen in
São Paulo eher in der Nähe des Praça Alexandre de Gusmão unterwegs sind. Der Park dort ist ein berüchtigter Hotspot für Perverse
und Pädos. Eine Reihe von minderjährigen Strichern und miet-
baren Schwanzlutschern bietet sich dort an. Ebenso wie Muschis
von Schulabbrecherinnen für den nicht ganz so anspruchsvollen
Kunden.

Wie charmant, sagt Leme.

»Sie kommen in der Abenddämmerung zum Spielen raus«,
sagen die Sitte-Jungs. »Fütterungszeit im Zoo.«

Eines Abends macht sich Leme auf den Weg dorthin. Er ist sich
nicht sicher, wonach er sucht, oder was er eigentlich herausfinden
will, aber er denkt sich, dass die Antworten schon kommen werden, wenn er sich ein wenig umschaut.

»Mit dem Auto den Strich abfahren, Kumpel«, sagen die Jungs
von der Sitte. »Alle coolen Kids machen das.«

Leme fühlt sich nicht cool, als er am Rande des Parks Ausschau
nach Strichern hält.

Es ist kein schöner Auftritt, im Auto am Bordstein entlangzu-
rollen.

Du fühlst dich wie ein Arschloch.

Das Erste, was ihm auffällt: Sie sind sehr jung.

Das Zweite: Es muss einen besseren Weg geben, wenn man über
Geld verfügt.

Aber vielleicht macht gerade dieser Aspekt einen Teil des Rei-
zes aus.

Bei seiner zweiten Runde lehnt sich ein dürres Kerlchen – goldene Ohrringe und zerschlissenes Unterhemd – in Lemes Fenster. Er kaut Kaugummi. Leme bewundert seinen Haarschnitt. Er hat etwas Drahtiges an sich, wie eine Sprungfeder.

»Was kann ich für dich tun?«, fragt er Leme. »Ich habe dich hier noch nie gesehen. Das erste Mal ist immer am schönsten, *querido*.«

Leme grinst. Er mag den Stil des Jungen. »Steig ein, Cowboy«, sagt er.

Der Junge reißt die Tür auf.

»Und schnall dich an, Butterblume«, sagt Leme.

Der Junge grinst. »Anschnallen kostet extra.«

Leme gibt Gas, und sie fahren los.

»Netter Wagen«, sagt der Junge kokett. »Wo bringst du mich hin? Ich wette, deine Satinbettwäsche ist glatter als meine Haut nach einer Homo-Wachsbehandlung.«

»Wo bist du rasiert, oben und unten?«

Der Junge lacht. »Hollywood Cut, Körperglatze, alter Mann.«

Leme lächelt. Sie fahren einen Moment lang schweigend weiter. Dann drückt er einen Knopf, und alle Türen verriegeln sich.

»Lass uns gleich zur Sache kommen«, sagt Leme. »Ich muss mit jemandem sprechen, der seit mindestens drei Jahren in der Szene ist, *falou*? Kennst du jemanden, der mir weiterhelfen kann?«

Der Junge hebt abwehrend die Handflächen, drückt sich gegen die Tür. »Wer sind Sie?«

»Mach dir nicht ins Hemd, Großer, ich bin Detective bei der Polícia *Civil*, und das hier ist ganz inoffiziell.«

»Und – ich kann Ihnen vertrauen?«

»Du hast keine andere Wahl, Junge. Aber wenn du nicht kooperierst, dann mache ich vielleicht einen Anruf, *entendeu*?«

Der Junge entspannt sich. »Ja, okay.«

»Kennst du also jemanden, der mir helfen kann?«

Der Junge schaut nach unten, untersucht seine Hände. »Ich kann helfen.«

»Du?«

»Ja, ich. Ich bin schon ein paar Jahre dabei, okay.«

»Du siehst nicht alt genug aus.«

»Sie würden sich wundern. In manchen Kreisen bin ich schon ein bisschen zu alt, verstehen Sie?«

Leme schluckt. »Und wie lange arbeitest du schon hier?«

»Vier Jahre, mit Unterbrechungen.«

»Mit Unterbrechungen?«

»Ah, das ist keine Festanstellung. Keine Sozialleistungen, kein Rentenplan, Chef.«

Leme lächelt. »Okay, und wenn du nicht hier bist?«

»Wenn ich nicht hier bin, dann weil ich einen Typ an der Angel hab, klar? Dann kriegt man sozusagen ein Gehalt.«

»Das ist das Karriereziel, oder?«

»Besser als hier buckeln.«

»Klar, schaut nicht nach viel Spaß aus.«

»Ist es auch nicht.«

»Hast du Lust auf einen Snack?«

»Ja, warum nicht?«

»Auf dem Rücksitz liegt ein Pullover«, sagt Leme. »Zieh ihn über, und ich lade dich auf ein Sandwich ein.«

Der Junge tut, was Leme ihm gesagt hat.

Sie hocken sich an den Tresen der Padaria Bella Paulista an der Ecke Rua Augusta und Haddock Lobo.

Neben ihnen steht ein Kühlschrank voller Torten und Desserts. Der Junge sabbert förmlich.

Auf verschiedenen Fernsehern laufen Sport- und Nachrichtensender. Es ist noch früh, und abgesehen von ein paar Feierabendtrinkern ist es ruhig. Das Licht ist grell, die Tische sind schlicht.

Und doch …

In den frühen Morgenstunden brummt der Laden. Vierundzwanzig Stunden am Tag geöffnet, beliebt bei allen möglichen Leuten.

Clubgänger und Bordellbesucher, Angestellte, Arbeiter, Polizisten.

»Ich war schon öfter mit einem Freier hier, Detective.«

»Tu so, als wäre ich dein großer Bruder, *moleque*.«

Leme bestellt für sich ein Bier, eine Cola Light für den Jungen. Er überfliegt die Speisekarte. Die ganzen Klassiker.

Er wählt das Truthahn-Käse-Sandwich und für den Jungen eins mit italienischer Mortadella.

Leme beobachtet das Thekenpersonal bei der Arbeit.

Die Mortadella wird in Scheiben geschnitten, gestapelt und dann knusprig gegrillt.

Der Käse schmilzt und überflutet den Wurststapel.

Die Sandwiches sind üppig.

Knuspriges Weißbrot, dick belegt. Leme zählt ein gutes halbes Dutzend Lagen. Das Fleisch ist fingerdick. Der Käse ist wie Lava. Die Zwiebeln und der Salat sind knackig.

Der Junge hat einen Riesenspaß mit den Saucen.

Er schlägt richtig zu. Mayo, Senf, Ketchup, Chilisauce …

Die Sandwiches sind die reinsten Monster.

Leme lässt den Jungen futtern. Als er gerade den letzten Bissen vertilgt, hat Leme nicht mal die Hälfte von seinem gegessen. Leme signalisiert der Kellnerin, ihm den Rest einzupacken. Er reicht dem Jungen das Paket.

»Hier ist dein Nachtisch, Kumpel.«

»Sie sind ein Gentleman.«

Leme wischt sich den Mund ab. Zieht einen Zahnstocher aus einem Plastikspender. Er stochert und pult zwischen den Zähnen herum.

»Würdest du sagen, eure Szene ist ziemlich klein?«, fragt Leme.

»Äh, mehr oder weniger, *certo*?«

»Aber ihr kennt euch doch untereinander?«

»Ja, schon. Theoretisch sind wir Konkurrenten, aber so funktioniert es nicht.«

»Nein?«

»Die meisten sind Stammkunden. Die Geschmäcker sind verschieden.«

»Also tretet ihr euch nicht zu sehr auf die Zehen.«

Der Junge lächelt. »Nein, geht schon.«

»Und du kennst die Typen, die in den anderen Straßen arbeiten?«

Der Junge nickt. »Die meisten von ihnen. Es gibt nicht allzu viele Orte.«

Leme nickt. »Ich suche einen Kerl, der wahrscheinlich vor drei Jahren abgetaucht ist. Januar 2003. Er könnte aber auch schon früher von der Bildfläche verschwunden sein.«

»Drei Jahre?«

Leme nickt. »Gut möglich, dass er einen festen Freund hatte. Vielleicht hatte er keinen so hohen Marktwert wie du, aber die Chance besteht.«

Der Junge denkt nach. »Wie alt etwa?«

»Ungefähr dein Alter.«

»Ha, Sie sind witzig.«

Leme lächelt. »Ich würde sagen, Mitte zwanzig.«

»Also ungefähr mein Alter.«

Leme nippt an seinem Bier. »Denk nach, Junge, aber lass dir nicht zu viel Zeit. Sonst wird dein Nachtisch kalt.«

»Vielleicht weiß ich tatsächlich jemanden. Er war nicht von hier, blieb immer für sich. Hat auf der anderen Straßenseite angefangen, Sie wissen schon, inoffiziell, in der Nähe von Frei Caneca.«

»Ja?«

»Er ging ein Jahr lang anschaffen, dann nicht mehr.«

»Hat sich denn niemand gefragt, was mit ihm passiert ist?«

»Irgendetwas passiert immer.«

»Das ist wahr. Wie hieß er?«

»Bocão.«

Großmaul.

»Sein Name war Bocão?«

»Was denken Sie? Wir haben hier alle unsere Künstlernamen.«

Leme nickt. Er kann den Decknamen bei der Sitte überprüfen lassen. Langsam fühlt es sich tatsächlich an wie die Suche nach dem Stricher im Heuhaufen.

»Warum lässt du dich nicht mit einem deiner alten Freier nieder, *rapaz*?« Junger Mann. »Und führst ein normales Leben, ganz legal.«

Der Junge steht auf. »Mich kann man mieten, aber nicht kaufen«, lacht er. »Ich bin nicht auf der Suche nach einem netten Kerl. Und ich bin normal, Kumpel.«

Leme sieht dem Jungen hinterher, lächelt.

Natürlich gibt Leme als Nächstes den Namen an die Sitte weiter, die ihn überprüft. Bei der Gelegenheit erfahren sie allerdings auch von Lemes kleinem Ausflug und dem Essen mit dem Jungen, und bei dem dort üblichen Humor kursiert im Revier bald das Gerücht, Leme sei auf der Suche nach einer schwulen Liebschaft. Lisboa kriegt Wind von den Späßen, die die Runde machen, und schon bald darauf muss Leme sich rechtfertigen.

»Ich halte mich da raus«, erklärt ihm Lisboa. »Aber wenn du mich brauchst, kannst du auf mich zählen, das weißt du. Na dann mal ran an den Mann, wenn der kleine Scherz erlaubt ist.«

Vermutlich geht das in Ordnung, denkt Leme. Solange er noch Witze darüber macht.

Als Nächstes meldet sich Carlos. Er berichtet Leme, dass die Franginho-Geschichte läuft und das Kleine Hühnchen quakt.

»Hühner quaken nicht«, korrigiert ihn Leme. »Sie gackern. Sie picken, sie glucken, und sie gackern.«

»Wie auch immer. Jedenfalls gibt es ein Winner-Winner-Chicken-Dinner – für uns. Ich habe mit dem Jungen geredet. Sein Kumpel Rafa hat das Handy, weil sein Alter im Knast sitzt und er Nachrichten von ihm kriegt. Aber das ist natürlich nicht alles.«

»Nein?«

»Die Handyverteilung funktioniert normalerweise nicht auf der Basis von Vaterliebe, um es mal so zu sagen.«

»Richtig. Rafas Vater ist also ein Player.«

»Er ist ein kleiner Fisch, soviel ich weiß. Höchstwahrscheinlich bekommt Rafa gar keine Nachrichten von ihm. Und wenn er welche kriegt, gehen sie direkt den Hügel rauf.«

»Hat Franginho dir das verraten?«

»Brauchte er nicht. Ich habe ihn da rausgehalten. Er hat mir genug gesagt.«

»Du willst ihn weiter benutzen.«

»Meine Oma hat mir immer beigebracht, dass man die Knochen auskochen muss, wenn man eine gute Brühe will, *entendeu?* Nutze den ganzen Vogel so lange wie möglich.«

»Ja, ich hab's verstanden. Aber übertreibe es nicht mit den Analogien, mein Freund.«

»Wie auch immer, Muttertagswochenende«, fährt Carlos fort. »Am Freitag, dem 12. Mai, haben wir eine ganze Reihe von Freigängern aus dem Gefängnis, die ihre Familie besuchen. Rafas Alter ist einer von ihnen. Wie ich höre, werden Tausende auf Freigang sein, also mach nicht zu viele Pläne, deine alte Mutter zu sehen.«

»Sie ist tot, Kumpel.«

»Mein Beileid. Dann bist du also frei.«

»Wie ein Vogel.«

»Du hast den Dreh raus.«

Leme schnaubt. Leme beendet das Gespräch.

Er fragt sich, was das für sein Wochenende bedeutet und was er Renata sagen soll.

Vorläufig gar nichts.

Bocão, Großmaul, ehemaliger Callboy:
Hören Sie.
Ich wurde im Nordosten geboren. Zumindest hat mir das meine

Mutter erzählt. Kein Vater – jedenfalls habe ich ihn nie getroffen. Wir lebten in einem einfachen Haus in einem Dreckloch von einem Elendsviertel am Rande von Fortaleza, und meine Mutter schlug sich als Hausmädchen durch. Meine Schwester ging von der Schule ab, sobald sie alt genug war, um ihr zu helfen. Ich kann mich nicht erinnern, dass das einen großen Unterschied in Bezug auf unser Einkommen gemacht hätte. Ich brach einfach irgendwann die Schule ab. Verbrachte meine Zeit auf der Straße, hielt mich mehr oder weniger aus Schwierigkeiten heraus und schützte mich vor der Sonne.

Das Licht in Fortaleza ist blendend weiß.

In São Paulo wird die Sonne durch die Umweltverschmutzung, die Abgase und den Dreck in der Luft getrübt: pissgelbe Schlieren am Himmel.

Unten an den Stadtstränden gab es Touristen, die man ausnehmen konnte. Ich beobachtete, wie Freunde abgelegte Klamotten verkauften, als stammten sie aus echtem afro-brasilianischem Erbe; manchmal besorgten diese Freunde bestimmte Dinge, nach denen die Touristen fragten – Dinge, nach denen sie zu Hause nicht fragen konnten oder nicht wollten. Drogen, fand ich heraus, außerdem Mädchen und Jungen. Ich hatte Angst vor Drogen, vor den Männern, die sie in den Winkeln der Favela und in den nobleren Gegenden verkauften, wo man bessere und teurere Kleidung trug. Ich wollte damit nichts zu tun haben.

»*Filho*, du bist ein Faulpelz«, sagte meine Mutter immer. »*Se Deus quiser*, so Gott will, wirst du eine Stellung finden. Aber wie, das weiß ich nicht, bei all dem Nicht-Suchen.«

»Aber *Mãe*, es gibt keine Arbeit. Warum suchen?«

Sie schüttelte den Kopf, biss die Zähne zusammen und wackelte mit dem Zeigefinger. »Du bist ein guter Junge, du hast nur Angst. Eines Tages wirst du verstehen, dass es Reis und Bohnen nicht umsonst gibt, *querido*.«

Es gab andere gut aussehende Jungs, die mit Taschen voller Geld von der Bildfläche verschwanden. Das hatte ich schon gehört. Die waren käuflich, dachte ich, Wilde. Mit der Liebe sollte man nicht spielen, davon war ich überzeugt. Und ich bin es immer noch.

»Deine Cousine in São Paulo hat uns geschrieben«, sagte meine Mutter eines Nachmittags. »Du kannst bei ihr wohnen, bis du Arbeit gefunden hast.« Sie wusch gerade Wäsche, knetete sie in der Seifenlauge. Sie schaute nicht auf. »Ich denke, du solltest gehen. Gott wird schon wissen, ob du diese Chance nutzt oder nicht, und ich habe Vertrauen.«

Ich habe Mutter nie wieder gesehen.

Meine Cousine war nett, aber viel älter als ich. Wir hatten wenig gemeinsam, wir redeten nicht viel.

Eines Abends landete ich im Consolação-Viertel, in der Nähe des Einkaufszentrums Frei Caneca. Die Leute dort waren nett zu mir. Es gab Jungs wie mich. Ich fand bald heraus, dass ich gutes Geld verdienen konnte. Ich erzählte meiner Cousine, ich hätte einen Job in der Nachtschicht gefunden, und kurze Zeit später zog ich in eine winzige, von Ungeziefer verseuchte Einzimmerwohnung, nahe dem Zentrum, in der Nähe der Rua Augusta. Am dunklen Ende: Wo ein Junge wie ich seinen Lebensunterhalt verdienen konnte, zwischen den verspiegelten Bars, die in roter Neonfarbe »American« plärrten, den Studenten, die lachend und trinkend in billigen *botecos* an Plastiktischen saßen, den Huren, die mit ihrer aufreizenden Unterwäsche und ihren mörderisch hohen Absätzen bedrohlich wirkten, den Türstehern der Stripclubs, die in den stinkenden Gassen randalierenden Gringos eine Abreibung verpassten, den Theaterbars und den traditionellen italienischen Kantinen, von denen ich weggescheucht wurde, wann immer ich mich ihnen näherte. Ein Jahr später lernte ich ihn kennen. Ich wurde sesshaft. Meine Mutter starb nach kurzer Krankheit, und meine Schwester zog bei mir ein.

Wie meine Mutter sagte: Ich werde das sein, was immer Gott aus mir macht.

Schau her, sieh hin.

Meine Schwester und ich gehen oft zusammen einkaufen, Lebensmittel und manchmal auch Kleidung. Wir haben einen kleinen Fernseher, und wir sehen uns Reality-Shows an und lachen und tun so, als wäre das nichts für uns. Wir sind Freunde geworden. Wir standen uns immer nahe, aber wir haben nur über die großen, wichtigen Dinge gesprochen. Jetzt reden wir auch über unseren Alltag.

Erst neulich Abend bin ich ausgegangen. Mit Freunden. Es war das erste Mal.

Meine Kollegin Manuela hat mich nach der Arbeit auf einen Drink mitgeschleppt. Sie kann sehr hartnäckig sein.

»Mann, du bist zu jung, um den Hausmann für deine Schwester zu spielen. Ein *gatinho* wie du, ein heißer Hengst, sollte was aus sich machen.«

Sie trug im Büro Lippenstift auf, schaute schmollend in ihren Taschenspiegel und zog ihr Oberteil ein wenig herunter.

Wir quetschten uns in eine Bar in der Nähe des Büros. Ich saß schweigend dabei und lauschte dem lauten Geplapper, den Scheindebatten, grinste dümmlich, mein Gesicht vom Alkohol gerötet.

Ich hörte auf, mir Sorgen um meine Schwester zu Hause zu machen.

Manuela lächelte, blies mir Rauch entgegen. »*Coitado*«, sagte sie. Armes Ding. »Du bist süß.«

»Du bist schön«, sagte ich mit einem schiefen, bierseligen Lächeln.

»Ha«, lachte sie. »*Você nem tem idéia!*«

Du hast ja keine Ahnung.

Es fühlte sich gut an. Im Vergleich zu dem, was ich durchgemacht hatte, war diese kleine Peinlichkeit süß. Es war normal.

Ich war angekommen.

Schau noch mal hin.

Meistens trainiere ich morgens, mache Sit-ups und Liegestütze, Übungen zur Stärkung meiner Körpermitte: Ich will meinen Teenagerkörper behalten. Ich betrachte mich im Spiegel, während ich mich anziehe. Meine Kieferpartie ist etwas fülliger, und oberhalb der Hüften kann ich ein wenig Fleisch wegziehen, aber ich bin derselbe fitte junge Mann, der ich war, als er mich zum ersten Mal bemerkte. Und die neue Kleidung steht mir: maßgeschneiderte Hemden, die in der Taille eng anliegen und ein sauberes V über meiner breiten Brust bilden.

»Du bist mein schöner Junge«, sagte er zu Beginn unserer Beziehung. »So schöne Augen, so schöne Haut. Du bist selbstbewusst, aber verletzlich. Ich weiß nicht, was du in mir siehst. Ändere dich nie.«

Ich war Schmeicheleien nicht gewohnt. Ich wusste nicht, was ich darauf antworten sollte. »Werde ich nicht«, sagte ich. »Ich verdiene deine Aufmerksamkeit nicht.«

Er lachte darüber. »Mein Junge, daran wird es dir nie mangeln.«

Rafa erhält mehr SMS-Nachrichten als je zuvor.

Er fragt sich schon seit einiger Zeit, warum ausgerechnet er das Handy hat.

»Glaubhafte Abstreitbarkeit, Kumpel«, erklärt ihm Franginho. »Das ist alles ein Code, klar? Wenn es das Gesetz in die Finger kriegt, kein Problem, schau dir die Nachrichten an. Nichts Belastendes, oder? Natürlich steckt dein Alter in der Scheiße, wenn das Militär dich damit schnappt.«

»Wieso das?«

»Trotz deines Spitznamens, Rafa-Rapido, bist du manchmal echt langsam von Begriff, Kumpel.« Franginho lacht, kommt richtig in Fahrt bei dem Thema. »Glaubst du, wenn man an den Knasttoren auftaucht, um seine Zeit abzusitzen, verteilen die dort

Handys und Telefonverträge? Und bitte sehr, Sir, und nehmen Sie auch noch diesen süßen Seidenpyjama, wenn wir schon dabei sind.«

Rafa kommt sich blöd vor, ist aber erleichtert, dass er Franginho hat.

»Schon gut, komm wieder runter, ich frag ja nur.«

Franginho boxt seinem Freund leicht gegen die Schulter. »Und was möchte der Herr heute Abend essen? Unser Steak ist Weltklasse«, grinst er und sieht, dass Rafa verletzt ist. »Ich mache nur Spaß, du weißt, dass ich dich liebe.«

»Lassen wir das Thema.«

Ja, es stimmt, Rafa ist erleichtert, dass er sich auf Franginho verlassen kann.

Nur kann der sich nicht in *jedem Punkt* auf ihn verlassen.

Rafa hat ihm verschwiegen, dass er kürzlich der Frau auf die Baustelle gefolgt ist und was er dort gesehen hat. Sie legen dort ein Waffenlager an. Wofür, das weiß er nicht.

Und der 12. Mai rückt schnell näher. Nicht dass er wüsste, was es damit auf sich hat.

Rafa fragt Garibaldo ganz nebenbei wegen des Handys.

»Was kümmert dich das, *filho?*«, bekommt er zu hören. »Das geht dich einen Dreck an, *falou.*«

Rafa zuckt mit den Schultern. Sein Gesichtsausdruck besagt: Na ja, aber was ist, wenn, du weißt schon, *sabe?*

Garibaldo bemerkt seine Miene, und Rafa beobachtet ihn, während er deren Bedeutung verarbeitet.

Rafa ist es ernst, und Garibaldo spürt das.

Er nimmt ihn beiseite. »Du bist nicht dumm, Junge, also muss ich dir nicht erklären, dass sich dein Papa nicht bei dir meldet, weil er so ein netter Kerl ist und Kontakt mit seinem einzigen Sohn halten will.«

»Ja«, brummt Rafa, »weiß ich.«

»Na also. Der Punkt ist, je mehr Handys wir auf Empfang

haben, desto geringer ist die Chance, dass sie uns abhören, *entendeu?*«

Rafa nickt.

»Die Militärs haben uns abgehört und die Informationen benutzt, um uns zu erpressen, *sabe?* Bestechungsgelder, Junge, *in bar.* Und es gab nicht nur Abhöraktionen, sondern auch Entführungen. Sie halten unsere Verwandten als Geiseln.«

»Verstehe«, sagt Rafa.

»Du bist nur einer von vielen, mein Sohn. Also immer schön locker bleiben.«

»Ich bin cool.«

Garibaldo lacht. »Wir rechnen bald mit ihnen ab, verlass dich drauf. Die Militärs halten sich nicht an die Spielregeln.«

»Was für Spielregeln?«

»Man kooperiert, und alle haben was davon. Aber sie verarschen uns, spielen nach eigenen Regeln. Und sie bringen die Familie ins Spiel, das ist völlig daneben.«

»Klar.«

»Klar? Du verstehst also?«

»Ja.«

Und dann erfährt Rafa, dass sein Vater einen Passierschein hat, um über das Muttertagswochenende rauszukommen. Und alles andere fühlt sich plötzlich weniger wichtig an. Er erzählt es seiner Oma, die von der Nachricht weniger begeistert scheint.

»Franginho meint, es hängt damit zusammen, weil Mama gestorben ist, eine Art Urlaub aus Mitleid. So was in der Art.«

»Er erzählt viel, wenn der Tag lang ist, dein Freund Kleines Hühnchen, nicht wahr?«, kommentiert Rafas Oma.

Da hat sie recht, um ehrlich zu sein.

Aber die Gleichgültigkeit seiner Großmutter hält Rafa nicht davon ab, einen Plan zu schmieden.

Er hat erfahren, was die Frau, der er nun zweimal gefolgt ist, und die er einmal gerettet hat, tatsächlich macht.

Und Rafa hat vor, sie an diesem Tag, dem 12. Mai, in ihrem Büro zu besuchen, kurz bevor sein Vater nach Hause kommt.

Er geht davon aus, dass sie ihn empfangen wird.

Es ist Freitag, der 12. Mai, und Ray hat alle Hände voll zu tun.

Im Singapur-Projekt stecken große Investitionen von Capital SP.

Der enorme Kredit, den sie der Regierung zur Finanzierung der *Bolsa Família* gewährten, bindet eine Menge Kapital.

Es erfordert viel ausgelagerte juristische Arbeit, um die Verteilung dieser Gelder zu beglaubigen und abzustempeln sowie das beteiligte Humankapital zu finden.

Freitag, der 12. Mai 2006, und São Paulo ist, was die politische Stimmung angeht, eine moderate Stadt.

Marta steht nicht mehr an der Spitze, und während der Linke Lula das Land als Ganzes im Griff hat, bleibt São Paulo seinem Roma-Charme gegenüber konsequent zurückhaltend.

Ray wittert eine Chance.

Ray jongliert mit Zahlen und Kapital, um aus dem Chaos Profit zu schlagen.

Ray rechnet damit, dass die Stimmung in São Paulo am Ende dieses Wochenendes, dem Muttertagswochenende, nicht mehr ganz so moderat sein wird.

Ray ahnt baurechtliche Probleme.

São Paulo unterliegt den 1972 erlassenen Zoneneinteilungsgesetzen, liest er.

Diese Gesetze unterteilen die Stadt in »Z1«- und »Z3«-Zonen. Die »Z1«-Zonen wurden als »Elite-Wohngebiete« ausgewiesen und mit Sorgfalt verwaltet. »Z3«-Zonen waren »gemischt«, d. h. für alle anderen. In der ersten Hälfte des 20. Jahrhunderts entwickelte sich die Stadt nach dem Prinzip »abreißen und neu bauen«, bevor diese Zonengesetze eingeführt wurden, um eine gewisse Kontrolle und Ordnung zu gewährleisten. Mit welchem

Ergebnis, ist nicht so ganz klar, das Grundprinzip scheint jedoch einfach: bauen, bauen, bauen, und das schon seit einiger Zeit. Der »Plan für eine integrierte Stadtentwicklung São Paulos« (ein staatlicher Plan für eine nachhaltige Stadtentwicklung zur Bewältigung des außerordentlichen Wachstums der Stadt) wurde 1968 aufgestellt, und aus diesem Plan gingen die Bebauungsgesetze hervor.

Die Ausdruckweise ist interessant.

»Integriert« ist nicht unbedingt der Eindruck, den die Stadt vermittelt, findet Ray.

Die Gebäude bieten vielleicht Raum für Wohnen und Arbeiten, aber sie entstehen in einem unübersichtlichen Verdrängungswettbewerb, der von privaten Investoren, konkurrierenden Unternehmen und sozialen Institutionen befördert wird.

Verantwortungslosigkeit, das ist eher die Wahrheit, denkt Ray.

Tja, Menschen wie wir, mein Freund.

Ray grinst. Für Big Ray ist das alles ein Spaziergang.

Ist schließlich nicht sein erstes Rodeo.

Es ist Freitagmorgen, der 12. Mai, und Leme schenkt Renata Kaffee ein.

»Ich werde mich heute etwas in deiner Gegend rumtreiben«, verkündet er ihr.

»Ach ja?«

»Informantenpflege ist angesagt.«

Renata zieht die Augenbrauen hoch. »Gehört das jetzt auch zu deinem Job?«

»Ich arbeite mit einem vom Militär zusammen, ein Typ namens Carlos.«

»Aha.«

»Das hat mit ... na ja, eigentlich mit dem Lockwood-Fall zu tun.«

»Mario.«

»Nein, nicht so. Es ist kompliziert. Könnte eine Spur sein, keine Ahnung.«

»Aber mach dir keine zu großen Hoffnungen, *querido*.«

»Möchtest du mit mir zu Mittag essen? Ich schätze, ich bin um die Zeit in der Gegend.«

»Warum nicht.«

Leme lächelt. »*See you later, alligator*«, sagt er auf Englisch.

Am Freitagmorgen, dem 12. Mai, fährt Renata zur Arbeit und macht sich Sorgen, weil Mario sie zum Lunch besucht.

Renata hofft, dass ihn niemand mit diesem Militärtyp Carlos und anschließend mit ihr sieht. Das wäre für niemanden hilfreich.

Sie beschließt, einen Umweg zu machen. Sie hat ja Zeit.

Am oberen Ende von Morumbi, an einer Straße, die sich bis zur Marginal hinunterschlängelt und von schmalen, eleganten Häusern gesäumt ist, steht eine Kapelle. Es ist ihr Lieblingsgebäude. Die Kapelle ist unscheinbar – rostrot, ein niedriges, schräges Dach, runde, dunkle Holzsäulen bilden einen hübschen Vorbau –, aber in ihrer Schlichtheit wirkt sie einmalig in dieser von Protzigkeit geprägten Gegend. Einige der Häuser in der Nähe sind im alpinen Stil gehalten, mit Dächern, von denen sich der Schnee leicht räumen lässt – was in São Paulo nun wirklich nicht nötig ist. Idioten. Wie heißt es so schön? In den USA ist es besser, gebildet zu sein als schön; in Brasilien ist man am besten reich. In São Paulo ist Status alles. Und alles in São Paulo bewegt sich rasant – abgesehen vom Verkehr.

Als Renata sich der Kapelle nähert, verlangsamt sie wie üblich das Tempo. Sie bleibt stehen. Das Gebäude scheint zu bluten. Rote Fäden quellen aus den Wänden, überziehen Gras und die Blumen. Sie steigt aus, um sich die Sache genauer anzusehen. Drinnen am Altar steht ein Webstuhl, im Mittelgang liegt ein langer roter Teppich, und weitere Fäden bahnen sich ihren Weg nach draußen. Sie wandert an den Außenseiten der Kapelle entlang. Das Rot bildet einen starken, aber beruhigenden Kontrast zum Grün. Die Kapelle scheint vor Leben zu pulsieren, als ob das Gewebe wachsen und sich unmerklich immer weiter verdichten würde, während sie es betrachtet.

Es ist etwas ganz Besonderes. Aber sie versteht nicht ganz, was es ist. Sie bemerkt einen Infostand und studiert ein Faltblatt.

Wie sich herausstellt, handelt es sich um *Penelope*, eine Installation der Künstlerin Tatiana Blass. Sie basiert auf dem gleichnamigen Epos von Homer, in dem es um Penelopes zwanzigjähriges Warten auf Odysseus geht. Darin wehrt sie die Freier ab, indem sie sich dem Weben des Grabtuchs widmet.

Mit der Geduld einer Frau, denkt Renata. Sie schlendert zu ihrem Auto. Von ihrem Parkplatz aus erspäht sie zwischen den Bäumen hindurch die Marginal unten am Ufer. Es herrscht ungewöhnlich wenig Verkehr. Sie bemerkt Rauch.

Sie geht zum Rand des Parkplatzes.

Sie meint, einen Bus zu sehen, der mitten auf der mehrspurigen Fahrbahn steht und um den sich Menschen drängen.

Der Bus scheint zu brennen.

Sie schüttelt den Kopf. Traurig. Als ob die Pendler nicht schon genug Probleme hätten. Das bedeutet noch mehr Verspätungen für die armen Kerle.

Sie kehrt zurück zu ihrem Auto.

Sie schiebt die Gedanken beiseite.

Sie fährt los, hinauf in die Favela, in ihr Büro.

Es ist Freitag, der 12. Mai, Rafa steht vor dem Supermarkt und arbeitet, ist aber die letzten beiden Stunden auf seinem Board immer wieder den Hügel rauf und runter gefahren, um Nachrichten zu überbringen.

Schon wieder kommt eine, also flitzt er los. Rafa kann es kaum erwarten, seinen Dad zu sehen.

Leme hockt auf der Rückbank von Carlos' Wagen im geschäftigen Teil von Paraisópolis. Einer von Carlos' Leuten sitzt hinterm Steuer. Er sagt nicht viel. Er trägt eine Pilotensonnenbrille und gibt sich cool. Sie parken am oberen Ende der Favela.

Franginho ist spät dran.

Eine Gruppe junger Frauen schlendert vorbei.

Sie bleiben stehen, um mit Carlos zu plaudern, und er bringt sie zum Lachen.

Sie mustern Leme wie ein Ausstellungsstück, ziehen die Augenbrauen hoch, blecken die Zähne, klatschen in die Hände. Carlos erzählt ihm, dass es sich um Nutten handelt, die am Samstagnachmittag zum Samba-Tanzen in die grottige Garagenbar gegenüber von Lemes Wohnanlage gehen.

»Klingt spannend«, sagt Leme.

Carlos lacht. »Nur zu. Ich hau mich währenddessen hin und mach ein Nickerchen.«

Das mag Leme an Carlos – er urteilt nicht, ist offenbar mit jedem gut Freund.

Junge Männer in Shorts und Flipflops kommen vorbei, rufen irgendjemandem auf der anderen Straßenseite was zu.

Sie wirken eher feindselig.

Die jungen Männer scherzen und lachen über irgendetwas.

Sie haben einen harten Slang drauf.

Leme lässt sich tiefer in seinen Sitz rutschen.

Es weht eine leichte Brise.

Nur selten verflüchtigt sich in São Paulo die Hitze, sodass es für einen Moment angenehm kühl und frisch ist.

In der engen Gasse neigen sich die Hütten über den Wagen, ragen in bizarren Formen und Winkeln empor, die gewellten Vordächer hängen tief und scheinen sich im Wind zu wiegen.

Ein beständiges Knistern und Summen dringt aus den kreuz und quer über ihm verlaufenden Kabeln, die den Strom durch das Labyrinth von Paraisópolis leiten.

Die jungen Frauen schlendern die Straße hinunter, und die jungen Männer paradieren hinter ihnen her, machen sich über sie lustig, während ihre Flipflops auf der holprigen Straße klatschen.

»*Oi, oi*«, sagt Carlos. Er deutet mit dem Kinn die Straße hinauf zum Supermarkt. Franginho ist mit drei anderen Kids seines Alters eingetroffen.

Carlos grinst. »Lass uns das auf die klassische Tour durchziehen«, sagt er. »Du bleibst schön sitzen.«

Leme bleibt schön sitzen.

Carlos lässt kurz die Sirene aufheulen. Dann springt er auf der Beifahrerseite raus und sein Schlägertyp auf der Fahrerseite.

Sie entsichern ihre Pistolen, lassen sie aber im Holster. Sie stützen ihre Hände darauf, um ihre Absicht zu verdeutlichen. Carlos bellt Anweisungen.

»Dreht euch um, Burschen, Hände an die Wand, langsam.«

Die vier Jungs folgen seinem Befehl.

»Nicht bewegen. Beine spreizen. Behaltet eure sicher sehr wertvollen Gedanken oder Kommentare für euch, *certo*?«

Leme lächelt. Er hat Stil, dieser Carlos, das gewisse Etwas.

Carlos nickt seinem Gorilla zu. Der wühlt in den Taschen der Jungs, schubst sie herum, packt sie hart an.

Als Franginho an der Reihe ist, schnappt er sich dessen Portemonnaie, klappt es auf, kramt demonstrativ darin herum und nickt Carlos zu. Er tastet Franginhos Gesäßtaschen ab und zieht einen dicken Umschlag hervor. Für alle sichtbar hält er ihn in die Luft.

»Bingo«, trällert der alte Carlos voller Freude. »Ihr drei, verzieht euch. Du«, sagt er zu Franginho, »du kommst mit mir.«

Carlos packt das Kleine Hühnchen am Genick.

Leme lehnt sich aus dem Fenster. »Shakespeare, Kumpel.«

»Die ganze Welt ist eine Bühne«, erwidert Carlos.

Er stößt Franginho auf den Rücksitz.

Sie jagen davon in Richtung Hauptstraße, um schnellstmöglich aus Paraisópolis zu verschwinden.

Als Renata ins Büro kommt, gibt es dort einen Haufen Arbeit zu erledigen, aber keine Fernanda, die sie erledigen könnte.

Sie ist überrascht: Normalerweise ist Fernanda immer vor ihr da. Auf dem Anrufbeantworter blinkt ein rotes Licht. Renata drückt die Wiedergabetaste.

Ein Rauschen, ein langes hässliches Piepen, dann:

»*Oi, querida*«, hört sie Fernandas Stimme, »mir geht's nicht gut, ich bin krank. Ich glaube nicht, dass ich es heute schaffe, *sabe*? Ich rufe dich später an? Sei nicht sauer. *Desculpe, viu?*«

Ja, Renata ist ein wenig sauer, das hat Fernanda richtig vermutet.

Sie haben enge Fristen, und diese *Bolsa-Família*-Anträge sind nicht so leicht zu bearbeiten.

Es liegt etwas in der Luft. Rafa spürt es. Anspannung, gereizte Nerven, ja sogar Angst bestimmen heute Morgen die Atmosphäre im Hauptquartier der mittleren Ebene. Anders als üblich, denkt Rafa. Er selbst macht sich keine großen Sorgen, um ehrlich zu sein. Er will nur alles so erledigen, dass der Begegnung mit seinem alten Herrn nichts im Weg steht.

Er hat nicht erwartet, so aufgeregt zu sein.

Er versucht, es zu unterdrücken. Er darf nichts davon zeigen, denn es verrät Schwäche, und Paraisópolis ist ein Dschungel. Hier gibt es eine klare Nahrungskette, und obwohl Rafa im Moment gut aufgestellt ist, ist Schwäche dem Erfolg abträglich. Sich überhaupt Sorgen zu machen, ist ein Zeichen von Schwäche. Das Leben ist billig und leicht zu haben, pack zu, lebe schnell und stirb jung, aber bevor du selbst den Löffel abgibst, sorg noch dafür, dass die eine oder andere beeindruckende Leiche deinen Weg pflastert.

Das sind die PCC-Slogans für den aufstrebenden Drogendealer, das ehrgeizige Syndikatsmitglied. Rafa ist ein Supermarktaufseher, mehr nicht.

Eine kleine Nummer.

Garibaldo hockt mit seiner Crew zusammen. Garibaldo flüstert Befehle. Die Leute verschwinden einer nach dem anderen. Die Mannschaft wirkt konzentriert, geschäftsmäßig. Die übliche Haschischwolke ist nirgends auszumachen. Offenbar ist heute ein klarer Kopf gefragt. Es muss was Ernstes sein, denkt Rafa.

Garibaldo winkt ihm. »*Vem ca, Rafinha.*« Komm her, mein Junge. »Arbeit für dich, *certo*?«

Rafa nickt.

»Du steckst in Schwierigkeiten, *filho*, aber nichts, was ein harter Arbeitstag nicht ausbügeln könnte.«

Rafa ist sich nicht sicher, wovon er spricht. Er nickt.

»Du bist der Schlampe von der Anwaltskanzlei gefolgt. Weißt du noch?«

Rafa nickt.

»Aber du hast sie nicht daran gehindert, das Gelände der Fabrik zu betreten.«

Die Fabrik. Das war es also, was unten in der Favela vor sich ging. Vorräte mit Waffen, Bargeld und Drogen anlegen. Es steckt eine gewisse Ironie in dem Namen, denn dort wird nichts produziert, aber genau darum geht es ja.

»Ich hab's versucht, *porra*«, sagt Rafa. »Ich habe sie dort rausgeholt.«

Garibaldo ohrfeigt Rafa hart auf die linke Wange. Dann hält er Rafas Kopf, packt sein Kinn zwischen Zeigefinger und Daumen. Er schlägt ihn erneut, härter, diesmal auf die rechte Wange.

»Einen Scheiß hast du, Junge«, sagt er. »Du hast es versaut, hörst du, *sabe*?«

Rafa nickt. Seine Wangen brennen. Seine Augen werden feucht. Bloß das nicht. Seine Augen röten sich. Seine Unterlippe bebt. Reiß dich zusammen. Zeig nichts. Er schaut sich kurz im Raum um. Nur ein paar Nieten laufen herum, sodass die Demütigung nicht allzu groß ist. Haltung bewahren, denkt er, wird schon gut ausgehen. Der Punkt ist, wenn er einen wirklich großen Fehler gemacht hätte, gäbe es dieses Gespräch gar nicht, *no senhor*. Wenn er einen wirklich großen Fehler gemacht hätte, würde seine Leiche jetzt bereits in einem Turm brennender Autoreifen verkohlen.

Rafa gibt den zerknirschten Untergebenen. Er zieht den Moment in die Länge, schaut wieder hoch.

»Hör zu, Rafa, ich mag dich«, sagt Garibaldo, »und ich weiß, es war nicht deine Schuld, aber so läuft es nun mal, jemand muss die Hand heben und sagen, verdammt noch mal, ich war's.«

Rafa schweigt. Er reckt sein Kinn vor, spielt den Mann, der versteht, den Mann, der die Dinge in Ordnung bringen wird, wie der Mann, der er ist.

Es funktioniert.

»Der Punkt ist, Rafa-Rapido, man hat die Schlampe gesehen, man hat dich gesehen, aber die Jungs ganz oben wollen wissen, was sie gesehen hat, oder eben nicht. Und je nachdem, was sie gesehen hat, ergreifen wir Maßnahmen, okay?«

Rafa nickt. Er weiß, wie so was läuft. Trotzdem fühlt es sich seltsam an, so *unentschieden*. Überhaupt *nicht* der übliche PCC-Modus.

Rafa merkt, dass Garibaldo ihm diesen Gedanken vom Gesicht abliest.

»Sie ist eine Zivilperson, und sie hilft uns. Sie steht in unseren Diensten, *mais ou menos*, okay? Dieser ganze Gemeinwohl-Scheiß, vergiss es, aber wir brauchen sie auf unserer Seite, *sabe?*«

Rafa glaubt zu verstehen. Es sieht nicht gut aus, wenn sie eine von der Rechtshilfe umnieten, nur weil sie in der Favela ihrer Arbeit nachgeht.

»Du gehst zu ihr und findest heraus, was sie gesehen hat.«

Und wie zum Teufel soll er das anstellen?

»Wenn sie was weiß, dann wird etwas arrangiert. Etwas, an dem du teilhaben wirst. Eine *bala perdida, sabe?*«

Bala perdida. Eine verirrte Kugel. Versehentlich ins Kreuzfeuer geraten.

»Und du verarschst uns nicht, richtig? Sonst wird etwas für dich arrangiert.«

Das sind ja *tolle* Neuigkeiten, denkt Rafa. Was für eine Scheiße.

»Du gehst und erledigst das, dann kommst du zurück. Heute ist ein großer Tag, und du wirst sehr beschäftigt sein, junger Mann.«

»Mit was?«

»Wirst du schon sehen. Die Kacke ist am Dampfen, *filho.*«

Rafa runzelt die Stirn.

Garibaldo lacht.

Er sagt: »Lass dein Handy an, halte dein Board bereit, sei wachsam. Du wirst ein Läufer sein, ein Bote. Und die Dinge werden sich ziemlich rasant entwickeln.«

Rafas Enttäuschung ist unübersehbar.

Garibaldo, der nicht dumm ist, legt seinen Arm um Rafa. Er sagt: »Dein Papa ist auf dem Weg. Er und eine verdammte kleine Armee sind über das Wochenende draußen. Wahrscheinlich triffst du ihn morgen, spätestens Sonntagmittag.«

Rafa nickt.

»Halt die Ohren steif, Junge«, sagt Garibaldo. Er gibt Rafa einen kleinen Schubs.

Rafa verzieht sich.

Rays Handy klingelt. Fernanda.

»*Fala, querida*«, sagt er.

Was gibt's Neues, Pussycat?, ist der Unterton. Der Seufzer am Ende der Leitung spricht Bände. Ray wartet und lächelt.

»Dein Akzent hat sich nicht verbessert, du toller Hecht.«

»Muss an meinem Umgang liegen.«

»Du meinst Finanzimperialisten und Gringo-Sextouristen?«

»Davon gibt es eine Menge hier.«

Fernanda räuspert sich. »Ich gehe heute nicht zur Arbeit, Ray, genau wie du mir gesagt hast.«

»Kluge Frau.«

»Und wirst du mir auch erklären, warum ich einen Tag lang die Seele baumeln lassen soll?«

»Nett gesagt, wie aus einer Wellnessbroschüre.«

»Ray.«

»Ja klar, warum nicht. Was man so hört, ist dieses Wochenende Chaos angesagt. Paraisópolis ist nur einer von mehreren Orten, an denen man sich nicht unbedingt aufhalten sollte.«

»Du sorgst dich also um mich.«

»*Exactamundo.*«

»Das ist nicht Portugiesisch, Ray.«

»Bist du auch nicht. Komm heute Abend ins Hotel, und du bekommst Aufklärungsunterricht.«

»Klingt sexy.«

»Einfach nur eine Redewendung, Schätzchen. Willst du es wissen oder nicht?«

»Wir sehen uns um sieben.«

»Du bist eine tolle Frau.«

»Ray?«

»Ja?«

»Meine Kollegin, Renata, erinnerst du dich an sie?«

»Ja.«

»Vermutlich sollte ich ihr auch raten, früher nach Hause zu gehen.«

»Keine schlechte Idee, würde ich sagen.«

»Für einen Hedgefonds-Zahlenmenschen scheinst du sehr gut informiert zu sein.«

»Geld kommt überall hin, *querida*. In dieser Hinsicht ist es wie Sand. Wenn du nicht aufpasst, pulst du ihn noch wochenlang aus dem Schritt.«

Fernanda lacht. »Dann werde ich vorsichtig sein. Wir sehen uns heute Abend.«

»Ich werde der Typ an der Bar sein, der sich an seinem Cocktail festhält und aussieht, als würde er dich vermissen«, sagt Ray.

Fernanda legt auf.

Carlos weist seinen Fahrer an, aufs Gas zu treten. »Ramm die Hacken in den Asphalt, Junge.«

Leme lächelt. Leme macht es sich auf dem Rücksitz mit Franginho bequem. Der Junge hat die Hände in den Schoß gelegt und den Blick gesenkt. Er bläst Trübsal. Seine Unterlippe ist vorgestülpt.

Carlos blickt über seine Schulter. »Hör auf zu schmollen, *moleque*.« Er tippt mit seiner Pistole auf Franginhos Knie. »Und vergiss nie, zu lächeln, *bicho*, denn es könnte irgendwann zu spät dafür sein.«

Leme gluckst. Carlos grölt.

Leme sagt: »Wohin fahren wir?«

»Wir bringen den jungen Franginho hier an einen idyllischen Ort, damit wir ein Wort mit ihm wechseln können, gänzlich unbehelligt.«

Leme nickt. »Du bist ein Dichter, Carlão.«

»Als ob ich das nicht wüsste.« Er deutet auf den Hügel jenseits des Einkaufszentrums Jardim Sul. »Da oben. Ein perfekter Ort. Schöner romantischer Blick auf die Stadt, kein Mensch weit und breit.«

»*Lover's lane*«, sagt Leme.

»Nun«, schnaubt Carlos, »so oder so, einer von uns wird gefickt.«

Renatas Handy summt. Eine SMS von Mario:

Das mit dem Lunch klappt leider nicht, mein Schatz. Bin jetzt doch nicht in deiner Gegend.

Renata ist darüber nicht unglücklich. Wenn möglich, würde sie seine Einführung in ihr Büroleben auf unbestimmte Zeit verschieben. Außerdem hat sie viel zu tun. Dass sie überhaupt Zeit für Lunch findet, wird immer unwahrscheinlicher. Punkt. Fernanda hat sie im Stich gelassen. Die Formulare füllen sich schließlich nicht von selbst aus. Renata ist gerade dabei, Fernanda zu verwünschen, als eine SMS von ihr eintrifft.

Du machst heute besser früher Schluss, querida. Ich habe gehört,
etwas wird passieren.

Wie nett, denkt Renata und wirft das Handy auf den Schreibtisch. Leicht, so was zu sagen, vom Bett aus. In Paraisópolis passiert *immer* etwas, *querida.* Sie schüttelt den Kopf. Was auch immer passieren wird, im Augenblick passiert es jedenfalls nicht.

Sie macht sich wieder an ihre Arbeit.

Leme hört Carlos' Funkgerät knistern.

Irgendwas über brennende Busse auf der Marginal. Die Warnung, es könnte ein Hinterhalt sein. Alle Einheiten sollen alles stehen und liegen lassen und auf weitere Befehle warten. Angeblich hat ein Informant geplappert, über eine groß angelegte Aktion der PCC, um die Stadt im Allgemeinen und die Militärpolizei im Besonderen aufzumischen.

Carlos geht ans Funkgerät, wendet sich von Leme ab. Carlos spricht in Kürzeln. Leme erfasst das Wesentliche: Sie haben nicht lange Zeit, um sich mit dem Kleinen Hühnchen abzugeben.

Carlos beugt sich über den Sitz nach hinten. Er sagt: »Wir erledigen das besser schnell.«

Leme ist sich nicht sicher, ob er mit ihm oder Franginho spricht.

Sie kriechen den Hügel hinauf, vorbei am Extra-Supermarkt, und je höher sie kommen, desto schäbiger werden die Häuser. Ganz oben gibt es eine vertrocknete Wiese, einen traurig aussehenden Baum und einen verlassenen, offensichtlich ungenutzten Parkplatz. Ein üblicher inoffizieller Verhörort. Wenn jemand dort ein Militärfahrzeug einbiegen sieht, folgt er ihm ganz sicher nicht, das ist so sicher wie das Amen in der Kirche. Lemes Verstand trübt sich. Irgendetwas geht hier vor.

Sie kommen am äußersten Rand des Betonareals zum Stehen. Sie sind so ziemlich auf gleicher Höhe mit der Spitze des Favela-Hügels, etwa drei Kilometer Luftlinie in Richtung Osten. Am Ende der Hauptstraße breiten sich Krater aus. Ziegelsteine und Staub.

Neonreklamen von Fast-Food-Läden blinken. Sie ragen über dem Verkehr empor. Die Wolken hängen fett und aufgedunsen am blauen Himmel. Ich würde mich auch nicht bewegen, denkt Leme. Keiner will an solchen Tagen auch nur einen Finger rühren. Die Jalousien runterziehen, sich einen runterholen und ein Nickerchen machen, mehr bringt man in der Hitze nicht zustande. Ehrgeiz auf tropische Art.

Carlos und sein Schläger springen aus dem Wagen. Carlos reißt die Hintertür auf und zerrt Franginho an den Haaren heraus.

Leme steigt auf der anderen Seite aus und folgt ihm. So läuft das also ab, denkt er.

Ein schütteres Wäldchen aus vertrockneten und absterbenden Büschen, übersät mit Bierdosen und Drogenutensilien, erhebt sich auf einer Seite des Platzes. Carlos zerrt Franginho dorthin. Franginhos Beine bewegen sich doppelt so schnell, um Schritt zu halten.

»Knie dich hin«, sagt Carlos zu ihm.

Franginho tut, was ihm gesagt wird.

Der Junge steht unter Schock, denkt Leme. Er war nicht auf den Mund gefallen das letzte Mal, erinnert er sich, war clever, hatte Witz. Wahrscheinlich musste er sich noch nie mit dieser Art von Situation herumschlagen. Vermutlich denkt er – oder dachte er –, er stünde über diesem ganzen Gangsterscheiß. Sein Gesicht ist weiß. Eher schon grün. Leme denkt, dass er kurz davor ist, sich einzunässen.

»Punkt eins«, sagt Carlos, »was zum Teufel soll das alles?«

Er rammt Franginho den Umschlag, den er ihm abgenommen hat, in sein kleines, mageres Gesicht.

»Bankkarten, *Bolsa-Família*-Programm«, sagt er. »Alles legal, ich schwöre, ehrlich.«

»Ja?« Carlos wendet sich ab. »Warum zum Teufel hast du sie dann?«, fragt er.

Ein kurzer Moment Stille, dann wirbelt Carlos zu Franginho

herum, schlägt ihm mit der rechten Hand in einer einzigen flie-
ßenden Bewegung gegen den Kiefer. Fantastische Hebelwirkung,
maximale Ausbeute des Schwungs, satter Treffer. Franginhos
Hals knickt zur Seite weg. Carlos macht einen Schritt auf ihn zu.
Rückhandschlag in die andere Richtung, linke Hand, diesmal von
rechts nach links. Franginhos Hals knickt nach hinten.

Leme denkt: gute Kombination. Halt die Deckung oben, Junge.

Carlos nickt seinem Schläger zu. Der Schläger zückt eine Plastiktüte und stülpt sie über Franginhos Kopf.

Leme denkt: Nun, das mindert deine Gewinnchancen ein wenig.

Carlos kommt zu Leme herüber. »Wir müssen uns beeilen, in
der ganzen Stadt ist was im Busch. Es hängt mit den Freigängen
am Muttertag zusammen, von denen ich dir erzählt hab'. Was
wir hier abziehen«, er deutet auf Franginho, der keucht und zappelt, Blut in den durchsichtigen Kunststoffbeutel spuckt und ihn
damit besprenkelt, »ist Standardprozedur. Keiner stört sich allzu
sehr daran, wenn wir hier ein Hühnchen zu rupfen haben, falls
das Wortspiel erlaubt ist.«

Ein Hühnchen rupfen. Leme hebt eine Augenbraue.

»Die Sache ist die, dass einige unserer Jungs kriminelle Ten-
denzen haben. Es gab ein paar nicht autorisierte Entführungen
und Erpressungen im Staat. Junge Militärs, die nicht die Würde
und den Anstand haben, sich an die Regeln zu halten, haben auf
Kosten der PCC Profit gemacht. Und das auf sehr fragwürdige
Art und Weise.«

Carlos' Handlanger lässt Franginho einen Moment durchatmen. Carlos nickt. Der Schläger macht sich wieder an die Arbeit.

»Ich verstehe«, sagt Carlos, »warum deren Leute unglücklich
sind. Es gehört sich nicht, Familienmitglieder zu entführen und
Lösegeld zu erpressen. Keine Klasse. So einen Scheiß machen wir
hier nicht, aber es wird uns trotzdem treffen.«

Leme nickt.

»Es herrscht ein gewisses Gleichgewicht, richtig, und es ist schwierig, es ausgewogen zu halten. Und wenn man sauber ist, so wie ich, ist es noch schwieriger zu unterscheiden, was richtig und was falsch ist.«

Carlos winkt seinen Gorilla von Franginho weg.

»Wir werden jetzt ein paar Antworten bekommen, und dann verpissen wir uns am besten.«

Leme nickt. Guter Plan.

Carlos zieht seine Pistole. Er geht in die Hocke, mehr oder weniger auf Augenhöhe mit Franginho. Er wischt das Blut von Franginhos Mund. Er wischt den Schweiß von Franginhos Stirn. Er klopft mit dem Lauf seiner Waffe gegen Franginhos Kiefer.

»Okay, *filho*, ich denke, das ist genug, *ne*?«

Franginho nickt.

Leme schaut zu. Dieser Carlos behauptet, sauber zu sein. Leme hält das für ziemlich wahrscheinlich. Aber sauber sein schließt offenbar Brutalität nicht aus. Zumindest wenn es im Namen des Gesetzes geschieht, im Interesse des Volkes.

»Fangen wir noch mal an«, sagt Carlos. »Erzähl mir von den Bankkarten.«

Franginho schnieft. Er spuckt Blut und Schleim. »Wir kriegen jede Woche einen Stapel dieser Karten, die wir an die Leute in der Supermarktschlange verteilen, die dann das Geld abheben und es uns zurückbringen.«

»Und was macht ihr mit dem Geld?«

Franginho atmet tief durch. Er zittert, als würde er gleich weinen.

Leme fragt sich, was zuerst kommt, Tränen oder Urin.

Franginho sagt: »Etwas davon kriegen die Supermarktbesitzer, etwas kriegen wir, das meiste geht den Hügel hinauf.«

»Richtig. Und die Lebensmittel aus dem Supermarkt werden umsonst verteilt.«

Franginho nickt.

»Klug«, sagt Carlos. Er richtet sich auf, dreht sich zu Leme. »Eh, Mario, das ist clever, *ne*? Einfallsreich, findest du nicht auch?«

»Die sollten den Nobelpreis für Wirtschaft bekommen«, sagt Leme.

»Ich würde sie dafür nominieren.« Carlos wendet sich wieder an Franginho. »Das sind eine Menge Karten. Bekommst du jede Woche so viele?«

Franginho nickt.

Carlos blättert sie durch wie ein Kartenspiel. »Jede Woche dieselben Namen?«

Franginho schüttelt den Kopf.

Carlos nickt. »Interessant.«

Franginho stöhnt leise.

»Du merkst dir die Namen?«

Franginho stößt ein Wimmern aus. Er schüttelt den Kopf.

»Du machst also nur deine Arbeit, *falou*? Wie ein Rädchen im Getriebe.«

Franginho nickt. »Wir holen die Karten, wir überwachen die Schlange vor dem Laden, das ist alles.«

»Wer ist wir?«

»Ich und mein Kumpel Rafa.«

»Ah, der Junge mit dem Handy.« Carlos sieht zu Leme, zieht eine Augenbraue hoch.

Carlos dreht sich zu Franginho. Er kniet sich wieder hin. Klopft mit seiner Pistole gegen Franginhos Stirn. Er wirft einen Blick zu seinem Schläger. Der tritt hinter Franginho und packt ihn an der Kehle. Er reißt Franginhos Mund auf. Carlos nimmt seine Pistole und rammt den Lauf in Franginhos Rachen.

Leme schaut weg. Leme hört, wie Franginho sich windet, er hört seinen erstickten Protest, das gurgelnde Stöhnen eines Kindes. Leme riecht Ammoniak – Urin.

Leme sieht, wie Carlos sich aufrichtet.

Carlos sagt: »Was für Nachrichten hat dein Kumpel Rafa bekommen?«

Franginho würgt. Er hustet. Spucke tropft. »Ich weiß nicht.«

Carlos grinst und gibt seinem Gorilla ein Zeichen. Der tritt Franginho von hinten mit seinen spitzen Stiefeln direkt in die Nieren.

Franginho schnappt nach Luft. Er hustet Spucke und Blut. Würgt Erbrochenes.

»Wir wollen genau wie du, dass es vorbei ist, mein Sohn«, sagt Carlos.

Franginho schwankt, seine Lider flattern, schließen sich. Carlos nickt seinem Handlanger zu. Der holt eine Zwei-Liter-Flasche Wasser aus dem Wagen und übergießt Franginho damit.

»Das war das letzte Mal, Junge. Ich frage nicht noch mal.«

Franginho nickt. »Heute, am 12. Mai.«

»Und?«

»In den SMS ging es um heute, den 12. Mai. Rafa ist nur Bote. Die SMS sind so geschrieben, als ob sie von seinem Vater stammen. Aber das ist ein Code, *ne*? Bitte.«

»Er weiß also nicht, was sie bedeuten?«

Franginho schüttelt den Kopf.

»Kommt sein Vater dieses Wochenende nach Hause? Kannst du uns wenigstens sagen, ob das wahr ist?«

Franginho nickt und sagt etwas, das sie nicht verstehen.

»Lauter, *moleque*.«

Franginho hustet. »Ich hoffe es«, sagt er.

»Weißt du, warum sein Alter eingebuchtet wurde?«

Franginho schüttelt den Kopf.

»Weiß Rafa das?«

Franginho schüttelt den Kopf.

»Du kannst dir wahrscheinlich denken, worauf wir hinauswollen, du schlaues Kind.«

Franginho schüttelt erneut den Kopf. Sein Kinn liegt jetzt auf seiner Brust. Das macht es nicht einfacher, ihn zu verstehen, denkt Leme.

»Wo finden wir Rafa an diesem verheißungsvollsten aller Tage?«

Franginho hustet. Carlos reicht ihm ein Taschentuch. Dann eine kleinere Flasche Wasser. Franginho wischt sich Schweiß und Blut ab, trinkt gierig.

»Bestimmt auf seinem Board«, sagt Franginho. »Den Hügel rauf und runter.«

Carlos verzieht das Gesicht. »Das ist nicht sehr hilfreich, junger Mann.«

»Ich …«

»Du musst dich schon mehr anstrengen.«

Franginho wirkt panisch. Leme sieht seine Gedanken rasen. Carlos setzt eine neue Miene auf. Die Quintessenz: Eile ist oberstes Gebot.

Dann nickt Franginho. »Moment, ich weiß noch einen Ort, wo er hinwill, wegen seines Dads, glaube ich.«

»Erzähl weiter.«

»Es gibt ein Rechtshilfebüro, am oberen Ende der Favela. Dort arbeitet eine Frau. Er will zu ihr.«

Leme erstarrt. Carlos registriert, wie Leme erstarrt. Lemes Gedanken eilen drei Schritte voraus. Carlos erhebt sich, winkt seinen Handlanger heran.

»Sohn, du kannst nach Hause laufen.« Carlos drückt Franginho einen Schein in die Hand. »Besorg dir etwas zu essen und zieh dir was Frisches an.«

Leme sitzt schon im Auto.

Reifen quietschen.

Renata arbeitet im Rhythmus des Nachmittags …

Erstickt in Papierkram. Stumpfsinnige Bürokratie. Eine Brise weht durchs offene Fenster. Das Straßengeschnatter draußen klingt normal. Hausmädchen und Nannys auf dem Heimweg. Männer versammeln sich vor der Bar, stoßen an, lachen. Immer wieder das abrupte Anfahren von Lieferwagen. Das Stottern und Husten von Motoren in der Werkstatt des Schraubers. Die Gardi-

nen flattern. Das Radio spielt aufpeitschende klassische Musik –
Schostakowitsch. Ein Schluck Kaffee aus der Thermoskanne vertreibt die Nachmittagsmüdigkeit.

Renata blickt überrascht auf, als plötzlich der Junge mit dem
Skateboard in der Bürotür steht.

Einen Moment lang schauen sie einander in die Augen. Sie erkennen sich sofort wieder. Sie haben so etwas wie eine gemeinsame Vergangenheit, ohne sich wirklich näher zu kennen. Die
wenigen Worte, die sie gewechselt haben, schießen durch Renatas Kopf. Überraschenderweise beruhigt sie die Anwesenheit des
jungen Mannes. Es liegt eine Art Vorbestimmung in der Luft, als
ob sich dieses Ereignis schon länger angekündigt hat.

Eine Grenzlinie wird neu gezogen.

Renata legt ihren Stift beiseite. Sie schließt ein Dokument auf
ihrem Computer. Sie rutscht auf ihrem Bürostuhl zurück. Mit
einer Geste bittet sie den jungen Mann – den Jungen – herein.

»Du«, sagt sie schlicht. Es folgt ein kurzer Moment des Schweigens. »Was kann ich für dich tun?«

Der junge Mann schlurft näher.

»Hier.« Renata schiebt ihm einen Stuhl zu. »Setz dich, nur zu.
Bitte nimm Platz.«

Er zögert. Dann lässt er sich nieder. Er benutzt sein Board als
Schutzschild. Er wiegt es, drückt es an seine Brust. Er hält den
Blick gesenkt. Seine Schultern sind gekrümmt. »Erinnern Sie
sich«, sagt er, »an neulich?«

Renata nickt. Natürlich erinnert sie sich. Es ist ihr Geheimnis.
Sie führt es auf die Natur ihrer Arbeit in der Favela zurück. Eine
Art Nebenwirkung oder Kollateralschaden. Sie schämte sich für
ihre eigene Naivität.

»Sie haben doch nichts gesehen, oder?«, fragt der Junge.

Renata schüttelt den Kopf. »Nichts.«

»Sie sind nur spazieren gegangen, richtig?«

»Ja.« Renata lächelt sanft. »Genau das.«

»Das ist gut. Sie haben also niemandem etwas davon erzählt?«

»Ich habe niemandem erzählt, dass ich spazieren gegangen bin, nein. *Porque? Não faz sentido, ne?*«

Warum sollte ich das tun?

Der Junge nickt.

Die Wahrheit ist: Wie *könnte* sie Mario davon erzählen und erwarten, dass er ihr erlaubt, weiter in Paraisópolis zu arbeiten?

Es ihr *erlaubt*. Sie würde *ihm* nicht erlauben, ihr irgendetwas zu erlauben – oder zu verbieten. Aber genau das hat sie sich eingeredet, ein Macho-Klischee, das ihre Ehe so gar nicht bedient.

Das machte es in diesem speziellen Fall einfacher.

Und sie hat auch wirklich nichts gesehen.

Der Junge nickt immer noch. »Okay, das ist gut.« Sein Lächeln verrät Erleichterung. »Ich habe mir Sorgen gemacht.« Er blickt nach unten. Seine Füße zucken. Er blickt auf und lächelt wieder.

Renata glaubt zu verstehen, warum er hier ist. Auch sie spürt große Erleichterung. Es gibt offenbar vieles, das besser ungesagt bleibt.

»Gibt es noch etwas, womit ich dir helfen kann?«

Der Junge nickt. Er umarmt sein Board.

Renata beugt sich kaum merklich in seine Richtung. »Weißt du, was wir hier tun?«

»Ich denke, juristische Arbeit wie Bürokratie? Wie ein Notar, *ne?*«

»*Pois é*«, sagt sie. Das trifft es. »Obwohl es ein bisschen komplizierter ist.«

»Okay.«

»Am besten erkläre ich es wohl so: Ich helfe bedürftigen Menschen in rechtlichen Angelegenheiten. Vielleicht geht es um die Aufnahme eines Kredits, vielleicht um den Papierkram für einen Hauskauf, vielleicht auch um die Verlängerung eines Führerscheins. Manchmal ist es auch mehr«, lächelt sie. »Man kann nie im Voraus wissen, wofür man Hilfe braucht, so viel ist sicher.«

Der Junge nickt. »Mein Vater …«, sagt er und hält inne. Er blickt zu Boden. Er drückt sein Brett an sich.

»Dein Vater.«

»Er ist … nicht zu Hause.«

»Wo ist er?«

»Er ist … im Knast.«

»Okay.«

»Und ich weiß nicht, was er getan hat.«

»Verstehe.« Renata nimmt einen Stift, ein Stück Papier. »Es ist okay, du kannst hier frei reden.«

»Ich möchte wissen, was er getan hat und ob Sie mir helfen können.«

»Wie heißt du?«

»Rafa.«

»Rafael?«

»Ja.«

»Rafael wie?«

»Rafael Nascimento.«

»Und wie heißt dein Vater?«

»Sergio. Sergio Nascimento.«

»Ich brauche Dokumente. Hast du deinen RGE, deine Steuerregistrierung oder deinen CPF, deinen Personalausweis?«

Der Junge schüttelt den Kopf. Renata nickt. Das ist nicht weiter erstaunlich. Kein Ausweis bedeutet, dass man nicht im System ist, was durchaus seine Vorteile haben kann. Allerdings kann man für ein Kind, das technisch gesehen gar nicht existiert, kaum *tatsächliche* Leistungen beanspruchen.

»Hast du den RGE oder CPF deines Vaters?«, fragt Renata.

»Sie sind zu Hause, glaube ich. Ich bin mir nicht sicher, wo. Tut mir leid.«

Renata lächelt. »Meinst du, du kannst sie finden?«

Der Junge wirkt erfreut. »Ja, ich kann nachsehen. Jetzt gleich, wenn das hilft?«

»Wenn du was findest, bringst du es gleich zu mir.«

»Er kommt dieses Wochenende nach Hause.«

»Er kommt nach Hause?«

»Am Muttertagswochenende. Er hat einen Passierschein.«

Renatas Augen verengen sich ein wenig. »Stimmt. Natürlich.«

Der Junge wagt den Sprung. Renata kann sehen, wie sich seine Augen weiten und seine Brust hoffnungsvoll anschwillt, als er fragt: »Können Sie ihn treffen?«

Sie macht ein abwägendes Gesicht. »Ich bin bis sechs Uhr abends hier, dann ist Wochenende.« Sie mustert den Jungen. Sie empfindet etwas für ihn. Ihre gemeinsame Geschichte bedeutet ihr etwas. »Ich kann morgen früh hier sein, zwischen zehn und zwölf Uhr. Dann kannst du ihn mitbringen. Einverstanden?«

Der Junge lächelt – breit. »Ja, ja, danke. Vielen Dank, Dona …«

Sie hat ihm ihren Namen nicht genannt. »Dona Renata.«

Er steht auf. »Ich gehe jetzt und suche die Dokumente. Ich bringe sie vor sechs hierher.«

»Es hat keine Eile, Rafael.«

Er hält inne. »Nur meine Oma nennt mich Rafael.«

»Das ist ein schöner Name.«

Der Junge wirkt verlegen. Diese schlaksige, jugendliche Haltung, diese Dankbarkeit, dieses Nichtwissen, wie man sich verhalten soll.

»Auf Wiedersehen, Rafael«, sagt Renata. »Wir reden bald weiter.«

Der Junge geht, glücklich.

Carlos' Schläger lässt die Sirene aufheulen, und sie donnern von der Avenida Giovanni Gronchi herunter. Harter Ritt, harte Truppe.

Carlos ist am Funkgerät. »Wir kommen jetzt *rein, porra,* haltet euch bereit, lasst das Visier runter. Rua Dr. Laérte Setúbal. Räumt die Straße. Ihr habt etwa zwei Minuten. Folgt und flankiert uns, *certo*?«

Aus dem Funk dringt knisternd: *Verstanden.*

Leme ist angespannt. Trotz Klimaanlage schwitzt er vor Nervosität. Er rutscht auf seinem Sitz herum, kaut auf der Innenseite seiner Wangen, knirscht mit den Zähnen.

Der Militär-SUV schleudert kreischend um die Kurve. Zwei Polizeimotoräder lassen die Motoren aufheulen und schalten blaurote Blinklichter ein. Sie flankieren sie. Zwei Sets von Helmen und Pilotenbrillen nicken Carlos und seinem Handlanger zu. Sie beschleunigen. Die *favelados* springen beiseite. Reißen wütend die Arme hoch, fletschen die Zähne, es hagelt Flüche.

Sie brettern über die Kreuzung. Sie preschen an der Eckkneipe vorbei.

Tische stürzen um, Männer gehen in Deckung, Kinder flitzen davon …

Die Menschen rechnen mit Schüssen und Verhaftungen.

Carlos' Schläger steigt auf die Bremse. Die Motorräder kommen neben ihnen zum Stehen. Die Motorradpolizisten entsichern die Clips ihrer Halfter, und ihre Haltung signalisiert: *Kommt bloß nicht auf dumme Gedanken.*

Leme ist mit einem Satz aus der Tür, im Gebäude und jagt die Treppe hinauf. Carlos folgt ihm, ein wenig umsichtiger.

Leme überspringt Treppenstufen. Die Bürotür steht offen. Er stürzt hinein, schlittert ins Zimmer und sieht …

Renata, allein, an ihrem Schreibtisch, Stift in der Hand, Radio an, die Kaffeemaschine läuft.

»*Querido*«, sagt sie, »was in aller Welt machst du hier?«

»Ich …«

Leme keucht. Sein Atem ist flach und heiß.

Renata erhebt sich. Sie legt ihm eine Hand auf die Schulter. »Vergiss nicht zu atmen, Mario.«

Leme nickt. »Komm, hol deine Sachen, schließ ab, wir müssen gehen.«

Carlos steht in der Tür. Leme deutet auf ihn. Renata sieht ihn, versteht.

»Mario?«, sagt sie.

Lemes dringliche Miene besagt: Vertrau mir, mein Schatz, *bitte*.

Renata nickt.

Sie schließt die Fenster. Sie schaltet die Computer ab. Leme wartet ungeduldig, sein Gesicht eine lächelnde Grimasse. Sie schnappt sich ihren Mantel, ihre Tasche.

»Na gut«, sagt sie mit einem knappen Lächeln. »Dann lasst uns gehen.«

Rafa findet zu Hause den Ausweis seines Vaters, aber als er zum Büro von Dona Renata zurückkehrt, ist sie nicht mehr da, die Türen sind verschlossen. Er überlegt kurz, ob er einbrechen soll, um das Dokument auf ihrem Schreibtisch zu hinterlassen. Einfach um die Dinge ein wenig zu beschleunigen, eine nette, hilfreiche Überraschung, wenn sie morgen früh kommt. Er überlegt es sich anders; womöglich weiß sie die Geste, seine gute Absicht, nicht wirklich zu schätzen. Vermutlich gefällt so was auch den Jungs auf dem Hügel nicht sonderlich. Schließlich hat er ihnen versichert, dass sie nichts von der Fabrik weiß, sodass der Deal, den sie mehr oder weniger ohne ihr Wissen mit ihr geschlossen haben, immer noch steht.

Es ist früher Abend, und Rafa arbeitet auf Hochtouren. Er kann Franginho nirgends finden, hat aber keine Zeit, sich deswegen Sorgen zu machen.

Sein Auftrag: Übermitteln von Nachrichten zwischen Paraisópolis und einem Dreieck, das sich über mehrere Quadratkilometer zwischen dem Militärstützpunkt bei Jardim Sul, der Avenida Morumbi bis zum Fluss und der Giovanni Gronchi bis runter zum Stadion erstreckt.

Sein Auftrag: Unterstützung eines groß angelegten stadtweiten Angriffs auf die Militärpolizei, der von den PCC-Bossen aus dem Gefängnis heraus koordiniert wird, wie er inzwischen erfahren hat.

Sein Auftrag: Er hält die Augen offen, ob die Militärpolizei oder andere ungebetene Gäste in das ihm zugewiesenen Dreieck der Favela eindringen, und meldet sich umgehend, wenn dergleichen droht.

Sein Auftrag: Munition und leichte Waffen an Gruppen von bewaffneten PCC-Kämpfern ausliefern, sofern benötigt.

Der Auftrag, den er sich selbst erteilt hat: während er all dies tut, schön in Deckung bleiben. Denn wie kann er seinem Vater helfen, wenn er sich am Wochenende von dessen Rückkehr eine verirrte Kugel einfängt.

Der Tag hat es in sich.

Leme öffnet den Kühlschrank. Er holt drei Bierdosen heraus und nimmt sie mit auf den Balkon. Renata und Carlos stehen draußen. Sie schauen auf die Stadt. Leme verteilt die Dosen. Sie knacken sie, trinken durstig. Sie stoßen mit den Dosen an. Sie schweigen. In der Ferne hört man das Detonieren von Feuerwerkskörpern – Warnungen – aus allen Richtungen. Über der Favela kräuseln sich Rauchfahnen. Ansonsten liegt eine merkwürdige Stille in der Luft. Die Ruhe vor dem Sturm, denkt Leme. Der Strom knistert, und die Generatoren summen – Kabel führen von oben herab. Das Apartmenthaus ist von anderen, kleineren Gebäuden umgeben. Das Tageslicht schwindet. Die Dämmerung ist *muito* grau, unbarmherzig. In vielen Apartments brennt schon Licht – es sind mehr Menschen zu Hause als freitags üblich.

Carlos kippt sein Bier. Er schüttelt die Dose und vergewissert sich, dass sie leer ist.

»Ich mach mich auf die Socken, Kumpel«, sagt er zu Leme. »Ihr zwei bleibt, wo ihr seid. Verlasst auf keinen Fall die Wohnung, *certo*?«

Leme nickt.

»Deine Truppe kriegt sicher keinen Einsatzbefehl. Bei uns herrscht Fraktionszwang, also muss ich los.«

Carlos nickt Renata zu.

Leme sagt: »Pass auf dich auf, Kumpel.«

Carlos lächelt und geht.

Es ist kurz vor Mitternacht, und Rafa denkt, die Lage habe sich entspannt. Er hat die letzten vier Stunden in der Nähe seines Zuhauses verbracht. Er hat noch keine gewalttätigen Szenen gesehen. Aber was man so hört, gab es eine Menge davon. Er hat geholfen, Waffen in Autos zu verladen, in denen PCC-Leute quer durch die Stadt transportiert wurden, um diese Waffen irgendwo einzusetzen. Er hat von einer Schießerei vor dem 55. Revier gehört. Ein Militärpolizist, der ihre Organisation verraten hat, um sich selbst zu schützen, soll vor seiner Haustür erschossen worden sein. Angeblich wurde ein halbes Dutzend Einsatzfahrzeuge der Polizei zerstört. Überall sollen Busse gebrannt haben. Drei hat er selbst gesehen.

Noch immer keine Spur von Franginho.

Rafas Handy summt. Schon wieder.

Er soll zur *boca de fumo* kommen, um eine kleine Abholung vorzunehmen. Es ist dieselbe *boca*, in der er vor nicht allzu langer Zeit der Anwältin aufgelauert hat. Kleine Abholung bedeutet wahrscheinlich einen Umschlag mit Bargeld. Er soll das Paket, was auch immer es ist, zur Baubaracke bringen. Der Code ist tatsächlich nicht allzu schwer zu knacken, denkt er.

Er macht sich auf den Weg. Es ist dunkel. Die Straßen liegen im Schatten und sind verlassen. Straßenlaternen flackern. In den Häusern brennt nirgendwo Licht. Die Leute verstecken sich in der Dunkelheit, denkt Rafa, und das ist vernünftig, wenn man die Lage in der Stadt bedenkt. Außerdem könnte jederzeit ein Gangmitglied die Situation nutzen, um eine offene Rechnung zu begleichen.

Die demografische Struktur der Favela ist eine wirtschaftliche Realität, sagt Franginho immer. Neunundneunzig Prozent hart arbeitende, arme und ehrliche Menschen; ein Prozent, das sich bereichert. Reiner rechtslastiger Kapitalismus.

In der *boca* ist alles dunkel bis auf eine nackte Glühbirne ganz am Ende. Sie baumelt in ein paar Metern Höhe an einem dünnen Kabel und leuchtet trübe.

Rafa nähert sich langsam. Die ganze Nacht über hat er mit einer gewissen Vorsicht gearbeitet. Er presst sich an die Hausmauern, als sich die Gasse verengt. Er bewegt sich von Schatten zu Schatten. Sein Board trägt er jetzt unter dem Arm. Auf dem holprigen Weg macht es zu viel Lärm.

Rafa hört Stimmen. Drei oder vier Personen, denkt er. Er hört Garibaldi. Und eine lakonische Zustimmung Lankys. Dann eine schroffe, ältere Stimme. Ein weiteres Grunzen. Rafa bewegt sich langsam und gleichmäßig. Lauernd, wie auf dem Kriegspfad.

Jetzt sieht er sie. Er weiß, es ist besser, sie nicht zu stören. Also kauert er sich zwischen Holzkisten. Die Glühbirne wirft kaum Licht.

Er sieht, dass die anderen Stimmen von zwei Militärpolizisten stammen. Er denkt: Hallo.

Einer der Militärs – glatzköpfig, bullig wie ein Stier – überreicht Garibaldo einen Umschlag.

Garibaldo sagt irgendetwas wie: *Alles klar, ich brauch' es nicht zählen, porra.* Und dann: *Nein, nur Spaß.* Natürlich zählt er es.

Er bemerkt Lankys Anspannung.

Die beiden Militärs erwidern etwas wie: *Na gut, mein Sohn, wie du meinst.* Sie lächeln, wirken ganz entspannt.

Rafa ist vielleicht ein Dutzend Meter entfernt, gut versteckt. Er fühlt sich unsichtbar.

Er sieht, wie Garibaldo nickt, grinst, dem glatzköpfigen Militär die Hand schüttelt.

Er sieht, wie Garibaldo und Lanky sich umdrehen und in die Richtung seines Verstecks schlendern.

Rafa denkt, dann stehe ich jetzt besser auf, ich will nicht angemotzt werden, weil ich zu spät komme.

Halb aufgerichtet sieht Rafa, wie die beiden Militärs ihre Waffen ziehen und Garibaldo und Lanky in den Hinterkopf schießen.

Sie stürzen zu Boden, eine einzige blutige Sauerei.

Rafa duckt sich. Er sieht, wie die beiden Militärpolizisten die Leichen umdrehen. Sie schießen ihnen in die Brust. Er denkt: Das verschleiert die ganze miese Exekution von hinten.

Die Militärs durchwühlen die Taschen der Toten. Sie konfiszieren Bargeld. Sie nehmen Garibaldo und Lanky die Pistolen ab.

Dann drücken sie die besagten Pistolen den Leichen in die Hände. Sie feuern mehrere Schüsse daraus ab, in Richtung des Eingangs der *boca*, der eigentlich auch der Ausgang ist, denkt Rafa.

Lachend lassen sie die Hände der toten Männer fallen. Sie sehen sich kurz um, stellen fest, dass sie allein sind. Sie schlendern davon. Glatzkopf teilt das Geld auf und übergibt seinem Kumpel ein Bündel.

Rafa registriert das alles, wartet fünf Minuten, dann verpisst er sich schleunigst.

Er sitzt gerade auf dem Reifenstapel vor dem Supermarkt, als sein Handy vibriert. Okay, *chega*, denkt er. Das reicht jetzt.

Er nimmt das Handy aus der Tasche und klappt den Deckel auf. Eine Nachricht:

Tut mir leid, mein Sohn. Ich komme nicht nach Hause.

Rafa braucht einen Moment, um das zu verdauen. Er zittert, hebt den Kopf. Er weiß, was es bedeutet, er kennt den Code, das ist eine Nachricht, die er nicht den Hügel hinauf weitergeben muss.

Sie ist für ihn.

Es ist sein Vater.

Rafas Brust wird eng. Er *jault*.

In der Bar auf der Terrasse vom Hotel Unique ist Hochbetrieb. Es herrscht eine dekadente Fin-de-Siècle-Stimmung. Die wegen der Vorsichtsmaßnahmen reduzierte Beleuchtung sorgt für Verdunkelungsmoral. Paare *kopulieren* im Pool, auf den Liegen, gegen die Scheiben gepresst. Zumindest sieht es für Big Ray so aus.

»Zivile Unruhen sind ein verdammt gutes Aphrodisiakum«, sagt er zu Fernanda. »Lass uns rummachen, während Rom brennt, Baby.«

Fernanda lacht. »Was ich an dir mag, Ray, ist dein Optimismus.«

»Das Erste, was du am Montagmorgen machst, *querida*, ist, die Akten zu vernichten. Die Akten, die du von der Arbeit mitgenommen hast.«

Fernanda nickt.

»Niemand außer dir und mir darf von deiner Tätigkeit wissen«, sagt Ray.

»Ja.«

»Bis dahin, bleib in Deckung.«

»Wie alle anderen hier?«, sagt Fernanda und gestikuliert in Richtung Deck.

»Ha«, lacht Ray. »Ich besorge dir ein Zimmer.«

»Und nur ich hab' den Schlüssel, Big Ray.«

»Vertrau mir«, sagt Ray. »Sicherheit geht vor. Ich kümmere mich darum.«

Ray gibt dem Concierge ein Zeichen und reserviert ein Zimmer für sie.

Das Chaos scheint kilometerweit entfernt, draußen in der Dunkelheit der Stadt. Dennoch herrscht es dort, das Chaos, sie alle wissen es.

Ray lächelt, geht nach unten und setzt sich einen Schuss.

Ray *strahlt* von innen.

Draußen vor seinem schalldichten Fenster brodelt die Stadt. Ray kann sie beben sehen, lautlos.

Ray fühlt sich gut, könnte nicht besser sein. Er nimmt eine lange Dusche.

Als er sich die Haare trocknet, kuschelig in seinem weichen Bademantel, klopft es an der Tür.

Es ist Fernanda mit zwei geschliffenen Whiskeygläsern in der Hand.

»Das sieht nach gutem Stoff aus«, sagt Ray.

Fernanda zieht einen Schmollmund: *Und meine Anwesenheit zählt wohl gar nicht, oder?*

Sie sagt: »Mein Zimmer war zu groß.«

»Ausgezeichnet«, sagt Ray.

Archivdokument:

Bericht der Militärpolizei

Donnerstag, 11. Mai

Der Geheimdienst der Militärpolizei São Paulos
hört Telefongespräche zwischen führenden
Mitgliedern der PCC ab, aus denen hervorgeht,
dass es am Wochenende zu einem größeren
Zwischenfall kommen wird. Daran sollen Hunderte
von PCC-Mitgliedern beteiligt sein, unter anderem
eine große Zahl Häftlinge, die am Wochenende
zur Feier des Muttertags Freigang erhalten.
Diese Informationen wurden als »nur für den
Dienstgebrauch« eingestuft. Die Regierung kündigt
die Verlegung von 765 Mitgliedern der PCC in das
Hochsicherheitsgefängnis Presidente Venceslau an,
um die Führung der Gruppe zu schwächen und einen
derartigen Vorfall zu verhindern.

PCC-Anführer Marcos Williams Herbas Camacho,
genannt *Marcola*, beantragt sechzig Fernsehgeräte,
um die Fußballweltmeisterschaft 2006 zu sehen.
Er beantragt außerdem häufigere Besuche von
Ehepartnern. Die Regierung ignoriert diese
Anträge. Der Geheimdienst ist der Ansicht, dass
die Forderungen lediglich ein Ablenkungsmanöver
für den geplanten Vorfall und eine öffentliche
Rechtfertigung für die damit verbundene Gewalt

darstellen. Der wahre Hintergrund ist der Versuch der Regierung, die PCC-Führung zu entmachten.

Freitag, 12. Mai

Marcola und sieben weitere Anführer der PCC werden zum Verhör ins Hauptquartier des Departamento Estadual de Investigações Criminais gebracht. Marcola weigert sich, Aussagen über geplante Aktionen oder Ähnliches zu machen. Er wiederholt lediglich seinen Wunsch, Brasilien bei der Fußballweltmeisterschaft zu sehen.

Im Laufe des Tages werden an sechs wichtigen Verkehrsknotenpunkten São Paulos Busse entführt, die Fahrgäste evakuiert und die Busse anschließend in Brand gesetzt. Die Stauprobleme sind immens. Gerüchte über zivile Unruhen machen die Runde. Arbeiter werden vorzeitig nach Hause geschickt. Infolgedessen verschlimmern sich die Staus über jedes bisher in São Paulo bekannte Maß hinaus. Die Stadt ist mehrere Stunden lang praktisch lahmgelegt.

Gegen 20 Uhr beginnen Angriffe auf Polizeibeamte. Das 55. Polizeirevier wird von einem Konvoi aus fünfzehn Autos attackiert, besetzt mit bewaffneten Bandenmitgliedern. Ein Polizeibeamter wird vor seinem Haus im östlichen Teil São Paulos ermordet, offenbar ein vorsätzliches Attentat.

Bis Mitternacht werden bei neunzehn Vorfällen neun Menschen verletzt und vier Beamte der Zivilpolizei, ein Gefängniswärter, vier Mitglieder der Zivilgarde und ein Militärangehöriger getötet.

Samstag, 13. Mai

In den von der PCC kontrollierten Gefängnissen im ganzen Bundesstaat kommt es zu einer großen, koordinierten Rebellion. 24.472 Gefangene in vierundzwanzig Gefängnissen beteiligen sich aktiv an den Ausschreitungen. Sie nehmen hundertneunundzwanzig Geiseln. Die Polizei verhaftet siebzehn Verdächtige. Die Gefängnisbehörden sind praktisch machtlos.

Der Gouverneur des Bundesstaates, Cláudio Lembo, mobilisiert die gesamte Polizei, um gegen die Kriminellen vorzugehen und die Gewalt zu beenden.

In einer Pressekonferenz erklären Cláudio Lembo und Saulo Abreu, der Sekretär für öffentliche Sicherheit, dass dies eine »vorhersehbare« Reaktion der PCC auf die Verlegung ihrer Anführer in Hochsicherheitsgefängnisse sei.

Die Zahl der einzelnen Gewalttaten steigt auf neunundsechzig, davon vierundvierzig im Großraum São Paulo. Zweiunddreißig Menschen werden getötet: zweiundzwanzig Polizeibeamte, fünf Gefängniswärter, ein Zivilist und vier Kriminelle. Die Lage in den Gefängnissen bleibt kritisch, da immer noch Hunderte von Geiseln festgehalten werden.

Sonntag, 14. Mai

Polizeipatrouillen ermitteln wichtige PCC-Stütz-
punkte und riegeln sie ab. Zur Wiederherstellung
der Ordnung werden bei dreiunddreißig gesonderten
Einsätzen der Militärpolizei fünfzehn Kriminelle
getötet. Über siebzig Verhaftungen werden
vorgenommen.

Als Reaktion darauf erhalten weitere siebenund-
vierzig Gefängnisse im Bundesstaat São Paulo von
der PCC den Befehl zur Rebellion.

Im Süden und Osten der Stadt dauern die Gewalt
und die schweren Unruhen an, Busse werden
entführt und in Brand gesetzt, und unter
dem Deckmantel dieser Aktionen werden. Banken
überfallen und ausgeraubt. Zwei Depots der
Verkehrspolizei werden mit Molotowcocktails
angegriffen.

Archivdokument: Aus *Cidade de São Paulo*
16. Mai 2006, Artikel von Francisco Silva

Laut einer Quelle aus dem Umfeld des Chefs der
Polícia Civil São Paulos haben Beamte, auf die
während der Ausschreitungen geschossen wurde,
Anspruch auf Gefahrenzulage. Also schossen einige
Beamte während des Höhepunkts der Gewalt und
auch noch während des Abflauens in der Nacht von
Samstag auf Sonntag auf ihr eigenes Polizeirevier,
wobei die Einschusslöcher als Beweis für Angriffe

dienen sollten. Der Quelle zufolge fordern diese
Beamten ebenfalls eine Gefahrenzulage.

Archivdokument:

Aus der *New York Times*

17. Mai 2006,

Artikel von Paula Prada [Redigiert]

São Paulo: Regierungsvertreter wiesen lokale
Medienberichte zurück, wonach die Polizei die
Krise genutzt habe, um zuvor als Bandenmitglieder
ausgemachte Verdächtige zu töten. Das
harte Durchgreifen der Polizei während der
Kämpfe führte zu Verhaftungen von mehr als
hundert mutmaßlichen Bandenmitgliedern sowie
einundsiebzig Todesopfern.

Während es sich bei den meisten Toten um
mutmaßliche Kriminelle handelte, wurden auch
etwa vierzig Polizeibeamte getötet. Das Ausmaß
der Kämpfe provozierte zahlreiche kritische
Fragen und beschädigte zusätzlich das ohnehin
angeschlagene Vertrauen in die brasilianischen
Sicherheitskräfte.

Die Staatsregierung bot an, Truppen zur
Unterstützung der lokalen Behörden zu entsenden,
die laut Gesetz für die Sicherheit des jeweiligen
Bundesstaates zuständig sind. Cláudio Lembo, der
amtierende Gouverneur, lehnte das Angebot jedoch
am Montag ab, bezeichnete es als unnötig und

argumentierte, die Ausschreitungen seien »unter Kontrolle«.

Seine Entscheidung sorgte für eine Welle der Kritik mit dem Argument, die Ablehnung sei allein politisch motiviert. Lembos Vorgänger, Geraldo Alckmin, ist vor Kurzem als Gouverneur zurückgetreten, um für das Präsidentenamt zu kandidieren, und jedes Versagen der bundesstaatlichen Politik könnte angesichts der neuerlichen Kandidatur Präsident Luiz Inácio Lula da Silvas leicht politisch instrumentalisiert werden.

»Die Landesregierung sollte mehr Zeit darauf verwenden, diese Art von Gewalt zu stoppen, anstatt zu versuchen, sich im Amt zu halten«, sagte Noélio Alves Ferreira, 62, ein Ladenbesitzer in Conjunto dos Metalúrgicos, einem westlichen Vorort der Stadt, in einem Interview. »Wir werden beschossen, während sie politisches Kalkül betreiben.«

Aus Angst vor einem möglichen Angriff schloss Lúcia Sousa da Silva, 46, eine Lebensmittelhändlerin auf der gegenüberliegenden Straßenseite, am Montag ihren Laden vorzeitig und verlor damit den abendlichen Umsatz. »Die Polizei ist völlig überfordert«, erklärte sie. »Sie versuchen, uns zu schützen, aber in Wirklichkeit sind sie unvorbereitet.«

Archivdokument:

Aus der *New York Times*

30. Mai 2006,

Artikel von Larry Rohter [Redigiert]

São Paulo: Die Polizei hat die Verantwortung für
einige der Todesfälle eingeräumt, die nach eigenen
Angaben durch Schusswechsel oder Widerstand gegen
Festnahmen verursacht wurden. Verwandte und Zeugen
erklärten jedoch, einige der Opfer hätten gar
nicht zu Banden gehört und seien auf dem Weg zu
oder von der Arbeit getötet oder von bewaffneten
Gruppen mit Ninja-Masken hingerichtet worden.

Nach Angaben von unabhängigen Anwälten und
medizinischen Organisationen, deren Mitglieder
einige der Leichen sahen, wiesen viele von ihnen
Schusswunden in Kopf, Rücken oder Herz auf,
einige hatten auch Wunden an den Händen, die
auf Verteidigungsversuche hinzuweisen scheinen.
Einige der Leichen wiesen auch Schmauchspuren
auf, was darauf hindeutet, dass sie aus nächster
Nähe hingerichtet wurden.

Der Gouverneur des Bundesstaates São Paulo,
Cláudio Lembo, erklärte, er empfinde diese
Verdachtsmomente als »beleidigend«, denn »wir
verhandeln nicht mit Banditen«. Doch Präsident
Luiz Inácio Lula da Silva brachte die weit
verbreiteten Zweifel und die Bestürzung der
Öffentlichkeit auf den Punkt, als er sagte, dass
»es so aussieht, als hätten die Polizei und die
Banditen gemeinsame Sache gemacht«.

Dritter Teil

DAS KOMMUNISTISCHE MANIFEST

São Paulo, 2011

1

Das Grauen

Januar 2011

---

*2009: Wir alle verfolgen Präsident Lula bei seiner Rede.
JUHU! Brasilien bekommt die Olympischen Spiele zusätzlich
zur Fußballweltmeisterschaft. Das ist BRIC-Wohlstand auf
dem Höhepunkt der Geldvermehrung. In São Paulo winken
meine Freunde ab. Clusterfuck: Das ist nur ein weiterer
Scheck, den der linke Langfinger Lula nicht einlösen kann.
Ordnung und Fortschritt fordert der Schriftzug im Zentrum der
brasilianischen Flagge. Ja, genau.*

Joe, 32, Lehrer im Ausland

*Brasilien war die zweite große Überraschung für uns,
zumindest in finanzieller Hinsicht. Die Aufnahme in die
BRIC-Gruppe war mein größtes Wagnis, aber 2010 hatte das
Land Italien überholt und war zur siebtgrößten Wirtschaft
der Welt geworden, mit einem BIP von 2,1 Billionen Dollar
(1,3 Billionen Pfund). Ich hätte nie gedacht, dass Brasilien
so schnell wachsen könnte. Unsere [Analyse] deutete darauf
hin, dass es dieses Stadium erst nach 2020 erreichen würde.*

Jim O'Neill, Goldman-Sachs-Ökonom, Schöpfer des BRIC-
Wirtschaftskonzepts, 2011

*Ich werde mich mit großer Hingabe um die Schwächsten und
Bedürftigsten kümmern – aber ich werde für alle regieren!
Ein berühmter indischer Führer sagte einmal, mit einer
geballten Faust kann man keine Hände schütteln.*

Dilma Rousseff, 36. Präsidentin Brasiliens, in ihrer Antrittsrede vor der
brasilianischen Bevölkerung, 1. Januar 2011

Happy fucking New Year.

Es ist kurz nach fünf Uhr am ersten Tag des Jahres 2011. Viel zu
früh. Lemes Handy klingelt und klingelt. Er hat etwa eine Stunde
geschlafen. Lisboas Worte hallen in seinem Kopf nach: *Happy fucking New Year!*

Leme döst. Das Handy klingelt und klingelt. Er spürt Renatas
Stöhnen. Heißer, saurer Atem in seinem Nacken.

Er driftet wieder ab, zurück zum gekippten Bier und den *pinga*-
Shots, zu Musik und Geschrei. Leme brüllt Glückwünsche und ein
Versprechen von Hingabe und Treue in Lisboas Ohr.

Leme hat den Nachgeschmack von Knoblauch und Salz,
Schweinefett und Zigaretten im Mund. Chipskrümel stecken zwischen seinen Zähnen.

Wer zum Teufel ruft an?

Leme geht dran. Lisboa. Was zum Teufel will der denn *jetzt*?

Lisboa sagt: »Raus aus den Federn, *garanhão*. Es gibt eine Leiche mit unserem Namen drauf. *Happy fucking New Year*, Kumpel.«

Garanhão. Hengst. Ziemlich weit weg von seiner aktuellen Verfassung. Leme setzt sich auf, stöhnt. Alles dreht sich. Kompletter
Gehirnschwund. Änderung des Plans. Noch fünf Minuten, dann
stehe ich auf, denkt er. Legt sich hin und döst. Zehn Minuten später kommt er wieder zu sich. Mit dem Gesicht nach unten, den
Kopf im Kissen. Er registriert den Katerschaden. Mit jedem Herz-

schlag wird Staub vom Boden seines leeren Schädels aufgewirbelt, bevor er sich langsam wieder setzt.

Leme atmet, prüft seinen verknoteten Magen.

Ein leises Stöhnen. Lemes linke Hand streift über den Teppich.

Ein Fuß. Eine Präsenz ragt über ihm auf. Sie beugt sich hinunter, drückt ihm einen Kuss auf die Stirn. Renata.

Ein Blick nach oben. Die Uhr zeigt 05:37.

Er fummelt in der obersten Schublade nach Neosaldina. Er findet es und drückt zwei Pillen aus dem Streifen.

Leme inspiziert den Nachttisch, entdeckt ein Glas Wasser. Er wirft beide Pillen in seinen Mund. Eine mörderische Anstrengung. Er spült nach. Leme keucht, schreit auf. Es ist kein Wasser, sondern Wodka, und er würgt, als er ihn hinunterschluckt.

Happy fucking New Year.

Er driftet wieder ab, singt bei Liedern von Tim Maia und Cazuza mit. Grätsche auf der Sofalehne, Luftgitarre und Jagger-Shuffle. Er zieht eine Grimasse. Die Küche schwankt, die Küche dreht sich, während er zum wiederholten Mal den Inhalt des Bierkühlschranks erkundet. Er erinnert sich an Blicke von Ehefrauen und Freundinnen von Freunden, die sagten: Woah, bist du in Ordnung, Kumpel?

Er zuckt mit den Achseln. Ja, mir geht's gut, und vereint mit Renata und Lisboa ist er voll gut drauf. Noch einen *pinga* zu deinem Bierchen? Bruder, hau weg. Ich liebe dich, Mann.

Ja, ja, ja, ja. Zu alt für so was.

Es ist *viel* zu früh.

Frohes neues Jahr.

Lisboa hat die Autoheizung hochgedreht und die Fenster offen.

Leme streckt seinen Kopf in die kühle Brise, mit heraushängender Zunge. Er schmeckt verbrannten Kaffee und Seife. Lisboa hält vorläufig die Klappe, einfühlsam wie er ist. Noch herrscht nicht die übliche Hitze in der Stadt, die Betonsauna.

Es ist Samstag, der 1. Januar 2011, niemand ist zu dieser unchristlichen Stunde unterwegs – und wer es trotzdem ist, lebt noch im Jahr 2010.

Die Straßen sind festlich verdreckt.

Die Straßen sind ein verdammter Müllhaufen.

Überall liegen leere Dosen und Abfall verstreut. Zerbrochene Flaschen. Umgekippte Mülleimer. Hunde, die sich in dem ganzen Durcheinander lecken und gähnen. Glückliche Tage.

Von einem Balkon dringt der Lärm einer durchfeierten Nacht herüber. Betrunkenes Lachen. Traurige Musik. Freude und Verzweiflung in ausgewogener Mischung. Die Stadt verströmt eine »Ein letzter Drink«-Stimmung, aber man will noch nicht nach Hause.

Der Ibirapuera Park wischt rechts an ihnen vorbei. Aus dem See spritzen im Zehn-Minuten-Takt Wasserfontänen. Sie schießen hoch über die Bäume. Leme findet, das sieht erfrischend aus. Das Gittertor des Parks ist verschlossen.

Sie umfahren den Park, biegen nach links ab in die Gassen vor dem Monumento às Bandeiras. Es ist riesig, das Denkmal. Es glorifiziert den Eroberungsdrang der Konquistadoren.

Leme mag das Denkmal. Es ist gigantisch. Elf Meter hoch, acht oder neun Meter breit und über vierzig Meter tief. Alles aus Granit. Ein Schwergewicht.

Granitpferde führen eine Gruppe von Männern an, die ein Boot schleppen. Das Denkmal *galoppiert*.

Leme erinnert sich an die Inschrift.

Deren Kernaussage: *Ruhm und Ehre den Helden, die unsere Zukunft in der freien Welt suchten. Ohne sie wäre Brasilien nicht das, was es heute ist.*

Cheers, Jungs, denkt Leme. Vielen Dank dafür. Dann: *Brasilien heute, was* ist *das überhaupt?*

Das Denkmal verdeutlicht die imperiale Hackordnung: die Portugiesen an der Spitze, dann die Sklavenjäger, die Mamelucken, die erste Generation einer europäischen und afro-brasilianischen Vermählung. Dahinter folgen die Sklaven und als Letztes die indigenen Arbeiter mit Kreuzen um den Hals.

Granitpferde wiehern und brüllen, sie bäumen sich auf. Das Granitboot sieht *verdammt* schwer aus. Die gebeugten Gestalten am Heck schieben. Die Anführer an der Spitze stehen aufrecht, recken das Kinn vor …

Es ist alles sehr pionierhaft.

Leme kennt die Geschichte dahinter. Es geht um die Expeditionen der Siedler in das entlegene und feindliche Innere Brasiliens. São Paulo weist den Weg, wie üblich. *Ich führe, ich lasse mich nicht führen.* Das Stadtmotto in Stein gemeißelt. Auf der Suche nach Gold, nach Geld, nach einem Platz, um ihre Flagge, die *bandeira*, aufzupflanzen.

Und jetzt, heute, denkt er, haben wir unsere erste weibliche Präsidentin im Amt.

Dilma.

Veränderung. Ordnung und Fortschritt. Alles ist gut.

Lisboa sagt: »Spaßige Nacht, *ne*?«

Leme grunzt.

»Willst du wissen, wohin wir fahren?«

Leme schüttelt den Kopf. Es *schmerzt*. »Sag mir einfach, wie lange es noch dauert, bis wir da sind.«

Lisboa legt ruckartig einen niedrigen Gang ein und fährt auf den Parkplatz des protzigen Konzerthauses. Er bremst hart. »Wir sind da.«

Leme seufzt. »*Happy fucking New Year.*«

Hinter dem Konzerthaus wurde eine Absperrung errichtet. Jenseits davon erstreckt sich der Park mit seinen säuberlich gestutzten Rasenflächen, gepflegten Wegen und Karpfenteichen. Die Anlage hier vorne ist eine hässliche Brache. Uniformierte stehen verstreut und hindern Gaffer am Zutritt. Man hat eine Plastikplane aufgespannt, wie einen Windschutz am Strand. Männer in weißen Overalls schauen zu ihnen herüber. Der leitende Arzt hat einen Blick, wie Leme ihn noch nie gesehen hat: absolute Fassungslosigkeit. Die Männer stehen mit dem Rücken zum abgesperrten Bereich. Ihre Gesichter sind blass, spielen ins Grünliche.

Leme findet, sie wirken erleichtert, dass sie mit dem Rücken zum Geschehen stehen, was immer der Grund dafür sein mag. Sie sehen aus, als müssten sie gleich kotzen. Die Spät- und Frühschicht ist ein Scheißjob. Lisboa stellt sich gut mit der Kavallerie. Die offizielle Hackordnung ist etabliert. Leme blickt wehmütig auf die *bandeirantes* – die Entdecker, die Begründer dieses schönen Landes –, die auf ihrem Denkmal paradieren und stolzieren. Was würde er jetzt dafür geben, auf so eine verdammte Expedition gehen zu können.

Leme hat keinen guten Eindruck von dem ganzen Palaver.

Lisboa deutet mit dem Kinn. »Da lang.«

Leme nickt.

Die Absperrung wird angehoben. Die Männer treten zur Seite. Sie weichen Lemes Blick aus.

Im hohen Gras und dünnen Gestrüpp erspäht Leme einen Körper.

Er erkennt das Gesicht einer Frau. Lange dunkle Haare umrahmen es. Leme blinzelt, reißt sich zusammen. Das Gesicht ist verstümmelt, ausradiert. Es ist noch als Gesicht erkennbar, aber eines, dessen Züge abgeflacht sind. Als hätte es jemand mit einem dunklen blutschwarzen Filzstift vollgekritzelt. Das Blut ist dick und verkrustet. Die Augen und die Nase fehlen. Der Mund ist zertrümmert. Das Grauen, denkt Leme, ist nicht diese Verwüstung, dieses endzeitliche Bild des Schreckens; das Unfassbare ist, dass jemand so etwas einem anderen Menschen antut.

Leme würgt. Er schluckt die aufsteigende Galle hinunter.

Lisboa legt eine Hand auf Lemes Schulter. Er weiß, dass Lisboa nicht hinschaut.

Der Körper ist verdreht, liegt in Seitenlage, unbekleidet. Er ist mit Erde beschmiert und von Gestrüpp und langem Gras zerkratzt. Man hat sie an diesen Ort geschleift, denkt Leme.

Er beugt sich über die Leiche und bemerkt die Wunde in der Brust des Opfers. Ein dunkles, schwarzes Loch mit gezackten Rändern.

Rechts neben der Leiche liegt das, was aus diesem Loch gerissen wurde. Das Herz des Opfers. Dunkel, verwesend. Ausgeschlachtet.

Leme inspiziert die Leiche von der Hüfte abwärts. Die Genitalien sind unkenntlich, ausgelöscht.

In seinem Kopf dreht sich alles, er taumelt vorwärts, schnappt nach Luft. Leme geht in die Hocke und gewinnt seine Fassung zurück.

Der Arzt tritt an seine Seite. Er sagt: »Das Opfer wurde vermutlich hier in der Nähe getötet und verstümmelt, schätzungsweise in den frühen Morgenstunden, und dann vor nicht allzu langer Zeit hier abgeladen. Ich würde sagen, vor einer Stunde, vielleicht zwei.«

Leme nickt. Lisboa hustet.

»Ich werde jedoch eine vollständige Autopsie durchführen müssen ...«

Leme nickt weiter.

»Das ist nicht der richtige Ort, um ...«

Leme richtet sich auf.

»Der Punkt ist«, sagt der Arzt, »Sie sollten sich anschauen, was in der Nähe liegt.« Er deutet auf den Boden ein paar Meter neben dem Opfer.

Leme zieht die Handschuhe über und untersucht die Beweisstücke.

Ein kleiner Haufen Schmuck liegt da. Obenauf ist mit einem Schnürsenkel eine Visitenkarte befestigt. Darauf steht: *Pereira Modelling*.

Daneben befindet sich ein Ausweis. Der Name: Gerson Anderson. Der Name: *männlich*.

Der Ausweis wird von einem Briefbeschwerer an Ort und Stelle gehalten.

Leme blinzelt, sein Kopf zuckt, sein Kopf wird schlagartig klar.

Auf dem Briefbeschwerer steht etwas: *Feliz Aniversario.*

Der Rechtschreibfehler *schreit zum Himmel.*

In Lemes Kopf dreht sich alles. Er winkt Lisboa zu sich. Lisboa zieht Handschuhe über. Ein paar Augenblicke später stöhnt Lisboa: »Jesus.«

Der Arzt schwitzt.

Leme nickt Lisboa zu, der den Kriminaltechnikern Anweisungen zum Aufräumen gibt. Männer durchkämmen die Umgebung. Leme ist überzeugt, dass sie nichts mehr finden werden.

Er kehrt zu den geparkten Fahrzeugen zurück. Er weist einen der Uniformierten an, den armen Tropf zu holen – einen Parkgärtner –, der über die Leiche gestolpert ist.

Ein Mann treibt sich in der Nähe herum. Leme glaubt, ihn zu kennen, ist sich aber nicht sicher. Der Mann kommt auf Leme zu. Er zückt ein Notizbuch und einen Stift.

Leme sagt: »Keine Chance, Kumpel.«

Der Mann nickt. »Na gut. Hier.« Er reicht Leme seine Karte.

Francisco Silva, Kriminalreporter, Cidade de São Paulo

Leme mustert diesen Silva. Vermutlich kommt er direkt von einer Neujahrssoiree.

Leme sagt: »Im Moment dürften Sie eigentlich gar nichts davon wissen.«

Silva lächelt grimmig. »Gut. Wann immer Sie Zeit haben.«

»Ich werde an Sie denken«, sagt Leme höhnisch. »Wenn Sie mir verraten, wie Sie so schnell hierher gefunden haben, werde ich es zumindest in Betracht ziehen.«

»Oh, ich gebe meine Quellen nie preis.«

Leme spuckt aus. Er funkelt Silva wütend an. »Dann verpissen Sie sich besser.«

Silva stimmt zu.

Später Vormittag. Silva sitzt an seinem Schreibtisch und öffnet die Post. Silvas Schreibtisch ist sein Esszimmertisch. Silvas Esszimmertisch würde selbst dann als unaufgeräumt gelten, wenn man auf einer Baustelle darüber stolpern würde. Er ist sich ziemlich sicher, dass er seinen Esszimmertisch noch nie zum Essen benutzt hat. Er hatte auch noch nie jemanden zu Gast, der dieses Privileg mit ihm geteilt hätte.

Silva isst seine Mahlzeiten auf dem Sprung. Sein Lieblingsessen ist *bife à cavalo*, Steak nach Cowboy-Art, also zwei Scheiben Rindfleisch und zwei Spiegeleier obendrauf, mit Bratkartoffeln als Beilage. Er bestellt in letzter Zeit Bratkartoffeln statt Pommes frites, was ihm zwar ein besseres Gefühl gibt, aber nichts an seinen grundsätzlichen Ernährungsgewohnheiten ändert. In seinem Stammlokal ziehen sie ihn mit dem Spruch auf: Wills du Bratkartoffeln zu deinen Pommes, Kumpel?

Schön, wenn sie einen irgendwo kennen, findet Silva. Und obwohl es anfangs nur ein Witz war, ist es inzwischen zu seinem Ding, seiner Masche geworden. So wie damals, als er *calabresa acebolada*, gegrillte Würstchen mit Zwiebeln, bestellen wollte, aber stockbesoffen nach *cebola calabrezada* – Zwiebeln mit Würstchen – fragte. Der Kellner lachte. Silva beharrte auf seiner Bestellung. Ich mache keine Witze, sagte er. Der Kellner zuckte mit den Schultern. Er brachte es ihm. Silva erinnert sich noch, wie es geschmeckt hat. Verdammt herrlich. Auch davon kann Silva nicht genug kriegen: Zwiebeln.

Silva nippt kalten Kaffee. Er tunkt *pão na chapa* hinein. Er ist Fan des Frühstücksklassikers – Brot in Butter geröstet.

Er betrachtet seinen Schreibtisch. Papierstapel. Zeitschriften mit Eselsohren. Alte Exemplare von *Cidade de São Paulo*, seiner eigenen ehrwürdigen Publikation. Auslaufende Kugelschreiber und stumpfe Bleistifte. Halb leere Kaffeebecher. Ein Computer, der sich nicht einschalten lässt. Er dient ihm als gigantischer Briefbeschwerer. Er lächelt, blickt heute mit einem gewissen Stolz auf seinen Arbeitsplatz. Das liegt an dem Paket, das er gerade öffnet. Es ist der Entwurf eines Berichts, den er mitverfasst hat, bei dem seine Ermittlungsarbeit eine wichtige Rolle spielte. Für Silva war es so etwas wie ein Kreuzzug. Trotz seiner mit Ei befleckten Krawatten und abgetragenen Anzüge, der Unmengen an gebratenem Frühstück und flüssigem Mittagessen, seiner staubigen Junggesellenwohnung und seiner Solo-Trinkgelage ist Silva ein Kreuzritter, ein unbeugsamer Querkopf, dem es eine wahre Freude ist, das System in die Pfanne zu hauen, weil es in seiner Stadt endemische Korruption und Gewalt zulässt.

Ja, São Paulo ist seine Stadt, ohne Frage. Sie hat ihn hervorgebracht.

Er reißt das Paket auf. Es ist ein Entwurf für die Presse.

Bericht der Harvard International Human Rights Clinic und einer brasilianischen NGO, der die zentrale Rolle von Polizeibrutalität, Korruption und Misswirtschaft in den Gefängnissen während der großen Sicherheitskrise im Mai 2006 und bis heute belegt.

Silvas Rolle bestand darin, an vorderster Front Interviews zu führen, zu recherchieren, seine Kontakte und seine Informanten zu nutzen, auch sein Computerspezialist war hilfreich. Hacking war noch nie so einfach, resümiert Silva. Er liest:

Vor fünf Jahren wurden bei einer Reihe von koordinierten Aufständen in vierundsiebzig Haftanstalten und bei Angriffen auf Polizeistationen und öffentliche Gebäude dreiundvierzig Staatsbedienstete und Hunderte von Zivilisten getötet und die größte Stadt und Finanzmetropole Südamerikas lahmgelegt. Die Straßen São Paulos waren menschenleer, da die Bewohner aus Angst zu Hause blieben. Nachdem die vom Syndikat des organisierten Verbrechens, dem »Ersten Kommando der

Hauptstadt« (Primeiro Comando da Capital, PCC), koordi-
nierte Gewalt wieder nachließ, tötete die Polizei in einer Welle
von Vergeltungsangriffen zahlreiche Zivilisten, die sie eines kri-
minellen Hintergrunds verdächtigte, wobei sie sich in vielen
Fällen offenbar nur auf die Jugend, die Hautfarbe, das Vor-
handensein von Tätowierungen und die nächtliche Anwesen-
heit auf den Straßen armer Stadtviertel stützte. Bei hundert-
zweiundzwanzig Todesfällen gibt es Hinweise darauf, dass die
Polizei eine rechtswidrige Hinrichtung vorgenommen hat.

Es war Silva, der diese letzte Statistik erstellt hat. Das war nicht
einfach. Er musste die Berichte über so ziemlich jeden vermeintlichen Kriminellen ausfindig machen, der an diesem Wochenende
um die Ecke gebracht worden war. Die Zeugenaussagen waren
vage. Die Polizeiakten sprachen lediglich von Notwehr und angemessener Gewalt. Die Wahrheit stand zwischen den Zeilen. Silva
wusste, wonach er Ausschau halten musste. Sein Zugang war
extrem privilegiert. Eine Kombination aus öffentlich einsehba-
ren Dokumenten der Justiz und Informationen von Insidern der
Militärpolizei. Silvas Quelle ist ein Brutalo namens Carlos.

Aber ein guter Brutalo. Er ist aufrecht und geht ein gewisses
Risiko ein. Er hatte Silva nach dem Wochenende selbst aufgesucht.
Silva hält es für eine Art Bewältigung eines Traumas. Carlos sagt,
es ist viel einfacher: eine reine Absicherung – man fickt, oder man
wird gefickt.

Es gab da eine Gestalt, die Silva besonders aufgefallen war. Ein
Gangmitglied niederen Ranges namens Sergio Nascimento. Carlos behauptete, der Mann sei hingerichtet worden, so drückte er es
aus, was sofort Silvas Forscherdrang weckte. Man munkelt, er habe
vor ein paar Jahren den Kopf für einen Mord hinhalten müssen,
ein Sündenbock, den die PCC aufgestellt und dafür seine Familie
ausbezahlt hatte. Es war also für alle besser, wenn der gute Sergio
bei seinem letzten Freigang mundtot gemacht wurde. Der Punkt

ist, dass es geheime Absprachen gab: Die PCC arrangierte den Anschlag, die Militärpolizei führte ihn aus. Nichts davon tauchte in den offiziellen Protokollen auf. Natürlich nicht, verdammt. Da musste Silva selbst wühlen.

Der Bericht nahm Jahre in Anspruch und war sehr umfangreich. Silva hatte prominente Partner an seiner Seite.

Heute, fünf Jahre später, veröffentlichen die International Human Rights Clinic der Harvard Law School und die führende brasilianische Menschenrechtsgruppe Justiça Global eine umfassende Studie zu den Anschlägen vom Mai 2006. Der Bericht mit dem Titel »São Paulo unter Beschuss: Korruption, organisierte Kriminalität und institutionelle Gewalt im Mai 2006« versucht, mehrere für die öffentliche Sicherheit in Brasilien wesentliche Fragen zu beantworten: Was hat zu den Anschlägen geführt? Warum waren die staatlichen Behörden nicht in der Lage oder nicht willens, sie zu verhindern? Warum und wie kam es zu gewalttätigen Rachemorden durch die Polizei? Warum wurden die vom Staat begangenen Verbrechen nicht aufgeklärt und in vielen Fällen offenbar vertuscht?

Silva hat einige Zeit im Land der akademisch gebildeten Amis verbracht und dabei Kontakte geknüpft. Er war Gaststudent, hatte ein einjähriges Auslandsstipendium der Universität von São Paulo erhalten, die zu den besten Lateinamerikas zählte. Und es hatte ihn keinen Cent gekostet. Silva weiß das immer noch zu schätzen.

Das Ergebnis von fünf Jahren Recherche – Hunderte Interviews, zahlreiche Besuche in Gefängnissen und in von der Gewalt betroffenen Gemeinden, Treffen mit einer Vielzahl von Behörden ebenso wie die Auswertung von Tausenden Seiten an Dokumenten, Polizeiberichten und Gerichtsakten – wirft ein neues Licht auf die Anschläge vom Mai 2006. »Korrup-

tion der staatlichen Behörden war eine treibende Kraft hin-
ter den Ereignissen im Mai. Die PCC-Führer – das bestätigen
neue Informationen in der Studie – koordinierten ihre An-
griffe zum großen Teil als Reaktion auf eine Reihe von orga-
nisierten Erpressungen durch die Polizei«, so Fernando Del-
gado, Fellow an der Harvard Law School und Hauptautor des
Berichts. »Die Untersuchungen deuten darauf hin, dass die
Polizei ein Jahr vor den Angriffen Abhörmaßnahmen, Ent-
führungen und andere Misshandlungen von Familienmitglie-
dern der Bandenführer durchführte, um Bestechungsgelder zu
erhalten. Die PCC beschloss, brutal zurückzuschlagen, und
brachte die Stadt zum Erliegen.«

Silva glaubt, dass die Zahlen hier ein wenig aufpoliert wurden. Hunderte, das bedeutet viele. Viele bedeutet einige. Tausende, das heißt zwar eine Menge, aber bei Weitem keine vierstellige Summe. Gerichtsakten sind ein Witz.

Er überfliegt den Bericht. Er ist voller Fachausdrücke. Er ist trocken. Nicht gerade ein Reißer. Sie planen die Veröffentlichung im Mai, am Jahrestag der Unruhen, also großes öffentliches Interesse, also Medienberichterstattung, und so weiter, bla, bla, bla. Silva mag Delgado, er wollte ihm unbedingt helfen, und er ist stolz darauf, dass er das getan hat. Aber es war ihm wichtig, bei der Studie als Autor ungenannt zu bleiben. Der Grund: Silva will wirklich etwas verändern und keine Berichte schreiben. Berichte führen zu Aktionen im Schneckentempo. Silva ist Journalist, er ist auf der Suche nach einem Knaller.

Gerade ist er einem echten Knaller auf der Spur, und den will er für sich behalten. Der Bericht gibt ihm ein gewisses Druckmittel in die Hand, öffnet ihm die eine oder andere Tür, erhöht seinen Einsatz im Spiel.

Die Fragen, an denen Silva eigentlich interessiert ist, unterscheiden sich ein wenig von denen, die er selbst in diesem Bericht formuliert hat. Denn die Antwort auf all diese Fragen ist schlicht und einfach: Es interessiert kein Schwein.

Silva weiß, dass noch tiefer gegraben werden muss, jenseits der Militärpolizei, der Behörden, man muss das System durchleuchten, das den Staatsapparat *unterstützt*.

Silvas erste Frage, die sich niemand zu stellen scheint, lautet:

Warum zum Teufel haben sie so viele Gefangene am selben Wochenende freigelassen?

Und damit zusammenhängend:

Wer zum Teufel hat den ganzen erforderlichen Papierkram erledigt?

Das wurde alles von irgendwoher genehmigt, todsicher.

Da muss eine Menge Geld dahinterstecken.

Folge der Spur des Geldes.

Rafa stupst Franginho an, nickt in Richtung des leeren Parkplatzes. Zwei Autos rollen langsam auf sie zu. *Da sind die Wichser.*

Franginho späht hinüber. »Was für verkniffene, bekiffte Wichser«, sagt er.

Rafa lacht. »Dafür, dass du die Typen nicht siehst, ist das eine Weltklasse-Beschreibung, *filho*.«

»Studenten«, sagt Franginho. »Ich hasse scheiß Studenten, verdammt.«

»Ja, aber sieh es positiv, *cara*. Sie haben einen dicken Umschlag mit Geld für uns.«

Franginho nickt. »Das verstößt gegen meine sämtlichen Prinzipien, dieser politische Aktivismus, *entendeu*?«

»Das ist Kapitalismus, *porra*, schlicht und einfach. Angebot und Nachfrage.«

»Ja, in Ordnung, Klugscheißer, kümmere dich einfach ums Geschäft, und ich baue mich hier auf und spiele den harten Burschen.«

Rafa lacht. Er öffnet die Tür der Baubaracke auf dem Gelände, das Eingeweihten als die Fabrik bekannt ist. Er steigt die Stufen hinab. Er grinst, als ein schwarzes Auto vier Gestalten ausspuckt, alle schwarz gekleidet, mit tief ins Gesicht gezogenen Mützen, Sonnenbrillen und vor den Mund gebundenen Bandanas.

»Willkommen in meinem Büro.« Rafa mustert die Gruppe kurz mit einem harten und zugleich amüsierten Blick. Sie schweigen angespannt. »Wer von euch hat denn nun das Sagen?« Er deutet auf den größten der Jungs. »Du, Metallica. Bist du der Boss?«

Rafa trägt Flip-Flops und Shorts, und seine Pistole ist zwar nicht sichtbar, aber angedeutet durch die Art, wie er sich bewegt, wie seine Kleidung fällt. Er besitzt Favela-Autorität, hat *Erfahrung*. Und die verkörpert er souverän.

Er ist aufgestiegen in der Nahrungskette, leitet keine Supermärkte mehr, sondern arbeitet fast nur noch von der Fabrik aus. Teil seiner Aufgabe ist es jetzt, neue Geschäftsfelder zu erschließen, abseits des klassischen Drogen- und Waffenhandels. Rafa war immer bemüht, sich aus diesem Geschäftszweig möglichst herauszuhalten.

Eine dieser Ideen bestand darin, die Bauvorhaben auf dem Gelände der Fabrik in endlose Bürokratie zu verstricken, sodass sich dort seit mehr als fünf Jahren nichts mehr bewegt. Es war Franginhos Idee. Der Bursche hat Talent für fantasievolle Verwaltungsarbeit, was soll man sagen? Der für die Baustelle zuständige Singapur-Projektausschuss hat schließlich das Handtuch geworfen. Und die Jungs oben auf dem Hügel sind *begeistert*.

Es fühlt sich gut an, ein eigenes Büro zu haben.

Rafa fragt sich, wo das ganze Geld geblieben ist. Er hat ein bisschen was davon bekommen, aber da ist sicher noch ein Haufen mehr geflossen.

Das heutige Treffen jedoch eröffnet eine weitere Businessmöglichkeit:

Rafa und Franginho haben beschlossen, in die Politik zu gehen. Der Kontakt kam über einen Studenten zustande, der kleine Mengen Drogen auf dem Campus für sie vertickte. Jetzt treffen sie sich hier mit einem Trüppchen Anarchisten oder Kommunisten oder was auch immer. Keiner weiß es so genau, aber ist ja auch egal.

»Ich habe das Sagen«, meldet sich eine Stimme. Der Sprecher tritt vor. »Du kannst dich an mich wenden.«

An mich wenden. Rafa grinst, seine Miene besagt: *Na dann, Mr. Wichtig.* Er öffnet die Tür der Baubaracke. »Hier entlang, Sir«, sagt er und bittet den Wortführer hinein.

Der Wortführer tut, wie ihm geheißen.

Rafa folgt ihm. Sein Büro ist spärlich eingerichtet. Es gibt einen Tisch und drei Stühle.

Franginho erhebt sich und bietet ihrem Gast einen der Stühle an.

Rafa wirft Franginho einen Blick zu und zieht die Augenbrauen hoch: *Das wird ein Spaziergang, keine Fehler.*

Der Wortführer zieht seine schwarze Mütze ab, und langes dunkles Haar fällt über …

Ihre Schultern. Sie dreht sich zu Rafa, setzt ihre Sonnenbrille ab. »Sie dürfen mich Madam nennen, Sir.«

Franginho johlt.

Rafa lächelt. »Sollen wir loslegen?«

Die junge Frau nickt und setzt sich. Sie öffnet ihren Rucksack. Holt einen dicken Umschlag heraus, überreicht ihn Rafa.

»Es ist alles drin.«

»Davon bin ich überzeugt.« Rafa wirft ihn Franginho zu. »Willst du nicht erst die Ware sehen?«

»Ich vertraue euch.«

»Die meisten tun das nicht«, murmelt Franginho.

Rafa wirft ihm einen scharfen Blick zu. »Grundlage jeder guten Beziehung: Vertrauen.«

»*Pois é.*« Verdammt richtig.

»Mein Kollege hier hat alles, was ihr braucht. Kleines Hühnchen, wenn du so freundlich wärst.«

Rafa genießt das. Er kann sich ein Lächeln nicht verkneifen, wenn er in die Augen dieser jungen Frau schaut. Er merkt, dass es ihn nicht sonderlich kümmert, was in dem dicken Umschlag steckt. »Und wie *heißt* du?«, fragt er.

»Carolina.«

»Carolina …?«

»Einfach Carolina. Vorläufig.«

Rafa gibt Franginho ein Zeichen, der ihm daraufhin die Sporttasche reicht, die sie mit einer Reihe von Explosivstoffen gefüllt haben.

Carolina öffnet die Tasche und mustert den Inhalt.

»Das ist Zeug für unterschiedliche Anwendungen«, sagt Franginho. »Von Feuerwerkskörpern mit etwas mehr Bumms bis hin zu richtigem Heavy Metal. Du weißt, was davon was ist, oder?«

Carolina verdreht die Augen. »Danke, Kleines Hühnchen«, sagt sie.

Rafa schnalzt vor Vergnügen mit der Zunge.

»Braucht ihr sonst noch was, wenn ihr schon mal hier seid? Ein bisschen Gras oder Koks?«

Carolina schüttelt den Kopf.

»Na gut, was immer euch Freude macht«, grinst Rafa. »Was *seid* ihr eigentlich für eine Truppe?«

Carolina wirft ihm einen Blick zu: *Leg dich nicht mit mir an, querido.*

»Wir sind Anarcho-Syndikalisten. Der Schwarze Block. Du wirst noch früh genug von uns hören.«

Rafa klatscht in die Hände. »Wow! Ich kann es kaum erwarten, dich wiederzusehen, Carolina *menina, linda do meu coração.*«

Carolina, schönes Mädchen meines Herzens.

Sie steht auf. »Wir bleiben in Kontakt.«

Rafa hält ihr die Tür auf, reicht ihr die Hand, um ihr die Stufen runter zu helfen. Der perfekte Gentleman.

Sie lächelt, schüttelt den Kopf. Sie geht.

Franginho grölt, klopft sich auf die Oberschenkel. »Ernsthaft, Kumpel«, sagt er, »*Carolina menina*, was für ein geiler Reim.«

Rafa nickt. Er schaut ihr nach, wie sie wieder ins Auto steigt und wegfährt, während er weiter nickt und grinst.

Ray ist zurück in São Paulo und glücklich darüber.

So wie er es sieht, hat er dieses Jahr zwei Aufgaben. Erstens: herauszufinden, woher politisch gesehen der Wind weht, wenn das Unvermeidliche passiert und die Linke schließlich implodiert. Zweitens: dafür zu sorgen, dass dieses Unvermeidliche a) tatsächlich eintritt und b) für Ray und das Großkapital ein lukratives Ereignis wird.

Zwei Aufgaben, zwei Worte: *geheime Absprachen.*

Die Wochenend-Ausschreitungen 2006, die zivilen Unruhen und die wirtschaftliche Unsicherheit in ihrer Folge haben sich für Big Ray und die von ganz oben als *richtig* vorteilhaft erwiesen. Sie gingen Baisse-Engagements ein, machten Sicherungskäufe und setzten darauf, dass sich der Markt wieder stabilisiert: Gut gespielt, Sir, war die vorherrschende Meinung.

Und seitdem geht es mit Brasilien wirtschaftlich steil bergauf. Das Land ist auf Öl gestoßen. Lulas Regierung profitierte von einer schönen und zufälligen Glückssträhne: Die chinesische Nachfrage nach den beiden wertvollsten brasilianischen Exportgütern, Eisenerz und Soja, ging durch die Decke, und zwar genau zu dem Zeitpunkt, als die Rohstoffpreise allgemein stark anstiegen; hinzu kam der Yankee-Dollar, der durch billige Kapitalimporte im Rahmen der alten Greenspan-Politik ins Land strömte. Ray wusste alles darüber.

Was Ray auch bekannt ist: Die Regierung hat die volle – und nachvollziehbare – Anerkennung für den Umschwung des Landes eingeheimst, für den Boom des Arbeitsmarkts und des Kapitals, für die gute Stimmung, die fast alle Brasilianer jetzt zu haben scheinen; und doch hat die Regierung mit diesem Umschwung nichts zu tun, *zip, nada.*

Also geht Ray davon aus, dass ein politischer Wandel absehbar ist.

Aus genau diesem Grund trifft er sich mit der jungen Anna – Martas rechter Hand –, um etwas über mögliche Entwicklungen herauszufinden und ihnen einen Schritt *voraus* zu sein.

Sie ist süß, diese Anna. Ray ist nicht jünger geworden in den Jahren. Er genießt nur das Spiel, mehr nicht. So versichert er sich selbst.

»Der Schlüssel zu allem ist *mensalão*«, sagt Anna. »Das sorgt schon seit ein paar Jahren für Unruhe, und es verbindet viele Punkte.«

»Ich bin ganz Ohr«, sagt Ray.

»Das Wort bedeutet ›große monatliche Zahlung‹, und aller Wahrscheinlichkeit nach hält Lula seine prekäre Koalition durch die ebenso einfache wie geniale Methode zusammen, den Abgeordneten Geld zu zahlen, damit sie für ihn stimmen.«

»Alte Schule. Gibt es irgendwelche Insider-Beweise?«

»Sind wir nicht deshalb hier?«

Ray grinst. »Mir gefällt dein Stil. Bitte fahr fort.«

Ein Kellner schwebt herbei. Sie sind in Rays Büro: die Deckbar des Unique.

»Das Übliche bitte, Fernando«, sagt Ray zu dem schwebenden Kellner. Ray wendet sich an Anna. »Klingt das Übliche gut für dich?«

»Du wirkst wie ein Mann, der weiß, was alle wollen, Ray.«

»Fantastische Frau.« Ray nickt und zwinkert Fernando zu, der daraufhin verschwindet. »Wo waren wir?«

»*Mensalão* ist ein Riesenskandal, aber einige von diesen Typen sind unangreifbar. Medienhysterie ist nichts Neues. Sie hassen die PT sowieso alle, und seit die Sache bekannt wurde, ist die Presse auf einmal zu ihrer moralischen Nemesis geworden. Sie scheuen vor nichts zurück, vor keiner bösartigen Mutmaßung und keinem nachteiligen Detail.«

»Gut gesagt.«

»Die vielleicht größte Veränderung in den letzten Jahren und besonders seit dem Jahr 2006, an das du dich erinnern wirst, ist, dass die Medien die Grenze zwischen institutionellem und individuellem Fehlverhalten verwischt haben.«

»Du kannst gut mit Worten umgehen, Anna. Das ist eine hervorragende und treffende Zusammenfassung.«

»Ich bin nicht auf den Kopf gefallen, Ray. Und ich weiß, was du vorhast.«

Ray grinst.

»Rasputin hat uns hier weitergeholfen. Natürlich still und leise, *certo*?«

Ray beugt sich vor. »Mr. Favre war schon früher hilfreich.«

Anna nickt. »Er schlägt vor, dass wir uns auf einen gewissen Antonio Palocci konzentrieren. Angeblich will Dilma ihn zu ihrem Kabinettschef machen.«

Der Kellner erscheint mit dem Üblichen. Drei Flaschen Bier und eine Schale mit Erdnüssen. Zwei Gläser.

Anna lacht. Ray schenkt ihnen Bier ein.

Anna fährt fort: »Du hast vielleicht schon von Palocci gehört.«

Ray nickt.

»Finanzminister unter Lula, war beteiligt an dem Brief an das brasilianische Volk, um die Liberalen und die Wirtschaft mit ins Boot zu holen. Er war der Mann, der vor den Wahlen alle Hinterzimmer-Deals der Arbeiterpartei mit Banken und Baufirmen in trockene Tücher brachte.«

»Also so etwas wie ein Drahtzieher.«

»Ein absoluter Gauner, wie Rasputin meint.«

»Man muss einer sein, um einen zu erkennen.«

»Vorsicht, Ray«, lacht Anna.

»Und wie kriegen wir diesen Palocci ins Team Big Ray?«

Anna lächelt. »Das sollte nicht allzu schwer sein. Der Kerl genießt einen gewissen Ruf. Es heißt, seine Entlassung im Jahr 2006 habe den Weg für Lulas zweite Amtszeit und schließlich für Dilmas Kandidatur zur Präsidentin geebnet.«

»Die Marxistin mit den meisten Stimmen.«

»Der Punkt ist, es könnte eine Quid-pro-quo-Situation geben.«

»Sie holt ihn wieder ins Boot, weil er ihr einen Dienst erwiesen hat?«

»Vielleicht hat er ihr mit seiner Entlassung einen Dienst erwiesen, um weiter im Spiel zu bleiben, aber sonst …«

»Interessant. Also, *what's the story, morning glory?*«

Anna zieht eine Augenbraue hoch.

Ray sagt: »Ich bin jung im Herzen.«

»Also«, sagt Anna, »hier ist der Knaller. Anfang 2006 stellte sich heraus, dass einer von Paloccis Helfern in Brasília ein abgelegenes Refugium am See angemietet hat.«

»Klingt pikant.«

»In den Zimmern nichts außer Betten und Minikühlschränken. Und ein Nachttisch mit einem kleinen Safe für Bargeld.«

»Ha. Das löst Fantasien aus.«

Anna lächelt. »Sie waren anscheinend alle dort. Lobbyisten und Vertraute, der Minister selbst, Schmiergeldempfänger, hochrangige Polizeibeamte, und alle erfreuten sich an Prostituierten und Partys, tauschten Tipps und Gefälligkeiten aus.«

»Old Boys' Club.«

Anna nickt. »Rasputin hat eine Liste mit einigen der Partygäste.«

»Ausgezeichnet.«

»Aber wir beginnen mit jemand anderem.«

Ray breitet die Arme aus: *Schieß los.* Dann nickt er Fernando zu, der noch einmal das Übliche serviert. Ray schenkt beiden ordentlich Bier ein. Er schnippt sich Erdnüsse in den Mund.

»Wir haben die Person, die dort den Haushalt führte.«

»Hervorragend. Erzähl mir von ihr.«

»Von *ihm*. Der entscheidende Punkt ist, das Ganze passierte in der Folge des Skandals. Der Junge ist vierundzwanzig, kommt aus Piauí, verdient fünfzig Dollar die Woche, US-Dollar, Ray, und stellt eines Tages fest, dass sein Bankkonto gehackt wurde, und zwar von keinem Geringeren als dem Präsidenten der Bundessparkasse, Jorge Mattoso.«

»Tolle Entdeckung.«

»*Pois é.*« Allerdings. »Dieser Mattoso hatte Lula gerade einen Besuch abgestattet, und das Brechen des Bankgeheimnisses war eine Probe aufs Exempel, ob der Junge für seine Aussage Geld genommen hatte.«

»Wie schon gesagt, richtig saubere Geschäfte.«

»Daraufhin geht Mattoso zu Palocci und erzählt ihm, der Junge habe kürzlich zehntausend Dollar in einer einzigen Einzahlung erhalten. Was auch stimmte. Palocci beauftragt daraufhin die Bundespolizei, den Jungen wegen Bestechlichkeit und Falschaussage festzunehmen.«

»Der Junge ist also am Arsch.«

»Nicht ganz. Das Geld war eine Zahlung von seinem Vater.«

»Hm?«

Anna lächelt. »Nicht dein Stil, Ray, Verwirrung.«

Ray zuckt mit den Schultern. »Vergiss nicht dein Bier, Schätzchen.«

»Dem Vater des Jungen gehört ein Busunternehmen, er hat also Geld. Er bezahlt den Jungen, um eine Vaterschaftsklage abzuwenden. Bis dahin hat er das Kind nie als seins anerkannt.«

»Was für ein Ehrenmann.«

»Der Junge sieht also seine Chance und erstattet Strafanzeige gegen Palocci und Mattoso. Was möglicherweise ein Fehler war.«

»Davon gehe ich aus. Der Old Boys' Club, und so weiter.«

»Du bringst es auf den Punkt. Die Klage wird in Teilen zurückgewiesen, der Oberste Gerichtshof erteilt einen Freispruch, Palocci darf sich von der Richterbank erheben und Dilmas Kabinettschef werden.«

»Üble Geschichte. Und der Junge?«

»Hat seitdem keine Arbeit mehr.«

»Und da kommen wir ins Spiel.«

»Groll.«

Ray grinst. »Ein unbezahlbares Geschenk.«

Hassverbrechen.

Leme und Lisboa hocken in ihrem miesen Loch von einem Büro. Lisboa hat irgendwann gesagt, *scheiß drauf*, und ist losgezogen, um Bier zu kaufen.

Es war bisher ein *langes*, hartes Jahr.

Beide Männer sehen aus wie etwas, das die Katze reingeschleppt hat. Ihre Müdigkeit: existenziell.

Man kann an einem Tag nur ein bestimmtes Maß an Grauen ertragen. In einem Leben.

Der aktuelle Erkenntnisstand, soweit Leme ihn überblickt:

1) Das Opfer ist eine Transfrau nach der Geschlechtsumwandlung und vor der offiziellen Identitätsänderung. Sie haben den Ausweis (männlich), die Adresse und den letzten bekannten Arbeitsplatz überprüft, mit den medizinischen Unterlagen abgeglichen und – Bingo.

2) Die Verstümmelung ist vorsätzlich und soll – auf groteske und abstoßende Weise – oben erwähnte Tatsachen unterstreichen.

3) Die Autopsie konnte bisher keine sexuellen Aktivitäten in jüngster Zeit feststellen, aber alles deutet darauf hin, dass es keine gab, weder erzwungene noch einvernehmliche.

4) Der Briefbeschwerer war nicht die Mordwaffe. Er wurde jedoch bei einem Großteil der posthumen körperlichen Traumata eingesetzt.

5) Der Briefbeschwerer weist keine Fingerabdrücke auf. Er passt zur Beschreibung des vermissten Briefbeschwerers aus dem Haus des verstorbenen Paddy Lockwood.

6) Die Obduktion deutet darauf hin, dass der Tod durch Drogen verursacht wurde. In der Blutbahn der Leiche fanden sich hohe Konzentrationen von Strychnin.

7) Es ist unklar, ob die Verstümmelung ausschließlich nach dem Tod vorgenommen wurde.

8) Pereira Modelling scheint nicht zu existieren.

9) Der Schmuck wurde nach Angaben der Gerichtsmedizin vom Opfer über einen längeren Zeitraum getragen.

10) Die Herkunft, bzw. der Eigentümer, des Schnürsenkels ist unklar.

Zunächst gilt es, mehr über die Verstorbene herauszufinden. Bekannte, Freunde, Arbeitskollegen. Ihre Fingerabdrücke sind sauber – keine Vorstrafen.

Es ist Samstagmorgen, also taucht das Opfer sicher noch in keiner Vermisstendatei auf. Das Wichtigste wird sein, den aktuellen Namen der Toten herauszufinden. Höchstwahrscheinlich ist sie nirgendwo registriert. Die männliche Identität führt zu einer Reihe früherer Arbeitsplätze, Mietwohnungen, Mitgliedschaften in Fitnessstudios, im Grunde ein ganzes abgelegtes Leben. Ein unauffälliges Leben, wie es scheint. Büroassistenzjobs, Krankenversicherung, unprätentiöse Wohnungen in bescheidenen Vierteln. Irgendetwas fehlt ihnen, aber sie wissen nicht, was. Weil es Samstag ist, kriegen sie vermutlich nicht so schnell einen Abgleich per Computer. Außerdem befragt Leme gerne die Leute persönlich. Am Wochenende bekommst du sie kaum zu fassen.

Lisboa sagt: »Scheint, sie war verdammt erfolgreich darin, ein neues Leben zu beginnen.«

Leme ist einen Schritt voraus. *Mais ou menos.* Sie müssen herausfinden, welche bürokratischen Regeln es bei einem solchen Identitätswechsel gibt.

Was bleibt unverändert im Leben, im Alltag?

Geld.

Bankunterlagen, Kreditkartennutzung. Das ist ein Ausgangspunkt, sicherlich. Das und der letzte Arbeitsplatz und der letzte Wohnort eines Senhor Gerson Anderson.

Außerdem sollten sie herausfinden, was Pereira Modelling bedeutet. Irgendetwas muss es ja bedeuten.

Leme ist todmüde. Was für ein Tag.

»Wir müssen unsere Truppen versammeln«, sagt er. »Wir sollten ein Brainstorming zu diesem Irrsinn machen. Ich würde sagen, der Grad der Grausamkeit der Tat, ihre soziale, vorurteilsbehaftete Natur sowie der Zustand des Opfers lassen vermuten, dass es sich nicht um einen Einzelfall handelt.«

Lisboa nickt.

»Das bedeutet, wir können Verstärkung anfordern.«

Lisboa nickt. »Ein paar Typen aus der Computerabteilung wären ein Anfang.«

»Das und mindestens zwei Assistenten, die Überprüfungen vor Ort durchführen.«

Lisboa nickt.

Leme sagt: »Du kümmerst dich darum, und ich geh runter zu den IT-Leuten und picke ein paar Nerds für uns raus.«

Lisboa kippt sein Lager.

Leme läuft nach unten in die Computerabteilung. Polizeiliche IT-Anwendung, ein Euphemismus, der besagt: halblegale Ermittlungsarbeit zu deinen Diensten.

Hassverbrechen …

In seiner grausamsten Gestalt.

Renata hat einen heftigen Kater. Um ehrlich zu sein, ist sie froh, allein damit zurechtzukommen. Mario ist immer total aufgedreht, wenn er verkatert ist, kann nicht stillsitzen, wacht viel zu früh auf, hat offenbar ständig das Gefühl, als müsse er etwas *tun*.

Das kann mitunter anstrengend sein.

Sie hat ein paar Stunden länger geschlafen, dann noch eine

Stunde im Bett gedöst, sich eine Kanne Kaffee gekocht und alle Gedanken an das neue Jahr mit dem Buch verdrängt, das sie gerade liest: die Neuübersetzung eines dicken, französischen Romans aus dem 19. Jahrhundert des Autors von *Die Elenden*. Es tut gut, sich innerlich weit von dem zu entfernen, was hier und jetzt in São Paulo passiert, namentlich den Feierlichkeiten zum Amtsantritt von Brasiliens erster Präsidentin.

Sie nimmt ihr Buch mit hinunter zum Pool der Wohnanlage.

Das hölzerne Deck fühlt sich heiß an unter ihren Füßen. Es ist Samstag.

Die Kellner der Bar sind mit Getränken und Essen unterwegs. Teenager flirten. Kinder rennen umher. Wackelige Knirpse werden von Kindermädchen verfolgt. Eltern, die sich sonnen und schon vor dem Mittagessen betrunken sind.

Renata bestellt ein Bier, legt sich auf einen Liegestuhl und liest ihr Buch.

Sie klatscht und tratscht ein wenig mit vorbeischlendernden Frauen in Bikinis und Sarongs. Familien machen sich breit, essen, spielen mit Frisbees und aufblasbarem Spielzeug, kühlen sich im Pool ab.

Die Sonne knallt herunter. Sie kräuselt das Wasser. Der Pool glitzert, ein blauer Sturm. Sie taucht ein, der Frischeschock, sie schwimmt ein paar Runden.

Renatas Kater lässt nach. Die Welt blendet. Ihre Sonnenbrille ist ein Schutzschild.

Die Sonne bläht sich auf, verschlingt alles, mästet sich. Geschwätziges Getümmel. Planschende Kinder. Grölende Männer, die heftig trinken. Das Ploppen eines Tennisballs auf dem Platz weiter unten. Das dumpfe Prasseln der Dusche auf dem Mosaikboden der Sauna.

Mittagszeit. Familien wandern zurück in ihre Wohnungen. Kinder schlurfen hinterher. Die Unterlippen schmollend vorgeschoben. Die Männer bleiben, trinken weiter. Der Pool beruhigt sich. Renata trinkt ihr Bier aus, streckt sich. Sie wickelt sich in ihren Umhang und lächelt zum Abschied.

Sie nimmt eine lange Dusche. Sie isst eine Schüssel Reis mit Bohnen, spült sie mit einem Glas Weißwein hinunter. Dann genehmigt sie sich ein weiteres Glas. Renata schaltet den Fernseher ein, um die Rede zu verfolgen.

Das Essen und der Wein haben ihr Engagement und ihre Begeisterung neu geweckt. Das ganze Gerede unten am Pool war nicht gerade positiv, was Dilma und den linken Flügel der PT betrifft.

Renata hat ihre Ansichten für sich behalten.

In den Nachrichten drehte sich schon die ganze Woche alles um Lulas Erbe, wie sein Schützling seine unglaubliche Arbeit fortsetzt, mehr noch: Sie ist eine Frau, schau nur, wie weit wir es gebracht haben, sie kümmert sich noch besser als er, eine Frau, Symbol des neuen, egalitären Experiments, der sozialdemokratischen Evolution, der wirtschaftliche Wohlstand überschwemmt uns auf einer Woge des Optimismus, schau nur, was für ein wunderbares Land, schau nur, was für ein Fortschritt, schau nur …

Aus Renatas Sicht gibt es für diese Entwicklung einen entscheidenden Faktor, und zu dessen Verwirklichung hat sie beigetragen:

Bolsa Família und die damit verbundene Botschaft: Wir, die Regierung, kümmern uns um jeden Brasilianer, egal wie arm, wie unterdrückt, wie bedauernswert. Jeder Einzelne von uns ist ein Bürger mit sozialen Rechten.

Kombiniert man dies mit Lulas *crédito consignado* – Bankdarlehen für Haushaltsanschaffungen zugunsten von Menschen, die kein Bankkonto haben, und deren Rückzahlung durch monatliche Abzüge von Lohn oder Rente erfolgt –, dann sind die Entrechteten plötzlich ein echter Teil der Konsumgesellschaft.

Soziale Mobilität.

Der Erfolg Dilmas hat hauptsächlich mit der Tatsache zu tun, dass sie eine Frau ist, meint Renata kein bisschen abwertend. Lula

hat seinen Arm um sie gelegt, es war quasi eine gemeinsame ins-
zenierte Inthronisation. Lula und seine gesalbte Nachfolgerin.

Mit einem Mann hätte das nicht funktioniert. Die Rede beginnt.
Renata schenkt sich Wein ein.

*Mein geliebtes brasilianisches Volk – um die Regierungsver-
antwortung zu übernehmen, stehe ich hier stellvertretend für
die Kraft der brasilianischen Frau. Ich öffne mein Herz, um
in diesem Moment einen Funken ihrer immensen Energie zu
empfangen. Ich bin nicht hier, um mit meiner eigenen Lebensgeschichte zu prahlen, sondern um das Leben einer jeden brasilianischen Frau zu preisen.*

Natürlich ist soziale Mobilität ein wichtiger Aspekt, aber man darf
auch nicht vergessen, was Lula einmal nebenbei fallen ließ:

»Es ist billig und einfach, sich um die Armen zu kümmern.«

Man muss sich klarmachen, was das bedeutet. Und wie er es
geschafft hat, bei den Massen populär zu sein und gleichzeitig die
Reichen noch reicher zu machen.

Cleveres Kerlchen.

*Meine lieben Brasilianerinnen und Brasilianer – ich werde
nicht ruhen, solange es in unserem Land noch Menschen gibt,
die Hunger leiden, solange es verzweifelte Familien ohne Ob-
dach gibt, solange es arme, sich selbst überlassene Kinder gibt.
Die Einheit der Familie beruht auf Essen, Frieden und Glück.
Diesen Traum werde ich weiterverfolgen! Soziale Gerechtigkeit, Menschlichkeit, Bildung, Erfindungsgeist und Kreativität
sollten mehr denn je lebendige Ideale im täglichen Leben der
Nation sein.*

Dilma ist gut in Form, denkt Renata.

Damals, in den Sechzigerjahren, war sie Teil einer bekannten

Guerilla-Bewegung. Unter anderem erbeutete sie von der Geliebten eines korrupten Gouverneurs São Paulos einen Safe mit zweieinhalb Millionen US-Dollar.

Zwei Jahre später wurde sie gefasst, gefoltert und eingesperrt. Schau sie dir jetzt an.

Mein geliebtes brasilianisches Volk – ich werde mich konsequent für das Gemeinwohl einsetzen. Es wird keine Toleranz gegenüber veruntreuten Geldern oder moralischem Fehlverhalten geben. Die Korruption wird unablässig bekämpft, und die Kontroll- und Ermittlungsbehörden erhalten meine volle Unterstützung, damit sie entschlossen und unabhängig handeln können.

Renata denkt: *mensalão*. Sie fragt sich: Ist das ein versteckter Seitenhieb auf Lula, ein Eingeständnis oder eher Augenwischerei? Sie vermutet ein geschicktes Ausweichmanöver, ein *pedalo*, wie man im Fußball sagt.

Dilma kontrolliert die Behörden, die solche Vorgänge begutachten und untersuchen. Sie wird auf keinen Fall etwas tun, was ihren Mentor gefährdet.

Meine lieben Brasilianerinnen und Brasilianer – ich werde Brasilien mit Mut regieren.

Den wirst du brauchen, meine Liebe, denkt Renata.

Bocão, Großmaul, *ehemaliger Callboy*:
Schuld.
Eines Abends war ich in einer dieser Theaterbars. Paddy hatte beschlossen, mit mir ein französisches Stück namens *The Balcony* anzuschauen, von einem gewissen Peter Brook, in französischer Sprache mit portugiesischen Untertiteln. In der Woche davor war

ich schon ganz aufgeregt gewesen. Ich hatte mich im Internet über das Stück informiert. Es war kompliziert.

»Es geht um den Unterschied zwischen Wirklichkeit und Illusion«, erklärte mir Paddy. »Es geht um Revolution und Gegenrevolution. Vieles davon spielt in einem Bordell, aber das ist eine Metapher.«

»Was ist eine Metapher?«

»Wenn eine Sache für etwas anderes steht, etwas anderes als es selbst bedeutet.« Das verwirrte mich. »Dieses Stück hat zur Entwicklung des modernen Theaters beigetragen.«

Ich überlegte, was ich anziehen sollte. Paddy hatte mir einen schwarzen Blazer gekauft, den ich mit einer dunklen Jeans und einem rosa Hemd kombinierte. Im Kleiderschrank meiner Schwester fand ich einen Kaschmirschal, und obwohl es keine kalte Nacht war, beschloss ich, auch diesen zu tragen.

Wir nahmen ein Taxi zum Theater. Paddy schien aufgeregt zu sein.

»Das wird dir gefallen«, sagte er, obwohl er mir nicht in die Augen sah und etwas weiter weg von mir saß als üblich. »Ich frage mich, ob ich dort irgendwelchen Bekannten begegne«, sagte er und atmete tief ein. Ich schwieg. »Wenn ja …«, begann er. »Ach, keine Sorge. Darum kümmern wir uns, wenn es so weit ist.«

Ich wusste, worauf er anspielte, aber ich war so aufgeregt wegen meines ersten Theaterbesuchs, dass es mir egal war. Er würde schon wissen, was zu tun war, was auch immer passierte.

Wir kamen rechtzeitig an, und obwohl ich vorher noch ein Glas Wein trinken wollte, bestand Paddy darauf, dass wir sofort unsere Plätze einnahmen.

Wir saßen in der Ecke, fast im Dunkeln. Das Stück war schwierig, aber ich liebte es. Der Zauber, die Worte auf Französisch zu hören, und die Leistung der Schauspieler entschädigten mich dafür, dass ich kein Wort von der Handlung verstand. Ich saß mit einem dämlichen Grinsen da, beugte mich vor, um zu lachen oder zu schnaufen, und rieb mir die Hände an den Oberschenkeln. Ein- oder zweimal sah ich zu Paddy hinüber, der mir ein dünnes Lächeln schenkte. Ich war mir nicht sicher, ob er mich ermutigen wollte oder mich nur mit Mühe ertrug. Es war mir eigentlich egal, so sehr freute ich mich über diese neue Erfahrung.

Als das Stück zu Ende war, ging ich auf die Toilette. Paddy hatte mir gesagt, er würde an der Bar im Foyer auf mich warten. Ich zitterte und lächelte so sehr, dass mich ein paar Jungs auf der Toilette seltsam ansahen. Ich war gut genug gekleidet, also muss es an meinem Benehmen gelegen haben, *sabe?* Ich lächelte die Männer an, und sie zuckten mit den Schultern und entfernten sich rasch. Während ich mir die Hände wusch, betrachtete ich mein Spiegelbild und ordnete mein Haar neu. Ich öffnete einen Knopf an meinem Hemd, überlegte es mir anders und knöpfte ihn wieder zu, sodass unter dem rosa Kragen nur ein hellbraunes Dreieck sichtbar wurde.

Ich verließ die Toilette und machte mich auf den Weg zur Bar. Ich spürte, wie sich meine Brust vor Stolz wölbte, als ich mich daran erinnerte, wie mich in der Vergangenheit die Türsteher des Theaters immer weggescheucht hatten – *vai embora, porra* – und ich die dunkle Straße mit dem flackernden roten Neonlicht hinuntergeschlichen war.

Paddy stand in der Nähe der Bar und unterhielt sich mit einer kleinen Gruppe von Leuten. Eine Dame mit lila Hut und passendem Kleid. Ein Mann mit einem beigen Mantel, den er über den Arm gehängt hatte. Ein weiterer Mann, der laut auf Englisch redete, mit einem starken brasilianischen Akzent. Ein Pärchen, das schweigend an Gläsern mit Rotwein nippte.

Als ich mich näherte, geriet der Mann, der gerade sprach, ins Stocken und sah mich nervös an. »Also, ich, ähm, ich glaube, die, ähm … Entschuldigung«, sagte er. Sein Blick schweifte zu den anderen in der Gruppe, als ob einer von ihnen erklären könnte, wer ich war und warum ich ihn unterbrochen hatte.

Ich stellte mich neben Paddy und lächelte die anderen an.

Der Mann fuhr fort, und ein fragender Blick verdüsterte seine Miene. »Es wird eine enorme Verbesserung für die Schule sein«, sagte er auf Englisch. »Es tut mir leid. Kenne ich Sie?« Er streckte mir die Hand entgegen.

»Oh, das tut mir leid«, sagte Paddy. »Das ist der Sohn eines Freundes der Familie. Er interessiert sich für das Theater, und ich habe meinem Freund angeboten, ihn mitzunehmen.« Dann zählte er eine Reihe von Namen auf, aber ich hörte nicht zu, denn ich fühlte einen schmerzhaften Stich, wie von einer tiefen, vorsätzlichen Kränkung.

Sie setzten das Gespräch auf Englisch fort, und ich hatte Schwierigkeiten zu folgen. Das Paar mit den Getränken kam aus England, aber die anderen waren Brasilianer. Ihre Äußerungen waren eine seltsame Mischung aus beiden Sprachen. »It's very *lamentável*.« – »I feel very *positivo* about it.« – »It's an excellent *negocio*.« Ich konnte nicht mitmachen. Ich fühlte mich wertlos, *pobre*, war lediglich ein Dienst für einen Freund.

Nach zwanzig Minuten oder so gingen wir. »Ich werde den Jungen nach Hause bringen«, erklärte Paddy seinen Freunden.

Ich habe mein Glas Wein nie bekommen.

Scham.

Nach unserem Theaterbesuch veränderte sich alles. Im Taxi explodierte ich. »Wie konntest du mir das antun? Du schämst dich für mich. Ich habe mich noch nie so gedemütigt gefühlt.«

Paddy wandte sich von mir ab. »Es fällt mir schwer, das zu glauben«, sagte er.

»*Filho da puta! Desgraçado!* Wie kannst du es wagen, mich zu verurteilen!«, rief ich. Der Fahrer drehte sich auf seinem Sitz um. »Halten Sie den Wagen an«, sagte ich, sprang hinaus und knallte die Tür zu.

Ich wanderte einige Stunden lang durch die Gegend, aber meine Wut ließ mich nicht los. Ich ballte meine Fäuste und kratzte mich am Kopf. Ich fluchte über Autos, die mir beim Überqueren der Straße zu nahe kamen. Ich verfluchte Paare, die Hand in Hand gingen. Ich starrte jeden an, der kleiner oder schwächer aussah.

Als ich nach Hause kam, schlief meine Schwester schon, *graças a Deus*. Ich saß in meinem Zimmer, starrte auf die leere Wand, murmelte vor mich hin – Wie konnte er nur? Wie konnte er nur? – und fragte mich, wie es möglich war, dass Paddy mich so erniedrigt hatte. Zu einem Nichts.

Gewissensbisse.

Später fürchtete ich, ich hätte überreagiert, und dass ich, wenn ich so etwas noch einmal täte, ihn für immer verlieren könnte. Ich nahm mir vor, ein besserer Mensch zu werden.

Am Morgen, als er das Haus verließ, um zur Arbeit zu gehen, wartete ich auf ihn, zwei Becher mit Kaffee in der Hand.

»Es tut mir leid.«

Ich reichte ihm das Getränk. Er schaute anerkennend auf die Marke. Ich versuchte immer, das Beste zu kaufen. Das war etwas, was er mir beigebracht hatte.

»Mir tut es auch leid.«

»Es war ein schöner Abend, bis …«

»Ich hätte es dir besser erklären sollen. Die Leute wissen nichts von uns. Über mich.«

»Das war mir nicht klar.«

»Es ist allein meine Schuld. In meinem Leben müssen bestimmte Dinge diskret bleiben. Es geht nicht anders.«

Das tat weh.

»Ich verstehe.«

»Gut. Das hoffe ich.«

»Tut mir leid.«

Leme schwankt. Er prallt gegen den Türrahmen seines Schlafzimmers.

Leme murmelt unverständliches Zeug. Renata rührt sich. Sie sagt schläfrig: »Schon in Ordnung«, und reibt sich die Augen. »Geht's dir gut?«

»Mir geht's ...«, sagt Leme. »Nein, mir geht's ehrlich gesagt nicht besonders.«

»Komm ins Bett.«

Leme stimmt zu. Er streift Jackett und Hemd ab. Er hält sich am Türrahmen fest. Er schlüpft aus den Schuhen. Er ist wackelig auf den Beinen. Er schnallt seinen Gürtel auf und öffnet den Reißverschluss.

Er legt sich hin. »Ich muss stinken.«

Renata schlingt ein Bein um ihn. »Tust du.« Er atmet schwer.

Lisboa hat heute Morgen als Erstes ein Briefing angesetzt. Die Truppe war natürlich begeistert, bei der Sonntagmorgenschicht antreten zu müssen. Leme hat mit der Computerabteilung gesprochen. Er hat ihnen die Lage erklärt. Er hat sie über den aktuellen Ermittlungsstand informiert und die notwendigen Dokumente übergeben. Er hat nichts über die mögliche Herkunft des Briefbeschwerers gesagt. Wie Lisboa schon meinte: »Jeder Wichser kann so einen falsch beschrifteten Nippes herstellen, Kumpel.«

Der IT-Typ meinte: »Wir suchen also eine Tussi mit einem Schwanz.«

Leme warf ihm einen bösen Blick zu: *Achte auf deine Sprache, Junge.* Er sagte: »Wir suchen eine Frau, deren Ausweis den Namen eines Mannes trägt.«

Der IT-Typ räusperte sich entschuldigend. »Dann versuchen wir es zuerst mit der Ausweisnummer.«

»Als Nächstes brauchen wir eine Recherche über Pereira Modelling.«

»Ich meine, das kannst du doch selbst googeln ...«

Lemes Miene besagt: *Du übernimmst das.*

»Na gut«, brummt der IT-Typ. »Ich stöbere mal ein bisschen herum.«

Leme und Lisboa gingen in eine Bar für Cops, saßen alleine da und tranken. Sie schwiegen die meiste Zeit; es gab nicht viel zu bereden. Keiner von beiden wusste etwas, das dem anderen nicht schon bekannt war. Reden brachte nichts. Worüber auch? Über den Zustand der Leiche? Darüber, warum jemand einem anderen Menschen so etwas antat? Verdammt, nein.

Leme stöhnt. Er vergräbt seinen Kopf in Renatas Halsbeuge. Ihre Hand tastet nach ihm, und er atmet sie tief ein.

Zu Hause.

Hassverbrechen.

Besprechungsraum. Sonntagmorgen, unmenschlich früh. Leme und Lisboa sitzen am Kopfende des Tisches. Zu ihren Seiten zwei Jungspunde: Moreira und Hamuche. Vernünftige Burschen. Leme vertraut ihnen. Lisboa ist sich nicht sicher. Ihre Aufgabe: Routinearbeit, persönliches Gegenchecken von Computerdaten und sonstigen Hinweisen, einfache Befragungen.

Ein IT-Typ ist auch dabei. Der faule Sack, den Leme am Vortag gebrieft hat. Name: da Cunha. Er hat seinen Laptop aufgeklappt. Leme lässt ihn vorläufig in Ruhe. Diese Computernerds verbringen üblicherweise nicht viel Zeit in Gesellschaft.

Alle in der Runde blicken finster. Das liegt nicht nur an der Sonntagsschicht. Sie haben Fotos vom Tatort gesehen. Die Bilder haben sich in ihre Netzhäute eingebrannt. Ihre Mägen haben sich noch nicht beruhigt.

Das Ziel des Briefings ist einfach: den Namen der Unbekannten herausfinden. Aber wie?

Leme umreißt die Aufgaben des Tages:

»Moreira und Hamuche, ihr klappert alle bisher bekannten Adressen Gerson Andersons auf. Schaut, was ihr herausfindet. Seid hartnäckig. Danach geht ihr zu den Bank- und Kreditkartenfilialen des Opfers und zum Sitz der Krankenkasse. Es gibt drei aktive Bankkonten, obwohl wir keine Details über den jüngsten Zahlungsverkehr haben. Das Opfer hatte zwei Kreditkarten, die auf den Ausweis ausgestellt sind. Überprüft das alles und schaut, was ihr herausfindet.«

Moreira und Hamuche nicken. Heute gibt es keine Widerrede, was Leme zu schätzen weiß.

»Tatsache ist, dass wir keine forensischen Erkenntnisse über den Täter haben. Uns bleibt nur, im Umfeld des Opfers zu ermitteln.«

Leme reicht weitere Fotos vom Tatort herum.

»Seht ihr das?« Der Haufen mit Schmuck, die Schnürsenkel, die Pereira-Modelling-Karte sind rot eingekreist. »Das sind wichtige Spuren. Du …« Leme deutet auf den IT-Typ. »Deine Aufgabe ist es, so viel wie möglich über diese Dinge herauszufinden. Jede Art Hinweis ist willkommen. Tu einfach das, was immer ihr Jungs so tut, um etwas zutage zu fördern. *Certo?*«

Der IT-Typ nickt. Auch von seiner Seite keine Widerrede. An sich sind das da unten in der Computerabteilung ziemlich düstere Kerlchen, Leme weiß von allen möglichen abseitigen Interessengebieten, trotzdem ist der Bursche offenbar schockiert über dieses Verbrechen. Und das sollte er auch sein.

Hassverbrechen.

Lisboa nickt dem IT-Typ zu. »Gute Arbeit gestern. Wir werden dem heute nachgehen.« Dann wendet er sich an Moreira und Hamuche. »Wir glauben, wir haben die Privatklinik gefunden. Natürlich wissen wir nicht, wann die Operation durchgeführt wurde. Wir kennen auch nicht die Details der gesetzlichen Vertraulichkeitsvereinbarungen. Aber er«, er deutet auf den IT-Mann, »meint, es war diese Klinik.«

Lisboa reicht Blätter herum, auf denen der Name Emmanuel und eine Adresse im Jardim Paulistano stehen.

Moreira fragt: »Ist das der Name des Ladens?«

Leme nickt. »Genau das: Emmanuel. Stilvoll, *ne?* Was bedeutet, der Laden ist richtig teuer, was wiederum heißt, er passt möglicherweise nicht zum Profil des Opfers.«

»Die sind bekannt dafür, erstklassige Tittenjobs zu machen«, fügt Lisboa hinzu. »Und die Lippen reicher Teenager und ihrer Mütter aufzuspritzen. Die guten alten Schlauchbootlippen, *entendeu*?«

Grimmiges Lachen in der Runde.

»Eine weitere Sache ist«, sagt Lisboa, »was man so hört, machen sie dort auch illegale, qualitativ hochwertige und schweineteure Abtreibungen für Society-Mädchen in Schwierigkeiten. Es besteht also die Möglichkeit, dass die Operation, die uns interessiert, inoffiziell durchgeführt wurde.«

Hamuche sagt: »Ich wusste nicht, dass so was überhaupt legal ist.«

»Die Verhältnisse sind da nicht ganz eindeutig.«

»Noch irgendwelche Fragen?«

Vier Köpfe werden geschüttelt.

Leme schiebt ein weiteres Blatt Papier über den Tisch. »Lest es euch durch. Von Superintendent Lagnado.«

Die Kurzfassung:

Es steht Ihnen frei, die schrecklichen und erschütternden Bilder vom Tatort zu verwenden, um sich die Mitarbeit von Zeugen zu sichern und/oder Nachforschungen jeglicher Art anzustellen; jedoch hätte die Weitergabe dieser Bilder an die Presse äußerst negative Folgen für Ihre Karriere; überhaupt mit der Presse zu sprechen, hätte negative Folgen für ihre Karriere; mit einer guten Ladung persönlicher Unannehmlichkeiten obendrauf. Dies ist eine Einzeltat, und das dürfen wir nicht vergessen, so grausam sie auch sein mag. Verhörmethode: Sobald der Täter gefasst ist, werden alle nötigen Mittel eingesetzt.

Das bedeutet:

Die Akte rasch schließen und nicht zu genau darauf achten, wem es angehängt wird. Hassverbrechen bedeutet, ein Verrückter ist unterwegs, was bedeutet, wir können alle wieder ruhig schlafen, sobald der Verrückte das Geständnis unterschrieben hat und hinter Gittern ist.

»Wir treffen uns hier um 18 Uhr wieder. Bleiben aber in Kontakt.«

Drei Stühle werden zurückgeschoben, scharren geräuschvoll über den billigen Boden.

»Okay?«, fragt Lisboa.

Leme nickt.

Ihm geht der Briefbeschwerer nicht aus dem Sinn. Handelt es sich dabei um eine einmalige kreative Entgleisung oder um den üblichen Touristenschrott? Hat das Ding noch andere Merkmale, die ihm nicht aufgefallen sind? Er denkt an die Frau, die es vielleicht identifizieren könnte. Was natürlich nicht auf dem Dienstweg läuft.

Allerdings könnte er Renata bitten, einen Namen durch die Datenbank der Rechtshilfe in Paraisópolis laufen zu lassen und eine Adresse für ihn zu finden.

Das steht ihm frei.

Ray hat Joãozinho, Little Johnny, darum gebeten, für ihn ein Treffen mit jemand Gerissenem zu arrangieren, der Ray wiederum einen inoffiziellen Kontakt zu ein paar politisch Unerwünschten besorgen kann. Little Johnny kannte da genau den Richtigen, einen Militärpolizisten auf mittlerer Ebene, noch einigermaßen sauber, aber ehrgeizig. Ray weiß, das bedeutet, er muss das Geldthema mit Fingerspitzengefühl behandeln. Ray ist bereit, Geschäfte zu machen, sich die Hände ein wenig schmutzig zu machen.

Das Treffen findet in Rays inoffiziellem Büro statt. Ray ist sich nicht sicher, nach wem er Ausschau halten soll, aber vermutlich trägt der Mann keine Uniform. In der Deckbar des Unique kriegt man schätzungsweise nicht allzu viele Militärs zu Gesicht.

Ray sucht nach einem großen Mann in Zivil. Sein Name: Carlos.

Little Johnnys Möglichkeiten sind beachtlich, denkt Ray. Seit dem berüchtigten Wochenende im Jahr 2006 – bei dem Big Ray wohlgemerkt eine wichtige Rolle spielte – steht die Militärpolizei in enger Verbindung zu verschiedenen politischen Fraktionen in Brasília. Man will bei Bedarf offene, unkomplizierte Kommunikationskanäle. Also führt man ein vertrauliches Gespräch mit jemandem wie Joãozinho, der die Anfrage an der entsprechenden Stelle durchsickern lässt.

Natürlich weiß Ray, dass er zu gegebener Zeit dafür Gegenleistungen erbringen muss. Im Moment lässt er anschreiben: jetzt kaufen, später bezahlen.

Rays Lieblingskellner Fernando bringt ihm das Übliche. Kurz darauf bringt Fernando auch noch einen großen Mann in Poloshirt und Chinohose.

»Carlos«, stellt sich der Mann vor.

Er schaut Ray in die Augen. Er streckt eine Hand aus. Ray ergreift sie. Ray schüttelt sie *kräftig*.

Sie grinsen beide.

Ray bittet Carlos mit einer Geste, sich zu setzen. »Ich hoffe, Lager ist okay für Sie?«

»Absolut.«

»Hervorragend.«

»*Saúde*«, sagt Carlos.

Sie stoßen an. Sie nehmen große Schlucke.

Carlos schaut auf seine dicke Uhr. »Ich habe eine halbe Stunde Zeit, Senhor Marx. Schießen Sie los.«

Ray grinst. »Guter Mann. Dann komme ich mal zur Sache. Was glauben Sie, warum wir uns hier treffen?«

Carlos zieht eine Augenbraue hoch. »Ich würde sagen, es ist politischer Ärger im Anflug. Wenn ich angerufen werde, geht es normalerweise darum.«

»Wer ruft Sie an?«

»Einer der Jungs, der etwas höher in der Nahrungskette steht.«

»Und wissen Sie, von wem der seinen Anruf kriegt?«

»Ich kann es mir denken. Ist aber nicht wirklich wichtig. Meine

Arbeit findet auf einer bestimmten Ebene statt. Genau wie Ihre auch, habe ich recht?«

»Guter Mann.«

»*Então?*«

»*Então* brauche ich letztendlich zwei Dinge. Das ist ein langfristiger Job, monatliche Bezahlung, *entendeu?*«

Carlos nickt.

»Ich brauche Informationen über eine – ich weiß nicht genau welche – Zelle des Schwarzen Blocks, die derzeit in dieser schönen Stadt aktiv ist. Vermutlich findet man sie am besten, wenn man mit Leuten redet, die sie zu stoppen versuchen.«

Carlos nickt. »Und die andere Sache?«

»Ich möchte spenden.«

Carlos verzieht das Gesicht: *Sie wollen was?*

»Ich möchte Bargeld spenden.«

»Ich dachte mir schon, dass Sie nicht Ihr Sperma spenden wollen, mein Freund.«

Ray grinst. »Ich mag Ihren Stil.«

»Was ist der Zeitrahmen?«

»Ich würde sagen, das ist ein dreimonatiges Projekt.«

»Mit welcher Begründung?«

»Das lassen Sie mal meine Sorge sein.«

Carlos zuckt mit den Schultern. »Sie kennen vermutlich den Ablauf, wissen, wie das läuft, *ne*?«

»Alles in trockenen Tüchern, *amigo*. Die erste Tranche ist bereits unterwegs.«

Carlos zieht die Augenbrauen hoch. Er kippt sein Bier. »Wenn das so ist, dann *saideira*?«

Noch einen für unterwegs.

»Ich bestelle noch mal das Übliche«, grinst Ray.

Ray muss noch eine Sache erledigen, damit es ein richtig gelungener Sonntag wird.

Es ist schön und gut, die Puppen tanzen zu lassen, aber man braucht ein Forum, eine öffentliche Stimme, *Verbreitungswege*, um die gewünschten Nachrichten unter die Leute zu bringen.

Er braucht einen Journalisten auf der Gehaltsliste, im Team Big Ray.

Ray kennt sich da aus. Wenn du einen Journalisten auf deine Seite bringen willst, läuft das nur durch Informationsaustausch, ein *Quidproquo*. Es ist ausschlaggebend, wen du kennst, in welchen Kreisen du verkehrst. Der wichtigste Punkt: Lass Geld aus dem Spiel.

Um einen Journalisten in die Tasche zu kriegen, musst du etwas für ihn Interessantes in der Hinterhand haben. Man muss ihn mit Ware locken. Und zwar im richtigen Rhythmus.

Oder man findet etwas über ihn heraus und lässt ihn wissen, dass man es weiß. Landläufig nennt man das Erpressung. Ray bevorzugt: *geheimes Einverständis*.

Also nimmt Ray sein sonntägliches Dinner an einem Ort ein, der leicht außerhalb seiner Komfortzone liegt.

Am oberen Ende der Rua dos Pinheiros hält er Ausschau nach einem fetten Mann in einem billigen Anzug.

Ray hat gehört, dass der Mann gerne allein in einer dieser hell erleuchteten Bars an der Ecke speist. Ray kennt sich ein bisschen aus mit diesen Bars. Lokale, wo sonntags lautstark der Fernseher läuft, in dem ein anderer fetter Kerl, der berühmte Faustão, zu kitschiger *Sertaneja*-Country-Musik über Kulturpolitik schimpft, während Mädels in Bikinis und Stöckelschuhen um ihn herumtanzen, mit einem Lächeln und viel Make-up im Gesicht.

Domingão with Faustão nennt sich die Show. Sie läuft den ganzen verdammten Tag. *Big Sunday mit Big Man Faustão*.

Ein faustischer Pakt, denkt Ray. Unbegrenztes Wissen und weltliches Vergnügen im Überfluss. Er lächelt in sich hinein. Ist eben doch nicht nur ein hübsches Gesicht, der alte Ray.

Die Stimmung ist sehr 2011, denkt Ray. *Happy fucking New Year.*

Als er das erste Mal nach São Paulo kam, waren die Werbetafeln für den Playboy gigantisch. Irgendwann musste man sie wieder abbauen. Brasilianische Männer fahren zu dicht auf. Das macht sie anfällig für Unfälle, wenn sie ihre Köpfe und Zungen aus dem Fenster hängen.

Irgendwann hat die Stadtverwaltung ein Verbot für Werbetafeln erlassen, ohne Ausnahme. Ray gefällt es so besser.

Seltsam: An einem Tag blickt man noch aus dem Hotelfenster und starrt auf ein Paar haushoher Beine im Tanga, am nächsten Tag hat man freien Blick auf grüne Bäume und die Weite des Parks.

Da soll einer mitkommen.

Ray geht an zwei Bars der gesuchten Art vorbei. Die Bars sind *alkoholdurchtränkt*. Männer fallen um. Männer schreien. Die Bars stinken. Sie verströmen billigen *pinga*-Mief. Sie dünsten Bier aus.

Keine Spur von einem schmuddeligen Reporter.

Ray kommt an einem mondänen französischen Restaurant vorbei. Pärchen essen Steak Frites. Die Kellner beträufeln die Steaks mit einer grünen Soße. Ray findet, dass diese Soße *muito* gut aussieht. Er ist hungrig, Ray, wegen seines Nachmittagsbiers. Bevor er das Hotel verließ, schluckte er zwei Tabletten. Sie betäuben seinen Appetit – *bis jetzt*. Der Duft nach Pommes frites provoziert reichlich Speichelfluss.

Ray überlegt, ob er bei der nächsten Bar einen Zwischenstopp einlegt. Ein großes Lager und ein *mixto quente* wären jetzt genau das Richtige. Ein *heißer Mix*, scherzt Ray gerne. Schinken und saftiger gegrillter Käse. Dazu Fritten.

Die nächste Bar ist ein echtes Sonntags-Dinner-Erlebnis. In einem Metalleimer glühen Holzkohlen. Zwei Männer hocken daneben und drehen Spieße mit faserigem Fleisch.

Die Männer bieten die Spieße an. Sie finden keine Abnehmer.

Ray mustert die Tische draußen. Diese Bar ist nicht *zu* sonntäglich durchfeuchtet. Immerhin sitzt hier auch ein Pärchen. An einem weiteren Tisch hocken Studenten, die schreien, gestikulieren und Joints herumreichen. Die Kellner lachen im Inneren. Fußballlärm dringt aus einem Radio. Der Inhaber nickt Ray zu, er soll Platz nehmen.

Ray entdeckt den gesuchten Mann. Sein Steak und die Eier darauf glänzen fettig. Der Anzug ist schäbig. Ray wählt den Tisch neben ihm.

»Wie ist hier das Wasser?«, fragt Ray auf Englisch.

Rays Mann zieht die Augenbrauen hoch. »Das ist nicht wirklich ein Touristenlokal, *amigo.*«

»Gutes Englisch.«

»Ja, ich habe ein Jahr in Harvard studiert, Postgraduierten-stipendium.«

»Medizin?«

Rays Mann verzieht das Gesicht: *bloß nicht.*

»Dann Jura.«

»Bingo.«

Ray winkt einem Kellner. »*Cerveza, obrigado.*«

Ray hebt einen Finger. Der Kellner bleibt stehen. »Wollen Sie auch noch etwas?«

Rays Mann nickt dem Kellner zu. Er deutet auf sein Glas Rotwein. Der Kellner verzieht sich.

»Danke.«

»*De nada.*«

Der Kellner lädt die Getränke ab. Ray schenkt sich Bier ein. »Cheers«, sagt er.

Rays Mann wischt sich den Mund ab. »Zum Wohl.«

Sie sitzen eine Minute lang schweigend da. Aus dem Radio dringt Kreischen. Die beiden Männer, die auf ihrem faserigen Fleisch herumkauen, springen schreiend in die Höhe.

Ray sagt: »Tor für wen?«

»Corinthians.«

»Aha.«

»Ihre Fans sind ein Haufen Wichser.«

»Und Sie gehören nicht dazu.«

»Palmeiras, mein Freund. Die São-Paulo-Mannschaft der Leute mit Köpfchen.«

»Ich hätte Sie auch nicht für einen Corinthiano gehalten. Ich habe Ihre Sachen gelesen.«

Rays Mann stutzt. »Sie haben was?«

Ray beugt sich zu ihm hinüber und streckt die Hand aus. »Francisco Silva, Ray Marx. Freut mich, Sie kennenzulernen.«

Renatas Sonntag zieht sich, also beschließt sie, zur Arbeit zu gehen, sozusagen als Starthilfe für den Wochenanfang. Mario arbeitet, und sie wird das auch tun.

Wenn sie an seinen Zustand gestern Abend und heute Morgen denkt, diese totale Niedergeschlagenheit, die fassungslosen, glasigen Augen, die Ausdünstung der Trostlosigkeit, des Todes, ist sie froh über ihre eigene Tätigkeit. Sie hat ihn nichts gefragt. Sie hat gespürt, er will nicht darüber sprechen.

Sie schiebt es beiseite.

Am Abend zuvor hat sie eine interessante E-Mail erhalten.

Offenbar haben sie das Singapur-Projekt am unteren Ende der Favela aufgegeben.

Renata erinnert sich noch gut an den Tag ihres Besuchs dort. Der arme Junge. Was wohl aus ihm geworden ist? Danach hat sie nie wieder etwas von ihm gehört.

Die E-Mail ist eine direkte Anfrage aus dem *Secretario de Obras*, der Behörde, die über sämtliche Bauprojekte im Bundesstaat entscheidet. Sie kann sie unmöglich ignorieren.

Man bittet sie, die genauen Eigentumsverhältnisse des Baugrundstücks dort zu ermitteln. Die Ausschreibung für einen neuen Auftragnehmer ist im Gange. Die Arbeiten sollen pünktlich beginnen.

Eigentlich kann sie diese Frage gleich beantworten: Es handelt sich um staatliches Land, es *gehört* aber den Bossen der Favela.

Das ist vertrackt. Im Grunde auch wieder nicht.

Rechtlich gesehen ist es allerdings eine harte Nuss. Die Formalitäten sind kompliziert. Das grundlegende Favela-Eigentumssystem bedeutet: Das Land gehört dem Staat, aber alles, was auf dem Land steht, ist Eigentum der Erbauer. Man kann also das Grundstück verkaufen, aber die darauf befindlichen Gebäude nicht legal entfernen. Die Besonderheit dieses Falls ist, dass es keine Gebäude gibt.

Renata vermutet, dass die Behörde sie als Vermittlerin einsetzen will.

Na, großartig.

»Und was springt für mich heraus?«, fragt Silva.

»Das ist die richtige Einstellung«, sagt Ray. »Was für Sie rausspringt, ist ein ständiger Fluss wertvoller Informationen.«

Donner kracht, spaltet den Himmel und hallt von den Gebäuden wider. Fenster klirren. Ein Abendgewitter zieht auf.

»Für den Anfang gebe ich Ihnen einen Namen. Jorge Mendes.«

»*Secretario de Obras*. Na und?«

»Ich weiß alles über Mendes und das Syndikat, das an der Finanzierung des Singapur-Projekts beteiligt war.«

»Das ist doch mal ein Wort.«

Ray zieht Papiere aus seiner Innentasche. »Mendes ist jetzt für ein neues System von *mutirões* verantwortlich – er hat sein Geld durch die SP verdient und die Unterstützung aufgekündigt, als es politisch nicht mehr tragbar war. Es wurde niemals Anklage wegen unangemessener oder illegaler Machenschaften erhoben. Können Sie mir folgen?« Silva nickt. »Ich zitiere: ›Das Scheitern der *mutirões* – der Bau- oder Renovierungshilfen für kommunale Gruppen – führte zur Übernahme des Singapur-Modells.‹«

»Wie ist Ihre Verbindung zu dem Ganzen?«

»Ganz ruhig, mein Freund, so weit sind wir noch nicht. Bleiben wir bei Mendes. Ich zitiere erneut: ›Vetternwirtschaft und mutmaßliche politische Korruption bei der Auswahl der Bauunternehmen‹. Das klingt ganz nach Mendes, oder? Und: ›Die Wohnungsbaubehörde verlangte offenbar die Erfüllung der Forderungen der Interamerikanischen Entwicklungsbank.‹ Mendes hätte zweifellos die entsprechenden finanziellen Mittel und den politischen Einfluss gehabt.«

»Das ist interessant, aber es ist nur eine Vermutung. Richtig?«

»Es gab Mauscheleien und illegale Praktiken. Die *favelados* haben nicht bekommen, was ihnen versprochen wurde, und das Ganze war nur ein Manöver, um die Wiederwahl zu sichern. Das ist eine Story über eine schreiende Ungerechtigkeit, Francisco. Sie schreibt sich von selbst.«

»So weit sind wir noch nicht.«

»Hatten Sie in Harvard einen Spitznamen?«

»Ja. Fat Frank.«

Ray johlt. »Also, Fat Frank, ich fange gerade erst an auszupacken.«

Der Himmel öffnet sich. Es tröpfelt, dann strömt der Regen sintflutartig herab. Wasserfall und Gischt. In einer guten Stunde wird schwüler Regendunst in der Luft hängen.

Das Barpersonal sichert die Plastikmarkisen. Sie blähen sich auf und flattern. Der Regen prasselt herab, spuckt die Gäste an. Niemanden stört das sonderlich.

Die Holzkohle im Eimer zischt und verglimmt qualmend.

»Also, wie jetzt? Sie füttern mich mit mageren Brocken, und ich soll dafür eine komplette Story für Sie rausbringen?«

»Wir werden zusammen an den Storys arbeiten.«

»Klingt für mich eher nach geheimen Absprachen.«

»Guter Mann.«

»Warum Mendes?«

»Ehrlich gesagt ist er ein kleiner Fisch. Wir suchen weiter oben.«

»Wie weit oben?«

»Das werden Sie schon sehen. In etwa einem Monat haben Sie einen verdammten Knüller, mein Freund.«

»Und ich soll Ihnen einfach so vertrauen?«

Ray zwinkert. »Vertrauen muss man sich verdienen, mein Freund.«

Silva lässt sich das Ganze durch den Kopf gehen. Ray zieht sich in mysteriöses Schweigen zurück. Er begnügt sich mit der Andeutung einer möglichen Erpressung.

Ein kluger Schachzug: Alle Journalisten haben irgendeine Leiche im Keller.

Der Regen strömt herab. Der Himmel leert sich. Blitze erhellen dunkle, überschwemmte Straßen. Autos schlingern. Sie sind kurz davor, wegzuschwimmen.

Silva nickt in Richtung Straße. »Das ist die Schlagzeile von morgen«, sagt er. »Eine soziale Geschichte.«

»Wirklich?«

»Das ist ein Regen, der Schlammlawinen auslöst, Senhor Marx. Er wird Hütten zerstören. Unten an der Marginalstraße, auf dem Weg zum Flughafen, gibt es eine oder zwei Gemeinden, die jetzt massive Probleme haben.«

»Es ist eine Schande.«

Silva trinkt seinen Wein aus, bestellt einen weiteren. »Das ist Ungerechtigkeit.«

Das Deck des Hotels Unique glänzt nach dem Sturm, nach dem Erguss.

Ray dreht eine Runde mit seinem Caipirinha. Der Swimmingpool ist lila erleuchtet. Fette Wassertropfen hängen an den Liegestühlen. Manikürte Frauen in Tausend-Dollar-Cocktailkleidern kreischen und kichern. Ray beäugt sie. Ray spürt Sehnsucht. Ray *giert.*

Diese Frauen sind keine gute Idee, Ray weiß das. Seine Arbeit lässt das nicht zu. Nicht umsonst entspricht er dem Klischee des einsamen Wolfs. Ray heult leise den Mond an und lacht.

Er geht zurück in den Barbereich. Er winkt Fernando zu. Er

macht eine subtile Geste, verzieht den Mund ohne jede Zweideutigkeit. Fernando nickt, geht ans Telefon. Wenige Augenblicke später nähert sich Fernando. Er beugt sich vor und flüstert: »In zwanzig Minuten.«

Ray nickt. Ray zwinkert. »Guter Mann.«

Zwanzig Minuten später öffnet Ray die Tür zu seinem Zimmer, und auf seinem Sofa sitzt eine Frau, Anfang zwanzig, dunkler Hautton – nicht zu dunkel –, lange Beine, Haare *au naturel*, ungeschminkt, leuchtende Augen, das Kleid schmiegt sich um ihre Schultern, liebkost sie, gleitet an ihr herab.

»Hervorragend«, sagt Ray. »Du, *querida*, bist Weltklasse.«

Die Frau lächelt, beißt sich auf die Lippe. »*Hola*«, sagt sie.

Sie ist genau so, wie Ray es mag. Fernando ist ein Concierge der Spitzenklasse.

Lisboa sitzt am Steuer. Es ist sonntäglich still. Sie fahren von Jardins nach Jardim Paulistano durch gute Wohngegenden. Niedrige Gebäude, hellbraun gestrichen, roter Backstein. Ausgedehnte Grünflächen. Gläserne Sicherheitskabinen säumen die wohlhabenden Straßen. Protzige Autos parken ordentlich in schwarz-silbernen Reihen.

Die Klinik hat geöffnet: Sonntag bedeutet *maximale* Diskretion.

Leme liest das Informationsblatt ihres IT-Typs. Er macht sich schlau über die rechtlichen Aspekte einer Geschlechtsumwandlung. Er fragt sich, wieso er erst jetzt etwas darüber erfährt.

Leme liest:

Die Änderung der Geschlechtszugehörigkeit ist in Brasilien legal, wie der Oberste Gerichtshof Brasiliens in einer Entscheidung vom 17. Oktober 2009 festgestellt hat. Operationen zur Geschlechtsumwandlung sind durch eine Verfassungsklausel abgedeckt, die medizinische Versorgung als Grundrecht garantiert.

Aus biomedizinischer Sicht kann Transsexualität als eine Störung der Geschlechtsidentität beschrieben werden, bei der die Betroffenen ihre Geschlechtszugehörigkeit ändern müssen, da sonst schwerwiegende Folgen für ihr Leben drohen, wie z. B. großes psychisches Leid, Verstümmelung und Selbstmord.

Hassverbrechen.

Lisboa starrt geradeaus. Sie stoßen auf die Avenida Gabriel Monteiro da Silva und rollen gemächlich über grüne Ampeln. Männer und Frauen in Sportkleidung trinken Kaffee in schicken Cafés. Sie essen Omeletts, nippen an Smoothies. Kinder, nach dem Brunch vollgepumpt mit Zucker, ärgern kläffende Hunde. Hausmädchen kommen aus teuren Supermärkteñ, tragen Tüten mit Zutaten für das Sonntagsessen. Gut aussehende, reiche Teenager schlendern mit Tennisschlägern und Basecaps in ihre exklusiven Sportclubs.

Leme liest:

Transgender-Personen können in Brasilien ihren Namen und ihr registriertes Geschlecht im nationalen Melderegister und auf einigen Ausweispapieren ändern – allerdings erst nachdem sie sich den obligatorischen psychiatrischen Untersuchungen und chirurgischen Eingriffen unterzogen und eine richterliche Anordnung eingeholt haben.

Lisboa biegt links in die Faria Lima ein.

Rechts von ihnen erhebt sich das Einkaufszentrum Iguatemi. Sonntags ist es ruhig, dunkel, verlassen. Sicherheitskräfte bewachen die Eingänge. Immerhin befinden sich da drin Dinge von Wert. Arme Kinder lassen sie nicht rein. Nur Dienstmädchen und Nannys, von Kopf bis Fuß in Weiß gekleidet.

Lisboa sagt: »In dieser Klinik werden illegale Abtreibungen durchgeführt. Weißt du, wie viel das kostet?«

Leme schüttelt den Kopf.

»Es ist unerschwinglich, das ist der Punkt. Nur für die Ober-schicht. So bleibt der Anschein verlogener Wohlanständigkeit er-halten.«

»Ich bin mir nicht sicher, ob es nur ein Anschein ist.«

»Du weißt, was ich meine. Und das ist unser Ansatz. Wir haben Gerüchte gehört, und so weiter, *sabe*?«

Leme weiß, was er meint. Sie werden ordentlich auf den Sack hauen, wenn es sein muss. Leme liest schweigend weiter. Nancy Andrighi, die Initiatorin dieser neuen Gesetze, hat gute Argumente, findet Leme:

Wenn Brasilien der Möglichkeit einer Operation zustimmt, sollte es auch die Mittel bereitstellen, damit diese Personen auch ein angemessenes Leben in der Gesellschaft führen kön-nen.

Und da liegt in Lemes Augen der Knackpunkt: Wenn operierte Transpersonen ihre Ausweise und zivilrechtlichen Unterlagen nicht ändern dürfen, ist das im Grunde eine Variante des sozia-len Vorurteils, nur diesmal vonseiten der Institutionen. Und das kann noch weitaus mehr Schaden anrichten. Integration ist das Entscheidende, denkt Leme.

Das Opfer hatte nie eine Chance.

Das Emmanuel ist ein eleganter Laden.

Klare weiße Linien, diskret. Das Schild erinnert an das einer teuren Boutique. Die Empfangsdame strahlt. Lemes Dienstmarke blitzt auf, worauf das Strahlen schlagartig verblasst.

Die Empfangsdame blickt verwirrt und drückt einen Knopf. Der schrankförmige *segurança* am Eingang, der Leme und Lisboa beim Reingehen gemustert hat, blickt sie finster an und stapft durch die Drehtür.

Lisboa bemerkt ihn und dreht sich um. Mit erhobenem Ausweis schubst Lisboa den Kerl gegen die Wand. Leme hört ein »Was soll der Scheiß« und dann ein »Beruhige dich, und komm nicht mal auf den Gedanken«. Der massive Kerl keucht und schnauft. Er merkt, er ist in keiner vorteilhaften Lage. Er hat die Hände abwehrbereit gehoben, Lisboa knurrt und zeigt, dass er keinen Spaß versteht, der Kerl nimmt die Hände runter, deutet an, okay, okay, ich hab's verstanden. Leme nickt Lisboa zu, woraufhin der allein weitermarschiert.

Es gibt einen kleinen Wartebereich – leer. Davon gehen drei Türen ab, auf denen vornehme Arzt-Namen stehen. Eine der Türen steht halb offen. Leme schiebt sie auf und sieht einen schlanken, hakennasigen Mann mittleren Alters in einem weißen Kittel hinter einem Hollywood-Schreibtisch sitzen. Ganz aus Holz und grünem Leder, mit zwei Kugelschreibern in Halterungen wie Maschinengewehrstützen. Aktenschränke flankieren das Ganze.

»Guten Morgen«, sagt Leme. Er schließt die Tür hinter sich und setzt sich hin.

Dr. Aalglatt brummt »Wer sind Sie?« und mustert ihn mit einem Blick, der in etwa besagt: Wissen Sie überhaupt, wer ich bin? Er hat eine Art an sich, die Leme gar nicht schätzt. Er strahlt überhebliche Autorität aus.

Leme lächelt. »Wir brauchen ein paar Informationen über einen Ihrer Patienten, Kumpel«, sagt er.

Lisboa steckt seinen Kopf durch die Tür. Leme zieht die Augenbrauen hoch. Lisboa nickt, reibt zwei Finger und den Daumen aneinander, was bedeutet, dass er den Trottel dafür bezahlt hat, sich zu verpissen. Ausgezeichnet. Leme wird etwas ruhiger.

Dr. Aalglatt sagt: »Ich glaube wirklich nicht, dass das nötig ist.«

Leme lächelt. Lisboa betritt den Raum und baut sich links von Leme auf. Er ragt hoch über dem Schreibtisch empor.

»Frühdienst?«, fragt Leme.

Aalglatt denkt darüber nach. »Ich mache gerne Sport vor der Arbeit.«

»Selbst an einem Sonntag? Voller Einsatz, Senhor.«

»Doktor.«

»Entschuldigen Sie, Doktor. Und Sie heißen *wie*, Doktor?«

Aalglatt klopft auf ein hölzernes Dingsbums auf seinem Schreibtisch. Sein Name ist in teuren, kursiven Buchstaben darauf graviert: *Dr. Emmanuel.*

»Ist das Ihr Vorname oder Ihr Nachname?«

Aalglatt schweigt, sein Blick besagt: Ja, ja, sehr witzig.

»Beides?«

Aalglatt seufzt. »Was kann ich für Sie tun, Detectives?« Aalglatts Empfangsdame schwebt vor der Tür.

»Sie müssen sich keine Sorgen machen, *querida*«, sagt Lisboa, »wir werden den Laden nicht ausrauben.«

Aalglatt lächelt ihr zu. »Es ist in Ordnung, Adriana, nichts Ernstes.«

Leme wippt auf seinem Stuhl. »Oh, sie kann bleiben, wenn Sie lieber eine Zeugin dabeihaben möchten, Doktor.«

Ein erschrockener Blick huscht über Adrianas Gesicht. Angst, Verwirrung und noch etwas anderes. *Enttäuschung.* Leme fragt sich, ob der alte Aalglatt hier der armen jungen Adriana etwas vormacht. Die Klischeehaftigkeit des Ganzen, wenn es denn zutrifft, ist niederschmetternd.

»Adriana«, sagt Leme, »ich möchte, dass Sie eine Akte über einen Senhor Gerson Anderson heraussuchen.« Leme wendet sich wieder an Dr. Emmanuel. »Das ist doch kein Problem, oder?«

Aalglatt schüttelt den Kopf. Er wirkt jetzt *ernsthaft* besorgt.

Lemes Spiel geht auf.

Aalglatt sagt: »Adriana, tu, was er verlangt.« Und dann: »Bringen wir es hinter uns, ja?«

»Wir sind hier wegen eines abscheulichen Hassverbrechens, Dr. Emmanuel, eines brutalen Mordes«, sagt Leme. »Das Opfer ist eine postoperative Transfrau. Neben der Leiche des Opfers – und glauben Sie mir, Sie wollen jetzt keine Tatortfotos sehen – lag der

Ausweis eines Gerson Anderson. Unsere Nachforschungen ergaben, dass das Opfer seine neue Identität noch nicht registrieren ließ. Die einzigen Informationen, die wir über das Opfer haben, stammen aus ihrem früheren Leben. Wir denken, dass Sie uns vielleicht etwas mehr über sie erzählen können.«

Aalglatt wird blass. Er schiebt jetzt volle Panik.

Er blafft: »Ich würde ja gerne helfen, wirklich, aber es gibt eine rechtsverbindliche Vertraulichkeitserklärung, die wir mit allen unseren Patienten abschließen ...«

Lisboa beugt sich über den Schreibtisch und reißt kräftig an Aalglatts Krawatte. Aalglatt ruckt nach vorne, die Arme ausgestreckt. Lisboa reißt erneut. Aalglatt stützt sich mit den Händen auf dem Schreibtisch ab. Leme nimmt einen geschmackvoll aussehenden Briefbeschwerer vom Hollywood-Tisch und schmettert ihn auf Aalglatts rechte Fingerknöchel. Die Knöchel knirschen. Aalglatt jault auf.

Adriana zögert in der Tür. Leme lächelt. »Können Sie dem Doktor bitte etwas Eis holen, Liebes?«

Adriana dreht sich nach links, nach rechts, dann wieder nach links, nickt, will Lisboa die Akte geben, überlegt es sich anders, gibt sie ihm dann doch und geht wieder.

Aalglatt umklammert seine Hand. Sie rötet sich. Seine Knöchel brennen und schmerzen.

Er sieht zu Leme auf – verständnislos. Sein Blick fleht: Warum haben Sie das getan?

»Das ist der Schock, Kumpel«, sagt Leme. »Lassen Sie es einfach pochen, das vergeht schon wieder. Es ist nicht gebrochen.«

»Sind Sie jetzt auch Arzt, Detective?«, spuckt Aalglatt.

»In jedem Fall billiger als Sie, Kumpel, *falou?*«

Lisboa blättert die Akte durch.

Adriana taucht mit einem Krug voller Eis und einem Waschlappen in der Tür auf.

Leme winkt sie herein. Aalglatt vergräbt seine Hand in dem

Krug. Er zieht eine Grimasse. Adriana verlagert das Gewicht nervös von einer Seite auf die andere, tänzelt. Aalglatt lächelt sie an und nickt. Sie geht.

»Adriana ist nett«, sagt Leme. »Weiß sie von Ihren illegalen Geschäften?«

Aalglatt wird grün. »Hören Sie, Detective, ich …«

»Ricardo.« Leme schaut zu Lisboa auf. »Halt seine linke Hand fest, *porra*.«

Lisboa grinst – breit.

Aalglatt hält besagte linke Hand hoch. »Wie kann ich Ihnen helfen, wenn ich nicht weiß, was Sie wollen?«

Leme sieht Lisboa an. Sie nicken achselzuckend: Da hat er auch wieder recht.

»Sprich, Ricardo«, sagt Leme. Was entnimmst du Dr. Emmanuels schön aufgemachter und gut geführter Kunden-, pardon, *Patienten*akte?«

»Nicht viel.«

Leme sieht Aalglatt an. »Wir versuchen, eine Leiche zu identifizieren. Helfen Sie uns dabei.«

»Hören Sie, meine Patientenakten sprechen für sich selbst. Darüber hinaus kann ich Ihnen leider nichts bieten.«

Leme nickt Lisboa zu. Lisboa holt Tatortfotos aus der Innentasche seines Jacketts. Er breitet sie auf Aalglatts Schreibtisch aus. Er packt den Arzt an seinen zurückgegelten Haaren und drückt sein Gesicht dicht an die Fotos.

»Schauen Sie genau hin«, sagt Leme.

Aalglatt schließt die Augen. Dann schaut er hin. Er wird noch grüner. Er sieht aus, als würde er gleich kotzen.

»Sie verstehen, warum wir an einer schnellen Aufklärung interessiert sind, Doktor.«

Aalglatt schaut düster, nickt zustimmend.

Lisboa sagt: »In der Akte steht, Ihre Patientin wurde vor etwa acht Monaten operiert. Sie waren der leitende Chirurg. Die Zahlung erfolgte zur Hälfte im Voraus und zur Hälfte nach der Operation. Adresse und Rechnungsangaben von Gerson Anderson, die wir bereits kennen.«

»Es kommt mir unwahrscheinlich vor«, wendet sich Leme an den Arzt, »dass es dabei blieb und Sie sie einfach in die Welt entließen, ohne auch nur eine Nachuntersuchung durchzuführen.«

»Darüber konnte sie allein entscheiden«, sagt Aalglatt.

Lisboa überfliegt die Seiten. »Zwei Jahre lang Tests, begutachtet von einem staatlichen Psychologen. Und dann, was dann? Der Patient bringt Ihnen ein Attest und Sie schreiten zur Tat, ohne Fragen zu stellen?«

»Das ist ein legaler Vorgang.«

Leme nickt. »Ein Geschäftsvorgang.«

»Richtig.«

»Hat schon mal jemand nicht gezahlt, Sie wissen schon, nach der Operation?«

»Das kommt nicht vor.«

»Aber es könnte passieren. Da steht eine Menge Geld auf dem Spiel, *sabe*, wenn man einen unzufriedenen Kunden hat.«

»Das ist nicht wie ein Autokauf, Detective.«

»Das will ich hoffen.«

»Ich kann nicht ganz folgen.«

Leme steht auf. Er zieht Aalglatts Hand aus dem Krug. Er verbiegt seine Finger. Gräbt seine Fingernägel in Aalglatts rote, wunde Knöchel. Aalglatt stöhnt, schreit auf.

»Sehen Sie«, sagt Leme, »wenn jemand mit der Zahlung in Verzug gerät, würde ich so was mit ihm machen. Es bringt mir vielleicht kein Geld, aber verschafft mir eine gewisse Genugtuung, *entendeu*?«

Leme lässt los. Er setzt sich wieder hin. »Sie führen illegale Abtreibungen für reiche Frauen und Töchter reicher Männer durch. Das wissen wir.«

Aalglatt schweigt.

»Sie führen extrem teure, lebensverändernde Operationen für verletzliche Menschen durch, die vielleicht nicht immer fristgerecht zahlen können.«

Aalglatt schaut zu Boden.

»Ich will damit sagen, dass Sie mit ziemlicher Sicherheit jemanden auf Ihrer Kurzwahltaste haben, der Ihnen im Bedarfsfall beim Eintreiben der Kohle hilft.«

Aalglatt nickt. Er signalisiert mit der Hand: einen Stift, Papier, *bitte*.

Leme nickt. Er schiebt einen Block und einen Stift über den Schreibtisch.

Aalglatt kritzelt.

Leme nimmt den Zettel, liest einen Namen, eine Adresse und eine Telefonnummer. Er steckt den Zettel ein.

»Das bleibt natürlich alles unter uns«, sagt Aalglatt.

»Einen schönen Sonntag noch, Doktor«, sagt Leme.

Lisboa schnieft, sammelt die Tatortfotos ein.

Aalglatt ruft: »Es ist legal, was ich mache, das wissen Sie!«

Leme und Lisboa halten beide inne, tauschen einen Blick aus. Konsens: Es lohnt sich nicht.

Sie entfernen sich durch die Vordertür. *Segurança* lehnt an der Wand, ganz cool, und raucht. Er tippt an eine imaginäre Hutkrempe, als sie an ihm vorbeikommen.

»Diese Hippies sind einfach zum Gernhaben, *falou*?«

Rafa und Franginho haben es sich auf ein paar Plastikliegestühlen vor ihrem Büro bequem gemacht.

Franginho doziert über die Vorzüge ihrer neuen Geschäftspartner. Es ist ein langer heißer Tag. Kaum Wolken am Himmel. Der Trubel der Favela ist weit weg.

»Ich meine, sie halten sich für Che-Guevara-artige internationale Terroristensöldner mit dicken Zigarren, leben aber zu Hause bei ihren Mamis und gehen auf Privatunis. Wie scharf ist das denn.«

Rafa lächelt. Franginhos Sprüche sind nach wie vor top und bringen einen zum Nachdenken. Er ist ein Spaßvogel, der alte Franginho, ein totaler Komiker und ein König der Philosophen, Rafas bester und ältester Freund.

Der Beton glüht. Der Himmel flimmert.

Rafa lehnt sich zurück und lässt das Gras auf sich wirken, das er gerade geraucht hat. Es freut ihn, wenn die Hippies immer wieder kommen. Diese Carolina-Braut: Sie ist ein absoluter Knaller, Weltklasse. Er muss schmunzeln, wenn er an sie denkt. Und sie taut definitiv ein bisschen auf. Vielleicht ist es an der Zeit, etwas mehr von dem Charme des bösen Buben aus der Favela zu zeigen, den Rafa in Hülle und Fülle besitzt. Wird Zeit, dass er seinen Horizont ein wenig erweitert, was Muschis betrifft. Ja, denkt er, während ihm die Sonne ins Gesicht knallt, lass uns ein bisschen mehr Gas geben.

Franginho, die alte Plaudertasche, ist nicht zu stoppen. Rafa lässt sich wieder treiben.

»Im Grunde genommen verkaufen wir ihnen billigen Kram, und alles ist gut, *sabe*? Sie denken, wir sind so was wie Scarface. Und wie du weißt, zahlen sie viel zu viel für die Knallkörper, die wir ihnen unterjubeln, *amigo*.«

Rafa weiß es. Die Schwarzhemden, wie sie sie nennen, zahlen ahnungslos völlig überhöhte Preise. Der Grund dafür ist, dass Rafa und Franginho den kompletten Profit einstreichen. Und der Grund *dafür* ist: Das Zeug ist geklaut. Gewissermaßen hinten vom Lastwagen gefallen. Wie sich herausstellte, sind einige Jungs aus der Favela, die Möchtegerne und Kuriere, ziemlich gut darin, Feuerwerkskörper mit einem gewissen Bumms aufzuspüren.

»Und sie haben keinen Schimmer, was sie da kriegen, richtig?« Franginho plappert immer noch. »Und wenn sie es herausfinden, was tun sie dann? Einen Streit mit Scarface hier anzetteln? *Nem fodendo*!« Auf gar keinen Fall.

Franginho johlt vor Lachen.

Rafa streckt seine Hand aus, damit Franginho einschlägt. Low five.

Der Trick besteht darin, dass sie legale, wenn auch ernst zu nehmende Feuerwerkskörper nehmen, sie ein wenig aufmotzen und als illegale Waffen verkaufen. Nun ja, als illegales *Irgendwas*. Die Dinger machen auf jeden Fall einen Höllenlärm. Wenn sie detonieren, klingt das nach Krieg.

Carolina tut Rafa ein bisschen leid wegen des Schwindels. Aber letztendlich beschützt er sie damit. Sie hantieren mit nichts, was wirklich gefährlich wäre, niemand kommt zu Schaden. Sie sind ja schließlich noch Kids. Diese *menina* Carolina ist vielleicht neunzehn, höchstens. Weltklasse.

Franginho hat sich vorläufig ausgequatscht, braucht eine Verschnaufpause. Sie trinken gemeinsam aus einer Flasche Wasser. Franginho kippt ein wenig davon in seine Hände, und Rafa hört, wie er sich das Gesicht wäscht, den Dschungeldreck abspült.

Rafa ist zufrieden, so zurückgelehnt, die Augen geschlossen, die Welt weit weg. Er denkt darüber nach, was die Schwarzhemden wohl mit dem Feuerwerk anstellen. Er fragt sich, was sie überhaupt tun, außer in ihren Kostümen rumzurennen und sich zuzudröhnen. Er fragt sich, ob er und Carolina vielleicht etwas gemeinsam haben, und dann schläft er ein, driftet ab in ein wohlverdientes Vormittagsschläfchen.

Rafa wird wach, als er so etwas wie einen spitzen Stiefel an seiner Seite spürt. Es fühlt sich gut an, sanft, fast wie eine Massage. Die Sonne und das Dope haben ihn träge gemacht, und er sorgt sich nicht groß, was ihn da weckt, oder noch entscheidender, *wer*.

Rafa hört Franginho murmeln: »Was, *porra? Que isso?*«

Das bringt Rafa dann doch auf Touren, die Vorstellung, es könnte Ärger geben, irgendetwas Unvorhergesehenes. Er setzt sich rasch auf, beschirmt seine Sonnenbrille, um nachzusehen, wem der spitze Stiefel gehört, ist aber nur der von Carolina.

Erfreulich.

Rafa grinst zu ihr hoch. »Oi, oi«, sagt er.

»Wach auf, wichtiger Mann«, sagt Carolina, »ich will mit dir reden.«

»Franginho, was können wir unserem Gast an diesem wunderbaren Morgen anbieten?«

»Guten Willen.«

Rafa wirft den Kopf zurück und lacht. »Den haben wir in Hülle und Fülle, *querida*«, sagt er. »Ansonsten, *agua*?«

Er reicht ihr die Flasche. Sie nimmt einen großen Schluck.

»Durstig?«

Carolina wischt sich den Mund ab. »Hungrig«, sagt sie. Sie zieht einen Schmollmund. »*Então*, willst du mich nicht zum Mittagessen einladen, oder was?«

Rafa überlegt. »Kleines Hühnchen, würde es dir etwas ausmachen, ein Auge auf den Betrieb zu haben, während ich eine wohlverdiente Mittagspause mit unserer netten Geschäftspartnerin Carolina mache?«

»Bring mir was zu essen mit, dann kannst du dich meinetwegen verziehen, Junge.«

Rafa steht auf und bietet ihr seinen Arm an. »Sollen wir? Machen wir einen Rundgang durch die Gemeinde.«

Leme lehnt den Kopf gegen das Wagenfenster. Lisboa fährt.

Sie sind auf dem Weg zu der Adresse, die Aalglatt ihnen gegeben hat. Vermutlich liegt der von ihnen gesuchte Mann noch im Bett. Sie gehen davon aus, dass er richtig mitgenommen ist, einen Sonntagmorgenkater hat und keine Reflexe. Sie haben vor, ihn ein wenig auf Trab zu bringen, ihm beim Überwinden seines potenziellen Katers zu helfen.

Lisboa jedenfalls ist auf einer Mission, denkt Leme.

Leme lässt seine Gedanken schweifen. Renata zu Hause. Ihr Zuhause. Leme erinnert sich.

Er liebt sein Leben mit Renata. Der ganze Prozess, die Annäherung, das Hin und Her, das Verhandeln. Kompromisse sind ein komisches Geschäft, denkt Leme. Hört das je auf? Oder geht es genau darum?

Leme driftet ab.

»Beim Aufbau eines gemeinsamen Lebens geht es darum, die Gegenstände, die Bücher, die Möbel, die der Partner mitbringt, zu akzeptieren«, hat Renata einmal gesagt. »Es geht nicht darum, sich unbehaglich oder unzulänglich zu fühlen, weil sie nicht dir gehören. Weil du nie auf die Idee gekommen wärst, sie dir zuzulegen. Sie gehören jetzt sowieso alle uns gemeinsam.«

Das ist wahr. Leme driftet, fühlt sich verankert. An Tagen wie diesen braucht man einen Anker.

Losboa schaltet sanft in höhere Gänge. Sie fahren an Baustellen vorbei. Favela-Instandhaltung, Modernisierung. Sie verpflanzen die *favelados* in hohe Türme. Renata weiß darüber Bescheid.

Das Singapur-Projekt.

»Das Prinzip scheint gut: Hochhäuser werden gebaut, die Bewohner ziehen um, die Slums werden abgerissen«, sagte sie. »Bessere Lebensqualität. In Ordnung. Aber noch wichtiger scheint zu sein, dass die Stadt für die Wähler aus der Mittelschicht, die jeden Tag an den Baustellen vorbeifahren, besser aussieht, *entendeu*?« Leme muss lächeln, als er sich an ihre Worte erinnert. »Es ist die Illusion von Fortschritt, von Sicherheit«, hat sie ihm erklärt. »Ein rechtskonservativer politischer Trick, um soziale Mobilität zu verhindern.« Leme denkt im Grunde dasselbe, kann es aber nicht so gut ausdrücken. »Ich möchte nicht mit einem dieser Männer zusammen sein, die einem die Welt erklären«, hat Renata einmal zu Beginn ihrer Beziehung gesagt. »Es ist so ermüdend, vom Auto zum Restaurant und wieder zum Auto geschleust zu werden, *certo*? Ich glaube, ich möchte lieber dir etwas beibringen.«

Leme lächelt. Er muss für ein paar Momente abschalten. Dieses Jahr war bis jetzt die verdammte Hölle.

Sie fahren auf der Marginal an dem protzigen Astúrias Motel in Pinheiros vorbei. Leme hebt im Geiste eine Augenbraue. Er erinnert sich an Worte, die er benutzt hat, an Gedanken, die er hatte: Schwimmbad, Jacuzzi, Sauna, Dusche zum Abschluss. Er hatte Renata gegen das Kopfende des Betts gepresst und war in sie eingedrungen. Hatte ihr in den Nacken gebissen, gespürt, wie sie sich umzudrehen versuchte, um ihn zu küssen, gespürt, wie sie ihn begehrte.

Das, und der heiße elektrische Strom, wenn sie kamen …

Die zärtliche unbeschwerte Intimität danach. Er hat das Gefühl, dass ihnen das etwas abgeht. Er weiß nicht genau, warum. Aber er vermisst etwas, was auch immer es ist.

Ist es seine Schuld? Kann er etwas tun? Kann es wieder so werden, wie es war?

»Es gibt keinen freien Willen, wir sind darauf programmiert, das zu tun, was wir tun«, hat sie immer gesagt. »So etwas wie eine Wahl gibt es nicht. Es ergibt keinen Sinn, darüber nachzudenken, was hätte sein können – denn was hätte sein können, ist nur das, was nie war und nie sein wird.«

Als sie anfingen, miteinander zu schlafen, drückte sie ihm mal ein Buch in die Hand. Freuds *Das Ich und das Es.*

Fragmente, Gedanken. Autos gleiten vorbei. Autos hupen, scheren viel zu knapp ein und aus. Leme lässt es an sich abperlen.

»Das ist unsere Kulturgeschichte«, hat Renata einmal gesagt. »Machtkampf. Wir sind darauf konditioniert, Autorität auszuüben. Wenn du auf einem Motorrad sitzt und ich in einem Auto, dann fick dich, ich habe das Sagen.«

Leme lachte.

»Dasselbe bei der Arbeit. Wenn ich eine Anwältin bin, aber auch noch etwas anderes, und du bist nur ein Anwalt, dann fick dich, ich werde dir zeigen, dass ich besser bin. Das ist ein soziologisches Phänomen. Achte mal auf unsere Sprache, auf die Art, wie wir mit Kellnern sprechen: Bringen Sie mir dies. Bringen Sie mir das. Wir sind mit dem Imperativ aufgewachsen, und der ist eine Demonstration von Autorität.«

Leme bezweifelte das nicht.

»Das ist der Kern des brasilianischen Widerspruchs.«

»O ja.« Leme schätzt ihre Analysen, ihre Theorien.

»Wir sind ein gastfreundliches, kooperatives Volk«, das waren ihre Worte. »Wir tun alles, um zu helfen, um freundlich zu sein, um anderen das Leben zu erleichtern, um das Leben zu genießen. In einem sozialen Kontext. In jedem anderen Kontext – wie bei der Arbeit oder im Verkehr – sind wir wie Tiere, die sich gegenseitig überwältigen und bekriegen, um an die Spitze zu kommen.«

Lisboa grummelt etwas von wegen noch zehn Minuten.

Leme blickt in seine imaginäre Kristallkugel. Was kommt als Nächstes? Familie. Ihre gemeinsame Familie.

»Wir sollten unbedingt Kinder haben«, hat sie einmal gesagt. »Das schaffen wir schon.« Leme beobachtete seine Freunde mit ihren Kindern. Renata hatte auf den Generationenwechsel hingewiesen. »Als wir aufgewachsen sind, haben unsere Eltern uns nie eine Wahl gelassen. Sie schrieben uns vor, was wir zu tun hatten. Hier, iss das. Dann machen wir einen Spaziergang. Dann dies, dann das. Heutzutage geht es nur noch um das Kind. Möchtest du etwas frühstücken? Möchtest du etwas trinken? Oder lieber spielen? Das ist nicht gut. Sie sind erst zwei Jahre alt. Sie können noch nicht wissen, was sie wollen.«

Lisboa sagt etwas über das Visier runterlassen, es geht gleich los. Leme nickt und driftet wieder ab.

Am Tag nach seiner Hochzeit wachte Leme angsterfüllt auf. Und das hielt an. Doch mit jedem Tag verging die Angst ein wenig. Mit jedem Jahr wurde es besser. Und sie hatten einen guten Start hingelegt. Die abnehmende Angst war ein Trost, ein Zeichen des Fortschritts. Ihre Flitterwochen verbrachten sie auf einer Insel vor Salvador. Eine Art autofreies Utopia, eine Anti-Stadt. Er war ständig unruhig, kämpfte darum, zu begreifen, wie das geht, nur in der Gegenwart zu leben, seinen Alltag zu unterbrechen und um des reinen Vergnügens willen zu leben. Eigentlich hätte es ein Fest werden sollen.

»So etwas wie Zukunft gibt es nicht«, sagte Renata ihm in ihrer ersten Nacht dort, während sie in der Hitze auf einem Hummer herumkauten. »Du kannst dich darüber lustig machen, *querido*, aber es ist wahr.«

Am letzten Tag auf der Insel hatte Leme eine Lebensmittelvergiftung, kotzte an einem einsamen Strand Garnelen aus, die in altem Öl gebraten waren.

Leme weiß, was er will und was die Zukunft bringt. Renata. Es gibt so etwas wie eine Zukunft, denkt Leme. Und diese Zukunft ist sie.

»Rauchen ist ein einzigartiger existenzieller Akt«, erklärte sie häufig. »Fast politisch. Er besagt: Ich bin mir meiner Sterblichkeit bewusst, ich lebe in der Gegenwart, da die Zukunft noch nicht existiert. Es gibt keine tiefere, gewohnheitsmäßige, im Grunde prosaische Handlung, die mehr Einsicht in unsere Vergänglichkeit und die brutale Gleichgültigkeit der Welt gegenüber unseren Schicksalen zeigt. Und sie ist genussvoll, was an sich schon dieses Verständnis fördert. Das flüchtige Vergnügen ist alles, was wir je haben werden. Der Trick besteht darin, das zu finden, was uns flüchtig glücklich macht, und es zu wiederholen. Für mich«, sagte sie, »sind diese Dinge das Rauchen … und du.«

Als Leme das zum ersten Mal hörte – sie wiederholte es oft, um auf Partys zu amüsieren und zu schockieren –, fühlte er sich so wertgeschätzt wie noch nie zuvor.

»Indem wir diese flüchtigen Freuden wiederholen und einen praktischen Weg finden, sie in unser Leben zu integrieren«, so schloss sie, »erreichen wir Beständigkeit.«

Beständigkeit. Die Zukunft ist dieses Beständige, und dieses wiederkehrende Ereignis ist sie.

»Jemandem zu sagen, dass man ihn kennt, ist eine heikle Angelegenheit«, sagte sie, lange nachdem sie sich kennengelernt hatten. »Es ist nie so einfach. Wenn man das sagt, will man etwas. Und man sollte besser wissen, was man will, wenn man es sagt.«

Leme weiß, was er will. *Renata*.

Lisboa kommt ruckartig zum Stehen.

Rafa macht eine Führung für Carolina.

»Wir gehen zum Lunch zu Dona Regina«, erklärt Rafa. »Sie ist Weltklasse. Du wirst sie mögen.«

»Aha.«

»Unterwegs zeige ich dir die Sehenswürdigkeiten.«

»Sehenswürdigkeiten.«

»Du wirst staunen, *querida*.«

Carolina lächelt. Rafa strahlt.

Sie spazieren den leichten Abhang der Rua Rudolf Lotze hinunter. Rafa wirft Carolina immer wieder Seitenblicke zu, neugierig, was sie von der Favela hält. Er weiß nicht genau, ob sie eine reiche Studentin ist, die bei ihren Eltern wohnt, aber Franginho scheint das zu glauben, also ist die Wahrscheinlichkeit hoch.

»Hier rechts sehen Sie eine *padaria* von ziemlich miserabler Qualität. Beachten Sie«, sagt er, »die leeren Stühle auf der Betonterrasse, eingezäunt mit roten Gittern. Richten Sie ihr Augenmerk auch auf die traurig aussehenden Fotos von Sandwiches und Saft auf dem Reklameschild im Schaufenster.«

»Hm«, sagt Carolina. »Schöner Blick auf den Sichtbackstein auf der anderen Straßenseite.«

Rafa lacht. »Das ist kein Sichtbackstein, junge Dame, das ist nur Backstein.«

»Da, wo ich herkomme, zahlt man viel für so etwas in seinem Wohnzimmer.«

»Wenn Sie dort in die Düsternis spähen«, sagt Rafa und ignoriert ihre Bemerkung, »sehen Sie ein paar schemenhafte Betrunkene, die ihre morgendlichen Muntermacher einpfeifen.«

»Wehe, du führst mich in diesen Laden zum Essen aus, junger Mann.«

Rafa grinst. »Wie alt bist du eigentlich?«

»Ich bin achtzehn, nächsten Monat neunzehn.«

Rafa überlegt. »Und wo ziehst du dann hin? Ich vermute, du wirst dann hier mit mir in meiner Bruchbude hausen.«

»*Querido*, Vermuten ist nicht Wissen. Das kannst du besser.«

Porra, denkt Rafa.

Frauen. Sie holen dich schnell wieder auf den Boden.

Und egal woher sie kommen, sie reden in Rätseln.

Sie erreichen die Kreuzung von Lotze und Hebe. Den Favela-Knotenpunkt, wie man sie aufgrund ihrer Größe nennt. Die Avenida Hebe Camargo ist eine breite, beschissene, abgasgeschwängerte Verbindungsstraße. Man kann den gesamten Dschungel in wenigen Minuten durchqueren, indem man nachts, wenn keiner unterwegs ist, diese Route nimmt. Rafa teilt diese Ortskenntnis mit Carolina.

Sie hält an und schaut sich um. »Abgesehen von deinem Sichtbackstein gibt es auch eine Menge Beton«, sagt sie. »Wie kommt das?«

Sie hat recht. Vor den Betongebäuden hängen an Wäscheleinen Quadrate und Rechtecke in Rosa und Beige, Rot und Grau, Blau und schmutzigem Weiß. Diese Gebäude wirken stabiler, solider gebaut. Doch der nackte Beton schreit: *unfertig*. Aber wen kümmert schon das Äußere, wenn man drin ist, denkt Rafa. Das ist hier die ganz selbstverständliche Entscheidung, die natürliche *Wahl*.

»Was auch immer gerade zur Hand ist, *entendeu*?«, erklärt Rafa. »Nicht so sehr Angebot und Nachfrage, sondern Herumfragen.«

»Kapitalismus in seiner reinsten Form.«

»Wie meinst du?«

»Tauschgeschäfte, weißt du? Ich habe dies und will das. Du hast das und willst vielleicht jenes. Handel, ja?«

Rafa denkt darüber nach. »So oder so, die Häuser sehen scheiße aus«, sagt er.

Sie überqueren die Straße, sobald der Verkehr es zulässt. Mitten auf der Straße: ein großer Haufen Müll, Plastiktüten, Kartons, Holzkisten, eine Matratze, etwas, das nach ein paar Bettpfosten aussieht.

Carolina nickt in Richtung des Haufens. »Was immer gerade zur Hand ist.«

»Reiche Beute«, sagt Rafa mit bitterer Ironie. »Nur vom Feinsten.«

Carolina lächelt – sanft. Sie berührt seinen Arm. »Ich urteile nicht, Rafa. Schließlich bin ich gekommen, um *dich* zu sehen, oder nicht?«

Rafa gefällt das, auch wenn er unsicher ist, wie er darauf reagieren soll. Er deutet auf eine abzweigende Straße. »Da lang.«

»Ich bin ganz in deinen Händen«, sagt Carolina, jetzt in einem sittsam flirtenden Tonfall.

Rafa hofft, es ist nicht allzu weit weg von der Wahrheit. »Du bist eine echte Herzensbrecherin, *menina*«, sagt er.

Carolina wirft ihr Haar zurück. »Weisen Sie den Weg, Senhor.«

Jenseits des Favela-Knotenpunkts verengt sich die Straße. Ein weißer Lieferwagen rast auf sie zu. Ein Motorrad kommt rechts hinter ihnen angerauscht. Es muss heftig abbremsen, um dem Lieferwagen auszuweichen, kommt ins Schleudern. Der Lieferwagenfahrer beugt sich aus dem Fenster und flucht. Das Motorrad bremst ab, der Fahrer gestikuliert, macht das universale Zeichen für Wichsen. Der Lieferwagenfahrer reißt die Tür auf, will herausspringen. Der Motorradfahrer dreht den Hahn auf und prescht mit erhobenem Arm und ausgestrecktem Mittelfinger davon. Der Lieferwagenfahrer schüttelt den Kopf, flucht leise vor sich hin.

Rafa grinst. »Willkommen im Dschungel.«

»Charmant. Wie lange noch, bis ich was zu essen kriege, *garanhão*?«

Hengst. Okay, denkt Rafa. *Das klingt schon mal nicht schlecht.*
»Nicht mehr lange«, sagt er. »Hier«, er deutet nach rechts. »Siehst du das? Eine berühmte Sehenswürdigkeit.«

Er zeigt auf ein Wandgemälde an der Fassade und der fensterlosen Seite eines Hauses. Eine tropische Landschaft. Palmen, Strand, das Meer und eine Bar mit einem Schild, auf dem *Agua de Coco* steht.

»Das Paradies, oder? Mitten in Paraisópolis.«

»Paradise City, *ne?*«

Rafa mag den Stil dieses Mädchens. »So sagt man jedenfalls. Frankreich hat Paris, wir haben Paraisópolis.«

»Sehr clever.«

Sie gehen weiter die Straße hinauf. Ein langsamer, stetiger Anstieg. Oben ist sie nur noch so breit wie ein Auto und wird durch die wahllos abgestellten Fahrräder und Motorräder noch enger. Stapel von Ziegelsteinen. Handtuchschmale Supermärkte, die man wegen der davor aufgetürmten Getränkekisten, der Obst- und Gemüsekartons und der Gasflaschen nicht betreten kann. An Autos gelehnte Männer wechseln Worte. Überall Staub. Einsame Straßenlaternen, zu Fragezeichen verbogen, stumme Zeugen von Zusammenstößen unter Alkoholeinfluss.

Sie erreichen den Gipfel ihres kleinen Aufstiegs. Die Straße senkt sich wieder und eröffnet den Blick auf die Favela. Rot und grün gestrichene Gebäude, Graffiti, müde aussehende Topfpflanzen, Blumenkästen vor den Fenstern, alles verdorrt. Wassertanks auf den Dächern, die auf Regen warten, zumeist vergeblich.

Sie gehen eine Weile schweigend weiter, atmen ein bisschen schwerer, die Mittagssonne hängt fett und pulsierend am Himmel.

Rafa bemerkt, wo sie sind. Er nickt nach links. »Die Kirche da«, sagt er, »da geht meine Oma hin.«

Carolina hält an. »Du nicht?«

Rafa schüttelt den Kopf. »Nee, nicht mein Ding.«

Ein graues Tor am Rande der Straße. Eine gepflegte Auffahrt.

Eine Hecke. Die Kirche liegt zurückversetzt, was ihr etwas Nobles verleiht, hat Rafa immer gedacht. Ein quadratischer weißer Bau, hellgraue Fassade, schräges Dach, und der Schriftzug: *Congregação Cristã no Brasil.*

Das Chaos auf der Straße bildet den passenden Kontrast.

»Was sind das für welche?«

Rafa zuckt mit den Schultern. »*All inclusive, all you can eat, entendeu?*«

Carolina lacht. »Also was, ökumenisch mit einer pfingstkirchlichen Note?«

»Sagen wir mal so, dort versammeln sich viele billige Anzüge und machen am Sonntagmorgen viel Lärm.«

»Opium fürs Volk.«

»Wie bitte?«

»Karl Marx. Religion ist Opium fürs Volk. Verstehst du?«

»Ja, klar, wenn man Geld mit dieser Droge machen könnte, wären wir im Geschäft.«

»In diesem Land gibt es mehr Gottesanbeter als Drogensüchtige. Denk mal drüber nach.«

Rafa lächelt. »Ich halte mich da raus.«

Das tut er tatsächlich, denkt er. Er sieht seine Oma kaum noch. Sie führen getrennte Leben, haben unterschiedliche Tagesabläufe. Wie lautet die Redewendung, die sie benutzt hat? *Schiffe, die in der Nacht vorüberziehen.*

Sie schlendern weiter.

»Dieser Karl Marx«, sagt Rafa. »Ich habe von ihm gehört.«

»*Das Kommunistische Manifest.* Er hat es geschrieben.«

Rafa nickt. »Dann bist du also ein Fan?«

»Gemischte Gefühle.«

»Und Dilma?«

»Darüber können wir beim Mittagessen reden.«

Rafa lächelt. »Aber nur fünf Minuten, höchstens.«

Sie biegen nach rechts ab und spazieren die verwinkelte, von

Garagen, Metalltreppen und Ziegelsteinbalkonen gesäumte Rua Pasquale Gallupi entlang.

Rafa zeigt den Hügel hinunter. »Siehst du die Kreuzung am unteren Ende? Da essen wir, *querida*.«

»*Maravilhosa*.«

Ganz genau, denkt Rafa. Ihm läuft schon das Wasser im Mund zusammen.

Dona Regina wirft Rafa einen, wie er findet, leicht abschätzigen Blick zu, als er und Carolina sich setzen.

»Dona Regina, *bonitinha*«, sagt er.

»Zu Diensten.« Dona Regina verbeugt sich. Sie reicht ihnen die Speisekarten. »Und was möchte Lord Rafa heute speisen?«

Carolina ist amüsiert. Rafa weniger. Ihr übliches Geplänkel wirkt heute ein wenig *fresca*, ein wenig kühl, von oben herab. Rafa kennt das, aber heute würde er gerne mehr die Liebe spüren, *entendeu*? Immerhin ist er tatsächlich so etwas wie ein Lord. Er ist ein wichtiger Mann im Viertel. Carolina soll das mitkriegen, und er fände es nur fair, wenn die alte Dona Regina ein wenig Respekt zeigt.

»Wir nehmen zwei deiner Weltklasse-Tagesgerichte.« Rafa klappt seine Speisekarte zu. »Und ein Bier. Warum nicht? Frohes neues Jahr und so, *falou*?«

Carolinas Miene besagt: Ich bin dabei.

Dona Regina watschelt davon. Rafa kommt schon seit Ewigkeiten hierher, und die alte Dame kennt ihn, seit er ein kleiner Hosenscheißer war. Das gibt ihr zwar nicht das Recht, ihn von oben herab zu behandeln, aber trotzdem, ist schon in Ordnung. Wenn es sein muss, spielt er auch mal den netten Nachbarsjungen. Es ist auf gewisse Weise sogar charmant, von einer der Dorfältesten auf die Schippe genommen zu werden.

»*Então*«, sagt Rafa. »Warum erzählst du mir nicht, was du vorhast, Carolina *linda*?« Schöne Carolina.

»Ich bin hier, um dich zu treffen, Rafa.«

»Das ist nett, aber ich will es trotzdem wissen.«

Carolina lächelt. Ihr Bier wird gebracht. Rafa gießt es in winzige Gläser.

Sie stoßen an und trinken.

»Wir sind eine politische Gruppe. Ich dachte, das wüsstest du.«

Rafa zuckt mit den Schultern. »Definiere politisch.«

»Wir sind gegen das System, das ist im Grunde schon alles. Wir sind antipolitisch.«

»Antipolitisch?«

»Das heißt, wir folgen dem alten Spruch: Alle Macht korrumpiert, absolute Macht korrumpiert absolut.«

»Bringen sie euch das auf dem College bei?«

»Wenn sie uns dort überhaupt was beibringen.«

»Du bist also auf dem College?«

Carolina zuckt mit den Schultern. »Wenn ich Lust habe zu lernen, ja.«

Ihre Tagesgerichte werden serviert. Ein Schweinefleischeintopf, Reis, schwarze Bohnen. Eine Art einfache *feijoada,* ohne die fetten Schweineohren und -füße und das übliche billige Fleisch, das man mittwochs oder samstags bekommt. Als Beilage etwas *farina* und Grünkohl. Zwei Schnapsgläser mit *pinga.*

»*Bom appetite*«, sagt Dona Regina. »Der *pinga* geht aufs Haus. Scharfe Soße auf dem Tresen. Bedient euch.«

»Du bist ein Schatz«, sagt Rafa, aber Dona Regina ist schon weg, und er hat das Gefühl, dass er sich ein bisschen zu sehr ins Zeug legt, was ihn ärgert.

»Hau rein«, sagt er zu Carolina.

»Hey, warte«, sagt sie. »Toast?«

»Wo sind meine Manieren.«

»Auf die Tour«, sagt Carolina.

Rafa grinst. Sie kippen ihre Schnäpse. Sie teilen sich Eintopf, Reis und Bohnen.

»Ein traditioneller Aperitif, *pinga*«, sagt Rafa. »Kommt gut.«

Hungrig schaufeln sie große Löffel des Eintopfs in sich hinein. Hausgemacht und schmackhaft. Eine köstliche Stärkung, in der Sonne genossen.

»*Então*«, wiederholt Rafa. »Ich würde gerne wissen, was genau ihr mit diesen Feuerwerkskörpern vorhabt.«

»Im Moment nicht viel. Vorräte anlegen, so könnte man es wohl nennen.«

»Was hat es mit euren schwarzen Uniformen auf sich? Du bist ja heute in Zivil gekommen«, lächelt er. Er betrachtet sie mit einem anerkennenden Blick. »Steht dir.«

»Anarchistisches Schwarz, *querido*.«

»Was heißt das?«

»Das erschwert die Identifikation.«

Rafa nickt. Sie essen weiter. Sie spülen eiskaltes Lager hinterher. Rafa hebt einen Finger, und Dona Regina bringt eine weitere Flasche. Er schenkt nach. Sie sind leicht beschwipst. Durch die Sonnenbrille kriegt alles einen angenehmen Schimmer. Rafa fühlt sich Weltklasse.

»Also gut«, sagt Carolina, »so viel sei verraten. Wir glauben, Dilma steht an der Spitze einer sehr korrupten Regierung.«

Rafa nickt. Erzähl mir was Neues, denkt er.

»Und diese Regierung repräsentiert ein sehr korruptes politisches System.«

»Okay.«

»Es spielt keine Rolle, dass sie die erste Frau an der Spitze ist, es spielt keine Rolle, welche Partei die Karten in der Hand hält, *certo*?«

Rafa nickt.

»Es ist das System, das krank ist.«

»*Então*, antipolitisch?«

»Genau das.«

»Und was wollt ihr dagegen tun?«

Carolina lächelt. »Das wissen wir noch nicht genau. Und es ist auch nicht wichtig. Ich bin hier, um dich zu sehen, wie ich bereits mehrfach wiederholt habe.«

Rafa grinst wie ein Honigkuchenpferd. »Du bist eine Herzensbrecherin, das muss ich dir lassen.«

Carolina lächelt. Rafa lächelt. Sie essen und trinken.

Rafa erzählt ihr ein wenig mehr über seine Arbeit. Carolina wirkt interessiert. Sie scheint froh zu sein, dass er in der Organisation eine Art Bürojob hat. Das ist einigermaßen legal, zumindest möchte sie das gerne glauben.

Es ist ja auch nicht allzu weit entfernt von der Wahrheit.

»Wie kommst du nach Hause?«, fragt Rafa, nachdem die Mahlzeit beendet und das Bier geleert ist.

»Ich dachte an ein Moto Taxi.«

»Draufgängerin.«

Rafa ist kein Fan des guten alten Moto Taxis, bei dem man einen Typ dafür bezahlt, dass man sich bei ihm hinten auf sein Motorrad klemmt. Er hält das für ziemlich riskant.

Er sagt: »Ich besorge dir eins, weißt du, auf Kosten des Hauses.«

»Was für ein Gentleman.«

Rafa erhebt sich und pfeift. Ein Junge wuselt herbei. Rafa gibt Anweisungen. Kurz darauf taucht ein Moto Taxi auf, wartet auf sein Zeichen.

Gerade als er Carolina den Helm reicht und sie zum Abschied küsst, sieht er, wie die Frau das Rechtshilfebüro verlässt. Sie bemerkt ihn. Rafa überlegt, ob er ihr zunicken, zulächeln soll. Er ist ihr in den letzten Jahren aus dem Weg gegangen. Was sicherlich die beste Lösung war.

Carolina sitzt hinten auf dem Motorrad, ihre Arme hängen locker um seinen Hals, und sie fragt: »Willst du eines Tages von hier weg?«

»Es geht nicht darum, was man will, *querida*«, sagt er. »Es geht darum, mit dem glücklich zu sein, was man hat.«

Carolinas Miene besagt: Ich bin beeindruckt.

Rafa klopft hinten auf das Motorrad.

Das Moto Taxi röhrt, die Auspuffgase sind schwarz und dicht, es braust davon, Carolina winkt.

Rafa beobachtet, wie die Anwältin zu ihrem Auto geht. Er erinnert sich an das erste und einzige Gespräch mit ihr, an dem Tag, als sein Vater starb. An diesem Tag war er voller Hoffnung.

Heute ist er es erneut, aber aus ganz anderen Gründen. Die letzten fünf Jahre hat er elegant gemeistert.

Renata, so ist ihr Name, erreicht ihren Wagen. Rafa sieht zu, wie sie einsteigt und wegfährt.

Bocão, Großmaul, ehemaliger Callboy:

Gewissensbisse.

Ich saß an meinem Schreibtisch in meinem neuen Job, als mir die Idee kam. Ich wusste, es würde Paddy gefallen, und es wäre eine Möglichkeit, mich für seine Großzügigkeit zu revanchieren. Natürlich nicht finanziell, er würde ja trotzdem dafür bezahlen müssen, aber allein durch die Geste und das, was sie bedeutete.

In meiner Mittagspause ging ich online und sah mir die touristischen Websites an. Es war eine andere Welt, eine, die mir einladend und kultiviert erschien.

Schon die Namen klangen romantisch: Pont Neuf, Sorbonne, Montmartre, Notre Dame, Musée d'Orsay. Paddy hatte dieses Museum schon einmal erwähnt und mir von einem Gemälde von Delacroix erzählt. Ich spürte, wie ich erregt wurde, meine Hände zuckten in meinem Schoß, kleine Lustschübe durchströmten mein Gehirn. Ich fand ein Hotel – *bem charmoso*, so charmant – in einem Ort namens Fünftes Arrondissement. Ich war mir sicher, Paddy würde es lieben.

Ich ging wieder an die Arbeit, konnte mich aber nicht konzentrieren, weil mir immer wieder Bilder von Paris in den Kopf kamen. Ich und Paddy beim Spaziergang über eine gepflasterte

Straße. Ich und Paddy beim Abendessen in einem Restaurant. Ich und Paddy bei einer Rundfahrt auf dem Fluss am Louvre vorbei. Vielleicht würden wir am Ende in dieser Stadt wohnen, und ich könnte São Paulo endlich für immer verlassen. Irgendwo in Europa zu leben, wäre gut, aber Paris wäre am besten. Paris, wiederholte ich immerzu. Paris. Paris.

Schuldgefühle.

Ich verstand meinen Job nicht. Nun, ich kapierte, was ich zu tun hatte, aber nicht, wie es in das Gesamtbild passte. Im Grunde musste ich Zahlen mit anderen Zahlen abgleichen und sicherstellen, dass alle Einzahlungen und Abhebungen zusammenpassten. Oft stellte ich mir einen Grund vor, warum eine bestimmte Transaktion stattgefunden hatte, erfand eine Geschichte hinter den Zahlen. Vielleicht wollte ein Mann seiner Geliebten ein Geschenk kaufen und musste es vor seiner Frau geheim halten. Vielleicht war es eine berufliche Bonuszahlung, die jemandem eine Anzahlung für das neue Haus der Familie ermöglichte. Oder es waren Zahlungen für die neuen Kleider oder das neue Auto von irgendjemandem. Ich verstand, dass all diese Zahlen für etwas anderes standen, dass sie eigentlich nur eine Idee waren. Sie bedeuteten Reichtum und Chancen, aber sie waren nicht real. Sie waren Versprechen.

Ich glaube, ich habe das nie so richtig verstanden.

Als ich im Büro anfing, trug ich gerne Hemd, Krawatte und eine schicke Hose. Ich kaufte viele verschiedene Farben und Muster und genoss es, sie morgens zu kombinieren. Meine kleine Schwester verabschiedete mich immer mit einem Kompliment. »Sehr hübsch«, sagte sie dann. Sie wusste zwar nicht, was ich tat, aber es war schön, sie an meinem Glück teilhaben zu lassen.

Unser Apartment profitierte auch davon. Sie hatte es immer sauber gehalten, aber jetzt konnten wir es ein wenig hübscher gestalten, mit einem Teppich oder zwei, einer Decke für das Sofa, Lampen, um die Beleuchtung in unserem kleinen Wohnzimmer zu verbessern. Sie fing an, ein wenig damit anzugeben, wenn ihre Freundinnen zu Besuch kamen. Ich war stolz.

Ich konnte ihr nicht von Paddy erzählen.

Es kribbelte in meinen Armen und Beinen, ich konnte nicht aufhören zu lächeln. Es war auf jeden Fall eine gute Idee, das mit Paris. Ich musste mir nur noch überlegen, wie ich es ansprechen sollte.

Fernanda schaute von ihrem Schreibtisch herüber. »Worüber freust du dich denn so?«

»Nichts«, sagte ich und grinste. Wenn ich es mit jemandem teilte, würde es seinen Zauber verlieren.

»So so.« Sie grinste anzüglich. Ich lachte. Sie schüttelte gespielt vorwurfsvoll den Kopf.

»Sei nicht eifersüchtig, Liebling«, sagte ich, »das steht dir nicht.«

Ich zitterte vor Aufregung und machte in einem Word-Dokument eine Liste von Sehenswürdigkeiten. Ich spürte, wie sich die Muskeln in meinen Oberschenkeln und meinem Gesäß spannten. Ich ignorierte die Zahlen für ein paar Minuten und stellte mir das Fünfte Arrondissement vor, was es für mich und Paddy bedeuten würde. Ich sah den grauen Kaschmirschal, den ich wegen der Kälte brauchen würde, den marineblauen Mantel, die braunen Gucci-Lederschuhe und den dazu passenden Gürtel, den farbigen Streifen auf der Samsonite-Reisetasche. Paddy groß und distinguiert in einem gemusterten Pullover. Vielleicht der schwarze Filzhut, den ich bei ihm zu Hause gesehen hatte und den er nie trug, wenn er mit mir zusammen war, seine grauen Schläfen. Einkaufen auf den Champs-Elysées, Kunst betrachten, die ich zu begreifen versuchte. *Foie gras* speisen: Ich wusste nicht genau, was es war, aber es klang exotisch. Ich würde mein Gewicht für ein paar Tage vergessen. Das hatte ich mir verdient.

Ich erstellte eine Liste mit den Orten, die ich besuchen wollte. Namen von Kirchen und Galerien, Stadtvierteln und Restaurants. Ich überlegte, wie viele Unterhosen und Socken ich für einen Kurztrip benötigte. Das Hotel, das ich mir ausgesucht hatte, besaß eine Website, und es kostete nicht allzu viel, dort Wäsche waschen zu lassen. Die Reinigung der Kleidung dauerte nur einen Tag. Wie praktisch! Das bezog ich in meine Pläne ein. Auf der Website von Air France sah ich nach, ob Flüge verfügbar waren, und stellte fest, dass es regelmäßige welche gab und eine Reise in der Business Class wahrscheinlich nicht ausgeschlossen war.

Paddy hatte im April Halbjahresferien, und wir konnten an seinem letzten Schultag abreisen und eine ganze Woche dort verbringen. Wenn er einen oder zwei zusätzliche Tage brauchte, konnte er das sicher arrangieren. Ich müsste mir über Ostern nicht allzu viele Tage freinehmen, obwohl meine Schwester vielleicht unglücklich darüber wäre, wenn ich an einem religiösen Feiertag weg war. Ich musste mir überlegen, was ich ihr sagen würde. Ich wollte nicht lügen, aber ich war dazu bereit, falls nötig. Schließlich konnte es ja sein, dass ich aus beruflichen Gründen verreisen musste – also beschloss ich, dass dies der beste Weg sei, es ihr zu sagen. Sie würde vor Stolz platzen.

Mein Chef kam vorbei, aber ich schaffte es, das Dokument mit meinen Plänen zu schließen, bevor er meinen Schreibtisch erreichte. Ich studierte die Tabellenkalkulation auf dem Bildschirm und verglich die letzten drei Ziffern mit einer Reihe von Transaktionen.

»Kann ich Sie vielleicht kurz sprechen? Haben Sie einen Moment Zeit?«

Mein Chef war ein ziemlich entspannter Typ, immer gut gekleidet und freundlich.

»Natürlich«, sagte ich.

»Ich wollte mich nur vergewissern, dass alles in Ordnung ist. Ich habe in den letzten sechs Monaten viel Gutes über Sie gehört.«

»Danke«, sagte ich. »Alles ist gut. Ich genieße die Arbeit. Ich bin gerne hier.«

»*Que bom.* Das ist gut. Wir möchten sicherstellen, dass sich die Mitarbeiter gut behandelt fühlen.«

»Alle waren sehr freundlich.«

»Gut. Haben Sie noch Fragen zu Ihrer Arbeit?«

Ich dachte über meine allgemeine Unwissenheit nach. Es gab so vieles, was ich nicht wusste, so viele Fragen, die ich hatte.

»Ich glaube nicht«, sagte ich. »Jetzt ergibt alles einen Sinn für mich.«

Paddy würde mir wahrscheinlich erklären können, wie die Finanzwelt funktionierte. Ich würde mit ihm reden.

»Denken Sie daran: Wenn Sie etwas brauchen, Sie müssen nur fragen.«

Ich dankte ihm, und er ging. Ich kehrte zu meinen Zahlen zurück. Ich rieb mir die Beine in Erwartung des Gesprächs mit Paddy, in dem ich ihm von meinem Plan erzählen würde. Von unserem Plan. Ich sagte mir immer wieder: So sollte ich von jetzt an über alles denken – wir beide zusammen, *ne*?

Lisboa hämmert an die Tür, keine Antwort. Er ist nicht in der Stimmung, aufzugeben, donnert so lange dagegen, bis das Schloss aufkracht, die Tür nur noch an einer Kette hängt. »Wer zum Teufel ist da?«, ertönt es dahinter, worauf Lisboa sich mit vollem Körpereinsatz gegen die Tür schmeißt. Die Kette reißt, und sie sind drin.

Drinnen ist es dunkel, der Vorhang zugezogen, und es stinkt nach durchsoffener Nacht. Lisboa presst einen Typ gegen die Wand. Er hat einen grimmigen Blick aufgesetzt, seine Dienstmarke gezückt und drückt dem Typ die Kehle ab. Der Kerl würgt und bringt keinen Ton heraus. Er trägt nur eine Unterhose.

»Scharfes Feinripp«, sagt Leme. »Ist noch jemand hier?«

Der Typ nickt.

»'ne Frau, stimmt's?«

Der Typ nickt.

»Das Schlafzimmer ist da drüben, oder?«

Der Kerl deutet mit seinem Kinn in die Richtung. Er schnappt nach Luft, aber Lisboa ist nicht in der Laune lockerzulassen.

Leme betritt das Schlafzimmer. Eine Frau sitzt im Bett, ist splitternackt, wie es aussieht, und raucht. Sie scheint von dem gewaltsamen Überfall nicht sonderlich beeindruckt.

»Morgen, Liebes«, sagt Leme. »Warum ziehst du dich nicht an und gehst in die Kirche?«

Die Frau lächelt. »Wollen Sie nicht wissen, wer ich bin?«

»Nichts für ungut, *querida*«, sagt Leme, »aber ich glaube, ich kann's mir denken.«

»Frechdachs.«

»Aber das wirft eher ein schlechtes Licht auf ihn als auf dich, glaub mir.«

Die Frau lächelt. »Es ist eine Art halbwegs regelmäßiges Arrangement, falls es Sie interessiert. Hier ist meine Karte.«

Sie hält Leme eine Visitenkarte hin, die er annimmt.

»Aber Sie sollten sie nicht in Ihrer Tasche vergessen, damit Ihre Frau sie nicht zufällig zu Hause entdeckt.«

Das bringt Leme zum Lächeln. »Guter Ratschlag. Jetzt anziehen und raus.« Leme bemerkt, wie sie das Gesicht verzieht. »Er hat dich noch nicht bezahlt?«

Sie schüttelt den Kopf. Ihre Unterlippe schiebt sich schmollend vor.

»Warte kurz«, sagt Leme.

Leme geht zurück in den Korridor. »Brieftasche?«, sagt er zu dem Kerl.

Der Bursche deutet mit dem Kinn in Richtung einer Hose an der Eingangstür. Leme zieht die Augenbrauen hoch. »Du wolltest dich doch nicht etwa verdrücken, Junge?« Er fischt eine Brieftasche heraus. Sie ist prall gefüllt mit Scheinen. Leme holt das gesamte Bargeld heraus. Der Bursche protestiert dumpf stöhnend. Leme zwinkert ihm zu.

Er kehrt zurück ins Schlafzimmer. Die Frau ist jetzt angezogen.

Er drückt ihr das Geldbündel in die Hand. »Verspäteter Weihnachtsbonus.«

Sie nimmt das Geld und steckt es ein. »Die Ritterlichkeit ist also noch nicht ausgestorben«, sagt sie.

»Und jetzt verschwinde«, sagt Leme.

Sie sitzen am Küchentisch, und Lisboa kocht Kaffee in einer schicken Maschine. Der Kerl sitzt in seiner Feinrippunterhose mit Eingriff da und raucht. Leme hat ein paar Vorhänge und Fenster geöffnet. Die Wohnung stinkt. Es sieht ganz nach temporärer Unterkunft aus. Einziehen, den Ort verwahrlosen lassen, weiterziehen. Billiger als langfristige Verträge, und du musst dich nicht kümmern, wenn die Wände dreckig werden.

»Wie sind Sie an der Security vorbeigekommen?«, fragt der Typ.

Leme lächelt. Kinderspiel. Die klassische Tour: Cop mit Polizeimarke und hartem Auftreten, und die *segurança* ließ sie anstandslos rein. In einem Apartmenthaus wie diesem gibt es keine Loyalität. Hier wohnen hauptsächlich zahlungskräftige Durchreisende. Der Sicherheitsdienst kriegt kein Weihnachtsgeld von den Bewohnern. Das Haus hier ist im mittleren Preissegment angesiedelt. Versteckt gelegen, in unmittelbarer Nähe der Faria Lima.

Leme sagt: »Ich glaube, die mögen dich da unten nicht besonders.«

Lisboa schenkt Kaffee ein. Er reicht Leme eine Tasse. Er starrt den Burschen an. »Weißt du, warum wir hier sind?«

»Nein.«

»Irgendwelche Ideen?«

»Keine.«

»Was wäre, wenn ich dir sagen würde, dass ich jemanden suche und du mir vielleicht helfen kannst, sie zu finden.«

»Keine Ahnung. Können Sie sich noch etwas klarer ausdrücken?«

»Emmanuel.«

»Emmanuel, richtig.«

»Du arbeitest für Emmanuel und treibst Schulden ein, habe ich recht?«

Der Kerl nickt.

»Vermutlich muss man sich bei der Art von Jobs, die Emmanuel macht, schon *vor* der OP auf einen möglichen späteren Zahlungsausfall vorbereiten.«

»So in der Art, ja.«

»Und der Patient – der *Kunde* – hat keine verdammte Ahnung von dir, *ne*?«

Der Bursche nickt.

»Also, du folgst ihnen nach Hause, um an ihre Daten zu kommen, oder du hackst sie? Wie gehst du vor?«

»Ganz traditionell.«

Leme nickt. »Gut. Du weißt also, wo sie wohnen.«

»Ja, genau.«

»Musst du manchmal kassieren?«

»Sehr selten.«

»Das ist also ein Vorschussgeschäft, ja?«

»Genau.«

»Dann ist dein Job gar nicht so schlecht?«

Der Bursche schweigt. Er zündet sich eine weitere Zigarette an. Dann deutet er auf sein versifftes – wenn auch teures – Apartment. »In meinen Augen ist das nicht gerade der Gipfel des Glamours. Ich bin eine Ratte, die verzweifelten Gestalten hinterherschnüffelt, denen es noch dreckiger geht als mir.« Er zieht kräftig an seiner Zigarette. »Nicht gerade das, was ich mir als Kind erträumt habe, *entendeu*?«

»Wir nennen dir einen Namen, du gibst uns die Adresse, *certo*?«

Der Bursche nickt. »Ich will keinen Ärger. Es ist alles legal, nur eben nicht besonders nett.«

»Jemandem nach Hause zu folgen, ist nicht legal, Kumpel, zumindest nicht immer«, sagt Lisboa. »Vergiss das nicht, *sabe*?«

Der Kerl wirft Leme einen flehenden Blick zu: *Halt mir den Kerl vom Leib, ja?*

»Gerson Anderson«, sagt Leme.

»Sein Name vor der Operation?«

»Ja, Sherlock«, sagt Lisboa.

Der Bursche nickt. »Die Akte ist da drüben. Darf ich kurz?«

Leme schüttelt den Kopf. Lisboa begleitet ihn. Ein paar Augenblicke später hat Leme eine Adresse. Real Parque. Unten an der Marginal. Nicht weit von Paraisópolis. Nicht weit von Lemes Bude. Entweder gehobene Favela oder schicke Eigentumswohnung, denkt Leme. Interessant.

»Dort hätte ich gesucht, wenn die Tusse nicht bezahlt hätte. Das musste ich aber nicht, denn die Tusse hat bezahlt. Mehr kann ich Ihnen nicht sagen.«

»Du bist der Klientin zu dieser Adresse gefolgt?«

Der Typ nickt.

Leme sieht Lisboa an. Er nickt.

»Ich hoffe, wir müssen dir keinen weiteren Besuch abstatten, Loverboy.«

Wieder hocken sie im Auto. Leme wie üblich auf dem Beifahrersitz. Sein Handy summt …

Eine SMS des IT-Typen:

Ich glaube, ich weiß, worum es bei Pereira Modelling geht

Leme wartet. Ein weiteres Summen.

Eine Anspielung auf Francisco de Assis Pereira

Leme gefriert das Blut. Wartet. Wieder ein Summen.

Der Park Maniac.

Leme stöhnt leise. *Heilige Scheiße.*

Der Park Maniac. Ein Serienkiller in den Neunzigern. Er gab sich als Talentsucher einer Modelagentur aus. Er köderte elf junge

Frauen mit falschen Versprechungen, vergewaltigte und ermordete sie. Die Opfer wurden alle im Unterholz des Parks gefunden. Mit Schnürsenkeln erdrosselt.

Ein Nachahmungstäter.

Ein reines Hassverbrechen.

Renata mag Sonntage im Büro. Es erinnert sie daran, warum sie sich überhaupt selbstständig gemacht hat. In ihrem eigenen Büro, in ihrem eigenen Unternehmen zu arbeiten, fühlt sich befreiend und bedeutsam an. Es sind mittlerweile ein paar Jahre vergangen. Sie hat sich etabliert, ist ein Teil der Gemeinde geworden; sie tut viel Gutes für die Menschen hier.

Sie hat eine einflussreiche Position und verfügt über Verbindungen zu Capital SP, daher ist es nicht verwunderlich, dass sie vom *Secretario de Obras* diesen Auftrag erhalten hat.

Allerdings ist ihr nicht so ganz klar, welche Arbeit sie für sie erledigen soll.

Falls sie mit dem Singapur-Bauprojekt fortfahren wollen, brauchen sie ungehinderten Zugang zu dem Grund. Grund, der derzeit brach liegt, Ödland, auf dem ein paar Baubaracken stehen und das die Organisation, wie sie den Ableger der PCC in Paraisópolis nennen, höchstwahrscheinlich für dubiose Machenschaften nutzt.

Sie denkt an das Jahr 2006 zurück. Sie erinnert sich an das Memo, das sie von Capital SP erhalten hat:

Eine Menge Capital-SP-Investitionen stecken im Singapur-Projekt.

Eine Menge Capital-SP-Kapital ist in dem enormen Darlehen gebunden, das der Regierung zur Finanzierung der Bolsa Família gewährt wurde.

Der Punkt ist, dass der politische Wandel eine direkte Auswirkung darauf hat, ob sich diese Investitionen und Kapitaltransfers in klingende Münze verwandeln. Im Grunde ist es eine Frage des Vertrauens: Wenn die Lage für die Regierung gut aussieht, fließt das Geld, und es gibt keinen Mangel an investitionswilligen internationalen Unternehmen. Alle werden reich. Nun ja, alle *Reichen* werden reich.

Sie braucht die Akten, muss die Hintergründe des Singapur-Projekts mit dem Einwohnerstatus und den *Bolsa-Família*-Registrierungen abgleichen. Wenn ausreichend Menschen in der *Bolsa Família* registriert sind, ist die Beantragung und Begründung des Singapur-Projekts wesentlich einfacher.

Sie schenkt sich noch eine Tasse Kaffee ein – sie ist verkatert; sie hat gestern den ganzen Nachmittag lang getrunken, während Dilmas großer Rede und auch danach. Sie überlegt, ob sie zum Mittagessen zu Dona Regina gehen soll. Sie will noch zwanzig Minuten warten, dann wird sie gehen. Hoffentlich hat Regina noch etwas von ihrem legendären Schweinefleischeintopf über.

Sie kramt zuerst die Informationen über das Singapur-Projekt hervor. Die Besitzverhältnisse sind vertrackt. Es ist eine Schleife, denkt sie. Es ist Staatseigentum, es sei denn, der Staat erteilt per Arbeitsrecht eine anderslautende Erlaubnis. Offenbar geht es beim Grundbesitz hauptsächlich darum, was zu einem bestimmten Zeitpunkt am günstigsten ist. Mit anderen Worten: Man kann es verkaufen, ohne es wirklich zu besitzen.

Ein Firmenname taucht immer wieder auf: *Casa Nova*. Renata notiert sich den Namen.

Sie geht zum Aktenschrank mit den *Bolsa-Família*-Akten aus demselben Zeitraum. Sie sucht speziell nach den Akten vom Mai 2006, also vor diesem schrecklichen Wochenende der Gewalt, von dem Zeitpunkt, als Capital SP sie zum ersten Mal bat, sich mit dem Singapur-Projekt zu befassen. Es war Ray Marx. Big Ray. Sie schüttelt den Kopf und lächelt. Da ist sie noch mal ungeschoren davongekommen, denkt sie, obwohl sie sich nicht sicher ist, wovon eigentlich. Das war der Monat, in dem die Anträge und Registrierungen für *Bolsa Família* ihren Höhepunkt erreichten, und es waren auch die letzten Anträge, mit denen Renata und Fernanda zu tun hatten. Es machte Sinn; das Programm war etabliert, und irgendwann hatten sich alle angemeldet, die dafür infrage kamen. Es war ein natürliches Ende.

Sie wühlt in den Schubladen. Sie findet den März, den April. Aber den Mai kann sie nicht entdecken. Sie überprüft die Schubladen darüber und darunter. Sie überprüft die Akten desselben Monats in anderen Kategorien – Heiratsurkunden, Geburtsurkunden. *Nada.* Nichts. Die Akten sind also nicht versehentlich verlegt worden. Sie gerät nicht in Panik. Dies ist ein Archiv, sie musste bisher nie darin wühlen, es sei denn, es gab ein Problem mit irgendwelchen Unterlagen, und das gab es schon lange nicht mehr. Dafür ist sie zu gut organisiert, zu gründlich.

»Du bist der Teufel, der im Detail steckt«, sagte Fernanda einmal zu ihr. »Um einen berühmten Satz falsch zu zitieren.«

Renata hat das gefallen.

Sie holt die Akten mit den Sterbeurkunden für die Monate Januar bis Mai hervor und legt sie auf ihren Schreibtisch. Dort wird sie nachsehen; aufgrund der Anordnung der Schränke ist es der wahrscheinlichste Ort für einen Ablagefehler.

Sie blättert die Akten durch. Doch auch hier ist nichts falsch einsortiert.

Sie nippt an ihrem Kaffee. Langsam ist sie doch ein wenig beunruhigt. Und ein Grund dafür ist der Sonntag: Sie kann Fernanda nicht anrufen – oder will es nicht –, um sie zu fragen, ob sie eine Ahnung hat, wo die Akten sein könnten.

Die Sterbeurkunden für Januar liegen aufgefächert auf dem Schreibtisch. Sie starrt sie an, liest sie nicht wirklich, aber unbewusst eben doch.

Ein Name fällt ihr ins Auge:

Maria Regina Vasconcellos

An sich nicht weiter bemerkenswert, aber Renata erinnert sich, dass sie später in diesem Jahr einen *Bolsa-Família*-Antrag unter demselben Namen bearbeitet hat. Sehr wahrscheinlich sogar im Mai. Der Grund, warum sie sich daran erinnert: Maria Regina Vasconcellos ist die Cousine von Dona Regina. Oder besser gesagt, sie *war* es.

Renata fühlt eine innere Unruhe. Ein Schaudern, ein mulmiges Gefühl durchströmt sie. Sie will jetzt unbedingt die *Bolsa-Família*-Akten vom Mai 2006 finden.

Aber sie sind definitiv nirgends zu entdecken.

Sie lehnt sich in ihrem Stuhl zurück, trinkt ihren Kaffee aus.

Sie atmet tief durch. Es handelt sich wahrscheinlich um einen Fehler bei der Organisation, das ist alles. So etwas kann passieren, selbst ihr. Schließlich ist es die überbordende Bürokratie dieses Landes, die sie am Ende des Tages im Geschäft hält.

Sie beschließt, vorläufig zu warten. Morgen wird sie mit Fernanda sprechen.

Sie sortiert Papiere, räumt auf, wäscht ihre Tasse ab.

Über diese Casa-Nova-Firma kann sie zu Hause recherchieren.

Ray fühlt sich reich, hat aber aktuell keinen Zugang zu seinem Geld.

Es ist schließlich nicht sein erstes Rodeo, und er weiß, dass er selbst die Initiative ergreifen muss, wenn er wirklich Cash mit nach Hause nehmen will. Sein reguläres Gehalt ist nur ein Tropfen auf den heißen Stein, das große Geld fließt durch die Nebenjobs.

Wenn man es richtig anstellt, kommt es in Koffern voller US-Dollars und mit diplomatischer Immunität, was bedeutet, dass Zoll und Steuern rein optional sind.

Ray braucht also einen Weg zum Abschöpfen von überbewerteten Krediten und Kreditlinien, die Art von Profit, die Capital SP für große Unternehmen vorsieht. Nur wird Big Rays Anteil am Profit ein Koffer voll Dollars sein, für ihn an einem sicheren Ort deponiert.

Glaubhafte Abstreitbarkeit ist der entscheidende Aspekt; auch das hat er gut durchdacht.

Rays Drahtzieher Joãozinho ist der Vermittler. Ray ist für ihn eine relativ große Nummer, ein mysteriöser Yankee, ein Hecht im Karpfenteich. Ray wartet darauf, dass er grünes Licht gibt.

Er sitzt in seinem Hotelzimmer wie in einem Krähennest, schaut aus dem Bullauge und fühlt sich wie auf hoher See.

Dafür gibt es noch einen anderen Grund. Er hat keinen Stoff mehr. Was ihm die Wartezeit nicht gerade erleichtert. Und es hilft auch nicht im Alltag, wenn er am liebsten die sterilen weißen Wände hochklettern möchte. Angespannt wie er ist, fühlt er sich, als wäre er in einem Nobelsanatorium eingesperrt.

Das mit dem Stoff ist merkwürdig. Es geht weniger darum, dass er ihn braucht; er will vielmehr wissen, dass er ihn jederzeit zur Verfügung hat.

Manchmal fragt er sich, warum er nicht richtig einsteigt. Wenn du nichts anderes zu tun hast, als Zeug zu beschaffen, dann ist dein Tag ausgefüllt.

Eine fundamentalistische Position, rein und schön in ihrer Einfachheit, klar in ihren Prioritäten.

Aber das ist nicht Rays Ding. Ray ist ein hocheffizienter Motherfucker.

Ray will Little Johnny in dieser etwas heiklen Angelegenheit nicht um Hilfe bitten, und Fernando ist vermutlich nicht wirklich scharf darauf, ihm hochwertiges Heroin zu beschaffen, so wie er das bei hochwertigen Callgirls tut. Unabhängig davon, ob Fernando scharf darauf ist, befürchtet Ray, dass er ihm lediglich Straßenware beschaffen könnte, was für Ray nicht in die Tüte kommt. Also fragt er lieber erst gar nicht nach. Außerdem schadet es womöglich seinem sorgsam aufgebauten Image, wenn das ganze Hotel von seiner Heroinabhängigkeit weiß. Profi-Tussis knallen ist cool und in São Paulo gang und gäbe, aber Drogen konsumieren ist nicht machohaft genug, um ihm Status zu verleihen.

Man wird Ray für einen Junkie halten, und das geht einfach nicht. Er ist etwas ratlos, was bei Ray nicht unbedingt üblich ist.

Er sitzt in einer Zwickmühle.

Rays Telefon klingelt.

»Little Johnny, Junge, du Herzensbrecher. Verrate mir etwas, das ich noch nicht weiß.«

»Es ist alles bereit. Wir haben eine Adresse. Der Deckname ist Bunker.«

»Hervorragend.«

»Es ist in einer verschissenen kleinen Stadt, etwa dreißig Kilometer außerhalb von Brasília.«

»Klingt reizvoll.«

»Ein nichtssagender Ort. Ein Zimmer und ein Kühlschrank.«

»Sicher?«

»Sehr.«

»Ich frag nicht weiter.«

»Gut so.«

Ray lacht. »Und unser Mann? Ist er im Boot?«

»Unser Mann ist sehr beeindruckt von den Zahlen, die du ihm vorgelegt hast, Ray.«

»Erfreulich«, sagt Ray.

»Er ist auch sehr angetan von deinen Aktivitäten in Bezug auf ein paar wichtige Politiker.«

»Deren Namen am Telefon zu nennen angesichts der Abhörwut des Staates fahrlässig wäre, die wir aber beide gut kennen.«

Little Johnny schwärmt: »Du hast so eine Art mit Worten umzugehen, *entendeu*?«

»Hart erarbeitet, mein Sohn, und ich lerne immer weiter dazu.«

Joãozinho lacht. »Unser Mann ist im Herzen ein Renaissance-Mensch. Er will seine Machtsphäre erweitern.«

»Hervorragend.«

»Seine wenig subtile Andeutung war: Falls die beiden Politiker, deren Namen hier nicht genannt werden sollen, Karriereknicks erleiden, während unser Mann Geld von uns – von *dir* – bekommt, dann könnte das zu einer Stärkung der Beziehung führen.«

»Bingo«, sagt Ray.

»Ich werde ein paar Bälle ins Rollen bringen.«

»Mach das.«

Ray legt auf.

Geddel Vieira Lima ist ihr Mann. Vizepräsident der brasilianischen Bundessparkasse Caixa. Der Deal ist alte Schule: Bestechungsgelder für günstige Darlehen und Kreditlinien.

Ka-ching!

Silva wankt nach Hause. Das ist nicht ungewöhnlich. Saufgelage vor Arbeitstagen sind die Regel. An einem Arbeitstag verkatert zu erwachen, ist eine spannende Herausforderung. Mit einem Handicap zu beginnen, bedeutet, bergauf zu laufen, bedeutet zusätzliche Leistung, bedeutet, sich nachher selber auf die Schulter klopfen zu können: Gut gemacht, alter Mann. Tatsache ist, der kaum abgeklungene Rotweinrausch schärft das Denkvermögen und den Bleistift. Komm in die Gänge, alter Mann, es gibt viel zu tun. Ja, ja, morgen ist auch noch ein Tag. Silva kichert auf dem Heimweg. Er spielt ein kleines Rollenspiel: Wer ist die Stimme im alten Kopf, diese einstudierten Tiraden gegen vermeintliche und tatsächliche Verfehlungen?

Das Klischeehafte seines Kopfkinos bringt Silva zum Lachen. Er stolpert, hält sich an einem Laternenpfahl fest. Er stößt sich ab, taumelt erneut, stützt sich an einer Mauer ab, am Zaun einer schöneren Wohnanlage als seiner eigenen. Es ist spät, und kein Mensch ist zu sehen. Er mag den Spaziergang trotzdem.

Ausnüchtern. Ein bisschen Bewegung.

Er greift in seine Innentasche, um seine Zigaretten herauszufischen. Er ist sich sicher, dass noch eine oder zwei übrig sind. Er kramt in seinen Innentaschen, Hosentaschen, Gesäßtaschen, Hemdtaschen …

Kein Feuerzeug.

Er ist sich ziemlich sicher, dass er beim Verlassen seiner Wohnung heute Morgen noch zwei davon hatte.

Das war, als er die Zeitungen holen ging, um sie bei einem Grand-Slam-Frühstück zu lesen. Ein komplettes brasilianisches Frühstück: Eier, Schinken, Brot, *pão na chapa*, würzige Wurst, Reis und Bohnen, zwei Kaffee, dazu Bier und *pinga*, *double fisting*. Genuss auf Champions-League-Niveau. Die Nachwirkungen *halten an*.

Silva entdeckt vor seinem Haus einen Kerl mit einer Kippe und denkt: Halleluja.

»Du bist ein Geschenk des Himmels, *cara*«, sagt Silva zu dem Typ. »*Tem fogo?*«

Hast du Feuer?

Der Kerl nickt. Er formt einen Windschutz, das Feuerzeug in der rechten Hand, die linke Hand umschließt die rechte. Silva beugt sich vor. Silva schwankt ein wenig, verfehlt das Ziel. Er korrigiert seine Position, scharrt mit den Füßen.

»Alles in Ordnung, Kumpel?«, fragt der Typ und zieht das Feuerzeug gerade so weit weg, dass Silva es nicht erreichen kann. *Arroganter Arsch*, denkt Silva, sagt es aber nicht, denn man will schließlich keinen Ärger, wenn man gerade dabei ist, die perfekte letzte Zigarette zu rauchen.

»*Meu*«, sagt Silva. Kumpel. »Mir geht's prima, gold.« Silva schwankt. »Komm, gib mir das Feuerzeug, *ne?*«

Der Kerl tritt einen Schritt zurück. Silva mustert sein Äußeres, die engen, eleganten Klamotten; es ist ein großer und kräftiger Kerl, dieser Kerl.

Silva denkt: *Scheiße, zünde endlich meine Kippe an, was ist los mit dir?*

Der Typ wirbelt herum, schlägt mit der Linken zu, trifft Silva über seinem rechten Auge. Silva ist betrunken, aber er spürt den Schlag. Er fühlt, wie seine Haut aufplatzt und Blut fließt. Die

Zigarette fällt ihm aus dem Mund. Er taumelt, geht aber nicht zu Boden. Er beugt sich vor, nur für einen Moment. Der Alkohol hat den Schlag abgemildert. Er fühlt sich um sechs Drinks nüchterner, das ist immerhin etwas. Er sieht die Zigarette und hebt sie auf. Er hat keine Ahnung, warum der Typ das getan hat.

Silva schaut hoch. »Was zum Teufel?«, sagt er.

Der Kerl hält ihm einen Finger vors Gesicht. »Du passt auf, das ist alles, *certo*?« Der Typ packt Silva an der Kehle. Silva würgt und hustet. Silvas Speichel blubbert. Der Kerl sagt: »Hör nicht auf die Versprechungen charmanter Fremder, *entendeu*?«

Silva nickt, ist sich aber nicht sicher, ob er auch nur andeutungsweise kapiert. »Guter Gedanke«, keucht er. »Gut gesagt.«

Der Kerl spuckt auf den Boden. Er wirft sein Feuerzeug vor Silvas Füße. Er schlendert davon.

Silva denkt: *Schwein gehabt.*

Er zündet sich seine Zigarette an. Er lehnt sich mit dem Rücken gegen die Wand, genießt seine letzte Zigarette.

Leme und Lisboa parken vor dem letzten bekannten Wohnort Gerson Andersons. Zumindest laut diesem Schleimbolzen von Geldeintreiber, der sicherstellen sollte, dass der arme Schlucker seine Rechnung bezahlen kann.

Es ist ein durchschnittlicher, relativ neuer Wohnkomplex der Mittelklasse. Kein echter Charme. Die Materialien sehen nicht gerade nach Luxus aus. Der *porteiro* ist sonntäglich gelangweilt und blättert in der Zeitung. Aus dem Radio plärrt eine Stimme. Auf dem stummen Fernseher läuft ein Shoppingkanal. Ein Mädchen im Bikini paradiert mit Parfümflaschen auf und ab, die sie wie königliche Artefakte hält. Ihr Lächeln strahlt, ihre Lippen glänzen, ihre Augen sind leer.

Leme und Lisboa kommen gleich zur Sache. Eine gezückte Dienstmarke, ein harter Blick, und der *porteiro* erhebt sich aus seinem Stuhl und führt sie zum Aufzug. Zu dritt stehen sie dicht gedrängt in der stickigen Kabine. Die Beleuchtung ist billig und grell, der Spiegel starrt sie an.

Der *porteiro* lässt ihnen mit ironischer Geste den Vortritt. Er verbeugt sich, *mais ou menos*, als würden sie ein Königshaus besuchen.

Leme und Lisboa ignorieren ihn. Die Haltung des *porteiros* besagt: Fühlen Sie sich ganz wie zu Hause. Oben schließt er die Tür auf.

Er gestikuliert: *Nach Ihnen, meine Herren.*

Leme und Lisboa betreten das leere Apartment.

»Sind Sie der Frau, die hier gewohnt hat, jemals begegnet?«, fragt Leme.

»Wenn ich einen Bewohner nicht zu Gesicht kriege, bin ich zufrieden. Denn das bedeutet, der Bewohner ist zufrieden.«

»Das ist also ein Nein.«

»Ich sehe die Leute kommen und gehen. Wenn sie ein Auto haben, brauchen sie mich überhaupt nicht.«

Leme nickt.

»Sieht ganz so aus, als sei der Vogel ausgezogen, *ne*?«, sagt der *porteiro*.

»Sie wissen nicht mal das?«

»Nö. Nicht mit Sicherheit. Vielleicht haben sie es mir noch nicht gesagt.«

»Wer?«

»Die Hausverwaltung, *porra*.«

Leme schaut zu Lisboa. Lisboa nickt.

»*Então*«, sagt Leme zum *porteiro*, »Sie tun jetzt Folgendes.«

Der *porteiro* hört zu. Er gähnt. Er kratzt sich am Hintern. Er lässt seinen übergroßen Schlüsselbund um den Finger wirbeln, spielt den Schnellzieh-Cowboy.

Leme packt sein Handgelenk und verdreht es.

»Sie sprechen mit der Hausverwaltung und finden heraus, ob die Bewohnerin tatsächlich ausgezogen ist.« Der *porteiro* nickt.

»Zweitens schauen Sie sich die Überwachungsbänder an.« Leme nickt in Richtung der Kameras im Korridor. »Sie finden für uns Aufnahmen von einer Frau, die in dieser Wohnung ein- und ausgeht. *Entendeu?*«

Leme lässt das Handgelenk des *porteiros* los. Der *porteiro* wirft ihm einen Blick zu: *okay okay.*

»*Certo?*«, sagt Leme.

Der *porteiro* nickt. »Morgen früh.«

»Guter Junge«, sagt Leme. Er gibt ihm eine Karte. »Rufen Sie mich an. Oder wir kommen zurück.«

Lisboa klopft dem *porteiro* auf den Rücken – hart. Der *porteiro* taumelt ein wenig. Lisboa grinst. Sie entfernen sich.

Renata sitzt auf dem Balkon, nippt an einem Bier, beobachtet eine Autoschlange, die sich durch die engen Straßen vor ihrem Apartmenthaus windet, lauscht mit halbem Ohr einer Gruppe Männer in der Bar auf der anderen Straßenseite, die sich lautstark über Fußball, Politik und zwangsläufig auch über Frauen unterhalten. *Puta que pariu*, hört sie. Fick mich. Gelächter und Beschimpfungen. *Vai tomar banho, porra. Você sabe de nada.*

Geh duschen, du Arschloch. Du hast keine Ahnung, wovon du sprichst.

Sie schüttelt den Kopf. Sie hört: *Que filezinha.* Was für ein schönes Stück junges Fleisch.

Renata weiß, dass in der Bar ab und zu junge Prostituierte mit den älteren Männern trinken. Sie hat keine Ahnung, ob das ihre Zuhälter sind; sie will auch nicht wissen, welche der Männer es sein könnten. Immerhin sind einige davon Marios Freunde.

Mario ist in der Küche und bereitet das Abendessen zu. Renata stellt sich vor, wie er mit den anderen Männern aus der Wohnanlage in der Bar sitzt. Sie ist sich nicht sicher, wie gut er da hineinpasst. Er redet nicht so offen wie die anderen, erhebt nie die Stimme.

Wenn sie unten am Pool sind, ist Mario ruhig und zurückhaltend, wirft aber gelegentlich ein paar gut platzierte Sprüche ein, scherzt ein wenig. Renata mag es, wenn er das tut. Er ist witzig, ihr Mann.

Als sie in die Wohnanlage einzog, stellte er ihr diese älteren Männer vor – einen Gastronomen, einen Zahnarzt, Marketingfachleute, einen ehemaligen Polizisten; alle wild entschlossen, sich so gut wie möglich zu amüsieren. Die Wohnanlage ist wie ein Club: ein riesiger Swimmingpool mit Terrasse, ein Tennisplatz, eine Sauna, ein Squashplatz, eine Bar, ein Grillplatz, Billardtische und sogar eine Disco. Das hat auf Renata ziemlich Eindruck gemacht.

Die Balkone sind gekurvt wie Gitarren, mit niemeyerscher Eleganz, und jeder der acht Türme ist durch einen anderen Farbstreifen gekennzeichnet. Eine Art-Déco-Utopie.

Allerdings sieht man das nicht von ihrem Balkon aus, der sich an der Vorderseite des Komplexes befindet. Der Verkehrslärm, der werktägliche Trott, die Hitze, das Knistern und Knacken der Elektrizität in den Leitungen, die sich über dem Gebäude kreuzen, haben etwas Entspannendes, findet sie. Sie mag es, *genau dort* zu sein.

Sie haben Freunde, deren Balkon auf der anderen Seite der Anlage liegt. Von dort aus blickt man auf das schmutzige Grün, das Paraisópolis säumt, auf grimmig blickende Männer mit Macheten, die sich ihren Weg durch das Grün in Richtung Favela bahnen. Rechts vom Gebäude befindet sich ein städtisches Schwimmbad, und jetzt, am späten Nachmittag, verstummt das Geschrei der Kinder langsam, wenn sie von ihren mit Handtüchern bewaffneten Eltern aus dem Becken geholt werden. Das sind die Bewohner von Paraisópolis, und nun, wo der Spaß vorbei ist, geht es zurück in den Betonbau, zu Töpfen mit gedünsteten Bohnen und vielleicht sogar billigen Schweinekoteletts.

Das sind die Menschen, für die Renata arbeitet, die Menschen, denen sie hilft.

Morumbi bietet wenig Unterhaltungsmöglichkeiten für die Mittelschicht, was man nicht unbedingt vermuten würde, denkt sie. Eher ein Ort, um Wurzeln zu schlagen, um dort zu *wohnen*. Es ist schnell *gewachsen*. Abends gibt es kaum etwas anderes zu tun, als in durchschnittlichen, überteuerten Restaurants zu essen, im Einkaufszentrum ins Kino zu gehen oder sich die Zeit in den Bars der Wohnkomplexe zu vertreiben – als Alternative zu der Bar davor, auf die Renata jetzt blickt. Dort kann man dann schlüpfrigen Geschichten und betrunkenen Auseinandersetzungen über Politik lauschen, einem reichhaltigen Lexikon fantasievoller Schimpfwörter, und am besten seine Meinung für sich behalten.

Es heißt immer, alles außerhalb Brasiliens sei besser als Brasilien, denkt Renata. Sie ist sich da nicht sicher. Wir sind stolz auf unser Land, ja, und das mit Recht, und doch sind wir gleichzeitig verächtlich, als ob wir niemals genauso kultiviert oder beeindruckend sein könnten wie Europa.

Wir sind ein prototypisches Entwicklungsland mit Megacitys. Renata lächelt.

Deshalb geben wir auch immer damit an, dass wir Italiener oder Portugiesen sind, denkt sie. Wir sind verdammte Brasilianer! Alles dreht sich um Status. Die alte Welt verleiht Status.

Diese Gedankenflüge, diese Ideen, diese kleinen Theoriefetzen helfen ihr, sich zu entspannen.

Mario gesellt sich zu ihr. Er drückt ihr ein neues Bier in die Hand.

Sie lächelt zu ihm auf. Sie strahlt ihn an. »Danke.«

»Ist Pasta okay?«

Sie nickt. »Sonntagabend.«

Er lächelt. »Na ja, bei meinem alten Herrn unten in Liberdade gab es immer knusprige Ente.«

»Pizza bei mir.«

Sie trinken. Traditioneller Sonntagabend in der Stadt: Besuch mit der Familie in einem italienischen Lokal. Auf dem Heimweg Fußball im Radio hören. Renata ist froh über ihren Abend. Pasta zu Hause, nur sie beide.

»Geht's dir gut?«, fragt Renata.

»Du weißt doch. Ich bin jetzt glücklich.«

Renata lächelt. Sie weiß es.

»Ich bringe das Essen raus, soll ich?«

»Gute Idee.«

»Ich mache Wein auf.«

»Fantastische Idee.«

Er lächelt und geht wieder in die Küche.

Sie will mit ihm über die Arbeit reden, über das, was im Büro passiert ist, die verschwundenen Akten, die Sterbeurkunde und den nicht dazu passenden *Bolsa-Família*-Antrag, die Anfrage des *Secreatrio de Obras*, die Arbeit, die sie irgendwie erledigen muss, aber nicht heute Abend, nicht nach diesem Wochenende, nein, sie brauchen eine Auszeit.

Sie werden gemeinsam essen, trinken, Liebe machen, ohne Frage.

Auf dem Weg nach Hause hat sie sich an etwas aus dem Jurastudium erinnert: das Prinzip der »Ersitzung«, bei dem durch Zeitablauf und ständigen Eigenbesitz Grundeigentum übereignet wird.

Übereignung. Offenbar ist dies die Grundlage für das Angebot des Staates, das Land in der Favela gemeinsam mit dem Bauträger zu erwerben, um das Singapur-Projekt auf den Weg zu bringen.

Und es war nicht schwer, die Verbindung zwischen Jorge Mendes und Casa Nova herzustellen. Aber mehr hat sie bis jetzt nicht, nur eine Verbindung, einen Namen. Bald, noch diese Woche, wird sie mit Mario darüber sprechen. Er kann ihr sicher helfen. Das ist schließlich sein verdammter Job, denkt sie.

»Hier.«

Er reicht ihr eine Schüssel Spaghetti in würziger Tomatensoße, zerkleinerte Basilikumblätter darauf verstreut, dazu geriebenen Parmesan und in Knoblauch und Olivenöl geröstetes Brot.

»Das sieht wunderbar aus.«

Er schenkt Wein ein. Er setzt sich. Sie stoßen an.

»Ich bin ausgehungert«, sagt er.

Sie essen. Sie lauschen den Geräuschen, die von der Straße heraufdringen. Sie trinken und essen und betrachten einander im Dämmer des Balkons, Marios Gesicht, dunkel und scharf umrissen im Kerzenlicht. Sie ist glücklich, das wird ein gutes Jahr.

»Dürfte ich dich etwas fragen?«, sagt Mario. »Eine Arbeitssache. Ich meine *prinzipiell, sabe?«*

»*Claro, querido.«*

»Ich suche nach einer Person in der Favela. Es hat nichts mit den Ermittlungen zu tun, nicht direkt, aber die betreffende Person hat vielleicht Informationen, die mir helfen könnten, und es funktioniert nicht über die üblichen Kanäle, *entendeu?«*

»Okay.«

»Könntest du, du weißt schon, rein hypothetisch, jemanden finden, wenn ich dir den Namen gebe?«

»Sicher, ich kann es versuchen, die Chancen stehen nicht schlecht.«

»Und das würdest du für mich tun?«

Renata lächelt. »Natürlich.«

»Danke.«

Mario wickelt Nudeln auf seine Gabel. Das Geräusch von Besteck auf Porzellan. Das Einschenken von Wein. Das Brechen von Brot.

»Nicht zu scharf?«

»Perfekt.« Renata schluckt. »Wer ist es?«, fragt sie.

Mario sieht sie an. »Annette Nascimento.«

Bocão, Großmaul, *ehemaliger Callboy:*
Schuldgefühle.

Ich wollte Paddy nicht den Eindruck vermitteln, ich müsste jede Nacht mit ihm verbringen, daher war ich froh, dass wir mehrmals in der Woche getrennt schliefen. Er wollte mich vielleicht öfter sehen, aber ich verstand, dass das nicht immer möglich war.

Meine Schwester war zu Hause, als ich ankam. Sie kochte gerade Reis, Bohnen und gegrillten Fisch, und die Wohnung roch ziemlich übel. Ich wollte nicht, dass meine schönen Kleider nach Fisch riechen, also zog ich mir in meinem Zimmer schnell einen alten Trainingsanzug an.

»Ist Fisch zum Abendessen okay?«, fragte sie.

»Alles, was du willst.«

»Aber ich möchte, dass du es auch willst. Du bist derjenige mit dem harten Job. Du brauchst Kalorien, um all diese wichtigen Entscheidungen zu treffen.«

Ich stand in meinem Trainingsanzug in der Tür zwischen Küche und Wohnzimmer. Dieses Gespräch hätte in jeder beliebigen Nacht stattfinden können.

Ich kratzte an der Farbe, die von den Wänden abblätterte.

»Lass das, komm und setz dich.«

Dann saßen wir da und aßen gemeinsam zu Abend. Sie erzählte von ihrem Tag – sie arbeitete als Teilzeit-Hausmädchen in einigen Apartments des Wohnkomplexes –, und ich saß still da, ohne ihr meine Probleme bei der Arbeit zu gestehen, ohne ihr von meiner Beziehung zu erzählen und ohne auf mein früheres Leben einzugehen, bevor sie nach dem Tod unserer Mutter zu mir gezogen war. Aber an diesem Abend brannte es mir auf den Nägeln. Ich war kurz davor, ihr alles zu offenbaren. Der einfache Akt des Vertrauens würde uns einander näherbringen, *sabe?* Aber ich wusste nicht, ob sie es verstehen würde, und ich wollte nicht riskieren, sie vor den Kopf zu stoßen. Es war meine Wohnung, aber es war alles, was sie hatte. Ich biss mir auf die Zunge: Ich wollte nicht, dass sie mich ablehnte.

»Nimm noch etwas«, sagte sie und schaufelte mir das Essen auf den Teller. »Es ist gut für dich.«

Ich lächelte und nahm es dankend an, wobei ich dachte, ich sollte weniger Kohlenhydrate essen: Ich konnte mich nicht mehr darauf verlassen, sie durch meine natürliche Energie zu verbrennen.

2

Orgie

März 2011

———————

In São Paulo kriegst du alles, was du willst. Und du kriegst,
was du brauchst. Du musst bloß danach fragen.
Julião, Unternehmer

Es ist ein zivilisatorischer Clash. Was für ein Land wollen
wir sein? Die Mehrheit der Menschen hält sich an die Regeln,
sie arbeiten von Sonnenaufgang bis Sonnenuntergang,
und sie zahlen Steuern, so viel sie können.
Ein anderer Teil profitiert vom Staatsapparat, lebt von Deals
mit Leuten, die den Schlüssel zum Tresor haben.
Eurípedes Alcântara, Journalist

Lemes Tage verlaufen jetzt gleichförmiger; ein deprimierender
Rhythmus.

Mord – egal aus welchem Motiv – ist in São Paulo an der Tagesordnung.

Hassverbrechen hin oder her, eine Leiche ist eine Leiche. Der
Tod ist eine Zahl; die Höhe der Zahl bestimmt den entmutigenden

Tagesrhythmus, den Trott. São Paulo ist überschwemmt, überflutet mit Morden. Die Fälle kommen und gehen, man tut, was man kann.

Was Leme tun kann, ist, das mühsame Geschäft der Nachforschungen auf sich zu nehmen. Er geht der einzigen verbliebenen Spur nach: dem Briefbeschwerer. Die ist bestenfalls dürftig. Es bedeutet, überall in São Paulo eine gründliche Recherche durchzuführen, wo diese Art von Accessoire hergestellt wird. Wie sich herausstellt, gibt es eine Menge solcher Läden. Das kommt nicht überraschend.

Weil Leme diese Recherchen auf eigene Faust und inoffiziell anstellen muss, beschleunigt das die Ermittlungen nicht unbedingt. Jeden Tag nimmt er einen neuen Laden ins Visier, jeden Tag kann er einen neuen Laden ausschließen. Ohne dabei einen Schritt weitergekommen zu sein.

Es fühlt sich langsam an wie sinnlose Fleißarbeit.

Das Einzige, was Leme noch antreibt, ist die Weigerung, einen weiteren Sündenbock zu akzeptieren, nur um seine Vorgesetzten zufriedenzustellen. Die Medien haben natürlich Wind von dem Park Maniac bekommen. Es gab eine Handvoll reißerische Artikel, einige Kommentare, die sich auf das Hassverbrechen konzentrierten, und ein paar Kolumnen, die vor allem die Polizei schlecht aussehen ließen.

Am Ende wurde daraus eine Art »Seht her, was aus uns geworden ist«-Metapher für die Lage der Nation. Vor allem der Journalist Silva von der *Cidade de São Paulo* hatte da seine fetten, verschwitzten Fingerchen im Spiel.

Metaphern töten keine Menschen, wie auch.

Das verlassene Apartment brachte sie nicht weiter; keinerlei brauchbare Hinweise. Die Überwachungsbänder bestätigten, dass das Opfer dort gewohnt hatte. Die Hausverwaltung konnte keine Angaben zu einem geänderten Mietverhältnis machen. Soviel sie wussten, war die Wohnung weiterhin bewohnt.

Das Büro des Bezirkspsychologen bestätigte, was ihnen bereits bekannt war: Gerson Anderson war juristisch zu einer geschlechtsangleichenden Operation berechtigt gewesen.

Leme hat das Gefühl, Phantome zu jagen.

Und eines wurde von den Medien immer wieder ins Spiel gebracht: die Möglichkeit eines weiteren Opfers. Der Aspekt, es könnte sich um den Nachahmer eines Serienkillers handeln.

Leme versucht, diese Möglichkeit zu verdrängen, indem er sich in die Details der Ermittlungen stürzt. Nur nicht zu viel darüber nachdenken.

Er ist nicht sehr erfolgreich darin.

Was zum Teil an seinem Treffen mit Annette Nascimento liegt. Die Frau war fest davon überzeugt, dass der Briefbeschwerer von Lockwood stammte. Die Forensik hat ihn für sauber erklärt. Für Leme ist er ein Symbol, keine Mordwaffe. Er ist eine deutliche Botschaft. Sie besagt, dass er zwei ungelöste Fälle hat, nicht nur den einen. Was natürlich der Auffassung seiner Vorgesetzten widerspricht. Die Botschaft besagt weiterhin, dass es eine Sache ist, in einem Fall einen Unschuldigen den Kopf hinhalten zu lassen; aber zwei zu präsentieren, ist ein Beispiel pragmatischer Polizeiarbeit, die ans Unmoralische grenzt. Die Botschaft lautet: Kumpel, sei kein Arschloch.

Dann erhält Lisboa den Anruf, der das Geschehen mit furchtbarer Endgültigkeit vorantreibt. Und Lemes Verzweiflung nimmt eine neue Dimension an: Hoffnungslosigkeit, Hilflosigkeit.

Der Punkt ist, Menschen sterben, Menschen werden umgebracht, und Männer wie Leme und Lisboa versuchen, die Täter zu finden. Das ist der Deal. Und im Grunde ist es egal, ob sie es schaffen, denn die Menschen sterben weiter, das ist alles nur Teil des Gesellschaftsvertrags. Zumindest einer Illusion davon.

Was Leme in letzter Zeit herauszufinden versucht: nicht wer, sondern *warum*.

Der Anruf: eine Leiche. Im Ibirapuera Park. Hinter der Konzerthalle.

Farbe, die in der Sonne Blasen schlägt.

Das fällt Rafa als Erstes ein, wenn er an den letzten Tag denkt, an dem er seine Mutter sah. Sich in der Sonne aufblähende Farbe, Hitzewolken, die auf Regen warten. Rafa ist bei seiner Oma, wartet auf seine Mutter und seinen Vater, die bald mit seinem neuen Geschwisterchen aus dem Krankenhaus zurückkommen. Die Hitze drückt schwer, die Vorfreude macht alles leicht. Rafa ist sechs Jahre alt.

Seine Großmutter nimmt ihn mit zum städtischen Schwimmbad am Rande von Paraisópolis. Die Sonne sticht grausam, bösartig herab; das streifige Licht sickert durch das Prisma verschmutzter Luft. Das Wasser leuchtet hellblau auf den Fliesen des Beckens, die Augen von Rafas kleiner Freundin Aninha sind meerfarben. Ein Gedanke beschleicht Rafa: Mein Bruder wird so aussehen wie ich, meine Schwester wird so aussehen wie ich. Schwarze Haut und braune Augen. Aninha ist ein Sonnenstrahl, staubfarben, ein Lächeln wie ein Goldbarren, eine Verheißung von Eiscreme, von Süßigkeiten. Wenn Rafa sie ansieht, mit ihr lacht und spielt, spürt er, dass sie so etwas wie Hoffnung ist.

Rafas anderer kleiner Freund, Franginho, der mit dem schmutzigen Gesicht und den schlammigen Klamotten. Was hat seine Mutter immer gesagt? Wenn eine Ratte Franginho beißen würde, bräuchte die Ratte eine Tetanusspritze.

Das war gemein, hat Rafa immer gedacht, nicht Franginhos Fehler, wenn seine Mutter Seife nicht von Sägemehl unterscheiden kann.

Sie planschen und jagen einander, werfen sich aufblasbare Bälle zu.

Rafas Oma hockt mit ihren Freundinnen zusammen, plaudert und hat dabei ein Auge auf die Kinder. Rafas zweite Erinnerung: Gebeugte Arbeiter mit langen Messern und bloßen Oberkörpern, die sich mit grimmigen Gesichtern durch das dichte Gestrüpp rund um den Pool hacken und sich ihren Weg in Richtung Favela bahnen, entlang des Abwasserkanals voller Scheiße, die in die andere Richtung sickert.

Sie spielen im Wasser, bis ein Pfiff ertönt und die Zeit abgelaufen ist. Junge Männer und Frauen in Badelatschen und Unterhemden, Freiwillige, drängen die Kinder aus dem Wasser und treiben sie zum Ausgang.

Rafa beginnt sein übliches Spiel. Er lässt sich von den Freiwilligen jagen, schlägt Haken um das Becken, springt ins tiefe Wasser, schwimmt zum flachen, spritzt und taucht außer Reichweite, um dann wieder rauszuspringen und die Runde zu wiederholen.

Unter Wasser spürt er das Augenrollen seiner Oma.

Es ist zu heiß, Kleiner, um zu streiten, komm schon, rufen die Freiwilligen. Seine Oma tadelt ihn, wackelt mit dem Zeigefinger, lächelt leicht. Aninha und Franginho, die anderen Kinder, feuern ihn an.

Rafas Trick: Er gibt sich irgendwann freiwillig geschlagen. Genau dann, wenn der Spaß kurz davor ist, in echten Ärger umzuschlagen, in Schläge für den frechen *moleque*, den Unruhestifter. Er lässt reuig den Kopf hängen, hält die Handgelenke vor sich, bereit für die Handschellen, und ergibt sich dem Freiwilligen, den er am meisten geärgert hat.

Der Witz liegt im Timing. Rafa hat es raus, das richtige Timing.

Der Beifall ist kurz und gedämpft; Mittagessen.

Rafa hat Aninha und Franginho zum Abschied gewunken. Er verschlingt den Reis und die Bohnen seiner Großmutter, zwei Spiegeleier und ein Glas *Guaraná Mineiro* von Weltklasse. Nach dem Schwimmen ist er ausgehungert. An einem anderen Tag hätte sie ihn und seine kleinen Freunde vielleicht mit einem oder zwei Tellern *batata fritas* und einer *coxinha* in Dona Reginas Imbissbude verwöhnt, aber Rafas Oma will lieber zu Hause sein, für alle Fälle, *sabe*?

Es ist noch sehr früh, das weiß sie. Sie hat es Rafa mehr als einmal gesagt. Er ist froh über die Wartezeit; es kommt nicht oft vor, dass er seine Oma ganz für sich allein hat. Nach dem Mittagessen sitzen sie auf Stühlen im engen, stickigen Wohnzimmer, die Fensterläden sind geschlossen, und sie gönnen sich eine wohlverdiente Pause von der Hitze. Wenn die Sonne unbarmherzig auf die Favela brennt, bringt sie alles zum Glühen. Raue Steine und Ziegel, billiger Asphalt und Schlackenbeton backen die Luft wie in einem Ofen. Die Atmosphäre flimmert zwischen den Häusern, pulsiert, verdichtet sich über den Straßen. In den Gassen ist es still. Bei dieser Hitze, nach dem Mittagessen, sind wir nicht wir selbst, so das allgemeine Gefühl, also sollten wir die Begegnungen auf ein Minimum beschränken. Die Favela versinkt mehrheitlich in einem Siesta-Schlummer.

Rafa sieht fern. Am Ende schläfert das Programm sie beide ein. Der Nachmittag vergeht wie im Flug. Die Hitze füllt die Stunden aus wie Luft einen Ballon.

Um sechs Uhr abends geht Rafa raus, um bei seinen Freunden vorbeizuschauen. Aninha erledigt Pflichten im Haushalt, Franginho isst. Später fordern die Eltern ihn auf, sich zu verziehen. Er wandert ein paarmal um den Block, wo nichts los ist, und kehrt nach Hause zurück. Dort schmort seine Großmutter Schweinefleisch und putzt die Böden. Sie winkt mit dem Mopp, er soll draußen bleiben, *moleque*, mit seinen schmutzigen Füßen! Er sitzt auf der Treppe und wirft Steine auf die Straße, die klirrend gegen die Radkappen eines kaputten, verrosteten Autos prallen und Dellen hinterlassen.

Um neun wird seine Oma unruhig. Sie essen. Rafa möchte rausgehen, aber er ist nicht unempfänglich für die Stimmung seiner Großmutter; sie lässt ihn nicht, und er bleibt zu Hause, ohne großen Protest, ein wenig unwilliges Gestikulieren, wirklich nur der Form halber.

Sie sehen sich ihre Telenovelas an, ihre Seifenopern, und um Mitternacht ist Rafa im Bett. Die Luft hat sich abgekühlt, die Nacht hat sich beruhigt. Er hört die Männer in der Eckkneipe, die aufgedreht und ausgelassen miteinander reden, die sich wie er über die Abkühlung freuen, mit kaltem Bier und *pinga*-Shots darauf anstoßen. Er hört die Radios und Fernseher in den anderen Hütten, das Summen und Knistern der Elektrizität.

Er schläft in seiner Unterwäsche. Sein Körper kühlt ab, die Wärme weicht aus seinen Knochen, löst sich auf, die Hitze verlässt ihn. Er schläft tief und fest.

Es ist drei Uhr nachts, als ihn die Stimme seines Vaters in der Küche weckt. Sie klingt flach, dumpf und sachlich. Rafa springt aus dem Bett und wirft einen Blick in den Korridor. Seine Großmutter drückt seinen Vater, ihren Sohn, an ihre Brust; er schluchzt, zittert, und ihr Gesicht ist von stummer Qual gezeichnet. Rafa schleicht leise zurück ins Bett.

Am nächsten Morgen erklären sie Rafa, dass seine Mutter nicht nach Hause kommt, und sein kleiner Bruder auch nicht. Sie erklären Rafa, dass das Leben weitergeht. Er ist sechs Jahre alt, und sie versichern es ihm, und schließlich tut es das auch. Es geht weiter, Rafas Leben.

Im Rathaus.

Anna besucht eine dieser politischen Spendengalas, bei denen man Cocktailkleider und schwarze Krawatten trägt und ein Fünf-Gänge-Menü isst, während man darüber entscheidet, wer die schreckliche Armut in unserem schönen Land beseitigen soll.

Ja, denkt Anna, so ist das Spiel eben, aber trotzdem, es geht darum, zu zielen und dann auch wirklich zu schießen. Ansonsten wird man verführt vom Glamour und vom Geld.

Sie ist mit Marta und Luís Favre dort – Mr. Marta oder Rasputin für seine Freunde und Feinde –, und ihre Rolle ist eine doppelte:

Erstens soll sie hier den jungen attraktiven Schützling spielen, wobei sie die politischen Kreise im Unklaren darüber lässt, was sie längerfristig beruflich vorhat.

Zweitens soll sie zwei Schlüsselfiguren in Dilmas Regierung

kennenlernen, nämlich Antonio Palocci, Kabinettschef, und Pedro Novais, Tourismusminister, die beide einen ihrer seltenen Besuche in São Paulo absolvieren und von Marta und Favre demonstrativ hofiert werden.

Das Ganze ist ein choreografiertes Schauspiel.

Der Raum strahlt diesen kitschigen Prunk aus, den die Brasilianer so lieben. Überall Gold, gleißendes Licht, National-, Staats- und Stadtflaggen, alle schwellend um Aufmerksamkeit buhlend und wie riesige Servietten an Stangen über dem Saal aufgehängt. Die Menge des Bestecks auf jedem Platz ist erstaunlich; mindestens vier Gläser stehen zur Auswahl. Anna hat sich ein anständiges Glas Rotwein geschnappt und ihren Tisch verlassen, um sich umzusehen. Bei diesen Veranstaltungen isst sowieso niemand. Die Reste müssen hervorragend sein.

Sie wartet auf Martas Zeichen, sich ihr anzuschließen, wenn sie einen oder beide, Palocci und Novais, in einem günstigen Moment erwischt. Das ist Politik in Reinkultur: *quid pro quo*. Oder wie man in den eher feministisch orientierten Aktivistinnenkreisen, in denen sich Anna manchmal bewegt, sagt: Wichtig ist, wen man kennt und wem man einen bläst. Aufgeklärte Zeiten.

Was Marta anbietet, ist der Kontakt zum Rathaus São Paulos und jede Menge Unterstützung für die Wahl. Im Gegenzug will sie ein offenes Ohr in der Nähe des Throns und einen wortgewandten Höfling in ihrem Team.

Es ist ein doppeltes Spiel: Anna wird erst von Marta, später von Rasputin vorgestellt, und bei den jeweiligen Gesprächen wird es um völlig unterschiedliche Dinge gehen.

Marta sieht absolut glamourös und verdammt sexy aus in ihrem politisch motivierten roten Kleid, das knapp unter den Schultern und knapp über dem Knie sitzt, genau genommen knapp über dem Anfang ihres Oberschenkels. Dieses Kleid sitzt wie angegossen; Anna hat sie erst vor ein paar Stunden hineinschlüpfen sehen.

Marta hebt einen Finger, eine winzige Geste, worauf Anna kurz ihr Äußeres im Kosmetikspiegel kontrolliert und dann quer durch den Raum auf sie zu schwebt.

Marta und Palocci stehen, das macht die Sache einfacher. Außerdem sind sie von ihrem Tisch zurückgetreten, haben einen Sicherheitsabstand geschaffen, und ihre Ausstrahlung besagt: privates Gespräch, bitte nicht stören. Sie sind wahrscheinlich die beiden wichtigsten Personen im Raum, jedenfalls was die Politik angeht, also wird diese Bitte-keine-Fotos-und-keine-Autogramme-Haltung wahrscheinlich respektiert. Marta stellt die beiden einander vor. Palocci mustert Anna von Kopf bis Fuß.

Er sagt: »Ich habe schon viel von Ihnen gehört.«

Anna lächelt. Marta sagt: »Und es ist alles wahr.«

Palocci sagt: »Sie haben natürlich eine tolle Mentorin.«

Anna lächelt. Marta tut so, als würde sie gleich in Ohnmacht fallen, eine Hand an ihrem Hals, die andere auf ihrer Stirn.

»Auch das ist alles wahr«, sagt Anna.

Sie lachen, alle drei.

»Sie hat Humor«, sagt Palocci.

Marta legt eine Hand auf Annas Ellbogen. »*Querida*, warum erzählst du Senhor Antonio nicht ein wenig von dem, worüber wir gesprochen haben.«

Anna nickt. Palocci richtet sich auf, um ihr zuzuhören.

Sie sagt: »Um gleich zur Sache zu kommen, Senhor, wir haben über eine bessere Koordinierung der Mittel des Städteministeriums gesprochen, in Hinblick auf ein oder zwei Vorzeigebauten des Singapur-Projekts in der Favela.«

Anna sieht Palocci direkt in die Augen.

Er nickt, murmelt »gleich zur Sache kommen« vor sich hin und lächelt. Er fragt: »An was denken Sie?«

»Paraisópolis.«

»Interessant. Warum dort?«

Martas dünnes Lächeln wird sanfter, ein wenig voller. Anna sieht, wie ihre Augen funkeln, und das ermutigt sie.

»Die größte innerstädtische Favela«, sagt Anna. »Es wurden bereits einige Arbeiten durchgeführt, eine gute Infrastruktur ist vorhanden, und nach Abschluss der Vertragsunterzeichnungen soll noch in diesem Monat mit den Arbeiten begonnen werden.«

»Okay«, sagt Palocci und gibt den weisen, alten Meister. »Was ist der wahre Grund?«

Anna bemerkt, wie Marta ihre Schultern minimal abwendet, eine konspirative Geste, die besagt: Sprich weiter, wir hängen da alle mit drin.

»Ich habe«, sagt Anna, »eine Beziehung zu einer in der Favela ansässigen Rechtshilfe-NGO aufgebaut. Diese Nichtregierungsorganisation war sogar maßgeblich am Verkauf des Singapur-Projekt-Grundstücks an den *Secretario de Obras* beteiligt.«

»Mendes.« Palocci verdreht übertrieben die Augen. »Was für ein Arschloch, dieser Mann.«

Anna ignoriert das. »Und außerdem«, fährt sie fort, »hat die NGO einen enormen Einfluss in der Gemeinde. Der größte Teil ihrer Arbeit besteht in niederschwelliger Nachbarschaftshilfe, *Bolsa Família*, Erstellen und Beglaubigen juristischer Dokumente, Geburten, Todesfälle, Beerdigungen und dergleichen, alles sehr gesund und familienorientiert.«

Palocci nickt. »Die Vorteile sind also: Wir haben ein juristisches Team vor Ort, das uns hilft, die Räder zu schmieren, außerdem wählt die größte Favela in der größten Stadt Südamerikas PT.«

Marta breitet die Arme aus. »Sie sind sehr clever, Antonio.«

Palocci mag das. Er nippt an seinem Wein. »Natürlich ist das Städteministerium nicht mein alleiniges Ressort, aber ich kann mitreden. Sie werden mir zuhören.« Er sieht Marta an und dann Anna. Er fragt: »Was ist für Sie drin?«

Anna hält seinem Blick stand. »Mehr Einfluss.«

Palocci lacht dröhnend. Er grinst Marta an. »Sie wird es weit bringen, dieses Mädchen.«

»Junge Frau«, sagt Marta. »Sie ist eine junge Frau.«

»Es lebe der feine Unterschied.« Palocci gibt Marta einen kurzen Kuss auf jede Wange. »Ich werde deinen Ex-Mann in Brasília grüßen.«

Marta lächelt. Sie hakt Anna unter. »Tu das. Und schau, was es ihm gebracht hat, dass er nicht mit mir arbeiten wollte.«

Palocci verzieht das Gesicht, scheinbar verängstigt. *O weh*, besagt seine Miene. Dann grinst er. »Auf Wiedersehen, die Damen.«

Etwa eine Stunde später zieht sich Rasputin mit Palocci und Pedro Novais in eine dunkle Ecke zurück. Sie setzen sich. Der Tisch ist ansonsten leer.

Anna lässt sich auf einen Stuhl gleiten. Rasputin macht sie miteinander bekannt. Palocci sagt: »Ich hatte bereits das Vergnügen mit der jungen Dame.« Er schaut zu Rasputin. »Ich glaube, sie wird es weit bringen.«

»Oh, daran besteht kein Zweifel«, erwidert Favre. »Der Punkt ist, sie ist jetzt hier, weil sie die ganze Sache vor Ort koordinieren wird, *certo*? Sie wird auf der Baustelle sein, alle miteinander bekannt machen, dafür sorgen, dass sie sich so wohlfühlen wie die Maden im Speck. Ein überzeugendes, seriöses Gesicht.«

Novais lächelt. Er hat violette Lippen und überall Leberflecken; Anna kann nicht glauben, dass er immer noch ohne Hilfe auf die Toilette geht. Er sieht Anna an und sagt: »Das ist schön, meine Liebe.«

»Und sie wird uns Daten, Details und so weiter schicken?«, fragt Palocci.

Rasputin lächelt Anna an. »Sie ist sehr kompetent.«

Palocci nickt, verzieht seinen Mund zu einem fleischigen Wulst. »Sie macht ganz den Eindruck.«

Rasputin nickt Anna zu. Sie steht auf, verbeugt sich ein wenig und sagt: »Ich freue mich, Sie bald wiederzusehen, Senhores.«

Sie schwebt davon und spürt, wie sich drei Augenpaare in ihren Rücken bohren. Was Anna koordinieren soll: inoffizielle Treffen zwischen extrem hochrangigen Politikern und extrem einflussreichen Magnaten der Bauindustrie.

Wo diese Treffen stattfinden sollen: im Astúrias, einem hochklassigen, unauffälligen Sexmotel im Zentrum São Paulos.

Die einzigen anderen Geladenen: einige der besten Sexarbeiterinnen der Stadt. Und wer wird dieses geschäftliche Bacchanal finanzieren, wer wird die höchstwahrscheinlich extravagante Rechnung bezahlen: der Steuerzahler. Das Buchhaltungssystem des Tourismusministeriums ist, wie ihnen Senhor Novais verraten hat, recht lückenhaft.

Anna steht an der Bar. Sie nippt an einem Glas Champagner. Sie lächelt, der Abend ist ein Erfolg. Was niemand im Raum weiß: Anna hat bereits veranlasst, dass diese Treffen abgehört werden. Wenn es um den Verrat geht, wird sie Marta schützen, aber das kann sie von dem alten Rasputin da drüben nicht behaupten.

Kollateralschaden, denkt sie, so muss man die Sache betrachten.

Zu Hause ruft Anna Ray an und erzählt ihm, wie die Nacht verlaufen ist.

»Ausgezeichnet«, sagt Ray.

»Mein Mann hat mir gesagt, vertraue niemals einem Journalisten.«

Silva lächelt.

Renata fährt fort. »Es ist inzwischen fünf Jahre her. Ich frage mich, warum Sie jetzt erst auftauchen.«

Es ist keine echte Frage. Renata gefällt das Erscheinungsbild Francisco Silvas nicht besonders. Es ist keineswegs vertrauenerweckend. Das Tückische ist, denkt sie, dass er das weiß.

»Ihr Mann hat wahrscheinlich einen guten Grund für diese Aussage. Er ist doch nicht etwa Politiker, oder?«

Renata lächelt. »Kriminalbeamter, Zivilpolizei.«

»Dann kenne ich ihn vielleicht.«

»Jedenfalls kennt er Sie.«

Das bringt Silva zum Nachdenken. Sie sitzen in Renatas Büro, die Favela erstreckt sich vor dem Fenster. Fernanda ist nicht da; Renata hat ihr gesagt, sie soll Mittagspause machen, obwohl es erst halb zwölf war, als Silva auftauchte.

Silva sagt schließlich: »Ein schlimmer Mordfall im Ibirapuera Park. Der Name war Leme. Nicht sehr kooperativ.«

Renata zieht eine Augenbraue hoch. »Sie machen sich offenbar weniger Feinde, als ich dachte.«

»Also liege ich richtig? Das tue ich meistens.«

Renata verzieht das Gesicht: ja, ja. Sie sagt: »Wie heißt es so schön? Es ist besser, klüger zu sein, als man aussieht, als klüger auszusehen, als man ist.«

»Ich glaube, in Brasilien, *querida*, heißt es: Es ist besser reich zu sein, als schön zu sein.«

»Beide Varianten haben was für sich.«

»*Pois é.*« In der Tat.

Renata rutscht in ihrem Stuhl hin und her. »Sie sagten am Telefon ...«

»Dass ich mich für die PCC-Rebellion am Muttertagswochenende interessiere. Haben Sie eine Idee, warum ich Sie angerufen habe?«

»Ich habe darüber nachgedacht.«

»Ich denke, wir sitzen da gewissermaßen in einem Boot.«

»Im Augenblick sitzen wir noch hier, in meinem Anwaltsbüro, wenn ich mich nicht täusche.«

»Schön gesagt.«

Renata atmet aus. »Kommen wir zum Punkt, *ne*?«

»*Você que sabe.*« Sie sind der Boss.

Renata ist nervös, weil sich eine Tatsache nicht leugnen lässt, egal was Silva sie fragt: Alle ihre Informationen über dieses Wochenende, ob offiziell oder nicht, sind wegen der fehlenden Akten, des klaffenden Lochs in ihrem ansonsten tadellosen Archiv, nicht mehr dokumentiert. Fernanda wusste angeblich nichts darüber; Renata glaubte ihr. Fernanda stellte sich nicht ahnungslos, sondern schaute eher *entgeistert*: Sie konnte diese klaffende Lücke kaum fassen. Da war nicht viel zu machen. Irgendjemand hat aus irgendeinem Grund die Akten mitgehen lassen. Das wahrscheinlichste Szenario ist ein Einbruch der Organisation. Einer der Jungs vom Hügel hatte beschlossen, dass *alles*, was mit diesem Wochenende zusammenhing, vernichtet werden musste. Oder zumindest nicht mehr öffentlich zugänglich war. Die Balance, die Renata in der Beziehung zu ihnen wahrt, ist selbst in den besten Zeiten prekär. Sie kann wohl kaum deswegen herumfragen. Da ist es schon besser, so zu tun, als sei es nie passiert, als handle es sich um eine Computerpanne oder etwas Ähnliches – traurig, aber nicht das Ende der Welt –, um weiterhin der Gemeinschaft dienen zu können, wie es in ihrem ausgewogen formulierten Unternehmensleitbild steht.

»Ich kann Ihnen dazu wenig berichten. Mein Mann«, sagt Renata und wirft Silva einen spitzen Blick zu, »kam mich abholen, als es losging. Ich schloss das Büro, ging nach Hause und blieb dort.«

»Ihr *Aufenthaltsort* interessiert mich dabei eigentlich weniger.« Silva zwinkert ihr zu.

Sie wird wütend, ihre Augen funkeln. »Mir gefällt Ihre Art nicht besonders, um ehrlich zu sein, Senhor. Sollen wir das Ganze zu Ende bringen?« Sie atmet durch, beruhigt sich und überlegt, ob sie ihn sich zum Feind machen will. »Ich will einfach wissen, was Sie interessiert«, sagt sie leise und versucht ein Lächeln. »Um zu helfen. Die von Ihnen erwähnten Gemeinsamkeiten, *ne*?«

Silva nickt. Er nimmt den Kaffee, den sie ihm gekocht hat. Renata beobachtet ihn beim Trinken. Er schluckt wie eine Kröte, denkt sie. Sie stellt sich vor, wie er Austern schlürft, dabei hustet, den Schleim runterzieht, sich räuspert. Schnüffelt wie ein Schwein am Trog.

»Ich habe mich ein wenig umgehört«, sagt Silva, »und offenbar ist dies genau die Art Einrichtung, die bei all den Pässen geholfen hat, die es so vielen Gefangenen ermöglichte, fürs Wochenende aus dem Knast herauszukommen, *sabe?* Wie viele waren es, Hunderte? Tausende? Irgendjemand musste das tun.«

»Nun, wir nicht.«

»Sie mussten es nicht tun, oder Sie haben es nicht getan?«

»Wird das jetzt ein Verhör?«

»Sie können also nachweisen, dass Sie keine derartigen Unterlagen in Ihren Akten haben?«

»Spielen Sie hier nicht den Polizisten.«

»Vielleicht sollte ich besser Ihren Mann fragen.«

Renata presst die Lippen zusammen. »Wie Sie selbst bereits festgestellt haben, ist er nicht sehr kooperativ. Er mag keine Journalisten.«

Eine Pattsituation also.

Sie spüren es beide, denkt Renata. Sie umschleichen einen kritischen Punkt, und sie hat plötzlich Sorge, dass nicht sie diejenige ist, die führt. Sie mag dieses Gefühl nicht, und sie erlebt es nicht oft.

Sie sitzen einen Moment lang da und beäugen einander.

Renata nimmt eine abwehrende Haltung ein. Silva beugt sich vor, als wolle er Karten auf den Tisch legen.

»Ich habe von dieser Masche gehört«, sagt Silva, »die die PCC in der ganzen Stadt abzieht. Sie benutzen gefälschte Identitäten, häufig die von Verstorbenen, um *Bolsa-Família*-Leistungen zu beantragen, also Debitkarten. Wie Robin Hood, nur dass sie das Geld selbst einkassieren und nicht an die Armen weitergeben«.

Renata verspürt schleichendes Unbehagen.

»Haben Sie schon einmal davon gehört?«

Renata schüttelt den Kopf.

»Das sind dann schon zwei Dinge, bei denen Sie mir nicht helfen können«, sagt Silva. »Da haben wir wohl doch nicht viel gemeinsam.«

»Ich sag' Ihnen was, ich werde mir beides ansehen und Sie anrufen, *certo*?«

Silva zuckt mit den Schultern.

»Und wenn ich anrufe«, sagt Renata, sie will das Treffen jetzt zu Ende bringen, sie braucht etwas Zeit zum Nachdenken, »dann können wir weiterplaudern.«

Silva nickt. »Jederzeit.« Er erhebt sich. »Wir sind im selben Team, wissen Sie. Ich habe meine Nachforschungen angestellt. Eine vollständige Offenlegung wäre ein gutes Geschäft, *sabe*?«

Renata nickt. »Ich rufe Sie an. Übrigens«, sie fährt mit einem Finger über ihren Wangenknochen, »was ist mit Ihrem Auge passiert?«

Silva schüttelt den Kopf, wirft ihr einen harten Blick zu und sagt: »Kein Kommentar, *querida*.«

Er greift in seine Umhängetasche. Renata bemerkt, dass sie abgenutzt ist, verblasst, helles Leder, ein Tintenfleck, wo ein Stift ausgelaufen ist. Er zieht eine dicke Akte heraus. Er lässt sie auf ihren Schreibtisch fallen. Die Überschrift fällt ihr sofort ins Auge:

Bericht der Harvard International Human Rights Clinic und einer brasilianischen NGO, der die zentrale Rolle von Polizeibrutalität, Korruption und Misswirtschaft in den Gefängnissen während der großen Sicherheitskrise im Mai 2006 und bis heute belegt.

»Lesen Sie. Es wird einige Punkte verbinden.« Silva lächelt warm. Er geht.

Renata sinkt in ihren Stuhl zurück. Sie hat ausreichend Stoff zum Nachdenken. Dinge, an denen sie zu knabbern hat. Vollständige Offenlegung. Sie fürchtet, dass eine vollständige Offenlegung so ziemlich genau das ist, was sie ihm gegeben hat. Nichts, was man mit Journalisten, denen man nicht vertraut, so einfach tun sollte.

Vor allem dann nicht, wenn sich herausstellt, dass man eigentlich gar nichts weiß.

Er erinnert sie an eine Schildkröte. Sie malt sich aus, wie er auf dem Rücken liegt, mit kleinen Ärmchen und Beinchen, die hilflos in der Luft zappeln.

Die ersten Monate der Amtszeit Dilmas lassen den klaren Willen erkennen, die Korruption auszumerzen. Das Problem ist jedoch, dass dabei das ganze Ausmaß der in der Arbeiterpartei ziemlich verbreiteten Korruption offenbar wird. Sie muss Leute absägen, das ist klar, aber die Korruption ist eine Hydra, und wenn man eine Galionsfigur eliminiert, rücken zwei weitere in der Nahrungskette nach. Wobei es sich fast immer um einen »Er« handelt, wie Anna bemerkt.

Die Frage ist, wo liegen die Ursachen? Immer mehr Menschen scheinen fest entschlossen, das ganze Ausmaß herauszufinden. Viele meinen, Lula habe regiert, als sei er der Kopf einer kriminellen Organisation. Der *mensalão*-Skandal ist möglicherweise nur der Anfang. Die fetten monatlichen Zahlungen. Ein ziemlich schlichtes Korruptionssystem. Die Zersplitterung in so viele Parteien bedeutet, dass eine Koalition der linken Mitte aus allen möglichen Politikern und Persönlichkeiten geschmiedet werden muss, um Gesetze durch den Kongress zu bringen. Ein einfacher Weg, diese Koalition zusammenzuhalten: Geld. Ein monatliches Honorar, um die Loyalität zu sichern. Und angesichts der Gier des durchschnittlichen brasilianischen Politikers, schätzt Anna, müssen sie jeden Monat ein kleines Vermögen ausgeben. Genug, um an der Börse zu zocken und ein anständiges Einkommen zu erzielen. In jedem Fall genug.

Das Problem bei Korruptionsskandalen ist, dass sich nie jemand die Mühe macht herauszufinden, woher das Geld ursprünglich stammt. Das wäre ein echter Fortschritt, meint Anna. Es gibt Aktivistengruppen, Studenten, Angestellte im öffentlichen Dienst, die Vorstöße machen. Bald wird es Proteste geben. Anna rechnet damit, dass der Schwerpunkt dieser Proteste sich gegen die Verkommenheit der Politik im Allgemeinen richtet, also gegen die Regierung, also gegen Dilma.

Es ist kein Zufall, denkt Anna, dass alle plötzlich gemeinsame Sache machen, jetzt, wo eine Frau an der Macht ist.

In einer Bar: Zwei Männer schreien sich an, wer von ihnen beiden toller ist. Ein Mann wendet sich an seine Frau und sagt: »Wenn ich mit dir rede, hörst du nicht zu. Aber wenn ich mit jemand anderem rede, hörst du jedes Wort.«

Silva denkt an Renata.

Silva hat ein wenig über Jorge Mendes und seine Baufirma recherchiert. Dabei stellte sich heraus, dass Casa Nova, eine kleinere Tochtergesellschaft der größeren Mendes Construction, mit der Erschließung des Grundstücks in Paraisópolis beginnt, auf dem das Gebäude des Singapur-Projekts entstehen soll. Mit so einem Vertrag kann man viel Geld verdienen. Er hat gehört, dass sie die guten Materialien vom Staat nehmen, sie für private Luxusprojekte verwenden und dann billigen Schrott einkaufen, mit dem sie in den Favelas bauen. Nicht dass die Bewohner das nachher merken würden.

Silva hat sich eins der abgeschlossenen Bauprojekte angesehen, ein Hochhaus. Es war noch nicht sehr alt, ein paar Monate vielleicht. Es wirkte bereits wie ein Slum, überall Müll und Verfall. Er fragt sich, ob er noch etwas mehr über Mendes' Geschäftsplan herausfinden kann, ob da eine richtige Story drin ist. Dieser Ray Marx hat ihm den Hinweis gegeben; Silva hat *ihm* bis jetzt nichts gegeben, er wird sich also bestimmt noch mal melden.

Sollte er besorgt sein über das, was neulich Abend passiert ist, als er von einem Schläger überfallen und gewarnt wurde? Aber vor was genau gewarnt? Gewarnt von *wem*?

Er hat schnell herausgefunden, dass seine neue Freundin Renata

dabei geholfen hat, den Grundstücksdeal in Paraisópolis einzu-
fädeln. Er fragt sich, welche Rolle sie dabei genau gespielt hat.
Da könnte etwas zu finden sein. Die Bauarbeiten beginnen dem-
nächst, was ihm bei seinen eigenen Grabungsarbeiten helfen sollte.
Er braucht einen Grund, um sie wiederzusehen, mit ihr zusam-
menzuarbeiten.

Ja, Silva denkt an Renata.

Ihr Gesicht, so findet er, könnte man als katzenhaft bezeichnen. Sie kratzt, beißt und windet sich, selbstbewusst, hinterlistig,
wie eine Katze.

Er bewundert sie dafür.

Bocão, Großmaul, ehemaliger Callboy:
Furcht.
Ich war eines Abends in Paddys Haus, als das Telefon klingelte.
Kurz nachdem ich ihm von meiner Idee erzählt hatte.

Paddy ging dran und sprach Englisch. Ich habe nur ein paar
Dinge verstanden. »Ich kann jetzt nicht reden.« – »Ja, morgen. Ich
freue mich darauf.« Es war sein Ton, der mich verunsicherte. Und
dann seine schnelle Erklärung.

»Das war ein Kollege. Wegen eines Problems in der Schule. Ich
werde mich morgen darum kümmern müssen. Entschuldigung.
Wo waren wir stehen geblieben?«

Es klang nicht überzeugend: Er musste sich mir gegenüber
nicht rechtfertigen. Wo wir stehen geblieben waren: Ich hatte
über Paris gesprochen, Paddy wirkte abgelenkt. Das war meine
erste Vorahnung, dass es andere Männer in seinem Leben geben
könnte. Es hatte schon andere Männer vor mir gegeben. Er hatte
mir von ihnen erzählt.

Die *garotos de programa* im Norden. *Michês*, die in Saunas
arbeiteten. Paddy war ehrlich zu mir. Er sagte mir, dass er immer
vorsichtig gewesen sei, und wer war ich schon, darüber zu urteilen? Schau nur, wo er mich aufgelesen hat.

Da war mal ein Mann in England gewesen. Ich wusste nicht, was passiert war, nur dass er nicht mehr da war, schon seit einiger Zeit nicht mehr. Ich fühlte mich, als wäre ich so etwas wie ein Ersatz: auf eine gute Art, meine ich.

Astúrias Motel, São Paulo. Juliana Mendes, die Ehefrau von Jorge Mendes, dem Secretario de Obras, liegt neben Leonardo Magalhães, dem Delegado Geral der Polícia Civil:
Ich sehe mein Gesicht im Spiegel an der Decke. Mein Körper unter der Bettdecke wölbt sich verführerisch, während ich die Laken um mich herum straff ziehe. Ein Hauch von Dekolleté oben, ein gebräuntes Bein, das an der Seite herausschaut. Ich vermag es immer noch, Leonardo zu gefallen, der neben mir döst. Ich frage mich, ob es im Badezimmer eine Waage gibt. Ich bezweifle es.

In einem noblen Laden wie diesem bekommt man fast alles, aber in erster Linie geht es darum, dass man sich wohlfühlt. Die meisten Frauen, die hierherkommen, haben kein Interesse daran, ihr Gewicht zu kontrollieren.

Heute Morgen habe ich siebenundfünfzig Komma drei Kilo gewogen. Seitdem habe ich einen Salat mit gegrilltem Hühnchen gegessen (ohne Dressing, nur mit einem Tropfen Olivenöl und Balsamico-Essig), ein Glas Weißwein getrunken und eine Stunde auf dem Laufband verbracht. Vielleicht habe ich heute Nachmittag auch ein paar Kalorien verbrannt, denn ich habe ja die ganze Arbeit gemacht. Aber ich bin nicht müde. Ich kann nachmittags nicht schlafen, egal was ich getan habe. Leonardo schläft immer zwanzig Minuten oder so, nachdem er ein paarmal gekommen ist. Ich kann es ihm nicht verübeln, er ist ein ganzes Stück älter als ich.

Ich schaue mich im Zimmer um. Das unvermeidliche Motel-Chaos: Kondomverpackungen auf dem Boden, zwei leere Kartons *água de coco*, verstreute Kleidung (obwohl Leonardo immer darauf besteht, sein Hemd sorgfältig an die Rückseite der Tür zu hängen, knitterfrei, strahlend weiß, eine gesprenkelte rosa Krawatte hängt darüber). Hinter der Tür befindet sich ein kleines Schwimmbad, eine Sauna und ein Whirlpool. Ich überlege, ob ich hineinsteigen soll, aber dann fällt mir ein, dass ich keine Spange habe und meine Haare nicht nass machen will. Ich könnte mich eine Weile in die Sonne legen – die Decke im anderen Raum lässt sich zurückfahren –, aber da fällt mir ein, dass nebenan Bauarbeiten im Gange sind und die Dächer gesperrt wurden.

Wir können doch nicht zulassen, dass lüsterne Bauarbeiter hereinschauen, oder? Wir haben uns vorhin im Pool geliebt, aber ohne Kondom, und das hat Leonardo Angst gemacht. Er war nur für ein paar Stöße in mir und kam nicht. Ich habe ihm gesagt, er solle sich keine Sorgen machen, aber er wollte es nicht wieder tun. Das ist schade, denn ich habe die Intimität genossen. In seinem Alter wäre es einfach, leichtsinnig zu sein, irgendwie immun gegen solche Sorgen zu sein, aber die Folgen wären noch schlimmer, als wenn wir in unseren Zwanzigern wären. Heutzutage steht viel mehr auf dem Spiel. Er ist ein sehr mächtiger Mann, Leonardo. Aber das ist mein Mann auch. Ich schätze, ich ziehe solche Männer an. Die beiden sind schon lange Freunde, länger als ich einen von beiden kenne. Sie haben zusammen Jura studiert, in São Francisco, Universidade de São Paulo. Ich treffe mich seit ein paar Jahren mit Leonardo.

Leonardo atmet ruhig und gibt ein leises Stöhnen von sich. Ich stütze mich auf den Kissen ab und schaue auf ihn herunter. Sein Haar ist zurückgekämmt – kein einziges steht ab –, und seine Brust ist für einen Mann seines Alters gut definiert. Ich schaue auf meine Uhr. Es ist vier Uhr.

Ich werde ihn bald wecken müssen. Mein Fahrer wartet im Einkaufszentrum Iguatemi auf mich, und Leonardo muss mich in einer Stunde dort absetzen. Sein eigener Fahrer wartet in der kleinen Privatgarage ein paar Treppen tiefer, die zur Suite gehört. Er muss sehr diskret sein – der Fahrer –, und Leonardo muss ihm hundertprozentig vertrauen können. Es würde nicht gut aussehen, wenn der Delegado Geral der Polícia Civil in eine skandalöse Affäre mit der Frau eines Freundes und Mitglieds der Landesregierung verwickelt wäre. Ich würde auch nicht besonders gut dastehen, aber ich vertraue darauf, dass Leonardo weiß, was er tut. Er ist im Grunde ein egoistischer Mann, und er würde seine Position niemals gefährden – weder für mich noch für irgendjemand anderen. Er hat lange gebraucht, um aufzusteigen, und jetzt ist er in Amt und Würden bis zum Ende seiner Karriere, wo ihn eine satte Pension und ein wohlverdienter Ruhestand erwarten.

Wir können zwar nicht garantieren, dass wir jedes Mal das gleiche Zimmer bekommen, aber wir entscheiden uns immer für die *Suite Mansões*. Sie ist etwas teurer als die normalen Zimmer, aber alles befindet sich auf einer Etage, und wir haben den Swimmingpool, falls wir ihn nutzen wollen. Sie kostet nur zweihundertfünfzig Real, also kein wirklich großes Ding, und ist es in jedem Fall wert. Zumindest denke ich, dass ich es wert bin. Selbstverständlich habe ich noch nie selbst bezahlt. Ich stehe aus dem Bett auf, wickle mir ein Handtuch um und gehe in den Pool- und Terrassenbereich.

Obwohl das Dach geschlossen ist, dringt Licht hindurch und beleuchtet das Wandgemälde an der Mauer. Eine nackte Frau, die sich schamhaft mit ihrem langen, dunklen Haar bedeckt, sitzt auf einem Felsen und blickt auf einen Wasserfall. In der Ferne breitet sich ein Teppich aus grünen Hügeln aus. Neben dem Wandgemälde hängen echte Weinreben an einer Felswand, dahinter befindet sich eine Sauna. Ich überlege, ob ich die riesige Badewanne einlassen soll, beschließe aber, dass dafür keine Zeit ist. Wir bezahlen für diese Annehmlichkeiten, ziehen es aber vor, nur das Schlafzimmer zu benutzen. Vielleicht werde ich eines Tages mit meinem Mann herkommen und eine Nacht hier verbringen – das Essen soll hervorragend sein. Wenn Leonardo es nicht schafft. Seine Frau, eine gute Freundin von mir, ist ihm gegenüber nicht misstrauisch, aber ich weiß, dass sie es nicht zulassen würde, dass er an einem Abend zu lange wegbleibt, egal wie seine Ausrede lautet.

Leonardos Auto hat verdunkelte Scheiben, aber er fürchtet, man könnte sein Nummernschild erkennen, und er besteht immer darauf, dass der Fahrer schnell bis zur Auffahrt an der Marginal fährt, gleich hinter der Brücke nach Francisco Morato.

Der Name des Motels ist Astúrias. Ich war neugierig, was das bedeutet, und recherchierte ein wenig im Internet. Es erwies sich, dass es sich um ein autonomes Fürstentum in Nordspanien handelt, Ausgangsort der spanischen Aufklärung und eine loyalistisch-demokratisch-republikanische Hochburg während des Bürgerkriegs in den 1930er-Jahren. Interessanterweise – oder vielleicht auch nicht – ist es auch der Name einer japanischen Konzertgitarre. Wie ein Motel in Pinheiros auf diesen Namen kommt, ist mir ein Rätsel. Ich hatte gedacht – und gehofft –, dass es sich um den Namen einer alten Liebesgöttin oder eines romantischen Helden handelt, der in einem epischen Gedicht nach seiner Seelenverwandten sucht. Ich frage mich, wie viele von Astúrias' Kunden ihren Seelenverwandten entdecken, während sie sich zwischen den gestärkten Laken winden. Schwierig, wenn man seinen haarigen Hintern im Spiegel über dem Kopf auf und ab wippen sieht.

Ich gehe zurück ins Schlafzimmer, wo Leonardo immer noch schlummert. Ich lasse mein Handtuch fallen und mustere meinen Körper im Spiegel. Objektiv betrachtet bin ich eine attraktive Frau. Es ist schwer zu erkennen, was ich alles habe machen lassen – ich gehe nur zu den besten Chirurgen. Ein bisschen Botox, um die Falten auf meiner Stirn und um meine Augen herum zu glätten, eine leichte Vergrößerung meiner Oberlippe, eine Brustvergrößerung, nicht um den Umfang zu steigern, sondern um die Festigkeit meiner jüngeren Tage zu erhalten, und ein paar Sitzungen Fettabsaugung, um meine Taille zu halten. Dazu kommt noch eine Nasenkorrektur vor über zwanzig Jahren. Meine Nase war mir schon immer peinlich gewesen, und als ich mich mit meinem Mann zusammentat, beschlossen wir, dass ich sie machen lassen sollte. Ich war sofort zufriedener mit mir selbst: ein zierliches, hübsches Stupsnäschen ersetzte einen unschönen Gesichtszug. Ich habe schon seit einiger Zeit nichts mehr machen lassen – es war nicht nötig –, und meine Diät und regelmäßiger Sport scheinen im Moment zu reichen. Ich berühre mit dem Finger die leichte Hautfalte über meinen Hüften. Ich werde mit meinem Arzt sprechen müssen, um zu sehen, ob ich sie loswerden kann. Die Narbe von meinem Kaiserschnitt ist kaum noch zu erkennen. Das ist jetzt fünfzehn Jahre her.

Leonardo regt sich. Seine Augen öffnen sich, er sieht mich an und lächelt.

»*Amor, vem cá*«, sagt er und winkt mich zu sich.

Ich ziehe die Bettdecke zurück und lege mich neben ihn. Er streichelt mein Haar und küsst mich auf die Stirn.

»Wir müssen gleich los«, sage ich.

Er stöhnt: »Es ist noch Zeit.«

Er sucht mit seiner Zunge nach meinem Mund. Wir küssen uns langsam, und ich spüre seine Hand zwischen meinen Beinen.

»Du musst dich beeilen«, sage ich, worauf er etwas Unverständliches grunzt.

Er legt sich auf mich. Ich schließe meine Augen und spüre, wie er nach einem Kondom greift. Wir lieben uns zügig und duschen gemeinsam, wobei wir darauf achten, dass unsere Haare nicht nass werden.

Das erste Mal, als Rafa seinen Schwanz in Carolina steckt, nennt er es »Liebesspiel«. Zumindest sagt er das zu ihr. Er erzählt Franginho später, dass er sie in der Bürobaracke gefickt hat. Ihre weiche Haut. Ihre kleinen Brüste. In einem rostigen Stuhl, sie sitzt rittlings auf ihm. Sie ist eng, sodass er ziemlich schnell kommt. Sie spüren beide eine enorme Erleichterung.

Hier beginnt es also.

Nachdem sie es zum dritten Mal getan haben, Carolina an die dünne Wand gedrückt, Rafas Hose um die Knöchel – er hat Angst, sich zu verletzen, falls sie sich zu plötzlich bewegt –, sagt sie: »Ich glaube, ich würde gerne in ein Motel gehen, junger Mann.«

Rafa nickt. Super Sache, denkt er. Bin dabei.

»Warst du schon mal in einem?«

Rafa schüttelt den Kopf. »Du?«

Carolina schenkt ihm ein zurückhaltendes Lächeln. »Das geht dich einen feuchten Dreck an, *porra*.«

Rafa kann sich ein Grinsen nicht verkneifen.

Sie beschließen, gleich am nächsten Tag zu gehen. Jetzt versteht Rafa, was Sucht bedeutet. Er ist an nichts anderem mehr interessiert als an Carolina.

Franginho schmollt ein bisschen, weil er ein paar Tage lang die ganze Arbeit machen muss, aber wie er Rafa an diesem Morgen erklärt: »Eines Tages, Kumpel, wenn du deine Ladung verschossen hast, wirst du direkt aus ihrem Bett steigen, ohne auch nur kuscheln zu wollen.«

»Worauf willst du hinaus?«

»Ich bin gerne bereit, mich eine Zeit lang um den Laden zu kümmern, bis es so weit ist. Es wird nicht lange dauern, mein Sohn, denk an meine Worte.«

Rafa zieht die Augenbrauen hoch. »Ich bin verliebt, *porra*.«

Franginho lacht laut und lange, klopft sich auf den Schenkel. »Liebe ist eine Droge, Kumpel. Die Wirkung verfliegt.«

Rafa bleckt die Zähne und zeigt Franginho den Mittelfinger. »Ich bin weg, kleines Huhn, um ihr den Hahn zu machen. Wir sehen uns später.«

Franginhos Lachen folgt ihm den ganzen Weg aus der Fabrik. Carolina wartet in ihrem Auto, der Motor läuft. Rafa springt hinein. Er schiebt schmollend die Unterlippe vor.

»Meine Güte«, sagt sie, »schau doch nicht so übertrieben vorfreudig, *querido*.«

Er lächelt und gibt ihr einen Kuss. »Ich kann es wirklich nicht erwarten, *meu amor.*«

Carolina legt den Gang ein und fährt los. »Guter Junge.«

Sie kommen problemlos aus der Favela heraus, überqueren die Avenida Morumbi und schlängeln sich dann durch die Seitenstraßen von Real Parque, nicht weit entfernt von dem Ort, an dem die Anwältin Dona Renata gewohnt hat. Die Straßen sind von großen Häusern gesäumt, frei stehende Komplexe mit hohen Toren, Kameras und an einigen Mauern Stacheldraht.

Es ist sehr hügelig, denkt Rafa, rauf und runter. Das wäre ein tolles Gelände für das gute alte Skateboard, wenn man nicht von privaten Sicherheitsfirmen weggejagt würde, die zweifellos die Kameras hier überwachen.

Am unteren Ende von Real Parque kommen sie an den überdimensionalen Läden vorbei – Baumärkte, ein riesiges Decathlon-Sportgeschäft, ein Extra-Hypermarkt –, die an der Marginal und dem Fluss dahinter liegen. Die Autokolonnen rauschen leise dahin, die Marginal ist zu dieser Tageszeit eher ruhig. Rafa sitzt da und spürt erotische Spannung. Er ist bereit für dieses Ereignis.

Das Motel heißt Swing. Wie subtil. Es ist heruntergekommen, die Vorderseite eine begrünte Wand, zwei Garagentore, das eine der Eingang, das andere der Ausgang. Eine große Leuchtreklame, Swing, in knalligem Pink. Rafa kann sich nicht vorstellen, dass viel los sein wird; wie viele Leute kommen schon am Vormittag hierher? Mit Motels hat er nicht viel Erfahrung. Der geschäftigste Tag ist, wie er gehört hat, der Tag der Sekretärin, an dem die Chefs ihre weiblichen Verwaltungsangestellten zu einem kombinierten Quickie einladen, ein besonderes Verwöhnprogramm mit Fick und anständigem Lunch. Das Essen ist, wie Rafa gehört hat, in einigen dieser Läden nicht schlecht. Weitere Stammgäste sind reiche Kids, die zu Hause bei ihren Eltern leben. Eine Möglichkeit, ein wenig Privatsphäre zu haben. Es ist billiger, als eine eigene Wohnung zu mieten, und der Zimmerservice kommt noch dazu.

Am Valentinstag gibt es anscheinend auch spezielle Angebote für Paare. Es ist eine andere Welt. Es gab eine Zeit, in der Favela-Jungs wie Rafa diese Orte überfielen, sich gewaltsam Zutritt verschafften, alle Gäste ausraubten und die Kasse leerten – niemand zahlte damals mit Kreditkarte, auf dem Kontoauszug wäre das Wort *Swing* schließlich ein wenig verräterisch. Man konnte ein ordentliches Sümmchen verdienen, aber es war riskant.

Außerdem hat die Security technisch aufgerüstet, das Überwachungsnetz ist jetzt so umfassend, dass man jeden, der unartig ist, bis in die Favela zurückverfolgen kann. Man muss schon sehr fix arbeiten, um zurück in den Unterschlupf zu kommen, bevor man geortet und abgeführt wird. Falls die Militärpolizei hinzugezogen wird, gibt es keine Gnade. Deren Devise lautet: Erst schießen, dann Fragen stellen, wenn überhaupt. Das ist das Risiko nicht wert. Und es ist ohnehin nicht Rafas Spiel. Er ist zum Vergnügen hier, nicht zur Recherche. Die Arbeit kann warten. Heute ist sein freier Tag.

Gegenüber dem Eingang steht eine Verkehrsampel, sodass sie nur langsam auf das Motel zukriechen. Die meisten Autos wollen links zum Einkaufen abbiegen und warten darauf, dass die Autos aus der Gegenrichtung sie abbiegen lassen, was natürlich niemand tut, folglich bildet sich eine Schlange. Rafa grinst. Carolina trägt Jeansshorts und ein Tanktop, und Rafa kann die Augen nicht von ihr lassen. Sie lächelt. Rafa fragt sich, wie viel davon reine Vorfreude auf den Sex ist. Hat Franginho recht? Wird der Höhepunkt direkt in eine Antiklimax übergehen? Wenn ja, müssen sie es einfach noch einmal machen, denkt Rafa. Bis jetzt wollte er es immer unbedingt noch mal tun. Pures Vergnügen.

Die Schlange ruckt vorwärts. »Jetzt geht's los, mein Großer«, sagt Carolina.

Sie biegt auf die flache Rampe ein, fährt bis zum Schalter und stellt den Motor ab.

Das ist wie ein Drive-thru, denkt Rafa. Er sinkt tief in seinen

Sitz. Ihm wird bewusst, dass er sich instinktiv ein wenig klein macht. Er verstellt sich, versteckt sich vor der Welt. Er setzt ein angespanntes Lächeln auf.

Carolina grinst den Typ hinter dem Schalter an. »Suite classic, *ta bom*?«, sagt sie. Sie ist im unteren Bereich des Spektrums ange-siedelt, kostet aber trotzdem ziemlich viel für drei Stunden.

Peanuts, natürlich, in Rafas Welt. Er fummelt an der Rolle mit den Geldscheinen in seiner Tasche herum.

Sie haben schon darüber geredet; ein einfaches Zimmer ist immer noch eine verdammt lässige Fickbude, nicht zu angeberisch und wird keine unnötige Aufmerksamkeit erregen.

Der Rezeptionist – wenn das die Bezeichnung für den Gorilla ist, der das Geld kassiert – knurrt Carolina etwas zu, das Rafa nicht versteht. Sie sagt: »Ja, wir sind alt genug, natürlich sind wir das.«

Der Gorilla schüttelt den Kopf.

»Ich habe einen Ausweis«, sagt Carolina.

Rafa strafft sich. Ihm gefällt das nicht. Über diese Situation hat er keine Kontrolle.

Der Gorilla beugt sich vor und spricht in sein kleines Mikrofon. Rafa richtet sich auf.

Der Gorilla deutet auf ihn und sagt zu Carolina: »Du bist nicht diejenige, wegen der ich mir Sorgen mache, *querida*.«

Rafa sträubt sich, tastet nach dem Türgriff. Carolina streckt einen Arm aus, um ihn aufzuhalten.

Sie lächelt den Gorilla an. »Und warum machst du dir Sorgen wegen *ihm*?«, sagt sie, ganz ruhig.

Der Gorilla schüttelt nur den Kopf.

Carolina öffnet ihre Handflächen, lächelt wieder, zieht die Augenbrauen hoch. »Komm schon«, sagt sie. »*Vamos, ne*?«

Erneutes Kopfschütteln. Rafa schäumt vor Wut. Sie alle wissen, warum ihnen der Zutritt verweigert wird. Rafa sieht den Gorilla an. Er sagt: »Sei kein Arschloch, Kumpel. Du beleidigst mich.«

Noch mehr Kopfschütteln, diesmal entschlossen, unmissverständlich.

»Das ist Rassismus, schlicht und einfach«, sagt Carolina.

Rafa sieht, dass sie zittert. Sie fummelt an den Schlüsseln herum, um das Auto zu starten.

Sie deutet mit einer Geste an, dass sie über das Motelgelände fahren muss, um es zu verlassen, sie muss eine Schleife drehen, wie es die alte Drive-in-Anlage vorsieht.

Der Gorilla deutet die Rampe runter. Er beschreibt mit seinem Finger eine Acht in der Luft, erklärt ihr, sie soll sich zusammenreißen, mach schon, *querida*, du musst wenden und die Rampe runterfahren.

Ein kniffliges Manöver bei der schmalen Auffahrt. Mies, das hätte das Arschloch nicht tun brauchen, denkt Rafa. Er beugt sich über Carolina hinweg. »Wir finden raus, wo du wohnst, *falou*«, sagt er. »Denk an mich, wir sehen uns wieder, *certo*?«

Der Gorilla zuckt mit den Achseln: *Ja, ja.*

Carolina lässt in einer scharfen Kehrtwendung die Reifen quietschen.

Rafa brennt vor Wut und Scham.

Anna hat den Haushälter von Paloccis Villa in Brasília bearbeitet. Das alte Herrenhaus, das Palocci gemietet hatte, in dem er Partys schmiss, auf denen bei Cognac und Frauen Schmiergeldzahlungen ausgehandelt wurden. Ein Kühlschrank und ein Safe in jedem Schlafzimmer, so hat Anna gehört.

Der Haushälter ist der junge Mann, dem man während der Ermittlungen alle Schuld in die Schuhe schieben wollte; während Palocci selbst sich über diese Drehscheibe betrügerischer Machenschaften der Regierung bereicherte. Der arme Bursche ist ihr Kontakt vor Ort. Taschen voller Bargeld und Prostituierte, um die Deals zu besiegeln, so berichtet er. Alles schön vertraulich.

Den Haushälter zu bearbeiten, bedeutet für Anna, ihm Geld zu geben, und eine Gelegenheit, seine Rache auszuleben.

Der Haushälter hat Anna die schriftliche Zeugenaussage eines gewissen Rogério Buratti besorgt, Paloccis Sekretär während seiner Zeit als Bürgermeister von Ribeirão Preto. Darin wird erklärt, dass Palocci ein wichtiger Nutznießer des *mensalão*-Skandals ist. In der Zeugenaussage wird behauptet, Palocci haben zwischen 2001 und 2004 eine monatliche Zahlung von 50 000 R$ von der Müllabfuhrfirma Leão & Leão erhalten.

Sie teilt diese Information mit Ray, der sagt, er wisse genau, was damit zu tun sei. Sie fragt sich, wie sich das wohl auswirken wird, wenn die Sexparty-Saison beginnt.

Sie lächelt. Das ist natürlich genau der verdammte Punkt.

»Lesen Sie das«, sagt Ray zu Silva.

Silva überfliegt das ihm gereichte Dokument. Ray verfolgt, wie sich Silvas Augen weiten, sich sein Gesicht rötet, seine kleinen Augenbrauen beben ...

»Ich brauche es zurück«, sagt Ray.

Silva nickt. Ray reißt das Blatt sorgfältig in kleine Fetzen.

»Okay, Sonnenschein, ich habe verstanden«, sagt Silva.

Ray packt Silvas Handgelenk. »Ganz brav, mein Sohn«, sagt er. »Das ist eine Hammerstory.«

»Aber Sie liefern mir keine echten Beweise, oder?«

Ray lächelt. »Eure IT-Typen sollen ein bisschen Ninja spielen.«

Silva schweigt.

Ray fährt fort. »Ich habe Ihnen einen Firmennamen und die Details einer monatlichen Gehaltszahlung geliefert. Das muss doch alles irgendwo hinführen, mein Sohn.« Rays Handflächen öffnen sich. »Obwohl ich bezweifle, dass Leão & Leão die eigentliche Quelle des Geldes ist, habe ich recht?«

»Müllabfuhr«, sagt Silva und steht auf. »Ein verdammt gutes Geschäft, *ne*?«

Ray grinst. »Sie sind ein guter Mann, Fat Frank.«

Silvas Miene signalisiert: *Leck mich*, und er zeigt Ray im Gehen den Stinkefinger.

Franginho informiert Rafa, dass sie ihre Bürobaracke verlassen müssen. Die Fabrik ist Vergangenheit.

»Woher willst du das wissen?«, sagt Rafa. Er ist immer noch wütend. Er ist stinksauer. Er ist *nicht* in der Stimmung, sich sagen zu lassen, was er zu tun oder zu lassen hat.

Franginho erzählt Rafa auch, dass eine Nachricht von den Militärs kam. Ein ganz bestimmter Militär möchte ein Treffen. Er will über politischen Aktivismus sprechen. Franginho sagt Rafa, dass er das für eine gute Idee hält, in Anbetracht der Umstände.

Rafa stapft davon. Er lässt sich heute von niemandem vorschreiben, was eine gute Idee ist und was nicht.

Die Leiche im Ibirapuera Park ist die eines jungen Mannes. Sein Ausweis wurde neben einem Haufen Schmuck abgelegt. Sein Name: Guilherme Santos. Auf dem Stapel Schmuck, der mit einem Schnürsenkel zusammengehalten wird, befindet sich eine Karte mit der Aufschrift Pereira Modelling. Das Herz des jungen Mannes wurde entfernt. Die Genitalien des jungen Mannes sind ausgelöscht. Es ist unklar, ob es zu sexuellen Handlungen kam, obwohl der leitende Ermittler dies für mehr als wahrscheinlich hält. Verkompliziert wird diese Einschätzung allerdings durch die Entdeckung, dass Guilherme Santos ein Sexarbeiter war.

Das Grauen, denkt Leme. Eine blutige Orgie vom Abscheulichsten.

Bocão, Großmaul, *ehemaliger Callboy:*

Schuldgefühle. Hass.

Du siehst einen Mann, der Paddys Haus verlässt.

Er ist leger gekleidet, aber ohne Stil, *sabe?*

Filho da puta. Für einen Arbeitsbesuch ist der Mann zu spät dran. Er ist auch nicht mehr jung. Heißt das, du bist ihm nicht alt genug? Es schien kein Problem zu sein, als er einen jungen Schwanz zum Lutschen wollte. Und inzwischen bist du viel mehr als das. Aber für einen hochnäsigen Bastard wie Paddy ist nie etwas genug.

Du ziehst die Basecap tief ins Gesicht und schlägst den Kragen hoch. Du wünschst, du hättest nicht diese weißen Turnschuhe angezogen. Sie fallen auf, auch wenn der Sicherheitsmann unten an der Straße nichts mitkriegt. Wahrscheinlich pennt er sogar, der fette Arsch.

Du zündest dir eine Zigarette an, um dich zu beruhigen. Aber es gelingt dir nicht.

Es ist die elfte Nacht, in der du hier bist, und dieser Mann muss der dritte sein, den du siehst. Vielleicht hast du ihn schon einmal gesehen, doch du bist dir nicht sicher. Aber das ist sowieso unwichtig: Es sollte keine anderen Männer geben.

Nur du solltest da sein. Du flüsterst den Satz. Es sollte nur dich geben.

Du erinnerst dich an die Zeit, als das noch so war.

Vierter Teil

DAS VERLORENE PARADIES

São Paulo, 2011

1

Nachahmungstäter

Juni 2011

---

*Ich war von einer bösen Macht besessen. Ich bin ein
Mensch mit einer guten und einer schlechten Persönlichkeit.
Manchmal gelingt es mir nicht, meine dunkle Seite
zu beherrschen. Ich bete, ich bete, aber ich kann nicht
widerstehen, und dann laufe ich den Frauen hinterher.
Ich wünsche mir, dass sie nicht mit mir in den Park gehen,
dass sie wegrennen.*

Francisco de Assis Pereira, »Der Park Maniac«, Serienkiller

*Ich habe eine Idee: Zuerst möchte ich sagen, dass ich dich
jede Nacht begehre. Das ist sehr gut. Ich denke, du bist heiß,
feurig. Du bist mir nahe, in meinem Herzen [...]
Ich will dich [...] Ich liebe dich aus tiefstem Herzen.
Verliere nicht die Hoffnung, glaube an Gott,
denn eines Tages werden wir uns treffen.*

Auszug aus einem Brief, den Pereira während seiner Haftzeit erhielt.
Er bekam über tausend Liebesbriefe pro Monat.

Er schlug mir in den Magen und ohrfeigte mich.

Thayna, eine Transfrau, mit der Pereira über ein Jahr lang zusammenlebte

Die Fallstudie des Park Maniacs ist eine düstere Lektüre.

Francisco de Assis Pereira wird am 29. November 1967 in São Paulo geboren.

Als Kind, noch vor der Pubertät, aber alt genug, um einen Steifen zu kriegen, wird er von einer Tante mütterlicherseits missbraucht. Nicht lange danach entwickelt er eine pathologische Fixierung auf Brüste. Leme ist sich nicht sicher, was das bedeutet. Er ist sich auch nicht sicher, ob er den Zusammenhang versteht. Aber ein Arzt hat sich einen Reim darauf gemacht, die Punkte miteinander verbunden zu einem *T* wie Trauma …

Então, wie auch immer. *Fixierung* ist das Schlüsselwort. Psychopathologie ist etwas, das in Lemes Augen immer nur dann herangezogen wird, wenn man eine Entschuldigung für ein unsägliches Verbrechen sucht.

Es ist eine grausige Lektüre.

Das Leben wird für den Jungen nicht leichter.

In seinem ersten Job wird er von seinem (männlichen) Chef vergewaltigt, der ihn dann an andere ältere schwule Männer weitergibt. Bei einer dieser »Verabredungen«, so heißt es in dem Bericht, reißt ein Mann – ein Goth-Typ, geschminkt und tätowiert, mit nach hinten gekämmten Haaren und *Piercings* – Pereiras Schwanz fast ab. Aus dem Bericht geht nicht hervor, wie er das gemacht hat, dieser Goth, und darüber ist Leme froh.

Bei Pereira allerdings ruft es eine weitere pathologische Fixierung hervor: den Verlust seines Penis.

Diesen Zusammenhang versteht Leme ein bisschen besser als den vorherigen.

Eine weitere Folge der Begegnung mit dem Goth: Pereira hat ziemlich intensive Schmerzen beim Sex.

Ein weiterer Psychiater behauptet, dass die Unmöglichkeit, beim Sex Freude zu empfinden, ein entscheidender Faktor für Pereiras Gewalttätigkeit ist, eine Form der Vergeltung, wenn man so will.

Leme ist zwar kein Chorknabe, aber in Sachen Düsternis ist er hier weit außerhalb seiner Komfortzone.

Pereira lebt später mit einer Transfrau namens Thayna zusammen, die angibt, Pereira habe ihr regelmäßig in den Bauch geschlagen und sie geohrfeigt.

Leme liest, dass dies auch bei den Opfern der Fall ist, die seine Vergewaltigungs- und Mordversuche überlebt haben.

Pereira hat es auf Frauen abgesehen, die unter emotionaler Unsicherheit, geringem Selbstwertgefühl und dergleichen leiden. Er arbeitet als Motorradkurier und bringt seine Opfer mit dem Bike an abgelegene Orte. Es bleibt ein Rätsel, wie er sie dazu kriegt, sich ihm anzuvertrauen. Der durchschnittliche Vergewaltiger/Mörder neigt dazu, Gewalt anzuwenden, anstatt sich auf Überredungskunst zu verlassen.

Rohe Gewalt ist im Zweifelsfall überzeugender.

Außerdem ist die Wahrscheinlichkeit geringer, dass man scheitert, und damit auch die Wahrscheinlichkeit, erwischt zu werden.

Pereira verwendet Schnürsenkel, um seine Opfer nach der Vergewaltigung zu erwürgen.

Leme sichtet Mordakten.

Elisângela Francisco da Silva war eine Einundzwanzigjährige aus Paraná, die seit 1996 bei ihrer Tante Solange Barbosa in São Paulo lebte.

Sie stammte aus einer armen Familie und hatte in jungen Jahren die Schule verlassen. Sie hatte jahrelang gearbeitet, sich abgeschuftet. Sie besuchte mit einer Freundin das Eldorado, das große Einkaufszentrum in der Westzone São Paulos, nicht zu schick, aber auch nicht zu schäbig. Sie sagte ihrer Tante, sie sei für zwei Stunden unterwegs. Am Ende des Tages verabschiedete sich die Freundin von Elisângela Francisco da Silva, um zu einem Date zu gehen. Sie hatten sich gut amüsiert. Sie hatten zu Mittag gegessen, einen Film gesehen und Kleidung gekauft. Die nackte Leiche Elisângela Francisco da Silvas wurde im Ibirapuera Park gefunden. Es dauerte drei Tage, um sie zu identifizieren, so stark war die Verwesung bereits fortgeschritten.

Die dreiundzwanzigjährige Raquel Mota Rodrigues hatte nur ein Ziel: in São Paulo Geld zu verdienen, um es ihrer Familie in Gravataí, Rio Grande do Sul, zu schicken. Sie vergnügte sich gerne mit Freunden, ging in Bars, Restaurants und in den einen oder anderen Club, blieb aber nie länger als bis Mitternacht. Sie arbeitete als Verkäuferin in einem Möbelgeschäft in Pinheiros. Eines Abends rief sie auf dem Heimweg ihre Cousine Lígia an, sie würde später kommen als erwartet, sie habe einen netten jungen Mann kennengelernt, der sie gebeten habe, für ihn zu modeln, und sie sei bereit dazu. Es sei leicht verdientes Geld, eine echte Chance. Ihre Cousine forderte sie unmissverständlich auf, das auf keinen Fall zu tun, sie solle nirgendwo mit einem Typ hingehen, den sie in der U-Bahn kennengelernt habe, egal wie nett er sei und welche Arbeit er ihr anbiete. Raquel Mota Rodrigues erklärte ihrer Cousine, sie habe recht, natürlich würde sie nicht gehen, aber sie sei einfach aufgeregt und habe das Gefühl, dass sie einen Ansporn brauche, das verstehe sie doch. Ihre Cousine verstand das, sagte ihr, sie solle nach Hause kommen, sie würden zusammen zu Abend essen, eine schöne Zeit verbringen. Die Leiche von Raquel Mota Rodrigues wurde in einem flachen Grab im Gebüsch eines Parks am Rande der Stadt gefunden.

Selma Ferreira Queiroz war noch ein Kind, die jüngste von drei Schwestern. Sie hoffte, die Highschool abzuschließen und dann Buchhaltung oder Informatik zu studieren. Sie hatte einen Teilzeitjob in einer Drogerie. Sie wurde jedoch gefeuert, und es kam zu Komplikationen. Nach Angaben ihres Chefs verlangte sie eine Art Abfindung, es gab Streit, und schließlich ging sie, um sich mit ihrem Freund zu treffen. Die Fußballweltmeisterschaft '98 lief gerade, und sie wollten sich gemeinsam das Brasilien-Spiel ansehen. Auf dem Weg rief sie ihn an, um ihm mitzuteilen, dass sie sich verspäten würde, dass die Arbeit ein Albtraum gewesen sei, sie traurig und wütend sei, es nicht erwarten könne, ihn zu sehen. Selmas nackter Körper wurde im Staatspark gefunden. Sie war vergewaltigt und verprügelt worden. Sie hatte Bisswunden an den Schultern, an den Brüsten und an den Beinen. Man hatte sie erdrosselt. Ein Schnürsenkel war lose um ihren Hals gebunden wie ein Schmuckstück.

Patrícia Gonçalves Marinho war vierundzwanzig Jahre alt und wollte Model werden. Sie hatte diesen Traum nie jemandem verraten. Sie lebte bei ihrer Großmutter Josefa. Viel mehr ist nicht bekannt. Ihre Leiche wurde in einem abgelegenen Teil des Staatsparks entdeckt. Sie war vergewaltigt, geschlagen und erdrosselt worden. Ihre Kleidung und ihr Schmuck waren die einzigen Anhaltspunkte, um sie zu identifizieren.

Leme atmet flach, zittert, alles sträubt sich in ihm.

Er wird ganz grau, sein Gesicht wird grau, und er denkt ...

Was sagt mir das über meinen Fall?

Er weiß es nicht.

Die üblichen Verdächtigen haben versucht, Pereira im Gefängnis zu erledigen, tarnten einen Mordanschlag als kleinen Aufstand. Ein Fehlschlag. Pereira war clever genug, rechtzeitig davon zu erfahren und sich zu verstecken.

Leme liest, dass Pereira inzwischen verheiratet ist – eine Gefängniszeremonie, die charmant gewesen sein muss –, irgendeine Verrückte, die seinen zerfetzten Schwanz zwischen ihren Beinen spüren will. Leme schäumt vor Wut, schäumt vor Wut über seine eigene Wut. Die Verrückte ist eine Anwältin, intelligent, wie es heißt. Pereira bekommt jede Woche Tausende von Liebesbriefen. *Tausende.*

Was zum Teufel ist bloß los mit den Leuten?

Leme weiß es nicht. Er hat keinen blassen Schimmer.

Er klemmt sich ans Telefon und ruft Silva an. Zeit für eine Zusammenarbeit.

Bocão, Großmaul, *ehemaliger Callboy:*

Schuldgefühle. Hass. Wut …

Es ist schon ziemlich spät. Du stehst hier schon seit Stunden. Du solltest jetzt gehen, es ist niemand bei ihm zu Hause.

Aber was, wenn jemand kommt, und du bist nicht da? Du willst doch sehen, was der alte Sack treibt. *Desgraçado. Vagabundo.* Wie konnte er dir das nur antun?

Du solltest da reingehen und ihn zur Rede stellen.

Das kannst du nicht. Aber du solltest.

Vielleicht ist alles nur ein Missverständnis. Du hoffst, *sabe*, es könnte alles ganz harmlos sein. Aber du warst hier, richtig? Du hast zugesehen. Du hast es gesehen und weißt, dass du recht hast. *Veado. velhinho.* Wie konnte das passieren? *Filho da puta.*

Wieso hat sich alles verändert?

Die Wochenenden verbrachten wir oft in Guarujá in Paddys Haus in der Marina.

Das Haus war klein, aber elegant eingerichtet, und im Garten gab es einen Swimmingpool. Abends aßen wir ein einfaches Dinner, tranken Wein in der Dämmerung, klatschten nach Mücken und lauschten dem schrillen Rhythmus der Zikaden.

»Willst du ausgehen?«, fragte Paddy dann irgendwann.

»Ich fühle mich hier wohl. Mit dir.«

»Gut. Ich auch. An den Wochenenden ist die Stadt immer schrecklich überfüllt.«

»Es ist schöner, wenn wir beide allein sind.«

»Du hast recht. Es ist nicht nötig, jemand anderen zu treffen.«

»Hast du nie andere Leute hier?«

»Manchmal. Aber nicht oft. Gelegentlich Lehrer, wenn sie neu sind und ich nett zu ihnen sein möchte. Damit sie sich wie zu Hause fühlen. Ich hatte auch schon die Schulbeiräte hier. Den einen oder anderen Freund.«

»Du hast mich noch nie zu solchen Treffen eingeladen.«

»Ich behalte dich lieber für mich.«

Eines Tages beschloss ich, ermutigt durch den Wein, das Thema weiterzuverfolgen. »Wissen die Leute über mich Bescheid?«

»Nur die Leute, die wichtig sind.«

»Wer sind die?«

»Du und ich.«

Ich beließ es dabei. Ich wollte nicht darüber nachdenken, was das bedeutete. Du und ich. Ich sagte es laut. Du und ich: Ich mochte das Gefühl, das es in mir auslöste.

Eines Nachmittags, als ich die Pflanzen goss, dachten Paddys Nachbarn, ich sei ein junger Gartenarbeiter. Ich habe ihnen nicht widersprochen. Ich sagte es Paddy noch am selben Abend.

»Es ist nur so, dass ich normalerweise allein oder mit einer Gruppe älterer Leute hier bin«, erklärte er. »Das ist alles. Du bist noch so jung.«

Ich habe nie wieder mit den Nachbarn gesprochen. Wenn ich sie sah, habe ich den Kopf eingezogen und bin ihnen aus dem Weg gegangen.

Das Beste an diesen Wochenenden war: Paddy brachte mir etwas über Bücher und Kunst bei, und er half mir bei meinem Englisch, das sich langsam verbesserte.

»Siehst du das hier?«, sagte er und betrachtete die Bilder, die im Haus hingen. »Siehst du, wie raubtierhaft und kantig die Frauen aussehen? Sieh dir den afrikanischen Einfluss an. Es ist, als ob sie Masken tragen. Die beiden in der Mitte sind größer, wirken also bedrohlicher.«

»Sie sehen nicht realistisch aus.«

»Nein, das tun sie nicht. Aber sie sind keine Abstraktion. Das kam erst später in seinem Werk.«

»Und die Farben: Sie sind wie Karneval.«

»Auch das ist eine Interpretation.« Er deutete auf die Kurven des Motivs. »Es soll beunruhigend wirken.«

»Es ist so anders.«

»Das hier wurde fast fünfzig Jahre früher gemalt. Es ist eine Weiterentwicklung des traditionellen Akts. Denk mal an die Mehrzahl der Gemälde von nackten Frauen.« Er wandte sich mir zu und lächelte. »Wie fühlst du dich dabei?«

»Ich bin mir nicht sicher. Sie sind wie Objekte. Weich. Ich weiß nicht wirklich viel über Frauen.«

In Wahrheit waren mir die Bilder völlig egal, aber ich war begeistert, dass er mich nach ihnen fragte. Sie waren eine Chance, standen für ein anderes Leben: eins, in dem ich nach meiner Meinung zu den Dingen gefragt wurde.

»Das ist eine andere Ästhetik. Schau dir den Hintergrund an. Es ist nichts zu erkennen. Und die Frauen sind fast beängstigend. Das ist eine Straßenszene.«

»Die Frauen sind Prostituierte.«

»Ja. Und sie mustern dich. Uns. Die Leute, die sie angaffen.«

»Ich kenne diesen Blick.«

»Ja, gut.«

»Mir gefällt dieses da.«

Und ich hatte das Gefühl, ihm etwas anzubieten, das über das Naheliegende hinausging, ihm eine Gelegenheit zu geben, das zu tun, was er am besten konnte: zu lehren. Ich dachte nicht, dass ich ein Projekt von ihm war.

Ich hatte einfach das Gefühl, dass ich ihm gehörte.

Weit entfernt von dem Leben, das ich vorher führte. Als er mich noch unter dem Namen *Bocão* kannte. Wenn wir zusammen über Bilder sprachen, glaubte ich wirklich, ich sei diesem Leben entkommen.

»Ihr Mann hat mich neulich angerufen.«

Renata schweigt und zieht ironisch eine Augenbraue hoch.

»Ja«, sagt Silva. »Wegen eines Falls. Es ist eine grausame Geschichte, dieser Serienmörder-Nachahmer. Wirklich schrecklich.«

Renata nickt. Es ist ein unwillkommenes Machtspielchen, aber sie wird Silva nicht glauben lassen, er habe die Oberhand, sei der Seniorpartner in ihrem Arrangement.

Es ist bloße Taktik; sie ist in gutem Glauben hier.

Renata lächelt. »Ich beneide ihn nicht. Ich bin stolz auf ihn.«

Silva nickt. »Wie schön für Sie.«

»Versuchen Sie, witzig zu sein? Haben Sie einen Clown gefrühstückt, *filho*?«

Silva lacht. »Der war gut.«

»Ich mache keine Witze. Kommen wir wieder zur Sache.«

»Einverstanden.«

Renata schiebt Papiere hin und her. Sie sitzen in einem Café in Jardins. Sie trinkt Mineralwasser. Silva kippt Kaffee.

Renata sagt: »Mein Büro hat beim Verkauf von Grundstücken in Paraisópolis an Casa Nova mitgewirkt, das wissen Sie, *ne*?«

Silva nickt.

»Wir waren als Vermittler tätig, halfen mit einigen Ortskenntnissen, erledigten einige Formalitäten, *sabe*?«

»Klar doch. Ortskenntnisse.«

Renata ignoriert es. »Das Eigentumsrecht ist kompliziert, es geht darum, sicherzustellen, dass die Menschen richtig behandelt werden«, sagt sie. »Die Arbeit hat begonnen, *viu*? Unser Job ist erledigt. Interessant ist, was danach passiert.«

»In diesen Verträgen steckt eine Menge Geld. Räumung des Geländes, Müllentsorgung, Materialien der Staatsregierung organisieren. Viel Geld. Viele Verträge.«

Nun ist Renata an der Reihe mit Nicken.

»Mendes Construction ist eine Dachgesellschaft«, sagt Silva. »Die Subunternehmer machen allen möglichen Kram.«

»Rodung, Müllentsorgung, Materialien …«

Silva grinst. »*É isso aí.*« So ist es.

»Sie sind sicher, dass es so funktioniert?«

»Interessanter ist, wie Ihre alten Arbeitgeber darin verwickelt sind.«

Renata grübelt. Sie nickt, hat eine gute Idee.

Silva fährt fort: »Capital SP hat großzügig in Mendes Construction investiert, auf die eine oder andere Weise. Die Singapur-Projektverträge bringen Geld. Und sie sind auch ein Teil des *Bolsa-Família*-Geldes. Aber das wissen Sie ja, *ne*?«

»*Mais ou menos.*«

»Das ist wenigstens ehrlich.«

»Wir versuchen, der Gemeinde zu helfen. Ein Teil unseres Startkapitals stammt von Capital SP, Spenden, *entendeu*?«

»Steuererleichterung im Austausch gegen Hilfe für die Armen.«

»Auch das.«

»Wissen Sie, was da für ein Riesenbetrug vor ein paar Jahren lief? Die Machenschaften rund um *Bolsa Família*.«

Renata schüttelt den Kopf. Das gefällt ihr nicht.

»Es stellte sich heraus, dass jede Menge Anträge für Leute gestellt wurden, die gar nicht existierten, Verstorbene und so weiter. Sie bedeuten ein nettes Zusatzeinkommen, diese Bankkarten, wenn man drankommt.«

Renata nickt. Sie versteht – die Cousine von Dona Regina. »Ich habe davon gehört, ja.«

»Die Frage ist, wie Sie weiter vorgehen wollen.«

»Ich habe Ihren Bericht gelesen«, sagt Renata.

»Aber da können Sie mir nicht weiterhelfen.«

Renata schüttelt den Kopf.

»Ray Marx«, sagt Silva.

»Jep.«

Sie sitzen einen Moment lang schweigend da. Renata sieht einen möglichen gemeinsamen Ansatzpunkt. Sie kann offiziell nichts unternehmen; Silva kann seine Arbeit machen, und sie tut etwas Gutes. Offenbar weiß er einige Dinge – oder kann zumindest nachforschen. Sie ist sich nicht ganz sicher – aber egal.

Sie sagt: »Ich kann Ihnen die Unterlagen für den Paraisópolis-Verkauf zukommen lassen.«

»Die kann ich mir über verschiedene andere Kanäle besorgen.«

»Danke.«

»Und die Story ist in mehrfacher Hinsicht von Interesse. Das übliche, fragwürdige Bietverfahren. Der Gewinner bekommt alles.«

»Was ist mit Ihrem Gesicht passiert?«

»Sie sollten den anderen Typ sehen.«

»Ich wette, seine Fingerknöchel schmerzen höllisch.«

»Okay, *querida*, vergessen Sie das Thema.«

Renata lächelt. »Das war reiner Zufall, oder?«

»Es ist nicht mein erstes Barbecue, *entendeu*?«

Renata nickt. »Es ist also schon häufiger passiert.«

»Ich habe einen Tipp für Sie. Es gibt noch ein anderes Projekt, im Zentrum. Die Anwohner, die vertrieben werden sollen, brauchen Rechtsbeistand. Soll ich Ihre Kontaktdaten weitergeben?«

»Sie haben Ihre Finger in vielen Dingen.«

»Ich bin wie Batman, *querida*.«

»Ja, klar, das ist unser Job.«

Silva steht auf. »Sehen Sie?«, sagt er. »Es ist gut, im selben Team zu sein.«

»Danke, Coach.«

Renata sieht ihm nach, als er geht. Es *ist* gut, denkt sie.

Am nächsten Tag erhält Renata in ihrem Büro Besuch von zwei Vertretern einer Gemeindegruppe im Zentrum der Favela. Ihr neuer Teilzeitkollege Gerson nimmt deren Personalien auf. Er ist ein netter Kerl, der gute Gerson, und Renata ist froh, dass sie ihm einen Job und eine Verdienstmöglichkeit geben konnte, nachdem er durch einen Unfall seine frühere Arbeit verloren hatte. Er ist ausgesprochen loyal, was sie sehr liebenswert findet. Vermutlich würde er alles tun, was Renata verlangt, und das könnte sich als nützlich erweisen, ein bisschen blinder Gehorsam und große Hilfsbereitschaft. Ein Mann, der sich im Viertel auskennt, ist vielleicht nützlicher, als er selbst ahnt, angesichts der unruhigen Gewässer, in denen sie jetzt navigieren. Renata lächelt; sie fühlt sich stark, wenn sie solche Gedanken hat, auch wenn sie in Wahrheit etwas oberflächlich und leichtherzig sind.

Die Vertreter erklären Renata, sie hätten gehört, ihre Häuser sollen geräumt werden, um Platz für ein riesiges Bauprojekt zu schaffen, das rechtzeitig zur Fußballweltmeisterschaft 2014 fertig werden soll. Offenbar hat das Projekt auch schon einen Namen: *Complete Centro Experience*. Renata weiß, was das bedeutet. *Geld*. Ein exklusiver Wohnkomplex. Vielleicht lassen sie nach Abschluss der Bauarbeiten einige der jetzigen Bewohner als Zimmermädchen und Wachpersonal dort arbeiten.

Andererseits wird man natürlich befürchten, dass solche Angestellte heimlich grollen und über viel Insiderwissen verfügen. Sie könnten also den zukünftigen Bewohnern Ärger machen. Renata seufzt.

Die Vertreter erklären ihr, dass sie voraussichtlich umgesiedelt werden sollen; die Entschädigung ist minimal und nur finanzieller Art. Es gibt keine Zusagen für neue Wohnmöglichkeiten. Es betrifft viele Familien, viele Kinder, an die man denken muss.

Renata gefällt die Sache gar nicht.

»Du rufst besser deinen alten Kontakt im Rathaus an«, sagt sie zu Fernanda.

Fernanda hebt eine Augenbraue und tut, was man ihr sagt.

»Du kommst mit, Kumpel, Ende.«

Rafa schaut Franginho in die Augen. Er macht keine Witze, dieser Rafa. *No senhor*. Rache ist ein Gericht, das am besten kalt serviert wird, so in der Art. Es ist an der Zeit, dem Swing Motel einen Besuch abzustatten.

Franginho wirkt unsicher, findet Rafa.

»*Porra*«, sagt er, »was genau wollen wir damit erreichen?«

»Darum geht's nicht, *cara*. Du kommst mit, *certo*?«

Franginho schnaubt. »Das bringt nichts Gutes.«

»Es ist beschlossene Sache. Wir ziehen es durch.«

Rafa ist fest entschlossen, auch wenn er noch keinen Plan hat, wie es *genau* laufen wird. Er weiß nur, dass er den Wichsern dort Angst einjagen will, ihnen klarmachen muss, dass er, Rafa, sich nicht verarschen lässt. Er hat lange auf diesen Moment gewartet, wollte warten, bis Carolina glaubt, dass er darüber hinweg ist und die Demütigung vergessen hat. Sie soll nicht erfahren, dass er ein bisschen die Muskeln spielen lassen will, um denen zu zeigen, wer der Boss ist.

Rafa fühlte sich an jenem Tag vor ein paar Monaten im Innersten getroffen.

Es hat geschmerzt und gebrannt, und er plant schon lange *etwas*. Und heute ist der Tag, denn Carolina ist für eine Weile mit ihrer Familie verreist; also wird sie nicht von seinem Plan erfahren. Schließlich will er sie nicht enttäuschen.

Der Wunsch nach Rache ist einfach überwältigend. Er muss es endlich hinter sich bringen, das ist es.

Franginho seufzt und sagt: »Meinetwegen.«

Rafa wusste, er würde mitkommen; klar kommt er mit, schließlich ist er sein Kumpel. So läuft das unter Kumpels.

Franginho besorgt ein passendes Auto: einen Schrotthaufen, den sie notfalls stehen lassen können, und kurz vor Mittag fahren sie los.

Rafa fährt. Sie sitzen schweigend nebeneinander, Franginho tippt auf seinem Handy herum.

»Kann ich mich auf dich verlassen, Alter?«, sagt Rafa.

»*Meu*, hör auf damit, ja?«

Rafas Kiefermuskeln spannen sich an. Er ist nervös, will es aber nicht zugeben. Er spürt das kalte Gewicht der Pistole in seinem Gürtel. Sie ist nicht geladen; das ist sicherer. Die beiden haben immer darauf geachtet, bestimmte Grenzen nicht zu überschreiten. Schließlich sind sie Geschäftsleute, keine Gangmitglieder.

Schüsse jeglicher Art sind gefährlich. Selbst wenn du keinen Treffer kassierst, ist die Wahrscheinlichkeit viel höher, dass man dich schnappt. Sicherheit geht vor. Keiner der beiden will irgendeinen Blödmann auf dem Gewissen haben.

Aber die Favela-Erziehung, die sie während ihres Aufstiegs genossen haben, lässt sie nicht einfach hinnehmen, wenn jemand sie verarscht. Und der Security-Typ im Swing Motel hat das ganz sicher getan. Respekt, *sabe*?

Rafa ist beeindruckt von seiner eigenen Disziplin, dass er so lange mit der Umsetzung gewartet hat.

Ob der Scheißer ihn überhaupt wiedererkennt?

Jedenfalls wird er ihn nach dem heutigen Tag nie wieder vergessen.

Rafa erläutert den Ablauf. »Wir machen Folgendes. Wir fahren vor, als ob wir ein Zimmer nehmen würden.«

Franginho schnaubt. »Du meinst, ich lass mich so einfach abschleppen, Kumpel?«

»Du hältst deinen Kopf unten, richtig? Du könntest als Muschi durchgehen, bei deinem Körperbau. Nette, kleine, dünne Schlampe, ohne Titten. Crackhuren-Schick, *sabe*? Der letzte Schrei heutzutage, dein androgyner Typ.«

Franginho grinst sarkastisch. »Schön zu sehen, dass du das Ganze nicht zu ernst nimmst, *amigo*. Vielleicht kann ich dich zum Umdenken überreden. Immerhin bist du nicht gerade die richtige Altersgruppe für so eine Braut.«

Rafa ignoriert das. »*Nem fodendo*.« Auf gar keinen Fall. »Ich springe aus dem Wagen, du auch, wir ziehen die Waffen, erklären dem Kerl, dass wir wissen, wo er wohnt, wo seine Familie wohnt, verkünden ihm, wir kommen wieder, wenn Zahltag ist, *falou*?«

»Sehr originell, Scarface.«

»Ich will dem Arschloch nur Angst einjagen, mehr nicht. Der Wichser soll sich eine Weile in die Hose machen.«

»Und wenn er bewaffnet ist?«

»Das ist bestimmt kugelsicheres Glas. Er würde rauskommen müssen. Wird er aber nicht.«

Franginho wägt ab, macht eine Geste: *Okay, würde ich sicher auch nicht tun.*

Sie rollen die Avenida Morumbi hinunter.

Sie schlängeln sich durch Real Parque.

Auf beiden Seiten ragen Wohnblocks in die Höhe.

Rafa sagt: »Mach dich bereit, *porra*. Wir sind fast da.«

Der Verkehr auf der Straße vor dem Motel ist ruhig. Es liegt jetzt etwa zehn Meter vor ihnen auf der linken Seite.

Rafa schaltet krachend. Er tritt das Pedal durch, gibt richtig Gummi.

Das Auto rumpelt die Rampe hinauf. Rafa tritt voll auf die Bremse, der Wagen kommt kreischend zum Stehen.

Rafa springt als erster raus. Franginho folgt ihm. Derselbe Security-Gorilla hinter der Scheibe, hinter dem Schalter …

Seine Hände fliegen nach oben. Rafas Gesicht verzieht sich zu einem bösen, kleinen Grinsen …

Waffen raus. Rafa klopft mit seiner an die Scheibe. Der Gorilla weicht zurück und schüttelt den Kopf.

Rafa zittert, ist aber völlig aufgedreht, geladen …

Franginho hinter ihm, den Kopf gesenkt, die Arme verschränkt …

Dann:

Das Knirschen eines hart abbremsenden Fahrzeugs. Ein kurzes Aufheulen einer Sirene, ein blau-roter Blitz.

Rafa wirbelt herum, verwirrt, seien Augen zucken umher …

Franginho gerät in Panik, rennt zu ihrem Wagen.

Rafa dreht sich wieder um. Der Wachmann verschwindet durch die Hintertür seines Büros, ins Motel, außer Sichtweite.

Hinter ihrem Schrotthaufen von einem Auto: ein SUV der Militärpolizei, der die Ausfahrt blockiert.

Zwei Militärs, einer hinter der Fahrertür, einer hinter der Beifahrertür …

In der Hocke, die Waffen gezogen, auf Rafa und Franginho gerichtet.

Brüllen, Drohungen.

Rafa hebt die Hände. Franginho hebt die Hände.

Sie legen ihre Waffen auf den Boden. Sie verschränken die Finger hinter den Köpfen. Sie knien sich hin, die Köpfe gesenkt. Sie kennen das Spiel.

Rafa denkt: *Was zum Teufel?* Rafa hat jetzt Angst, ist erschrocken, verwirrt …

Eine große glatzköpfige Bulldogge von einem Militär klettert hinten aus dem Geländewagen.

»Hallo, Jungs«, sagt er.

Rafa sieht ihm in die Augen. Er kennt diese Bulldogge. Er hat sie schon einmal gesehen, vor ein paar Jahren. Er war dabei, als die Bulldogge Garibaldo und den guten alten Lanky niederschoss. Er hat miterlebt, wie die Bulldogge ihnen Kugeln in den Rücken jagte.

Rafa denkt: *Was zum Teufel läuft hier?*

Fünfzehn Minuten später findet Rafa es heraus. Und was läuft, hat verdammt wenig mit dem zu tun, was er sich ausgemalt hat, als er auf dem Boden kniete, die Hände hinter dem Kopf, und von grimmig blickenden, mit automatischen Waffen bewaffneten Militärs angebrüllt wurde.

Rafa dachte, *game over*, Feierabend, Abpfiff, Tränen, das ganze Programm.

Jetzt sitzt er auf dem Rücksitz des Militär-SUVs, eingekeilt zwischen Franginho und der Bulldogge, und sieht, dass es auf jeden Fall eine Verlängerung und ein Elfmeterschießen gibt.

Was ihn nicht nur glücklich macht. Er traut dieser Bulldogge keinen Zentimeter über den Weg.

»Du kannst mir vertrauen, Rafa, *falou*?«, sagt die Bulldogge.

»Welche Wahl hast du, *porra*?«

Die Bulldogge lacht. Rafa rührt sich nicht.

Die Bulldogge fährt fort. »Wir wollen lediglich, dass du den Boten zwischen uns und deiner kleinen Freundin spielst. Vielleicht stellst du sie uns sogar vor.«

»Und angenommen, ich will nicht?«, sagt Rafa.

»Du neigst zu Späßen, Junge. Wir haben dich gerade wegen eines vermurksten bewaffneten Überfalls auf das Swing Motel festgenommen. Es gibt jede Menge Zeugen.«

Rafa nickt. Gutes Argument. Sie könnten sie immer noch umlegen und alles im Nachhinein entsprechend hindrehen.

Rafa sagt: »Und ihr wird nichts passieren?«

»Ich bin ein perfekter Gentleman, *porra*. Weiber sind tabu. Wenn du hier nicht verkrampfst und rumzickst, wird alles gut.«

»Ich kapiere immer noch nicht, *warum*«, sagt Rafa.

»Mach dir darüber keine Sorgen, mein Sohn. Dein schlauer kleiner Freund hier, das Kleine Hühnchen, wird dich aufklären.«

Rafa schaut Franginho scharf an. »Du wusstest – er *wusste* davon?«

Die Bulldogge lacht grimmig. Rafa starrt Franginho an. Franginho siecht ganz und gar nicht glücklich aus. Er wirkt verschreckt, sichtlich verängstigt.

»Er hatte keine Ahnung, Rafa, keinen blassen Schimmer. Aber wir wissen, dass er ein schlaues Kerlchen ist.«

»Okay.«

»Und wir wissen auch, was du mit deiner kleinen Freundin so treibst.«

»Perversling.«

»Pass auf, Junge.«

»Ich passe schon auf.«

»Was glaubst du, warum wir in deine kleine Motel-Party reingeplatzt sind, hm? Wir sind dir gefolgt, Einstein. Niemand schleicht sich mit so einer Karre still und heimlich aus der Favela, ohne dass wir es mitkriegen, *sabe*?«

Rafa beißt sich auf die Lippe.

»Rafa, Kumpel«, sagt die Bulldogge, jetzt etwas sanfter. »Wir wollen dir nicht in dein kleines Handelsabkommen reinfunken, *certo*? In unseren Augen ist es völlig legitim, wenn du mit diesen Studenten ein bisschen Geld verdienst. Leben und leben lassen, richtig? Das ist die freie Marktwirtschaft, also nur weiter so.«

Rafa nickt.

»Und was deine Freizeitgestaltung betrifft, Romeo, so bin ich der Auffassung: Was immer Freude macht. Wir werden dir nicht in die Quere kommen. Da könnt ihr ruhig schlafen. Oder hoffentlich nicht, richtig?«

Die anderen Militärs lachen.

»Vermutlich habe ich keine große Wahl.«

»Nein, hast du nicht.«

Rafa weiß, er wird allem zustimmen, dem er zustimmen soll.

Das ist ihm klar, seit sie ihm das Angebot gemacht haben. Na ja, *Anweisung* trifft es wohl besser. Es ist nicht unbedingt ein Angebot, wenn sie einem *vorschreiben*, auf welche Weise man gefickt wird.

Man kommt aus so einer Kiste nicht raus, ohne seine Zustimmung zu geben.

Er und Franginho können sich später noch den Kopf darüber zerbrechen, wie sie wirklich damit umgehen.

Bei diesem kleinen Auftritt dreht sich alles um Respekt, der Welt zu zeigen, dass er sich nicht verarschen lässt. Zumindest das kann er heute von sich behaupten.

»Alles klar, Chef, Sie sind im Spiel«, sagt Rafa.

»Guter Junge.« Die Bulldogge öffnet die Tür. »Ihr könnt nach Hause laufen, Jungs.«

»Hey, Fat Frank«, sagt Ray, »kennen Sie die Dixie Chicks?«

Silva verdreht die Augen. Ray grinst. »Kenne ich nicht«, sagt Silva.

»Drei süße Mädels aus Texas, Frank, echte Schätzchen.«

»Da kommen Sie also her, ja? Ich hätte Sie eher für alte Ostküsten-Schule gehalten.«

»*Texas forever*, Fat Frank, niemals vergessen.«

»Jesus.«

»Wie auch immer, die Mädels haben diesen süßen, traditionellen Country-Charme, aber mit Biss, richtig?«

»Okay.«

»Als Bush junior beschloss, mit seinem Vater um die Wette zu pissen und Saddam zu jagen, gefiel das den Mädels nicht, und sie erklärten der Welt, es sei ihnen peinlich, dass Big George aus Texas stammt.«

»Ging *Ihnen* das auch so?«

Ray zieht eine Grimasse: *ganz locker bleiben.* »Ich war im Irak, Sonnenschein.«

»*Texas forever.*«

»Sehr gut, Frank. Wie auch immer, der Punkt ist, sie machen ihr Statement, sie kriegen Todesdrohungen, eine hässliche, unerfreuliche Angelegenheit, und sie finden, sie haben das nicht verdient, schließlich sind sie Künstlerinnen. Verdammt süße Künstlerinnen.«

»*Então?*«, sagt Silva. Worauf wollen Sie hinaus?

»Und was tun sie dagegen? Sie schreiben einen Song, der etwa fünfzehn Grammys gewinnt. Sie treten bei Oprah auf. Sie fangen an zu *arbeiten*.«

»Was ist das für ein Song?«

»Spielt keine Rolle, Frank, Hauptsache, sie schreiben ihn.«

Ray grinst jetzt noch breiter. Er findet, Silva wirkt ein wenig verwirrt. »Hören Sie, Fat Frank, ich werde es Ihnen buchstabieren. Schauen Sie sich Ihr Gesicht im Spiegel an. Das ist Ihre Todesdrohung. Jetzt fangen *Sie* an zu arbeiten, *certo*?«

»Ah, ich verstehe«, sagt Silva. »Sehr clever.«

»Guter Junge.«

»Ich·bin mir allerdings nicht sicher, ob mir die Leute diese Story abkaufen. Sie ist zu schön, um wahr zu sein. Selbst wenn sie *tatsächlich* wahr ist, *sabe?*«

Rays Miene signalisiert: *Vertrau mir, Junge.* »Waren Sie jemals an einem dieser mobilen Eiswagen, Frank, als Sie in unserem schönen Land waren?«

Silva fährt mit der Hand über seinen voluminösen Körper. »Was glauben Sie wohl, *Ray?*«

»Verstehe. Jedenfalls, Big Guy, diese Eiswagen machen dieses Klingelgeräusch, Sie wissen schon, um die Kinder anzulocken, und dann rennen alle hin, es ist so eine Art Vorstadtidyll, weiß gestrichene Zäune, die Vögel zwitschern, Sie verstehen.«

»Eine wirklich anschauliche Beschreibung.«

»Jedenfalls tranken ein Studienkollege und ich mal ein Bier im Park.«

»Feine Sache.«

»Ja«, sagt Ray, »und der Bursche war wirklich schwarz wie die Nacht.«

Silva lacht.

Ray fährt fort. »Wir trinken also unser Bier, wir sind schätzungsweise Mitte zwanzig, mein Kumpel kommt aus dem Mittleren Westen, ist auf der falschen Seite der Gleise geboren, aber sehr ehrgeizig und fleißig, klar?«

Silva nickt.

»Wir trinken also unser Bier und hören den guten alten Eiswagenklingelton, wir sehen Kinder, die auf das Geräusch zulaufen, und mein Kumpel sagt, arme Kinder. Und ich sage, was? Und er sagt, dieses Geräusch bedeutet, dass der Wagen kein Eis mehr hat. Worauf ich nichts erwidere. Und er sagt, ja, das hat meine Mutter uns immer erzählt.«

Silva nickt, obwohl Ray vermutet, dass er nicht weiß, warum.

Ray sagt: »Später wird mir klar, dass seine Mutter sich einfach kein Eis leisten konnte, aber meinem Freund hat niemals jemand die Wahrheit verraten.«

»Ungewöhnlich, dass es nie zur Sprache kam.«

»Vielleicht, vielleicht auch nicht. Im Erwachsenenalter nicht so ungewöhnlich, schätze ich.«

»Möglich«, sagt Silva. »Ray, auf die Gefahr hin, mich zu wiederholen: Worauf wollen Sie hinaus?«

Ray grinst. »Mein Punkt ist, Frank, dass die Leute alles glauben, was Sie ihnen erzählen.«

»Sehr motivierend, Ray.«

»Schreiben Sie die Story, mehr will ich nicht.«

»Okay.«

»Palocci ist ein Clown. Das wird an ihm haften bleiben. Und wir haben auch noch etwas anderes in der Hinterhand.«

»Ich verstehe immer noch nicht ganz, was Ihr Interesse dabei ist, Ray.«

Ray tippt sich an die Nase. Ray wirft Geldscheine auf den Tisch. Er steht auf. »Gehen Sie sich ein Eis holen, mein Sohn«, sagt er.

Ray geht, breit grinsend.

Die Sexparty-Saison geht ihrem Höhepunkt entgegen.

Das Wort Höhepunkt trifft es natürlich perfekt. Mein Gott, wie viele alte Perverse gibt es auf dieser Welt, denkt Anna. Was hat es überhaupt mit faltigen alten Männern und jungen Frauen auf sich? Um *was* geht es da, jetzt mal ernsthaft? Sie hat das Ganze mit Interesse studiert, das kann sie nicht leugnen, als eine Art soziologischer Feldforschung. Das Spiel im Astúrias Motel läuft folgendermaßen ab:

Was passiert, wenn ein alter, mächtiger Mann von selbst keinen mehr hochkriegt?

Es muss furchtbar sein, dieses ganze *Versagen*. Die Frauen gehen von Zimmer zu Zimmer, die Männer rutschen auf ihnen herum, bis alle befriedigt sind, dass keiner befriedigt ist, und das Karussell dreht sich weiter.

»Ich habe in meinem ganzen Leben noch nie so viele hängende Hintern gesehen«, sagt sie zu Ray.

»Das will ich auch hoffen«, sagt Ray.

»Wie oft müssen wir das noch machen?«, fragt Anna.

»Was Rasputin will, bekommt Rasputin.«

Also steht Anna auf ihrem Posten.

Das Arrangement ist denkbar einfach, es ist mit Bargeldzahlungen für alles gesorgt worden. Die Zufahrt des Motels liegt direkt an der Marginal, gleich hinter dem Einkaufszentrum Eldorado. Ziemlich zentral und leicht zu finden. Die protzigen Autos mit schwarz getönten Scheiben fahren vor. Sie geben an der Schranke einen Namen an – natürlich einen Decknamen –, erhalten eine Zimmernummer, und der Fahrer fährt in einen Innenhof. Der Hof ist von Garagen gesäumt, über denen sich die Zimmer befinden. Ihre Nummer ist auf dem Garagentor angegeben. Der normale Freier fährt auf die ihm zugewiesene Garage zu, die sich automatisch öffnet. Der Freier fährt hinein, und das Garagentor schließt sich wieder. Absolute Diskretion. Eine einzige Treppe führt nach oben, wo der Freier dann auf einen Swimmingpool und eine Saunalandschaft blickt, und sich zu seiner Linken ein Schlafzimmer mit verspiegelter Decke sowie ein Bad befinden. Nicht alle Zimmer sind so luxuriös, nur die Suiten. Was der normale Gast nicht weiß: Alle *diese* Zimmer sind durch einen schmalen Korridor an der Seite verbunden. Zutritt hat nur ein anonymer, lautloser Kellner. Man kann also ein Bier, Champagner oder ein verdammtes komplettes Essen bestellen, woraufhin ein Lakai den schmalen Korridor hinunterflitzt und ein Tablett durch eine Luke reicht, die auf beiden Seiten vor Blicken geschützt ist. Keiner sieht jemanden. Das ist der Sinn der Sache.

Was für die Art von Manipulationen, die Anna betreibt, ziemlich nützlich ist.

Anna hat sämtliche Suiten am hinteren Ende des Hofes reserviert – Suite *Mansões*, die beste Fickbudenoption in diesem Etablissement, hohe Qualität, hoher Preis. Sobald ein Partygast eintrifft, spricht Anna mit dem Fahrer, lächelt ihn freundlich an und erklärt ihm, dass der reiche alte Mann auf dem Rücksitz sein eigenes Zimmer haben wird, in dem aber verschiedene Frauen ein und aus gehen werden, und keine Sorge, Anna wird sich um den ganzen Ablauf und die Logistik kümmern. Und wenn der reiche alte Mann auf dem Rücksitz mit einem der anderen Partygäste in Kontakt treten möchte, braucht er nur über den Fahrer eine Nachricht an Anna zu schicken. Dieses Arrangement gilt für den ganzen Tag und die ganze Nacht, so lange wie gewünscht.

Anna hat außerdem dafür gesorgt, dass in der Mitte des Hofs ein abgedunkelter SUV steht. Darin sitzen Anna – die immer mal wieder mit Klemmbrett ein- und aussteigt – und ein IT-Typ, der alles überwacht und auf seinem Laptop aufzeichnet, der wiederum mit den versteckten Kameras und Mikrofonen in jedem der von Anna gebuchten Räume verbunden ist.

Deshalb hat Anna viel mehr hängende Hinterteile als üblich gesehen. Bis jetzt hat es gut funktioniert. Und der Hauptgrund dafür ist, dass alle Anna vertrauen. Und das hängt damit zusammen, dass alle Rasputin vertrauen. Denn Anna und Rasputin sind wiederum enge Vertraute Martas. Und egal ob sie etwas davon weiß – was höchst unwahrscheinlich ist –, es ist völlig ausgeschlossen, dass Anna oder Rasputin Marta kompromittieren würden.

Das wirkt alles sehr überzeugend und schafft Vertrauen, denkt Anna.

Genau wie das Geld, das bei den Vertragsverhandlungen, die in Bademänteln und in Saunen stattfinden – in den Pausen zwischen all dem erfolglosen Hämmern von hinten –, indirekt den Besitzer wechselt.

Anna muss an den Satz denken: *Brich nicht das Gesetz beim Brechen des Gesetzes.*

Der Gedanke dabei ist, dass man, wenn man beispielsweise

betrunken Auto fährt, nicht auch noch dröhnend laute Musik hört und auf dem Seitenstreifen Koks schnupft.

Hier ist es das genaue Gegenteil. Es fällt natürlich viel leichter, bei Schmiergeldvereinbarungen Vertrauen aufzubauen, wenn den Geschäftspartnern der Verhandlungsort bestens bekannt ist.

Rasputin ist ein schlaues Kerlchen: Komplizenschaft ist im Geschäftsleben gleichbedeutend mit Sicherheit.

Dieses Karussell ist eine Meisterleistung. Ein totales Love-in.

Anna ist fast traurig über den Verrat, der irgendwann auffliegen wird. Aber nur *fast*.

Und weiter geht's.

Anna rutscht auf den Beifahrersitz des SUVs. Der IT-Typ hockt auf der Rückbank, über den Laptop gebeugt. Neben Anna sitzt ein streng blickender Fahrer. Er hat die ganze Zeit über nur drei Worte gesagt. Scheint zuverlässig zu sein, diskret, meint Anna. Dafür wird er gut bezahlt, so viel ist sicher.

Anna nippt an ihrem Kaffee. Sie dreht sich nach hinten. »Irgendwas Neues?«

Der IT-Typ schnaubt. »Es gibt vieles, *querida*, was du wahrscheinlich nicht wissen willst.«

»Manchmal wünschte ich, dein Computer wäre nicht ganz so effizient. Ein bisschen mehr Pufferung, *sabe*?«

»Pufferung. Schön gesagt.«

Anna lächelt.

Der IT-Typ sagt: »Bis jetzt bleibt jeder in seinem eigenen Zimmer.«

Anna nickt. Das sind keine guten Nachrichten, aber die Nacht ist noch jung, denkt sie. Nun ja, der Nachmittag. »Behalte sie im Auge«, sagt sie.

Sie sitzen einen Moment lang schweigend da. Es ist still im Hof, bis auf die Verkehrsgeräusche der Marginal. Ein leises Rauschen, das spürbare Summen von Hitze und Metall.

Anna sagt: »Woher kennst du eigentlich den alten Ray Marx?«

»Wen?«, sagt der IT-Typ. »Ray wer?«

Anna lächelt, schüttelt den Kopf. »Vergiss es. Vergiss die Frage.«

Natürlich kennt er Big Ray nicht. Manchmal wünscht sie, es ginge ihr genauso. Aber vielleicht bringt dieses schmutzige Geschäft ja eine Veränderung. Zumindest hofft sie das.

Ein Wagen rollt in den Innenhof. Ein flaches, elegantes Fahrzeug, ein Jaguar, wie Anna registriert. Getönte Scheiben, der Motor hat einen Weltklasse-Sound, tiefes Grollen im Leerlauf.

Kundschaft.

Anna steigt aus und geht zum Fahrer, um ihn zu begrüßen.

Das Fenster auf der Fahrerseite senkt sich leise surrend. Anna blickt hinein.

»Willkommen«, sagt sie.

Der Fahrer trägt eine Sonnenbrille, ein Headset und einen gut geschnittenen Anzug.

Er fragt: »Was willst du?«

Anna zögert. »Ich …«

»Ich glaube, du verwechselst was, *menina*.« *Menina*. Mädchen. »Das hier hat dich nicht zu interessieren, okay? Mach Platz, *certo*?«

Anna macht Platz.

Sie späht ins Innere des Wagens. Hinten sitzen ein Mann und eine Frau. Die Frau beugt sich vor, um dem Fahrer etwas zu sagen, während sich das Fenster hebt.

Anna erhascht einen Blick auf ihr Gesicht. Anna kennt dieses Gesicht. Sie sieht den Mann. Und zumindest weiß sie, wer er nicht ist.

Anna dreht sich um, beißt sich auf die Unterlippe. Geht zurück zum SUV.

Der IT-Typ kaut gerade auf einem Sandwich herum. Anna riecht Fleisch und Zwiebeln.

Er sagt: »Was war das denn?«

»Nichts.« Anna schüttelt den Kopf. Sie lächelt scheu. »Missverständnis.«

Der IT-Typ deutet über seine Schulter. »Ja, stimmt. Keines unserer Zimmer, Süße. Nur ein Mittagsquickie der alten Schule«, lacht er und hustet in sein Essen. »Glückliches Kerlchen.«

Anna lacht. Sie denkt: Ja, *glücklich*.

Die Frau: Juliana Mendes, Ehefrau von Jorge Mendes, dem ehemaligen *Secretario de Obras*, wichtiger Mann in der Baubranche, bekannt für seine Schmiergeldgeschäfte.

Der Mann: Anna kennt ihn nicht.

Aber sie weiß *definitiv*, dass es nicht der alte Jorge Mendes ist. Schau an, denkt sie. *Interessant*.

Bocão, Großmaul, ehemaliger Callboy:

Wut. Scham.

Du siehst, wie im ersten Stock das Licht eingeschaltet wird.

Du stellst dir vor, wie er von Zimmer zu Zimmer geht, die Toilette benutzt, sich auszieht, sich auf einen weiteren Besuch vorbereitet.

Du fluchst.

Die Details der Einrichtung vor deinem inneren Auge: die Bücher in den Regalen; die glänzenden, selten benutzten Küchenutensilien; der große Fernseher, auf dem leise ein europäischer Film läuft; die teuren Anzüge im Kleiderschrank. Das war auch mal deine Einrichtung.

Silberne Manschettenknöpfe liegen auf dem Tisch im Flur. Dein Geschenk an ihn.

Du siehst die Parkettböden und die mit Teppich ausgelegte Treppe. Du bist dort immer barfuß gelaufen. Du warst willkommen, oder? Es hätte ein Zuhause sein können.

Du spähst die Straße entlang. Im Fenster des Wachhäuschens leuchtet ein schwaches Lichtdreieck. Du stellst dich hinter einen Baum, um nicht entdeckt zu werden.

Das Licht im ersten Stock wird ausgeschaltet, die Flurbeleuchtung schimmert durch das Fenster. Er nippt an einem Whiskey, verfolgt vom Sofa aus halbherzig den Film. Auf wen wartet er? Du murmelst die Worte: auf wen?

Er sollte auf dich warten.

Du schaust auf dein Handy. Schon wieder. Nichts. Er hat nicht angerufen. Er ruft nicht mehr an. Du überlegst, ihn anzurufen, ihm vielleicht eine Nachricht zu schicken: Schlaf gut, ich vermisse dich. So etwas in der Art.

Aber das ist nicht genug, *sabe*?

Ein Auto fährt langsam vorüber. Ein alter Volkswagen, schwarz, staubbedeckt. Jemand hat *me limpa* auf die Heckscheibe geschrieben. Mach mich sauber. Du lässt dich mit dem Rücken gegen die Mauer sinken. Das Auto hält kurz vorne an der Abbiegung. Der Fahrer streckt den Kopf aus dem Fenster und späht nach den Hausnummern. Dann wendet er, und einen Moment lang denkst du, er sei der Besucher.

Die Wut schwillt an. Du trittst ins Licht. Irgendetwas lässt den Fahrer aufschrecken, der Wagen stoppt kurz und fährt dann schnell weg. Er muss dich gesehen haben. Er muss gewusst haben, wer du bist.

So kann es nicht weitergehen.

Juliana Mendes, zu Hause:

Ich sitze in der Küche und trinke ein zweites Glas Wein, als Jorge kommt. Sein oberster Knopf ist offen, und er sieht müde aus. Er beugt sich hinunter, um mich zu küssen und lächelt müde.

»Wie geht's dir?«

Ich erwidere sein Lächeln. »Gut.«

Jorge geht zum Kühlschrank, holt die Flasche Wein heraus und schenkt sich einen Schluck ein. Er zieht sein Jackett aus, setzt sich mir gegenüber und stellt die Flasche zwischen uns.

»Möchtest du essen?«, frage ich.

»In einer Minute. Lass mich erst noch einen Schluck trinken.«

Ich nicke. Das Hausmädchen steht abwartend in der Küche. Ich sage ihr, dass sie uns zehn Minuten in Ruhe lassen und dann das Essen servieren soll. Sie nickt, stellt ein Glas, das sie gerade abgetrocknet hat, in den Schrank und geht.

»Ich hatte ein Meeting, aber es war schneller vorbei als erwartet«, sagt er und zieht seinen Blackberry heraus. Das rote Lämpchen blinkt. »*Porra*, ich muss das kurz beantworten.«

Sein Tippen unterbricht die Stille. Er runzelt die Stirn und legt den Blackberry auf den Tisch. Fast sofort beginnt das rote Licht wieder zu blinken. »Herrgott«, sagt er. Er greift danach, überlegt es sich dann aber anders. »Nein, das erledige ich nach dem Abendessen.«

Ich fülle sein Glas wieder auf.

Das Hausmädchen kommt herein. Sie schaufelt die Pasta auf zwei Teller, wäscht die Salatblätter, schneidet eine Zwiebel und eine Tomate und macht in einer Schüssel den Salat. Wir bedienen uns und träufeln Olivenöl und Balsamico-Essig darüber. Mit einem Blick entlasse ich das Hausmädchen. Sie kann abräumen, wenn wir fertig sind.

Wir essen schweigend. Ich stochere im Essen herum, weil ich so spät keine Kohlenhydrate mehr zu mir nehmen will. Jorge sieht nachdenklich aus. Er schenkt uns beiden Wein ein. Die Nudeln sind nicht ganz *al dente* – ich muss mit dem Hausmädchen sprechen –, aber die Soße ist ausgezeichnet, leicht, mit etwas Petersilie, geriebenem Parmesan, fein gehackter roter Zwiebel und grünem Pfeffer und, wenn ich mich nicht irre, einem Hauch von Basilikum.

Wir beenden unser Essen, überlassen die Teller dem Hausmädchen zum Abräumen. Jorge nimmt sein Glas Wein mit in sein Arbeitszimmer, wo er noch ein wenig arbeiten muss, bevor er zu Bett geht.

Ich sitze in der Küche und beobachte das Hausmädchen bei ihren einfachen Tätigkeiten. Sie lässt Wasser über die Teller laufen und räumt sie in die Spülmaschine. Nimmt die restlichen Nudeln und den Salat, verstaut sie in Tupperdosen und stellt sie in den Kühlschrank. Sie spült die Töpfe ab und lässt sie auf dem Gestell neben der Spüle trocknen. Ich sage ihr, dass sie nicht mehr gebraucht wird, sie nickt und macht sich auf den Weg in ihr eigenes Zimmer auf der Rückseite des Hauses im Erdgeschoss. Wir haben ihr dieses Jahr zum Geburtstag einen kleinen Flachbildfernseher geschenkt, damit sie ihre Lieblingstelenovelas sehen kann (wir schauen uns oft tagsüber gemeinsam Soaps an).

Ich nippe an meinem Wein. Ich beschließe, in den ersten Stock zu gehen, um dort fernzusehen. Als ich an Jorges Büro vorbeikomme, höre ich ihn telefonieren. Eine Bodendiele knarrt, und ich bleibe wie angewurzelt stehen. Jorge sitzt mit dem Rücken zur Tür, aber ich kann seine Stimme hören.

»Wenn es so weit kommt«, sagt er, »dann kümmern wir uns darum. Wie üblich. Ich werde einen Anruf machen. Wenn er tatsächlich herumschnüffelt, wird er nichts finden. Und dann ist da noch das Problem mit der Frau. Ich möchte, dass du dich darum kümmerst. Kappe alle Verbindungen und verwische alle Spuren. Wir verbuchen es unter Steuer. Ja, ja, aber ab und zu müssen wir sie zahlen. Das ist eine gute Möglichkeit, es zu umgehen. Wir müssen uns keine Sorgen machen. Um sicherzugehen, tu einfach, was ich sage. Ich rufe an, wenn ich was Neues erfahre. Mach dir keine Sorgen mehr. Ja, gut. Ciao.«

Ich schleiche auf Zehenspitzen durch den Flur und in unser Wohnzimmer. Ich suche mir einen Film aus und lasse mich auf dem Sofa nieder. Die Anstrengungen des Tages machen meine Glieder bleischwer. Ich döse ein, als der Film gerade mal halb durch ist, bei eingeschaltetem Licht.

Als ich erwache, trägt mich Jorge ins Bett. Ich erinnere mich daran, wie sehr ich ihn liebe. Ich würde, glaube ich, so ziemlich alles für ihn tun.

Am nächsten Morgen wache ich auf. Siebenundfünfzig Komma vier Kilo. Ich ziehe mir einen hellblauen Adidas-Trainingsanzug an und gehe in die Küche. Dort wartet mein Frühstück auf mich: Rührei, Papaya und Mango in Scheiben geschnitten, ein Stück trockenen Vollkorntoasts und eine Tasse schwarzen Kaffees. Mein Fahrer chauffiert mich zum Clube Paineiras, und ich verbringe eine Stunde auf dem Laufband, während ich auf dem Nachrichtenkanal 10 die Berichte über die Verhaftungen verfolge. Ich sitze eine Viertelstunde im Dampfbad und dusche. Mein Fahrer bringt mich die Straße hinunter nach Real Parque, wo ich mir die Nägel machen lasse – Hände und Füße, in Burgunderrot –, anschließend Augenbrauen zupfen und ein komplettes Body-Waxing.

Zurück zu Hause erhalte ich eine SMS von Sophia, der Mutter eines guten Freundes meines Sohns. Das ist eine Überraschung.

Eine Gruppe von Eltern trifft sich zum Mittagessen. Komm doch vorbei! Ich schaue nach der Zeit. Es ist kurz vor zwölf. Ich verständige meinen Fahrer über die Sprechanlage und sage ihm, dass wir in etwa fünfzehn Minuten losfahren. Ich gehe nach oben und ziehe mir ein Kleid von Dolce & Gabbana und ein Paar Sandalen an. Eine weitere Textnachricht, diesmal von Leonardo. Er will mich sehen, und ich spüre, wie ich lächle, erröte und mein Puls sich beschleunigt. Ich verabschiede mich von der Haushälterin, gebe ihr Anweisungen für den Nachmittag – ich möchte, dass die Bettwäsche gewaschen und gewechselt wird – und verlasse das Haus durch die Vordertür, wo mein Wagen wartet. Ich gebe meinem Fahrer die Wegbeschreibung, lehne mich in dem Ledersitz zurück und scrolle durch die E-Mails auf meinem Blackberry, während die Stadt von den getönten Scheiben des Wagens verdunkelt wird.

Ich verbringe den Nachmittag zu Hause. Ich habe ein Auge auf das Hausmädchen, und sie erledigt ihre Arbeit zufriedenstellend. Ansonsten lese ich im Wohnzimmer *Caras* und *Veja* und schaue Soaps.

Jorge kommt kurz nach sieben. Er wirkt angespannt, aber er lächelt und küsst mich.

»Ich muss noch etwas erledigen«, sagt er. »Ich bin in meinem Arbeitszimmer.«

Ich nicke. »Wann möchtest du zu Abend essen?«

»Um acht kommt jemand vorbei, der mich sprechen will. Danach können wir essen.«

»Okay«, sage ich, obwohl mich sein Tonfall misstrauisch macht, die Art, wie er meinem Blick ausweicht. Ich denke an das Telefonat, das ich gestern Abend mitgehört habe, und frage mich, ob es etwas damit zu tun hat.

Ich beschließe, in der Küche zu warten, von wo aus ich den Vorhof und alle ankommenden Autos oder Besucher im Blick habe. Ich schenke mir ein Glas Weißwein ein und streiche fettarmen Frischkäse auf einen Vollkorncracker. Ich frage das Hausmädchen, was es zum Abendessen geben könnte, und sie sagt mir, dass sie Hühnchen Stroganoff vorbereitet hat. Ich frage, ob die Soße leicht sei, und sie bestätigt mir das. Ich sitze da und schaue auf die Uhr, warte darauf, dass die Lichter im Hof angehen und eine Ankunft ankündigen.

Punkt acht Uhr fährt ein Auto vor. Ein unscheinbarer schwarzer Kombi. Ein Mann in weißem Hemd und schwarzer Krawatte steigt aus, und Jorge lässt ihn herein. Ich höre, wie sie die Treppe hinauf und den Korridor hinunter zu Jorges Büro gehen.

Ich trinke meinen Wein und warte.

Leme beschließt, offen mit Silva zu reden.

Also lässt er ihn kommen. Sie treffen sich in dem versifften Verschlag von einem Büro, das er sich mit Lisboa teilt.

Die drei sitzen zusammengepfercht, auf den Schreibtischen, an die Tür gelehnt, schlürfen schwarzen Kaffee – belauern einander. Uringelbes Licht sickert durch das schmutzige Fenster.

Leme macht sich keine allzu großen Hoffnungen.

»Sehen Sie«, sagt Silva, »Nachahmungstätern geht es vor allem auch um die Medienpräsenz.«

Lisboa knurrt etwas wie: Erzähl mir was Neues, verdammt. *Journalisten.*

Leme hebt einen Finger. »Was meinen Sie damit?«

»Bestimmte Verbrechen sind spektakulär grausam, richtig? Der Park Maniac ist ein gutes Beispiel. Fiese Morde, fieser Mörder, fieses Motiv, die Vorgeschichte des Burschen ist ebenso tragisch wie schrecklich.«

»Da bin ich mir nicht so sicher, mein Freund«, wirft Lisboa ein.

»Ich meine«, sagt Silva, »man hat *fast* Mitleid mit ihm, bei dem ganzen Unglück seiner Jugend, aber man ist auch abgestoßen von seinem Verhalten jenseits der eigentlichen Verbrechen.«

»Und das heißt …«

»Das heißt, wir haben es mit einem Charakter zu tun, den die Menschen faszinierend finden. Mit einer Story, die sich immer weiter entwickelt, wie ein Roman, *entendeu?* Es geht um einen glaubwürdigen Charakter.«

»Das ist Blödsinn«, sagt Lisboa. »Er ist ein echter Mensch, ein echter Mörder. Glaubwürdiger Charakter, was soll das überhaupt heißen? *Ta viagando, porra.*« Du bist auf dem Holzweg, weit ab vom Schuss, Kumpel.

»In den Medien ist er eine Figur. Er transportiert eine Story.«

»Scheiß Zeitungsschmierfinken.«

Leme hebt beschwichtigend die Hände: Kommt wieder runter, Jungs.

Lisboa sagt: »Es geht darum, dass der Park Maniac viel Presse und Aufmerksamkeit bekommen hat, er war eine Sensation und wurde zu einer Sensation hochstilisiert, sehen Sie den Unterschied?«

Lisboa zieht fragend die Augenbrauen hoch.

Leme wirft ihm einen Blick zu.

Lisboa sagt: »Also gut, fahren Sie fort, Marshall McLuhan.«

Silva lächelt. Seine Miene besagt: Im Ernst, *McLuhan?*

»Ja, Kumpel«, sagt Lisboa. »Glauben Sie etwa, ein Brutalo wie ich wüsste ein bisschen Theorie nicht zu schätzen?«

Leme schüttelt den Kopf. »Mein Gott«, sagt er. Er schaut zu Silva. »Polizeischule, erste Woche, Grundlagen der Medienforschung. Okay?« Er sieht beide Männer an. »*Chega, ne?*« Lasst es jetzt bleiben. Beide Männer nicken.

»Der Punkt ist«, sagt Silva, »dass der Nachahmungstäter durch die Medienberichterstattung, die ganze *Aufmerksamkeit* inspiriert wird.«

»Und die Art des Verbrechens selbst ist eher nebensächlich?«

»Vielleicht, vielleicht auch nicht.«

»Okay, die kopieren das Verbrechen, weil sie glauben, so die gleiche oder eine bessere Berichterstattung zu kriegen?«

»*Mais ou menos.*«

Leme denkt darüber nach. »Wie steht es mit der Tatsache, dass die meisten nachgeahmten Verbrechen von Menschen begangen werden, die bereits eine Neigung zu kriminellem Verhalten haben? Sie wissen schon, Vorstrafen, psychische Probleme, Gewalt in der Kindheit und so weiter.«

»Gut, natürlich geht es auch um die Natur des Verbrechens. Schockwirkung und Horror. Ich glaube, das sind die Begriffe, die ich gelesen habe. Das ist es, worauf sie aus sind. Hoher Schockfaktor, echtes Grauen. Das bringt die Schlagzeilen.«

Leme nickt.

Lisboa sagt: »Das passt zu deiner haarsträubenden Hypothese, Mario. Mehr oder weniger.« Er wirft Silva einen Blick zu, der besagt: Na ja, ich hab' da so meine Zweifel.

»Wie lautet die Hypothese?«

Leme nickt Lisboa zu. Er will es aus dem Mund eines anderen hören.

Lisboa räuspert sich – bedrohliches Rasseln in den Bronchien.

»Okay, Mario meint, der Lockwood-Mord sei nie wirklich gelöst worden, und es sei gut möglich, dass es ein Verbrechen aus Leidenschaft eines Mietjungen war.«

»Stimmt das?«

»Mehr oder weniger«, sagt Leme. Er schaut zu Silva. »Es ist eine Vereinfachung, aber Sie wissen ja ...«

Silvas Miene besagt: Okay, okay.

Lisboa fährt fort. »Es fehlte etwas in Lockwoods Haus, ein Briefbeschwerer, von dem man annimmt, dass er die Mordwaffe ist und vielleicht auch ein Geschenk seines heißen jungen Lovers. Derselbe Briefbeschwerer, zumindest derselbe *Typ*, taucht bei diesem Nachahmungsfall am Tatort auf. Jahre später. Mario glaubt also, dass es eine Botschaft ist.«

»Und die Botschaft lautet: *Fangt mich*«, sagt Silva.

»Vielleicht.«

»Interessant«, sagt Silva. »Also benutzt Lockwoods tatsächlicher Mörder diese Verbrechen wie einen Hilfeschrei. Und er benutzt Leme als Vermittler.«

Lisboa lächelt. »Hast du ein Glück, Kumpel. Hätte er dir nicht einfach eine Postkarte schicken können?«

»Das Phänomen der Nachahmungstaten ist uralt«, erklärt Silva. »Heutzutage gibt es als Superhelden verkleidete Psychopathen, die Einkaufszentren in die Luft jagen. Im Mittelalter waren es Verbrechen, die sich auf Magie, den Teufel und dergleichen beriefen. Dasselbe Motiv: Aufmerksamkeit.«

Leme nickt.

»Und Sie haben keine Beweise?«

Leme schüttelt den Kopf.

Lisboa sagt: »Es gab Spuren. Sie sind inzwischen kalt. Die aktuellen Opfer, und das ist der *springende* Punkt, sind eine Transfrau, die untergetaucht war, und ein männlicher Sexarbeiter.«

»Das heißt?«

»Das heißt, es interessiert sich kein Schwein dafür.«

Sie sitzen ein paar Augenblicke lang schweigend da. Leme lässt das auf sich wirken. Er weiß es, hat es immer gewusst.

Der bloße Anschein von Ermittlungen reicht seinen Vorgesetzten aus.

Es bestand nie der Wunsch, die Verbrechen wirklich aufzuklären.

Und dann das abgekartete Spiel im Lockwood-Fall …

Wer weiß schon, wie tief das geht?

Silva greift seinen Faden wieder auf: »Und dann sind da noch all die psychologischen Faktoren des Täterprofils, die üblichen Persönlichkeitsstörungen, mangelndes Selbstbewusstsein, soziale Isolation, Entfremdung. Das grundlegende Missverständnis, die Gesellschaft würde grundsätzlich positiv auf Gewalt und Verbrechen reagieren – denn immerhin scheinen die Medien das Verbrechen und den Kriminellen zu *feiern*.«

»Also«, räumt Lisboa ein, »bist du vielleicht gar nicht so weit weg von der Wahrheit, Mario.«

»Ich bin mir nicht sicher, wie ich helfen kann?«, sagt Silva.

»Wie steht's mit einem Artikel, der die Morde herunterspielt? Sie irgendwie kleinredet.«

»Gewissermaßen die Luft aus der Blase lassen, so in der Art?«

»Ja, genau. Vielleicht sollte man sich auf die Opfer konzentrieren und nicht auf den Mörder, *entendeu*?«

»Zum jetzigen Zeitpunkt«, sagt Lisboa, »besteht unser Interesse eher darin, weitere Morde zu verhindern, als darauf zu hoffen, das Arschloch zu fassen.«

Silva nickt. Er sagt: »Kennen Sie den Namen des Mannes, der für den Lockwood-Mord den Kopf hinhalten musste? Seine Identität wurde nie preisgegeben, wenn ich mich recht erinnere.«

Lisboa sagt: »Nein, kennen wir nicht.« Er schaut zu Leme. Leme schüttelt den Kopf.

Leme beobachtet, wie Silva das aufnimmt. Er sieht, wie sein Verstand rattert.

Silva sagt: »Sergio Nascimento. Ein Name, den ich gehört habe.«

»Aus Paraisópolis?«

Silva nickt.

Leme macht *woah*. Lisboa kriegt große Augen. *Sergio Nascimento*. Annette Nascimento – Paddy Lockwoods Dienstmädchen. Das ist es – so einfach. Favela-Verbindung, *então*.

Das ist es.

»Er ist tot.«

Leme nickt. »Wissen wir.«

»Muttertagswochenende. Soweit ich gehört habe, haben die Militärs ihn gekillt. PCC-Absprache.«

»Anzunehmen.«

Das ist es. Der Sündenbock …

Der Lückenbüßer.

»Niemand wird offiziell dazu aussagen. Ich habe gehört, es war ein abgekartetes Spiel. An dem Wochenende wurden einige unliebsame Kandidaten beseitigt.«

Leme denkt, genau so ist es.

Silva sagt: »Sie gehen der Sache nicht nach?«

Leme und Lisboa schütteln den Kopf.

»Sie lassen es auf sich beruhen?«

»Richtig«, sagt Leme. »So ist es.«

»Ich kann die Story schreiben«, sagt Silva.

Leme nickt. »Reden Sie mit der Mutter des Kerls«, sagt er. »Annette Nascimento.«

Das ist es.

Rafa entwirft einen cleveren und verteufelt einfachen Plan.

Schließlich macht es keinen großen Unterschied, ob er Geld in Carolinas politische Gruppe investiert oder ihnen billiges Feuerwerk und vermeintlichen Sprengstoff verkauft, oder?

Er muss sich nur einen guten Grund einfallen lassen, warum sie Geld in den Topf des Schwarzen Blocks werfen. Die einzig glaubwürdige Begründung ist, dass er Profit machen will – für sich selbst und für die Organisation.

Er bespricht das Problem mit Franginho.

»Aus irgendeinem Grund«, sagt er, »will Carlos, dass wir Carolinas Bande nicht zurückverfolgbare *dinheiros* zukommen lassen, die er bereitstellt, richtig?«

Franginho nickt. Er vertilgt gerade eine besonders große, besonders gute *coxinha* von Dona Regina. Er kaut nachdenklich.

»Ich würde Carlos nicht über den Weg trauen, Kumpel.«

»Sehr hilfreich.«

Franginho zuckt mit den Schultern.

Rafa hat Franginho nie erzählt, was er vor fünf Jahren in der Nacht des Aufstands gesehen hat. Wie Carlos Garibaldo und den guten alten Lanky erledigte, ihnen in den Rücken schoss und das Geld einkassierte. Rafa hat nie ein Wort darüber verloren. Wozu auch? Als man ihn fragte, behauptete er, er sei zur Boca gegangen und sie seien nicht da gewesen. Eine Lüge, die er leicht als Wahrheit ausgeben konnte. Und es *war* ja auch wahr, bis zu einem gewissen Punkt. Als er dort ankam, waren sie im Grunde genommen nicht mehr da.

Außerdem fällt Rafa auf, dass Franginho sich bei jeder Erwähnung von Carlos irgendwie verschließt, sich nicht wirklich einbringt. Vielleicht ist es Angst – es war tatsächlich verdammt Furcht einflößend im Swing Motel, und Rafa *weiß*, wozu Carlos fähig ist –, aber es könnte auch etwas anderes sein, und Rafa kommt nicht darauf. Irgendetwas in ihm scheint abgestorben, als hätte er seinen Biss verloren. Seit ein paar Wochen ist er mürrisch und zynischer als sonst – sie haben einfach nicht mehr so viel Spaß wie früher. Und den hatten sie immer, ihren Spaß. Was auch immer geschah, wie groß die Schwierigkeiten auch waren, sie hatten immer einander.

Rafa fragt sich, ob es vielleicht daran liegt, dass er Sex hat und Franginho nicht. Dass Rafa sich verliebt hat – und Franginho sich nun so fühlt, als spiele er die zweite Geige.

Und da ist was dran. Denn Rafa *hat* sich verliebt, und weißt du was? Plötzlich sind deine Kumpels nicht mehr als eben das, Kumpels, egal wie wichtig sie mal waren und wie lange eure Freundschaft zurückreicht, es gibt einfach ein paar Dinge, bei denen sie die zweite Geige spielen, wenn du verliebt bist. Vielleicht bedeutet Liebe, dass sich deine Prioritäten ändern. Vielleicht wird Rafa erwachsen.

Er erinnert sich, dass es Franginho war, der ihm ursprünglich die Nachricht überbrachte, die Bulldogge wolle sich mit ihm treffen, *lange* vor dieser leidigen Motel-Geschichte.

Über *die* will Rafa lieber nicht zu viel nachdenken.

Schließlich wäre das nicht das erste Mal, dass ein Militär einen *favelado* wegen eines Auftrags anspricht. Das kommt ständig vor. Es trägt dazu bei, das prekäre Gleichgewicht aufrechtzuerhalten.

»Du willst also wissen«, sagt Franginho, »wie wir deiner Freundin einen Haufen Geld zuschieben können und dabei glaubwürdig rüberkommen.«

»Bingo.«

»Ganz einfach«, sagt Franginho. »Erklär ihr, dass du sie liebst und ihr helfen willst.«

Rafa gefällt der Tonfall seines Freundes nicht besonders. Aber es *ist* die Wahrheit, wenn er es recht bedenkt.

Er liebt sie, will sie unterstützten, und indem er das tut, hilft er ihr auf die eine oder andere Weise.

»Klar«, sagt er, »kann ich machen.«

Renata und Fernanda erledigen die Buchhaltung des Unternehmens. Ihre Förderung durch Capital SP ist üppiger denn je. Sie wissen beide, dass es sich bei den Spenden um einfache Steuerabschreibungen handelt, aber sie ermöglichen ihnen auf Dauer, ihre wertvolle Arbeit zu leisten. Außerdem gab es weder Einmischungen noch wurden Gegenleistungen gefordert. Capital SP hat sie schon lange nicht mehr direkt für irgendetwas benutzt.

»Du hast ewig nichts mehr von ihnen gehört, oder?«, fragt Renata.

Fernanda schüttelt den Kopf. »Seit Jahren nicht.«

Renata nickt. »Was wohl aus dem alten Ray Marx geworden ist?«

»Keine Ahnung. Er ist – wie nennt man das? – ein Enigma.«

Renata lacht. »Ein großer schwingender Schwanz. Typisch Ami.«

Fernanda lacht bitter. »Er wird schon wieder auftauchen, auf die eine oder andere Art.«

»Der Bau des Singapur-Projekts geht voran«, sagt Renata. »Das bedeutet, sie verdienen Geld. Und *das* wissen sie eindeutig zu schätzen.«

Renata beobachtet, wie Fernanda das aufnimmt.

Sie sitzen eine Weile lang schweigend da.

»Wir haben in dem Punkt nichts falsch gemacht«, sagt Fernanda.

»Haben wir nicht. Wir haben uns für das Viertel eingesetzt, wir haben Veränderungen auf den Weg gebracht, *sabe?*«

»Richtig.«

Sie studieren weiter Zahlenkolonnen, verbuchen die Einnahmen und Ausgaben.

Fernanda sagt: »Diese anstehende Reise nach Brasília im November, weißt du noch?«

»Ich erinnere mich.«

»Ich werde zwei Tage weg sein. Ich treffe mich mit unserem Kontakt im Rathaus.«

»Ich erinnere mich.«

»Sie meint, ich soll jemanden im Städteministerium treffen, das könnte nützlich sein.«

»Es ist einen Versuch wert«, seufzt Renata. »Wer weiß, *ne?* Wir sind nur ein kleiner Teil einer viel größeren Sache, und wenn es jemanden mit Einfluss wirklich interessiert, findest du vielleicht den geeigneten Ansprechpartner.«

»Genau.«

»Nimm dir alle nötige Zeit. So was läuft nicht von heute auf morgen, *querida*.« Renata lächelt. »Nächste Woche treffe ich mich wieder mit dieser Gemeindegruppe aus dem Centro. Sie brauchen Unterstützung. Dieses Mendes-Bauvorhaben ist ein einziges Desaster.«

»Du schaust, ob du was für sie tun kannst, *ne*?«

»Genau das.«

Sie lächeln sich an.

Seit Renata dieses Rechtshilfebüro betreibt, hat sie fast täglich das Gefühl, etwas Gutes zu bewirken und zugleich eine vergebliche Sisyphusarbeit zu verrichten.

Sie ist sich nicht wirklich sicher, ob sie es anders haben möchte.

Juliana Mendes, zu Hause:

Als ich aufwache, ist Jorge schon weg.

Ich rolle mich auf seine Seite des Bettes, die noch warm ist und nach seinem Rasierwasser riecht.

Gestern Abend versuchte er, sich von seinem Besucher abzulenken. Er fragte nach meinem Tag, und wir haben gemütlich zu Abend gegessen. Im Bett war er unruhig, aber durch meine sanfte Massage wurde er erregt, und wir liebten uns, ruhig und langsam. Jetzt genieße ich den Abstand zwischen uns. Wir haben gut geschlafen, und ich stehe heute später auf. Ich bin erst um vierzehn Uhr mit Leonardo verabredet und muss daher erst gegen dreizehn Uhr fünfzehn aufbrechen.

Da ich gestern Abend eine ordentliche Portion Stroganoff hatte, gibt es zum Frühstück nur Obst – Papaya, Mango und Kiwi – und eine kleine Tasse schwarzen Kaffee. 0,3 Kilo zugenommen. Heute muss ich einen weniger gierigen Tag einlegen. Mein Fahrer bringt mich in den Club, wo ich meine übliche Stunde auf dem Laufband und dann fünfzehn Minuten auf dem Crosstrainer absolviere. Ich sitze zwanzig Minuten in der Trockensauna und spüre, wie sich meine Glieder entspannen und meine Gelenke weicher werden. Ich dusche und ziehe ein dunkelgrünes Baumwollkleid an, das sich leicht an- und ausziehen lässt, ohne zu knittern. Diese kleinen Routinen geben meinem Morgen Sinn und Richtung. Ich mag es, die Anspannung in meinen Muskeln zu spüren, die leichte Qual harter Anstrengung, und anschließend die Befriedigung, eine Aufgabe erledigt zu haben, die zwar selbst gestellt, aber dennoch unbestreitbar herausfordernd ist; das Gefühl, dass man eine Pause verdient hat, eine Belohnung, einen Nachmittag voller Vergnügen.

Ich habe darüber nachgedacht, mehr Wohltätigkeitsarbeit zu machen oder mich mehr in der PTA zu engagieren. Aber ich genieße die Zeit alleine, und Jorge hat immer darauf bestanden, dass ich nicht arbeite und eine Vollzeitmutter bleibe. Diese Rolle hat sich im Laufe der Jahre natürlich verändert, und es war schwer, sich an einen zunehmend unabhängigen Sohn zu gewöhnen. Manchmal sehne ich mich nach den Tagen zurück, in denen er mich wirklich brauchte, in denen er über jeden kleinen Erfolg oder jede kleine Katastrophe seines Tages mit Freuden- oder Tränenausbrüchen berichtete. Das ist etwas, das ich als Elternteil gelernt habe – die Gefühle nivellieren sich langsam, während einem der Umgang mit Freude und Schmerz immer vertrauter wird. Je eingespielter bestimmte Reaktionsweisen sind, desto mehr werden die Schläge abgemildert; man handelt einfach seiner Persönlichkeit entsprechend. Fabio hat jetzt dieses Alter erreicht, und obwohl das an sich schon eine Genugtuung ist, vermisse ich die Tage seiner Unsicherheit. Seine Bedürftigkeit.

Ich treffe Leonardo im Valet-Parkbereich des Einkaufszentrums Iguatemi. Ich steige hinten zu ihm ins Auto, der Fahrer parkt den Wagen und verlässt uns.

»Ich habe heute leider keine Zeit, irgendwo hinzufahren«, sagt Leonardo. »Aber ich wollte dich sprechen.«

»Können wir nicht einen Kaffee trinken gehen oder so?«

»Ich denke, es ist besser, wenn wir das nicht tun.«

Wir sitzen eine gefühlte Ewigkeit lang schweigend da.

Er nimmt meine Hand in seine. »Ich habe dich vermisst.« Er beugt sich vor und küsst mich, und ich erwidere den Kuss, genieße den kurzen Moment der Leidenschaft, auch wenn es sich in dem engen Raum ein wenig unbeholfen anfühlt.

»Ich habe gehört, gestern Abend war jemand bei euch zu Hause.«

»Ich bin ihm nicht begegnet. Er hat mit João gesprochen.«

»Hat dein Mann dir gesagt, worum es ging?«

»Er hat nichts gesagt.«

Leonardo nickt. »Du bist also sicher, dass du nicht weißt, warum er da war?«

»Ich habe keine Ahnung.«

Leonardos Telefon klingelt. Er schaut auf die Nummer und sagt: »Ich muss da drangehen«.

Ich bleibe ruhig sitzen, während Leonardo spricht. »Ja … ja, das habe ich doch gesagt. Ja, natürlich. Sie wissen das, wir alle wissen das bereits. Ich habe es Ihnen schon gesagt. Hören Sie, ich kann jetzt nicht darüber reden. Nein, das ist kein guter Zeitpunkt. Arbeiten Sie einfach weiter. Aber seien Sie diskret. Wir können es nicht gebrauchen, dass dieser Silva-Typ herumschnüffelt.«

Ich frage mich, warum er glaubt, nicht reden zu können, wenn ich neben ihm sitze. Das hat ihn bisher noch nie davon abgehalten.

»Ich habe dich auch vermisst«, sage ich. Ich rücke näher an ihn heran.

Er bewegt sich unmerklich von mir weg. »Es wird eine Zeit lang schwierig sein, sich zu treffen.«

»Wann, denkst du, können wir uns wiedersehen?«

»Nächste Woche. Vielleicht Montag. Ich gebe dir Bescheid. Und du solltest mir sagen, wenn irgendetwas …«

Er redet wieder von dem Mann, der Jorge in der Nacht zuvor besucht hat.

Ich nicke. »Sicher.«

Meine Stimme ist leise, fast unhörbar. Wenn mein Mann mir etwas verheimlicht, ist das sicher nicht das erste Mal.

Leonardo ruft seinen Fahrer, ich steige aus und beschließe, ein wenig ins Einkaufszentrum zu gehen. Ich schlendere zwischen den Luxuslabels umher, und in der sterilen Luft breitet sich eine gewisse Gelassenheit in mir aus.

Der Nachmittag zieht sich. Ich überlege, ob ich meinen Mann anrufen soll.

Ich habe die Erfahrung gemacht, dass man dafür büßen muss, wenn man etwas impulsiv und unüberlegt tut. Man muss sich die Konsequenzen seiner Handlungen genau vor Augen führen, und wie sich diese im Nachhinein rechtfertigen lassen; Kurzschlusshandlungen sind schwieriger rückgängig zu machen, weil sie Folgen nach sich ziehen, noch bevor es einem richtig bewusst wird. Ehe man sichs versieht, wird man zu einer überstürzten Erklärung genötigt, und das über Jahre hinweg aufgebaute Vertrauen zerbricht im Nu. Ich habe nicht die Absicht, das jetzt zu tun.

Ich blättere in der Zeitschrift *Hola*, achte kaum auf die Fotos von den Reichen und Berühmten, die für die Kameras lächeln, übersehe einen Moment lang sogar mein eigenes Bild, aufgenommen bei einer Wohltätigkeitsveranstaltung im letzten Monat, lächelnd, gelassen, flankiert von meinem Mann und meinem Liebhaber.

Ich schenke mir ein kleines Glas Weißwein ein, um mir die Zeit zu vertreiben. Ich sitze da und warte in aller Ruhe auf meinen Mann. Mein Sohn ist oben, arbeitet, spielt am Computer, telefoniert.

Ich habe nichts zu tun. Also tue ich nichts.

Die Schlechtigkeit in mir pocht manchmal, pulsiert wie ein Muskelkrampf.

Ich ignoriere sie.

Als Renata nach Hause kommt, ist Mario schon da.

Sie freut sich – es kommt ihr vor, als hätten sie schon lange keinen gemeinsamen Abend mehr gehabt.

Renata stellt ihre Tasche auf dem Küchentisch ab. »*Amor*? Bist du da?«

»Schlafzimmer. *Tou indo!*« Ich komme gleich.

Renata öffnet den Kühlschrank, schnappt sich eine Tupperdose, pickt eine Olive heraus und steckt sie in den Mund. Sie überlegt, ob sie sich ein Glas Wein einschenken soll.

»Oh, là, là!«, sagt sie lachend, als Mario in der Tür auftaucht. Er grinst, breitet die Arme aus. »Was? Gefällt dir der Anblick etwa nicht, *querida*?«

Renata schüttelt den Kopf. »Sehr attraktiv, *bonitão*. Wirklich sehr attraktiv.« *Bonitão*. Schöner Mann.

Renata sagt: »Du gehst also schwimmen, ja?«

Mario trägt seine *sunga*, eine knappe schwarze Badehose, ein kleines Handtuch über der Schulter, Badelatschen und sonst nichts.

»Sauna, meine Süße.« Er stellt sich in Pose – und wirft ihr diesen hartgesottenen Blick zu. »Der Mann muss sich ein wenig entspannen, etwas von dieser Stadt aus seinen Poren schwitzen, *entendeu*?«

»Du Spinner.«

Mario schnalzt mit der Zunge. »Sei nicht so ruppig, Schatz, das steht dir nicht.«

»Okay.«

»Willst du mitkommen? Ich habe unten angerufen, es wird gleich kuschelig warm. Komm schon.« Er deutet auf den Kühlschrank. »Wir nehmen uns ein paar Bier mit, das wird lustig.«

Renata lächelt und schüttelt den Kopf. »Du hast es drauf, Großer.«

»Zieh dich um. Ich warte.«

Renata küsst ihn. »Gib mir zwei Minuten.«

Der Saunabereich ist kühl, höhlenartig und grau gekachelt, mit einem Tauchbecken in der Ecke, gleich hinter drei Kaltduschen. Es gibt ein Dampfbad und eine Trockensauna. Wenn das Wasser aus den Duschen in Kaskaden auf den Boden klatscht, hallt es im ganzen Raum wider. Es gibt eine Reihe von Liegen aus Plastik, auf zwei davon platzieren sie ihre Handtücher und die kleine Kühltasche mit dem Bier. Zuerst Dampfbad.

Sie sitzen schweigend da. Von der Decke tropft es. Das Dampfbad wurde erst kürzlich von den *funcionarios* mit einem Eukalyptusprodukt gereinigt. Renata spritzt ein wenig von der Flüssigkeit auf den Boden. Das Zischen und der Geruch des Mittels sind scharf und beruhigend. Es befreit ihre Nebenhöhlen. Mario lehnt sich auf der obersten Bank zurück; Renata hockt direkt darunter. Renata spürt, wie Marios Hand ihre Schulter berührt. Sie lässt sich nach hinten sinken, murmelt, dass es schön ist, schließt die Augen. Er massiert ihren Nacken, seine Fingerspitzen sind fest, ein leichter, eindringlicher Rhythmus.

Sie atmen beide ein und aus, und Renata spürt, wie sie sich treiben lässt, wie sich ihr Kopf leert, fühlt …

»Wie war …«

»Ich will nicht über die Arbeit reden, *querido*.«

Der Dampf zischt, steigt auf, füllt den Raum.

»*Que bom*«, sagt Mario.

Herrlich.

Renata dreht ihren Kopf, um seine Hand zu küssen. »Okay«, sagt sie. »Duschen.«

Das kalte Wasser ist wie eine eisige Naturgewalt.

Renata will sofort wieder aus der Dusche springen, aber Mario lacht sie aus, also bleibt sie standhaft, atmet in die Kälte hinein – sie weiß, es dauert ein paar Schrecksekunden, aber dann wird man belohnt. Sie bewegt abwechselnd die Schultern unter dem Strahl, tritt einen Schritt vor, lässt ihn auf ihren unteren Rücken klatschen. Aus dem Augenwinkel beobachtet sie Mario, der von einem Fuß auf den anderen hüpft, sich kräftig den Körper abreibt und das Wasser auf seinen Bauch prasseln lässt.

Sie lächelt in sich hinein, wendet sich wieder der Dusche zu, winkelt erst den einen, dann den anderen Oberschenkel an und lässt das Wasser seine Arbeit tun. Sie hält ihren Kopf unter den eisigen Strahl, keucht, spült sich die Haare aus, schließt die Augen, während das Wasser auf ihr Gesicht niederprasselt, und dreht dann die Dusche ab.

Über das Geräusch des plätschernden Wassers hinweg sagt Mario: »Bier?« Dabei hat er die Faust geschlossen, reckt den Daumen nach oben und führt ihn ruckartig zum Mund. Die universelle brasilianische Geste für: *vamos encher a cara*. Lasst uns einen hinter die Binde kippen.

Renata nickt. Ja. Bier.

Sie knacken ihre Dosen, stoßen an und trinken. Mario leert sein Bier in zwei großen Zügen, zerdrückt die Dose in der Hand, wirft sie auf den Boden, hebt die Arme und gestikuliert: *Das war ja gar nichts*. Renata lacht. Sie liegen auf den Liegestühlen und schweigen.

Draußen vor der Sauna ist es noch warm, obwohl es schon Mitte Juni ist. Sie hören Rufe und Gelächter aus der Bar, Marios Freunde aus dem Haus, die trinken und Geschichten erzählen, sich über Sport und Politik streiten, es geht um Frauen und Männlichkeit, *enchendo saco* – sie nehmen sich gegenseitig auf die Schippe.

Mario sagt: »Wollen wir einen Sprung wagen?«

Renata nickt, ja, warum nicht, denkt sie, der Pool wird nicht mehr so kalt sein, jetzt, da die Temperatur draußen sinkt.

Sie packen ihre Sachen zusammen und verlassen die Sauna, umrunden den niedrigen Zaun und betreten den Poolbereich durch das kleine Tor. Im flachen Wasser spielen Kinder, rennen und springen von kleinen Holzplattformen, die halb untergetaucht sind und normalerweise von Jugendlichen zum Sonnenbaden und Plaudern genutzt werden.

Sie begeben sich zum tieferen Teil des Beckens, platzieren ihre Handtücher und ihr Bier auf den Liegestühlen.

Mario zwinkert, springt direkt ins tiefe Blau des Pools. Renata gleitet von der Seite bis zum Hals hinein. Mario pflügt durch das Wasser, schwimmt eine Runde und wendet dann. Renata treibt langsam in die Mitte des Beckens.

Die Sonne ist ein rosa Punkt, taucht alles in Orangerot. Von hier unten sieht man alle sechs Wohntürme, die scheinbar endlos in die Höhe wachsen. In einigen Fenstern brennt Licht, man hört leise Geräusche aus den Küchen, Eltern entspannen sich, während Dienstmädchen und Nannys mit den Kindern schimpfen. Wolken driften vorbei – es ist zu kühl für ein Gewitter, was zu dieser Jahreszeit auch selten vorkommt.

Mario hört auf zu kraulen, dreht sich auf den Rücken, streckt sich, strampelt in ihre Richtung.

Sie umfasst seinen Oberkörper mit ihren Armen, er streckt Arme und Beine aus, während sie ihn an der Oberfläche hält.

Wellen plätschern am Rand des Beckens. Männerstimmen durchdringen die friedliche Stille, die sich zu dieser Stunde in der Wohnanlage breitmacht.

Mario deutet auf die Bar. Ein besonders dreckiges Lachen. »Nelson«, sagt er.

Renata zieht eine Augenbraue hoch. *O gut, Nelson,* denkt sie. Nicht gerade der Kultivierteste in einer Gruppe ziemlich unkultivierter Männer.

»Wir könnten schnell etwas trinken gehen, wenn du willst?«, sagt Mario.

»Sicher, in einer Minute.«

»Schön.«

Mario dreht sich, richtet sich auf, macht Schwimmbewegungen mit den Beinen, zieht Renata an sich, eine enge Umarmung.

Sein Körper fühlt sich kalt an, straff, sein Brusthaar weich, seine Haut glatt – bis auf die Gänsehaut an seinem Hals.

»Es *ist* schön«, sagt er. »Ich liebe dich.«

Renata spürt die vertraute innige Wahrheit seiner Worte und ihre eigene Gänsehaut.

»Ich liebe dich auch«, sagt sie. »Ich liebe dich.«

Später trinken sie etwas in der Bar der Wohnanlage, die Männer sind lustig, ihre Witze sitzen, sie ziehen Mario vor ihr auf und schmeicheln ihm gleichzeitig, was Renata stolz auf ihn, stolz auf die anderen macht.

Als sie im Bett das Licht ausknipsen, versinken sie rasch in einen tiefen Schlaf.

Es war ein guter Abend, denkt sie beim Einschlafen.

Bocão, Großmaul, ehemaliger Callboy:

Hass.

Nachdem ich das erste Mal sah, wie ein anderer Mann Paddys Haus verließ, konnte ich nachts nicht mehr schlafen. Ich wurde nur noch von Adrenalin und Angst angetrieben. Eine Stimme in meinem Kopf befahl mir, was ich tun sollte. Du bist wertlos, ein Nichts. Steh auf. Geh zur Arbeit. Schau auf die Zahlen. Du Idiot. Du verdienst etwas Besseres. Du verdienst genau das.

Nachts kehrte ich regelmäßig zu Paddys Haus zurück, stand im Schatten, beobachtete seine Haustür, beobachtete die Lichter im Haus, bis alles dunkel wurde. Dann blieb ich noch länger, während die Dunkelheit dichter wurde, bis die Wolken im Licht der Morgendämmerung glühten. Ich machte mich auf den Weg zur Arbeit, saß wie betäubt da, ohne Notiz von meinen Kolleginnen zu nehmen, mein einziger Kontakt war eine einseitige Affäre mit den Zahlen auf meinem Bildschirm. Sie konnten mir nichts entgegnen, konnten mir keinen Trost spenden.

Meine Arme und Beine waren mit roten Flecken übersät, wo

ich mich wund gekratzt hatte. Du bist nichts. Du bist nichts. Zu Hause machte sich meine Schwester Sorgen.

»Ich weiß, dass du nachts rausgehst«, sagte sie. »Ich kann dich hören. Manchmal kommst du gar nicht mehr zurück. Was ist denn los?«

»Es ist nichts. Ich gehe aus, das ist alles, *sabe*?«

»Das sieht nicht nach einem guten Leben aus.«

»Ich mische mich auch nicht in dein Leben ein, sabe?«

Nach einer Weile hörte sie auf, mich zu fragen.

2

Herzensbrecher

November 2011

Die Zeit bleibt nicht stehen.

Cazuza, Musiker

Bocão, Großmaul, *ehemaliger Callboy:*
Hass.

Paddy und ich trafen uns wieder. Es war fast wie früher, aber ich spürte eine schleichende Ungewissheit. Wir lagen im Bett. Ich konnte nicht schlafen. Ich wiederholte in Gedanken das Gespräch, das wir geführt hatten, bevor Paddy eingeschlafen war.

»Ich habe in den nächsten Wochen viel vor.«

»Kann ich dich etwas fragen?«

»Es ist sehr viel los in der Schule. Leute kommen, um sich das Gebäude anzusehen.«

»Ich verliere dich.«

»Und an den Wochenenden muss ich auch noch zu ein paar Veranstaltungen gehen.«

»Sag mir, dass es sonst niemanden gibt.«

»Es wird schon bald wieder so sein wie früher.«

»Seit wir im Theater waren …«

»Komm ein bisschen näher.«

»Ich vertraue dir nicht mehr.«

»Näher.«

»Es ist das Gefühl, das du in mir auslöst.«

»Hmm. Ich bin müde.«

»Du bist nicht mehr derselbe.«

»Es wird schon bald wieder normal sein.«

»Ich glaube dir nicht.«

»Schlaf jetzt. Bitte.«

Aber ich konnte nicht einschlafen. Ich lag da und sah durch die Vorhänge zu, wie sich das Licht veränderte. Am Morgen stand ich auf, bevor Paddy erwachte, zog mich an und ging zur Arbeit.

Eines Abends blätterten wir durch einen seiner Kunstbände.

»Siehst du das Bild hier? Schau dir an, wie es durch die Farbe strukturiert ist. Es gibt keine Perspektive, außer der Farbe. Schau, wo dieses Rot an jenes Rot grenzt. Es bewirkt eine räumliche Veränderung. Es gibt dem Bild Tiefe.«

»Zeigst du anderen Männern auch deine Bilder?«

»Es ist von Matisse. Das rote Zimmer. Schau dir die Gegenstände an. Früchte. Eine Vase.«

»Fickst du sie?«

»Jetzt sieh dir das Tischtuch an. Sieh, wie sich das Muster auf der Tapete wiederholt.«

»Du tust es, nicht wahr?«

Paddy legte seine Hand auf meine. »Nur diese Linie hier trennt beides. Und der winzige Unterschied in der Schattierung. Kannst du ihn sehen?«

»Nein.«

»Gut. Lass uns etwas trinken.«

Ich sah ihm nach, als er den Raum verließ, und hoffte seltsamerweise, er würde nie wieder zurückkehren.

Eifersucht …

Nein, etwas anderes. Enttäuschung. Dann rief er an.

»Kannst du am Montagabend vorbeikommen? Ich möchte mit dir reden.«

»Du willst reden?« Ich war überrascht.

»Es gibt da ein paar Dinge, die ich dir sagen muss.«

»Sag es jetzt.«

»Jetzt ist kein guter Zeitpunkt. Wir sehen uns am Montagabend? In Ordnung?«

Kurzes Schweigen. »Okay.«

Okay.

Es waren arbeitsame Monate für Dilma. Anna ist beeindruckt von ihrer Durchsetzungsfähigkeit. Dilma verfolgt einen überraschend kompromisslosen Kurs und duldet keine Dummköpfe.

Dummkopf Nummer eins: Stabschef Antonio Palocci tritt im Juni zurück, nachdem Medienberichte eine unangemessen schnelle Anhäufung von Vermögen enthüllt haben, von dem ein Großteil, wie die Artikel andeuten, aus *mensalão* stammt, dem monatlichen Schmiergeld, mit dem Lula sich die Zusammenarbeit innerhalb der breit angelegten Linkskoalition und eine Mehrheit in der Regierung gesichert hatte. Natürlich hat Anna seine Verhandlungstechniken miterlebt, hat gesehen, wo er seine Geschäfte macht, und sie findet es schade, dass dies nirgendwo erwähnt wird. Der große Chef Palocci und sein kleiner Stab. Anna ist mehr als erfreut darüber, dass der sexistische alte Sack endlich abserviert wird.

Dummkopf Nummer zwei: Anfang Juli macht Verkehrsminister Alfredo Nascimento den Abflug, nachdem in seinem Ministerium Korruptionsvorwürfe laut geworden sind. Zweifelsohne macht er die Flatter in einem Privatjet.

Dummkopf Nummer drei ist Verteidigungsminister Nelson Jobim. Er tritt Anfang August zurück, aber das ist ein Präventivschlag. Gegen ihn selbst wird nicht ermittelt, aber er hat überall im Land ziemlich verleumderische Äußerungen über eine ganze Reihe anderer Minister gemacht, also stürzt er in sein eigenes Schwert. Fast zu einfach, denkt Anna.

Dummkopf Nummer vier: Landwirtschaftsminister Wagner Rossi. Für ihn rächt sich manche Grube, die er anderen gegraben hat, als ein interner Strohmann ausplaudert, wie viel Geld der gute Minister bei Nebengeschäften geerntet hat.

Über Dummkopf Nummer fünf weiß Anna so gut wie alles. Es ist September, ein paar Monate nach der Sexparty-Saison, und Tourismusminister Pedro Novais quittiert sein Amt wegen mutmaßlichen Missbrauchs öffentlicher Gelder. *Bon voyage, Senhor.*

Dummkopf Nummer sechs, Sportminister Orlando Silva, tritt im Oktober zurück. Grund: ein schmutziger kleiner Betrug, bei dem er Schmiergelder in Millionenhöhe annahm, die aus einem Fonds zur Förderung des Sports für unterprivilegierte Kinder stammten. *Bem jogado.* Gut gespielt.

Es gibt noch zwei weitere Dummköpfe, die vermutlich entlassen werden, wahrscheinlich im nächsten Monat oder so, je nachdem wie geschickt sie ihre Vergehen getarnt haben.

Dummkopf Nummer sieben ist Arbeitsminister Carlos Lupi. Wie Anna erfahren hat, haben er und sein Team Geld von Wohlfahrtsverbänden und NGOs als Gegenleistung für die Finanzierung durch das Ministerium gefordert. Mal sehen, ob sich seine harte Arbeit auszahlt.

Und schließlich Dummkopf Nummer acht, unser guter Entwicklungsminister Fernando Pimentel. Es gibt Gerüchte über eine Story, die bald in der Presse erscheinen wird, in der es um sogenannte Vorteilsgewährung geht. Anna lächelt. Ihr fällt kein Witz zu seinem Fall ein.

Muss auch nicht sein …

Die ganze Angelegenheit ist ein einziger Witz.

Und Dilma, so scheint es, könnte durchaus diejenige sein, die zuletzt lacht. Es gibt jedoch eine Sache, die Anna beunruhigt:

Wo genau hört die Verantwortung auf? Ab welchem Punkt wird die Regierung der Arbeiterpartei nicht mehr tragfähig sein?

Dilma wird sich womöglich die Nase abschneiden müssen, um ihr Gesicht zu wahren. Schließlich ist sie die Anführerin dieses ganzen Gesindels.

Im Taxi zum Flughafen Congonhas, wo sie ihren Kurzstreckenflug nach Brasília starten, sagt Ray zu Fernanda: »Als ich das erste Mal nach São Paulo kam, gab es diese gebäudegroßen Werbetafeln für den *Playboy*, weißt du noch? Riesige Bilder von unglaublichen Frauen in Dessous, die auf den Verkehr hinunterblickten. Unglaublich ist das richtige Wort. Sie waren wenig glaubwürdig, diese Frauen, diese gigantischen Frauen. Wohin ist eigentlich all das verschwunden? Scheint mir eine Verschwendung von guter Werbefläche zu sein.«

»Ist das ein Versuch, charmant zu plaudern?«

»Ich bin nur neugierig, das ist alles.«

Ray spürt, dass Fernanda heute nicht wirklich auf seinen Charme steht, warum, weiß er nicht. Normalerweise lässt er ihn nie im Stich, sein Charme. Sie bekommt vielleicht ihre Tage, denkt er, mit gerade genug Selbsterkenntnis und Ironie, um den Gedanken zuzulassen – ohne ihn auszusprechen.

»Verkehrsunfälle«, sagt Fernanda. »Sie haben Verkehrsunfälle verursacht.«

»Unglaublich.«

»Bis es vor ein paar Jahren ein staatliches Verbot für Plakatwerbung im Allgemeinen gab, ich weiß nicht mehr, wie und warum genau.«

»Aha.«

»Man gewöhnt sich an ihre Abwesenheit, oder?«

»Man gewöhnt sich tatsächlich daran«, sagt Ray. »Komisch, dass es einem erst auffällt, wenn einem bewusst wird, dass es einem auffällt.«

»Du bist ein wahrer Philosoph, Ray.«

»Keiner kann aus seiner Haut, *querida*.«

Ray beobachtet Fernandas Reaktion darauf. Sie ist halbherzig, aber sie ist vorhanden. Diese kleine, immer wieder aufgefrischte, halbwegs lockere Affäre zwischen ihnen ist manchmal ein wenig ermüdend. Ray will einfach nur geliebt werden, alles in allem.

Fernanda erklärt dem Fahrer, wo er anhalten soll.

Die Gegend um Congonhas ist ziemlich unattraktiv. Und der Flughafen ist auch nicht viel besser. Bei einem geschäftigen Inlandsknotenpunkt wie diesem gibt es keine Erste Klasse. Ray denkt, sie hätten ein Privatflugzeug chartern sollen. Das hätte ihrer On-off-Beziehung vielleicht etwas auf die Sprünge geholfen, hätte vielleicht ihren Status geklärt.

Um ehrlich zu sein, kümmert es Ray nicht allzu sehr. Er hat beim Frühstück eine Tablette eingeworfen und sich davor eine winzige Dosis aus seiner mexikanischen Flasche gegönnt. Eine Dosis, die ihn durch den Tag bringt, bis er am Abend wieder nachlegt. Mehr braucht er nicht. Mehr *verlangt* sein Verlangen nicht. Bis jetzt hat er es vermieden, sich Stoff in Brasilien zu besorgen. Es war einfacher, ein Ferngespräch zu führen und dann eine Kurierlieferung von seinen Bohnenfresser-Freunden nördlich der Grenze zu erhalten. Er hat ein paar Gefallen aufgebraucht, gleichzeitig hat es seine Produktivität gesteigert, und sein Kumpel bei Capital SP, der alte Huck, ist mit Rays Arbeit zufrieden. Ein beachtlicher Bonusscheck ist bereits ausgestellt und wartet darauf, unterschrieben, besiegelt und eingelöst zu werden.

Aber das sind Peanuts im Vergleich zu dem, was er in Brasília anhäuft. Ray geht in die Tiefe – Ray stattet Geddel Vieira einen Besuch ab.

Ray fliegt runter zum Bunker.

Im Flugzeug erzählt Fernanda Ray eine Geschichte, der er nur halb zuhört, wenn überhaupt. Er hat eine Dose Brahma vor sich und eine Tüte Nüsse, und er ist darauf bedacht, die Stewardess nicht zu verpassen, denn es ist definitiv noch Zeit für ein Bier, vielleicht auch für zwei, und das wird ihm die Sicherheitskontrolle und die zweifellos schmuddelige Taxifahrt durch die Vorstädte versüßen.

Fernanda sagt: »Bei meinem ersten Besuch in Brasília wurde ich von Cousins meines Ex-Freundes eingeladen, um bei ihnen in der modernistischen Utopie von Niemeyer zu wohnen. Er hat Millionen von Cousins und Cousinen. Seine Mutter ist die jüngste von zehn Geschwistern, oder so ähnlich. Und die sind alle verheiratet und haben Millionen von Kindern. Es ist unmöglich, sich ihre Namen zu merken – ich erkenne sie an der Art und Weise, wie sie sich begrüßen: ein Händedruck, eine Umarmung, ein Kuss oder zwei oder sogar drei, je nachdem, aus welchem Bundesland sie kommen, oder, was am seltsamsten ist, einen Arm um den Hals zu legen und eine seltsame Art von Bauchstreicheln. Und das von einem Mann. Es fühlt sich seltsam übergriffig an, und das nicht auf eine gute Art, *entendeu*? Sie sind Hinterwäldler, das ist der Punkt, einige von ihnen.«

Ray hört ihr weiter zu. Im Flugzeug ist diese Art von ununterbrochenem Monolog möglich, denkt er. Vielleicht liegt es einfach daran, dass beide nach vorne schauen – es ist einem nicht peinlich, unablässig zu reden.

»Seine Cousins leben also in einem der vielen öden, hässlichen Trabantenviertel, die sich um das, ich zitiere, elegante Niemeyer-Zentrum ausbreiten. Wir verbrachten dort eine Nacht in einer Bar mit einem Cousin, dessen Namen ich vergessen habe, der mir aber wegen einer kürzlichen Haartransplantation und einer Haftstrafe wegen Steuerbetrugs im Gedächtnis geblieben ist. Ja, er war schon etwas Besonderes. Wie auch immer, die Bar hatte etwas Elendes, Betrunkenheit ohne *alegría*, eine Art unterschwellige Gewaltbereitschaft oder zumindest Streitlust. Es war nicht sehr witzig.«

Ray grunzt etwas Zustimmendes. Soll sie doch ruhig reden.

»Ich war erleichtert, als wir am nächsten Tag ins Zentrum fuhren, um Ludmilla zu treffen, eine Schulfreundin von mir, die dort arbeitet. Wir erkundeten die wichtigsten Sehenswürdigkeiten und gingen dann in eine Bar an einem See, wo junge attraktive Männer und Frauen auf Jetskis ihren Spaß hatten und Wasserskitricks machten. Es ist genau so, wie ich es beschreibe, Ray. Also, Ludmilla wohnte in einem Anwesen nicht weit vom Zentrum entfernt. Es scheint Hunderte dieser Anwesen zu geben, die über Ausfahrten von der Hauptstraße aus erreichbar sind. Sie sind alle identisch, nur durch verschiedene Kombinationen von Zahlen und Buchstaben unterscheidbar. Du hast erwähnt, dass du sie gesehen hast, glaube ich?«

»Ja, sicher«, sagt Ray. Er winkt der Stewardess, macht die universelle Geste für *mais uma*, noch eins. Er grinst. »Die haben einen leicht kommunistischen Stil, wenn du mich fragst. Ein bisschen Ostblock, so Achtzigerjahre, weißt du?«

»Sehr gut, Ray.«

Ray verbeugt sich spöttisch und macht ein »Ich bin ein lustiger Typ«-Gesicht.

Die Stewardess bringt ihm sein Bier. Ray lächelt sie an. Ihre Zähne blitzen zwischen ihren schwellenden rosa Lippen.

»Jedenfalls führt uns Ludmilla in eine Art britisches Schloss, wo wir etwas trinken und zu Abend essen, der Laden hat eine Zugbrücke, ein Fallgitter, weiß der Teufel was noch. Wir sind etwa eine oder anderthalb Stunden da drin. In dieser Zeit werden die Scheiben von Ludmillas Auto eingeschlagen, der Kofferraum aufgebrochen und alle unsere Sachen geklaut. Einschließlich des Reisepasses von meinem Ex. Ich habe vielleicht vergessen zu sagen, dass er einer von deiner Sorte ist.«

»Ein Mann?«

»Ein Yankee, Ray. Halb Brasilianer, halb Yank, aber nur ein Pass.«

»Cool.«

»Und so wurde Brasília für mich noch unterhaltsamer, als wir von der Polizeiwache zum Konsulat, von dort zum Passamt und zum Fotoautomaten wanderten. Das Passfoto musste eine ganz bestimmte Größe haben – was ich zunächst nicht kapierte. Man brauchte ein Hemd mit Kragen oder ein Jackett – die wir nicht hatten – und eine Karte mit Datum, die man hochhalten musste und die meinen Ex wie einen Kriminellen aussehen ließ. Wir stritten die ganze Zeit. Ludmilla war sichtlich erleichtert, als sie uns mit einer neuen Tasche, in der sich zwei Handtücher, drei T-Shirts, zwei Zahnbürsten und ein Roman von Elmore Leonard befanden, in einen Bus nach Caldas Novas setzte, einem Kurort mit heißen Quellen, wo wir herumlungerten und kaltes Bier tranken. Wir stritten uns auch dort, vor allem bei einem Besuch in einem Freizeitpark: Es ging um den *Strömungskanal*, einen Zwischenfall mit einem aufblasbaren Krokodil und darum, dass mein Ex dort mit einer Gruppe von *Paulistana*-Frauen bei einem Junggesellinnenabschied flirtete. Ich stürmte davon und verbrachte mehrere Stunden damit, Caipirinha mit alten Männern in knappen Badehosen zu trinken, die in etwas hockten, das sich wie schmutziges Badewasser anfühlte.«

»Klingt nach meiner Art von Bar.«

»Der Punkt ist, Ray, ich hasse Brasília.«

Ray wirft sich Nüsse in den Mund und spült sie mit Bier hinunter.

»Aber du magst mich«, sagt er. »Es wird schon gut gehen.«

Einsatzbesprechung …

Delegacia, am frühen Morgen.

Leme stellt sein Auto in der Tiefgarage ab. Schmierfett und Schmutz, Öl und Motoren, Kisten mit Schrott, Moder …

Schnell in den Aufzug. Hoch und höher. Saubere Luft und das Dröhnen von Klimaanlagen.

Vor Lagnados Büro – Lisboa wartet schon.

Leme setzt sich neben ihn. Sie heben die Augenbrauen, stoßen die Fäuste aneinander.

Sie wissen, was auf sie zukommt.

Lagnados Tür öffnet sich. Mehr Willkommensgruß ist nicht drin.

Sie schlurfen hinein. Lagnado verzieht das Gesicht: *Setzt euch.* Sie setzen sich.

»Und wie nennen wir den Kerl jetzt?«, fragt er. »Park Maniac zwei? Park Maniac: Die Rückkehr des Park Maniac?«

Es liegt keine Spur von Ironie in seiner Stimme – kein Funken schwarzer Humor.

»Es ist November. Es gab Opfer im Januar und März. Seitdem nichts mehr. Sie stehen mit leeren Händen da. Ich denke, es ist an der Zeit, diese Fälle auf Eis zu legen. Geben Sie eine Pressemeldung raus, dass es keine Beweise für eine Verbindung zwischen den beiden Mordserien gibt. Es sind tragische Fälle gewalttätiger, abscheulicher Hassverbrechen, auf entsetzliche Art und Weise und aus entsetzlichen Gründen ermordete Außenseiter – oder was auch immer der Euphemismus für solche Versager ist. Wenn wir Glück haben, finden Sie vielleicht einen Selbstmörder, der als Täter ins Konzept passt. Das würde vom Profil her funktionieren. Verstehen Sie?«

Sie verstehen.

Lagnado fährt fort: »Ihr Journalistenkollege hat im Juli gute Arbeit geleistet, um die ganze Sache zu beruhigen. Dieser Artikel ist die Grundlage für alles Weitere. Wir geben eine Erklärung ab, bringen diesen Schreiber dazu, eine abschließende Titelgeschichte zu verfassen, und Schwamm drüber. *Certo?*«

Leme windet sich. Lisboa hebt einen Finger. Leme bemerkt es, nickt, sagt nichts. Leme kocht vor Wut.

»Die Öffentlichkeit interessiert sich nicht für Hassdelikte und ihre Opfer, Jungs. Zumindest nicht die Öffentlichkeit, auf die es ankommt. Ein paar Spinner und Pädos, denen das Licht ausgeblasen wird, zählen nicht, egal wie krank und widerwärtig die Tat ist. Es sieht nicht so aus, als hätten wir es mit einem Serienkiller zu tun. Das heißt, die Prioritäten liegen woanders. Es ist eine Frage der Ressourcen. Wir brauchen Sie für etwas Wichtigeres.«

Leme bleibt stumm. Lisboa windet sich.

Lagnado sagt: »Sie machen gute Arbeit, Sie kennen Ihre Grenzen, *sabe*? Sie hatten Erfolg. Sie haben bei Ihrem ersten Fall geholfen, den Mörder des britischen Schuldirektors dingfest zu machen, das wurde nicht vergessen.«

Leme denkt: *So hat es sich aber nicht angefühlt.*

Er sagt: »Wir glauben, dass es eine Verbindung zwischen diesem Fall und den beiden Morden in diesem Jahr gibt.«

Lisboa rollt mit den Augen, verkrampft sich. Leme sieht, was er denkt: *Lass es, Kumpel.*

Lagnado lächelt. »Acht Jahre Abstand, ein Geständnis, ein ganz anderer Fall. Die Akte ist geschlossen. Sie haben das Richtige getan. Es gibt keine Verbindung.«

»Ich bin mir nicht sicher, ob wir den richtigen Mann hatten.«

»Dafür ist es ein wenig zu spät.«

»Es gibt eine Verbindung, ein fehlendes Objekt aus Lockwoods Haus …«

»Zufall. Und ich weiß, wovon Sie sprechen, mein Sohn. Glauben Sie, ich wüsste nicht von jeder Kleinigkeit, die Sie seit Jahren immer mal wieder treiben? Es ist vorbei; lassen Sie es gut sein. Ich habe etwas Besseres für Sie.«

Lisboa sagt: »Es war Teil der Ermittlung, Senhor, das ist alles, es schien sich zu lohnen, dem nachzugehen, Sackgasse, *sabe*?«

»Es ist gut, dass Sie der Sache nachgegangen sind, belassen Sie es dabei – ein notwendiger Teil Ihrer Arbeit. Ein Job, den Sie nach bestem Wissen und Gewissen gemacht haben.«

Leme denkt: *Okay, ich hab's verstanden.* Er buchstabiert es für sich selbst aus:

Es darf keine Verbindung geben, denn eine Verbindung legt nahe, dass sie im Lockwood-Fall den falschen Mann hatten, was wiederum nahelegt, dass Lockwood ein anderer war, als alle dachten, und das darf nicht sein.

Gib auf, Sohn, denkt er. Lagnado hat recht.

Es ist vorbei.

»Weiter geht's, Leute«, sagt Lagnado. »Nehmen Sie sich den Rest der Woche frei und kommen Sie Montagmorgen gestärkt zurück. Sie werden eine Zeit lang unter Alvarenga arbeiten. Er braucht ein paar kluge Köpfe, und ich habe Sie vorgeschlagen. Er war sehr erfreut.«

Sie nicken. Sie stehen auf und gehen.

Im Aufzug sagt Lisboa: »Ich mag Alvarenga, er ist ein guter Mann, das ist ein gutes Ergebnis.«

Leme nickt. Leme sagt: »Es ist irgendwie eine Erleichterung, wenn ich ehrlich bin.«

»Definitiv.«

»Es war so verdammt düster, das alles. Und es ist alles da, weißt du, man muss nur hinsehen. Kratzt man an der Oberfläche, ist alles da, direkt darunter. Und dicht darüber.«

»Das ist São Paulo, Kumpel.«

»So toll, dass sie den Namen gleich zweimal vergeben mussten.«

Lisboa lacht. »Witzig«, sagt er. »Stadt und Land.«

»Witzig, weil es wahr ist. *São Paulo, São Paulo*«, singt Leme halb, »*start spreading the news ...*«

»Das ist ein anderer Song, *porra*.«

»Also los«, sagt Leme. »Wir sind im Urlaub, ich lade dich auf ein Bier ein.«

Lisboa nickt. »Das will ich dir auch geraten haben.«

Renata begreift allmählich: Dilmas Null-Toleranz-Politik gegenüber Korruption und deren Darstellung in den Medien sowie die Entlassungen und Rücktritte der Minister bedeuten, dass Casa Nova, Mendes Construction und alle, die an Singapur-Projekten oder kommunalen Bauten beteiligt sind, keinerlei Risiko eingehen werden, egal mit wem sie es zu tun haben.

Außerdem ist Renata klar, dass genau diese Leute schwer angepisst sein werden, wenn sie der Gemeindegruppe im Centro hilft.

Warum? Sie wollen nicht, dass dem Projekt auch nur das Geringste in die Quere kommt. Ihr Ziel ist die Weltmeisterschaft und das Geld, das sie einbringt. Der Ball muss ins Netz, denkt sie ironisch, ein Mario-Spruch.

Während sie durch ihr offenes Bürofenster den rötlichen Himmel beobachtet, fühlt, wie die Temperatur sinkt und unten in der Bar und in Dona Reginas *Por-Kilo*-Restaurant Feierabendstimmung aufkommt, gelangt sie zu der Überzeugung, dass sie am besten alles für sich behält, was die Bewohner und die rechtlichen Aspekte ihrer Umsiedlung betrifft – und vorläufig jede Art von Anschuldigung unterlässt.

In ein Wespennest zu stechen, ist gerade für niemanden von Vorteil, am allerwenigsten für die Gemeinde.

Sie muss unauffällig vorgehen; sie muss dafür sorgen, dass Silva sich mit seiner Story ein wenig zurückhält. Sie hat Glück, dass er sie mag – sie wissen sich gegenseitig zu schätzen.

Vorwärts.

»Das ist die letzte für dieses Jahr, *certo?*«

Rafa nickt. Der Militärpolizist reicht ihm eine Tasche – vollgestopft mit Bargeld.

»Und warum ist das so?«, fragt Rafa.

»Urlaubszeit, Kumpel«, sagt der Militär achselzuckend. »Keine Ahnung.«

»Eine Ansage vom alten Carlão, ja?«

Der Militär schüttelt den Kopf. »*Porra*, schieß nicht auf den Boten, klar?«

»Hatte ich auch nicht vor«, zwinkert Rafa, »es sei denn, der Bote will mich erschießen.«

»Sehr gut, mein Sohn, und jetzt verzieh dich.«

Rafa grinst. »Wir sehen uns im neuen Jahr, *porra.*«

Der Militär winkt ab, lächelt aber. Er dreht sich noch einmal um und sagt: »Dann ist auch der Fortschrittsbericht fällig, *certo?*«

»Was ist ein Fortschrittsbericht?«

»Woher zum Teufel soll ich das wissen?«, sagt er. »Schieß nicht auf den Boten, *entendeu*?«

Er steigt auf sein Motorrad, lässt den Motor aufheulen. Dann rast er die Straße hinunter, an der sie sich getroffen haben, in einer *boca de fumo* im Süden von Paraisópolis.

Rafa springt in das wartende Auto.

Franginho fährt los. »Um was ging es da eben?«, fragt Franginho.

»Fortschrittsbericht.«

»Wie bitte?«

»Genau meine Rede.«

Sie schlängeln sich durch Seitenstraßen. Franginho zeigt allen bekannten Gestalten auf der Straße den Mittelfinger. Es sind ziemlich viele.

»*Então?*«

»Sie wollen im neuen Jahr einen Fortschrittsbericht.«

»Wie? Sie haben uns Taschen gegeben, wir haben sie weitergegeben, das nennen wir einen Fortschritt, so in der Art?«

»Entspräche zumindest den Tatsachen.«

»Ist aber nicht das, was sie wollen.«

»Nee, vermutlich wissen wir beide, was sie wollen.«

Es ist früh am Morgen. Die Kinder strömen hinunter zur Bushaltestelle. Sie beobachten spielerisches Handgemenge zwischen den Jungs, die sich gegenseitig die Schultaschen in Gräben, hinter Müllsäcke und Bauschutt schleudern. Die sich mit Sperrholz und Ziegelsteinen bewerfen, na ja, zumindest *in Richtung* des jeweils anderen.

Seitdem das Singapur-Projekt richtig in Gang gekommen ist, gibt es eine Menge Bauschutt. Rafa und Franginho waren schon seit Ewigkeiten nicht mehr in der Bürobaracke.

Franginho biegt rechts ab, und sie parken vor Zé Bolachas Bar – *Joe Biscuit's* –, um ein Weltklassefrühstück einzunehmen.

»Dann sprich am besten mit deiner Braut«, sagt Franginho und steigt aus. »Finde heraus, was zum Teufel sie mit dem ganzen Geld angestellt hat.«

Rafa weiß genau, was sie mit dem ganzen Geld angestellt hat, aber er wird es Franginho nicht verraten – noch nicht –, und er wird es ganz sicher nicht in einen Fortschrittsbericht für Carlão oder sonst irgendjemanden schreiben.

Rafa klopft Franginho auf den Rücken. »Grand-Slam-Frühstück, *amigo*, ich lade dich ein.«

»Geh voran«, lacht Franginho.

Rafa lächelt. Er wird es ihm sagen – *bald*.

Ray verabschiedet sich von Fernanda und Anna, die in der Hotelbar plaudern, ein Wagen holt ihn ab, chauffiert ihn an einen Ort, der etwa eine Stunde von Brasília entfernt liegt.

Unterwegs schläft Ray das Flugzeug-Bier weg und die zwei weiteren, die er beim Einchecken getrunken hat. Das Hotel ist ein protziger Neubau – es stinkt nach Geld. Aus der Ferne wirkt es wie ein riesiger, luxuriöser Aschenbecher. Es besteht komplett aus Glas und verstärktem Stahl – wie ein Banktresor. Eine clevere Konstruktion, dieses Hotel. Bei all dem Glas – selbst die Zimmer sind aus Glas – bedarf es einiger ausgefeilter Tricks, einiger echter *Schikanen*, um überhaupt etwas Privatsphäre zu zaubern. Es ist wie ein Iglu – ein Iglu aus Geld.

Ray döst. Es handelt sich um eine inoffizielle Exkursion, weder Fernanda noch Anna wissen von seinen Plänen. Er hat ihnen lediglich erzählt, er treffe sich mit Little Johnny, seinem Informanten vor Ort, was ja auch stimmt. Sie verdrehten die Augen und sagten: *Ja, ja, Ray, du bist ein ganz toller Hecht.* Ray ließ ihnen den Spaß und zwinkerte ihnen zum Abschied zu.

Natürlich trifft er Little Johnny – an den Toren des Bunkers.

Das Gespräch mit Anna war für alle Beteiligten informativ und zufriedenstellend.

Ray lässt es vor seinem inneren Ohr noch mal ablaufen; es ging ungefähr so:

Anna: Das Städteministerium ist entschlossen, Geld in das Paraisópolis-Projekt zu stecken. Die Idee ist, das langfristige Wachstum der Gemeinde zu fördern. Im Grunde wollen sie, dass die Favela nicht mehr wie eine Favela aussieht.

Ray: Also ein Vorzeigeprojekt?

Anna: Ganz genau. Wenn es gut läuft, werden weitere Investitionen in andere ähnliche Vorhaben getätigt.

Ray: *Ka-ching.*

Fernanda: Wie hast du das geschafft?

Anna: Politik, *querida.*

Fernanda: Was soll das heißen?

Ray: Erpressung.

Anna: Ich würde es Vorteilsgewährung nennen, eine Wendung, die ich vor nicht allzu langer Zeit gelernt habe.

Fernanda: Okay.

Anna: Das Geld des Ministeriums fließt – unter anderem – in das Unternehmen Casa Nova, das euch bekannt sein dürfte und mit dem Bauunternehmen Mendes in Verbindung steht.

Fernanda: Klar ist es das.

Ray: Syndikatsbildung bedeutet, sich immer auf Geld zu verlassen, das verlässlich ist.

Fernanda: Warum sprichst du in Rätseln, Ray?

Ray: Du steckst dein Geld in ein kluges Produkt, in eine ganz legale Handelsware.

Anna: Die Investition kommt der Gemeinschaft zugute, unabhängig davon, woher sie stammt – und wohin sie geht.

Fernanda: Wie soll das funktionieren?

Anna: Ihr werdet vor Ort sein und dabei helfen, es zu verwalten, zu vermitteln und sicherzustellen, dass es dort ankommt, wo es hin soll.

Ray: Zumindest ein Teil davon.

Fernanda: Und der Rest?

Ray: Der Preis für die Abwicklung.

Anna: Es gibt nur eine Bedingung.

Fernanda: Das hört sich nicht gut an.

Anna: Sie wollen, dass deine Chefin ihre Finger von dem Projekt im Centro lässt, an dem Mendes Construction beteiligt ist.

Fernanda: Ich bin mir ziemlich sicher, dass sie das nicht akzeptieren wird.

Anna: Das ist Lobbyarbeit, *querida*. Verhandlungssache.

Ray: Und das wird das nächste Projekt nach Paraisópolis sein, habe ich recht?

Anna: Richtig, Ray.

Fernanda: Bis dahin ist es für die Bewohner zu spät.

Ray: Erklär uns noch mal, wie du den Antrag durchgebracht hast.

Anna: Mendes möchte wieder groß in die Politik einsteigen, jetzt, da alle wichtigen Leute sich als Drecksäcke entpuppt haben. Rasputin hat ihm einen sauberen Lauf in São Paulo angeboten, einen Persilschein.

Ray: Das kann er anbieten, oder?

Anna: Er kann immerhin anbieten, gewisse brisante Informationen für sich zu behalten.

Ray: Soweit ich weiß, ist Mendes kein Perverser.

Anna: Nein, aber seine Frau könnte es sein.

Ray: Hervorragend.

Fernanda: Ich werde so tun, als hätte ich nichts von all dem gehört.

Anna: Das musst du nicht, *amiga*. Jemand wird mit deiner Chefin reden – wenn er es nicht schon getan hat. Das ist der Zusammenhang.

Ray: Das ist Politik.

Ray ist mit dem Verlauf zufrieden.

Er verwickelt seinen Fahrer in ein kleines politisches Schwätzchen. »Wen mögen Sie?«, fragt er. »Den Roma oder die Schlampe?« Lula oder Dilma, so die Andeutung.

Rays Fahrer lächelt. »Sechs von dem einen sind ein halbes Dutzend von der anderen, stimmt's?«

Ray lacht. »Sie könnten Karriere in der Politik machen, junger Mann«, sagt er.

»Deshalb lebe ich in Brasília, Senhor.«

»Menschen leben *hier*?«

Rays Fahrer fährt. Ray lässt sich in seinen Sitz zurücksinken.

Anna erzählt Fernanda, was sie über das Städteministerium weiß.

»Das Ministerium hat sich ein Ziel von sieben Millionen neuen Wohneinheiten gesetzt, um das Wohnungsdefizit auszugleichen, *certo*? Das ist mutig und eine noble Idee. Aber zu diesem Zweck hat das Ministerium vierundneunzig Prozent seines Wohnungsbaubudgets an private Unternehmen vergeben. Und was bedeutet das? Jede Menge Geld. Und das bedeutet Profit, was wiederum bedeutet, dass sich niemand um die Qualität der Wohnungen oder die zukünftigen Bewohner schert. Sie zahlen bis zu hunderttausend Real für jede Einheit, und was die Größe und die Anforderungen an Wasser und Kanalisation angeht, sind die wirklich sehr einfach gehalten. Jetzt kommt der Clou: Die privaten Bauunternehmen helfen bei der Auswahl der Grundstücke. Und wie maximiert man den Gewinn innerhalb des Budgets? Man baut lausige Wohnungen am Stadtrand, wo das Land billig ist, *falou*? Man präsentiert den städtischen Beamten einen hübschen kleinen Teaser, und sie segnen das Projekt ab. Bingo. Das Ministerium finanziert Straßen ins Nirgendwo, mitten ins Brachland, damit die Firmen darauf bauen können. Und auf dem Weg durch die Instanzen werden alle geschmiert. Das Ganze ist im Moment eine reine Seifenblase, das kann nicht von Dauer sein. Es kann etwas Gutes dabei herauskommen, das ist wahr, aber es wird früher oder später zusammenbrechen. Meiner Meinung nach ist es besser, jetzt einzusteigen.«

»Okay«, sagt Fernanda. »Eine Art urbane Utopie, ruiniert durch Geld.«

Anna lächelt. Sie mag Fernanda. »Du bringst es auf den Punkt. Es ist nur noch nicht gänzlich gescheitert. Ich würde der Sache noch fünf Jahre geben.«

Fernanda nickt. »Nun, wir sollten also die Kuh melken, solange das Eisen heiß ist.«

»Ich glaube«, sagt Anna, »so was nennt man eine gemischte Metapher.«

Fernanda grinst. »Noch einen Drink?«

Die Bezeichnung »Bunker« ist irreführend.

Rays Fahrer hält vor einer Art niedrigem, privatem Wohnkomplex. *Seguranças* bemannen einen Kontrollpunkt. Sie plappern in ihre Funkgeräte. Ein *segurança* lehnt seine gewaltige Masse in das Fahrerfenster. Rays Fahrer knurrt. Der *segurança* glotzt herein. Ray hebt freundlich die Hand: *Howdy Partner.* Der *segurança* wirft ihm einen Blick zu: *Alles klar.* Ray zwinkert. Der *segurança* drückt einen Knopf, und ein massives Tor schwingt auf.

Der Wagen rollt langsam durch den Komplex. Die Sonne brennt auf die Betongebäude herab. Der Asphalt flimmert und surrt. Die Häuser sind gleichförmig: weiße Ziegelbauten, flache Dächer, verdorrtes Gras davor.

Autos glänzen und kugelsichere Scheiben blitzen. Ein weißes Haus nach dem anderen, eine Häuserreihe nach der anderen, wie ein Vorstadtalbtraum aus dem Mittleren Westen. Die frische weiße Farbe der Fassaden kriegt in der Sonne Risse.

Ray sieht – niemanden.

Diese Wohnsiedlung liegt in der Mitte von Nirgendwo, Hinterwäldler-Territorium, *Shitsville.* Schmutzige Männer mit breiten Hüten schuften in der Nähe der Sicherheitszäune. Sie werfen

Schutt auf Pferdekarren. Die Pferde sind gelangweilt. Verscheuchen Fliegen mit ihren Schwänzen. Ihre Scheiße röstet in der Sonne und verpestet den Ort. Die Karren wirken klapprig.

Ray denkt: Neubauschick.

Ray denkt: Wer zum Teufel kommt jemals *hierher*?

Ray kennt die Antwort, bis zu einem gewissen Grad.

Rays Fahrer erreicht das Ende des Komplexes und hält vor dem letzten Haus in einer langen Reihe. Ein weiterer Wagen parkt direkt davor. Mit dem Rücken dagegen gelehnt: Little Johnny.

Ray springt heraus. Little Johnny grinst. Ray sagt: »Nettes Örtchen hast du dir da ausgesucht.«

»Ich mach eine Führung für dich, Big Ray.«

»Ausgezeichnet«, sagt Ray. »Gibt es hier auch Bier?«

Little Johnny lacht. »Es gibt nicht viel anderes, Senhor.«

Ray lächelt. »Ich habe es schon mal gesagt, Little Johnny, aber du bist ein Herzensbrecher.«

»Mir nach.«

Ray beugt sich in sein Auto, zieht seinen Lederkoffer vom Rücksitz, den mit dem doppelten Boden.

Little Johnny mustert den Koffer. »Wir werden einen größeren brauchen«, sagt er.

Ray *grinst.*

Anna und Fernanda sind immer noch am Trinken.

Trinken macht erstaunlich viel Spaß, denkt Anna, wenn man mit einer Beinahe-Freundin zusammensitzt und sich Sachen anvertraut, sich *austauscht.*

Die Hotelbar ist kühl, die Cocktails sind fantastisch, dass es nur schwer vorstellbar ist, *keine* weiteren zu bestellen.

»Kann ich dir etwas sagen?«, fragt Fernanda.

Anna nickt. Schließlich haben sie schon einige Gespräche mit Variationen dieser Frage eingeleitet. »Claro, *querida.* Nur nichts darüber, wie Ray im Bett ist.«

»Ich glaube nicht, dass *Ray* weiß, wie Ray im Bett ist, *amiga*.«
Sie lachen.

»Alles, was du willst«, sagt Anna.

»Ein Grund, warum Ray und ich immer noch zusammenarbeiten ...«

»Ihr *arbeitet* zusammen?«

»Ich meine es ernst – wir arbeiten.« Anna nickt. Fernanda fährt fort. »Ein wesentlicher Grund dafür ist, dass er mich sozusagen in der Tasche hat.«

»Richtig.«

»Erinnerst du dich an 2006, die Wochenendrebellion am Muttertag?«

»Klar erinnere ich mich.«

»Ray hat uns eine Menge Verwaltungsarbeit zugeschanzt, damit wir die Wochenendpässe für Gefangene beschleunigen.«

»Wie hat er das geschafft?«

»Ich schätze, durch seine Verbindungen. Es gab wohl ein Treffen hier oben, und ich weiß nicht genau wie, aber Ray hat uns die Arbeit besorgt.«

»Ihr wurdet bezahlt.«

»Ja. *Ich* schon.«

»Wie meinst du das?«

»Ray hat mich gebeten, den Job als Freelancerin zu machen.«

»Verstehe.«

»Aber ich brauchte die Büroressourcen, also, du weißt schon.«

»Deine Chefin wusste nichts davon.«

Fernanda nickt.

Anna denkt: *interessant*. Sie denkt auch: *So was kommt vor, keine große Sache*.

»Und ich habe die Akten im Nachhinein verschwinden lassen. Und nicht nur die. Wir haben auch eine Menge *Bolsa-Família*-Anträge bearbeitet. Du weißt davon, *ne*?«

Anna nickt.

»Nun, es hat sich herausgestellt, dass wir da möglicherweise auch benutzt wurden.«

»Hm.«

»Ja, die Favela-Jungs haben Fake-Identitäten erfunden, Leute, die tot sind, die nie existiert haben, um an die Bankkarten und an das Geld zu kommen.«

»Scheint ein großer Aufwand für wenig Geld zu sein, *ne*?«

»Es geht darum, ins System zu gelangen. Danach kann man jede Menge damit anstellen. Es ist ein Druckmittel gegenüber der Gemeinde, eine Möglichkeit, zu überzeugen. Nützlich.«

»Und weiter?«

»Ich habe die Dateien, die das belegen, entsorgt, zusammen mit den anderen.«

»Absichtlich?«

»Nicht wirklich.«

Sie schlürfen ihre köstlichen Drinks. Anna macht ein mitfühlendes Gesicht und die dazu passenden Geräusche. Sie *mag* Fernanda.

»Warum erzählst du mir das jetzt?«, sagt Anna, aber freundlich und sanft. »Es ist Jahre her. Ich meine, ich höre gerne zu, aber ich weiß nicht, ob sich da im Nachhinein noch was ändern lässt, *sabe*?«

Fernanda lächelt. »Ich fühle mich einfach schuldig. Meine Chefin ist wundervoll, wir machen fantastische Arbeit. Ich fühle mich mies deswegen.«

»Du hast das Richtige getan, *menina*.«

»Ich glaube, das habe ich.«

»Vergiss es einfach, denk an die positiven Seiten. Und Big Ray? Du könntest dem Mann auf die Stiefel pissen und ihm erzählen, dass es regnet.«

Sie lachen beide. Anna sieht, wie Fernanda tief durchatmet und weiß, dass sie das Richtige getan hat. Anna denkt: *Ich bin dran.*

»Na ja, Ray hat mich auch in der Hand, weißt du.«

»Wirklich?«

Anna erzählt Fernanda von der ganzen Sexparty-Geschichte.

»Aber«, sagt sie, »wir haben nicht wirklich Gebrauch davon gemacht. Wir haben es unter Verschluss gehalten, als Back-up, als Rückversicherung.«

»Dir kann also nichts passieren?«

Anna räuspert sich, wägt die Frage ab, wackelt mit dem Kopf. »Wenn Marta und Rasputin das wüssten, wäre ich am Arsch.«

»Und das macht dir was aus?«

»Marta, ja. Aber im Endeffekt hat sie *nichts* davon gewusst, also ist es eigentlich nur Rasputin, dem ich vielleicht schaden würde.«

»Und das stört dich nicht.«

Anna lächelt. »Nein, kein bisschen. Der Mann ist ein totaler Manipulator.«

»Und auf diese Weise tust du auch noch etwas Gutes.«

»Ja, ich denke schon.«

Fernanda verzieht das Gesicht. »Du hast das Richtige getan, *menina.*«

Anna lächelt.

Rasputin ist ein Scheißkerl, denkt sie. Er würde sie fallen lassen wie eine heiße Kartoffel, bevor er zugeben würde, selbst Dreck am Stecken zu haben.

Sie hat ihn nie gemocht, er war immer ein Mistkerl.

»Ich denke schon«, sagt Anna. Sie lächelt. »Das ist Therapie, was wir hier machen.«

»*É isso aí, amiga.*«

Genau das ist es.

Renata macht sich bereit, nach Hause zu gehen.

Da klingelt das Telefon.

»*Quem fala?*«, sagt sie. Wer ist dran?

»Wenn Sie weiterhin versuchen, der Anwohnergruppe im Entwicklungsprojekt Centro zu helfen«, sagt eine kalte, ruhige

Frauenstimme, »werden einige Informationen an die Öffentlichkeit gelangen.«

Renata schluckt. »Welche Informationen?«

»Mai 2006.«

Renata legt auf. Sie weiß genau, was das bedeutet …

Die Akten. Die verschwundenen Unterlagen. Sie zieht ihren Mantel aus und setzt sich wieder hin. Sie wird jetzt doch nicht nach Hause fahren.

Rafa und Carolina packen ihre Koffer und beladen ihr Auto mit Vorräten. Es ist ein ziemliches Gestopfe.

Besonders sperrig sind die Taschen mit dem Bargeld. Rafa hat zur Sicherheit im Kofferraum einen doppelten Boden eingebaut. Er nennt den Wagen den Zaster-Laster. Carolina ist darüber nicht so amüsiert, wie er dachte.

Die Nerven, denkt er.

Es braucht *Nerven*, alles hinter sich zu lassen.

Und egal wie lange du es planst, wenn der Tag da ist, fühlst du dich ziemlich angespannt. Sie sind unten in der Garage des Wohnkomplexes von Carolinas Eltern. Die Eltern sind auf ihrer *fazenda*. Ihrem *Bauernhof*.

Rafa hat mitbekommen, dass wohlhabende Familien gerne sagen, sie seien auf ihrem Bauernhof, wenn sie Zeit auf dem Land verbringen. Als würden sie dort den Boden beackern oder so einen Scheiß. In Wirklichkeit lassen sie sich von ihren Dienstboten die Drinks mixen und den Rasen mähen.

Rafa will auf dem Land leben. Das war der Hintergrund ihres Plans:

Das Bedürfnis und der Wunsch, diesen Ort zu verlassen, diese Stadt, diesen hoffnungslosen Ort, diese hoffnungslose Stadt, sein Zuhause, Paraisópolis …

Sich einfach aus Paradise City zu verpissen, verdammt. Das ist der Plan.

Und das Geld der Bulldogge macht's möglich. Das war der leichte Teil: einfach das Geld behalten.

Die Bulldogge schien sich einen Dreck darum zu scheren, wohin es ging oder woher es kam.

Sie behielten einfach das Geld für sich. Das Vorhaben schien sich von selbst zu entwickeln.

Liebe überwindet alle Hindernisse, so heißt es doch.

Eine Roadtrip-Romanze, und mal schauen, wo sie landen.

Erster Halt ist das andere Ferienhaus von Carolinas Eltern.

Ein kleines Häuschen auf einem kleinen Stück Land in der Nähe des Strandes von Camburi. Ein Labyrinth von Küstenstraßen führt dorthin, schwer zu finden, wenn man den Ort nicht kennt.

Und es liegt einige Stunden von São Paulo entfernt.

Carolina hat ihren Eltern erzählt, dass sie dort eine kleine Auszeit nehmen wollen. Und dass sie sicher nicht lange bleiben werden.

Es wird sicher einfacher, ihren Eltern zu sagen, dass sie wirklich weg sind, wenn sie weg sind.

Rafa erzählt niemandem irgendetwas.

Und genau daran denkt er jetzt. Er wickelt Jacken um Flaschen, damit sie nicht kaputtgehen, und denkt daran, dass er seine Oma und Franginho lange, lange nicht sehen wird, wenn alles nach Plan läuft.

Das fühlt sich nicht richtig an.

Es *ist* nicht richtig.

Carolina taucht auf, mit einem Stapel Bettlaken und Handtüchern auf den Armen.

Sie schaufelt sie in den Kofferraum. »Alles für dich«, lächelt sie Rafa an. »Du machst einen Weltklasse-Job, *amigo*.«

Rafa lächelt. Er nickt stumm. Er küsst sie, hält sie einen Moment in den Armen.

»Hör zu«, sagt er. »Ich muss mich noch verabschieden.«

Carolina lächelt. »Ich habe gehofft, dass dir das klar wird. Wir können es unterwegs machen.«

Rafa nickt.

Gute Idee.

Es ist einfacher zu sagen, dass man geht, wenn man schon unterwegs ist.

Es ist das Richtige.

Er will das Richtige tun.

Renata sitzt da und tut nichts.

Es gibt in diesem Moment nicht viel zu tun.

Sie denkt nach, das ist alles.

Sie beschließt, sich von niemandem einschüchtern oder erpressen zu lassen.

In der Düsternis des späten Nachmittags alleine dazusitzen, reicht aus, um ihre Entschlossenheit zu festigen.

Tu das Richtige, denkt sie. *Tu es.*

Mendes ist einer dieser *nouveau coronelismos*. Renata hat von illegalen Geldtransfers gehört, Fällen von Einschüchterung, die nie vor Gericht kamen.

Einmal hat er einen Stadtrat bezahlt, der wegen fehlender Gelder in seiner Abteilung mit Strafverfolgung drohte. Dabei ging es um das Singapur-Projekt zur Umgestaltung der Favelas. Die Favelas sollen für Besucher annehmbarer gemacht werden, indem man sie hinter respektablen Gebäuden versteckt. (Das funktioniert wie ein Heftpflaster – nach einem Jahr sehen die Gebäude beschissen aus.) In Wahrheit verkaufen die Bauunternehmer Materialien, die sie vom Staat bekommen, an den Meistbietenden und kaufen dann billigstes Material für die eigentlichen Projekte. Das ursprüngliche Material wird anderswo in Luxuswohnungen und Einkaufszentren verwendet.

Das ist der Grund, warum die Gebäude einstürzen.

Es klopft an der Tür.

Sie öffnet sich.

Sie lächelt den Mann an, der verlegen auf der Schwelle steht.

»Senhor Zézinho«, sagt Renata. »Kommen Sie rein.«

Der Mann schlurft näher, den Hut in der Hand. »Ich möchte mich bei Ihnen bedanken, Dona Renata«, sagt er.

Renata lächelt.

Ihre Arbeit, denkt sie, hat sich gelohnt. Sie hat diesem Mann geholfen, einen Anbau für sein Haus zu errichten, weil seine Frau ein weiteres Kind erwartet. Obwohl der Reifenladen nebenan und die Bar auf der anderen Straßenseite was dagegen hatten. Renata hat sich mit Leichtigkeit und gesundem Menschenverstand in den Streit eingeschaltet, der Mann hat seinen Platz bekommen, und sie hat den Geschäftsinhabern das Gefühl gegeben, das Richtige getan zu haben. Ihre Arbeit ist die Mühe wert.

Sie tut das Richtige.

Ray belädt seinen Lederkoffer mit Bargeld. Es ist eine ganze Menge. Es ist sein Reingewinn. Ray hat nichts in diese Sache investiert – *money for nothing*, wie es in dem Song heißt.

Chicks for free, denkt Ray.

Zwei der Chicks sind im Hotel geblieben und trinken.

Beide sind Ray etwas schuldig, in gewisser Weise.

Sie sind, denkt Ray, ihm verpflichtet. Also, warum nicht?

Chicks for free.

Er ist fast fertig im Bunker. Sie stehen an einem weißen Marmortresen und trinken Bier aus kleinen Gläsern. Alles erledigt. Auftrag ausgeführt. Ein arbeitsreicher Tag geht zu Ende.

A hard day's night, denkt Ray.

Feierabend mitten am Tag.

»Behalt das Bargeld, Ray, *entendeu*?«, rät ihm Little Johnny. »Nimm es mit nach Hause.«

»Diese Empfehlung verrät ein gewisses Misstrauen, Johnny-Boy. Erkläre mir das.«

»Die Kohle stammt aus einem Fonds für Bestechungsgelder, das weißt du doch.«

Ray nickt.

»Kreditlinien und Darlehen, die gegen Gebühren genehmigt werden, *certo*?«

Ray zuckt mit den Achseln: *Das ist nicht mein erstes Rodeo, Junge.*

»Es wird nicht lange sauber bleiben, dieses schmutzige Geschäft.«

»Deine Metaphern, Little Johnny, sind nicht wirklich hilfreich.«

»Das ist die Spitze des Eisbergs. Es wird eine Abrechnung geben.«

Ray lacht. »Okay, Shakespeare, worauf willst du hinaus?«

»Die traditionellen Formen der Geldwäsche trocknen aus.«

»Keine Metaphern mehr, *bitte*.«

»Die Geschäfte der alten Schule – die Friseure, die Autowerkstätten, die Autowaschanlagen – erledigen das zwar noch, aber es ist einfach zu viel Kohle. Ermittlungen haben begonnen, Ray. Es ist nur eine Frage der Zeit.«

»Deine Unbestimmtheit ist auf ihre Weise fast beruhigend.«

»Was ich sagen will, Ray, ist, um einen Filmtitel zu zitieren: *Take the money and run.*«

Ray kippt sein Bier. »Das habe ich auch vor, mein Freund.«

Und das hat er tatsächlich vor. Sein Ticket nach Hause wartet in São Paulo auf ihn.

Zielort: *Texas forever.*

Renata:

Was tut man, wenn man fünfunddreißig wird und Beruf und Karriere nicht das Erhoffte bringen? Gibt man auf und verlegt sich aufs Kinderkriegen? Oder versucht man, karrieremäßig noch mal Gas zu geben? Schließlich können Frauen heutzutage auch noch viel älter Kinder kriegen. Kein Problem.

Wir waren nie leichtfertig mit der Empfängnisverhütung, so wie jene Ehepaare, die nach zwei Kindern fälschlicherweise glauben, sie hätten ihr reproduktives Schicksal unter Kontrolle. Dieses beschwipste: Na ja, wenn's passiert, dann soll's halt so sein. Wir haben uns nie in diese falsche Sicherheit geflüchtet. Vielleicht ist der einzige Weg, sich nicht mehr wegen des Kinderkriegens zu sorgen, sie tatsächlich zu kriegen.

Wir scherzten immer, wenn Freunde das Thema Familie anschnitten: »Wir denken, es könnte die beste oder die schlechteste Entscheidung unseres Lebens sein. Wir wissen nur nicht, was davon!« Mit der Zeit wurde der Witz schal, unser Lachen gezwungen und bitter. Die Reaktionen unserer Freunde veränderten sich. Die höfliche Belustigung, die beruhigend auf den Unterarm gelegte Hand (»für uns war es sicherlich das Beste«) verschwanden und wurden durch etwas viel Schlimmeres ersetzt: Erleichterung. Erleichterung darüber, nicht so zu sein wie wir.

Dennoch, ich wurde das Gefühl nicht los, dass mir irgendwie etwas verwehrt blieb. Freunde sprachen von bedingungsloser Liebe. »Kinder bereichern dein Leben so sehr«, sagten sie. Woraufhin wir uns einzureden versuchten, wir würden dann alles verlieren, und diese elterliche Begeisterung für die Fortpflanzung sei nur eine Art Verblendung. »Findet ihr nicht, dass ihr ein unglaublich egoistisches Leben führt?« Taten wir nicht. »Es ist etwas anderes, wenn es eure eigenen sind.« Das war ein gängiges und glaubhaftes Argument, an das ich mich vor einigen Jahren klammerte. Aber man soll nicht jammern, wenn einem etwas verwehrt bleibt, nach dem man nie ausdrücklich gefragt hat, und das habe ich nie.

Wir verdrängten unsere Zweifel mit noch mehr Ironie, mit vorgetäuschtem Entsetzen über die Last von Kindern, über die ganze damit einhergehende Logistik. Die Kinderwagen und Kinderbetten, die Tupperware-Schalen voller Schlabberbrei. Die Taschen voller sauberer Handtücher und Kleidung, die bald besudelt sein würde. Die überall herumliegenden Spielsachen. Alles so eng und festgelegt. Ebenso wie die enge Bindung, nehme ich an.

Bald, haben wir uns gesagt, Mario und ich.

Bald.

Ich kann es kaum erwarten.

Anna sagt zu Fernanda: »Wir sollten zusammenarbeiten, *sabe?*«

Fernanda findet, das sollten sie tatsächlich.

Anna grinst – eine beschwipste Idee, die sie weiterverfolgen wird.

»Wenn Ray kommt,« sagt sie, »versprich mir, dass wir nicht über die Arbeit reden und einfach nur Spaß haben.«

Fernandas breites Lächeln sagt alles.

Anna lächelt zurück.

Rafa ruft nicht vorher an – das wäre nur verdächtig. Warum sollte er auch, *entendeu?*

Er hat das Gepäck hinten im Auto unter einer Decke versteckt, damit es niemandem auffällt.

Er wartet auf dem Fahrersitz, als Carolina neben ihm einsteigt. Sie schwenkt die Schlüssel ihrer Eltern wie eine Art Versprechen – oder Drohung.

»Alles erledigt«, sagt sie. »*Vamos embora, ne?*«

Lass uns von hier verschwinden.

Rafa haut den Gang rein, und sie fahren los. Der Sicherheitsbeamte, der das Kommen und Gehen hinter kugelsicherem Glas überwacht, winkt sie durch. Wenn er wüsste, wo Rafa wohnt, was Rafa *tut*, hätte er ihn wohl kaum in die Nähe der Wohnung von Carolinas Eltern gelassen.

Ein Mischling, stellt Rafa fest.

In erster Linie Mischlinge und Schwarze, die Security-Leute.

Es ist eine andere Art von Ausweg – man nimmt einen Job an, um diese Orte vor den Menschen zu schützen, mit denen man aufgewachsen ist, Menschen, denen die Paulistanos aus der Mittelschicht nicht über den Weg trauen.

Kriminelle oder etwas in der Richtung.

Was Rafa gelernt hat, seitdem er Carolina kennt, ist, dass sich soziale Probleme selbst verstärken – man traut den Armen nicht, also traut man ihnen auch nichts zu.

Nichts außer niederen Arbeiten und dem Einsatz von Muskelkraft.

Es ist eine halbe Stunde bis zur Favela.

Rafa schweigt, er hat keinen Redebedarf.

Carolina tut es ihm klugerweise gleich. Sie ist clever, denkt Rafa ...

Sie weiß, wann Ruhe angesagt ist.

»Das ist eine seltene Eigenschaft bei Frauen«, meinte Franginho einmal augenzwinkernd zu ihm. »Im richtigen Moment schweigen zu können.«

Rafa wird ihn vermissen.

Franginho ist so etwas wie ein Experte für *Bräute* geworden. Seine mageren Hühnerbeine sind kräftiger, sein Rücken breit und muskulös, sein scharfes Mundwerk ist immer noch Weltklasse.

Er bringt die Frauen zum Lachen. Und es stellt sich heraus, dass das alles ist, was es braucht.

»Du weißt doch, wie es ist, wenn du eine Braut siehst«, sagte Franginho eines Sonntagmorgens, als sie Familien auf dem Weg zur Kirche beobachteten, »und du weißt, du hast sie schon gefickt. Ich meine nicht sie *genau*, aber generell, *diese* Art von Braut. *Entendeu?*«

»Kumpel«, sagte Rafa.

»*Cara*, ich scherze natürlich nur. Das ist ironisch. Spaß, weißt du, so nennt man das.«

Rafa fühlt sich schuldig, weil er darüber lachen musste.

Er hätte nie gedacht, dass es ihm so gehen würde. Bis er Carolina begegnete.

Zumindest mit der Liebe hat Franginho recht. »Sie bringt dich zum Nachdenken, die Liebe«, sagt er.

Rafa überlegt, ob er ihn nicht bitten sollte mitzukommen.

Aber wer kümmert sich dann um alles?

Wer regelt sein Verschwinden mit denen auf dem Hügel?

Wer regelt die Geschichte mit dem alten Carlos, der Bulldogge?

Wer hat ein Auge auf Rafas Oma?

Rafa ist sich bei all den Fragen nicht wirklich sicher – was nicht weiter verwunderlich ist.

Aus dem Inneren eines schicken Wagens wirkt die Favela ganz anders.

Die Klimaanlage verändert die Wahrnehmung – die Hitze bleibt *draußen*, pulsierend.

Benzin- und Dieselabgase sind kaum wahrnehmbar.

Man spürt eine gewisse Distanz – die Stadt ist auf Abstand –, wenn man in einem schicken Wagen sitzt.

Rafa ist sich nicht sicher, ob ihm das gefällt.

Die getönten Scheiben – die Leute beäugen sie misstrauisch.

Sie können ihn nicht sehen. Er *kennt* ihre Abneigung gegen diese Karossen, ihr Misstrauen.

Block um Block, Ziegelmauer um Ziegelmauer, verrostetes Dach nach verrostetem Dach, verwitterte Holztür nach verwitterter Holztür, Autowrack nach Autowrack.

Sie drängeln und schlängeln sich durch den Verkehr, bremsen und hupen.

Vor dem Haus von Rafas Oma – *seinem* Zuhause – sitzt Franginho.

Rafa fährt vor. Mit dringlichem Reifenquietschen.

Franginho springt auf. Tritt eine Kippe aus. So wie er aussieht, hat er in den letzten Minuten nicht nur eine geraucht.

Sein Gesicht wirkt nicht gesund, denkt Rafa.

Er hat was Krankes an sich.

Rafa hat diesen Ausdruck bei seinem besten Freund schon lange nicht mehr gesehen.

Rafa weiß, dass Carolina das alles nicht wahrnimmt.

»*Querida*«, sagt er, »ich erledige das allein, *certo?* Es ist besser so.«

»Ich …«, beginnt sie, überlegt es sich aber anders. »Geh schon«, sagt sie. Sie wirft ihm einen Blick zu: *Ich liebe dich und ich verstehe dich.*

Tu, was du tun musst, lautet die Kernbotschaft.

Rafa öffnet die Tür und klettert hinaus. Die Höhe des SUVs vermittelt ihm ein VIP-Gefühl. Das nimmt er trotz der Situation wahr.

Er schaut nach rechts, links, rechts.

Er steigt auf die behelfsmäßige, aus recyceltem Holz gebaute Veranda des Hauses seiner Großmutter, seines Zuhauses.

Den Hauptbalken hat er vor nicht mal drei Monaten aus den Trümmern der abgerissenen Baubaracke gezerrt. Ein schönes Stück Holz. Sieht gut aus. Er ist jetzt noch stolz darauf.

Er klatscht Franginho zur Begrüßung ab, so wie sie es seit Jahren tun. »Kumpel«, sagt Franginho. »Du musst weg.«

»Was?«

»Du musst *verschwinden*, und zwar sofort, *entendeu?*«

»Was meinst du mit *verschwinden?*«

»Was meinst du mit *was meinst du?*«

Rafa schüttelt den Kopf. »*Meu*, Kumpel. *Fala serio, ne?* Komm, hör auf mit dem Scheiß.«

»Kurzfassung«, sagt Franginho, »Carlos weiß, dass du die *dinheiros* gebunkert hast, die du weitergeben solltest. Er ist nicht glücklich darüber. Er kommt, um es zu holen. Um dich zu holen.«

»Und woher weißt du das?«

»Er hat es mir gesagt.«

Rafa nickt. »Verstehe.« Er denkt: Ja, warum nicht? Macht ja auch Sinn.

»Wir reden von heute, *amigo*, will sagen: jetzt.«

»Okay.«

»Er hat noch was gesagt.«

»Ach ja?«

»Er kommt im Rahmen einer allgemeinen Razzia, *certo*? Sie wird hier starten – bald.«

»Wie bald?«

»Ich würde sagen«, sagt Franginho, und Rafa bemerkt in seinem Tonfall den alten Sinn für Humor, die Ironie, »jede Minute.«

Rafa denkt rasch nach. »Und wo genau soll ich hin? Hast du eine Idee?«

»Verzieh dich einfach.«

Rafa wirft einen Blick auf das Haus seiner Großmutter.

Franginho bemerkt den Blick, was Rafa nicht entgeht.

Franginho sagt: »Ich hab' ein Auge auf sie. Ich sag' ihr, dass du aus Liebe weggelaufen bist, oder so einen Scheiß, *falou*?«

Rafa nickt. Hier ist seine Chance. Sie wird ihm auf dem Tablett serviert.

»Mach, dass du wegkommst, *porra*.«

Rafa nickt. Sie umarmen sich. »Ich rufe dich an«, sagt Rafa

Franginho erwidert: »Warte eine Woche, in Ordnung?«

Rafa nickt. Er steigt wieder in den Wagen.

Er glaubt, *das ist der einzige Weg.*

»Was ist da eben gelaufen?« Carolina wird das nicht auf sich beruhen lassen, das ist Rafa klar. »Was ist mit deiner Großmutter?«

»Ist schon in Ordnung.«

Das ist alles, was Rafa dazu einfällt.

Mehr gibt es im Grunde auch nicht zu sagen.

»Franginho kümmert sich darum, alles in Ordnung.«

»Hm.«

Sie fahren hinauf Richtung Avenida Giovanni Gronchi.

Der Verkehr ist dort um diese Zeit noch katastrophaler als sonst, aber es ist der schnellste Weg aus der Favela, und es ist nicht besonders schlau, länger als nötig in der Gegend herumzutrödeln.

Dann zischt und knallt plötzlich Feuerwerk.

Rafa murmelt: »Scheiße.«

Er weiß, was das zu bedeuten hat.

Er tritt noch heftiger aufs Gas, rumpelt ein bisschen schneller über die holprige, von Schlaglöchern übersäte Piste.

Sie erreichen die Kreuzung.

Rafa sieht blau-rote Lichter aufblinken.

Mehr als an einem normalen Tag im Dschungel.

Sie sind noch ein Stück entfernt, kommen aber rasch näher.

In den Schatten bewegen sich Männer.

Sie müssen verschwinden, *sofort*.

Er macht eine scharfe Rechtskurve, ändert den Plan: Er will geradewegs durch die *boca*, dieselbe *boca*, aus der er vor Jahren auf seinem Board geschossen kam, als er hinter der …

Er entdeckt die Anwältin vor ihrem Büro.

Er sieht, wie sie in Panik gerät.

Er sieht sie stürzen.

Er sieht, wie sie sich krümmt.

Er hört die ersten Schüsse.

Er hört Carolina nach Luft schnappen. Sie schreit.

Er fährt über den Bordstein, beschleunigt, so schnell er kann. Der Geländewagen schrammt an Hausmauern entlang, rechts, links, rechts …

Im Rückspiegel sieht er Körper stürzen.

Tiro-teiro. Feuergefecht.

Sie rattern durch die enge, steinige Gasse.

Sie schießen mitten hindurch und dann …

Sind sie draußen.

Sie sind durch, mit quietschenden Reifen, in Sicherheit. Den Hügel runter und weg.

Carolina schluchzt.

Und sie blicken nicht zurück.

Wessen Stimme höre ich da in der Brise.

Leme sitzt auf dem Balkon, verfolgt, wie sich ein Sturm zusammenbraut, spürt, wie der Wind auffrischt, da hört er ihre Stimme, Renatas Stimme.

Er lächelt.

Zehn Minuten später klingelt sein Telefon, und sein Leben ändert sich, und er stößt ein Geheul aus.

Paraisópolis, Paradise City, früher Abend. Folgendes Bild macht Leme sich von der Situation.

Auf den Straßen dröhnt der Baile-Funk, Männer mit dunklen Brillen und Flip-Flops stehen um ein Auto herum und beobachten die fünf unbefestigten Straßen, die sich an der Kreuzung treffen. Die Sonne verschwindet am Rand des Favela-Kraters, hinter dem Horizont der Stadt. Nackte Glühbirnen baumeln unter den Dächern der umliegenden Häuser, jede beleuchtet ein paar Quadratmeter. Verrostete Blechtüren quietschen, öffnen sich im Zwielicht, blasse Lichtrechtecke fallen auf die Straße, verharren dort einen Moment lang und verschwinden wieder.

Renata verlässt ihr Rechtshilfebüro eine Stunde später als üblich.

Sie hat einem Mann bei einem Streit um ein Grundstück geholfen. Er erwartet ein weiteres Kind und möchte das provisorische Haus erweitern, in dem er mit seiner Familie lebt. Doch ein Barbesitzer und ein Reifenhändler sind mit den Plänen nicht einverstanden. Renata hat sich einfühlsam und unaufdringlich in den Streit eingeschaltet und einen Kompromiss ausgehandelt. Der Mann hat sie gerade in ihrem Büro besucht, um ihr zu danken und seinen Respekt zu erweisen. Er hat lange geredet.

Sie geht nicht gerne im Dunkeln nach Hause.

Sie schaut sich auf der Straße um. Aus dem hinteren Teil des *Por-Kilo*-Restaurants, in dem sie jeden Tag zu Mittag isst, flitzt eine Kakerlake. Die Besitzerin – eine stattliche Frau – kommt hinter dem Tresen hervor und zertritt die Kakerlake mit ihren Plastiksandalen. Sie lächelt Renata an, die winkt und ihre Schlüssel aus der Tasche kramt.

Feuerwerkskörper knistern und krachen, und die Männer am Auto drehen sich um, weil sie die Warnung vom oberen Ende der Favela verstanden haben. Polizei im Anmarsch. Renata verspannt sich, hantiert mit dem Vorhängeschloss ihres Büros, lässt es fallen. Sie wirft einen nervösen Blick auf die Restaurantbesitzerin, die mit verschränkten Armen dasteht, den Kopf schüttelt, die Zähne bleckt, bevor sie hinter den Tresen tritt und das Metallgitter herunterzieht. Renata schaut über ihre Schulter, sieht die Männer geduckt um die Autos auf der anderen Straßenseite schleichen. Jemand schreit einem der Jüngeren unter ihnen Anweisungen zu. Die Militärpolizei wird bald hier sein. Solche Einsätze sind inzwischen an der Tagesordnung, aber dieses Mal ist es früher am Abend als üblich. Soll sie wieder ins Haus gehen oder versuchen, zu ihrem Auto zu kommen? Sie ermahnt sich, nicht in Panik zu verfallen, denn sie hat noch ein wenig Zeit. Die Tür ist jetzt abgeschlossen. Aber es ist besser, wieder ins Haus zu gehen, denkt sie. Von einem vereinzelten Aufheulen einer Sirene und einem blauroten Blitz überrascht, fummelt sie an ihrem Schlüssel herum, der in den Rinnstein fällt und in Richtung des offenen Gullys springt. Die Männer an der Bar ducken sich unter die Tische.

Sie zerrt an dem Vorhängeschloss.

Die Dienstmädchen und Kindermädchen, die mit ihren *céstas* mit Reis und Bohnen nach Hause gehen, sprinten los und verschwinden in die Seitenstraßen.

Die Hitze pulsiert wie ein Herzschlag, die Wolken verdichten sich und reißen krachend auf. Noch mehr Rufe. Rennen. Renata erstarrt. Sie blickt über die Straße. Die Militärpolizei ist im Anmarsch. Männer in Flip-Flops rennen von Schatten zu Schatten. Einer trägt eine Pistole, den Arm gesenkt.

Dann ein unheilvolles Dröhnen. Renata macht einen Schritt auf ihr Auto zu, ihre Gliedmaßen pflügen durch die Luft wie durch Wasser. Jetzt passiert es.

Schüsse. Stroboskopartiges Licht.

Und Renata erblickt ihn – das Letzte, was sie sieht. Ein grinsender Teenager mit Goldzähnen, sein Gewehr ist zu mächtig, als dass er es kontrollieren könnte, und die Polizei nähert sich ihm von allen Seiten.

Das ist das Bild, das Leme sich von der Situation macht.

Bocão, Großmaul, ehemaliger Callboy:

Hass.

Ein Mann verlässt Paddys Haus, er schwankt ein wenig. Betrunken, denkst du. Es ist Sonntagabend, und er trinkt mit diesem Mann. Diesem Wichser.

Er presst etwas an seine Brust, aber du kannst nicht erkennen, was es ist. Er murmelt vor sich hin und gestikuliert mit den Händen, als ob er mit sich selbst diskutiert. Er kommt bei seinem Auto an. Legt den Gegenstand auf das Dach. Du schleichst ein wenig näher heran, im Schatten des Baumes an der Straße. Sein Hut verdeckt sein Gesicht.

Er greift nach oben und nimmt den Gegenstand wieder an sich. Was ist das? Er dreht sich um und überquert die Straße, stolpert leicht. Er öffnet die Gartentür und wackelt hindurch. Hat er noch nicht genug?

Komm raus. *Komm wieder raus.*

Porra.

Er kommt nicht wieder raus. Warum braucht er so lange?

Moskitos summen im Laternenlicht. Die Fenster in den Nachbarhäusern leuchten kurz auf, dann verlöschen sie wieder. Kleine häusliche Verrichtungen. Du warst einmal Teil davon. Rottweiler lösen über Bewegungsmelder Flutlichter aus, bellen die plötzliche Helligkeit an, knurren verwirrt.

An. Aus. Hell. Dunkel.

Stille.

Du gehörst nicht hierher. Nicht mehr.

Vielleicht hast du das nie getan.

Du denkst an dein Apartment mit der abblätternden Wandfarbe und den vergitterten Fenstern; an dein Viertel mit dem dröhnenden Verkehr, dem Geschrei und Gekeife der *michês*, dem schwindelerregenden Amphetaminrausch aus Scheinwerfern und Lärm.

Du fährst dir mit den Händen durchs Haar, gibst dir eine Ohrfeige, spürst, wie sich deine Wange rötet, wie dein Gehirn durcheinandergerät und sich durch die Schläge weitet.

Du atmest, und es beruhigt sich.

Komm raus.

Die Tür schwingt auf und knallt gegen die Wand. Der Krach lässt dich hinter den Baum zurückweichen. Der Mann sieht sich hektisch um. Der Wachmann in der Kabine auf der anderen Straßenseite ist eingeschlafen. Er rührt sich nicht. Der Mann zieht die Tür hinter sich zu, geht wieder zu seinem Wagen. Diesmal sind seine Schritte fest, und seine Hände sind leer. Und dann, als er die Autotür öffnet, nimmt er seinen Hut ab.

Er späht ängstlich in die Dunkelheit, setzt seinen Hut wieder auf. Besser so. Sieht nicht gut aus, so spät, so betrunken.

Und was ist mit dir? Man hat dich weggeworfen.

Wertlos. *Pobre.*

So fühlst du dich dank dieses Arschlochs.

Vagabundo. Desgraçado.

Der Mann stampft mit den Füßen auf und zieht ein Paar Handschuhe aus, bevor er auf den Fahrersitz klettert. Der Motor erwacht schnurrend zum Leben. Dort, wo du wohnst, röhren und knattern Autos, spucken Rauch und schmettern kitschige *Forró*-Rhythmen, Gruppen grimmiger, hartgesottener Männer und Frauen feiern jubelnd die Fehlzündungen und schwingen ihre Hüften im Takt der Musik.

Das Auto gleitet davon, leise wie ein U-Boot.

Jetzt ist er allein im Haus.

Es ist so weit.

Deine Muskeln spannen sich. Dein Herz hämmert.

Du gehst rein. Jetzt.

Du klingelst an der Tür. Paddy öffnet dir, gekleidet in einen roten Morgenmantel.

»Ich habe dich nicht erwartet. Ich dachte, wir hätten uns für Montag verabredet.« Er schaut auf seine Uhr. »Es ist schon spät.«

Du nickst.

»Willst du etwas trinken?«

Du schüttelst den Kopf, lungerst im Flur herum und wartest darauf, dass er wieder spricht.

»Warum setzt du dich nicht ins Wohnzimmer? Dort können wir reden.«

Du folgst ihm, setzt dich aber nicht hin.

»Ich dachte, wir hätten uns für morgen Abend verabredet. Ich wollte gerade zu Bett gehen. Ich habe gearbeitet.«

So spricht er mit dir – sachlich, elegant, reserviert.

Du schaust dich im Zimmer um. Auf dem Couchtisch stehen zwei benutzte Whiskeygläser.

»Es tut mir leid, dass ich nicht so aufmerksam war wie üblich«, sagt er. »Ich war so furchtbar beschäftigt.«

Du weißt genau, mit was er beschäftigt war.

»Es gibt etwas, das ich dir sagen muss. Ich glaube, es ist das Beste für uns beide.«

Du hast das erwartet, aber es mindert nicht den Stromstoß, der dich durchzuckt.

»Ich gehe nur schnell nach oben und ziehe mich an. Dann komme ich runter, und wir können reden.«

Du gibst ihm einen Moment Zeit, gehst in sein Arbeitszimmer, holst den Briefbeschwerer, den du ihm zu seinem letzten Geburtstag geschenkt hast, fühlst sein Gewicht, steigst die Treppe hinauf und betrittst sein Schlafzimmer.

Er ist überrascht. »Oh, du bist da. Ich wollte mich gerade umziehen.«

Er hat sein Handy in der Hand und den Morgenmantel noch nicht ausgezogen.

Du durchquerst das Zimmer und hältst den Briefbeschwerer hinter deinem Rücken fest umklammert.

»Ich möchte, dass du etwas verstehst«, sagt er.

Er wendet sich von dir ab, sodass er mit dem Gesicht zum Bett steht. Du betrachtest ein letztes Mal alle Details: die zerknitterte Bettdecke, das Buch auf dem Nachttisch, die ordentlich gefaltete Kleidung auf seinem Stuhl, das Foto seiner lächelnden Neffen, die zugezogenen Vorhänge.

Dann hebst du den Briefbeschwerer an, hoch über den Kopf, spürst deine Kraft …

Ich erinnere mich, wie er auf dem Boden lag. Schwarze Blutflecken auf dem Teppich. Dicke rote Schlieren.

Ein weiteres Drip-Painting.

Ich erinnere mich an die Krawatten, mit denen ich seine Hände und Füße fesselte, und wo ich sie im Kleiderschrank fand. Ich weiß noch genau, warum ich das tat, warum ich dieses kleine Detail hinzufügte:

Damit sie ihn im Tod so vorfinden, wie sie ihn im Leben nicht kannten.

Sie nennen es eine *bala perdida*, eine verirrte Kugel. Sie nennen es einen Kollateralschaden. Was Renata passiert ist, nennen sie einen Unfall. Jeden Morgen fährt Leme in die Favela und sitzt dort in seinem Auto.

Pilgerfahrt.

Fünfter Teil

DIE GROSSE WEISSE HOFFNUNG

São Paulo, Oktober–November 2018

Telefongespräch zwischen Ray Marx und Dave »Huck« Sawyer, Regionalleiter von Capital SP, sichere Verbindung, 10. März 2016

Ray Marx (RM): Du meinst also, ich soll nicht kommen?

Dave »Huck« Sawyer (DS): Ich sage dir nur, dass du besser abwarten sollst, das ist alles.

RM: Du willst mich nicht zurück, Huck?

DS: Wenn es nach mir gegangen wäre, wärst du nie weg gewesen.

RM: Ich dachte, die gehorchen dir aufs Wort.

DS: Nicht mehr.

RM: Ich dachte, du wärst der Hit des Monats, das Sahnehäubchen mit einer Kirsche oben drauf.

DS: Oh, ich bin immer noch ein Goldesel, aber das allgemeine Klima hat sich geändert.

RM: Übersetze.

DS: Es ist nicht mehr so klar zu trennen, was legale Investitionen, Syndikatsbildung und

Produktspekulationen sind, und was schmutzige Schmiergelder und Erpressung durch Wirtschafts- kriminelle.

RM: Klingt sexy.

DS: Das bedeutet, Big Dog, dass wir die Dinge hier bei Capital SP sehr klar halten.

RM: Verstanden. No *tickee, no washee*, wie es in der chinesischen Reinigung früher hieß, wenn jemand seinen Abholschein nicht dabeihatte.

DS: Ha, ein echt rassistischer Spruch.

RM: Du kennst mich, Huck. Ich bin ein Fanatiker der Chancengleichheit.

DS: Im Moment ist die Situation wohl eher: Kein Geld, keine Wäsche, Kumpel. Operation Autowäsche, Ray, hält alle in Atem. *Lava Jato*.

RM: *Lava Jato?*

DS: Bedeutet Autowäsche.

RM: Okay.

DS: Geldwäsche von der Basis her.

RM: Und Capital SP will mit sauberen Händen dastehen.

DS: Die Hände von Capital SP sind sauber, amigo. Nur einige unserer Mitarbeiter waren unartig.

RM: Du distanzierst dich also von einigen deiner Investoren.

DS: Wir konzentrieren uns auf die Hochfinanz, Börsenentwicklungen, so was in der Art.

RM: Ihr sichert eure Wetten ab.

DS: Ha, du bist witzig.

RM: Klar.

DS: Vermutlich will ich damit sagen, dass die Art von Beratungsarbeit, die du für uns gemacht hast, nicht mehr praktikabel ist. Zumindest im Moment nicht.

RM: Oder sie ist jetzt viel einfacher.

DS: Genau das, ja.

RM: Wenn sich der politische Wind dreht und die Bösewichte auffliegen, wird klarer, bei welchen Märkten man auf fallende Kurse setzen muss.

DS: Du bist wirklich ein schlaues Kerlchen, Cowboy.

RM: Hast du einen Tipp für mich?

DS: Das nennt man Insiderhandel, Big Boy. Wir setzen auf diverse Positionen. Was auch immer mit Dilma und der Linken geschieht, wir werden florieren.

RM: Gut gespielt, Sir. Gesprochen wie ein wahrer Diplomat.

DS: Wir haben 2003, 2006 und 2011 eine Menge Geld verdient.

RM: Als ich in der Stadt war.

DS: Das Geld rennt nicht weg. Es ist immer noch hier, wenn du zurückkommst.

RM: Die Frage ist, ob ich zu dem Zeitpunkt noch da bin.

DS: Du Philosoph.

RM: Adios, Huck. Viel Glück.

Archivdokument:

Artikel in OLHA! Online-Magazin

16. März 2016

von

Eleanor Boe

**Was ist *Operação Lava Jato*, Operation Autowäsche?
(Und warum droht dieser spezielle Korruptionsskandal die Regierung zu stürzen?)**

Es begann im März 2014 als eine routinemäßige
staatliche Untersuchung von Geldwäsche durch
einen Autowasch- und Garagenkomplex in der
Landeshauptstadt Brasília. Zwei Jahre später
strömte eine halbe Million Menschen auf die
Straßen São Paulos, um die Amtsenthebung
Präsidentin Dilmas zu fordern. Wie konnte das
geschehen? Und was wird als Nächstes passieren?

Die Entdeckung, mit der alles begann, war
ein Land Rover, den Alberto Youssef – ein
verurteilter Geldwäscher mit hochrangigen
Kontakten – illegal für Paulo Roberto Costa
gekauft hatte, einen leitenden Angestellten von
Petrobras, einem der größten Ölkonzerne der
Welt. Auf diesen Konzern entfällt ein Achtel
aller Investitionen Brasiliens, und er sichert
Hunderttausende von Arbeitsplätzen im Baugewerbe,
in Werften und Raffinerien im ganzen Land.

Durch diesen Autokauf kamen die Ermittler einem weitgespannten Korruptionsmechanismus auf die Spur: Petrobras hatte bei Aufträgen an ein Kartell von Bauunternehmen überhöhte Rechnungen gezahlt, dieses Kartell wiederum hatte von den garantierten Aufträgen jeweils ein Prozent in einen Offshore-Bestechungsfonds geleitet. Geleakte Dokumente zeigten, dass die Bestechungsgelder Bestandteil der Verträge selbst waren, sodass ihre Illegalität schwerer aufzudecken war.

So weit, so einfach – ein durchaus übliches Korruptionsmodell.

Die Dinge könnten sich jedoch bald ändern. Letzte Woche, am 8. März, wurde Marcelo Odebrecht, CEO des internationalen Baukonglomerats Odebrecht, wegen Korruption, Geldwäsche und organisierter Kriminalität zu neunzehn Jahren Gefängnis verurteilt. Und es sieht nicht so aus, als würde er still und leise gehen. Um seine Strafe zu verringern, hat er angeblich das epische Ausmaß dieses Schmiergeldsystems dargelegt. Und welche Politiker – und deren Parteien – direkt davon profitiert haben.

Letzte Woche dann das Ergebnis: die Forderung nach einem Amtsenthebungsverfahren gegen Dilma. Am Sonntag werden wir die andere Seite der Medaille sehen, wenn Hunderttausende aus Solidarität mit ihr demonstrieren wollen.
Es scheint so, als hätte dieser Skandal weitreichende Konsequenzen. Und viele Menschen

fragen sich, was wirklich wichtiger ist: politische Ideen und Entscheidungen umzusetzen, oder um keinen Preis mit Korruption in Verbindung gebracht zu werden, und das in einem Land, in dem sie als systemisch angesehen wird.

Brasilien ist in dem Punkt ganz klar gespalten.

Archivdokument:
Artikel in OLHA! Online-Magazin
20. März 2016
von
Eleanor Boe

HUNDERTTAUSEND NEHMEN AN PRO-DILMA-MARSCH TEIL

Die Avenida Paulista färbte sich gestern Nachmittag rot, als hunderttausend Menschen auf die Straße gingen, um ihre Unterstützung für Präsidentin Dilma zu bekunden, die sich gegen Forderungen nach ihrer Amtsenthebung wehrt.

Am Vormittag hatte die Militärpolizei Gruppen von Dilma-Gegnern aufgelöst. Die Polizisten übten dabei begrenzte Gewalt aus, etwa durch Einsatz von Tränengas und Wasserwerfern, was laut einer gestern Abend veröffentlichten Erklärung gerechtfertigt war, um »Ausschreitungen« zwischen rivalisierenden politischen Gruppierungen zu verhindern.

Währenddessen hat ein Richter des Obersten Gerichtshofs die Nominierung des ehemaligen

Präsidenten Lula für ein Ministeramt ausgesetzt. Dilmas Kritiker behaupten, sie wolle ihren Mentor durch die Einbindung in die Regierung vor Geldwäschevorwürfen schützen, die er vehement abstreitet.

Viele der Anwesenden schwenkten rote Fahnen und verteidigten die Arbeiterpartei. Transparente, auf denen Lula als Bodybuilder abgebildet war, gehörten zu den vielen kreativen Unterstützungsbekundungen. Diese bildeten einen deutlichen Kontrast zu einer Anti-Dilma-Demonstration nur wenige Tage zuvor, bei der zwei riesige aufblasbare Puppen von Dilma und Lula – als Gefangene verkleidet – zu sehen waren.

Lula, der ein rotes Hemd trug, wandte sich unter tosendem Beifall an die Menge. »Es wird keinen Putsch gegen Frau Rousseff geben«, sagte er, unterstützt von Bravo-Rufen und erhobenen Fäusten. Nachdem er die Bühne verlassen hatte, verwandelte sich die Kundgebung in ein Straßenfest mit Gesang, Tanz und Pro-Arbeiterpartei-Sprechchören.

Die jüngsten landesweiten Proteste gegen Korruption forderten die Absetzung Dilmas wegen »Misswirtschaft« und ihrer angeblichen Beteiligung an dem weitreichenden Korruptionsskandal um die staatlich geförderte Ölgesellschaft Petrobras.

Dilma streitet jegliches Fehlverhalten ab.

In Kürze mehr dazu

Archivdokument:

Artikel in der Zeitung *Cidade de São Paulo*

29. März 2016

von

Francisco Silva, Kriminalreporter

LEICHE DES ERMORDETEN DETEKTIVS MARIO LEME ENDLICH GEBORGEN

In den frühen Morgenstunden wurde die Leiche von Mario Leme, Detective der Polícia Civil, nach wochenlanger Suche geborgen. Städtische Arbeiter fanden ihn bei routinemäßigen Wartungsarbeiten tief im Abwassersystem der Stadt. Leme, so heißt es, untersuchte mögliche Korruptionspraktiken in der Welt der Hochfinanz São Paulos sowie das Verschwinden eines jungen Mannes, bei dem es sich vermutlich um Antonio Neves, einen Bankangestellten von Capital SP, handelt. Leme genoss einen ausgezeichneten Ruf als Beamter und war für seine untadelige moralische Haltung bekannt. Sein Tod ist ein enormer Verlust in einer Zeit, in der es in unserer Stadt so wenige aufrechte Persönlichkeiten in den Behörden gibt.

Archivdokument:
Telefongespräch zwischen Ray Marx und
Dave »Huck« Sawyer, sichere Leitung,
12. April 2016

RM: Ich bin also nicht in den Flieger gestiegen.

DS: Wir erstatten dir dein Ticket, mein Sohn.

RM: Was ist los, Huck, du klingst nicht glücklich?

DS: Es gibt hier ein kleines Chaos zu bereinigen. Ein paar Youngsters haben krumme Geschäfte mit einem unserer Jungs der mittleren Ebene gemacht.

RM: Hm.

DS: Ja. Einer von ihnen ist verschwunden, ein weiterer ist tot.

RM: Was für ein Schlamassel. Verweigere die Aussage.

DS: Tun wir. Glaubhafte Abstreitbarkeit ist der Schlüssel, und unser Mann aus der mittleren Ebene kennt das Vorgehen.

RM: *Cool and the gang.* Du bist also aus dem Schneider.

DS: Erzähl das mal den Eltern der Kids.

Archivdokument:

Artikel in der Zeitung *Cidade de São Paulo*

30. April 2016

von

Francisco Silva, Kriminalreporter

ERMITTLUNG GEGEN DEN EHEMALIGEN SECRETARIO DE OBRAS EINGELEITET INFOLGE EINES BERICHTS DER *CIDADE DE SÃO PAULO*

Staatliche Aufsichtsbehörden haben infolge eines von Journalisten der *Cidade de São Paulo* recherchierten und verfassten Berichts Ermittlungen gegen führende Politiker eingeleitet, darunter gegen den ehemaligen *Secretario de Obras* Jorge Mendes. Grund sind finanzielle Unregelmäßigkeiten während des mittlerweile berüchtigten Singapur-Projekts. In dem Bericht wird ausgeführt, dass Mendes in seiner Rolle als Gründer und Geschäftsführer seines Bauunternehmens Staatsgelder veruntreute und bei eigenen Luxusprojekten staatliche Materialien verwendete, die für den Bau des Singapur-Projekts vorgesehen waren und dort durch minderwertiges Material ersetzt wurden. Weiterhin soll Mendes für die Fertigstellung der Arbeiten in Rekordzeit angeblich nicht deklarierte Boni erhalten haben.

Nur fünf Jahre später befinden sich die fraglichen Gebäude in einem baufälligen Zustand, und die derzeitigen Auftragnehmer machen für ihren Zustand »schlampige Arbeitsausführung

und administrative Kürzungen« verantwortlich.
Ende 2012 stürzte eins der Gebäude teilweise
ein, wobei sechs Menschen, darunter zwei kleine
Kinder, ums Leben kamen, wie diese Zeitung
berichtete.

Mendes war auch in einen Skandal verwickelt,
der sich an der Britischen Schule abspielte,
von der er mit einem 20 Millionen R$ teuren
Entwicklungsprojekt beauftragt wurde. Weiterhin
soll er einem Lehrer – dessen Name aus
rechtlichen Gründen hier nicht genannt werden
darf – sittenwidrige Zahlungen geleistet haben,
um die Noten seines Sohnes an der Schule zu
verbessern.
Ein Sprecher von Mendes erklärte, die Zahlungen
seien als Gegenleistung für die Arbeit des
Lehrers als politischer Berater erfolgt. Mendes'
Firma leitet weiterhin das 20 Millionen Real
teure Bauprojekt an der Schule, deren Direktor,
Paddy Lockwood, bei einem nicht damit in
Zusammenhang stehenden Verbrechen ermordet wurde.

Archivdokument:

Artikel in der Zeitung *Cidade de São Paulo*

29. September 2017

von

Francisco Silva, Kriminalreporter

HOCHFINANZ UND HOHE EINSÄTZE: GEDDEL VIEIRA WEGEN BESCHLAGNAHMTEN BARGELDS VERHAFTET

Anfang des Monats wurde in der Nähe von Brasília eine Wohnung durchsucht, 16 Millionen Dollar in bar wurden beschlagnahmt. *Cidade de São Paulo* kann bestätigen, dass die Fingerabdrücke, die die Polizei auf Kisten und Koffern in der Wohnung fand, mit denen des Hochfinanzbosses Geddel Vieira identisch sind. Vieira war früher Vizepräsident der Nationalen Sparkasse von Brasilien und – bis zu seiner Entlassung im Juli dieses Jahres aufgrund von Korruptionsvorwürfen – wichtigster Verbindungsmann von Präsident Michel Temer zum Kongress. Vieira wurde diese Woche verhaftet und auf Kaution freigelassen. Es wird vermutet, dass das sichergestellte Bargeld Teil eines Schmiergeldsystems ist, bei dem Unternehmen Bestechungsgelder im Gegenzug für günstige Darlehen und Kreditlinien zahlten. Eine Vieira nahestehende Quelle behauptet, die Wohnung sei als »Bunker« bekannt gewesen. Vieira streitet jegliches Fehlverhalten ab. Die Ermittlungen dauern an.

Archivdokument:

**Memo von Dave »Huck« Sawyer an Ray Marx,
Zusammenfassung der politischen Ereignisse
2016–2018, in Schlagzeilen, Oktober 2018**

Präsidentin Dilma Rousseff wird am 17. April 2016
formell des Amtes enthoben. Ihr werden kriminelles
administratives Fehlverhalten und Verstöße bei
der Führung der Staatsfinanzen vorgeworfen.

Die *Lava-Jato*-Ermittlungen legen die Regierung
lahm: Ohne Bestechungsgelder lassen sich keine
Koalitionen schmieden. Die Staatsanwaltschaft
setzt die Verträge von Petrobras mit allen
wichtigen Zulieferern sowie mit wichtigen Bau-
und Schifffahrtsunternehmen in Brasilien aus.
Das Land steht vor einer verheerenden Rezession.

Das Vertrauen in das politische System ist
erschüttert. Im Jahr 2016 finden in über
200 Städten in allen Bundesstaaten des Landes
große Proteste gegen Korruption statt. In São
Paulo wird die größte Demonstration in der
Geschichte der Stadt auf die Beine gestellt, an
der über 2,5 Millionen Menschen teilnehmen.

Die Proteste, so wird deutlich, richten sich nicht
nur gegen die Regierung, sondern gegen die gesamte
verrottete politische Struktur des Landes.

Im Oktober 2018 kandidiert der rechtsextreme
Populist Jair Bolsonaro für die Präsident-
schaftswahl. Er verspricht, das Land zu

vereinen, die korrupten Linken zu beseitigen
und die Kriminalität mit einer rücksichtslosen
und brutalen Politik ohne Gnade und Nachsicht
zu bekämpfen. Er ist bekannt für seine
Frauenfeindlichkeit und seine rassistischen,
homophoben Ansichten. Wenige Wochen vor der Wahl
wird Bolsonaro auf einer Kundgebung angegriffen
und niedergestochen.

Archivdokument:
Einladung zum Gedenkgottesdienst
zu Ehren von Mario Leme,
Detective der Polícia Civil, 8. Oktober 2018

Gedenken Sie mit uns eines der besten Polizisten
São Paulos, Detective Mario Leme, der posthum die
höchste Auszeichnung der Stadt für seine Dienste
erhält.

Datum: 8. Oktober
Zeit: 11 Uhr
Ort: Rathaus

1
Glückliche Tage

Oktober 2018

Make Brazil great again
Jair Bolsonaro

Gleichschaltung ist immer dumm
Nelson Rodrigues

Wenn Rafa morgens aufwacht, wird er immer begrüßt von …
Der *Luft*.

Sie ist kühl und weich, legt sich wie ein sanfter Regen auf sein Gesicht. Hoffentlich gewöhnt er sich nie an dieses Gefühl.

Er steigt aus dem Bett, vorsichtig, um Carolina nicht zu wecken. Sie atmet unruhig, ein leichtes, röchelndes Schnarchen, so süß, dass es ihn umbringt.

Klingt glücklich, tut sie wirklich, findet er. Noch etwas, an das er sich nicht gewöhnen will.

Er schließt die Schlafzimmertür hinter sich und schaut sich in ihrem kleinen Wohnzimmer um. Es ist sauber, aufgeräumt, wohnlich; er schaut es gerne an.

Es bedeutet ihm was. Eine Art Errungenschaft sozusagen. Ja, denkt er, es bedeutet mir was.

Er sperrt die Haustür auf und schlüpft hinaus. Es ist noch vor sieben. Der Himmel ist rosa und blau geädert.

Rafa atmet salzige Luft ein. Er lässt den Kopf kreisen. Er knackt mit den Fingerknöcheln. Dann dehnt er sich. Macht halbherzig Yoga.

Er wird schließlich auch nicht jünger.

»Du solltest auf deine Haltung und deinen Rücken achten, mein Liebster«, hat Carolina ihm gesagt.

Das schmeckte ihm gar nicht, nein, Senhor. Rafa warf ihr giftige Blicke zu. Trotzdem *tut* er jetzt jeden Morgen ein bisschen was für seinen Körper.

Er marschiert zügig den von Büschen gesäumten, taufeuchten Sandweg zum Strand hinunter. Er pfeift. Er klappert mit den Schlüsseln. Er fühlt sich *gut drauf.*

In den anderen kleinen Häusern in der Nähe gehen sie ihrer morgendlichen Routine nach. Der Rauch aus den Holzöfen ist dünn und feucht. Draußen werden die Möbel unter den Planen hervorgeholt und aufgestellt. Der Duft von Kaffee und in Butter geröstetem Brot lässt Rafa das Wasser im Mund zusammenlaufen. Er joggt die letzten hundert Meter runter zum Strand.

Der Anblick erfüllt ihn wie jeden Morgen mit Freude – und mit noch etwas anderem.

Hoffnung, wie er meint.

Am Strand ist kaum was los. Rafa sieht ein Paar, das am Wasser entlang joggt. Ein alter Mann führt seinen Hund spazieren. Zwei Teenager ziehen schweigend ihre Neoprenanzüge an und reinigen ihre Surfbretter. Der Wellengang ist nicht gerade die Wucht. Sie sollten bis zum Abend und auf die einsetzende Flut warten. An diesem Strand surft es sich nicht schlecht, wenn du den richtigen Zeitpunkt erwischst.

Rafa ist inzwischen ein Ass im Surfen.

Das Skaten hat er *längst* aufgegeben.

Er erreicht die kleine Strandhütte, die sie betreiben. Er schließt das Gitter auf, klettert über den Tresen. Es ist eine von vier Imbissbuden am oberen Ende des Strandes, ein Stück vom Parkplatz entfernt, im Schatten der Bäume, ein perfekter Platz, wenn die Sonne den Zenit erreicht.

Rafa ist immer der Erste, der öffnet. Sie bieten Kaffee, Kräutertees, Säfte und ein einfaches Frühstück an. Später gibt es gebratene Snacks und Bier, leichte Cocktails, vielleicht ein Mittagsgericht, wenn Carolina einen Topf voll mit irgendetwas geköchelt hat. Er denkt an Dona Regina, *bonitinha*. Er lächelt. Ihr Laden beschränkt sich aufs Tagesgeschäft, die anderen Buden sind Bars. Starke Cocktails und laute Musik. Rafa mag es, früh anzufangen und pünktlich zum Surfen fertig zu sein. Er will sein Leben nicht damit verbringen, betrunkene Touristen zu bedienen.

Aber er ist gerne bereit, morgens die Verkaterten zu füttern und zu tränken.

Rafa stapelt Teller. Er prüft Tassen, legt Schalter um, öffnet den Kühlschrank. Jede Menge frische Milch. Er sorgt für eine einladende Atmosphäre. Ihr Geschäft lebt durch diese Atmosphäre.

Im Service muss man freundlich sein. Die Leute mögen es, wenn man freundlich ist. Sie kommen wieder.

Es ging alles ziemlich glatt über die Bühne.

Der Übergang in ein ruhiges, legales Leben verlief fast reibungslos. Sie richteten sich im Strandbungalow von Carolinas Eltern häuslich ein, bis sie finanziell auf der sicheren Seite waren.

Franginho handelte einen akzeptablen Frieden aus.

Die Jungs aus der Favela wussten nichts von dem Geld, daher betrachteten sie es im Wesentlichen so: *Scheiß drauf, Rafa, lass es krachen. Du verdienst ein bisschen Glück.*

Der alte Carlos hat Franginho einen Besuch abgestattet, aber es war schließlich nicht sein Geld, außerdem war sein Geldgeber verschwunden, *also was soll's?* Das war sein Standpunkt.

Glückliche Tage.

Sie verbrachten einige Zeit mit der Suche nach dem richtigen Ort, dann machten sie mit dem Geld eine Anzahlung für ihr kleines Häuschen und ihr Strandlokal. Ihre Einnahmen decken die Miete. Alles in allem kommen sie gut über die Runden, und unter dem Häuschen sind für den Notfall noch ein oder zwei Säcke Bargeld vergraben.

Rafa schaltet die Kaffeemaschine ein. Sie gluckert und dampft. Er schenkt sich einen großen Becher ein. Die Sonne dringt durch die dunstigen Wolken. Wellen brechen. Möwen schreien.

Das Leben ist schön.

Rafa fühlt sich schuldig wegen Franginho. Es ist eine Schuld, die sich keiner von beiden eingestehen mag. Jede Schuld anzuerkennen, hieße zuzugeben, dass Rafa etwas falsch gemacht hat. Und keiner von beiden will das glauben.

Franginho kommt nie zu Besuch. Das hilft. Er weiß, es ist unmöglich. Trotz des ausgehandelten Friedens, des von oben abgesegneten Rückzugs aus der Firma, darf keine Spur zu ihm führen.

Der Deal ist: Rafa bleibt dauerhaft verschwunden.

Das passt ihm perfekt in den Kram.

Dieses Leben ist, wie man auf Portugiesisch so schön sagt, seine *praia*, sein Strand – genau sein Ding. Franginho und er bleiben über präparierte Handys mit verschlüsselten Nummern in Kontakt. Franginho hat sie organisiert und eins per Kurier nach Campinas geschickt, wo Rafa es abholte. Die Hin- und Rückfahrt dauerte einen ganzen Tag und war ziemlich stressig.

Aber das war es wert.

Der Morgen läuft langsam an. Der Strandparkplatz füllt sich.

Die Zahl der Autos, die die kilometerlange unbefestigte Straße runterfahren können, ist begrenzt. An Wochenenden ist sie schon um acht verstopft. Aber heute ist ein unspektakulärer Mittwoch, Anfang Oktober. Hauptsächlich Surfer und Hundespaziergänger …

Der Küstenabschnitt steht unter Naturschutz, und man muss sich gut auskennen, um den Strand zu finden.

Am späten Vormittag legt Rafa eine Pause ein. Er hat ein bisschen Umsatz gemacht, aber sie haben ihm nicht gerade die Bude eingerannt. Egal. Langsam ist gut. Er hält nichts von Fast Food, das ist nicht ihr Stil.

Der Strand ist lang und geschwungen. Die Bäume biegen sich. Die Brise weht feuchte Luft heran. Die Wellen brechen und rauschen. Surfer plaudern und tummeln sich ein Stückchen weiter draußen. Nicht viel Action, aber es ist ziemlich meditativ, nur so auf dem Brett zu sitzen. Kenn ich gut, denkt Rafa.

Er nippt an seinem Kaffee, tunkt sein Brot hinein.

Da kommt quer über den Strand jemand auf ihn zu: Carolina.

Er lächelt.

Sie hat es offenbar eilig, was ihn überrascht. Er hat sie erst zur Mittagszeit erwartet, also ist sie eher früh dran. Ihr Schritt ist merkwürdig, als würde sie sich beeilen, aber nicht rennen wollen.

Rafa richtet sich auf.

Er sieht, wie sie ein gezwungenes Lächeln aufsetzt.

Sie hält etwas in den Händen.

Als sie sich nähert, erkennt er in ihren Augen Schmerz und Kummer. Sie streckt ihre Arme aus: Sie hält das präparierte Handy. Sie zittert ein wenig, weint.

Rafa spürt, wie ihn Angst durchzuckt. Eine Ahnung von Veränderung.

»Was ist?«, fragt Rafa. »Was ist passiert?«

Carolina wischt sich die Augen, die Nase. »Franginho hat angerufen.«

»Und?«

»Es geht um deine Großmutter.«

Rafa schließt die Augen. Er atmet. Er schluchzt.

Lisboa entfernt sich unauffällig von Lemes Gedenkfeier. Er will dort nicht sein. Am allerwenigsten will er zum anschließenden Umtrunk, der in einem Versammlungsraum dieses gottverdammten Gebäudes stattfindet. Dass es zweieinhalb Jahre gedauert hat, bis sie seinen Freund ehren, das sagt etwas aus. Es besagt Folgendes:

Wir wissen nicht, wer auf welcher Seite steht.

Oktober 2018, und alles ist im Umbruch.

Oktober 2018, und in São Paulo bleibt alles beim Alten.

Die Stadt sitzt das aus.

Sie ist darüber erhaben, denkt sie.

Diese Stadt, diese schmutzige Stadt, diese schmutzige, großartige Stadt.

Lisboa blickt finster.

Oktober 2018: eine Wahl, die für São Paulo nichts, für Brasilien aber alles bedeutet.

Die zwei Jahre seit Lemes Tod waren ein einziges Chaos. Erst Dilmas Amtsenthebung, dann Lulas Verhaftung, dann Temers erfolglose Regierung und jetzt die erste Runde der Präsidentschaftswahlen, die am Vortag von einem knallharten Psychopathen gewonnen wurde, einem ekelhaften Bastard, einem echten Mistkerl.

Lisboa denkt: Ihr kriegt die Politiker, die ihr verdient.

Bolsonaro liegt im Krankenhaus und spielt den Märtyrer.

Lisboa fragt sich, ob das Attentat nur Fake war. Klar ist es riskant, sich abstechen zu lassen, aber es ist machbar, ohne ernsthaft Schaden zu nehmen.

Er lenkt sich mit diesem Gedanken ab, obwohl er eigentlich nur heulen möchte.

Er vermisst seinen Freund; das Leben ist nicht mehr dasselbe, wird es nie mehr sein.

Er hat Marios Freundin Antonia auf der anderen Seite des Saals gesehen, sie hatte Marios Sohn im Arm, der inzwischen schon laufen kann. Sie stand neben ihrem neuen Mann, einem guten

Mann, wie Lisboa gehört hat, und er hat beschlossen, das positiv zu sehen.

Mario selbst hat einst um seine Frau Renata getrauert. Weitermachen heißt nicht vergessen.

Bitter, dass Mario seinen Sohn nie gesehen hat.

Das ist es, was Lisboa verdrängt. Genau *das*. Diesen Gedanken.

Er erinnert sich an die Geburt seiner eigenen Kinder. An die ersten Tage. Die unwiderrufliche Veränderung – diese hektische Euphorie.

Nichts bereitet einen darauf vor.

Es ist mit nichts anderem vergleichbar.

Die Leute reden und reden, aber die eigene Erfahrung ist durch nichts zu ersetzen.

Eine Liebe, die schnell wächst, sich unaufhaltsam entfaltet und die Angst und die Ungewissheit, was die Zukunft bringt, durch etwas anderes ersetzt.

Lisboa erinnert sich, wie er seine Erstgeborene mitten in der Nacht im Arm hielt. Das grelle Licht des Fernsehers, das feuchte Schnurren seiner Tochter. Die Geborgenheit. Ihr Geruch. Die Gespräche, während sie schlief, über dies und das. Sie an seinen Hals gekuschelt, zappelnd in seinen Armen.

Ja, das war schon was Besonderes, diese ersten Tage.

»Weißt du, wie das ist, diese Müdigkeit?«, hat er Mario mal gefragt. »Es ist, als käme ich gerade von einem Nachtflug, völlig ohne Schlaf, aber sehr gespannt darauf, wo ich gelandet bin.«

»Vielleicht solltest du dann lieber erst mal duschen, Kumpel«, war Marios Antwort.

Sie lachten.

»Man kann sich das nicht vorstellen«, sagte Lisboa.

Mario schüttelte lächelnd den Kopf.

»Nein, kann ich nicht.«

»Nein, ich meine, *ich* hatte keine Vorstellung.«

»Das freut mich für dich, Kumpel. Für euch alle drei.«

Lisboa erinnert sich an das Gefühl, eine Familie zu sein, wie sich die Bedeutung des Wortes veränderte, wie es in seinem Mund einen anderen Klang annahm.

Er erinnert sich auch an das Wissen: Sie wird jetzt für immer bleiben.

Es war berauschend, befreiend.

Sich diesen Gefühlen hinzugeben, der Tatsache der Anwesenheit dieses kleinen Mädchens.

Das Leben, so erinnert er sich, wurde zur Schichtarbeit.

Das Leben wurde überschaubar, denkt er jetzt, während seine Schritte im Rathausflur widerhallen.

Für Lisboa gibt es bei alldem eine klare Regel: nicht jammern.

Und er hatte nie wirklich Grund dazu: Es ist das Beste, was ihm je widerfahren ist.

Mario hat das nie erlebt.

Für einen so zurückhaltenden Mann hat Leme ganz schön viel Drama angehäuft, denkt Lisboa.

Das Leben ist einfach nicht fair, Ende Gelände.

Und es kann sich mit einem Schlag ändern. Es stoßen einem Dinge zu, und man muss damit fertig werden.

Er streift seine mit Ei befleckte Krawatte ab, zupft an seinem schweißnassen Hemd. Er wischt sich die schmutzigen Hände an seiner schmutzigen Hose ab, wischt sich den Schweiß von der Stirn. Er fummelt nach seinen Zigaretten, lässt sein Feuerzeug fallen. Er bückt sich – langsam. Sein Rücken ächzt, seine Achillessehnen kreischen.

Das Alter, Kumpel …

Er erlaubt sich ein ironisches Kopfschütteln:

Genau.

Mit angezündeter Zigarette überspringt er ein paar Stufen runter zur Straße.

Im Centro stinkt es nach Diesel- und Benzinabgasen, die Straßenhändler kreischen, die Sonne ist grell und feindselig.

»Hey, Ricardo! Hey! Ich weiß, du hörst mich.«

Lisboa dreht sich um. Ach du Scheiße.

»Ellie«, sagt er. Er lächelt sie an. »Du.«

Sie gibt ihm einen Kuss. »Wer sonst, *querido*.«

Lisboa schüttelt den Kopf. »Was willst du?«

Lisboa mochte sie nicht besonders, damals, als Mario sie in ein paar Fällen eingesetzt hatte, auch in seinem letzten. Ein englisches Mädchen, diese Ellie, die Lisboa nun seit mehreren Jahren kennt. Sie war erst Marios Kontaktperson, dann Freundin, hat sich selbst in Schwierigkeiten gebracht und wieder herausmanövriert, hält sich selbst für eine Journalistin, die für die Wahrheit kämpft, sich nicht unterkriegen lässt, furchtlos ist und so weiter. Sie hat Sinn für Humor, denkt Lisboa, eine große Klappe – und eine *scharfe Zunge*.

Ein bisschen wie der alte Silva, nur hübscher.

Sie war anwesend, als das mit Mario passierte.

Sie bekam nichts davon mit, aber sie war anwesend. Das Ganze belastete sie offenbar nicht allzu sehr, hat er gehört. Er ist sich nicht sicher, was er davon halten soll.

»Ich möchte reden«, sagt sie. »Über letzte Nacht.«

»Was ist damit? Das bedeutet nicht, dass wir beide … na ja, du weißt schon.«

»Ha, dein berühmter Sinn für Humor.«

Lisboa zuckt mit den Schultern.

»Zwei Dinge sind passiert. Erstens: Ein junger schwuler Mann wurde in einem Park in der Nähe der Avenida Paulista ermordet, was nach einem eindeutig homophoben Verbrechen aussieht. Zweitens hat eine junge Frau ein Stück die Straße runter *EleNão* an die Wand geschmiert. Sie wurde dabei erwischt, und zwar von Militärpolizisten, die sie verhafteten und mitnahmen, im Revier nackt auszogen und misshandelten.«

»Klingt nach einer lustigen Nacht.«

»Wie schon gesagt, du hast einen fantastischen Sinn für Humor.«

»Warum erzählst du mir das?«

»Ich will wissen, ob du was damit zu tun hast.«

»Ja, Süße, ich bin einer der Hauptverdächtigen.«

»Du weißt, was ich meine.«

Lisboa seufzt. »Es besteht die Möglichkeit, ja. Aber ich weiß es nicht. Ich habe heute noch keine Dienstanweisungen erhalten, *certo*, wegen, na ja, wegen dieser …«

»Verstehe.«

»Im letzten Jahr habe ich eigentlich nur bei Fällen von anderen ausgeholfen.«

Ellie nickt. Lisboa betrachtet sich dieses Bündel schräger Energie. Er denkt: *Schaffst du es echt, so über die Runden zu kommen?* Schätzungsweise schon. Offenbar funktioniert es.

Sie zappelt herum, hüpft von einem Fuß auf den anderen.

»Arbeitest du noch mit Silva?«, fragt Lisboa.

Sie nickt.

»Gut für dich.«

»Hör zu, Ricardo«, sagt Ellie. »Tu mir einen Gefallen, wenn du mit einem der beiden Fälle in Berührung kommst, ruf mich an, ja?«

Sie reicht ihm ihre Karte. Lisboa schiebt sie in seine Hemdtasche. Er blickt über die Schulter. Er winkt ein Taxi heran. Das Taxi hält in einer Parklücke neben den beiden.

Lisboa öffnet die Tür.

»Nimm du es«, sagt er. Er schiebt Ellie auf den Rücksitz und lächelt. »Ich kann einen kleinen Spaziergang gebrauchen.«

»Ist ja alles schön und gut, *meninas*«, sagt Ellie zu Anna und Fernanda. »Aber was *im Moment* wirklich interessiert, ist der Name der armen Frau, die letzte Nacht von der Militärpolizei eingesperrt wurde.«

Ellie registriert den kurzen Blickwechsel zwischen den beiden.

Anna sagt: »Ich dachte, das wird ein Interview über *unsere* Arbeit.«

»Ich denke, die eben von mir erwähnte Frau ist *genau* eure Arbeit.«

»Rechtsberatung ist nicht dasselbe wie Strafverteidigung, Ellie«, sagt Fernanda.

Ellie lächelt. Sie kennt Fernanda schon eine Weile. Silva hat vor einiger Zeit den Kontakt hergestellt, nach, nun ja, nach Mario. Ellie lässt es dabei beruhen. Es dabei beruhen zu lassen, ist Ellies Art, mit den Ereignissen fertigzuwerden. Sie weiß, dass Fernanda mit Marios Frau Renata zusammengearbeitet hat, aber sie haben nie darüber gesprochen, was keine besonders revolutionäre Bewältigungsstrategie ist, wie Ellie weiß.

Aber so ist es nun mal – und es funktioniert.

»Stimmt«, sagt Ellie, »aber ist es für euch keine Selbstverständlichkeit, sich gegen den Missbrauch von Frauen in Polizeigewahrsam einzusetzen? Vor allem in Anbetracht des Namens eurer kleinen Organisation.«

Ellie registriert Annas Augenrollen und Fernandas stoisches Nicken.

Sie nennen sich *Mulher-Poder*, das gefällt Ellie, weil es sich reimt, und die Übersetzung ist auch nicht schlecht: Frauenpower. Finanzielle Unterstützung von großen Unternehmen, hat Ellie gehört. Zweifellos der Einfluss von Marta Suplicy – und sicherlich auch von Capital SP.

»Was willst du, Ellie?«, fragt Anna.

»*Quid pro quo, querida*«, sagt Ellie. »Ihr besorgt mir den Namen der Frau …«

»Okay.«

»Und ich schreibe diesen Artikel über die ganze hervorragende Arbeit, die ihr als die Nummer eins der sozial engagierten, rechtschaffen kämpfenden und politisch denkenden Rechtshilfeteams im schönen Staat São Paulo geleistet habt.«

»Kein Grund, zynisch zu werden, Ellie.«

Ellie deutet eine Verneigung an. »Nicht mein Stil, *amor*.«

»Nein.«

»Hört zu«, sagt Ellie. »Ihr macht gute Arbeit, und ich mag euch, aber wir alle wissen, dass ihr das Geld für eure Arbeit nur dank Martas Unterstützung bekommt.«

Schweigen. Ellie deutet es als widerwilliges Eingeständnis.

»*Então?*«

»Genau meine Meinung. Es spielt keine Rolle. Der einzige Weg, einen Beitrag zu leisten, ist von innen heraus, *ne? Basta.*«

»Wir sind heute in gutem Glauben gekommen, Ellie«, sagt Anna.

»Ihr helft mir, und der Artikel wird geschrieben.«

Anna schüttelt den Kopf. »*Sacanagem*«, murmelt sie. Schmutziger Trick.

Ellie grinst. »So was nennt man Informanten aufbauen, meine Damen.«

»Okay«, sagt Fernanda. »Wir besorgen den Namen, und du veröffentlichst den Artikel. Abgemacht.«

»Ball im Netz versenkt«, sagt Ellie. »Ruft ihr mich morgen an?«

»Wir melden uns heute noch«, sagt Anna.

Ellie bläst ihnen Küsschen zu. »Ihr macht mich ganz feucht.«

Anna schüttelt den Kopf. »Total *gringa*.«

Ellie lacht.

Im Taxi zurück zu ihrem Büro wendet sich Anna an Fernanda und sagt: »Ein echtes Miststück, diese Ellie.«

Ellie feilt an einem Text, den sie schon vor einiger Zeit begonnen hat. Brasilien: Ordnung und Fortschritt …

Der brasilianische Wahlspruch, der im Grunde das Ziel jedes gerade unabhängig gewordenen Landes zum Ausdruck bringt, hat interessante Ursprünge. Er bezieht sich auf die Grundformel des philosophischen Positivismus Auguste Comtes: »Liebe als Prinzip und Ordnung als Basis; Fortschritt als Ziel«. Es ist allerdings die Frage, ob die Anhänger Comtes, die im neunzehnten Jahrhundert

die Monarchie abschafften und Brasilien die Unabhängigkeit sicher-
ten, Worte gewählt haben, die für das heutige São Paulo zutreffend
sind. Zweifellos gibt es in Brasilien ein Prinzip der Liebe; und São
Paulo steht für nichts anderes als für Fortschritt als Endziel; aber
Ordnung? Man hat das Gefühl, dass in São Paulo diese Basis fehlt.
Jeder Ordnungsversuch in dieser Stadt verläuft so chaotisch wie das
willkürliche Wuchern der Vorstädte aus dem Zentrum heraus. Man-
che sagen, es sei im Kern eine kleine Stadt: nur eben eine, die von
vielen anderen kleinen Städten umgeben ist. Im Positivismus – und
das ist eine Vereinfachung – wird introspektives und intuitives Wis-
sen als Mittel zur Erlangung wahrer, begründeter Erkenntnisse ab-
gelehnt. Manchmal hat man das Gefühl, dass São Paulo ausschließ-
lich durch diese Formen des Wissens geprägt ist.

Ellie schaut aus dem Fenster ihrer Wohnung.

Verkehr und Staub.

Briefing …

Lisboas neuer Auftrag: ·

Hassverbrechen.

Es geht wieder los, denkt er. Noch mehr Grauen.

Der leitende Ermittler ist Lutfalla, und er ist Lisboa wohlgeson-
nen, da er Leme mochte. Er hat natürlich auch wegen Leme *ermittelt*, war dabei aber seinen Vorgesetzten gegenüber so hörig wie
möglich.

Am Ende kam natürlich nichts heraus. Gott sei Dank. Die Jungs
da oben konnten Gras über die Sache wachsen lassen.

Mario war ein guter Mann. Dabei kann Lisboa es bewenden
lassen.

Lutfalla verteilt Arbeitsaufträge: *Wer zum Teufel war der tote
Homo?*

Das ist Lisboas Job. *Dieser* Aspekt.

Das Ganze hat einen Hauch von: *dem großen Kerl was zu tun
geben, der einen Nervenzusammenbruch hatte.*

Andererseits – warum nicht? Es ist Routinearbeit.

Eine Stunde später …

Lisboa begibt sich in den Maschinenraum der Ermittlungen.

Lutfalla und ein anderer Ermittler, Alvarenga, unterhalten sich über Fußball. Lisboa hört, wie Alvarenga sagt:

»Was ist der Unterschied zwischen einem Bankräuber und einem Fußballstar?«

Lisboa bemerkt das schiefe Grinsen Lutfallas. Ein Mann der wenigen Worte, der alte Lut. Alvarengas Lachen vor der Pointe.

»Der Bankräuber sagt: Geld her, oder ich schieße! Der Fußballstar dagegen: Geld her, oder ich schieße nicht!«

Lisboa nickt zur Begrüßung. »Die alten Witze sind doch die besten«, sagt er.

Lutfalla steht auf. Sie schütteln sich die Hände. »Schön, dich zu sehen, Ricardo.«

»Setz dich, Großer.«

Lisboa setzt sich. Lutfalla gießt Kaffee in einen Plastikbecher.

Lisboa nickt und nimmt den Kaffee.

Alvarenga ist noch nicht fertig. »Warum nennt man Robinho ›Triathlon‹?«

»Nicht jetzt, eh«, sagt Lutfalla.

Alvarenga zieht schmollend eine Augenbraue hoch. »Du wärst sowieso nicht draufgekommen, Kumpel.«

»Ist nicht so schwierig, dass ich nicht draufgekommen wäre«, sagt Lisboa.

Alvarenga guckt genervt, wirft Lisboa einen bösen Blick zu: »Schön für dich.«

»Nicht wahr, *ne*?«

»Na gut, Jungs«, sagt Lutfalla. »Lasst uns wenigstens so tun, als würden wir arbeiten.«

Alvarenga grinst. Lisboa bemerkt etwas in diesem Grinsen, ist sich aber nicht sicher, was genau.

Ein paar Minuten lang sagt niemand was.

Lisboa schlürft seinen Kaffee und isst ein wenig Gebäck. Er bürstet seine Anzughose ab. Sie glänzt, Überbeanspruchung und die falschen Waschgänge. Billiger, geflickter Stoff. Lisboa zupft an den Fäden. Er kratzt sich an den Oberschenkeln. Er fragt sich: *Was mache ich eigentlich hier?*

Die Klimaanlage arbeitet mit Hochdruck, und es gibt kein natürliches Licht. Nackte Glühbirnen und Stühle mit harten Lehnen. Ein runder Tisch, auf dem nicht viel steht. Mehr Wartezimmer als Konferenzraum.

Er kennt diese Männer seit Ewigkeiten, also wird er nicht einfach stumm dahocken wie ein Lückenfüller. Er will wissen, was Sache ist, und das ist legitim.

Alvarenga liest in der Zeitung, Lutfalla schaut auf sein Handy.

Lisboa sagt: »Und was genau ist mein Job hier?«

Alvarenga schnaubt. Er ist der Dienstälteste, stand aber in den letzten Jahren ein wenig im Abseits. Er hat es nicht zur Beförderung geschafft und ist deshalb beständig mürrisch. Lutfalla schneidet eine Grimasse.

»Tatsache ist, Kumpel«, sagt er, »dass es hier nicht viel zu tun gibt.«

»Stimmt.« Lisboa deutet auf den Raum, die *Leere*.

»Ich meine«, fährt Lutfalla fort, »wir haben einen Fall. Es gibt eine Leiche, einen Mord, also einen Fall.«

»Und weiter?«

»Ein kniffliger Fall, weiter nichts.«

»Erklär das mal.« Lisboa spürt, dass er die Sache vorantreiben kann. Der alte Lut wirkt uneins mit sich selbst. »Die Sache scheint mir nicht so kompliziert«, fügt er hinzu.

»Unseren Kollegen«, sagt Alvarenga. »Also unseren Kollegen von der Militärpolizei ist es lieber, wenn nicht allzu viel über diesen Mord berichtet wird.«

Lisboa glaubt zu wissen, woran das liegt. »Sie unterstützen Bolsonaro, *ne*?«

Lutfalla verzieht das Gesicht: *Ohne Scheiß, Sherlock.*

»Ein Homo-Hassverbrechen macht sich da nicht gut.«

»Richtig.«

Lisboa nickt. »Wenn wir es als Hassverbrechen mit vorurteils-belastetem Hintergrund rausgeben, dann könnten die liberaleren Medien den Aufstieg unseres Freundes Bolsonaro als eine Art Erlaubnis für diese Art von mörderischer Attacke sehen.«

Alvarenga klatscht in die Hände. »Elegant ausgedrückt, großer Mann. Ich bin beeindruckt, *porra.*«

Lisboa deutet eine Verbeugung an.

»Wir sitzen in der Zwickmühle.« Mehr hat Lutfalla nicht hinzuzufügen.

Lisboa sagt: »Wir geben es als Raubüberfall aus und finden die Arschlöcher trotzdem.«

»Das könnten wir.«

»Aber wir tun's nicht«, schaltet sich Alvarenga ein.

Lisboa registriert, dass Lutfalla ihn gewähren lässt.

Lisboa zieht fragend die Augenbrauen hoch.

Lutfalla nickt.

Alvarenga sagt: »Erinnerst du dich an diese arme Schlampe Marielle in Rio?«

Lisboa nickt. Natürlich kennt er sie. Jeder kennt sie.

Marielle Franco: Politikerin, Aktivistin, Feministin. Riss die Klappe auf gegen Polizeibrutalität. Sie hatte nicht ganz unrecht, dachte Lisboa immer. Sie kämpfte gegen den Einsatz von Gewalt in den Favelas, sprach sich gegen Temers Intervention aus, der Anfang des Jahres Bundestruppen schickte, um dort aufzuräumen, im Februar war das. Und was passierte? Im März starb sie in ihrem Auto in einem Kugelhagel. Ein Postergirl für linken Aktivismus. Eine echte Tragödie, findet Lisboa.

»Es heißt«, sagt Alvarenga, »dass es in Rio Ex-Militärs waren, *certo?* Nicht wirklich eine Todesschwadron, *entendeu?* Aber auch nicht unbedingt *keine*, klar?«

»Glasklar.«

»Eine Art Nachbarschaftswache, die unerwünschte Personen beseitigt.«

»Angeblich«, sagt Lutfalla.

Alvarenga zieht ein schiefes Gesicht. »Angeblich, ja. Tatsache ist, es gibt das Gerücht, dass unsere eigenen Militärjungs eine ähnliche Operation am Laufen haben.«

Lisboa wird hellhörig. »Was willst du damit genau sagen?«

»Es besteht die Möglichkeit«, sagt Alvarenga, »dass die Mörder ganz unten in der Nahrungskette einer Organisation stehen, die von Ex-Militärs geführt oder zumindest von Ex-Militärs *abgesegnet* ist.«

»Nachbarschaftswache.«

»Alles eine Frage der Sichtweise.«

»Also will niemand tiefer wühlen?«

Hier mischt sich Lutfalla ein. »Wühlen ist nicht die bevorzugte Vorgehensweise.«

»Und das Opfer? Seine Familie?«

»Aus dem Ruder gelaufener Raubüberfall. Die verzweifelte Tat eines armen, entrechteten kleinen Ganoven.«

»Also genau das,« sagt Alvarenga, »was der gute Bolsonaro mit seiner knallharten Politik ausmerzen will: Kleinkriminalität und Gewalt.«

Jetzt ist Lisboa an der Reihe mit Schnauben.

»Womit deine ursprüngliche Frage beantwortet ist«, sagt Lutfalla. »Man sucht einfach einen Täter, auf den dieses Profil passt.«

Lisboa schüttelt den Kopf. »Ich dachte, ihr beiden seid in Ordnung. Was ist mit euch passiert?«

Alvarenga spielt auf einer kleinen imaginären Geige. »Ich werde alt. Ich will nur noch ein ruhiges Leben.«

»Ist zwar nur ein Gerücht«, sagt Lutfalla. »Aber denk mal über Folgendes nach. Bruno Covas ist Bürgermeister von São Paulo. Sein alter Kumpel – sein alter *Chef* – Johnny Doria kandidiert als Gouverneur des Bundesstaates. Das sind Politiker rechts der Mitte, total karrierebesessen.«

»Und? Ich bin auch karrierebesessen.«

Lutfalla ignoriert das. »Du siehst, woher der Wind weht. Sobald Bolsonaro im Amt ist, wird São Paulo wieder das tun, was es am besten kann. Bis dahin gilt die Devise: Füße stillhalten.«

»Gerüchte.«

»Mach deinen Job, Kumpel, nur darum geht es hier.«

Lisboa steht auf. »Lula ist im Knast«, sagt er. »Es ist beschlossene Sache. Hier geht es nicht um Politik, *entendeu*?«

»Und wer, glaubst du, hat Lula in den Knast gebracht? Dieselben Bundesrichter, die er ernannt hat. Egal unter wessen Einfluss, aber das bleibt eine Tatsache.«

»Sie machen nur ihren Job.«

Lutfalla zuckt mit den Schultern. »So ist es.«

»Ja.« Lisboa nickt. »So ist es wirklich.«

Er kehrt zurück in das Büro, das er sich mit Mario geteilt hat. Das beschissene, heruntergekommene, schummrig beleuchtete Rattenloch, in das, nachdem Mario *weg* war, niemand einziehen wollte. Er kehrt zurück in dieses Büro, in *ihr* Büro, und denkt: Mach deinen Job, Kumpel, mehr nicht.

Zuerst muss er herausfinden, welche Ex-Militärs etwas mit Bixiga zu tun haben könnten und warum.

Er braucht eine Liste der kürzlich Ausgeschiedenen.

Oder, noch hilfreicher, jemanden, der an der Festnahme dieser Aktivistin beteiligt war. Jemand, der in Schwierigkeiten steckt, könnte ein guter Anfang sein.

Er sollte sich an die Computerspezialisten wenden.

Reiner Euphemismus, Computerspezialisten …

Da unten nehmen sie es mit den Gesetzen nicht so genau. Eine Ansammlung von Freaks und Spinnern. Ihre Schwestern vom Militär zu überprüfen, könnte genau ihr Ding sein.

Anschließend die Autopsie des armen Schweins, das zur falschen Zeit am falschen Ort war.

Das Grauen ist zurück, denkt er: Da ist es wieder, das *Grauen* – und zieht seine Kreise.

Rafa biegt von der Avenida Giovanni Gronchi ab. Er rollt im Leerlauf die mit Kratern übersäte Rua Clementine hinunter in Richtung Favela. Er schlängelt sich durch den Kreisverkehr und parkt. Er springt heraus. Er knallt die Tür mit dem Fuß hinter sich zu.

Der Dunst von billigem Fusel weht ihn an.

Ein paar *mendigos* kreischen: *E aí mano*, was hast du für mich, Bruder? Dann gackern sie vor Lachen. Rafa zeigt ihnen den Mittelfinger, grinst dabei aber. Sie nehmen es ihm nicht sonderlich krumm.

Er passiert das Tor des Cemitério Gethsêmani, und vor ihm breitet sich eine grüne, beruhigende Oase aus. Die Luft ist klar – wie zu Hause, denkt er. Es gefällt ihm, dass er das instinktiv denkt. Er lächelt, ja, dort ist jetzt sein Zuhause.

Er schlägt den Weg zum Verwaltungsbüro ein, wo er mit irgendeinem Direktor über die Beerdigung seiner Großmutter sprechen wird. Er hat einen Stapel Bargeld dabei und einen stählernen Blick. Und ein paar Namen, die er fallen lassen kann, wenn nötig – dafür waren sie immer gut, die Jungs auf dem Hügel. Das zusammen dürfte für eine Weltklasse-Beerdigung sorgen. Sie hat es verdient, und er glaubt, dass er sich das selbst auch schuldig ist.

Er bleibt an der Voliere stehen, zu der ihn sein Vater immer mitnahm, wenn sie das Grab *seines* Dads besuchten. Sie haben das Ding gebaut, hat ihm sein Dad erzählt, und ein oder zwei Monate später sind die Vögel einfach uneingeladen aufgetaucht, hungrig und glücklich, und haben sich dort niedergelassen. Gelbe Schöpfe und orangefarbene Wangen, lange graue Körper und gelbgrüne Schwanzfedern.

Rafa steckt seinen Finger durch ein Loch und macht schmatzende Kussgeräusche.

Die Vögel ignorieren ihn.

Junior ist wieder auf der Straße. Tatsache ist, er ist im verdammten *Verkehrsdienst*. Das kommt davon, wenn man versucht, das Richtige zu tun, denkt er.

Es ist eine klare Ansage, die Versetzung in den Verkehrsdienst.

Halt's Maul, Junge, ist die Lektion.

Das Gespräch mit seinen Vorgesetzten verlief in etwa so:

Also, am Abend des 7. Oktober nehmen deine Jungs Felipe und Gilberto eine junge Frau fest, die in einem Akt von kriminellem Vandalismus öffentliches Eigentum beschädigt.

Ja.

Sie bringen die junge Frau zurück zum Revier, um sie zu verhören.

Ja.

In der Zwischenzeit bleibst du auf deinem Posten, um gemeinsam mit dem jungen Rubens mögliche Unruhen zu verhindern.

Ja.

Du bist ein Held, das bist du.

Ja.

Du kehrst zurück und findest Felipe und Gilberto bei der Vernehmung der Tatverdächtigen vor. Du bist der Meinung, dass die beiden gründliche Arbeit leisten, also begrüßt du ihre Initiative, indem du ihnen erlaubst, ohne Aufsicht durch einen höheren Beamten weiterzumachen.

Ja.

Zur Belohnung für diese herausragende Führungsleistung wirst du für eine Woche mit administrativen Aufgaben betraut, fernab vom Stress an der Front.

Ja. Und jetzt: *Verkehrsdienst*.

Das einzig Gute daran ist, dass er nicht wirklich auf der Straße arbeitet, sondern die Jungs beaufsichtigt, die es tun. Und das bedeutet, dass er exakt einen Scheißdreck tut, denn wie soll man Jungs beaufsichtigen, die mitten auf der Kreuzung im Verkehr stehen? Also sieht Juniors Tag – und damit auch der Rest der Woche – so aus, dass er in vom Militär abgesegneten Cafés, Diners, Restaurants und, warum nicht, in Bars abhängt. Und zwar in der Nähe der Avenida Paulista, die sein Revier für die Woche ist, keinen Steinwurf von dem Ort entfernt, an dem diese Halbstarken Felipe und Gilberto die Graffiti-Künstlerin aufgegabelt und ihn in diesen ganzen Schlamassel reingezogen haben.

Caralho, denkt Junior, verdammte Scheiße, während er am Tresen einer altmodischen *padaria* am schmutzigen Ende der Augusta sitzt und vor sich hin flucht.

Puta que pariu.

Die haben mich gefickt, diese *Kids*.

Seit sechs Jahren war er bei der Truppe, hatte sich eine Position erarbeitet, wollte Captain werden, das Richtige tun, aufrecht bleiben, nicht den Weg der Versuchung gehen, der so viele seiner jungen Kollegen verdarb.

Noble Worte, die er da wählt, wenn er wütend ist, der junge Junior. Er grinst – schief.

Klar, er weiß, wie's läuft, es geht um Politik – buchstäblich.

Das Blatt hat sich gewendet – Bolsonaro, der Liebling der Militärs, hat alle Trümpfe in der Hand.

Also ist es besser, den Missbrauch einer jungen Frau in einer Zelle des Militärs zu vertuschen, als die Präsidentschaftskandidatur des großen Mannes zu gefährden.

Schließlich ist das ganz einfach: Man klagt sie wegen was viel Schlimmerem an und sperrt sie dann weg, *porra*.

Junior nippt an seinem Kaffee, pickt an einem Gebäckstück herum. Auf dem Tresen liegt eine linke Studentenzeitung, und er blättert darin.

Die *padaria* ist am Vormittag leer. Der Frühstücksrummel ist vorüber. Die Studenten und Raver sind nach einer langen durchfeierten Nacht hier durchgezogen. Die Huren und Polizisten der Nachtschicht, die Kellner und die Sicherheitsleute haben zu früher Stunde ihre Sandwiches geholt oder ihr Feierabendbier getrunken. Die Müllmänner und Arbeiter haben sich neben *cafezinho* und *pão de manteiga* einen *cachaça* reingezogen – Schnaps, Kaffee und in Butter gebratenes Brot –, das stärkende Frühstück für einen langen Arbeitstag. Das alles ist schon Stunden her. Zum Lunch kommen dann die Büromenschen aus der Umgebung, auf der Suche nach einem billigen *Por-Kilo*-Lokal, einem schnellen Bier oder ein paar geteilten Flaschen, außer Sichtweite des Chefs. Die Studenten werden am frühen Nachmittag zurück sein, um ihren Kater wegzusaufen.

Nicht sein Ding, dieser Laden, denkt Junior. Er würde hier keinen Fuß reinsetzen, wenn er keine Uniform trüge: Aber immerhin geht alles auf Kosten des Hauses, und warum auch nicht, *ne*?

Bunte Lichter und lange Nächte.

Fernseher, die Sport und Nachrichten rausplärren.

Immer nur Wahlen, Wahlen, Wahlen.

Junior hat die Nase gestrichen voll davon. Er winkt nach mehr Kaffee, *amigo*, und zwar einen guten.

Die Bedienung hinter der Theke liefert militärisch-zackig. Ein Teller mit süßem und herzhaftem Gebäck wird dazu gereicht. *Warum zum Teufel auch nicht?*

»Ich schätze, Sie sind zufrieden«, sagt der Kellner, schenkt Kaffee ein und nickt auf den Bildschirm. »Er schlägt alle seine Gegner vernichtend. Habe ich recht?«

Junior zuckt mit den Schultern. »Zufrieden ist gar kein Ausdruck.«

»Gibt eine Menge zu tun hier«, sagt der Kellner und meint damit draußen, die *Straße*.

Junior nickt.

»Dann könnten Sie richtig durchgreifen, oder? Machen, was Sie wollen, sich richtig austoben? Ich wette, Sie hätten Lust dazu.«

Juniors Miene besagt: *mais ou menos*, mehr oder weniger.

»Ich hätte nichts dagegen, wenn es ein paar von denen richtig besorgt bekämen, so viel ist sicher. *Menos um, ne?*«

Da ist der Satz, jetzt ist er raus, denkt Junior.

Der Satz, der den alten Bolsonaro ins Amt hieven wird:

Menos um. Einer weniger.

Gemeint ist: ein Krimineller weniger. Gemeint ist: alle nötige Gewalt einsetzen, peng, peng, peng, Orden, Ruhm und Ehre, alles ist möglich, Kumpel. Gemeint ist: Der einzige gute Schurke ist ein toter Schurke.

Dieser ganze Quatsch.

Junior macht ein unverbindliches Gesicht: *Ich genieße gerade meinen Kaffee, mein Sohn, entendeu?*

Der Kellner begreift das, aber es schmeckt ihm nicht. Er bleibt stehen, wo er ist.

Junior blättert die Seite seines linken Blättchens um.

Der Kellner stößt seinen Finger darauf, genau auf einen Artikel einer *Gringa*-Journalistin, Eleanor Boe, der, wie Junior sieht, zuerst online veröffentlicht wurde, jetzt aber auch abgedruckt ist.

»Der sollte man es gleich als Erstes besorgen«, sagt der Kellner. Sein Lächeln ist hässlich. »Dreckige Schlampe.«

Junior runzelt die Augenbrauen, schüttelt den Kopf und schaut dem Kellner hinterher, der sich endlich verzieht. Er streicht die Zeitung glatt, kippt sie in seine Richtung, beginnt zu lesen.

Eine Hand legt sich auf seine Schulter. Junior dreht sich um.

»Hallo, Kumpel«, sagt sein früherer Chef, Carlos.

Carlão. Der große Carlos.

SCHEISSE.

»Interessante Lektüre, oder? Fake News, Kumpel. Wird bald schon dementiert.«

Junior denkt: Warten wir's mal ab.

»Du schaust aus, als hättest du ein Gespenst gesehen, alter Junge«, sagt Carlos.

Junior grinst. »Was zum Teufel willst *du* hier?«, fragt er. »Big Boss.«

»Fünf Minuten deiner Zeit.«

Junior nickt. »Die Uhr läuft.«

»Du musst es ihr sagen. Ich schaffe es nicht, der *gringa escrota* zu stecken, dass wir erfolglos waren, *sabe?*« *Gringa*-Fotze ist ihre Wortwahl.

Das kam von Fernanda. Anna ist ein klitzekleines bisschen überrascht von ihrem Tonfall.

»Ich dachte, du magst sie?«

Sie reden über Ellie.

»Na ja, schon.«

»Sie ist in Ordnung, *vamos, ne?*«

Fernanda nickt. »Sie ist in Ordnung. Aber sie hält sich selbst für supertoll, darum geht es, und ich will ihr nicht die Genugtuung verschaffen.«

Anna nickt. Sie empfindet ähnlich.

Sie konnten den Namen der jungen Frau, die wegen des Graffiti-Vorfalls inhaftiert wurde, nicht herausfinden. Die Aktivistin, von der Ellie zu wissen scheint, dass sie missbraucht wurde. Ellie hat sogar einen Artikel darüber geschrieben, der online und jetzt in mindestens zwei Zeitungen erschienen ist, allerdings handelt es sich dabei *nur* um Studentenzeitungen.

Also hat Fernanda das Gefühl, versagt zu haben.

»Was hat sie genau gesagt?«

Das kommt erneut von Fernanda, diesmal fragt sie nach Marta.

Anna hat sie angerufen, und es ist ihr peinlich, denn sie empfindet es als Zeichen von Schwäche, als Unzulänglichkeit, als einen Hilferuf: Ich komme ohne dich nicht zurecht, Marta.

»Marta hat gesagt, sie will mit nichts mehr irgendetwas zu tun haben, so in der Art.«

»Klar, sie ist raus aus der Politik, sie hat genug.«

Fernanda verdreht die Augen.

»Das ist kein Ort für eine Frau, meint sie, *ne*?«

»Sollte es aber sein.«

»Das meinen wir.«

»Und das hat sie auch mal gemeint.«

Anna weiß, dass das wahr ist, und sie schämt sich etwas dafür, dass ihre alte Chefin das Handtuch geworfen hat, sich nicht zur Wiederwahl stellt, die ganze Angelegenheit in ihrem Strandhaus aussitzt.

Immerhin hat sie den Anruf entgegengenommen.

»Weißt du, wen du anrufen solltest?«, sagt Fernanda.

Anna kennt die Antwort, aber sie gefällt ihr nicht.

»Er weiß sicher was«, fügt Fernanda hinzu. »Er weiß immer was.«

»Das ist quasi seine Spezialität.«

»Ruf ihn an.«

Anna nickt. Sie sucht im Handy nach seiner Nummer, die immer noch unter R für Rasputin gespeichert ist.

Nach dem dritten Klingeln nimmt er ab. Anna kann die Freude in seiner Stimme hören.

»Sieh an, sieh an, sieh an«, sagt er. »Was kann ich für dich tun, *anninha*?« Kleine Anna.

Das gefällt ihr nicht. Sie hat den Spitznamen noch nie gemocht, und sie mag ihn schon gar nicht aus dem Mund von alten Männern.

Alte Männer, die sofort geifernd über sie herfallen würden, wenn sie könnten – und wenn ihr Herz noch mitmachen würde.

»Hallo, Senhor Luis«, sagt sie.

»Ich fühle mich geehrt.«

»Kann ich gleich zur Sache kommen?«

Wie sich herausstellte, waren die Sex-Motel-Swinging-Politico-Partys ein Geschenk des Himmels.

Sie kamen nie an die Öffentlichkeit; es war gar nicht nötig, sie hingen nur wie drohende, sturmbereite Wolken am Himmel. Die

Rücktritte und Skandale geschahen, ohne dass jemand kompromittiert wurde.

Rasputin war begeistert; Ray Marx schien es egal, auf welche Weise es genau geschah.

Anna ist am Ende heil aus der Sache herausgekommen.

Und sie und Rasputin trennten sich in gutem Einvernehmen, als Marta beschloss, der alte Rasputin sei der Aufgabe als Mr. Marta nicht mehr gewachsen, und ihn einige Zeit später kurzerhand abservierte.

Was ihm noch schwer im Magen zu liegen scheint. Anna wundert das nicht.

»*Fala, querida*«, sagt er. Sprich nur, Liebes.

»Wir suchen nach Informationen«, sagt Anna, »die schwer zu kriegen sind.«

»Das ist das königliche Wir, oder?«

»Arbeit.«

»Darum geht's ja letztlich immer.«

Anna seufzt. Fernanda macht ein ermutigendes Gesicht: *Weiter so, Süße.*

»Eine Frau wurde verhaftet, weil sie in der Wahlnacht ein *Ele-Não*-Graffiti sprayte. Die Militärpolizei hat sie geschnappt.«

»Ich habe was darüber gelesen.«

»Wo?«

»In irgendeiner Zeitung.«

Anna verdreht die Augen. Diese Unaufrichtigkeit, diese ganze Show geht ihr auf den Keks. »Wir wollen ihren Namen herausfinden.«

»Was, auf der Suche nach ein bisschen *Pro-bono*-Arbeit?«

Das ist schließlich ihr Job, Rechtshilfe, in unterschiedlichen Formen.

»Warum nicht?«

Rasputin lacht bellend. »Ich nehme an, du hast bereits meine Ex-Frau gefragt.«

»Macht das einen Unterschied?«

»Überhaupt keinen. Ich habe gehört, sie ist aus dem Geschäft ausgestiegen, verschwendet ihre ganze Zeit und ihr ganzes Geld für ihre Sonnenbräune.«

»Davon weiß ich nichts.«

Rasputin murmelt: »Immerhin ist das mein verdammtes Strandhaus, die *puta*.«

»Das habe ich jetzt rein akustisch nicht verstanden.«

»Nichts, nada.«

Anna zwingt sich zu einem Lächeln. »Wie kann ich den Namen dieser Frau herausfinden?«

»Ich fürchte, das weiß ich nicht.«

»Okay.«

Es herrscht für einen Moment Stille. Anna spürt, dass Rasputin noch nicht fertig ist. Sie schenkt ihm die Genugtuung des ausgiebigen Schweigens.

»Die Frage ist nicht, wie man ihren Namen findet«, sagt er schließlich, »sondern warum niemand weiß, wie er lautet.«

»Danke, Yoda«, sagt Anna.

»Ich gebe dir einen Hinweis: Wer hat Lula ins Gefängnis gesteckt?«

Anna denkt nach. Operation Autowäsche – *Lava Jato* – der Chefankläger, *er* war es.

»Sérgio Moro?«

Der Mann ist jetzt berühmt, eine Art Robin Hood.

Er bringt die Korrupten zur Strecke wie ein Gesetzeshüter alter Schule, mit Schießeisen, Pferd und Cowboyhut. Zumindest haben ihn ein paar Karikaturen so dargestellt.

»Bingo.«

»Und was hat er damit zu tun?«

»Was glaubst du, wer ihm im Januar einen Job geben wird?«

Annas Gehirn rattert. »Bolsonaro.«

»Kluges Köpfchen.«

»Und inwiefern ist das ein Hinweis?«

»Das ist nationale Politik, *querida*. Geh auf die lokale Ebene, und du wirst die Verbindung sehen.«

»Du bist so ein Klugscheißer«, sagt Anna, liebevoll.

Rasputin mag das. »Dein früherer Job, Schätzchen. Deine alte Chefin. Meine Ex-Frau. Der Bürgermeister unserer schönen Stadt wird dafür sorgen, dass der Name dieser jungen Frau – dieses Verbrechen – nicht öffentlich wird.«

»Johnny Doria.«

»Vielmehr sein Nachfolger, denn er ist zurückgetreten, schon vergessen?«

Anna hasst es, von Rasputin belehrt zu werden.

»Aber ist dasselbe in Grün, gebe ich zu«, sagt er.

»Okay«, sagt Anna. »Ich bin mir nicht sicher, ob das viel hilft.«

Rasputin lacht. »*Querida*, das ist eine wunderbare Chance. Du musst nur größer denken als *pro bono*, Baby.«

Anna, trocken. »Du bist ein wahrer Herzensbrecher, Senhor.«

»Du rufst mich an, wenn du was erreicht hast, *certo*?«

»Deine Anteilnahme ist einfach rührend.«

Rasputin grunzt etwas wie *ja, schon gut*. »Ciao, ciao«, sagt er und legt auf.

Anna legt auch auf. Sie reckt den Hals und reibt sich die Augen.

Fernanda schneidet eine Grimasse: *Also, was jetzt?*

»Vielleicht rufen wir Ellie an und sagen ihr die Wahrheit. Möglicherweise müssen wir in größerem Maßstab denken, mit ihr zusammenarbeiten.«

»Jesus.«

»Vielleicht auch mit dem.«

Fernanda lächelt. »Was immer du meinst«, sagt sie. »*Querida*.«

Anna lacht.

Fernanda hat es raus, denkt Anna, weiß genau, womit sie sie zum Lachen bringt.

Ellie ruft Silva an, der so etwas wie ein Mentor für sie war, seit Leme sie 2014 einander vorgestellt hat. Es war nicht leicht für sie, dass er ausgestiegen ist. Sie denkt nicht gerne über die Bedeutung dieses Schrittes nach. Es bedeutet möglicherweise, dass sich all unsere Bemühungen am Ende nicht lohnen.

Silva verbringt seine Tage lesend in seinem Strandhaus. Er trinkt viel weniger und isst gesünder. Er macht das, was die Paulistanos tun, wenn sie Zeit in ihren Strandhäusern verbringen: Sport treiben – laufen. Er dreht Runden um den bewachten Wohnkomplex in der Nähe von Santos, in dem er lebt. Ellie liebt es, alles darüber zu erfahren, und ruft ihn deshalb immer mal wieder an.

Diesmal erzählt Silva ihr etwas sehr Nützliches.

Schau nach, wo die Verbindung liegt, und schon hast du deine Story.

Ein Hassverbrechen und Polizeibrutalität …

Verbinde die Punkte, Ellie.

Sie sagt: »Ich hoffe, es geht dir gut, Francisco.«

Sie sagt nicht: *saudades, cara*. Ich vermisse dich, Kumpel.

Klar, der alte Lisboa kennt sich in der Gegend aus, weiß, was hier so gespielt wird, wo man nach einer Nachbarschaftswache Ausschau halten muss, die von Zeit zu Zeit das Gesetz in die eigenen schmutzigen Hände nimmt.

Der Moto-Taxi-Stand des Viertels.

Wenn Bixiga die Blase São Paulos ist, dann ist das der Ort, wo die bösen Jungs pissen.

Lisboas Plan: jemanden mit heruntergelassenen Hosen erwischen und ihn kräftig bei den Eiern packen.

Er überlässt es den IT-Typen, ihr Ding zu machen, und die Autopsie war eindeutig.

Todesursache: Man hat dem Opfer ein langes Messer durch den verdammten Hals gerammt.

Spiel, Spaß, Spannung.

Lisboa wartet noch auf Einzelheiten, dann ist es sein Job, die Familie zu kontaktieren und eine eindeutige Identifizierung zu kriegen.

Echter Spaß.

Er freut sich schon ein Loch in den Bauch, Lisboa. Es ist früher Nachmittag, und er setzt sich ans Fenster des Blue Pub, eine pseudobritische Kneipe in der Alameda Ribeirão Preto, oben auf dem Morro dos Ingleses, dem *Engländerhügel*, im Herzen von Bixiga und ein paar Hundert Meter vom Parque Trianon entfernt, wo der arme Kerl abgemurkst wurde.

Alles in allem kein schlechter Ort. Unten ein höhlenartiger Raum mit einer großen Leinwand, oben eine diskrete Bar mit Nischen, wo Lisboa gerade sitzt.

Happy Hour: drei Pints Heineken für nur 35 R$. Oder zwei Pints Paulaner für günstige 47 R$.

Glückliche Tage. Das ist gehobenes Trinken, eine anspruchsvolle Auswahl, das hat Niveau.

Lisboa bestellt ein Heineken. Manchmal muss es einfach ein volles Pint sein. Da reichen das übliche Brahma Chopp oder eine gefrostete Flasche mit winzigem Glas nicht aus.

Während er einen großen Schluck Bier nimmt, fragt er sich, wie die im alten England bei solchen riesigen Bierhumpen überhaupt etwas auf die Reihe kriegen.

Bixiga hat schon was, denkt Lisboa. Eine nachbarschaftliche Atmosphäre, soziale Einrichtungen und familiengeführte Restaurants. Stolze italienische Einwanderer. In seiner Kinderzeit aß Lisboa jeden Sonntag in einer der italienischen Tavernen: eine echte Paulistano-Tradition. Die Portionen waren gewaltig und konnten eine ganze Familie ernähren. Es war eine raffinierte Masche, wie er später herausfand, als er bei der Sitte arbeitete, kurz vor Beginn seiner langen und gloriosen Dienstzeit bei der Polícia Civil.

In diesen Lokalen bestand man darauf, dass jedes Gericht für zwei Personen bestimmt war, man *musste* es teilen, aber man durfte es auch nicht mit mehr als zwei Personen teilen. Das bedeutete eine Menge Ware. Das bedeutete sehr viele Lieferungen. Was wiederum bedeutete, man machte jeden Tag den Kühlschrank leer, konnte mit den Großhändlern vorteilhafte Deals für Fleisch und Tomaten aushandeln und hatte gut lachen. Es gibt da diese etwas zwielichtigen italienischen Geschäftsmänner, die dafür sorgen, dass die richtigen Deals gemacht werden, und sich darum kümmern, wer daran beteiligt ist. Sie organisieren die Lieferwagenfirmen, die Müllentsorgung, den Wäscheservice, sogar die Agenturen, die junge italienische Männer und Frauen für den Service anheuern – in den Lokalen ihrer eigenen Familie. Clevere Geschäfte, und das Zentrum ist genau hier in Bixiga, alles legal – so eben noch.

Probleme tauchen erst dann auf, wenn diese zwielichtigen italienischen Geschäftsleute zu expandieren versuchen, indem sie das Restaurant als Deckmantel für größere Unternehmungen nutzen – Drogen, Alkohol, Frauen oder was immer ein kleiner Mafioso sonst für profitabel hält. Wenn das passiert, ist das empfindliche Gleichgewicht dahin – denn alle Familien wollen am Ende dasselbe: dass ihre Restaurants reibungslos und profitabel laufen.

Der Anschein von Legalität ist von größter Bedeutung und im Grunde auch leicht zu erreichen, indem man einfach die vertrauenerweckende Fassade wahrt.

Lisboa weiß, dass die Sitte hier gute Kontakte hat, weil sie gelegentlich mal ein Auge zudrückt. Er hat überlegt, ob er jemanden dort anrufen soll, ist dann aber zu dem Schluss gekommen, dass sein Alleingang hier nicht unbemerkt bleiben würde, wenn er sich ans Protokoll hält.

Also macht er es auf die klassische Art, ein Trick, den sein alter Herr ihm beigebracht hat. Er nannte es »anfüttern«: Man wirft einen Köder aus und schaut den Aasfressern dabei zu, wie sie sich um ihre Beute prügeln.

Lisboa nennt es den »Alten Piranha«, eine Huldigung an seinen Dad.

Der Alte Piranha läuft folgendermaßen: Lisboa ruft die Nummer des Moto Taxis an und sieht, wie ein junger Bursche hinter dem Taxi hervorhuscht, um den Anruf entgegenzunehmen. Lisboa sagt: »Tu mir einen Gefallen, mein Sohn, und triff mich im Blue Pub auf der anderen Straßenseite, ich möchte etwas Geschäftliches besprechen und nicht das Telefon benutzen, *entendeu*?«

Der Junge sagt: »*Sim Senhor*«, und Lisboa verfolgt, wie er die Straße überquert und durch die Tür des Blue Pub kommt. Er ist nicht alt genug, um bedient zu werden, aber das Barpersonal ignoriert ihn, was wiederum Lisboa bemerkt, und er denkt: »Aye, aye, das läuft.«

Der Junge entdeckt Lisboa und schlendert herüber. Lisboa ist gekleidet wie ein alternder Fußball-Hooligan, so ziemlich das Zwielichtigste, was er hinkriegt, ohne wie ein Vollidiot auszusehen. Die Idee, die er vermitteln will, ist, dass er ein General der *Torcida Jovem* sein könnte, einer üblen Gruppe von Santos-Fans aus São Paulo, die in der Nachbarschaft abhängen.

Der Junge fragt: »Haben Sie ein Moto Taxi bestellt?«

Lisboa sagt: »Ja, hab' ich.«

»Wollen Sie das billige oder das teure?«

Lisboa grinst und zeigt mit beiden Daumen nach oben. »Kumpel, für was hältst du mich, *falou*? Das teure.«

Der Junge nickt.

Lisboa fragt: »Wo parkt ihr denn normalerweise diese Moto Taxis?«

Der Bursche blickt unsicher, sagt dann aber: »Apartment-Service auf der anderen Straßenseite. Unten im Parkhaus.«

Lisboa nickt. »Name?«

Der Junge sagt: »Fragen Sie nach Michelangelo.«

Lisboa schnaubt. »Typischer Bixiga-Name, *ne*?«

Der Junge sagt: »Ja, Sie sagen es.«

»Wann?«

»In zwanzig Minuten.«

»Guter Junge«, sagt Lisboa. Er drückt dem Jungen einen Zehner in die Hand. »Und jetzt verpiss dich, ja?«

Der Junge verpisst sich, und Lisboa bemerkt das Grinsen auf dem Gesicht des Barmanns.

Gut, denkt er. Wir sind im Geschäft.

Die zwanzig Minuten vergehen, und Lisboa schlürft den Rest seines Biers. Er steht auf, wischt sich den Mund ab und bringt sein riesiges Glas zurück an die Bar.

Der Barmann bedankt sich.

Lisboa sagt: »Lass den Deckel für die Happy Hour weiterlaufen, Sohn. Ich gehe nur mal kurz pissen.«

Der Barmann hebt eine Augenbraue, und Lisboas Blick signalisiert ihm: *Bin gleich zurück, du weißt, was läuft.*

Er verlässt die Bar durch den Vordereingang und schlendert zum Apartment-Service, auf dem in rosa Neonfarben der trügerische Name *Paradise Rooms* steht.

Er stürmt durch die Tür, ganz Selbstvertrauen und Muskelkraft. Der Rezeptionist ist ein gelangweilt aussehender Student mit schickem Mantel, abgegriffenem Taschenbuch und arrogantem Blick. Lisboa haut den Satz raus: »Ich treffe mich mit einem Michelangelo«, und das mit einer Autorität und einer Leg-dich-nicht-mit-mir-an-Haltung, von der sich der Student hoffentlich beeindruckt zeigt.

Der Student reagiert wie gewünscht. »Nehmen Sie den Aufzug zu *menos um*«, sagt er.

Lisboa nickt lächelnd. Er murmelt, dass *menos um* ein verdammt treffender Ausdruck ist.

Der Aufzug ist schäbig-protzig wie ein Sexmotel, rotes Leder und ein schmutziger Spiegel. Die Fahrt dauert nicht lange. Er steigt im Keller aus. Es ist eine ganz normale Tiefgarage aus Beton mit mehr Autoschrott – Reifen, Ersatzteile, ölverschmierte Lappen – als echten Autos.

Ein junger Mann sitzt auf einem Moped. Er trägt eine mit Ketten behängte Lederjacke. Er hat fettiges Haar und einen rattigen

Schnurrbart. Er stellt eine anmaßende Überheblichkeit zur Schau; schließlich ist er bloß ein kleiner Dealer und sieht aus, als hätte er üblen Mundgeruch.

Lisboa deutet auf ihn. »Michelangelo.«

Der Bursche nickt. Lisboa marschiert zügig auf ihn zu.

Der Bursche lächelt und erhebt sich, als Lisboa ihn erreicht, aber bevor er kapiert, was vor sich geht, hat Lisboa ihm den Ellbogen in die Luftröhre gerammt und ihm in die Eier getreten.

Der Bursche geht zu Boden.

Lisboa stellt einen Fuß fest auf seine Kehle. Er packt das linke Handgelenk des Typen, zerrt seinen Arm so weit wie möglich nach oben und verdreht ihn.

»Jetzt steh auf«, sagt er.

Der junge Mann versucht es. Lisboa verpasst ihm einen Schlag in die Kehle, und er geht erneut zu Boden.

»Steh auf, sagte ich«, wiederholt Lisboa.

Der junge Mann gehorcht. Lisboa durchwühlt seine Taschen und fischt kleine Plastiktüten mit Koks und Bargeld heraus.

Lisboa zückt seine Dienstmarke. »Hör gut zu, Junge«, sagt er.

»Anstiftung zu einer Straftat«, sagt der junge Mann, »das ist Anstiftung zu einer Straftat.«

»Ich geb' dir gleich Anstiftung«, sagt Lisboa.

Der Bursche schnieft wehleidig in seinen schütteren Schnurrbart.

»Du arbeitest für jemanden. Ich will wissen, für wen. Ich will wissen, wer hier in der Gegend das Sagen hat, *entendeu*?«

Der Typ windet sich. Er zieht den Rotz hoch und spuckt aus.

»Ich will wissen, wem du Kohle dafür ablieferst, dass du dein mieses Geschäft betreiben darfst. Und du hilfst mir, das herauszufinden.«

Der verfilzte Bart und die fettigen Haare sehen aus wie bei einem Schuljungen, jetzt, da Lisboa ihn in der Mangel hat.

»Wir machen nun Folgendes.«

Der junge Mann hört zu. Ihm bleibt keine andere Wahl. Er wird ein Treffen mit seinem Boss vereinbaren – mit seinem Linienmanager –, heute noch, am späten Abend, und Lisboa wird das Treffen beobachten.

Ein bisschen wie bei dieser russischen Matrjoschka-Puppe: Lisboa arbeitet sich von Treffen zu Treffen weiter voran, bis an die Spitze dieser kleinen Nahrungskette.

In der Zwischenzeit heißt es zurück in den Blue Pub und warten. Noch zwei Pints Heineken auf seinen Deckel. Prost, denkt er. Das Bier prickelt angenehm.

Und das, denkt er, ist ein Alter Piranha wie aus dem Lehrbuch. Sein alter Herr wäre stolz auf ihn.

Die Beerdigung ist ein Erfolg, findet Rafa, obwohl er in dem Punkt keine großen Vergleichsmöglichkeiten hat.

Es ist Sonntag, das hilft, denn alle aus Großmutters Kirchengemeinde sind gekommen, verwandeln das Ganze in ein Fest. Eine Prozession aus gläubigen Gesängen, geschlossenen Augen und Lobpreisungen, die sich durch Paraisópolis und über die Avenida Giovanni Gronchi schlängelt. Es ist ein ziemliches Spektakel, dieser Aufmarsch von überzeugter Inbrunst und schwitzender Anbetung des Herrn, der auf grünes Licht zum Überqueren der Hauptstraße wartet.

Außerdem läuft die erste Runde der Wahlen, also gibt es nicht viel anderes zu tun, als dieses Leben zu feiern.

»*Você virou homen, ne, filho?*«, sagt der Pfarrer zu Rafa und legt ihm den Arm um die Schultern.

Du bist ein richtiger Mann geworden, nicht wahr, mein Sohn? Rafa würde sich am liebsten aus seinem Griff winden.

Der Pfarrer fügt hinzu: »Es ist gut, dass du weggegangen bist. Am Ende hat sie sich gefreut, dass du es geschafft hast.«

Nein, Rafa möchte in aller Ruhe den Arm des Pfarrers von seinen Schultern nehmen, sein Jackett an der Stelle abbürsten, wo er es angefasst hat, dem alten Knacker in die Augen sehen und ihm sagen, dass er sich verpissen soll.

Doch er lächelt mit zusammengebissenen Zähnen und denkt: Ja, ja, okay, du aufgeblasener Typ.

Rafa beobachtet Franginho und Carolina, die sich leise unterhalten, und wünscht sich, er wäre bei ihnen. Der Pastor sagt irgendetwas über die Trauerfeier und den Gedenkgottesdienst.

»Wir gehen nachher alle auf einen Drink zu Dona Regina, *certo*?«, speist Rafa den Pfarrer ab. »Die kommende Woche kümmere ich mich dann um die Sachen meiner Großmutter, danach fahre ich nach Hause, *falou*?« Rafas Blick wird härter, seine Entschlossenheit auch, obwohl er innerlich bebt. »Ich will mit diesem Viertel nichts mehr zu tun haben.«

Der Pfarrer nickt. »*Vai com Deus*«, sagt er. Gott sei mit dir. »Ich werde für dich beten.«

Die Jungs auf dem Hügel haben beschlossen, eine Party für Rafa zu schmeißen, und das Dona Regina's ist proppenvoll mit Trauergästen und Feiernden. Alle wollen ihm die Hand schütteln und ihr Sprüchlein aufsagen, so viel ist sicher.

Erneut legt jemand seinen Arm wohlmeinend um Rafas Schultern. Es ist einer der Jungs, Spitzname Fried Rice, ein ehemaliger Freund und General des guten alten Garibaldo. Rafa hat schon lange nicht mehr an einen der beiden gedacht.

»Tatsache ist, Rafa-Rapido«, sagt Fried Rice, »du warst ein guter Junge.«

Überall werden *pingas* und Bier gekippt. Es gibt Snacks und Musik. Rund um die Kreuzung sind Autos geparkt und riegeln sie ab, Fußgängerzone für einen Tag.

Zwei Militärmotorräder stehen an ihrem üblichen Platz, aber ihre Blinklichter sind aus. Rafa sieht, wie sich Franginho mit einem der Fahrer unterhält. Er scheint ihm etwas zuzustecken. Ein Handschlag, um den Frieden zu wahren, ein wenig Respekt zu zeigen, kein Zweifel. Guter Junge.

Rafa hat ihn vermisst. Das Erste, was Franginho zu ihm meinte, als sie ankamen?

»Hast du sie schon geschwängert?«

Das sagte alles.

Rafa schaut sich in seinem alten Revier um. Er sieht das frühere Büro der Anwältin. Er registriert die Modernisierung der Bar – ein neuer Anstrich und ein neuer Kühlschrank. Ihm fällt auf, dass die Straßen belebter aussehen, sauberer, moderner, mit Satellitenschüsseln, Antennen und Kabeln und so weiter, alles sieht amtlicher aus, irgendwie – wie heißt das Wort – *zivilisierter*. Genau das ist es: Paraisópolis ist zivilisierter.

Fried Rice schwärmt davon, was für ein guter Kerl Rafa ist, während Rafa darüber nachdenkt, wie es um die Infrastruktur des Ortes steht. Er hat in der Zeitung gelesen, ist schon ein paar Jahre her, dass das Städteministerium Geld für die Favela ausgeben wollte – und offenbar ist es tatsächlich angekommen. Er fragt sich, was das für Fried Rice und die Organisation bedeutet. Rafa vermutet, dass sie bei der Vermittlung des Deals geholfen haben.

»Also, Kumpel, du bist ein Goldjunge.« Fried Rice prostet Rafa mit einem Schnaps zu. »Wir helfen dir bei allem, was du brauchst.«

»Ja, Cheers, ich weiß das zu schätzen«, erwidert Rafa.

Er weiß, dass Franginho bereits über den heimlichen Verkauf von Omas Haus auf dem Hügel verhandelt, und abgesehen davon gibt es nicht viel zu tun. Aber es ist eine nette Geste, die Rafa das Gefühl gibt, noch Teil der Firma zu sein, als wäre er nie wirklich weg gewesen, als hätte er nie das Schiff verlassen, sich mit einem geheimen Geldvorrat verpisst.

Ja, ist definitiv eine nette Geste.

Dann ein Arm um seine Schultern, der ihm willkommen ist: Carolina. Rafa merkt, er hat leicht einen sitzen. Kein Wunder – alle Welt und seine Frau wollen auf ihn anstoßen.

»Mein Liebster«, lächelt Carolina.

Rafa dreht sich um, sie küssen sich, und sie hält ihn einen Moment in ihren Armen.

»Geht es dir gut?«, fragt er.

Es geht ihr gut. Sie ist traurig, aber es geht ihr gut, versichert sie ihm. »Ich bin froh, dass wir zurückgekommen sind – und dass du das hier getan hast. Ich bin stolz auf dich. *Eu te amo, lindão.*«

Ich liebe dich, hübscher Mann.

»Du weißt, dass du deine Freunde besuchen kannst, es macht mir nichts aus.«

Carolina legt den Kopf schief und lächelt. »Meinst du das ernst? Du weißt, dass ich das gerne tun würde.«

»Franginho meint, er fährt dich und holt dich danach wieder ab.«

»Du lässt mich beschatten?«

Das ist ein Witz. Natürlich ist es ein Witz: Sie hat Humor, Carolina. Rafa lacht. »Es wird nicht lange dauern – es ist, du weißt schon, es ist nur für *heute.*«

»Ist schon klar.«

»Und morgen können wir uns dann um alles kümmern und nach Hause fahren.«

Das wollte Rafa hören. Das ist alles, was Rafa will, nach Hause zurückkehren.

»Ich liebe dich«, sagt er.

»Das will ich dir auch geraten haben.«

Später sieht Rafa, wie Franginho mit Carolina wegfährt, und er denkt, es muss einen Weg geben, das Kleine Hühnchen aus dem Stall von Paraisópolis zu holen.

Junior ist nicht begeistert über das Treffen mit Carlos, aber er lässt es sich nicht anmerken.

Er bestellt eine Flasche Brahma und zwei Gläser. Er steht auf, die Flasche in der einen Hand, die Gläser in der anderen. »Wie wär's, wenn wir das draußen trinken?«

Carlos nickt und folgt ihm.

Der Tisch ist aus Plastik und wackelt. Jetzt, mitten am Tag, ist nicht viel los. Müllwagen rollen und rumpeln vorbei. Müllmänner pfeifen und schreien. In ihren orangefarbenen Overalls sehen sie aus wie Clowns.

Carlos sagt: »Es ist eine Weile her, seit wir das letzte Mal miteinander zu tun hatten, mein Freund.«

»Ist es.«

»Glückliche Tage, was?«

Junior weiß, worauf Carlos anspielt, hält aber diese Tage definitiv nicht für glücklich.

»Du hast dich in den letzten Jahren wacker geschlagen, nicht wahr, mein Sohn?«, sagt Carlos.

Junior sagt: »Fünf Minuten, *ne*?«

»Abgesehen von einem Ausrutscher an einem Sonntagabend.«

»Ich würde es nicht als Ausrutscher bezeichnen.«

»Wäre dieser Ausrutscher nicht gewesen, hättest du jetzt eine schöne Beförderung in Aussicht.«

»Was interessiert dich das?«

»Ich kümmere mich eben um meine ehemaligen Schützlinge, das ist alles.« Carlos grinst. »Ich sorge mich um meine Jungs, das habe ich immer getan.«

»Ich bin keiner deiner Jungs.«

»Doch, das bist du.«

Junior nickt – resigniert. »Was willst du, Carlão? Du willst doch was, oder?«

»Es geht nicht so sehr darum, was ich will, sondern was du willst.«

»Okay, *chega*«, sagt Junior. Es reicht. Aber er lächelt. »Seit wann bist du ein Philosoph?«

»Das kommt im Ruhestand ganz von allein.«

»Verstehe.«

Junior schenkt ihnen Bier nach. Sie trinken.

»Dieser Ausrutscher, ich habe einen Ausweg für dich.«

»Okay.«

»Der Punkt ist, ich bin halb im Ruhestand. Ich mache ein bisschen freiberufliche Beratung für die Firma, *sabe*?«

Junior nickt.

»Gestern kam ein Auftrag. Eine Sache, bei der ich deine Hilfe brauche.«

»Ach, du brauchst Hilfe?«

Carlos ignoriert das. »Die junge Frau, die deine Jungs verhaftet und dann Gott weiß was mit ihr getan haben. Ich kann das alles aus der Welt schaffen, und das ist es, was alle da oben wollen.«

»Klingt wundervoll.«

»Nein, ernsthaft. Ich weiß, wer sie ist, und ich habe etwas gegen sie in der Hand, was ihr echte Probleme bereiten könnte.«

»Du warst schon immer gut im Networking, Carlão.«

»Aber da ich im Ruhestand bin, kann ich niemanden für meine Arbeit einspannen, klar?«

»Kristallklar.«

»Außer dir.«

»Außer mir.«

»Und oben betrachten sie – natürlich im Stillen – deine Mitwirkung als Buße für diesen Ausrutscher.«

Junior nickt. Natürlich tun sie das. So läuft das nun mal. Auf die Weise ist er überhaupt erst mit Carlos und seinen Leuten in Kontakt gekommen. Fehltritt und Buße.

»Was soll ich tun?«, fragt Junior.

»Sie lassen das Mädchen heute Abend laufen. Da du zum Zeitpunkt ihrer Verhaftung der ranghöchste Beamte warst, gehen wir davon aus, dass du das Privileg haben wirst, sie nach Hause zu fahren.«

»Was du nicht sagst.«

»Nicht frech werden, Sohn.«

»Also, wir bringen sie irgendwohin, und dort erklärst du ihr, wie der Hase läuft, oder?«

»Guter Junge.«

Junior steht auf. »Über welchen Kontakt hast du das alles erfahren? Hört sich nicht nach einem deiner Schnüffler an.«

»Networking, Kumpel.« Carlos zwinkert. »Ich rufe dich an.«

Junior winkt dem Kellner und wirft ein paar Scheine auf den Tisch. Er geht.

Als er das Ende der Straße erreicht, sieht er Carlos und den Kellner lachen, Carlos mit einer weiteren Flasche, Juniors Scheine in seiner Faust.

Bolsonaro gibt eine Erklärung ab, in der er das Hassverbrechen an dem jungen Mann im Park verurteilt. Er erinnert an zwei unaufgeklärte Morde in São Paulo im Jahr 2011; er erinnert an den Park Maniac; er erinnert an andere ungeklärte Verbrechen, und er versichert, unter seiner Präsidentschaft wird die Kriminalität ausgemerzt, es wird keinen Platz mehr dafür geben, Mörder, Diebe und Vergewaltiger, nehmt euch besser in Acht.

Bolsonaro behauptet, dass seine Regierung genau den Hassverbrechen ein Ende setzen will, die seine Regierung zweifellos provozieren wird, so liest Ellie zwischen den Zeilen.

Ein Taschenspielertrick, so dreist, dass er fast schon wieder genial ist: Seht her, was meinetwegen passiert; nur ich kann es lösen. Ellie denkt darüber nach. Ist das sein Plan?

Sie bezweifelt, dass er so clever ist.

Ihr Handy klingelt. Anna.

»*Pois não?*«, sagt Ellie, halb im Scherz. Was kann ich für Sie tun?

»Wir konnten den Namen des Mädchens nicht herausfinden«, sagt Anna.

»Der jungen Frau, meinst du wohl.«

»Okay, Ellie, korrekt.«

Ellie lächelt, sagt aber nichts.

»Wir konnten ihren Namen nicht herausfinden, aber wir kennen immerhin den Grund dafür.«

»Das könnte hilfreich sein.«

»Wir denken, wir sollten zusammenarbeiten.«

»Wir?«

»Fernanda, du und ich.«

Ellie grinst breit. »Das ist vermutlich eine gute Idee.«

»Aber zusammen bedeutet auch *zusammen*, certo?«

»*Sisters are doing it for themselves.*«

»So in der Art.«

Es herrscht einen Moment lang Stille, Vorfreude, Aufregung. Ellie kann es spüren. Sie fragt: »Also, wie ist der Plan, Anna?«

»Der Plan, *querida*, besteht aus zwei Ansätzen. Du widmest dich dem einen, wir dem anderen.«

»Was ist euer Ansatz?«

»Politik.«

»Das macht Sinn. Und meiner?«

»Die Cops, *querida*. Du hast in dem Punkt eine Vorgeschichte.«

Ellie nickt. Das hat sie. »Das ist wahr.«

»Gut, dann wäre das ja geklärt.«

»Jep.«

»Wir wollen nur den Namen dieser Frau herausfinden und mit ihr reden.«

Ellie ist sich nicht sicher, ob sie wirklich nur das wollen. Sie sagt: »Wir sind wie *Drei Engel für Charlie.*«

»Sprechen wir heute Abend?«

»*Com certeza.*« Mit Sicherheit.

Sie legen auf.

Ellie scrollt durch ihre Kontakte bis hinunter zu L. Sie ruft Ricardo an. Er klingt ein bisschen beschwipst, um ehrlich zu sein.

Wir treffen uns im Blue Pub, erklärt er ihr.

»Es ist Happy Hour. Die Heineken-Pints sind gewaltig.«

»Ich bin Engländerin«, sagt sie. »Und du schmeißt die Runde.«

Sonntagabend. Wahltag. Rafa und Franginho sitzen im Haus seiner Oma und schauen sich die Ergebnisse an. Die Reste aus dem Dona Regina's stehen auf dem Tisch, beide haben leicht einen in der Krone von der ganztägigen Sauferei, aber keiner von ihnen denkt ans Aufhören.

»Bist du noch in der Lage, Carolina abzuholen?«, fragt Rafa und wirft Franginho eine Dose zu.

»Klar, versteht sich. Ich habe einen Jungen, der mich fährt.«

»Was, du wirst jetzt chauffiert?«

Franginho verbeugt sich. »So in etwa.«

»Nun, das ist durchaus angemessen.«

»Hm. Du darfst den Dschungel heute Nacht nicht verlassen, das wäre ungut. Außerdem«, er deutet auf das Haus, »würde irgendein *moleque* den Laden ausräumen, wenn er von deiner Abwesenheit erfährt.«

Rafa findet das beunruhigend. »Echt?«

»Echt. Die Dinge haben sich verändert.«

»Die ganze Gegend wirkt irgendwie verändert.«

»Sagen wir einfach, die Organisation hat weniger zu melden als früher.«

Rafa nickt. Den Eindruck hatte er auch. Die Nachmittagsparty war wie eine Reise in alte Zeiten, in den gesetzlosen Wilden Westen. Sobald die Kreuzung geräumt war, ging man wieder zur Tagesordnung über – die üblichen Geschäfte.

»Die Militärpolizei ist noch präsenter, es gibt mehr Struktur. Was mehr Kleinkriminalität bedeutet, ironischerweise.«

»Verstehst man das unter Ironie?«

»In etwa.«

Rafa denkt darüber nach. »Dann bleibe ich am besten hier.«

»Morgen verkaufen wir die Bude und hauen ab.«

Rafa lächelt. »Du kommst mit?«

»Das war es, worüber ich vorhin mit Carolina gesprochen habe. Ist das okay?«

Rafa klopft Franginho auf den Rücken, zieht ihn an sich. »Kumpel, das ist Weltklasse.«

Sie trinken in aller Ruhe. Die Ergebnisse kommen gerade rein, Bolsonaro breitet sich überall aus wie ein Ausschlag.

»Ich wette, sie ist nicht glücklich darüber«, sagt Franginho.

Rafa nickt. Sie hat das nicht ausgiebig kommentiert, aber – nun ja, ihre Vergangenheit.

»Ich sollte sie holen, *d'aqui um pouco*.« Bald.

»Ja«, sagt Rafa. »Wo hast du sie noch mal gelassen?«

»In irgendeiner Bar, oben in der Nähe der Paulista.«

»Wer war noch da?«

»Ein Haufen Hipster, du kennst doch ihre Freunde.«

Rafa kennt sie. Ein Gedanke kommt ihm, aber er verdrängt ihn sofort wieder.

Junior hat die junge Frau auf dem Rücksitz eines Zivilfahrzeugs. Sie schweigt, was ihn nicht weiter stört, er hat schließlich auch nichts zu sagen. Er will einfach nur Carlos einsammeln und die Sache hinter sich bringen.

Sie schleichen durch Jardins und dann auf die Marginal. Sie sind auf dem Weg nach Morumbi, denkt sie. Auf der Marginal fließt der Verkehr. Junior gibt Gas. Er hat ihr erklärt, dass sie über Panamby fahren, was nicht direkt Luftlinie ist, aber im Auto schneller geht, und darauf kommt es in São Paulo ja schließlich an.

Es schien ihr egal zu sein. Die Adresse, die sie ihm gegeben hat, ist vage. Giovanni Gronchi.

Anstatt nach Panamby zu fahren, biegt Junior kurz vor der Ausfahrt beim Extra-Supermarkt ab. Er sucht eine ruhige Ecke auf dem riesigen, fast leeren Parkplatz. Es ist dunkel, und er hält unter einer kaputten Straßenlaterne.

Er dreht sich auf seinem Sitz um und sagt: »Ich muss was besorgen. Du kannst hierbleiben.«

Junior steigt aus und verriegelt die Türen. Carlos taucht aus der Dunkelheit auf. Junior gibt ihm die Schlüssel. Carlos schließt die Tür auf und beugt sich hinein. Junior hört: »Carolina, schön, dich zu sehen.«

Junior wendet sich ab. Sie werden in Kürze weiterfahren.

Rafa telefoniert mit Franginho, der ihm erklärt, Kumpel, es tut mir leid, aber ich hab keine Ahnung, wo sie steckt. Rafa beschleicht ein Gefühl wie an diesem Wochenende im Mai 2006, und noch etwas anderes wird in ihm aufgewühlt ...

Die politische Meinung:
ein Blog von Ellie Boe
OLHA! Online-Magazin, 8. Oktober 2018

Gestern Abend, wenige Stunden nach Bolsonaros
Sieg in der ersten Runde der Präsidentschaftswahlen, wurde eine junge Frau von der Militärpolizei dabei erwischt, wie sie in der Nähe
der Avenida Paulista in São Paulo ein Graffiti
sprühte. Ihre Botschaft: *EleNão.* »Nicht er«, ein
Protest gegen den Kandidaten Bolsonaro. Es soll
bedeuten: *alle außer ihm.* Sie wurde verhaftet.
Im Hauptquartier der Militärpolizei verweigerte
man ihr angeblich einen Telefonanruf oder einen
Anwalt, sie wurde nackt ausgezogen, misshandelt,
in eine Zelle geworfen und über vierundzwanzig
Stunden lang ohne Essen und Wasser festgehalten.

Mit seinem klaren Sieg in der ersten Runde
bewirbt sich der rechtsextreme Populist Jair
Bolsonaro um die Präsidentschaft Brasiliens,
und zwar vor Fernando Haddad, dem Kandidaten
der linken Arbeiterpartei, einem ehemaligen
Bürgermeister São Paulos und Nachfolger
Lulas und Dilmas. Bolsonaro vertritt zutiefst
verabscheuungswürdige Ansichten über Frauen,
Rasse, die LGBTQ-Gemeinschaft, die frühere
Militärdiktatur in Brasilien und den Einsatz von
Schusswaffen; diese Ansichten kamen in seinen

Äußerungen der letzten Jahre überdeutlich zum
Ausdruck. Er verspricht, das Land zu vereinen,
die korrupte Linke zu beseitigen und die
Kriminalität mit einer rücksichtslosen und
brutalen Politik zu bekämpfen, bei der es keine
Gnade und keine Nachsicht gibt.

Nur wenige Wochen vor dem ersten Wahlgang wurde
Bolsonaro auf einer Kundgebung angegriffen und
niedergestochen. Er überlebte. Es wird erwartet,
dass er die zweite und endgültige Wahl mit einem
Erdrutschsieg gewinnt.

Worin besteht der Zusammenhang zwischen dieser
politischen Lage und dem Schicksal der armen Frau
in einer Zelle der Militärpolizei?
Vielleicht liegt die Antwort auf der Hand.

Viel wichtiger ist allerdings die Frage:

Wie konnte es so weit kommen?

Mehr dazu in Kürze.

2

Die Kulturrevolution

Oktober 2018

Ich bin für die Folter, das wissen Sie, und das Volk ist auch dafür. Durch Wahlen werden Sie in diesem Land nichts ändern. (Fernsehinterview, 1999)

Sie hat es nicht verdient, vergewaltigt zu werden, weil sie sehr bösartig ist, weil sie sehr hässlich ist.
(›Scherzhafte‹ Bemerkung über die Abgeordnete der Arbeiterpartei, Maria do Rosario, Dezember 2014)

Ich wäre nicht fähig, ein homosexuelles Kind zu lieben. Lieber würde ich einen meiner Söhne bei einem Unfall sterben sehen, als mit einem Schnauzbart neben ihm aufzutreten. (Interview mit dem Magazin Playboy, 2011)

Man muss damit aufhören, immer mehr Paaren die Möglichkeit zu geben, Menschen in die Welt zu setzen, die nicht die Mindestvoraussetzungen für die Staatsbürgerschaft erfüllen. (Kommentar zu Brasiliens armer schwarzer und indigener Bevölkerung, Radiointerview, 2003)

Jair Bolsonaro

*Este país não pode dar certo. Aqui, prostituta se apaixona,
cafetão tem ciúme, traficante se vicia, e pobre é de direita.*

*Dieses Land wird nie funktionieren. Bei uns verlieben sich
die Prostituierten, die Zuhälter werden eifersüchtig,
die Dealer sind süchtig,
und die Armen wählen die Rechten.*

Der brasilianische Sänger Tim Maia, geboren am 28. September 1942,
gestorben am 15. März 1998

Carolina, Montag, 8. Oktober 2018, eine Zelle der Militärpolizei:
Eines Abends, es muss im Jahr 2007 gewesen sein, sitze ich in
der Sky Bar des Hotels Unique. Eigentlich ein übler Laden, richtig übel. Ich bin so um die zwanzig und habe kein Geld bei mir,
was aber egal ist, weil eine stylishe junge Frau, und das bin ich auf
jeden Fall, ständig auf einen Drink eingeladen wird. Ich bin gerade in der Unisex-Toilette, wasche mir die Hände und studiere
die verblüffende Auswahl an Seifenprodukten und Feuchtigkeits-
cremes, als ein großer, eleganter Mann hereinschlendert. Er gesellt
sich zu mir ans Waschbecken und kommt mir gefühlt ein wenig
zu nahe. Ich habe ein paar Cocktails getrunken.

Ich rücke etwas ab, aber sein Aftershave ist angenehm und seine
Haltung irgendwie edel, also drehe ich mich zu ihm um.

»O fuck«, sage ich, »Sie sind Al Gore.«

Er nickt.

»Toller Film«, sage ich.

Er ist auf Promotion-Tour für *Eine unbequeme Wahrheit* und
versucht, den Regenwald zu retten, indem er reichen Paulistanos
das Geld aus der Tasche zieht.

»*Megacool*«, sagt er in seiner gedehnten Sprechweise. »Danke.«

»Ein paar Mädchen von meiner Uni haben Ihnen einen Song

geschickt, den sie selbst aufgenommen haben. Einen Punk-Song«, erzähle ich ihm. »Über die globale Erwärmung.«

Er schaut mich an.

Ich singe ihn vor. »*It's getting hot in here! Duh-duh-duh-duh! But don't take off your clothes! Not yet! Not yet!*«

Er lächelt. »Kids«, sagt er augenzwinkernd.

Wir gehen zusammen raus. Er schüttelt mir die Hand. Wir schauen beide nach unten und lächeln, weil wir beide wissen, dass unsere Hände so sauber sind wie noch nie.

»Viel Glück«, sage ich.

»Ich werde es brauchen«, antwortet er und schlendert davon, zurück zu seinen Bewunderern.

Ich wende mich an den Türsteher, der die Toiletten bewacht. »Weißt du, wer das ist?«

Der Kerl zuckt mit seinen breiten Schultern.

»Al Gore«, sage ich.

»Ich hab' zwar keine Ahnung, wer das sein soll«, antwortet der Türsteher, »aber der Typ war schon dreimal hier drin und knausert mit dem Trinkgeld.«

Er starrt mich an, also gebe ich ihm einen Fünfer und kehre zu meinen Freunden zurück.

Die Sache ist die: Ich war eins dieser Mädchen. Ich habe diesen Song geschrieben. Ich habe ihn Al Gore geschickt. So bin ich zur Politik gekommen, zum Aktivismus. Mir ist klar geworden, man kann etwas bewegen.

Das Problem: São Paulos Bereitschaft, die Vergangenheit auszulöschen. Brasilianer empfinden ihr Land als jung. Aber niemals als naiv. Wir betonen den Gegensatz zur europäischen Tradition, indem wir jede Form von Nostalgie und Sentimentalität vermeiden. *Ordem e progresso*, Ordnung und Fortschritt, so lautet der nationale Wahlspruch. Aber es ist der Fortschritt, auf den der Akzent gelegt wird, nicht die Ordnung, und Fortschritt geht auf Kosten der Vergangenheit. Wenn man keine stolze Geschichte zu feiern hat, wenn die Vergangenheit von kolonialer Herrschaft geprägt war, dann verdrängt man sie besser und lebt für die Gegenwart.

Städte sind ohnehin eine Hymne auf die beständige Veränderung, gefräßige Haie, die alles verschlingen, was nicht zum Fortschritt taugt. Aber São Paulo versucht darüber hinaus, aktiv zu vergessen. Graffiti überziehen das alte koloniale Zentrum. Die Haltung der Bauindustrie lautet: abreißen und neu bauen. Wir sehen das überall in Brasilien – die Zerstörung des Amazonas-Regenwaldes, die Stadterneuerung für die Fußballweltmeisterschaft und die Olympischen Spiele, die den Abriss der Favelas und aller Strukturen rechtfertigt, die vor diesem Jahrhundert, ja diesem Jahrzehnt erbaut wurden. Wobei man die aktuellen Bewohner einfach aus dem Blickfeld verbannt, wie der Sonnenkönig in Paris. Und São Paulo ist dabei mit seinem ungebremsten Wachstumsdrang Vorreiter. Die Stadt wird gemästet und für die globalen Märkte fit gemacht.

São Paulo ist die Zukunft; aber man beachte die Zeitform. Ist. Sie ist schon da. Man soll die Vergangenheit vergessen.

Hintergründe: Ich habe ein wenig unterrichtet, während ich an der Universität von São Paulo studierte. Sie ist wahrscheinlich die beste Südamerikas, wird aber ständig von Streiks und Geldmangel geplagt. Die privaten Unis haben einen viel schlechteren akademischen Ruf. Nur die sehr teuren, die manchmal als Abschlussunis für die Wohlhabenden gelten, verfügen über hervorragende Einrichtungen. Für Menschen aus der Arbeiterklasse, auf der Suche nach sozialer Mobilität, gibt es sogenannte Shopping Mall Colleges, die überall in der Stadt aus dem Boden geschossen sind und Kurse in allen möglichen Bereichen anbieten, von Buchhaltung bis hin zur Schönheitspflege.

Der Traum armer Kinder, zu studieren und zu lernen, muss unbedingt Realität werden, überall und so bald wie möglich. In der herrschenden Klasse gibt es diesen Traum nicht. Was mir klar wurde: Ich war selbst Teil des Problems, als ich an einer exklusiven Uni unterrichtete.

Wahlnacht: Folgendes ist mir passiert.

Der beste Freund meines Partners brachte mich in einem Auto, das von einem seiner Mitarbeiter gefahren wurde, zu einer Bar in der Alameda Santos, wo Freunde von mir die Wahlberichterstattung verfolgten. An diesem Tag hatte auch die Beerdigung der Großmutter meines Partners stattgefunden; ich war traurig darüber und traurig für ihn. Er ermutigte mich, meine Freunde zu besuchen. Wir leben nicht mehr in der Stadt, daher habe ich kaum Gelegenheit dazu. Es beweist seinen guten Charakter und ist einer der Gründe, warum ich ihn liebe.

In der Bar waren meine Freunde entrüstet und verärgert über das, was mit unserem Land geschah – oder besser gesagt – geschieht. Meine Freunde sind eine hochpolitische Gruppe. An der Universität waren viele von uns Teil einer linken Vereinigung. Wir trafen uns jede Woche, verteilten Flugblätter, schrieben Manifeste und so weiter. Junge Leute eben, *ne*? Also, einige meiner Freunde wurden im Laufe des Abends immer betrunkener. Wütend und betrunken. Und einer aus der Gruppe ist ein Graffiti-Künstler – ein gefeierter Künstler, *viu*? – und er hatte seine Farben dabei. Er verteilte Sprühdosen an ein paar von uns. Wir lachten, scherzten, es sollte ein Gag sein, ein harmloser Protest in einem – in unseren Augen – wirklich tragischen Moment. Wir fühlten uns besser, wenn wir etwas Albernes taten – albern, aber bedeutsam. Nach der Beerdigung der Großmutter meines Partners war ich angetrunken und aufgewühlt – und ich war entschlossen, mich von den Bastarden nicht unterkriegen zu lassen, *sabe*?

Ich trug eine schwarze Hose, ein schwarzes Hemd, schwarze Schuhe – klar, ich war vorher auf einer Beerdigung. Ich hatte einen schwarzen Rucksack dabei, aber schaut ihn euch an – aus Leder, winzig. Mir war kalt gewesen. Ein Freund hatte mir sein schwarzes Kapuzenshirt geliehen. Sicher, auf den ersten Blick mag ich wie eine vom Schwarzen Block ausgesehen haben. Aber schaut euch die Klamotten an, die ich unter dem Kapuzenpulli trug, schaut in mein Gesicht. Ich bin eine Frau, kein kleines renitentes Mädchen, zumindest nicht mehr. Aber das wollen die Leute nicht sehen.

Die Buchhandlung im Einkaufszentrum Conjunto Nacional habe ich aus zwei Gründen gewählt: Ironie und Bequemlichkeit. *#EleNão* an einen Laden zu sprühen, der Lernen, Vernunft, Gelehrsamkeit, Freiheit und so weiter verkauft, kam mir sehr passend vor. Außerdem war es ein Schaufenster – also war das Ganze leicht wieder abzuwischen. Außerdem lag es ganz in der Nähe des Ortes, wo der beste Freund meines Partners mich wieder abholen wollte.

Dann geschah Folgendes.

Als ich gerade dabei war, dem Ganzen den letzten Schliff zu geben, packten mich zwei Militärpolizisten von hinten.

Sie fixierten meine Arme auf dem Rücken, schnappten sich meinen Rucksack und die Spraydose und schleppten mich im Polizeigriff dorthin, wo ihr Chef wartete.

Ihr Chef. Das war ein komischer Vogel.

Er war nicht gerade begeistert vom Vorgehen seiner Jungs. Aber trotzdem.

Trotzdem brachten sie mich zum Hauptquartier der MP im Centro, um mich wegen Vandalismus und Volksverhetzung für die Nacht einzubuchten.

Volksverhetzung.

Danach passierte Folgendes.

Die beiden Beamten betraten die Zelle und beschimpften mich wegen meiner politischen Ansichten. Nun, einer von ihnen beschimpfte mich, übernahm die Führung – der andere stand an der Tür.

Schwer zu sagen, ob er die Tür bewachte für den Fall, dass ich abhauen wollte – oder ob er sie geschlossen hielt, damit niemand hereinkam.

Ich ging nicht auf ihre Provokationen ein; ich schwieg. Ich ging davon aus, ich würde meine gesetzlichen Rechte und einen Anruf erhalten, aber Fehlanzeige.

Nach den Provokationsversuchen zogen sie mich nackt aus. Der Mann an der Tür wirkte, als nehme er nur widerwillig daran teil. Ich bat ihn, damit aufzuhören, mir zu helfen; er unternahm nichts.

Sie zogen mich nackt aus und verhöhnten mich weiter. Sie machten obszöne sexuelle Gesten. Sie sprachen detaillierte sexuelle Drohungen aus. Sie legten ihre Hände in einer grotesken sexuellen Weise auf mich. Sie haben mich nicht penetriert. Aber ich vermute, dass sie das vorhatten.

Sie kamen nicht dazu, weil ihr Vorgesetzter, dieser komische Vogel, in der Tür erschien und sie rausholte, sie von mir wegzog. Den aggressiveren der beiden Beamten stieß er mit Gewalt an die Zellenwand und schubste ihn durch die Tür. Der andere Beamte, der zögerlichere der beiden, verließ die Zelle freiwillig mit einem entsetzten Gesichtsausdruck.

Ich spucke jetzt auf ihn, für diesen Blick des Entsetzens, der Fassungslosigkeit, des *wie konnte ich nur*. Ich verachte ihn dafür.

Ich war nackt, schluchzte, auf dem Boden zusammengerollt.

Ihr Vorgesetzter gab mir meine Kleidung wieder und brachte mir Kaffee, Brot und Wasser. Er vergewisserte sich, dass ich in Ordnung war, trotz des Traumas, der Misshandlungen unverletzt. Ich war unverletzt. Er wirkte entschlossen, aber einfühlsam. Er redete wenig. Er gab nichts preis.

Ich fragte ihn, wann ich mit einem Anwalt sprechen könne.

Er schwieg.

Ich fragte ihn, wann ich mit meiner Entlassung rechnen könne.

Er schwieg.

Ich fragte ihn, ob er wisse, was ich getan habe.

Er schwieg.

Als er sich davon überzeugt hatte, dass ich einigermaßen okay war, ging er.

Seitdem habe ich ihn nicht mehr gesehen. Seitdem habe ich

nichts mehr gehört, ich habe keinen Zugang zu einem Anwalt erhalten; ich durfte niemandem sagen, wo ich bin. Man hat mir Tabletts mit Essen und Wasser durch die Zellentür geschoben. Das ist der einzige Kontakt, den ich seither mit jemandem hatte.

Und hier bin ich nun, fast vierundzwanzig Stunden später, und keine Spur klüger. Dies ist meine Geschichte; wer wird sie erzählen?

Junior sitzt vorne im Wagen. Carlos hockt neben der Frau auf dem Rücksitz. Er kommt ihr ziemlich nahe. Junior weiß, die Frau vertraut Junior bis zu einem gewissen Grad, aber er weiß auch, sein Schweigen, seine Komplizenschaft werden dieses Vertrauen endgültig zerstören.

Ja nun, es ist, wie es ist, *ne?*

Junior hört Carlos' Ausführungen zu. Ein klassisches Szenario, bei dem man sich auf die Zunge beißt und sich fragt, warum eigentlich. Nichts Böses sehen, nichts hören, nichts sagen.

Carlos sagt: »Also, du tust jetzt Folgendes, *querida*. Du gehst nach Hause zu deinem Loverboy, erzählst ihm, du bist ausgegangen, hast dich betrunken, hast dein Handy verloren und bei einem Kumpel übernachtet. Du überzeugst ihn davon, und ich bin mir sicher, ein kleines Luder wie du kriegt das ohne Probleme hin, *certo?*«

»Und warum sollte ich?«

»Du erinnerst dich sicher daran, wie du und dein Typ vor ein paar Jahren Bargeld gebunkert habt, mit dem ihr dann abgehauen seid, um es euch woanders hübsch einzurichten. Kohle, die eigentlich nicht euch gehörte. Erinnerst du dich an das Geld?«

Junior schaut in den Rückspiegel und sieht die Frau nicken.

»Was glaubst du, woher das Geld kam, Schätzchen?«

Die Frau schüttelt den Kopf.

»Es stammte von mir. Na ja, es stammte von jemandem, der es mir gab, ich gab es dem Kumpel deines Typen, der es wiederum deinem Typ gab, der es dann für euer kleines Liebesnest beiseite-schaffte.«

Die Frau, denkt Junior, wirkt jetzt ganz anders. Kein bisschen verängstigt. Ihr Gesichtsausdruck besagt: Ah, okay, ich *verstehe*.

Carlos sagt: »Die Jungs in Paraisópolis wissen nicht viel über dieses Geld. Aber was glaubst du wohl, wie sie sich fühlen, wenn sie es herausfinden?«

Die Frau beißt sich auf die Lippe.

Junior sieht sie nicken.

»Im Grunde ist es ganz einfach«, sagt Carlos. »Du erzählst nichts davon, was letzte Nacht passiert ist, dann erfahren die Jungs in der Favela nie etwas darüber, dass ihr ehemaliger Schützling einen geheimen Geldvorrat hütet.«

»Okay.«

»Ihr erledigt, was ihr morgen, höchstens übermorgen, zu erle-digen habt, dann verzieht ihr euch wieder in euer kleines Liebes-nest, und alle Unannehmlichkeiten lösen sich in Luft auf, genau wie du. *Entendeu*?«

»Verstanden.«

»Braves Mädchen.«

Carlos lächelt jetzt. Die Miene der Frau bleibt unbewegt.

Carlos sagt: »Mein Partner hier wird dich nach Hause bringen. Wenn du deinen Typ lebendig und gesund haben willst, wenn ihr euer idyllisches kleines Leben ungestört weiterführen wollt, schlage ich vor, du tust, was ich sage.«

»Okay.«

»Gutes Mädchen, du bist schlau.«

»Eine Sache noch«, sagt die Frau. »Woher wussten Sie, wo ich letzte Nacht sein würde?«

Carlos tippt sich an die Nase. »Es kommt immer alles raus, *que-rida*, vergiss das nicht.«

Carlos steigt aus dem Auto. Junior folgt ihm und schließt die Türen ab.

»Sind wir fertig?«

»Nicht ganz. Setz sie in der Nähe der Favela ab. Nicht zu nah, aber auch nicht so weit, dass sie auf dem Weg dorthin überfallen wird, *falou*?«

Junior nickt.

»Und da ist noch etwas, was du für mich tust.«

Junior blinzelt.

»Ich muss in einer Stunde oder so zurück über den Fluss. Ich möchte, dass du mitkommst, *falou*? Es ist ein fünfminütiges Meet and Greet, ein Spaziergang.«

»Habe ich eine Wahl?«

Carlos klopft ihm auf den Rücken. »In den nächsten Tagen«, sagt Carlos, »kommt deine Karriere wieder in Schwung, mein Sohn.«

»Woher *hast* du es gewusst?«, fragt Junior. »Ich meine, wo sie war.«

»Networking, *amigo*. Könnte dir nicht schaden, selbst ein wenig in dieser Richtung aktiv zu werden«, lacht Carlos selbstgefällig. Er geht, den Arm zum Abschied erhoben.

Junior seufzt. Er entriegelt das Auto. Ohne die Frau anzuschauen, sagt er: »Ich bringe dich nach Hause.«

»Mann, *du* genießt die Happy Hour aber so richtig.«

Lisboa grinst. »Diese Drinks, Schätzchen, sind gewaltig.«

»Was mache ich hier, Ricardo?«

Lisboa atmet schwer. Sein Hemd hebt und senkt sich. Ellie bemerkt seinen heftigen Alkoholschweiß. Lisboa zupft an seinem Gürtel.

»Du hast *mich* angerufen, *querida*.«

»Hab ich. Aber du hast mich an diesen schrecklichen Ort bestellt.«

Lisboa lacht. »Ah, *vamos, ne*?« Jetzt komm schon.

»Das ist eine typische Sugar-Daddy-Sexfalle für *gringos*.«

»Ihr jungen Frauen und euer Jargon.«

»Reiche *gringos* kommen hierher, um brasilianische Frauen zu ficken. Und die Frauen kommen hierher, um einen reichen Typ abzuschleppen.«

»Bei den Preisen hier könnte ich selbst einen Sugar Daddy gebrauchen.«

Ellie lacht. »Ich frage mich, wie du es so lange hier drin ausgehalten hast.«

»Ich wollte meinen Platz nicht verlieren.« Lisboa deutet durch das Fenster. »Die Aussicht ist spektakulär.«

Ellie schaut zu, wie er sich vor Lachen über seinen eigenen Witz ausschüttet. Sie denkt: *dieser Typ.*

Sie standen sich nicht unbedingt nahe in den letzten Jahren, aber genug gemeinsame Erfahrungen stiften auch eine gewisse Zuneigung – vor allem angesichts der Art dieser Erfahrungen.

Er wirkt ein bisschen fahrig, denkt sie, was aber kaum überraschend ist. Marios Gedenkfeier wird alle möglichen Erinnerungen wachgerufen haben, gute und schlechte. Bei ihr war es jedenfalls so – bis zu einem gewissen Punkt. Sie lässt die Dinge einfach nicht so sehr an sich heran. Ellie weiß, wie nahe sich die beiden Männer standen, wie Brüder. Das wird sie immer respektieren.

Die Bar wogt und schwankt. Laute Gitarrenmusik ertönt über Anmachversuchen in Pidgin-Englisch. Pink Floyd, »Wish You Were Here«. Tote Romantik, denkt Ellie. Es ist schon komisch, was diese teuren Vergnügungslokale für cool und stilvoll halten – Coverbands, die schlechte Versionen von »Have You Ever Seen the Rain« spielen, so was in der Art. Man stellt viel Fleisch und Zähne zur Schau. Viele weiße Hemden und schwarze Schuhe. Ellie stürzt ihr Heineken hinunter.

»Ich gebe eine Runde aus«, sagt sie.

»Happy Hour, Baby«, ruft Lisboa ihr nach. Er lacht über seinen eigenen Witz.

Ellie lächelt. *Dieser Typ.*

»Aber eins muss ich dir lassen«, sagt sie, als sie mit ihren Pints zurück ist. »Die machen hier einen guten Burger.«

Doch Lisboa hört ihr nicht zu. »Deshalb bist du hier, deshalb sind wir hier.« Er deutet auf einen Taxistand auf der anderen Straßenseite. »Schau hin.«

Ellie schaut hin. Sie sieht einen rattigen kleinen Kerl, der am Taxistand herumschleicht. Er geht auf und ab und presst ein Handy ans Ohr.

»Wer ist …«

»Schau einfach zu. Du musst nur zusehen, das ist alles.«

»Okay.«

Ellie holt ihr Handy aus der Tasche, legt es vorsichtig auf den Tresen, überprüft den Winkel und drückt auf Aufnahme. Lisboa bemerkt es nicht; sie verrät es ihm nicht.

Ellie schaut zu. Der rattige Typ sitzt auf der Bank des Taxistandes. Er zuckt mit den Knien. Er raucht Zigaretten, als ob er Luft holen würde.

Lisboa sagt: »Gleich wird ein weiterer Mann aufkreuzen. Schau ihn dir genau an. Ich möchte, dass du rausgehst, die Straße entlang, in die Apotheke oder so, und dann zurückkommst. Sei diskret, aber sieh ihn dir gut an, *certo*?«

Ellie nickt. Sie lässt ihr Telefon liegen und filmt den rattigen kleinen Typ beim Rauchen.

Sie verlässt die Kneipe, wendet sich nach links und schlendert ein Stück die Straße lang. Sie bückt sich, um ihre Schnürsenkel zu binden. Sie begutachtet im Schaufenster einer Eisdiele die Desserts. Sie bleibt vor der Apotheke stehen. Sie geht hinein, achtet auf den Moto-Taxi-Stand, wobei sie erst jetzt erkennt, dass es sich um einen solchen handelt. Interessant – oder auch nicht.

Sie schlendert an den Regalen entlang. Sie stellt sich auf die Waage, tut so, als würde sie ihr Gewicht überprüfen – was ihr einen guten Überblick verschafft.

Sie sieht einen Mann auf den Stand zugehen. Sie verlässt die

Apotheke, um die Straße zu überqueren. Der Mann reicht dem kleinen Rattenmann etwas. Ellie ist auf halbem Weg über die Straße. Der Mann rammt dem Rattenmann einen Finger in die Brust. Offenbar wird hier eine Botschaft übermittelt. Vielleicht auch eine Lektion erteilt. Ellie macht zwei Schritte, bleibt stehen, ihre Augen weit aufgerissen …

FUCK.

Sie hat den Mann schon mal gesehen; sie kennt ihn. Aber woher?

Ellie dreht sich um, senkt den Kopf, kehrt schnell zum Blue Pub zurück.

»Konntest du ihn gut sehen?«

Ellie nimmt ihr Handy und stoppt die Aufnahme. Sie scrollt zurück, findet einen guten Ausschnitt, drückt auf Pause. Sie macht einen Screenshot. Sie vergrößert ihn mit dem Daumen. Sie zeigt Lisboa das Bild.

»Ich kenne diesen Mann«, sagt sie. »Wer ist das?«

»Keine Ahnung.«

Lisboa rutscht von seinem Platz.

Ellie zittert. Sie trinkt ihr Bier. Lisboa bringt ihr einen *pinga*, den sie nach Luft schnappend hinunterschluckt.

Sie beruhigt sich.

»Bleib schön sitzen«, sagt Lisboa. »Lass uns das durchdenken.«

Ellie nickt.

Junior trifft Carlos in Bixiga wieder. Sie parken oben auf dem Morro dos Ingleses, vor einem schäbig aussehenden Apartment-Service namens Paradise Rooms. Junior denkt: Paradise City, Paraisópolis. Die gute alte Zeit, so was in der Art.

Carlos sagt: »Siehst du den hässlichen kleinen Wichser am Moto-Taxi-Stand?«

Junior nickt.

Carlos gibt Junior einen Umschlag.

»Da drin«, sagt Carlos, »sind drei Bustickets. Du sagst dem Kerl, er soll sicherstellen, dass die anderen Typen die Tickets auch benutzen.«

»Wer sind die anderen?«

»Spielt keine Rolle.«

»Verstehe.« Junior überlegt einen Moment. Er hält den Umschlag in die Höhe. »Warum hast du mir gesagt, was drin ist, *porra*?«

»Weil du es dann weißt, Kumpel. Und auch, was daraus folgt.«

Junior weiß es. Es bedeutet: Komplizenschaft. Es bedeutet: erkauftes Schweigen.

Als er nach der Übergabe wieder ins Auto steigt, sagt er zu Carlos: »Komisch, erinnerst du dich an diese *Gringa*-Journalistin, Ellie?«

»Wie könnte ich die vergessen?«

»Sie hat während der Übergabe gerade die Straße überquert.«

»Interessant.« Mehr hat Carlos darauf nicht zu vermelden.

Junior beschließt, das vorläufig auf sich beruhen zu lassen.

Er will einfach nur nach Hause.

Lisboa fährt Ellie nach Hause. Er ist etwas ernüchtert, als die Computerabteilung ihm die Identität des Burschen auf Ellies Handy und die Liste der kürzlich pensionierten Militärs übermittelt.

Die ID: Junior irgendwas, ein mittlerer Beamter, der im Allgemeinen als sauber gilt.

Auf der Liste: Ein früherer Freund Lemes, vor langer Zeit, Big Carlos, der definitiv nicht sauber ist.

Als er sie absetzt, sagt er zu Ellie: »Schreib nichts – noch nicht.«

Sie nickt. Er bemerkt ihren harten Blick. Gutes Mädchen, denkt er.

Er schaut wieder auf die Liste. Carlos, du scheinst dich gut zu amüsieren, alter Junge.

Er gibt Gas und fährt direkt zurück zu den Paradise Rooms.

Ellie geht online und entdeckt ein Statement der Militärpolizei, das von Staatsvertretern und implizit auch vom Büro des Bürgermeisters mitgetragen wird und in dem man ihren Artikel als Fälschung sowie als Teil einer indirekten politischen Online-Fake-News-Kampagne gegen den Kandidaten Bolsonaro bezeichnet.

Unparteilichkeit wird gefordert; keine versteckte Parteinahme durch Anspielungen.

Das Statement wird bereits in den Echokammern der sozialen Medien hin und her geschleudert.

Anna und Fernanda geraten in eine Sackgasse nach der anderen. Fernanda hatte die clevere Idee, das Problem wie bei einer normalen Vermissten anzugehen. Also hat sie bei Stellen angerufen, an die man sich bei einer Vermisstenmeldung üblicherweise wendet – vor allem an Krankenhäuser. Es ist allerdings ein echtes Kunststück, wenn man den Namen der Vermissten nicht kennt. Sie wurde mehrfach abgewimmelt und erzielt keine erkennbaren Fortschritte.

Es schien eine gute Idee zu sein, aber eine Vermisstensuche zeichnet sich letztlich dadurch aus, dass einem die Person bekannt ist, auch wenn man ihren Aufenthaltsort nicht kennt.

Anna lässt sie in Ruhe und schlägt andere Wege ein.

Erster Schritt: Sie wendet sich an das *Tribunal de Justiça de São Paulo*.

Dort liegt nichts vor: weder eine Akte noch ein Antrag auf Prüfung des Falls.

Bei Rechtshilfefragen ist das der übliche Weg, aber wahrscheinlich ist es für so eine Anfrage ohnehin noch zu früh. Immerhin ist es den Versuch wert.

Ihr Kontaktmann im dortigen Büro erklärte ihr lachend: »*Você ta viagando, querida.*«

Viagando, Reise; er meint *Reisen in der Mayonnaise*, eine brasilianische Redewendung, die Anna liebt, die in dem Fall aber bedeutet, dass sie sich gründlich geschnitten hat, wenn sie von denen irgendwelche Hinweise erwartet.

Zweiter Schritt: Sie will das Protokoll auftreiben, das die Militärpolizei üblicherweise bei einer Verhaftung erstellt.

Wie sich herausstellt, existiert keins.

Die können dort anscheinend machen, wozu sie gerade Lust haben.

Anna recherchiert und findet heraus, dass der Menschenrechtsrat der Vereinten Nationen dem Staat Brasilien vor nicht allzu langer Zeit empfohlen hat, die Militärpolizei ganz abzuschaffen. Es gibt eine Reihe internationaler Organisationen, die über die Misshandlungen und Folterungen von Gefangenen nicht besonders glücklich sind. Das ist nicht neu, und Anna weiß das. Die Sache ist die – und hier kommt das politische Klima ins Spiel, die Post-*Lava-Jato*-Landschaft –, dass die Menschenrechtsorganisationen inzwischen im Grunde genommen als Fürsprecher der Kriminellen gelten: »Einige behaupten, dass die strafrechtliche Verfolgung von polizeilichen Übergriffen die Arbeit der Strafverfolgungsbehörden schwächen und damit kriminelle Banden stärken würde«, so Human Rights Watch. Genau mit diesem Credo tritt Bolsonaro an: Eliminieren der Kriminalität, der Ursachen der Kriminalität – und der Kriminellen selbst.

Es stellt sich natürlich die Frage, warum die Militärs so vorgehen. Anna wurde irgendwann klar: Die Hinrichtung Krimineller ist eine ziemlich einfache Lösung, wenn man es satthat, immer wieder dieselben Gesichter zu verhaften. Das zivile Justizsystem ist zu schwerfällig, zu komplex, zu bürokratisch und zu verworren, daher scheint es einfacher, sie zu eliminieren, um mit Bolsonaros Worten zu sprechen. (Eine nette Geschichte, die Anna gelesen hat, besagt, dass die Zahl der mit der Militärpolizei in Verbindung gebrachten Morde zurückging, als ihnen eine Verfügung verbot, Verwundeten zu helfen oder sie zu versorgen; davor holten sie die

Verwundeten ab, angeblich um sie ins Krankenhaus zu bringen, und erledigten den Job dann unterwegs.)

Und dann ist da noch ein weiterer Aspekt. Der durchschnittliche Militärpolizist arbeitet lang und viel, in gefährlichen Vierteln, für einen Hungerlohn. Sie sind oft gezwungen, noch andere Arbeit anzunehmen – was verboten ist. Also, wenn es sowieso verboten ist, denkt Anna, warum nicht gleich einen illegalen Job? Das lohnt sich weitaus mehr als eine Stelle bei einem privaten Sicherheitsdienst, wobei privater Sicherheitsdienst ohnehin so etwas wie ein Euphemismus ist. Gleichzeitig gibt es keine Möglichkeit, sich zu beschweren, sie sind in keiner Gewerkschaft, können nicht streiken. Es gilt das Militärstrafgesetz, es drohen Verurteilungen wegen Befehlsverweigerung, Hochverrat und Sondergerichte. Der wirklich interessante Satz ist jedoch dieser: Den Militärpolizisten ist es nicht gestattet, »Fakten oder Dokumente zu veröffentlichen, die die Polizei in Misskredit bringen oder die Hierarchie oder Disziplin gefährden«.

Mit einem von denen zu reden, ist also ziemlich aussichtslos, denkt Anna.

An dem Punkt beschließt sie, woanders anzuklopfen.

Sie macht sich auf den Weg zum Rathaus, ihrem alten Büro, wie sie es gerne nennt.

Wenn sie schon nicht herausfinden kann, wer die Frau in der Zelle ist, kann sie vielleicht herausfinden, warum sie es nicht herausfinden kann.

Warum die Militärpolizei ungestraft davonkommt. Die Antwort darauf ist: Sie kommen damit durch, wenn sich niemand beschwert.

Und es beschwert sich niemand.

Es gibt immer noch Leute im Rathaus, die Anna kennen; sie wird eine Audienz bei jemandem bekommen.

Aber zuerst recherchiert Anna noch ein wenig.

Der Bürgermeister heißt Bruno Covas, und alles, was man über ihn wissen muss, ist, dass er mit »Ja« für die Einleitung eines Amtsenthebungsverfahrens gegen Dilma gestimmt hat. Oh, und zwei weitere Dinge sind nützlich: Er war Teil der Ermittlungen gegen Petrobras im Zusammenhang mit *Lava Jato*, und er war Mitglied des Sonderausschusses zur Festlegung des Strafmündigkeitsalters. Man kann davon ausgehen, dass er nicht dafür plädiert hat, das Alter zu erhöhen, so viel ist sicher. Für ihn heißt es: Kind ist gleich Verbrecher ist gleich Freiheitsstrafe. Das verbindet ihn mit seinem Vorgänger, João »Johnny« Doria, einem echten Mistkerl. Sie wurden gleichzeitig gewählt, Doria als Bürgermeister, Covas als sein Vize. Anfang dieses Jahres trat Doria zurück, um für das Amt des Gouverneurs zu kandidieren. Doria ist ein reicher Scheißer und moderiert im Fernsehen die brasilianische Ausgabe von *The Apprentice*. Er war ein knallharter rechter Bürgermeister, der eine Partei der Mitte vertrat. Ein Wolf im Schafspelz, meint Anna. Seine Politik lässt sich auf fünf Kernpunkte reduzieren: Er ist Abtreibungsgegner, Gegner der Entkriminalisierung, Befürworter einer Herabsetzung des Strafmündigkeitsalters (hallo, Bruno Covas!), Befürworter der Operation Autowäsche, Befürworter einer Wahlrechtsreform. Sein Nettovermögen beträgt um die 180 Millionen R$. Sein Haar ist ordentlich quer über die Stirn drapiert. Sein Gesicht ist mit ziemlicher Sicherheit operiert, seine Zähne *blitzen*.

Anna macht einen Anruf und arrangiert ein Treffen mit Roberto, einem alten Freund im Rathaus. Sie erzählt ihm eine Lüge: Sie will die Partei wechseln, von der PT zur brasilianischen Sozialdemokratie, der PSDB, Partei von João »Johnny« Doria und Bruno Covas, und möchte sich deswegen mit ihm unterhalten und inoffizielle Ratschläge einholen.

Er sagt ihr: »Dann weißt du ja, woher der Wind weht, *amiga*.«

»Ich sehe dich in einer Stunde«, sagt sie.

»Jetzt, wo du keinen Zugangsausweis mehr hast, müssen wir dich vielleicht für die geführte Tour anmelden.«

»Du bist lustig«, sagt Anna.

Lisboa ist verkatert und versucht, alles zu sammeln, was sie über das Opfer des furchtbaren Hassverbrechens in der Wahlnacht wissen. Ein erneuter Besuch der Paradise Rooms führt zu nichts. Der rattige kleine Dealer ist nirgends zu finden; der Junge am Moto-Taxi-Stand kriegt den Mund nicht auf. Vermutlich muss Lisboa mit diesem Junior und vor allem mit Carlos reden.

Für den Moment widmet er sich dem Autopsiebericht und den übrigen bisher gesammelten Beweismitteln.

Die Einzelheiten des Berichts sind grausig: Das Opfer erhielt schwerste Schläge auf Kopf und Körper, was darauf hindeutet, dass es von mehr als einem Täter attackiert wurde.

Seine linke Augenhöhle ist eingedrückt. Er hat mindestens drei gebrochene Rippen. Schwere Blutergüsse um den Kiefer, innere Blutungen in beiden Ohren. Sein Unterleib ist verfärbt, und seine Nieren und seine Blase sind eingerissen. Laut Bericht hat er wahrscheinlich mehr als ein Dutzend Tritte von schweren Stiefeln in den Magen und die Leistengegend erhalten. Es gibt Hinweise auf Schläge gegen den Hinterkopf; der Schädel ist an zwei Stellen eingedrückt. Aber all das hat ihn nicht umgebracht. Die tödliche Wunde wurde durch den Einstich eines mindestens fünfzehn Zentimeter langen Messers in den Hals des Opfers verursacht, es durchtrennte die Halsschlagader und führte den Tod durch Ersticken herbei.

Es gibt ein auffälliges Detail – es ist oberflächlich, was die Verletzung der Haut betrifft, aber bedeutsam, was das Motiv angeht: In die Brust des Opfers wurde ein Hakenkreuz geritzt. Der Gerichtsmediziner geht davon aus, dass man dafür dasselbe Messer benutzt hat, mit dem der tödliche Stich erfolgte; die Spezifika der Ritzwunden stimmen mit denen der Stichwunde überein. Im Autopsiebericht wird die Vermutung geäußert, diese Tat sei nach dem tödlichen Stich ausgeführt worden, obwohl das schwer zu bestätigen ist.

Der Bericht geht weiterhin auf die mögliche Lebensweise des

Toten ein: Das Opfer, so legen es die Untersuchungen nahe, war homosexuell und erst kurz zuvor sexuell aktiv gewesen. Auch die Überwachungsvideos liefern dazu einige Anhaltspunkte, sind aber unvollständig, da der Tatort unter Bäumen und im Schutz dichten Unterholzes verborgen liegt. Die Aufnahmen zeigen einen Mann, der einen bekannten Homosexuellen-Treffpunkt in der Frei Caneca verlässt. Er biegt in die Avenida Paulista ein und überquert sie in Richtung Jardins. Zuletzt wird er am nordöstlichen Rand des Parque Trianon gesichtet. Dessen Südseite war, zumindest bis vor einigen Jahren, ein bekannter Cruising-Hotspot, im Allgemeinen für junge Männer. Diese Aktivitäten haben zwar deutlich abgenommen, so liest Lisboa in einer Notiz der Sitte, finden aber an bestimmten Tagen und zu bestimmten Zeiten immer noch statt.

Lisboa zieht daraus zwei mögliche Schlüsse:

Das Opfer war auf dem Weg dorthin, um Teil dieser Aktivitäten zu werden; die Täter lauerten darauf, ihn oder einen anderen homosexuellen Mann anzugreifen.

Eine weitere Schlussfolgerung, die offenbar niemanden groß stört, ist die Tatsache, dass der Angriff dem Bericht zufolge von zwei bis vier Personen durchgeführt wurde. Die Tat wurde also nicht von einem einzelnen Nachbarschaftswächter verübt, sondern es handelt sich höchstwahrscheinlich um einen spontanen Angriff einer Gruppe auf einen schwulen Mann. Das Opfer trug ein T-Shirt mit dem Aufdruck *EleNão*. Dies dürfte einer der Auslöser für den Angriff gewesen sein.

Lisboa denkt: Eine Gruppe von Angreifern bedeutet, dass es schwieriger ist, sich zu verstecken.

Der Rest des Teams ist damit beschäftigt, den Freier zu identifizieren und die Angehörigen zu ermitteln, damit Lisboa als Depp vom Dienst sie über die Tragödie informieren kann. Aber so einfach ist es anscheinend nicht.

Lisboa lässt sie damit allein und macht sich auf den Weg zu den Paradise Rooms.

Nachbarschaftswächter sind keine einsamen Wölfe. Gruppendynamik. Da muss irgendwas dahinterstecken.

Hassverbrechen.

Er wird unterwegs beim Parque Trianon vorbeischauen.

Tatortbesichtigung.

Nur weil du etwas glauben willst, heißt das nicht, dass es nicht wahr ist.

Das versucht Rafa sich klarzumachen. Am Montag, als Carolina endlich wieder im Haus seiner Großmutter eintraf, versicherte sie ihm:

»Es tut mir leid. Ich war betrunken und dumm. Ich hätte Alessandra bitten sollen, mich nach Hause zu bringen. Sie hat sich um mich gekümmert.«

Rafa war so erleichtert, sie zu sehen, dass er etwa eine Stunde lang auch nur das war: erleichtert.

Er blieb lange auf, sah fern, trank und verdrängte seine Ängste. Er hatte noch nie an ihr gezweifelt, und tief im Inneren zweifelt er auch jetzt nicht an ihr, es ist etwas anderes.

Am Dienstag, als sie im Haus seiner Großmutter zusammenpacken, ist die Stimmung entspannt, voller Vorfreude – auf *Zuhause.*

Es gibt kaum etwas zu tun; sie verkaufen das Haus mit dem ganzen Mobiliar – was nicht viel ist –, also räumen sie auf, packen ein paar persönliche Dinge ein, ein paar Erinnerungsstücke, entsorgen den Rest.

Es ist sehr intim, denkt Rafa, *die persönlichen Habseligkeiten von jemandem zu sichten.*

Franginho hat auf der Eingangstreppe ein kleines Feuer entzündet, in das Rafa alte Rechnungen, Kontoauszüge und Dokumente wirft.

»Es ist noch gar nicht so lange her«, sagt Franginho, »da hat sie nicht einmal das gehabt.«

Das ist wahr. Jahrelang hatte sie als Dienstmädchen gegen Bargeld gearbeitet. Dann richtete ihr Chef an der Britischen Schule ein Bankkonto für sie ein und sorgte dafür, dass sie ins soziale Versorgungssystem aufgenommen wurde. Dann kam *Bolsa Família*, die ganze Abwicklung dafür, sodass auch Rafa abgesichert war, obwohl er das System mithilfe der Jungs oben auf dem Hügel schröpfte.

Sie haben ihm ihre Dankbarkeit dafür erwiesen, indem sie dieses Haus für seine Oma kauften und Rafa wieder rausließen. Auch Franginho dieses Mal.

Franginho erklärte Rafa: »Wie gesagt, es ist nicht mehr das, was es mal war, *porra*. Sie haben nicht mal mehr die Mittel, jemanden auf die Gehaltsliste zu setzen. Man muss viel mehr tun, als ich bereit bin, *entendeu*? Sie sind froh, wenn ich gehe.«

Schon komisch, dass es auch im Dschungel so was wie Sparmaßnahmen gibt. Die legale Finanzspritze hat tatsächlich was bewirkt, denkt Rafa.

In einer Schachtel finden sich Fotos von Rafas Vater. Auch ein Brief liegt dabei, ein kurzer Brief. Rafa liest ihn noch einmal und denkt: *Ja*, papai, *ja, Dad, genau das mach ich jetzt.*

Die letzte Zeile des Briefs: *Verlass diesen Ort und werde glücklich.*

Er denkt nicht allzu oft an seinen Vater, er hat ihn nie gut genug gekannt. Seine Großmutter hat Rafa vor ihm abgeschirmt, das weiß er. Sein Vater war ein zweitklassiger Gitarrenspieler und ein kleiner Gauner. Was auch immer ihm zugestoßen ist, Rafa ist sich ziemlich sicher, dass er selbst dafür verantwortlich war, zumindest teilweise. In jener Nacht vor zwölf Jahren wurde Rafa ein anderer, wurde *wieder mal* ein anderer, wurde härter und entschlossener, und das hielt ihn auf Kurs, bis zu einem gewissen Punkt.

Verlass diesen Ort und werde glücklich.

Sein Erzeuger befolgte nur die Hälfte seines eigenen Rats.

»Willst du irgendetwas haben?«, fragt Rafa. »Aus dem Haus, meine ich.«

»Nett von dir, Kumpel.«

»*Fiche avantage, ne?*«

Bedien dich. Oder fühl dich wie zu Hause, denkt Rafa, beides trifft es ziemlich gut.

An diesem Morgen, als er im Bett lag, drehte sich Carolina zu ihm um und sagte: »Weißt du, ich bin spät dran.«

Er war gerade aufgewacht. »Zu spät für was?«

»Nein, Dummerchen, ich bin spät dran. Meine Periode. Sie ist überfällig.«

Rafa wollte etwas sagen wie: Warum, zum Teufel, hast du dann noch gesoffen? Aber dann dachte er, dass sie vielleicht gerade *deshalb* gesoffen hatte, also sagte er …

»Ich liebe dich.«

»Bist du glücklich darüber?«

»Es wäre Weltklasse, *meu amor*, wenn du … du weißt schon.«

»Und wenn nicht?«

»Wir können viel Spaß haben, es weiter zu versuchen …«

Carolina schenkte ihm ein so überwältigendes Lächeln, dass alles andere egal war, und ja, er weiß jetzt, dass es wirklich zutrifft.

Nur weil man etwas glauben will, heißt das nicht, dass es nicht wahr ist.

»Die Frage, die du mir gestellt hast, als ich zurückkam«, sagt er jetzt zu Franginho, »das Erste, was du gesagt hast.«

»Ja?«

»Die Antwort ist: möglicherweise. Kann gut sein.«

Franginho lächelt, es ist sein erstes Lächeln seit einer gefühlten Ewigkeit.

»*Porra, meu*«, sagt er. Leck mich, Kumpel. »*Que maravilhosa.*«

Sie umarmen sich, klopfen sich gegenseitig auf den Rücken, halten sich einen Moment lang fest.

»Du wirst Onkel«, sagt Rafa. »Eines Tages.«

Franginho grinst. »Glückskind, *ne?*«

Später sieht Rafa, wie Carolina und Franginho sich unterhalten.

Sie sind in der Küche, Rafa steht im Hinterhof, durchs Fenster sieht er sie reden. Er hat ihr gesagt, dass er es ihm gesagt hat, aber ihr Austausch wirkt nicht besonders freudig.

Später sagt Franginho: »Kumpel, wir müssen reden, wir drei.«

Rafa nickt. Was er fühlt, ist seltsamerweise *Erleichterung.*

Nur weil man etwas glauben will, heißt das nicht, dass es nicht wahr ist.

Ellie stellt fest, dass sie viral gegangen ist. Der Artikel über die Misshandlung der jungen Frau in einer Zelle der Militärpolizei. Der Artikel, *ihr* Artikel, wird in den sozialen Medien x-fach geteilt – als Onlineversion und in Form von Fotos der gedruckten Version, und auch das Statement der Militärs ist überall zu finden. Sie leugnen die Vorgänge und bestreiten Ellies Glaubwürdigkeit. Beide Seiten – die Linke pro und die Rechte contra Ellie – spekulieren darüber, woher Ellie die Informationen hat, beziehungsweise woher sie die Dreistigkeit nimmt, sie frei zu erfinden.

Sie ist zu Hause und verfolgt das Geschehen online. Es ist aufregend, im Zentrum von etwas zu stehen.

Und noch erstaunlicher findet sie ihre eigene Disziplin, nicht zu reagieren, sich nicht einzumischen. Denn im Grunde profitiert sie enorm von diesem Fake-News-Rummel.

Schließlich hat Bolsonaro den größten Teil seiner Kampagne über soziale Medien von einem Krankenhausbett aus koordiniert.

Der Märtyrer, die große weiße Hoffnung, der Auserwählte.

Das größte Comeback seit Lazarus.

Sie erhält Bitten um Klärung, Bitten um Stellungnahmen, Bitten um weitere Artikel und Kommentare; Dutzende von Anfragen stapeln sich im Posteingang ihres E-Mail-Kontos. Das linke Studentenblatt, das den Artikel als Erstes druckte, hat einen Heidenspaß an dem Spiel, betreibt es mit Geschick und Fingerspitzengefühl. Der Redakteur ist ein alter Freund von Ellie, und er liebt die Vorstellung, Bühne und Sprachrohr zu sein. Er stellt in der Zeitung und im Internet ungeheuerliche Behauptungen auf, ohne tatsächlich etwas Konkretes preiszugeben. Er heizt das Feuer an. Er hat sich nicht die Mühe gemacht, sie anzurufen; besser so, denkt sie.

Aber wer sie angerufen hat, ist Silva. »Halte durch, *querida*«, sagte er. »Tu nichts und warte ab.«

Ein guter Rat. Es ist aufregend, auf diese Weise Teil des Geschehens zu sein, die *Macht* zu spüren.

»Francisco«, sagt sie. »Hoffentlich bringst du mich nicht in Schwierigkeiten.«

»Vertrau mir«, sagt er ihr. »Deine Story ist wasserdicht, alles bewegt sich im Rahmen von Andeutungen.«

»Begründete Vermutungen auf der Basis nicht verifizierter Fakten, so in der Art«, sagt Ellie. »Fakten, die übrigens du geliefert hast.«

»Wir geben unsere Quellen nie preis.«

Ellie lacht. »Wenn alles gut läuft, dann lasse ich mich als brillante investigative Journalistin feiern. Falls es den Bach runtergeht, dann hat mich eben mein ehemaliger Mentor, ein echter Patriarch, dazu gezwungen.«

»Einverstanden.«

»Ich bin dir dankbar, Francisco, wirklich.«

»Ich weiß. Aber sei nicht zu dankbar, ich habe meinen eigenen Anteil an der Sache, *entendeu?*«

»Will ich gar nicht wissen.«

»Richtig, willst du auch nicht.«

Sie legen auf.

Anna und Fernanda sind euphorisch. Fernanda kümmert sich um den juristischen Aspekt, und Anna sorgt für die explosive, parteipolitische Perspektive, so hat sie es Ellie erklärt.

Ja, gut so, denkt Ellie. Bisher war sie allein die treibende Kraft des Teams.

Sie fragt sich erneut, wie Silva das alles überhaupt herausgefunden hat. Und wieder will sie es gar nicht so genau wissen. Er hat überall seine Maulwürfe und hält seine Karten verdeckt, fest vor seinen offenbar schrumpfenden Bauch gepresst.

Ellie checkt ihre E-Mails, und eine Nachricht sticht heraus. Die Adresse wirkt wie aus einem Kriminalroman der späten Neunziger:

militar@hotmail.com

Sie muss lachen, als sie die Nachricht öffnet und liest …

Ich habe Sie vor dem Blue Pub gesehen und Sie mich. Wir sollten uns unterhalten. Ich kann Ihnen unterstützendes Beweismaterial liefern.

Ellie ist nicht so dumm, das zu ignorieren – oder zu denken, es sei ganz ungefährlich. Sie war schon in ähnlichen Situationen. Leme war immer an ihrer Seite.

Sie denkt – ruf Lisboa an.

Sie beantwortet die Mail und verabredet ein Treffen.

Anna ist unterwegs zum Rathaus und checkt auf ihrem Handy, was sich da in den sozialen Medien zusammenbraut. Ihr eigener Tweet unter dem Nutzernamen des Rechtshilfebüros – in dem sie Ellies Artikel zitieren und auf die rechtlichen Konsequenzen der Verleumdungen im Statement des Militärs hinweisen – wurde bereits über zwölftausendmal retweetet …

Es ist noch keine zwei Stunden her, dass sie ihn gepostet haben.

Anna merkt sehr schnell, dass es plötzlich keine Rolle mehr spielt, was wahr ist und was falsch. Außer für die inhaftierte Frau natürlich.

Fake News erzielen auch Wirkung, aber eins darf man dabei nicht vergessen: Ellie denkt sich das nicht aus. Es geht nicht nur darum, einen politischen Shitstorm auszulösen.

Sie sitzt in einem Taxi auf der Avenida 23 de Maio.

Was für eine Straße, denkt sie.

Die Stunden, die sie schon darauf verbracht hat, von Ibirapuera ins alte Zentrum kriechend.

Die Straße ist der reinste Apokalypse-Highway, zehn Fahrspuren an der breitesten Stelle, und manchmal kann Anna kaum glauben, dass eine Stadt ein solches Ungetüm fassen kann.

Eine SMS von Roberto, ihrem Freund aus dem Rathaus.

Das mit der geführten Tour ist kein Scherz. Wir treffen uns im Dachgarten

Ein angenehmer Ort, immerhin. Es ist noch ein Stück bis dahin.

Sie schleichen auf das östliche Ende der Avenida Paulista zu. An den Hängen über ihr, in Richtung Westen und Osten, ragen attraktive Wohnviertel auf. Anna fährt in Richtung Norden.

Das Taxi schwenkt nach links, unter der Überführung hindurch, wo die Straße sich teilt, anschwillt wie ein Fluss. Sie flutet und ergießt sich.

Die Straße gräbt sich durch die Stadt.

Man redet von den Venen, den Arterien einer Stadt …

Die 23 de Maio ist São Paulos *Rückgrat.*

Es war einmal in São Paulo.

Hinter dem Namen der Straße verbirgt sich Geschichte: Am 23. Mai 1932 werden vier Studenten, die gegen Getúlio Vargas protestieren, von Regierungstruppen getötet. Getúlio Vargas hat durch einen Staatsstreich das Präsidentenamt usurpiert, regiert per Dekret, ohne an die Verfassung gebunden zu sein. Der Putsch untergräbt die staatliche Autonomie.

São Paulo erhebt sich.

Diese Straße, denkt Anna jedes Mal, wenn sie hier fährt, verläuft tief im *Inneren* dieser Stadt, ihrer Stadt.

São Paulos Motto: *Ich führe, ich lasse mich nicht führen.*

Im Moment fühlt es sich nicht so an.

Sie fragt sich, in welcher Beziehung die aktuelle Wahl zum

Putsch von 1930, zur Revolution von 1932, zu den Jahren der Diktatur und zum brasilianischen Wunder steht.

Was kommt *jetzt* auf sie zu?

Die Straße wird breiter, aus zehn Spuren werden in der Rushhour zwölf, aber heute, am Vormittag, ist es einigermaßen übersichtlich. Auf beiden Seiten ragen Bäume in die Höhe; die Begrenzungsmauern sind sauber geschrubbt.

Das ist eine der Initiativen von Bürgermeister Dorias.

Das Projekt »Schöne Stadt« bedeutet vor allem, dass sich Doria, als Arbeiter verkleidet, beim Streichen von Bushaltestellen und beim Entfernen von Graffiti fotografieren lässt.

Auf den sauberen Mauern wurde ein Rasenteppich gepflanzt, der jetzt sprießt: der *corredor verde*, der grüne Korridor.

Sie ist ungeheuer, die Straße an diesem Punkt. Man glaubt durch den Mittelpunkt der Erde zu donnern, durch ihr Herz; die Gebäude des alten Centro ragen in der Ferne auf, unheilverkündend.

Es geht voran mit dem *corredor verde*, und er geht in Ordnung, findet Anna.

Aber genau da liegt auch das Problem mit Leuten wie Johnny Doria, und deswegen wird Anna sich auch niemals ihrem alten Freund Roberto anschließen:

Doria unterschied nicht zwischen Graffiti und echter Graffiti-Kunst, den Wandmalereien, den einzigartigen Bildern, die einen Teil des Charakters der Stadt und ihrer Viertel ausmachen. Graffiti-Kunst war zu einer echten Tradition geworden. Auch die Künstler waren weltberühmt, sie waren gefragt, man eiferte ihrem Lebensstil nach. Was Doria tat, war ungeschickt und spaltete die Stadt; er bestätigte die Vorurteile der einen, löschte die Identität der anderen aus. Das ist es, was populistische rechte Politiker tun, die die Arbeiterklasse ansprechen wollen.

Sie spalten.

Der Verkehr wird dichter. Motorräder huschen zwischen den Fahrbahnen hin und her.

Doria ist eine klassische *coxinha*, ein reicher Rechter, verklemmt, sozial konservativ. Eine *coxinha* ist ein leckerer, frittierter Hühnerschenkelsnack: Der lustige Gedanke dahinter ist, dass diese Männer – und es sind immer Männer – im Sommer kurze Hosen tragen, um ihre kleinen Schenkel zu bräunen. Sie wollen der Langeweile ihrer bürgerlichen Werte, ihrer Leere, ihrem *Weißsein* Farbe verleihen.

Anna weiß nicht, ob sie das *genauso* sieht, aber ihr gefällt das Bild.

Jetzt rollen sie durch Liberdade.

Der *taxista*, der bisher geschwiegen hat, sagt: »Ich mochte Japantown, habe hier oft gegessen. Jetzt gibt es nur noch koreanische Imitationen und Cracksüchtige.«

Anna lächelt knapp. »Hm.«

»Wissen Sie warum?«

Anna schüttelt den Kopf.

»Das ist Dorias Schuld«, sagt der Fahrer. »Er schickte die Militärpolizei, um *Cracolândia* zu säubern, womit er letztlich nur die *noias* in der ganzen Gegend verteilte. Man hätte die Typen lassen sollen, wo sie waren.«

Cracolândia: Crackland. Eine innerstädtische Hölle, bevölkert von verzweifelten *noias* – Süchtigen – und skrupellosen Dealern.

Anna hatte einmal beruflich dort zu tun, es war eine geführte Tour, wie ein Zoobesuch. Nur dass es keine Käfige gab und die Raubtiere keine Zähne mehr hatten.

»Liberdade hat immer noch Charakter«, sagt Anna.

Sie isst dort häufiger in japanischen und chinesischen Lokalen.

»Vielleicht.«

Sie fahren schweigend weiter. Anna schaut nach links und rechts.

Rote Fahnen und chinesische Laternen baumeln in den engeren Gassen.

Die Meinung des Taxifahrers, denkt Anna, sagt etwas über den guten alten Doria aus.

Sie ist sich nicht sicher, was genau. Sie schreibt Roberto eine SMS:

Zehn Minuten. Bestell mir einen Kaffee und einen Teller farinata.

Farinata: ein aus alten Nudeln und Mehl recyceltes Lebensmittel. Eigentlich Hundefutter. Dorias Lösung für das Problem der Ernährung der Armen und Obdachlosen.

Annas Telefon vibriert. Roberto.

Ich bestell dir eine coxinha, querida

Sie erinnert sich, dass er Sinn für Humor hat, dieser Roberto.

Ihr Telefon summt erneut. Fernanda.

Sobald wir irgendwelche Beweise haben, reichen wir Unterlassungsklage gegen das Statement der Militärpolizei ein, in Ellies Namen, certo? Als symbolischen Akt, wir ziehen es nicht wirklich durch. Aber wir brauchen Beweise.

Klar doch, denkt Anna.

Nachdem Franginho es hinter sich gebracht hat, Rafa alles zu erzählen, was er ihm zu erzählen hat, kocht Rafa …

Rafa *brennt*.

»Mir geht's gut«, sagt Carolina ihm. »Uns allen geht's gut, *amor*.«

Für eine Weile verliert Rafa die Kontrolle über sich.

Er beschimpft Franginho. Er verflucht ihn.

Desgraçado. Filho da puta. Escroto. Vagabundo. Seu caralho.

Franginho lässt den Kopf hängen. »Wie kann ich das wieder ausbügeln?«

»Das kannst du nie wieder ausbügeln.«

»*Amor*«, schaltet sich Carolina ein. »Hör zu. Das ist nicht seine Schuld.«

Die Vorstellung, dass Franginho und Carolina sich darüber verständigt haben, es sei nicht Franginhos Schuld, lässt Rafa fast durchdrehen.

Sein bester Freund und seine Freundin treffen hinter seinem Rücken Absprachen.

Da wäre ihm sogar lieber, denkt er in einem dunklen Moment – und später begreift er, dass das natürlich nicht der Fall ist –, sein bester Freund würde seine Freundin vögeln.

»Erzählt mir nicht, wessen Schuld das ist«, sagt Rafa.

Er geht nach draußen, läuft durch die Gegend, um den Kopf klar zu kriegen. Langsam dämmern ihm ein oder zwei Dinge.

Erstens: Es ist nicht Franginhos Schuld, dass er und Carolina am Sonntagabend aus der Favela verfolgt wurden.

Zweitens: Es ist nicht Franginhos Schuld, dass Carlos ihn immer wieder bedroht hat. Carlos hat ihm eine klare Anweisung erteilt, *mais ou menos* eine Drohung:

Du informierst mich, wenn dein Kumpel jemals zurückkommt; sollte ich es von jemand anderem erfahren, bist du erledigt.

Rafa sieht ein: Wenn es überhaupt jemandes Schuld ist, dann allein seine.

Diese Drohung und Franginhos Verschleierungstaktik waren ein wichtiger Teil von Franginhos Deckung für Rafa und Carolina.

»Du wolltest uns nur schützen, nicht wahr?«, sagt Rafa, als er wieder klar denken kann.

»Kumpel«, sagt Franginho, »das ist alles, was ich je wollte.«

»Was mir danach passiert ist«, sagt Carolina, »dafür trägt Franginho keine Verantwortung.«

Rafa ist sich nicht sicher, woher sie das so genau weiß, aber sie scheint überzeugt.

Nur weil man etwas glauben will, heißt das nicht, dass es nicht wahr ist.

Sie muss ihre Gründe haben, sie ist clever.

»Wir sollten tun, was Carlos sagt«, fährt sie fort. »Wenn er auspackt, haben wir ein echtes Problem, *querido*.«

»Was meinst du?«, fragt Rafa Franginho.

»Ich glaube, wenn unsere Jungs wüssten, was du getan hast, wären sie sehr unglücklich.«

»Es hatte nichts mit ihnen zu tun.«

»So funktioniert das nicht, das weißt du.«

Rafa weiß, er hat recht. Die Organisation hat einen kooperativen Aspekt: Du teilst deine Gewinne aus sämtlichen Aktivitäten mit denen weiter oben, oder sie nehmen sie dir einfach weg. Und sie bestrafen dich, wie sie es für angemessen halten – und mit angemessen meinen sie, was ihnen für die Zukunft am gewinnbringendsten erscheint.

»Ich glaube auch«, sagt Franginho, »dass die Bulldogge Carlos ungefähr so vertrauenswürdig ist wie eine paraguayische Katalogbraut.«

Rafa lächelt. Weltklasse, Franginhos Sprüche. Das war schon immer so. »Okay, wir tun Folgendes.«

Und Rafa skizziert einen Plan:

Morgen, wenn das Haus sauber aufgeräumt und der Verkauf abgeschlossen ist, verlassen er und Carolina die Favela und fahren nach Hause – ganz offiziell, indem sie dafür sorgen, dass die diensthabenden Militärs es mitkriegen, eine kleine Abschiedsparade sozusagen.

Einen oder zwei Tage später kommt Rafa heimlich zurück.

Franginho arrangiert ein Treffen mit Carlos, erklärt ihm, Rafa wolle die Sache bereinigen, und zwar mit einer beträchtlichen Bargeldspende für Carlos' Rente.

Bei diesem Treffen verpasst Rafa dem guten Carlos eine Kugel.

»Wir erledigen es in der alten *boca*. Dort, wo er Garibaldo und Lanky umgelegt hat. Das ist beschlossene Sache.«

Carolina und Franginho schweigen. Sie sind jetzt wieder ein Team, und sie wollen diesen prekären Frieden wahren, das weiß Rafa, also werden sie tun, was er sagt – vorerst.

»Und anschließend sehen wir uns alle drei wieder – zu Hause.«

Franginho schaut ein wenig skeptisch, findet Rafa.

Rafa sagt: »*Então, cara*?«

Was denkst du, Kumpel?

»Alles gut«, sagt Franginho. »Wir müssen nur eine Waffe finden, von der niemand sonst weiß, *sabe?*«

Rafa nickt. »Ich vertraue dir, *porra.*«

Sie wissen, es wird auf jeden Fall Vergeltungsschläge geben, und dann müssen sie auf der sicheren Seite sein.

Sie überlegen eine Weile. Eine Pistole kriegen sie hier an jeder Ecke, aber es ist verdammt schwierig, eine vertrauenswürdige Waffe aus einer unbekannten Quelle zu organisieren. Schließlich gibt es nur eine begrenzte Anzahl von Netzwerken. Da bleibt nur, sich umzuhören. Oder man geht ein großes Risiko ein, indem man ein verrostetes Stück Scheiße von einem verzweifelten Verlierer kauft – und selbst dann muss man diesen verzweifelten Verlierer erst mal auftreiben.

Sie wälzen Argumente hin und her, warum einer von beiden eine Waffe brauchen könnte, ganz *unverfängliche* Argumente.

Vielleicht hat Rafa ein bisschen Ärger unten am Strand.

Vielleicht will Franginho sein Eigentum schützen.

Vielleicht wollen sie selbst einen kleinen Waffendeal durchziehen.

Keiner dieser Vorschläge zündet. Dann ruft Franginho: »Ich hab's«, und rückt mit einer absolut unerhörten Idee heraus.

Rafa lacht, so genial ist sie. »Du rufst ihn also an, erklärst ihm, du willst eine Waffe von ihm kaufen, triffst dich mit ihm in seinem Haus, und beim Kauf der Waffe arrangierst du dann das andere Treffen. So in der Art?«

Franginho grinst. »Das ist Weltklasse, Kumpel.«

»In Ordnung, so machen wir's.« Rafa schaut zu Carolina. »Obwohl es die Dinge ein wenig verlangsamen wird.«

»Was nicht unbedingt verkehrt ist«, sagt Franginho.

»Wie schon gesagt, du hast mein volles Vertrauen, *porra.*«

Die Person, von der sie die Waffe kaufen wollen …

Carlos.

Ellie verabredet ein Treffen in einer Bar.

Ellie war früher schon mal in dieser Bar.

Das war damals, als sie neu in São Paulo war, für *Time Out* arbeitete, ein bisschen schrieb, für die Lokalnachrichten. Sie hat diese Bar für das Treffen mit dem Militärpolizisten gewählt, weil sie zwanglos schick ist, im wohlhabenden Mittelklasse-Viertel von Itaim liegt, gut besucht, mit einer anständigen Terrasse, und hier kein Ärger droht.

An meinem ersten Tag im Büro, erinnert sie sich jetzt nicht gerade begeistert, *luden mich meine Kollegen auf einen Drink ein. Wir gingen in eine Bar namens* Vaca Veia. *Alte Kuh, ne? Sie füllten mich mit Caipirinha ab. Vor der Damentoilette stand ein Mann, der mir einen Schnaps ausgab. Ich taumelte mit ihm zurück in mein Apartment, fiel in meinen Klamotten in Ohnmacht und übergab mich ein paar Stunden später. Leck mich. Böser Kater. Mein Mund schmeckte nach Limetten und Aftershave, meine Haut war wund von Bartstoppeln.*

Die guten alten, schlimmen alten Tage, denkt sie.

Lisboa steht am nordöstlichen Ende des Parque Trianon und fragt sich: Wer ist dieser Typ?

Lisboa spielt bei den Ermittlungen die zweite Geige, also stammt alles, was er weiß, aus Berichten oder ist eigene Spekulation. Niemand interessiert sich sonderlich für den Fall; die Identität des Opfers wurde noch nicht ermittelt, und offenbar hat es auch keiner damit eilig.

Da liegt ein grausam misshandelter Ermordeter in der Gerichtsmedizin, und das muss doch was zu bedeuten haben.

Lisboa bemüht sich, wie Leme zu denken: Es gibt eine Leiche, also ein Opfer, also ein Verbrechen, folglich gibt es was zu tun. Die ungelösten Fälle, bei denen sie zusammenarbeiteten, blieben ungelöst, weil es kaum physische oder forensische Beweise gab; und sie waren damals nicht klug genug, um den nötigen Gedankensprung zu wagen und sich in die Person des Täters – oder des Opfers – hineinzuversetzen.

Eine Frage lässt Lisboa keine Ruhe: Warum hat dieser Mann keinen Ausweis, keine Papiere? Wenn er das herausfindet, kommt er womöglich seiner Identität auf die Spur. Ein Detail des Autopsieberichts hat er angezweifelt und darum noch einmal überprüft: Das Opfer soll Mitte dreißig, höchstens vierzig gewesen sein. In dieser Altersgruppe gibt es auf dem Strich nicht viel zu verdienen. Lisboa will ja nicht lästern, und im Grunde ist sein Motto »Leben und leben lassen«, aber er ist sich ziemlich sicher, dass so ein älterer Stricher auf der Straße niemanden mehr aufgabelt. Was hat er also dort gemacht?

Frage Nummer zwei ist: Wie kann man ein Opfer so einfach ignorieren?

Lisboa hat eine Suchmeldung rausgeschickt. Aber er hat keine Ahnung, welches verdammte Fahndungsfoto er rausgeben soll. Er hat nach wie vor keinen Schimmer. Er ist die Vermisstendateien durchgegangen. Er hat die Sitte veranlasst, in ihren Akten wegen eines Falls von Straßenprostitution nachzuschauen, sei er auch noch so unwahrscheinlich.

Als Nächstes will er zu einem bekannten Homosexuellen-Treffpunkt in der Rua Frei Caneca, sich dort umhören – die Mühe hat sich bisher niemand gemacht.

Das Opfer liegt buchstäblich auf Eis.

Aber zunächst nimmt er sich den Park vor. Auf dem Weg dorthin schickt Ratty ihm eine SMS:

Busfahrkarten. Drei

Der Junge scheint wirklich bemüht, sich Lisboa vom Hals zu halten. Ellie und er wurden also Zeugen, wie vor dem Blue Pub drei Bustickets den Besitzer wechselten. Lisboa lässt das sacken.

Der Park, in dem der Tatort liegt, ist wie leer gefegt.

Lisboa kauft in einem nahe gelegenen Laden eine Flasche etwas besseren, aber immer noch preisgünstigen *pinga*. Außerdem eine

Packung billige Zigaretten. Am südöstlichen Rand des Platzes – außerhalb des Parks – sitzen drei betrunkene *mendigos*, zwei Männer und eine Frau. Lisboa schwenkt die Flasche, als er sich nähert.

»War am Sonntagabend einer von euch hier?«

Aus zahnlosen Mündern wird geschnattert, gegrölt und um Aufmerksamkeit gekämpft. Es wird gestritten und gezankt, es stinkt nach Scheiße und Schnaps, Pisse und Tabak.

Einer der Männer winkt Lisboa heran. »Ah, *meu, Yypioca!*«, kommentiert er die Getränkemarke; die Glasflasche ist wie ein Weidenkorb umwickelt, sieht edel aus, handgefertigt. »Schick.«

»Du kannst sie haben, wenn du mir hilfst.«

Der Mann nickt. Seine Freunde halten jetzt die Klappe.

»Sonntagabend, Sonntagabend. Ja, da waren wir hier.«

Lisboa zeigt auf das Absperrband am Tatort. »Du weißt also, was passiert ist?«

»Geben Sie mir die Flasche, *porra. Vamos, ne?*«

Die Augen des *mendigo* sind glasig, der Mund steht offen, die Hände gespreizt wie ein Torwart, bereit zum Fangen.

Lisboa wirft ihm die Zigarettenschachtel zu.

Der Mann fummelt daran herum, lässt sie fallen und versucht, sich die Packung wieder zu krallen, bevor seine Freunde es tun können.

»Wir werden das Stück für Stück machen.«

Der *mendigo* wickelt die Packung aus und zupft eine Zigarette heraus, an der er schnuppert. Die Marke – Free – ist auch billig, aber im gehobenen Bereich, brasilianisch. »Sie hätten auch amerikanische kaufen können, *ne, cara?*«, sagt der *mendigo*.

Lisboas Miene besagt: *Nicht frech werden, Freundchen.*

»Okay, okay«, sagt der Typ. »Haben Sie Feuer?«

Lisboa wirft ihm eine Schachtel mit Streichhölzern zu.

Der Kerl zündet seine Free-Zigarette an und schiebt die Streichhölzer ein.

»Wo genau warst du Sonntagabend?«

Der Typ zeigt Richtung Park.

»Im Park selbst?«

»*Sim*, Senhor.«

»Wie viele waren es?«

Der *mendigo* räuspert sich, hustet, spuckt und schnieft. Er wirft Lisboa einen bettelnden Blick zu. »*Meu, vamos, ne?*«

Komm schon, Kumpel.

Lisboa nickt, na gut, dann machen wir es eben auf die Tour. Er schraubt den Deckel der Flasche ab. Er setzt zum Trinken an, schüttet aber stattdessen einen Schluck des *cachaça* auf den Boden.

Ein Aufschrei des Protests gegen dieses Unrecht.

»Wie viele?«, wiederholt Lisboa.

Der wortführende *mendigo* hebt eine Hand. Lisboa nickt. Die drei stecken die Köpfe zusammen, Beratungsgespräch.

Lisboa wartet. Die drei *mendigos*, denkt er. *Die drei Amigos.*

»Drei, es waren drei.«

»Drei? *Tem certeza?*« Bist du dir sicher?

»Ich kann zählen.« Er zeigt auf Lisboa, dann auf seine zwei Freunde. »Eins. Zwei. Drei.«

Sie lachen sich halb tot.

»Hast du die drei hier schon mal gesehen?«

»Ah, schwer zu sagen, *sabe?*«

Lisboa neigt die Flasche.

Worauf die drei Amigos wild gestikulieren: *Woah, beruhigen Sie sich, kein Grund, etwas zu verschwenden.* Es folgt ein weiterer kurzer Gedankenaustausch.

»Ja, wir haben sie hier schon gesehen.«

»Was haben sie gemacht?«

»Sie sind jung, Kids. Sie halten die Augen offen, verstehen Sie?«

Sie halten die Augen offen. *Nachbarschaftswache.*

»Habt ihr mal gesehen, wie jemand mit ihnen spricht, ihnen Anweisungen gibt, *entendeu?*«

»Nein.«

Lisboa hält das für wahrscheinlich. »Und der andere Typ. Was glaubt ihr, warum sie es getan haben?«

Kopfschütteln, Mundwinkel verziehen sich, schmutzige Gesichter legen sich bekümmert in Falten.

»Kommt schon, das ist keine Fangfrage, es gibt keine richtige oder falsche Antwort.«

»Vielleicht war es so ein Typ, den sie nicht mochten.«

»Ich frage mal anders: Was hat der Kerl getan, um sie zu provozieren?«

»Nichts. Er ging mit seinen ... äh, seinen Einkaufstüten über die Straße, *porra*, und kümmerte sich um seinen eigenen Kram, *falou*?«

»Was für Einkäufe?«

»Keine Ahnung, seine verdammten Dessous.«

Gelächter.

»Also Tüten aus einem Klamottenladen?«

»Ja, warum nicht?«

»Wie alt, würdest du sagen, war er?«

»Älter als wir, *amigo*, aber jünger als Sie.«

Sie johlen und gackern, die drei Amigos. Lisboa lässt sie. Er reicht dem ersten Amigo die Flasche mit Ypioca.

»Trinkt nicht alles auf einmal«, sagt er.

Lisboa spaziert vom Park rüber zu der Bar in Frei Caneca, wo sich das Opfer den Ermittlungen zufolge bis wenige Minuten vor der Tat aufgehalten hat.

Lisboa geht gewissermaßen den umgekehrten Weg. Es ist ungefähr dieselbe Uhrzeit wie am Abend der Tat – kurz nach acht –, auf den Straßen herrscht reger Verkehr und eine entspannte After-Work-Stimmung. Auf der Paulista eine einzige durchgehende Schlange von Rücklichtern und Hupkonzerten. Männer und Frauen in Businesskleidung schlendern plaudernd vorbei, auf dem Weg zu den Bars und Restaurants oben in der Rua Augusta. Andere, ebenfalls in Anzügen und Hemden, Röcken und Jacketts, laufen zügig, telefonieren, gehen zum Bus, zur Metro, nach Hause. Die immer noch erleuchteten Büros in den Wolkenkratzern senden Botschaften aus …

Wir verdienen immer noch Geld, so lautet die Message. *Wir arbeiten alle noch.*

Natürlich herrscht hier an einem Sonntagabend eine ganz andere Stimmung, viel ruhiger.

Möglicherweise hat der Mann dieselbe Strecke zurückgelegt und ist dabei kaum einer Menschenseele begegnet.

Lisboa hat sich die Überwachungsvideos angesehen, und wieder mal ist ihm aufgefallen, wie viel hilfreicher es wäre, wenn die Kameras sich auf Augenhöhe befänden.

Andererseits könnte man damit den Zweck verfehlen – wenn jemand nicht weiß, ob er beobachtet wird, es aber für möglich hält, besinnt er sich möglicherweise eines Besseren.

Das Problem ist, man kriegt kein scharfes Bild vom Gesicht des Mannes. Der Typ trägt eine Kappe, der steile Winkel erschwert eine eindeutige Identifizierung.

Man erkennt ihn nur an seiner Kleidung, seiner Route, der Uhrzeit, den Einkaufstüten – und an dem Zeitpunkt, als er vom Radar der Überwachungskameras verschwindet.

Lisboa geht in die Bar, um zu sehen, ob sie dort Bänder von den privaten Überwachungskameras haben. Lisboa will gutes Bildmaterial.

Außerdem fragt er sich, was aus diesen Einkaufstüten geworden ist – wurden sie als Beweismittel sichergestellt?

Die Verschleppung dieser Ermittlungen ist geradezu kriminell. Eine echte Schande.

Selbst wenn die Anweisung von ganz oben lautet, mit halber Kraft vorzugehen, sollte man die Ermittlungen wenigstens *richtig* durchführen.

Also Beweise sammeln und *dann* die Schlussfolgerungen hinauszögern.

Aber so wird ihr Ruf beschädigt: Es ist eine Sache, als leicht zwielichtig zu gelten; eine ganz andere ist es, unprofessionell und inkompetent rüberzukommen.

Die Bar ist eine Art Happy-Hour-Lokal mit stark schwulenfreundlicher Kundschaft, aber keineswegs abweisend gegenüber einem Mann wie Lisboa. Niemand verdreht die Augen, als er zur Theke geht. Er hat die Kamera am Eingang entdeckt, braucht also keine Zeit mit Small Talk zu verschwenden.

Er rechnet damit, dass die Community hier hilfsbereit ist – und bisher vermutlich kein anderer Vertreter des Gesetzes aufgekreuzt ist und Interesse gezeigt hat.

Lisboa baut also darauf, dass er nicht allzu lange hierbleiben muss und dann bereits gewisse Erkenntnisse mit zu den Paradise Rooms nehmen kann.

Er lächelt den Barmann an. »Ein Chopp. Und ich würde gerne den Inhaber sprechen, *certo*?« Lisboa deutet auf seine Dienstmarke.

Der Barmann nickt. »Bin gleich wieder da.«

»Aber vorher hätte ich gerne noch mein Bier, mein Sohn.«

»Ja, klar.«

Lisboa lächelt. »Guter Junge.«

Als der Manager zu ihm rüberkommt, zeigt er sich ebenfalls hilfsbereit. »Alles, was in unserer Macht steht. Schreckliche, widerwärtige Angelegenheit.«

»Vermutlich wissen Sie nicht, dass das Opfer wenige Minuten vor der Tat noch hier war.«

Der Manager schnappt nach Luft. »Nein.«

»Wir gehen davon aus. Deshalb muss ich Ihre Sicherheitsvideos sehen.«

Der Manager zieht ein Gesicht, das teils Entsetzen, teils Faszination spiegelt: offenbar für ihn eine spannende zukünftige Anekdote.

Dummerweise ist es noch früh in der Woche, weswegen der Sicherheitsdienst nicht anwesend ist. Also muss der Inhaber den zuständigen Mitarbeiter der Firma anrufen, der ist aber gerade beschäftigt und kann nicht so einfach weg, Kumpel, *entendeu*? Also zischt der Manager am Telefon, die Sache sei dringend, plustert sich ein bisschen auf, und am Ende läuft es darauf hinaus, dass Lisboa sich ein paar Bier aufs Haus genehmigen kann, ehe die Kavallerie eintrifft.

Das Bier ist recht brauchbar.

Natürlich benötigt man für die Herausgabe privater Überwachungsvideos einen Durchsuchungsbeschluss, falls sie als Beweismittel verwendet werden sollen, aber das scheint hier niemanden weiter zu stören. Schließlich wirft Lisboa nur einen kurzen Blick darauf, und daran ist nichts weiter auszusetzen – sofern er sie nicht als Beweismittel verwendet.

Und das hat er nicht vor, zumindest nicht direkt. Aber die Technik schafft Schlupflöcher …

Man fotografiert mit seinem Handy einfach die entsprechende Stelle des Videos ab, und wer sagt, dass man dafür einen Durchsuchungsbeschluss braucht?

Lisboa wartet im Hinterzimmer, als der Typ vom Sicherheitsdienst reinkommt. Lisboa sagt: »Lassen Sie uns das schnell erledigen, mein Freund.«

Der Typ nickt.

Lisboa nennt ihm eine Uhrzeit und ein Datum, und der Typ spult vor und zurück, und nach nicht allzu langer Zeit erscheint auf dem Monitor ein Bild des Opfers, wie es die Bar verlässt, allein, in der einen Hand seine Einkäufe, in der anderen – und das ist das wichtigste Detail – seine Kappe.

»Stopp«, sagt Lisboa. »Das ist perfekt. Können Sie es größer machen, aber so, dass es scharf bleibt?«

»Klar doch.« Der Typ klickt und zoomt. »Reicht das?«

»Gute Arbeit.«

Lisboa zückt sein Handy und knipst ein paar Fotos vom Standbild des Mannes.

»Haben Sie den Kerl hier schon mal gesehen?«, fragt er.

»Da klingelt nichts bei mir.«

»Was ist das, ein Euphemismus?«

»Ha.«

»Tun Sie mir einen Gefallen und hören Sie sich unauffällig ein wenig um, *certo*?«

»Sicher.«

Er notiert sich die Telefonnummer des Wachmannes, schnappt sich die Karte des Inhabers aus einer Schachtel auf dem Schreibtisch.

Als Lisboa das Hinterzimmer verlässt, fragt der Sicherheitstyp: »Was soll ich sagen, falls noch einer von Ihren Leuten vorbeikommt?«

Diese Frage hat mehrere Ebenen, und Lisboa weiß auch, dass der Mann das weiß. Das Sicherheitspersonal bewegt sich oft in einer Art Grauzone. Sie *wissen* etwas, der Punkt ist nur, was *machen* sie mit dem Wissen. Lisboa denkt: *Sei ehrlich*.

»Ich bezweifle, dass noch jemand auftaucht. Aber das Band gut aufbewahren, ich komme wieder.«

»*Combinado*«, sagt der Sicherheitsmann. Abgemacht.

Als Nächstes schickt Lisboa das Foto per E-Mail an Ellie und bittet sie, es zu veröffentlichen und sich an die Arbeit zu machen.

Bei der ganzen Bürokratie und der Laissez-faire-Haltung bei den Ermittlungen wird es das schnellste Ergebnis bringen.

Das hast du nicht von mir, fügt Lisboa hinzu.

Er spaziert die Straße hinauf zu den Paradise Rooms. Er zieht wieder seine »Ich bin hier, um Michelangelo zu sehen«-Nummer durch, nimmt diesmal aber die Treppe.

Und er traut seinen Augen kaum, als er sieht, wer da neben Ratty auf ihn wartet: der gute alte Carlos.

»Warum bin ich nicht überrascht, dich zu sehen, alter Junge«, sagt Lisboa.

Carlos grinst. »Nicht überrascht, aber enttäuscht, was, Kumpel?«

»Ich bin nicht dein Kumpel, Carlão.«

»Bringen wir's hinter uns.«

Lisboa nickt.

»Komm mit.«

Im Rathaus kriegt Anna erst mal einen gehörigen Dämpfer versetzt.

»Ehrlich gesagt habe ich keine Ahnung, wie ich dir helfen soll«, sagt Roberto, »oder *warum* du das überhaupt von mir erwartest. So läuft das nicht, verstehst du …«

Sie sitzen auf dem Dach des Edifício Matarazzo, und Anna muss zugeben, der Garten hier oben ist echt gelungen. Er hat sich seit ihrer Zeit im Rathaus ganz schön gemacht; an jedem zweiten Tisch sitzen Touristen.

Bei dem Gebäude handelt es sich um einen großen quadratischen Betonklotz, aber er ist so hoch, dass man einen fantastischen Ausblick hat. Sie schaut nach Norden, in Richtung der Stadtgrenze, während Roberto ihr weiter die Ohren volljammert.

»… und es ist nicht fair von dir, mich unter falschem Vorwand zu einem Treffen zu verlocken, *sabe*?«

»Dich *verlocken*? *Deus me livre.*« Gott hilf mir. »Was glaubst du, wer du bist, James Bond?«

»Ja, Anna, ich glaube, ich bin James Bond«, seufzt Roberto. »Und wie ich sehe, ist wenigstens dein Sinn für Humor noch intakt.«

Anna lächelt. »Ich ziehe nur Leute auf, die ich mag.«

»Wie geheimnisvoll und unergründlich.«

»Hör zu, verrate mir einfach, was du weißt, mehr will ich nicht.«

»Und das ist nicht viel, um ehrlich zu sein.«

»Was ist mit dieser Frau im Gewahrsam des Militärs? Wie ist eure Position dazu?«

Roberto wird unruhig. Er wirft einen Blick über seine Schulter. »Davon weiß ich nichts.«

»Komm schon.«

»Keine Ahnung, ehrlich.«

Anna zieht ihr Handy heraus. Sie öffnet ihre Social-Media-Apps. Sie zeigt ihm, wie populär ihre Beiträge zu Ellies Artikel sind.

»Jetzt weißt du's.«

»Okay, natürlich habe ich davon gehört, aber ich *weiß* nichts.«

»Du meinst offiziell?«

»Ich meine, es gibt noch keine Position dazu – das ist die Position. Wenn in dem Artikel das eine behauptet wird und in dem Statement das Gegenteil, kann das Rathaus keine Position beziehen.«

»Wie praktisch.«

»Das ist es in der Tat. Falls das Fake News sind, würden wir einen großen Fehler machen, wenn wir gegen die Militärpolizei vorgehen.«

»Wir.«

»Ja, ich hab's verstanden, ich bin nicht James Bond. Ich meine die Abteilung, für die ich arbeite.«

Anna lächelt. »War nur ein Scherz.«

Roberto muss lächeln; er blickt verschämt zu Boden, um es zu verbergen. Was ihr nicht entgeht.

Sie sagt sanft: »Also tut niemand etwas, was nicht erlaubt ist?«

Erlaubt ist eine geschickte Formulierung.

»Offiziell untersuchen Leute, was echt und was fake ist, und bis das geklärt ist, ist es tatsächlich niemandem erlaubt, etwas zu unternehmen.«

Anna nickt. »Soweit ich gehört habe«, beginnt sie vorsichtig, »sind sowohl der aktuelle Topmann hier im Haus als auch der ehemalige Topmann in Startposition für attraktive Regierungs-jobs, sobald Bolsonaro im Amt bestätigt wurde.«

»Davon weiß ich nichts.«

»Solange São Paulo sich offen zeigt für eine rechtsgerichtete Koalition, kann die Stadt weiter ungestört *ihren* Geschäften nach-gehen.«

»Ich kann mich nur wiederholen, *ne*?«

»Lula sitzt im Gefängnis, weil geheime rechtsgerichtete Abspra-chen ihn dorthin gebracht haben.«

»Ich bin nicht sicher, ob du das so sagen …«

»Kann ich nicht. Aber es ergibt Sinn, nicht wahr? Ich meine, vergiss deine Loyalitäten, du kannst dem doch zustimmen, oder?«

Roberto nickt.

»Wir glauben, dass Sérgio Moro, der Chefankläger, dem Staats-anwalt Deltan Dallagnol geholfen hat, den Fall gegen Lula voran-zutreiben. Dass Moro ihm wichtige Hinweise gab und dafür sorgte, dass die Anklage Erfolg haben würde. Sie steckten unter einer Decke, *nas fim das contas*«.

Nas fim das contas, letztlich, am Ende des Tages.

»Und wie willst du das beweisen?«

Natürlich kann Anna nichts dergleichen beweisen.

Sie hat nur Namen und Motive, das ist alles. Mehr konnte – oder wollte – Rasputin auch nicht bieten.

Sie sagt: »Was wir suchen, ist eine konkrete Verbindung zu Bol-sonaro.«

»Ich glaube nicht, dass er so clever ist.«

»Du hast selbst angedeutet, woher der Wind weht.«

»Sieh mal, Anna«, sagt Roberto mit Nachdruck, »die Inhaftie-rung Lulas, *Lava Jato*, all das, diese ganze Änderung der Wind-richtung sozusagen, das läuft alles auf eine Sache hinaus, und es spielt keine Rolle, wie legal oder dubios sie ist.«

»Okay, wirklich?«, sagt Anna. Sein Tonfall macht sie stutzig.

»Und *worauf* läuft das alles hinaus? Warum sagst du es mir nicht?«

»Jahrelange Inkompetenz und Korruption der PT, darauf läuft es hinaus.«

Anna schweigt.

»Wenn es geheime Absprachen gab, was soll's?« Roberto ist jetzt in Fahrt. »Es zeigt nur, wie sehr die Leute sie loswerden wollen. Ihre Korruption hat dieses Land fünfzehn Jahre lang in den Arsch gefickt unter dem Vorwand, es zum Besseren zu verändern, die Ungleichheit zu beseitigen, und die Menschen haben ihre Lügen satt, ihre selbstgerechten, linken Lügen.«

»Aber …«

»All das ist auf das Chaos zurückzuführen, das die PT in diesem Land angerichtet hat.«

»Und was jetzt kommt, wird diesen Schlamassel beseitigen, oder?«

»Bolsonaro ist nicht clever genug, eine Wahl zu gewinnen – bei der er auch noch kaum damit rechnet, sie zu gewinnen –, indem er dafür sorgt, dass Lula im Gefängnis landet und von der Bildfläche verschwindet. Das ist doch die Story, die du willst, oder?«

Anna nickt.

»Ich bin mir nicht sicher, ob diese Geschichte nicht Fake News ist, *querida*.«

»Und die Frau in Gewahrsam?«

»Keine Ahnung. Ich weiß nur, warum alle nichts tun und nichts sagen.«

»Und warum ist das so?«

Roberto lächelt. »Erinnerst du dich an das, was man uns Kindern immer erzählt hat? Mach nicht so ein hässliches Gesicht, denn wenn der Wind die Richtung wechselt, bleibt es für immer kleben.«

»Ich erinnere mich.«

»Nun, der Wind hat sich bereits gedreht, und du solltest nicht weiter knurren und die Zähne fletschen, das ist mein Rat.«

Das könnte ein guter Rat sein, denkt Anna.

Junior marschiert in die Umkleidekabine.

Seine Jungs hocken da.

Felipe und Gilberto.

Junior vermutet, dass seine Jungs mit dem alten Carlos unter einer Decke stecken.

Dieses abgekartete Spiel mit der Nachbarschaftswache.

Junior erinnert sich, dass diese ganze Geschichte mit Carlos hier in der Umkleidekabine begann, vor zweieinhalb Jahren.

Wie passend, denkt er, wenn sie hier auch ihr Ende nimmt.

Junior sagt: »Hallo, Jungs.«

Felipe und Gilberto schauen von ihren Schnürsenkeln auf. Felipe grinst. Gilberto schaut zu Boden.

Junior sagt: »Ich brauche den Namen der Frau, die ihr am Sonntagabend hierhergebracht habt.«

Er belässt es bei der Wendung, dass sie hierhergebracht wurde.

»Niemand kennt ihren Namen, das weißt du.« Das kommt von Felipe. »Es ist nicht passiert, *porra*. Auch das weißt du.«

Junior nickt. »Was ich weiß, ist, was ihr beiden *malandros* in Bixiga treibt.«

Junior bemerkt das Zucken ihrer Augen, den schnellen *Blickwechsel* zwischen *seinen Jungs*.

»Wir haben gehört«, sagt Felipe, »dass deine Karriere wieder Fahrt aufnimmt. Dank deiner Mitwirkung.«

Junior ist darauf vorbereitet. »Ihr nennt mir den Namen, oder es wird öffentlich, was ihr vor meinen Augen mit ihr angestellt habt.« Er hält inne. »Und meine Fantasie ist schmutzig, Leute, das kann ich euch sagen.«

Ein weiterer Blickwechsel, ein kurzes Zögern und Abwägen. Junior hat einen Fuß in der Tür, denkt er.

Er fixiert Gilberto. »Ich hatte nicht den Eindruck, dass du daran beteiligt warst. Wir können uns unterhalten, *sabe?* Wir können das klären, ohne dass du den Ruf eines Perversen kriegst, *entendeu?*«

Erneuter Blickwechsel. Junior bemerkt Felipes wütendes Starren, Gilbertos flehenden Ausdruck ...

»Okay, okay«, sagt Felipe. »Aber das hier ist inoffiziell, ja?«

Junior nickt. Für den Moment ist das alles inoffiziell, denkt er.

Felipe geht zu seinem Spind. Er fischt ein Stück Papier heraus. Er reicht es Junior.

»Jetzt sind wir im Reinen, ja?«

Junior nickt. Auf dem Zettel steht ein Name, Carolina Meirelles, und die Nummer ihres Ausweises.

Bingo.

Rafa, zu Hause, ist nervös, bis Franginho anruft und ihm verkündet: »Es geht los. Am Sonntag, dem 28. Der Kerl hat sich fast in die Hose gemacht, als er die Kanone geliefert hat.«

Rafa ist beruhigt, weil Franginho so gut gelaunt wirkt.

Am Sonntag, dem 28. Oktober, läuft die zweite Wahlrunde.

Da wird viel los sein. Die Stadt wird feiern – oder ihren Kummer ertränken.

Cleveres Kerlchen, dieser Franginho.

»Ich habe das Datum vorgeschlagen«, sagt er zu Rafa, »und er will es bei uns machen, wo es ruhiger ist.«

Clever.

Lisboa folgt Carlos in eine Suite im Erdgeschoss der Paradise Rooms. Er fingert an dem Handy in seiner Manteltasche herum.

Das Zimmer ist ein Traum.

Es gibt ein Bett, einen Stuhl und ein Klo.

Eine echte Suite.

Carlos breitet die Arme aus. »Willst du das Bett oder den Stuhl?«

Lisboa schüttelt den Kopf. Er strafft sich, deutet an, dass er vorhat, stehen zu bleiben.

Carlos zuckt mit den Schultern. »*Você que sabe.*«

Du bist der Boss.

»Dein kleiner Freund leistet uns keine Gesellschaft?«

»Vergiss ihn einfach, *entendeu*?«

»Man sagt ja, beurteile einen Mann danach, mit wem er Geschäfte macht.«

»Wer sagt das?«

Lisboa grinst. »Sollen wir loslegen? Ich denke, wir haben genug geflirtet.«

»Wie gesagt, *você que sabe*.«

»Ich glaube, du weißt, wer für diesen fiesen Mord im Park in der Wahlnacht verantwortlich ist.«

»Also direkt zur Sache?«

Lisboa nickt.

»Wie kommst du darauf?«

»Der Grund ist dein vom Militär abgesegneter Nebenverdienst. Du hilfst, das Viertel zu kontrollieren und kassierst einen Anteil.«

»Was hat das mit der Wahlnacht zu tun?«

»Du weißt Bescheid, was dort lief, wer was getan hat.«

Carlos nickt. »Sagen wir, das ist nicht allzu weit hergeholt. Aber was wäre, wenn ich diesen Schlamassel wieder in Ordnung bringe, mit dem ich eigentlich nichts zu tun hatte?«

»Sehr ehrenhaft, Kumpel.«

»Ich dachte, du bist nicht mein Kumpel.«

»Drei junge Typen, soviel ich gehört habe. Drei Täter, was mit der Autopsie übereinstimmt. Drei Typen, die die Gegend im Auge behalten.«

Carlos grunzt.

»Vermutlich behalten sie die Gegend für dich im Auge.«

»Du bist ja ein richtiger Sherlock Holmes geworden auf deine alten Tage.«

»Ich habe gesehen, wie einer deiner Jungs drei Bustickets an Rattengesicht übergeben hat, direkt hier am Moto-Taxi-Stand, der anscheinend als kleines Hauptquartier für deine Operation dient.«

Carlos schaut zur Tür. »Du musst den kleinen Wichser da draußen aber ganz schön in die Mangel genommen haben«, sagt er. »Kann sein, dass er bald aus der Firma fliegt.«

»Du verlängerst seinen Vertrag nicht, richtig?«

Carlos lacht. »*Olha*«, sagt er. *Klar doch.* »Der Grund, warum wir hier sind, ist folgender: Wir regeln jetzt diese Sache, damit du Ruhe gibst, *certo*?«

»Ich bin nicht sicher, ob ich dir folgen kann.«

Carlos lächelt – geduldig. »Unsere beiden Arbeitgeber – bei mir ist es *offiziell* mein ehemaliger Arbeitgeber – sind der Meinung, dass wir das abscheuliche Hassverbrechen, das sich in der Wahlnacht ereignet hat, nicht näher untersuchen müssen.«

»Gute Polizeiarbeit.«

»Der Punkt ist, der Kerl, den es erwischt hat, war eine läufige Schwuchtel, die ihr Arschloch für Geld vertickte, richtig? Wen kümmert's also?«

»Das ist eine rein rhetorische Frage, vermute ich.«

Carlos verzieht das Gesicht. »Klugscheißer.«

Lisboa macht eine Geste: *Wie auch immer.*

»Ein paar Jungs, die über die Stränge geschlagen haben. Jungs sind nun mal Jungs, du weißt doch.«

Lisboa schüttelt den Kopf.

»Deine Leute unternehmen nichts, wie du weißt, mein Sohn. Meine Leute warten auf die nächste Wahlrunde, danach können sie meinetwegen anstellen, was immer sie wollen.«

»Worauf willst du hinaus, Carlos?«

»Es ist alles geregelt, die Gerechtigkeit wird siegen. Aber eben unter der Hand, wie man so schön sagt.«

»Und du hast das in die Wege geleitet, richtig?«

»Drei Busfahrkarten. Der Bus hält irgendwo an einer Raststätte. Drei Fahrkarten werden abgestempelt, *entendeu*?«

Lisboa nickt. »Du meinst also, du erzählst mir das, ich denke, okay, der Gerechtigkeit ist Genüge getan, und höre auf herumzuschnüffeln?«

»Sehr clever, großer Mann.«

Lisboa denkt, *da ist was dran*. Lisboa denkt, *konzentriere dich auf das Opfer*.

Lisboa nickt. »Ist mir immer ein Vergnügen, mit dir Geschäfte zu machen, Carlão.«

»Du bist also an Bord?«

»Aye, aye, Kapitän.«

Carlos brüllt. »Lustiger Kerl. Viel Spaß noch in der Suite. Sie gehört dir, so lange du willst.«

»Eine Sache noch«, sagt Lisboa. »Das Opfer hatte ein paar Einkaufstüten dabei. Ich möchte sie sehen.«

»Deine Jungs haben sie nicht?«

»Sie sind nirgendwo registriert. Es heißt, deine Jungs hätten den Tatort gesäubert.«

Carlos nickt. »Und damit ist die Sache dann vom Tisch?«

Lisboa nickt.

»Ich kümmere mich darum, kann aber ein paar Tage dauern. Ich ruf' dich an.« Er klopft Lisboa auf die Schulter und geht.

Lisboa wartet fünf Minuten. Dann holt er sein Handy heraus, prüft die Aufnahme.

Es gibt andere Wege, das Richtige zu tun, findet er …

Der Klugscheißer.

Ellie richtet ein neues E-Mail-Konto für die Reaktionen auf das Foto des Opfers ein. Die Suche läuft. Sie hat sie als einfache Vermisstenmeldung ausgegeben: ein Freund einer Freundin einer Freundin, kein Hinweis darauf, was mit ihm passiert ist.

Und sie kann jedes Mitwissen glaubhaft abstreiten: Sie ist Journalistin und hilft lediglich dem Freund einer Freundin. Es ist das Erste, was sie seit dem Artikel postet, und ein cleverer Schachzug, was ihr Profil betrifft. Sie kommt als echte Aktivistin rüber, eine, die den Kampf für das Gute nicht aufgibt, sich nicht auf ihrem kleinen Erfolg ausruht und absahnt.

Es gibt eine Menge aufrichtige Besorgnis, und das Foto wird häufig geteilt. Es sollte nicht allzu lange dauern, bis die E-Mails eintrudeln.

Während sie auf ihren Militärpolizisten wartet, erhält sie eine weitere Nachricht von Lisboa. Eine Audiodatei.

Hör dir das an, aber unternimm nichts – vorerst.

Sie findet es niedlich, dass er in seinen Nachrichten auf korrekte Satzzeichen achtet.

Lisboa streut selbst kleine Fehlinformationen.

Er bittet einen von der Sitte, der Nachtschicht schiebt, bekannte Sexarbeiter zu überprüfen und mit den Fällen vermisster Personen abzugleichen, zu checken, ob etwas gemeldet, aber nicht aufgeklärt wurde.

Der Mitarbeiter fragt: »Auf bloßen Verdacht hin?«

»Kann man so sagen«, erwidert Lisboa.

»Das wird eine echt lustige Nacht«, sagt der Typ.

»Das Dinner geht auf mich.«

Alles nach Vorschrift jetzt, denkt er. *Mais ou menos.*

Junior kennt die von der *Gringa*-Journalistin erwähnte Bar. Er war schon mal da, mit dem alten Carlos, der aus Langeweile reiche Kids eingeschüchtert hat. *Echter Spaß.* Er erinnert sich:

Das Publikum: jung, gut aussehend, berufstätig. Cashflow: heftig. Tische drinnen und draußen. Mittagsrummel. Einige tranken. Pickten auf Tellern herum. Nicht viel drauf, dachte Junior. Erinnerungsstücke an den Wänden, von der Decke hängend.

Diesmal ist es etwas anders.

Ellie setzt sich an einen Tisch auf der Terrasse des Vaca Veia. Sie ist überdacht, also ist Rauchen verboten.

Blöde Regel.

Und nach zwei Bier – sie ist natürlich früh dran – will sie eine rauchen. Sie verlässt ihren Platz unter der Markise, geht in einen mit Seilen abgetrennten Bereich auf der Straße.

Das ist es wert, denkt sie.

Von ihrem Blickwinkel aus sieht sie den Militär ankommen und nach ihr Ausschau halten.

Sie lächelt. Vorteil für mich, denkt sie.

Sie schlendert zurück an ihren Platz, hebt einen Finger, um den Kellner auf sich aufmerksam zu machen, und er bringt ihr ein weiteres exzellentes Chopp …

Sie trägt ihre Sonnenbrille und hat ein mitteldistanziertes Glamourlächeln aufgesetzt. Ihr Hut ist breit genug, um sich darunter zu verstecken, und schmal genug, um nicht wie eine Tussi auszusehen. Gut gewählt …

Inkognito.

Dann setzt sich der Militär zu ihr. Er tut so, als würde er eine alte Freundin begrüßen. Er winkt einem Kellner und deutet auf Ellies Getränk.

Ziemlich lässig, denkt sie.

Er wartet und sagt nichts. Das Bier kommt an, und er stürzt es hinunter. Er greift in seine Jackentasche und zieht einen Zettel heraus.

Er legt ihn auf den Tisch und schiebt ihn zu ihr hinüber.

Sie wirft einen Blick darauf: ein Name, Carolina Meirelles, und eine Ausweisnummer.

Er sagt: »Das ist die, nach der Sie suchen.«

Er steht auf. »Viel Glück.«

»Warten Sie«, sagt Ellie. »Woher kenne ich Sie?«

Er schüttelt den Kopf. »Am besten, Sie erinnern sich an nichts. Okay?«

Ellie nickt, und schon ist er weg.

Und überlässt ihr natürlich die Rechnung, der Mistkerl.

Vermutlich der Preis für das Geschäft. Sie kann den Typ schwer einordnen. Ist aber auch egal.

Sie ruft Silva an.

»Rate mal, was ich habe?«, sagt sie.

»Nutze den Moment, *querida*«, sagt Silva. »Verschwende ihn nicht.«

Sie erzählt ihm von der Audiodatei.

»Mein Gott«, sagt Silva. »Ich hätte nie gedacht, dass Lisboa die Eier hat.«

»Ich habe auch zwei Freundinnen, die an dem politischen Aspekt arbeiten.«

»Das könnte ein schöner Cocktail werden. Weißt du, was man über Cocktails sagt?«

»Keine Ahnung.«

»Ein Gericht, das am besten kalt serviert wird. Warte den richtigen Moment ab, *certo*?«

Ellie lächelt. Das wird sie.

20. Oktober: Desinformation überall. Millionen von Nachrichten kursieren auf Messaging-Apps. Die beste, die Anna gesehen hat, enthält ein Foto Lulas, neben ihm die Zahl 17. Aber Lula ist im Gefängnis, er kandidiert nicht, und die 17 ist die Kandidatenzahl eines gewissen Jair Bolsonaro.

Jemand hat eine Studie durchgeführt: Von einer Million Whats-App-Nachrichten enthielt etwa die Hälfte Fehlinformationen, Desinformationen, Fake News – Lügen. Und es gibt zwei Erzählungen: Die einen bejubeln Bolsonaros knallhartes, militärisches Heldentum; die anderen behaupten, die Messerattacke sei nur vorgetäuscht. Anna hat dafür folgende Erklärungen: Erstens, es macht sich einfach gut! Der Auserwählte ist erschienen, um Brasilien zu retten. *Hard to Kill*, wie der Slogan auf dem T-Shirt verrät: Zweitens: Er liegt im Krankenhausbett und muss sich nicht den Debatten zur Wahl stellen.

Bisher wurden die für den 12., 14. und 15. Oktober angesetzten Debatten für den zweiten Wahlgang abgesagt. Die Begründung:

Bolsonaros Gesundheit. Darüber lässt sich nicht streiten, das ist eine respektvolle Haltung. Angeblich steht die für den 21. Oktober geplante Debatte ebenfalls auf der Kippe, da sich die Kampagnenchefs nicht auf die Bedingungen einigen können. Das ist doch mal eine Überraschung! Clevere Taktik: Krankschreibung und dann Verweigerung der Zusammenarbeit und Schuldzuweisung an die andere Seite – wegen der Bedingungen. In *Folha* wird berichtet, das Großkapital mische mit, gebe Millionen für riesige SMS-Pakete aus und plane, sie eine Woche vor der Wahl zu verschicken, also morgen – Hunderte Millionen von Nachrichten. Anna meint: Wenn *Folha* damit rechnet, dass es morgen passiert, dann kann das vermutlich niemand mehr verhindern.

Anna liest viel. Was sie begreift: Ellies Geschichte über die inhaftierte Frau ist nur ein Tropfen auf den heißen Stein. Das Thema brandete für einen Moment auf, dann ebbte es in der Echokammer wieder ab. Die erste Wahlrunde ist wie bekannt verlaufen, und es herrscht kein Mangel an Meinungen. Anna gefällt die von Clara Araújo, einer Soziologin: »Die Unzufriedenheit über die Wirtschaftskrise, so scheint mir, wurde durch einen Diskurs über konservative Moral kanalisiert.«

Das Ganze scheint eine Art Protestwahl zu sein. Umfragen deuten darauf hin, dass etwa fünfundzwanzig Prozent der Menschen Bolsonaro nur deshalb wählen, um die PT für ihre jahrelange Misswirtschaft zu bestrafen, so wie es schon Annas Freund Roberto angedeutet hat.

Anti-Politik.

22. Oktober: Ellie liest eine Zeitungsmeldung über drei Jugendliche, die an einer Tankstelle unweit von Santos in einem Kugelhagel starben. Sie waren mit einem Linienbus unterwegs, der an einer Raststätte hielt. Eine Art Bandenhinrichtung ist die Kurzfassung, keine große Sache. Laut Militärpolizei handelt es sich um einen klassischen Revierkrieg im Zusammenhang mit Drogen. Glücklicherweise kamen keine Zivilisten zu Schaden. Diese schreckliche Seuche des Verbrechens – Gott segne Mr. Bolsonaro, ist die allgemeine Schlussfolgerung. Er wird alldem ein Ende setzen.

Ellie liest den Artikel, speichert ihn und sucht nach weiterer Informationen zum Thema. Sie findet Kurzmeldungen in *Folha* und *Estadão*. *Cidade de São Paulo*, Silvas altes Blatt, bringt nichts darüber.

Sie schickt Lisboa eine SMS mit einem Screenshot der Meldung. Ebenso Silva. Beide Männer antworten im Sinne von: *Geduld, querida.*

Ja, ja, denkt sie. Ohne sie würde ihr Team abkacken; sie bringt es voran.

26. Oktober: Der Bolsonaro-Express rollt weiter, ungehindert. Die Linken sagen, nur Lula hätte gegen ihn eine Chance. Vor sechs Monaten, denkt Anna, bevor er ins Gefängnis kam, prophezeiten dieselben Leute, Lula würde diese Wahl verlieren.

Es macht keinen Unterschied, was diese Politiker wirklich getan haben, wird Anna jetzt klar – Fake News oder Tatsachen, keine Ahnung, und im Grunde macht es keinen Unterschied: Bolsonaro gewinnt mit einer haushohen Mehrheit, einem Erdrutschsieg. Alles ändert sich; alles bleibt beim Alten. Die übliche Geschichte.

28. Oktober, auf einer Straßenparty in der Avenida Paulista, São Paulo, feiern die Anhänger Bolsonaros seinen Wahlsieg. Ellie liest dazu Folgendes in einem Live-Blog der britischen Zeitung The Guardian:

Hoch lebe die Militärpolizei! Hoch lebe die Militärpolizei! Hoch lebe die Militärpolizei!

Endlich ein Hoffnungsschimmer! Jetzt wird es Ordnung in diesem Land geben!

Die Straßen werden sicher sein. Es wird keine Pornografie mehr im Fernsehen geben.

Es ist ein Moment der Erneuerung, der Säuberung und der Wiedergeburt.

Ihm geht es nicht um die Präsidentschaft. Ihm geht es um das Land. Das bedeutet es, ein Bolsonariano zu sein.

Wir waren ein Land ohne Regeln, und mit ihm werden wir wieder Regeln haben … Ich bin so stolz, Teil dieses Wandels gewesen zu sein.

Gemeinsam sind wir stärker, und mit Gott sind wir unschlagbar.

Unser Land geht einen Weg, den es noch nie gegangen ist.

Unsere Flagge wird niemals rot sein! Der Captain hat gesiegt!

Wir glauben, dass er das Boot wieder auf Kurs bekommt.

Wir wissen nicht genau, was das mit sich bringt – aber er symbolisiert die Hoffnung.

28. Oktober, Abend: Himmel, das ist ein verdammter Rave, denkt Junior.

Er ist auf der Avenida Paulista, kurz nach zehn, kurz nach der Bestätigung von Bolsonaros Wahlsieg.

Und es geht ab.

Er kann nicht sagen, wie viele Menschen auf der Straße sind, es müssen viele Tausende sein. Es ist kein offizielles Event; alles ist abwechselnd in Licht und Dunkelheit gebadet, die Wolkenkratzer ragen auf, werfen lange Schatten.

Autoscheinwerfer und dröhnende Musik.

Junior und sein Team haben den Auftrag, die Menge zu kontrollieren. Aber es gibt nichts zu kontrollieren.

Warum?

Weil alle, die sich auf der Straße im Herzen São Paulos versammeln, auf der Hauptschlagader der Stadt, die Blut, Gedärme und Emotionen pumpt, zum Feiern da sind.

Und was sie feiern, ist die Militärpolizei São Paulos, so wirkt es zumindest auf Junior.

Es gibt eine Menge Showeinlagen. Eine Art grandiose Selbstdarstellung. Sechs Motorräder nebeneinander, mit Scheinwerfern, rotem Blinklicht und Sirenen, rollen die Straße hinauf, mit aufheulenden Motoren, umgeben von einer skandierenden Menschenmenge …

Viva a PM! Viva a PM! Viva a PM!

Es lebe die Militärpolizei.

Die Fahrer starren finster. Sie haben ihren Harter-Mann-Blick aufgesetzt. Männer und Frauen machen Selfies mit ihnen. Junior entdeckt ein Paar, das sogar sein Kleinkind auf einen Lenker setzt und posiert.

Gefühlt klopfen sämtliche Männer, deren Ehefrauen und Hunde Junior auf die Schulter und beglückwünschen ihn. Er blickt nach rechts. Felipe und Gilberto tragen Sonnenbrillen und einen grimmigen Blick zur Schau, lassen sich von der Menge feiern.

Junior sieht, dass sie es verdammt noch mal lieben.

Ein behelfsmäßiger DJ hat sein Pult im Kreis von ein paar Autos aufgebaut.

Bier wird aus improvisierten Kühlboxen, Eimern und Taschen verkauft. Männer und Frauen stoßen an und jubeln. Sie springen umher und schmettern den Refrain der alten *É campeão!*-Fußballhymne.

We are the champions.

Dann eine bekannte Stimme, ein Refrain und ein schweres Gitarrenriff …

Tropa de Élite.

Die Titelmelodie des Films *Elite Squad – Im Sumpf der Korruption*. Ein Film, den Junior gesehen hat – jeder hat ihn gesehen – und zu dem er ein gespaltenes Verhältnis hat.

Der Film erzählt die Geschichte einer Eliteeinheit der Militärpolizei in Rio, der *BOPE: Batalhão de Operações Policiais Especiais*.

Ihr Logo: ein Totenschädel, senkrecht von einem Messer durchbohrt, und zwei gekreuzte Pistolen, eine durch jedes Ohr.

Ihr Motto: *Faca na caveira*, Messer im Schädel, symbolisiert offenbar den Triumph über den Tod.

Brutal geht sie vor, die BOPE, ihre Marschrichtung: Wir machen keine Gefangenen im urbanen Krieg. Sie befriedet die Favelas, indem sie schwerbewaffnet dort eindringt und so viele Dealer und Bandenjungs umlegt wie möglich.

Die Einheit ist taktisch erstklassig, auf höchstem Niveau ausgebildet, und es ist sehr schwer, dort reinzukommen. Die Art von Dienst, die Junior nie wirklich angestrebt hat, von der seine Vorgesetzten jedoch zu glauben scheinen, er sei genau dafür geschaffen.

Der Film ist mehr als problematisch.

Der Held, Nascimento, kämpft mit schweren Dämonen, ist werdender Vater und lässt sich von Gewalt und einem rechtschaffenen Hass auf Drogendealer leiten. Es gibt einen ganzen Handlungsstrang, der die Heuchelei der Mittelklasse-Drogenkonsumenten aufzeigt, was Junior sehr treffend fand. Leute, die sich einerseits für Menschenrechte einsetzen und gleichzeitig Gras und Koks von einem freundlichen *favelado* kaufen – das sind für ihn Wichser.

Aber der Film, denkt Junior jetzt, während er zusieht, wie die Leute zu dessen Soundtrack herumspringen, den Text brüllen und in die Luft boxen, feiert am Ende die Gewalt. Und was mit dieser Gewalt eng zusammenhängt, ist die Korruption.

Der Film behauptet, die Elitetruppe sei nicht korrupt, aber der Rest der Militärpolizei sei es definitiv.

Also wen genau feiert diese Partymeute hier in São Paulo?, denkt Junior und knirscht mit den Zähnen.

Die Militärgorillas, die die Avenida Paulista flankieren und auf ihren Motorrädern eine Show abziehen, gehören ganz gewiss nicht zur Elite.

Babacas, todos, diese tanzenden Trottel.

Wichser allesamt.

Sie haben den Sinn des Films völlig missverstanden. Schlimmer noch, sie haben auch den Sinn des Wahlergebnisses nicht kapiert.

Junior findet die ganze Angelegenheit zutiefst deprimierend.

Die Musik wechselt, ein Funk-*Ostentação* mit Spottversen über Bolsonaros Gegner, Anspielungen darauf, dass Maria do Rosário nicht weiß, wie man abwäscht, dass Jandira Feghali nie in der Favela gelebt hat.

Ganz toll.

Junior hat genug. Er winkt Felipe zu sich.

»Ich werde im Hauptquartier gebraucht«, lügt er. »Du hast das Sagen.«

Junior ist das inzwischen scheißegal. Die ganze Sache ist völlig aus dem Ruder gelaufen.

28. Oktober, zur selben Zeit, Paraisópolis: »Worüber, zum Teufel, freuen die sich alle so?«, sagt Franginho zu Rafa.

Rafa ist gerade nicht in der Stimmung, will seinem Freund aber nicht die Laune vermiesen. »Ich bin sicher, du hast die Antwort parat.«

»Das ist alles ein schlechter Witz. Wir haben gerade einen totalen Vollpfosten gewählt. Diese Leute«, er deutet auf die Party, die rund um Dona Regina's und die Bar gegenüber steigt, »haben keinen Schimmer. Sie werden keinen einzigen Centavo aus Bolsonaro rauskriegen. Und diese Idee, dass er das Verbrechen bekämpft? Wo wir leben, gibt's kein verdammtes Verbrechen.«

»Da hast du neulich was anderes gesagt.«

Feuerwerk knistert und zischt. Ein Heulen und Krachen, wie Gewehrschüsse. Rote und grüne Blitze. Jubel.

»Du weißt, was ich meine.«

Klar weiß er es. Rafa schenkt Bier aus der Flasche in zwei Gläser. Sie sitzen an einem Tisch im Schatten abseits der Straße. Den Tisch haben sie vor ein paar Wochen aus dem Haus von Rafas Oma mitgebracht und einfach stehen lassen. Es ist ihre eigene private Bar.

Franginho sagt: »Belassen wir es besser dabei, *entendeu*?«

Rafa nickt. Es ist alles vorbereitet.

Die alte *boca de fumo*, in der Bulldogge die guten alten Garibaldo und Lanky ausgeknipst hat, eignet sich inzwischen noch besser für ihre Zwecke.

Sie wird nicht mehr als *boca*, als Ort für Drogenhandel, genutzt.

Ein echtes Rattenloch, diese Ecke. Dieselbe Überdachung, dieselben trüben Glühbirnen. Als sie gestern vorbeikamen, waren sie defekt – Franginho hat das behoben. Die Bulldogge soll keinen Verdacht schöpfen.

Rafa erinnert sich, wie er von dort aus die Anwältin beschattet hat. Es ist eine gefühlte Ewigkeit her.

Wie auch immer, im Moment ist er nicht allzu nervös. Tatsache ist, dass kein Schwein mehr da oben in die *boca* geht, und keiner wird sie auf der Party vermissen. Rafa bleibt im Verborgenen, die Baseballkappe tief ins Gesicht gezogen, niemand braucht zu wissen, dass er hier ist.

Es handelt sich um eine Art Undercover-Job; die Vergeltungsmaßnahmen werden brutal sein.

Beide wissen, wie egoistisch es ist, das durchzuziehen und danach auszusteigen.

Aber beide wissen auch, dass sie es sich in gewisser Weise verdient haben.

»Wir setzen der Tyrannei in unserem Leben ein Ende, *porra*«, bringt Franginho es auf den Punkt.

Es geht darum, sich was zu trauen, das Gewünschte mit beiden Händen zu packen, die Ellbogen auszufahren, und dann leck mich.

»Wenn die Armen die Rechten wählen«, sagt Franginho, »dann geht alles den Bach runter.«

Seine Sprüche sind nach wie vor Weltklasse, ungelogen.

28. Oktober, zur selben Zeit, Hauptquartier der Militärpolizei, nahe der Avenida Paulista: Lisboa ist froh, von der Hauptstraße wegzukommen.

Er ist sich ziemlich sicher, dass Carlos sich verspätet, weil dieses ganze Theater ganz nach seinem Geschmack ist, er trinkt, zeigt seine alte Dienstmarke – vielleicht sogar seine *Knarre* – und posiert für Fotos, aber Lisboa hat *null* Lust zu feiern.

Carlos hat eine Weile gebraucht, um sich zu melden, und Lisboa begann schon zu zweifeln, ob er was rausfinden würde. Aber jetzt ist es so weit – er wird erfahren, was das Opfer in den Einkaufstüten hatte. Ein ziemlich kluger Plan, es dann zu erledigen, wenn der Rest der Stadt feiert – oder trauert.

Im Hauptquartier dürften sich im Augenblick nicht zu viele Militärs herumtreiben, so der Hintergedanke. Carlos hat Lisboa freien Zugang versprochen.

Immerhin ist die Nacht so lau, dass es alle nach draußen zieht.

Rund um das Revier ist es totenstill. Ein Stück weiter die Straße rauf gibt es zahlreiche proppenvolle Bars. Unten an der Straße machen die italienischen Lokale fetten Sonntagsumsatz. Diese Tradition bleibt, unabhängig vom politischen Klima.

Im Grunde ist São Paulo konservativ, hat Lisboa schon immer gedacht, was natürlich den progressiven Schreihälsen gegen den Strich geht, die sich in der Stadt lautstark zu Wort melden, auch wenn sie keine Stimmen kriegen.

Lisboa findet, er hat mit dem ganzen Affentheater abgeschlossen, will nur noch seinen Job machen. Wenn man ihn lässt.

Da ist Carlos, der aufgeblasen die Straße entlangstolziert und in sein Handy quasselt. Er nickt Lisboa zu, redet weiter und führt ihn hinein.

Die Sicherheitsleute winken sie durch. Carlos legt auf.

»Lisboa, alter Knabe, zweiter Stock, Zimmer fünfzehn. Hier ist der Schlüssel. Gib ihn beim Rausgehen an der Rezeption ab, es ist alles in Butter.«

»Ich würde dir ja danken, aber du weißt schon.«

Carlos schnaubt. »Ja, ich weiß. Los geht's, Großer.«

Lisboa wendet sich dem Aufzug zu und drückt den Knopf nach oben.

Carlos sagt: »Ich gehe wieder raus. Kommst du zurecht?«

Lisboa nickt. Der Aufzug kommt, und der Militär, den Lisboa vor dem Blue Pub gesehen hat, steigt aus.

Lisboa hält den Kopf gesenkt.

Carlos sagt: »Da bist du ja, verdammt. Ich habe dich schon gesucht.«

Der Militär zuckt mit den Schultern. »Und was jetzt, *eh*?«

»Du kommst mit mir.«

Lisboa betritt den Aufzug. Als sich die Türen schließen, hört er: »Und das war's dann, Carlão, *certo*?«

Lisboa hört, wie Carlos laut lacht.

28. Oktober, spät, auf einer Hausparty in Vila Madalena: Ellie schaut sich im Raum um und denkt: Verlierer.

Sie ist in keiner überschwänglichen Stimmung, das muss der Fairness halber gesagt sein. Anna und Fernanda schlängeln sich durch das überfüllte Wohnzimmer auf sie zu.

Sie denkt: *Oh, gut, die Kavallerie.*

Fernanda wirft Ellie einen bösen Blick zu. »Ich glaube, du verschweigst uns was, *amiga*«, sagt sie.

»Mach dir nicht ins Hemd, *querida*.«

»Ellie …«

Anna hebt beschwichtigend die Hände. »Lass uns einen Drink nehmen, *ne*? Kein Grund zum Streiten.«

Ellie lächelt. Die *Dramatik* des Ganzen. Es ist ziemlich unterhaltsam. »Balkon?«, sagt sie. »Ich will eine rauchen.«

Zu dritt bahnen sie sich mit Schultern und Ellbogen den Weg auf einen großen Balkon mit Blick auf die Bars und Restaurants von Vila Madalena.

»Wessen Party ist das eigentlich?« fragt Ellie. »Dieser Aussichtsbalkon ist geradezu *römisch*.«

»Was soll das denn heißen?«, zischt Fernanda. »Römisch? Du hast wirklich nur Scheiße im Kopf, *sabe*?«

»*Grandezza*, Geld fließt in Strömen, das soll es heißen. Imperium.«

»Jesus.«

Anna lächelt jetzt, was Ellie nicht entgeht. Anna hat eine Flasche Rotwein und drei Plastikbecher dabei und schenkt ihnen ein. Sie gehen zur Balustrade, wo etwas mehr Platz ist. Eine Gruppe ernst aussehender Schauspielertypen hockt auf dem Boden vor der Balkontür. Ein Pärchen knutscht im Dunkeln hinter einer hohen Topfpflanze. Ansonsten sind alle drinnen und lamentieren darüber, wie bescheuert die Leute sind.

Super Stimmung.

Der Balkon führt um die Ecke, dort ist es windgeschützt.

»Hier.« Anna verteilt die Becher mit Wein. »Darauf, dass wir nicht aufgeben, oder?«

Sie nippen an ihrem Wein. Ellie ist ein bisschen angesäuselt. Sie hat den ganzen Tag lang immer mal wieder ein Bierchen gekippt.

Sie bietet Zigaretten an, und alle rauchen.

Ellie späht nach unten. Sonntagabends ist Vila Madalena ein Hexenkessel. Bars an jeder Ecke, Bands, die darum wetteifern, gehört zu werden, der Geruch von gegrilltem Fleisch, eine Masse wogender Körper, die sich über die Straßen schlängeln, zwischen hupenden Autos durchwinden, deren Fahrer aus geöffneten Fenstern mit Bierdosen anstoßen. Hier beginnt es, das *Pauliceia Desvairada*, das verrückte São Paulo, und das Ende ist häufig nicht abzusehen. Ein guter Spruch, denkt sie, und ein passender für heute.

Das *Pauliceia Desvairada* lebt von der Unordnung, dem herrschenden Chaos.

»Schön, über all dem zu stehen«, sagt sie und deutet auf die Straße. »Erhabener Standpunkt, und so weiter.«

»Was verschweigst du uns, Ellie?«

»Was ich euch verschweige, ist: Entspannt euch.«

»Ausgesprochen hilfreich.«

»Diese Story – oder was auch immer es ist –, dieser Ausgangspunkt ist gut, davon bin ich überzeugt. Ich habe Leute, die eine Aussage machen werden, außerdem habe ich handfeste Beweise.«

»*Então?*«, sagt Anna. »*Fala, ne?*«

Also, raus mit der Sprache.

»Wir müssen nur noch abwarten, den richtigen Moment erwischen.«

»Und was ist mit uns?«

»Es braucht politische Hintergrundrecherchen, den großen Zusammenhang. Und ihr habt natürlich das Vorrecht auf alle Aufträge juristischer Natur, die sich daraus ergeben.«

»Wie großzügig«, sagt Fernanda.

Anna wirft Fernanda einen Blick zu. »Du weißt, was sie meint.«

»Wir reden im Laufe der Woche noch ausführlich darüber«, sagt Ellie. Ihr Handy klingelt. Lisboa. »Moment«, sagt sie und geht dran. Sie sagt nichts, hört nur zu, nickt, brummt zustimmend. Sie genießt es, wie Anna und Fernanda sie dabei anschauen.

»Interessant«, sagt sie und steckt ihr Handy wieder weg.

Anna schaut fragend. »Was ist?«

»Mehr Beweise«, sagt Ellie. »Eine ganze Menge mehr, um genau zu sein.«

Im Hauptquartier der Militärpolizei: Die Einkaufstüten liegen ausgebreitet auf dem Tisch, ihr Inhalt in Plastik verpackt und beschriftet.

Cheers, Carlão, denkt Lisboa.

Lisboa begutachtet die Gegenstände. Es sind einige Neuanschaffungen dabei – ein T-Shirt, Shorts, Flip-Flops –, außerdem der Inhalt der Hosentaschen – eine leere Brieftasche, ein Feuerzeug, ein paar Münzen. Es gibt ein abgegriffenes Taschenbuch, einen billigen Reißer, aber Lisboa kennt den Namen des Autors nicht. Und da …

Beschriftet und mit Plastik umwickelt …

Dort, auf dem Tisch, mitten in dem Kram …

Steht er einfach so da ...

Ein Briefbeschwerer.

Ein Briefbeschwerer mit den eingravierten Worten *Feliz Aniversario*.

Ein Briefbeschwerer, den Lisboa schon einmal gesehen hat. Oder einen wie diesen.

Da steht er auf dem Tisch, als wäre nichts weiter dabei.

Lisboa denkt zurück an die Leichen im Park, an das noble Arbeitszimmer des alten Lockwood.

Er würgt, die Leichen im Park, das Arbeitszimmer ...

Lisboa erbricht sich. Er reißt sich zusammen.

Er dreht sich um, überprüft die Tür.

Mit Handschuhen steckt Lisboa den Briefbeschwerer ein, das Beweisstück.

Vila Madalena: Ellies Handy klingelt erneut. Fernanda hebt eine Augenbraue. »Miss Superbeliebt, *ne?*«

Ellie tut so, als würde sie ihr Haar zurückwerfen. »Abschlussballkönigin«, sagt sie.

Eine E-Mail, was der spezielle Klingelton verrät. Eine Reaktion auf das gepostete Foto des Mannes, der in der Nacht des ersten Wahlgangs einem schrecklichen Hassverbrechen zum Opfer fiel.

Es haben sich ein paar echte Spinner bei ihr gemeldet, ein paar einsame Herzen, Menschen mit gut gemeinten, aber fehlgeleiteten Ansichten ...

Der Rücklauf war nicht allzu bombastisch.

Aber diese Nachricht, so erkennt Ellie auf Anhieb, ist vielversprechend.

Erste Zeile:

Der Mann auf deinem Foto ist mein Bruder.

Leck mich am Arsch, denkt Ellie.

Sie schenkt Fernanda und Anna ein dünnes Lächeln, hebt einen Finger, um zu sagen, dass sie eine Sekunde warten sollen.

Sie ruft Lisboa an.

Lisboa sagt: »Wir treffen uns morgen früh.«

Ellie denkt, diese Geschichte könnte doch ein bisschen größer werden als erwartet.

Auf der Marginal, kurz vor Mitternacht, Junior am Steuer: »Warum brauchst du mich schon wieder, Carlão?«

»Ich muss dir keine Gründe nennen, mein Sohn. Im Moment hab' ich dich noch in der Tasche.«

Ja, ja, denkt Junior.

»Ich meine«, sagt er, »kannst du gar nichts mehr allein erledigen?«

»*Olha.*« Schau. »Wir fahren an den Rand des Dschungels, deshalb. Ich hab' mich für den Ort entschieden, weil es dort ruhiger zugeht als auf dem Weihnachtsfest von Lulas Familie – was aber nicht heißt, ich will niemanden dabeihaben.«

Junior nickt. *Das war's*, denkt er. Ein letzter Einsatz, und dann bin ich raus.

»Du kriegst einen Anteil.«

»Ich kann das Geld gebrauchen.«

»Guter Junge.«

Junior fährt, erhöht das Tempo.

Kurz hinter dem Extra-Supermarkt biegen sie rechts ab, fahren hinauf nach Paraisópolis.

Boca de fumo, Paraisópolis, kurz vor Mitternacht: Rafa kauert an ziemlich genau derselben Stelle wie in der Nacht, als Garibaldo und Lanky dran glauben mussten.

Franginho hat sich etwas weiter im Inneren der Favela postiert; sie wollen, dass Carlos an Rafa vorbeiläuft, damit der ihn von hinten erledigen kann. So ist der Plan.

Sie sind pünktlich; Franginho geht das Drehbuch noch mal im Kopf durch.

Rafa hat die Waffe entsichert, spürt ihr Gewicht, ihre Rundungen, ihre Kraft, ihre ausgeklügelte Mechanik.

Um Mitternacht gibt's ein Feuerwerk bei Dona Regina's, das die Schüsse übertönen wird. Franginho will es kurz und schmerzlos durchziehen. Er übergibt Carlos einen Aktenkoffer mit Zahlenschloss, nennt ihm den Code, und während der ihn überprüft, legt Rafa ihn um.

So soll es laufen. Ein guter Plan. Rafa hält das mit dem Zahlenschloss für clever und professionell. Und es ist ein Koffer, keine Reisetasche: Also ist es viel einfacher, den Inhalt zu verbergen.

In der *boca* stapeln sich Holzkisten. Aus den Plastikmüllsäcken sickert pures Gift. Der Ort stinkt bestialisch. Toxische Abfälle blubbern und dampfen. Es gibt immer noch Leute, die ihre Abwässer in die Rinnsteine verlassener Ecken der Favela kippen. Stehende Pfützen aus Scheiße und Schlamm.

Die erneuerte Glühbirne baumelt über Franginhos Kopf im Wind. Er hat sich direkt darunter postiert.

Sie haben es überprüft und wieder überprüft – Rafa ist unsichtbar. Das Wichtigste ist, dass er sich schnell und lautlos bewegt, auftaucht wie ein Geist.

Rafa hört, wie ein Auto über den Bordstein holpert und in unmittelbarer Nähe hält. Die Scheinwerfer bleiben an. Das verrät ihre Position. Er lauscht: Zwei Türen schlagen zu. Zwei.

Jetzt haben sie ein Problem. Zu spät, um Franginho zu verständigen. Zwei Türen.

Fuck.

Das Knirschen von Stiefeln auf Stein, das raue Scharren über Beton. Schweres Atmen und das Licht eines Mobiltelefons.

Rafa hört Gemurmel. »Mein Gott, stinkt das hier«, sagt eine Stimme. »Verdammte Tiere.«

Rafa denkt, es ist die Bulldogge, die Selbstgespräche führt. Aber er hat zwei Türen gehört …

Zwei Autotüren wurden zugeschlagen.

Da ist er ganz sicher.

Aber vielleicht auch nicht.

Die Bulldogge keucht und bahnt sich ihren Weg den schmalen Pfad entlang, vorbei an Rafa …

»Hallo, mein Sohn«, sagt er zu Franginho.

»Carlão.«

»Ich nehme an, der Süßen deines Kumpels geht's gut.«

»Es geht ihr gut.«

»Ich habe mit den Jungs gesprochen, es tut ihnen leid.«

»Ja, gut.«

Rafa denkt, *was soll das.*

»Sie waren etwas übereifrig. Wird nicht wieder vorkommen.«

»Nein, wird es nicht.«

Rafa hat keine Ahnung, was diese kleine Unterhaltung zu bedeuten hat.

»Sie haben mir nie erzählt, was da eigentlich gelaufen ist, Carlão.«

»Ich hatte keine Ahnung, mein Sohn.«

Rafa denkt sich: Mach schon, *vamos, ne?* Los geht's.

»*Então*«, sagt Carlos.

»Ich zeige es Ihnen«, sagt Franginho.

Boca de fumo, Paraisópolis, Mitternacht: Carlos bittet Junior, beim Auto zu warten.

»Gib mir zwei Minuten, dann kommst du nach, *certo*? Sei leise und halt die Augen offen, *entendeu*?«

Klar, Junior weiß, wie so was läuft. Scheiß drauf, das war's für mich, denkt er. Schon zu viele Jahre miese Geschäfte.

Junior seufzt. Er steht an der Wagentür und schaut auf seine Uhr.

Feuerwerkskörper zischen und detonieren – wie ein Gewitter. Zwei Minuten verstreichen.

Er schleicht sich in die *boca*, die Schuhe mit den Gummisohlen sind lautlos. Er verlangsamt den Atem; er wartet, bis sich seine Augen an die Dunkelheit gewöhnen.

Er hört Carlos sagen: »Zahlenschloss? Soll das ein Witz sein?« Dann lacht er.

Junior kommt näher, er sieht ...

Eine Bewegung, links von sich. Ein Schatten, Augen, ein ausgestreckter Arm.

Boca de fumo, Paraisópolis, Mitternacht: Auf Franginhos Stichwort mit dem Zahlenschloss hin richtet Rafa sich auf und zielt.

Er schaut nach rechts. Er sieht ...

Einen Mann, der sich langsam und zielstrebig bewegt, eine Pistole in der Hand.

Rafa erstarrt.

Carlos hört etwas. Dreht sich um, hebt sein Handy.

Rafa steht da wie ein Kaninchen im Scheinwerferlicht.

Carlos sagt: »Erledige ihn, verdammt noch mal, Junior.«

Rafa starrt diesen Junior an. Rafa verzieht das Gesicht, seine Augen flehen.

Was soll ich tun?

Junior senkt seine Pistole, steckt sie zurück ins Halfter.

Er schaut Rafa an, nickt, hebt die Hände und zieht sich langsam zurück. Sein Blick: *Nur zu, Kumpel.*

Rafa reißt sich zusammen; das alles passiert in einer Sekunde.

Franginho schubst Carlos.

Carlos flucht und tobt.

Rafa strafft sich. Er drückt dreimal ab: zweimal in die Brust, einmal in den Kopf. Dreimal, nicht zu schmutzig.

Carlos, die Bulldogge, bricht zusammen.

Rafa hört eine Autotür zuschlagen, einen Motor aufheulen, Reifen quietschen.

»Wirf die Waffe weg und lass uns verschwinden, verdammt«, ruft Franginho.

Rafa starrt auf die Leiche. Sie sieht riesig aus, wie sie da am Boden liegt, unbeweglich.

Ein gewaltiger Fleischbrocken, der ausblutet.

29. Oktober: Der neu gewählte Präsident Bolsonaro ernennt den Helden der Operation Autowäsche, Sérgio Moro, zum Minister für Justiz und öffentliche Sicherheit. Sérgio Moro ist es, der Lula hinter Gitter gebracht hat, wie Anna auffällt.

1. November: Sérgio Moro trifft sich mit Bolsonaro, nimmt die Nominierung an und wird im Januar dem Kabinett beitreten. Es ist dasselbe alte Spiel. Egal was wahr ist oder nicht, das ist sicher kein Vorgang, der das Vertrauen in die ehrliche und geradlinige Antikorruptionspolitik untermauert, mit welcher der gewählte Präsident während seiner gesamten Kampagne hausieren gegangen ist.

Immer dasselbe Spiel, seufzt Anna.

15. November: ein Bericht in *Folha* über siebzehn Mitglieder der PCC-Bande, die bei einer Razzia der Militärpolizei in Paraisópolis getötet wurden. Augenzeugenberichten zufolge wurden die Opfer in einer Reihe aufgestellt und regelrecht exekutiert; es handelte sich also vermutlich nicht um eine Razzia, sondern um Rache. Ein Vergeltungsschlag für die Ermordung eines Ex-Captains der Militärpolizei ein paar Wochen zuvor, die ihrerseits aus dem Hinterhalt erfolgte, eine klassische Liquidation. Berichte deuten darauf hin, dass diese Razzia eine der ersten von ganz oben abgesegneten Operationen in der Favela ist, die der gewählte Präsident Bolsonaro befürwortet.

Ellie weiß, dass dieser Ex-Militär Captain Carlos war.

Silva sagt ihr: »Warte noch ab, *querida*.«

Sechster Teil

DER UNTERGANG DES RÖMISCHEN REICHS

São Paulo, Januar 2019

1

It's a shame about Ray

Januar 2019

Não existe amor em SP
Criolo, *Musiker*

1. Januar, Zona Sul: Es dauerte zwei Monate, aber schließlich, am ersten Morgen des Jahres, am ersten Tag von Bolsonaros neuer Regierung, mit einem leichten Kater, voller Unwillen, seine Familie zu verlassen, macht sich Lisboa auf dem Weg zur vermutlich letzten bekannten Adresse von Gilmar de Santos, der am 7. Oktober 2018 in der Nacht der ersten Runde der Präsidentschaftswahlen einem Hassverbrechen zum Opfer fiel.

Nachdem sich Gilmars Schwester gemeldet und die Leiche identifiziert hatte, begann die eigentliche Arbeit.

Lisboa hat das meiste selbst erledigt. Gilmars Schwester gab ihm die Adresse eines Apartments, in dem die beiden bis 2003 gelebt hatten. Sie hatte auch die Geburtsurkunde und die Ausweisnummer ihres Bruders. Sie erzählte Lisboa, sie habe ihren Bruder seit mehr als fünfzehn Jahren nicht mehr gesehen, nur gelegentlich eine Postkarte oder einen Brief erhalten, die einen

Eindruck davon vermittelten, wie es ihm ging. Sie übergab Lisboa diese Schreiben.

Nun ging es darum, die Adressen abzugleichen und zu überprüfen, um den Spuren des jungen Mannes zu folgen.

Der Briefbeschwerer – er wollte unbedingt herausfinden, ob er einen echten Anhaltspunkt darstellte, und die einzige Möglichkeit war, den letzten Wohnort von Gilmar de Santos ausfindig zu machen.

Hier leistete ihm sein dienstbarer Geist bei der Sitte unerwartet wertvolle Dienste: Er fand heraus, dass Gilmar de Santos eine Art Doppelleben geführt hatte; er war im Jahr 2003, in den Jahren 2006 und 2008 sowie vermutlich auch im Jahr 2011 immer wieder mal als Sexarbeiter tätig gewesen, unter dem Straßennamen *Bocão*. Großmaul.

Gilmars Schwester hatte ihn nie als vermisst gemeldet; er hatte ihr immer wieder Nachrichten geschickt, kurz bevor sie sich ernsthafte Sorgen machte.

Sie hatten sich zerstritten, weil sie ihn verdächtigt hatte, dass er sie wegen Geld und seiner nächtlichen Ausflüge belog. Daraufhin hatten sie mehrere Monate lang nicht mehr miteinander gesprochen, bis er schließlich aus der gemeinsamen Wohnung ausgezogen war.

Das letzte Mal hatte sie ihn in der Silvesternacht des Jahres 2002 gesehen.

Während Lisboa sich dem heruntergekommenen Apartmenthaus nähert, erinnert er sich an diese Nacht …

Es war die Nacht vor Lulas erstem Tag an der Macht.

Im Grunde eine symbolische Botschaft: Die politische Macht geht offiziell am ersten Tag des Jahres auf den neuen Amtsinhaber über.

Lisboa hat vor, sich Bolsonaros Antrittsrede zu schenken, stattdessen will er Marios Grab auf dem Friedhof besuchen, dann nach Hause zu seiner Frau und seinen beiden Kindern, was trinken, was Schönes kochen und sich nach Möglichkeit entspannen.

Er kann es kaum erwarten.

Sein Tag hat einen anderen Verlauf genommen als geplant; es ist nicht das erste Mal, dass er seinen Arsch am Neujahrstag zu einer Ermittlung schleppt.

Eine SMS von seinem dienstbaren Geist bei der Sitte, der einzigen Person, die so etwas wie Engagement gezeigt hat bei den Ermittlungen, beim Aufdecken der Vergangenheit des Opfers.

Die Textnachricht bestand aus einer Adresse und einer Zeile: Ich glaube, das ist es.

Lisboa mag diesen Sitte-Typen. Wenn er ehrlich ist, wird ein Teil von ihm die verbissene Arbeit beim Aufspüren von Gilmar de Santos vermissen. Der Rest des Teams hatte den Fall abgeschrieben, Klappe zu, Affe tot, bis sich Gilmars Schwester meldete und sie die positive Identifizierung erhielten.

Seit Lemes Tod haben sie Lisboa mit seinen Eigenheiten geduldet, ihm seinen Freiraum gelassen. Ihn in eine Art Vorruhestand versetzt.

Lange dauert es nicht mehr, dann können sie ihn endgültig gernhaben.

Als er den Motor abstellt, ertönt im Radio Criolos Lied über die Liebe, die in São Paulo Mangelware ist. Irgendwas darüber, die Stadt sei ein Strauß toter Blumen.

Glückliche Tage.

Lisboa hat sich telefonisch angekündigt, und der Hausmeister erwartet ihn bereits.

Der Hausmeister sagt: »Seit ein paar Monaten hat niemand die Wohnung betreten oder verlassen. Ich dachte, der Kerl ist abgehauen, ohne die Miete zu zahlen. Es läuft alles ziemlich nachlässig hier, die Hausverwaltung, *entendeu*?«

Lisboa versteht. Er zeigt Gilmars Foto vor der Bar in Frei Caneca.

»Ist er das?«

Der Hausmeister nickt.

»Sind Sie sicher?«

»*Certeza, cara.*«

Ganz sicher, Kumpel.

Lisboa nickt. Der Hausmeister gibt ihm die Schlüssel. »Fünfter Stock.«

Im Aufzug denkt Lisboa, das Gebäude hier ist noch übler als die Paradise Rooms.

Das Zimmer ist schlicht gesagt ein Rattenloch. Ein Bett, ein Schreibtisch, eine Kleiderstange und ein Waschbecken. Verrostete braune Wasserhähne. Eine Zahnbürste und eine Tube Zahnpasta. Eine fadenscheinige Bettdecke. Kleidung liegt um einen Wäschekorb verstreut.

Lisboa zieht sich Handschuhe an und untersucht den Schreibtisch.

Papiere und billige Kugelschreiber. Etwas Kleingeld. Vergilbte Zeitungsschnipsel.

Datum: 2003, 2011.

Der Ort ist zweifelsfrei das Zuhause eines Weirdos. Der Ort dünstet Bitterkeit aus. Er springt einen förmlich an mit seiner Einsamkeit, seiner Leere, seiner *Verzweiflung*.

Es herrscht ein muffiges, feuchtes Klima, aber nicht erst seit gestern, wie Lisboa vermutet. Er öffnet das Fenster. Die Aussicht: die Klimaanlage des Betonsilos gegenüber. Dazwischen ein steiler Abgrund, unten, am Boden des Schachts, verfaulen Fast-Food-Verpackungen. Lisboa beobachtet zwei Ratten beim Festmahl.

Glückliche Tage.

Lisboa durchstöbert das einzige Bücherregal: Selbsthilfebroschüren, zwei Romane, gebraucht gekauft, denkt er, ein paar Schmuckstücke, vermutlich aus dem Nordosten, irgendwelche volkstümlichen spirituellen Armbänder.

Ein Notizbuch. Offenbar ein Tagebuch.

Lisboa schlägt es auf. Er überfliegt die Worte, die Seiten, entdeckt den Namen: *Paddy Lockwood.*

Sein Herz hämmert, er schnappt nach Luft. Er denkt: *Ich wusste es.* Er denkt: *Wie grauenvoll das alles.*

Er blättert zum letzten Eintrag vom 1. Januar 2003:

Dann hebst du den Briefbeschwerer an, hoch über den Kopf, spürst deine Kraft …

Ich erinnere mich, wie er auf dem Boden lag. Schwarze Blutflecken auf dem Teppich. Dicke rote Schlieren.

Ein weiteres Drip-Painting.

Ich erinnere mich an die Krawatten, mit denen ich seine Hände und Füße fesselte, und wo ich sie im Kleiderschrank fand. Ich weiß noch genau, warum ich das tat, dieses kleine Detail hinzufügte:

Damit sie ihn im Tod so vorfinden, wie sie ihn im Leben nicht kannten.

Lisboa atmet langsam. Er denkt: Mario hatte recht.

Es steckt eine schreckliche Zwangsläufigkeit in alldem.

Der Lockwood-Fall, vor Jahren abgeschlossen. Vor sechzehn Jahren …

Die Wahrheit kam nie ans Tageslicht.

Mario hatte recht.

Es spielt keine Rolle, wird ihm klar. Es spielt keine Rolle mehr. Nichts spielt mehr eine Rolle.

Mario hatte recht.

Es gibt nichts mehr zu tun.

1. Januar, Austin, Texas: Ray Marx lehnt sich mit einem Morgenbier zurück und verfolgt im Fernsehen, wie der alte Bolsonaro bei seiner Antrittsrede einen auf dicke Hose macht.

Ray seufzt: *Ich wusste, es geht nicht gut aus.*

Ray denkt über seine Erfolge in São Paulo nach und ist ziemlich zufrieden mit sich. Er ist schon seit einiger Zeit ziemlich zufrieden mit sich.

Er ist froh, dass er seinen eigenen Rat befolgt hat, sich vom Acker gemacht und nie zurückgeblickt hat.

Das Privileg des weißen Mannes.

Good ole boys. Ray geht's prächtig.

Texas forever.

Zur gleichen Zeit, im Büro von Cidade de São Paulo: Ellie beobachtet, wie der Redakteur ihrem Artikel den letzten Schliff gibt. Ihre Story verspricht die Dinge im großen Stil aufzumischen; sie hat auch eine Handvoll internationaler Publikationen aufgetan, die ihren Artikel bringen wollen. Sie hat Augenzeugenberichte und Aussagen von Insidern: ihr Militärpolizist und Lisboa, um nur zwei zu nennen. Sie hat eine belastende Audiodatei. Sie hat die Recherchen von Anna und Fernanda, die für sie anonyme Aussagen über die nicht gerade gesunden Beziehungen zwischen dem Rathaus und dem Büro des Präsidenten gesammelt haben. Sie hat mehr als genug. Und in etwa vier Stunden, wenn der Artikel online geht, steigt Ellie in ein Flugzeug und fliegt nach Hause.

Silva hat an diesem Morgen ihren letzten Entwurf gelesen: *Ich bin stolz auf dich*, hat er ihr versichert.

Das war schon lange fällig.

Später: Lisboa besucht Lemes Grab. Er kommt so oft wie möglich her. Er verbringt ein wenig Zeit mit dem Mann, so sieht er es. Er schwelgt in Erinnerungen; er konzentriert sich auf die guten Zeiten, und davon gab es viele.

Zeit, er nimmt sich Zeit für ihn; das hat er immer getan.

Als er geht, sieht er Antonia, Lemes frühere Freundin, die Mutter von Lemes Kind, Lemes Sohn, den Sohn, den er nie kennengelernt hat.

Lemes Sohn, in Antonias Armen.

Sie bleiben stehen, schauen sich an.

Licht durchbricht den blauen Himmel, die pulsierende Hitze und die Stille des Friedhofs.

Lisboa lächelt; Antonia lächelt.

Und auch der kleine Junge …

Nachwort

Brazilian Psycho ist ein fiktionales Werk, das auf Fakten beruht. Viele dieser Fakten fließen in Form bestimmter Namen, Orte, Statistiken, Institutionen, Ereignisse, Gesetze und politischer Maßnahmen ein, die für dramaturgische Zwecke angepasst und in einigen Fällen verändert wurden. Ich habe zehn Jahre lang in São Paulo gelebt; aus dieser Zeit stammen viele Informationen und Anekdoten in diesem Roman. Freunde, Kollegen, Mitarbeiter und verschiedene Internetquellen haben mich direkt und indirekt beim Schreiben des Romans unterstützt. Während des Schreibens habe ich eine Reihe von Quellen konsultiert, um bestimmte Tatsachen und Zeitabläufe zu klären; im Allgemeinen waren es Nachrichtenmedien, insbesondere die *BBC*, *The Guardian*, *Folha de São Paulo*, *Reuters*, die *New York Times* und andere. Im Folgenden finden Sie eine Liste der Stellen, an denen sich Fakten und Fiktion vermengen; ich habe Angaben dazu gemacht, um was es sich im jeweiligen Fall handelt – soweit das im Rahmen eines fiktionalen Werks möglich ist. Außerdem gebe ich Hinweise, wo weitere Informationen zu finden sind, welche wichtigen Quellen ich verwendet habe und was daraus zitiert wurde. Alle Artikel von Francisco Silva und Ellie Boe sind frei erfunden; ebenso die Zeitung *Cidade de São Paulo*. Wie schon in der Vorbemerkung erwähnt, sind echte Zitate als solche ausgewiesen, während fiktive Zitate fiktiven Personen zugeordnet werden. Auszüge aus den Reden bekannter Politiker stammen aus historischen Archiven; alle Gespräche, die sie mit meinen Figuren führen, sind frei erfunden. Ich betone nochmals, es handelt sich um ein fiktionales Werk, alle dargestellten Personen, Orte, Vorfälle, Organisationen und Ereignisse entspringen entweder meiner Fantasie oder werden in einem fiktionalen Kontext verwendet. Wo Personen aus dem realen Leben auftauchen, sind diese Situationen, Vorfälle und Dialoge rein fiktiv. Ich danke den Autoren der Werke, die ich zitiert oder auf die ich Bezug genommen habe; oft gab es mehrere Quellen, die sich häufig auch widersprachen.

Die zu Beginn des Romans geschilderten Gewalttaten basieren auf ähnlichen Vorgängen, die sich etwa zur Zeit der Wahl 2018 abgespielt haben; Jahr für Jahr verzeichnet Brasilien immer wieder die meisten Fälle von Gewalt gegen Frauen und die LGBTQ-Bewegung.

Die Figur des Paddy Lockwood – Schulleiter der fiktiven britischen Schule in São Paulo – basiert auf Casey McCann, dem ehemaligen Schulleiter der St. Paul's School in São Paulo, der wohl renommiertesten internationalen Schule der Stadt, an der ich einige Jahre lang gearbeitet habe. Tragischerweise wurde McCann in seinem Haus ermordet, unter ähnlichen Umständen wie meine Figur Paddy Lockwood. McCann war eine hoch angesehene Persönlichkeit, und einige von Lockwoods verdienstvollen Aktivitäten habe ich von ihm übernommen ebenso wie Details seiner Biografie, darunter die beiden Zitate von »Freunden« (aus damaligen Presseberichten) sowie den Vorfall im Jahr 1981, als er eine Reihe von Schülern der Moonie-Sekte in San Francisco rettete.

Marta Suplicy war 2001–2004 Bürgermeisterin São Paulos. Die Auszüge aus der Rede, die Marta bei ihrem Amtsantritt gehalten hat, und auf die sich meine Figur Anna bezieht, stammen aus einem Bericht der *BBC News* vom 2. Januar 2001.

Das Singapur-Projekt, das Renata untersucht, war ein bekanntes und weitgehend erfolgloses Bauprojekt in São Paulo, das mit Korruptionsproblemen behaftet war. Die Notizen, die Renata zu diesem Projekt macht, stammen aus dem Buch *Lessons on Public Housing from Singapore for São Paulo* von W. E. Hewitt, 2002, mit einigen frei erfundenen Ergänzungen. Ray zitiert aus der gleichen Quelle, als er sich mit Silva bei einem Drink unterhält.

Die Aufzeichnungen über die Flächennutzungsgesetze São Paulos, die Ray Marx an einer Stelle liest, sind durch die Geschichte der Stadtplanung belegt. Weitere Informationen dazu findet man in einem Bericht über die 14. Internationale Konferenz der Gesellschaft für Planungsgeschichte mit dem Titel *Regulating Inequality: Origins and Transformations of São Paulo's Zoning Laws* (Ursprünge und Transformationen von São Paulos Flächennutzungsgesetzen); es ist ein aufschlussreicher Bericht, insbesondere die Passagen über die »Kontroversen, Kontraste und Herausforderungen«, mit denen die Stadt konfrontiert war.

Ich habe die Zeile »Mich kann man mieten, aber nicht kaufen« (»I'm rent, not bent«) zum ersten Mal in einem Roman von Jake Arnott gelesen. Danke, Jake, für die Leihgabe.

Als sich 2006 der Aufstand am Muttertagswochenende ereignete, lebte ich in São Paulo, und ich kann mich noch gut erinnern, wie verängstigt und verwirrt die Stadt ein paar Tage lang war. In der brasilianischen und internationalen Presse ist viel über diesen Vorfall geschrieben worden. Die Dokumente, die ich in den Roman aufgenommen habe, sind eine Mischung aus Fakten und Fiktion. Ich habe eine Zeitleiste aus einer Online-Enzyklopädie verwendet, die meinem fiktiven Polizeibericht über das Wochenende zugrunde liegt. Ich habe aus zwei [redigierten] Artikeln der *New York Times* zitiert, einem von Paula Prada vom 17. Mai 2006 und einem von Larry Rother vom 30. Mai 2006, da sie meiner Meinung nach die klarsten Versionen der Geschehnisse sowie der Verschwörungs- und Korruptionstheorien bieten, die zu dieser Zeit in Umlauf waren. Im Roman hilft meine Figur Francisco Silva dabei, einen Bericht über die Ereignisse des Wochenendes zu verfassen, der von der internationalen Human Rights Clinic in Harvard und der brasilianischen NGO *Justiça Global* erstellt wurde. Dieser Bericht existiert tatsächlich; Silvas Beteiligung ist reine Fiktion. Ich habe aus der Pressemitteilung des Berichts (Human Rights @ Harvard Law vom 9. Mai 2011) zitiert. Der Bericht selbst, *São Paulo sob achaque: Corrupção, Crime Organizado e Violência Institucional em Maio de 2006,* IHRC, 2011, (*São Paulo Under Attack: Corruption, Organised Crime and Institutional Violence in May 2006,* Übersetzung des Autors) ist auf Portugiesisch online verfügbar und stellt eine gründliche und faszinierende Analyse der Ereignisse dar.

Die Installation *Penelope* von Tatiana Blass in der Morumbi-Kapelle, die Renata am Morgen des Muttertagswochenendes besucht, wurde in Wahrheit erst im Jahr 2011 ausgestellt. Weitere Einzelheiten – und einige großartige Bilder – finden Sie auf der Website der Künstlerin.

Brasilien ist nach wie vor das tödlichste Land der Welt für Transmenschen. Nachdem Bolsonaro die Präsidentschaft übernahm, erhöhte sich die ohnehin schon erschreckende Zahl der Hassverbrechen gegen die LGBTQ-Gemeinde noch weiter. Laut einem Dossier der National Association of Travestis and Trans People (ANTRA) wurden 2019 in Brasilien 124 Fälle von Mord an Transmenschen gemeldet. (»Travesti« ist »eine typisch südamerikanische Geschlechtsidentität, die Menschen beschreibt, die als Mann geboren wurden und eine weibliche Genderrolle und ein entsprechendes Genderverhalten annehmen.«) Zum Vergleich: Mexiko, das an zweiter Stelle liegt, meldete weniger als halb so viele Fälle. Obwohl die meisten Berichte aus dem Nordosten kommen, weist São Paulo mit 21 die höchste Zahl an Morden nach Bundesstaaten auf. Das Dossier: »*Assassinatos e violência contra travestis e transexuais brasileiras em 2019*« (Morde und Gewalt gegen brasilianische Travestis und Transmenschen im Jahr 2019) von Bruna G. Benevides und Sayonara Naider Bonfim Nogueira findet man online. ANTRA ist seit 2000 aktiv und bringt Organisationen zusammen, die sich für die Bürgerrechte von Travestis und Transmenschen einsetzen. Einen Überblick über das Dossier und die Arbeit von ANTRA finden Sie in dem Artikel »*At least 124 trans people killed in Brazil in 2019: report*« von Lu Sudré für *Brasil de Fato*, den ich hier in Teilen paraphrasiert wiedergegeben habe. Die Folterung und Entstellung des Opfers ist bei der Ermordung von Transmenschen und Travestis üblich. Die grausamen und entsetzlichen Details der Taten in *Brazilian Psycho* sind eng an reale Verbrechen angelehnt. In Brasilien hat die LGBTQ-Community einige der unmenschlichsten Misshandlungen und entsetzlichsten Gewalttaten erlitten, die man sich vorstellen kann. Es gibt dafür unzählige Beispiele, die weit über den in diesem Roman geschilderten Zeitraum hinausgehen.

Zum Verständnis der Gesamtsituation muss man bedenken, dass Brasilien Homophobie und Transphobie erst 2019 unter Strafe gestellt hat. Ein Artikel von Julia Carneiro für die *BBC* vom 24. Mai 2019 erhellt, warum es so lange gedauert hat. Die ultrakonservative, katholische Community ist sowohl riesig als auch enorm einflussreich. Der Artikel »*Anyone could be a threat*« von Terrence McCoy für die *Washington Post* vom 22. Juli 2019 bietet einen weiteren Einblick in das Ausmaß von Homophobie und Transphobie aus der speziellen Perspektive von Selbstverteidigungskursen für die LGBTQ-Community.

Aufschlussreich für einen Einblick in die Art der männlichen Sexarbeit in Brasilien sind die entsprechenden Kapitel in *Men Who Sell Sex: International Perspectives on Male Prostitution and AIDS* (UCL Press, London, 1999), herausgegeben von Peter Aggleton. Das Outreach-Projekt *Programa Pegação* liefert Informationen über die Arbeit der NGO zur Sensibilisierung männlicher Sexarbeiter für die Risiken von HIV und Aids durch »Peer Education« und »Community Outreach«.

Die Debatte über die brasilianische Geschlechtsumwandlungschirurgie und wie sie sich verändert hat, bezieht Informationen und zitiert aus folgenden Artikeln von *The Associated Press*: »*Brazil: Free Sex Change Operations*«, 18. August 2007, und »*Brazil Boosts Transgender Legal Recognition*«, von Graeme Reid für Human Rights Watch, auf hrw.org, 14. März 2018.

Francisco de Assis Pereira, der Park Maniac, ist ein berüchtigter brasilianischer Serienkiller, den es tatsächlich gab. Seine Verbrechen und seine Lebensgeschichte übten eine besondere und grausame Faszination auf die brasilianische Öffentlichkeit aus, und er war so etwas wie eine Mediensensation. Ich erfuhr zum ersten Mal durch Freunde von ihm; es war ein legendärer und verstörender Fall. Es gibt viele sensationsheischende Informationen über ihn, die im Internet frei zugänglich sind. Die wenigen Details seiner Biografie, die ich in den Roman aufgenommen habe, sind, soweit ich das beurteilen kann, als Tatsachen anerkannt. Bei den im Roman genannten Opfern handelt es sich tragischerweise um reale Fälle, wobei die Biografien und die Umstände ihres Todes aus öffentlich zugänglichen Dokumenten übernommen wurden. Auszüge aus den Briefen, die Pereira nach seiner Verhaftung erhielt und auf die im Roman Bezug genommen wird, finden sich angeblich in einem Buch des Journalisten und Schriftstellers Gilmar Rodrigues, *Loucas de Amor – Frauen, die Serien-*

mörder und Sexualverbrecher lieben; allerdings konnte ich weder eine Ausgabe noch einen Hinweis auf die Veröffentlichung ausfindig machen. Die drei Zitate, die ich im Zusammenhang mit Pereira verwendet habe, sind an verschiedenen Stellen im Internet zu finden, unter anderem in den Enzyklopädien Wikipedia und Murderpedia. Das maßgebliche veröffentlichte Werk ist wohl *Caçada ao Maniaco do Parque* (Die Jagd auf den Park Maniac), Editora Escritura, São Paulo, 2000, von Luisa Alcalde und Luis Carlos dos Santos.

Den Satz »wen man kennt und wem man einen bläst« (»*who you know and who you blow*«), den Anna verwendet, habe ich in einem Roman von James Ellroy gelesen. Ich verdanke ihm weit mehr als nur diese Zeile.

Der Handlungsstrang des Romans, in dem es um das Städteministerium geht, ist frei erfunden; allerdings gab es dieses tatsächlich. Weitere Informationen dazu findet man in einem hervorragenden Artikel von Gregory Scruggs, »*Ministry of Cities RIP: the sad story of Brazil's great urban experiment*«, The Guardian, 18. Juli 2019.

Ray Marx verwendet die Worte »Texas Forever«. Ursprünglich stammt dieser Slogan von Tim Riggins, einer Figur aus der Fernsehserie *Friday Night Lights*. Meine Partnerin und ich haben alle sechs Staffeln gesehen, während ich den Roman schrieb. Der Song der Dixie Chicks, über den Ray spricht, ist »Not Ready to Make Nice« aus dem Album *Taking the Long Way*.

Die Aufstellung der entlassenen Minister, die Anna erwähnt, gründet auf einer Liste aus dem Beitrag der *BBC* »*Brazilian Minister Negromonte resigns over ›corruption‹*« vom 2. Februar 2012. Die freien Ergänzungen stammen von Anna selbst.

Der fiktive Artikel Francisco Silvas über die Verhaftung Geddel Vieiras basiert zum Teil auf einem *Reuters*-Bericht, »*Brazil police arrest ex-minister Vieira Lima after cash seizure*«, vom 8. September 2017. Der Handlungsstrang ist natürlich völlig fiktiv. Den »Bunker« gibt es nicht und hat es nie gegeben, vermute ich zumindest.

Annas Recherchen über die Militärpolizei São Paulos basieren auf dem ausgezeichneten Artikel von Vanessa Barbara »*Pity Brazil's Military Police*«, *The New York Times* vom 19. Februar 2014.

Der Tod Marielle Francos im Jahr 2018 war eine schreckliche Tragödie. Es gibt zahlreiche Artikel über ihr Leben und ihre Arbeit sowie über die Umstände ihres Todes. Ich empfehle Ihnen, sie zu lesen.

Weitere Informationen über die mutmaßlichen Verbindungen zwischen der Operation Autowäsche und Bolsonaros Wahlsieg finden Sie in *The Intercept*, einem »geheimen brasilianischen Archiv« mit bisher unveröffentlichtem Material. Die Handlungsstränge des Romans, die sich auf die Ermittlungen beziehen, sind rein fiktiv.

Während der Präsidentschaftswahlen 2018 wurden eine Menge Fake News verbreitet. Um diesen Vorgang und seine Konsequenzen besser einschätzen zu können, hat das *Projeto Comprova* einen Bericht zu den während des Wahlkampfs über WhatsApp verbreiteten Fehlinformationen erstellt. Dieser ist veröffentlicht in *An Evaluation of the Impact of a Collaborative Journalism Project on Brazilian Journalists and Audiences* von Claire Wardle, Angela Pimenta, Guilherme Conter, Nic Dias und Pedro Burgos. Eine Zusammenfassung findet sich in Burgos' Artikel für *First Draft News*, »*What 100,000 WhatsApp messages reveal about misinformation in Brazil*«, 27. Juni 2019.

Das Zitat der Soziologin Clara Araújo – »die Unzufriedenheit über die Wirtschaftskrise, so scheint mir, wurde durch einen Diskurs über konservative Moral kanalisiert« – stammt aus dem Artikel »*Brazil Election: Jair Bolsonaro Heads to Runoff After Missing Outright Win*« von Ernesto Londoño und Manuela Andreoni in der *New York Times* vom 7. Oktober 2018.

Die Zitate aus dem Live-Blog, den Ellie in der Nacht von Bolsonaros Sieg liest, stammen aus dem *Guardian*: »*Far-right candidate Jair Bolsonaro wins presidential vote – as it happened*«, 29. Oktober 2018, von Kate Lyons, mit ergänzenden Artikeln des Brasilien-Korrespondenten Tom Phillips.

Juniors Ansichten über *Tropa de Élite* (*Elite Squad – Im Sumpf der Korruption*), den Film und den Soundtrack, sind seine eigenen.

Danksagung

Piers Russell-Cobb, Martin Fletcher, Will Francis, Angeline Rothermundt, Kid Ethic, Joe Harper, Rosie Stevens, Lucy Caldwell und Martha Lecauchois

Dramatis Personae

Adriana, eine Empfangsdame in der Privatpraxis Dr. Emmanuels

Al Gore, ehemaliger amerikanischer Vizepräsident

Alfredo Nascimento, ein Politiker, Verkehrsminister

Alvarenga, ein Detective bei der Zivilpolizei (Polícia Civil)

Aninha, eine Jugendfreundin Rafael Nascimentos, lebt in Paraisópolis

Anna, Assistentin Marta Suplicys, Bürgermeisterin São Paulos von 2001–2004, arbeitet im Rathaus

Annette Nascimento, Hausmädchen Paddy Lockwoods und die Großmutter Rafael Nascimentos

Antonia, die Freundin von Detective Mario Leme

Antonio Neves, ein Banker bei Capital SP

Antonio Palocci, ein Politiker, Stabschef der Regierung Dilma Rousseffs

Assis, ein Geschäftsmann mittleren Alters

Aurelio, ein Immobilienmakler

Beto, **Andre** und **Fat Pedro**, die Bixiga Boys, eine Gruppe jugendlicher Schläger mit rechtsgerichteten Verbindungen; Bolsonaro-Anhänger, die ihr Viertel auf unerwünschte Personen hin kontrollieren

Big Daddy, Spitzname für eine untergeordnete, anonyme Figur im Verbrechersyndikat First Capital Command, PCC

Bloke, ein Schläger

Bocão, Großmaul, ein ehemaliger Callboy und männlicher Sexarbeiter

Bruno Covas, Bürgermeister São Paulos, 2018

Carlos, ein Beamter der Militärpolizei und Partner Mario Lemes

Carlos Lupi, ein Politiker, Arbeitsminister

Carolina Meirelles, eine studentische Aktivistin, Mitglied der politischen Organisation »Schwarzer Block«

Cazuza, ein Songwriter und Musiker

Cláudio Lembo, Gouverneur des Staates São Paulo, 2006

Criolo, ein Songwriter und Musiker

da Cunha, ein IT-Experte bei der Zivilpolizei

Dave »Huck« Sawyer, Regionalleiter von Capital SP und langjähriger Weggefährte von Ray Marx

Dilma Rousseff, 36. Präsidentin Brasiliens und Vorsitzende der Arbeiterpartei

Driver, ein Fahrer, der für Ray Marx arbeitet

Eduardo Suplicy, Martas Ex-Ehemann und selbst ein hochrangiger Politiker

Eleanor »Ellie« Boe, eine junge Engländerin, Journalistin, Mitarbeiterin Mario Lemes und Kollegin Francisco Silvas

Elisângela Francisco da Silva, eine junge Frau

Emmanuel, ein Schönheitschirurg mit Privatpraxis

Eurípedes Alcântara, ein Journalist

Evandro, ein junger Mann aus dem Nordosten Brasiliens

Fabio Mendes, der Sohn von Jorge und Juliana Mendes

Felipe, ein Beamter der Militärpolizei

Fernanda, eine Anwältin bei Capital SP und Teilhaberin des Rechtshilfebüros von Renata Sanchez

Fernando, ein Concierge im Hotel Unique

Fernando Delgado, Stipendiat an der juristischen Fakultät in Harvard

Fernando Pimentel, ein Politiker, Entwicklungsminister

Francisco de Assis Pereira, ein *real existierender* Serienkiller, »Der Park Maniac«

Francisco Silva, ein Journalist der Zeitung *Cidade de São Paulo*

Franco und **Martina**, Annas Kollegen im Rathaus

Franginho, Kleines Hühnchen, der beste Freund Rafael Nascimentos, lebt in Paraisópolis

Fried Rice, Figur der mittleren Ebene des Verbrechersyndikats Erstes Hauptstadtkommando, PCC, mit Sitz in Paraisópolis

Garibaldo, Figur der mittleren Ebene des Verbrechersyndikats Erstes Hauptstadtkommando, PCC, mit Sitz in Paraisópolis

Gerson, Renatas Teilzeitkollege in der Rechtsberatungsstelle in Paraisópolis

Gerson Anderson, ein junger Mann

Geddel Vieira Lima, Vizepräsident der Bundessparkasse Brasiliens

Gilberto, ein Officer der Militärpolizei

Gilmar, ein junger Mann

Goon, Militärpolizist, der für Carlos arbeitet

Gorilla, ein Wachmann im Swing Motel

Guilherme Santos, ein junger Mann

Haushälter, Angestellter in Antonio Paloccis Wohnung in Brasília

Jair Bolsonaro, 38. Präsident Brasiliens, rechtspopulistischer Politiker

James, ein desillusionierter, alkoholkranker Lehrer an der Britischen Internationalen Schule

Jim O'Neill, Wirtschaftswissenschaftler bei Goldman Sachs, Schöpfer des B.R.I.C.-Wirtschaftskonzepts

João »Johnny« Doria, ehemaliger Bürgermeister São Paulos, der für das Amt des Gouverneurs kandidierte, Moderator der brasilianischen Ausgabe von *The Apprentice*

Joãozinho, Little Johnny, politischer Drahtzieher und Freund von Ray Marx

Joe, ein ausländischer Lehrer

Jorge Mattoso, Präsident der Bundessparkasse

Jorge Mendes, *Secretario de Obras*, zuständig für das Bauwesen São Paulos

Juliana Mendes, die Ehefrau von Jorge Mendes, dem Staatssekretär für Bauwesen

Julião, ein Unternehmer

Junger Bursche, Botenjunge, der für Drogendealer in Bixiga arbeitet

Junior, ein Officer der Militärpolizei

Lagnado, Superintendent der Zivilpolizei, der Vorgesetzte Lemes

Lanky, ein kleiner Drogendealer des Verbrechersyndikats Erstes Hauptstadtkommando, PCC, mit Sitz in Paraisópolis

Leonardo Magalhães, der ranghöchste Beamte der Zivilpolizei

Lúcia Sousa da Silva, eine Gemüsehändlerin, die in Paraisópolis lebt

Ludmilla, eine Freundin Fernandas, die in Brasília lebt

Luís Favre, Rasputin, der neue Geliebte Marta Suplicys und ihr designierter Ehemann. Favre ist ein politischer Macher.

Luiz Inácio Lula da Silva, 35. Präsident Brasiliens und Führer der Arbeiterpartei

Lutfalla, ein Detective der Zivilpolizei

Manuela, eine Freundin und Kollegin Bocãos, als er einen legalen Bürojob hatte

Marcos Williams Herbas Camacho, Marcola, Anführer des Verbrechersyndikats Erstes Hauptstadtkommando, PCC

Maria, eine Verwaltungsangestellte

Maria Elisa, eine Reinigungskraft an der Britischen Internationalen Schule

Maria Regina Vasconcellos, eine Cousine von Regina Vasconcellos, lebt in Paraisópolis

Marielle Franco, Journalistin, Aktivistin und Politikerin

Mario Leme, ein junger Beamter der Zivilpolizei

Michelangelo, ein unbedeutender Drogendealer, der in einem billigen Motel in Bixiga arbeitet

Militär, ein Militärpolizist, der mit Carlos zusammenarbeitet

Moreira und **Hamuche**, Detectives der Zivilpolizei

Nelson Jobim, ein Politiker, Verteidigungsminister

Nelson Rodrigues, ein Dramatiker

Orlando Silva, ein Politiker, Sportminister

Paddy Lockwood, Direktor der Britischen Internationalen Schule

Pastor, ein Priester aus Paraisópolis

Patrícia Gonçalves Marinho, eine junge Frau

Paul Wolfowitz, ehemaliger Präsident der Weltbank

Paulo Maluf, berüchtigter Bürgermeister São Paulos

Pedro Novais, Politiker, Tourismusminister

Porteiro, ein Portier

Rafael »Rafa« Nascimento, ein Junge, der in Paraisópolis lebt

Rafaela, eine Reinigungskraft an der Britischen Internationalen Schule

Raquel Mota Rodrigues, eine junge Frau

Ray Marx, ehemaliger CIA-Agent, Drahtzieher und Berater der Hochfinanzfirma Capital SP

Regina Vasconcellos, eine Restaurantbesitzerin in Paraisópolis

Renata de Camargo Nascimento, Erbin der multimilliardenschweren brasilianischen Camargo Correa Group

Renata Sanchez, Rechtsanwältin, betreibt ein Rechtshilfebüro in der Favela Paraisópolis

Ricardo Lisboa, ein Detective, Partner und bester Freund Mario Lemes

Richard Hullah, ein in San Francisco ansässiger Geistlicher und Mitarbeiter Paddy Lockwoods

Roberto, ein alter Freund Annas aus dem Rathaus

Rogério Buratti, Antonio Paloccis Sekretär

Rubens, genannt »Quasselstrippe«, ein Militärpolizist

Selma Ferreira Queiroz, eine junge Frau

Sérgio Moro, der Chefankläger bei der Operation Autowäsche

Sergio Nascimento, Rafas Vater, Musiker, eine untergeordnete Figur im Verbrechersyndikat Erstes Hauptstadtkommando, PCC

Sophia, Freundin von Juliana Mendes

Thayna, Transfrau

Typ vom Sicherheitsdienst, ein Sicherheitsbeauftragter in einer Bar in Frei Caneca

Wagner Rossi, ein Politiker, Landwirtschaftsminister

Wilton, ein brasilianischer Lehrer

Feinrippunterhose mit Eingriff, ein zwielichtiger Schuldeneintreiber, der für Dr. Emmanuels Privatpraxis arbeitet

Zézinho, ein Klient von Renata, lebt in Paraisópolis

Die Originalausgabe erschien unter dem Titel *BRAZILIAN PSYCHO*
bei Arcadia Books Ltd, London

MIX
Papier | Fördert
gute Waldnutzung
FSC
www.fsc.org   FSC® C083411

Penguin Random House Verlagsgruppe FSC® N001967

1. Auflage
Deutsche Erstveröffentlichung Februar 2024
Copyright © der Originalausgabe 2021 by Joe Thomas
Copyright © der deutschsprachigen Ausgabe 2024 by btb Verlag
in der Penguin Random House Verlagsgruppe GmbH,
Neumarkter Str. 28, 81673 München
Umschlaggestaltung: Johannes Wiebel, punchdesign, München
unter Verwendung von Motiven von stock.adobe.com
Satz: Uhl + Massopust, Aalen
Druck und Einband: CPI books GmbH, Leck
mn · Herstellung: sc
Printed in the EU
ISBN 978-3-442-77386-2

www.btb-verlag.de
www.facebook.com/penguinbuecher